LES ANNÉES PERDUES

MERLIN

LES ANNÉES PERDUES

∞ T. A. BARRON ∞

Traduit de l'anglais par
Agnès Piganiol

ADA
éditions

Éditeur : François Doucet
Traduction : Agnès Piganiol
Révision linguistique : Katherine Lacombe
Correction d'épreuves : Nancy Coulombe
Conception de la couverture : Matthieu Fortin
Photo de la couverture : © 2011 Larry Rostant
Conception de la carte : © 1996 Ian Schoenherr
Mise en pages : Sébastien Michaud
ISBN papier 978-2-89667-853-2
ISBN PDF numérique 978-2-89683-921-6
ISBN ePub 978-2-89683-922-3
Première impression : 2013
Dépôt légal : 2013
Bibliothèque et Archives nationales du Québec
Bibliothèque Nationale du Canada

Éditions AdA Inc.
1385, boul. Lionel-Boulet
Varennes, Québec, Canada, J3X 1P7
Téléphone : 450-929-0296
Télécopieur : 450-929-0220
www.ada-inc.com
info@ada-inc.com

Diffusion
Canada :   Éditions AdA Inc.
France :   D.G. Diffusion
              Z.I. des Bogues
              31750 Escalquens — France
              Téléphone : 05.61.00.09.99
Suisse :   Transat — 23.42.77.40
Belgique :   D.G. Diffusion — 05.61.00.09.99

Imprimé au Canada

Participation de la SODEC. SODEC

Nous reconnaissons l'aide financière du gouvernement du Canada par l'entremise du Fonds du livre du Canada (FLC) pour nos activités d'édition.
Gouvernement du Québec — Programme de crédit d'impôt pour l'édition de livres — Gestion SODEC.

Catalogage avant publication de Bibliothèque et Archives nationales du Québec et Bibliothèque et Archives Canada

Barron, T. A.
    Les années perdues
    (Merlin ; 1)
    Traduction de: The lost years of Merlin.
    Pour les jeunes de 10 ans et plus.
    ISBN 978-2-89667-853-2

1. Merlin (Personnage légendaire) - Romans, nouvelles, etc. pour la jeunesse. I. Piganiol, Agnès. II. Titre.
PZ23.B37An 2013   j813'.54   C2013-940556-9

Ce livre est dédié à Patricia Lee Gauch, amie fidèle, écrivaine passionnée et éditrice exigeante.

∽

Avec une pensée particulière pour Ben, quatre ans, dont le regard perçant vaut bien celui d'un faucon.

O E
S

TERRE

LES

ruines de Varigal

géants ?

Lac de la Face

les derniers nains ont été
vus ici

les pierres vivantes   tombe de Tuatha

gué

grotte de cristal de la Grande Élusa

vergers

LES COLLINES EMBRUMÉES

la Rivière Perpétuelle

sorbier des artisans

Arbassa, maison de Rhia

LA DRUMA

l'Île

le dernier shomorra

oubliée

les sylvains ont vécu ici

Fléau rencontré ici

Rivage des Coquillages parlants

dunes

Naufrage d'Emrys

I. SCHOENHERR MCMXCVI

ici vit un peuple étrange

PERDUES

Puits de l'Autre-Monde

Slantos

ÎLE LÉGENDAIRE

DE

FINCAYRA

cavernes

le château des Ténèbres
la prophétie de la Danse des géants a été faite ici

LES GORGES DES AIGLES

LES PLAINES ROUILLÉES

ruines

campement de gobelins

LES COLLINES OBSCURES

demeure de Cairpré

la brèche

trésors

cité des bardes

T'eilean et Garlatha

LES MARAIS HANTÉS

repaire de Domnu
le Galator est peut-être là

ruines

rideau de brume qui entoure l'île

∽

TABLE DES MATIÈRES

TROISIÈME PARTIE

NOTE DE L'AUTEUR

Je ne m'y connais guère en enchanteurs, mais j'ai au moins appris une chose, c'est qu'ils réservent bien des surprises.

J'ai commencé à m'intéresser au personnage de Merlin en écrivant *The Merlin Effect* (l'effet Merlin). Après l'avoir suivi à travers la légende arthurienne, depuis l'époque des druides jusqu'à l'aube du xxɪ^e siècle, je n'ai pas pu m'en détacher.

Ce magicien capable de remonter le temps, de défier la triple mort et de chercher le Saint Graal tout en parlant avec les esprits des rivières et des arbres, m'a réellement fasciné. Et j'ai eu envie de mieux le connaître.

D'après certains spécialistes, le mythe de Merlin pourrait venir d'un personnage historique, un Gallois à la fois druide et prophète qui aurait vécu au vɪ^e siècle. Je laisse aux historiens le soin d'en débattre. Mais, que Merlin ait réellement existé ou non, il reste très vivant dans le domaine de l'imaginaire. Comme je voulais écrire une œuvre d'imagination, et non d'histoire, j'avais le champ libre.

D'ailleurs, Merlin ne m'a pas laissé le choix : il s'est imposé à moi, et mes autres projets ont dû attendre. Le moment était venu, semblait-il, d'explorer un autre aspect de sa légende, d'envisager l'individu sous un angle plus personnel. Je me doutais que plus j'en apprendrais sur l'enchanteur, moins j'en saurais vraiment — comme pour beaucoup de choses dans la vie. Et, bien entendu, j'avais conscience dès le départ qu'apporter ne serait-ce qu'une petite contribution à ce mythe extraordinaire constituait un défi de taille. Mais la curiosité est une puissante motivation. Et Merlin insistait.

C'est en commençant mes recherches que j'ai eu ma première surprise. Quand je me suis plongé dans les légendes traditionnelles, je n'ai rien trouvé sur la jeunesse du personnage. Cette époque de formation, où il a vraisemblablement découvert ses origines, son identité et ses pouvoirs, n'était mentionnée que fugitivement — lorsqu'elle l'était. De ses premiers chagrins, de ses premières joies et de l'acquisition des premières parcelles de sagesse, on ne savait rien.

La plupart des récits traditionnels suivent la même approche que celle de Thomas Malory[1] et passent cette période sous silence. Quelques-uns parlent de sa naissance, de sa mère tourmentée, de son père inconnu et de sa précocité — dans un de ces récits, on raconte qu'il se serait mis à parler à l'âge d'un an pour prendre la défense de sa mère. Ensuite, on ne sait plus rien de lui, jusqu'au jour où on le voit en train d'expliquer la signification du combat des dragons au perfide roi Vortigern. Peut-être que, durant toutes ces années, il a erré seul dans les bois, comme certains l'ont suggéré. Mais il a pu aussi aller ailleurs.

Ce silence sur les débuts de la vie de Merlin contraste étrangement avec la multitude de volumes dont on dispose concernant les années plus tardives. On lui prête, adulte, beaucoup de formes différentes (parfois contradictoires) : prophète, magicien, ermite, illusionniste, prêtre, voyant ou barde. Il apparaît parfois dans les premiers mythes de la Bretagne celtique, dont certains sont si anciens que les sources étaient déjà obscures parmi les grandes épopées galloises du *Mabinogion*, elles-mêmes ont été écrites il y a un millier d'années. Dans *La Reine des fées* de Spenser et *Roland furieux* de l'Arioste, Merlin l'enchanteur est présent. Il conseille le jeune roi dans *Le Morte*

---

1. Auteur de *Le Morte d'Arthur* (la mort d'Arthur), recueil de textes arthuriens publié en 1485.

d'Arthur de Malory, assemble les pierres de Stonehenge dans le poème *Merlin* de Robert de Boron (XIIᵉ siècle), et fait de nombreuses prophéties dans *Histoire des rois de Bretagne* de Geoffroy de Monmouth.

Ensuite, des écrivains plus récents et aussi divers que Shakespeare, Tennyson, Thomas Hardy, T. H. White, C. S. Lewis, Mary Stewart, Nikolai Tolstoy, John Steinbeck et d'autres encore se sont intéressés à ce fabuleux personnage. Mais, à part quelques rares exceptions comme Mary Stewart, ils n'ont guère évoqué sa jeunesse.

Ainsi, les premières années de Merlin restent étonnamment mystérieuses. On en est réduit à se poser de multiples questions sur ses premières luttes, ses peurs et ses aspirations. Quels étaient ses rêves profonds ? Ses passions ? Comment a-t-il découvert ses dons exceptionnels ? Comment a-t-il affronté la tragédie et le deuil ? Comment a-t-il découvert, peut-être même accepté, ses propres zones d'ombre ? Comment a-t-il connu les œuvres spirituelles des druides et celles des anciens Grecs ? Comment a-t-il réconcilié sa soif de pouvoir et son horreur des abus que génère ce même pouvoir ? En somme, comment est-il devenu l'enchanteur et le mentor du roi Arthur qu'on célèbre aujourd'hui ?

La tradition et la littérature ne répondent pas à ces questions. Et même les paroles attribuées à Merlin ne nous renseignent guère. Il donne l'impression d'avoir volontairement évité de parler de son passé. Si l'on se fie aux récits traditionnels, on se représente un vieil homme assis à côté du jeune Arthur, songeant distraitement à sa propre jeunesse. On peut l'imaginer faisant des remarques sur la brièveté de la vie ou des allusions à un chapitre manquant de son passé, mais ce ne sont que des suppositions.

Mon opinion est que, durant ces années perdues, Merlin n'a pas seulement disparu du monde des récits et des chansons. Je crois plutôt qu'il a disparu réellement — du monde tel que nous le connaissons.

Ce récit, qui s'étale sur plusieurs volumes, essaie de combler ce vide. L'histoire commence alors qu'un jeune garçon, sans nom et sans mémoire, est rejeté sur la côte galloise. Elle se termine quand le même garçon s'apprête à entrer dans la légende arthurienne et à y jouer un rôle majeur.

Entre ces deux moments, sa vie s'enrichit de nombreuses expériences. Le jeune garçon découvre son don de seconde vue — privilège qu'il paiera très cher. Il commence à parler avec les animaux, les arbres et les rivières. Il découvre le Stonehenge original, bien plus ancien que le cercle de pierres que, d'après la tradition, il aurait érigé dans la plaine de Salisbury, en Angleterre. Néanmoins, il doit d'abord apprendre la signification du nom druidique de Stonehenge, *Danse des géants*. Il explore sa première grotte de cristal. Il traverse la mer et découvre l'île perdue de Fincayra (*Fianchuivé* en gaélique) qui, dans la mythologie celtique, est une île sous les flots, un pont entre la Terre des humains et le monde des êtres spirituels appelé l'Autre Monde. Il rencontre des personnages dont les noms sont connus dans les récits anciens, parmi lesquels le grand Dagda, le maléfique Rhita Gawr, la tragique Elen, la mystérieuse Domnu, le sage Cairpré et la jeune Rhia pleine de vie. Il en rencontre d'autres moins familiers, comme Shim, Stangmar, T'eilean et Garlatha, et la Grande Élusa. Il apprend que pour bien voir, les yeux ne suffisent pas ; que la vraie sagesse réunit ce que souvent l'on oppose — foi et doute, femelle et mâle, lumière et obscurité —, que le véritable amour est fait de joie et de chagrin. Et, surtout, il acquiert le nom de Merlin.

Pour terminer, j'aimerais remercier Currie, ma femme et ma meilleure amie, qui a si bien protégé ma solitude ; mes enfants chahuteurs Denali, Brooks, Ben, Ross et Larkin, pour leur sens de l'humour et leur faculté d'émerveillement ; Patricia Lee Gauch, pour sa foi inébranlable dans la force d'une histoire censée être vraie ; Victoria Acord et Patricia Waneka, pour leur aide précieuse ; Cynthia Kreuz-Uhr, pour sa compréhension des diverses sources du mythe ; ceux qui m'ont encouragé en chemin, en particulier Madeleine L'Engle, Dorothy Markinko et M. Jerry Weiss ; tous les bardes, poètes, conteurs et érudits qui ont contribué au cours des siècles à la légende de Merlin ; et, bien sûr, l'enchanteur lui-même.

À présent, suivez-moi, et découvrez l'histoire des années perdues de Merlin. Dans ce voyage, vous êtes le témoin, je suis le scribe, et Merlin est notre guide. Mais méfions-nous, car les enchanteurs, nous le savons, réservent bien des surprises.

T. A. B.

––––––– ❧ –––––––

He that made with his hond
Wynd and water, wode and lond;
Geve heom alle good endyng
That wolon listne this talkyng,
And y schal telle, yow byfore,
How Merlyn was geten and bore
And of his wisdoms also
And othre happes mony mo
Sum whyle byfeol in Engelonde.

Celui qui créa de sa main
Le vent les eaux, les bois les prés ;
Qu'il donne bonne fin à tous ceux
Qui écouteront mon récit.
Je vais devant vous raconter
Comment Merlin fut conçu, mis au monde,
Vous dire aussi mon grand savoir
Et bien d'autres événements
Qui un jour arrivèrent en Angleterre.

––––––– ❧ –––––––

Extrait de la ballade *Arthur et Merlin*,
XIIIe siècle.
Traduction de M. André Crépin.

PROLOGUE

Si je ferme les yeux et respire au rythme de la mer, le souvenir de ce jour lointain me revient. Un jour rude, froid, et sans vie, aussi vide de promesses que mes poumons le sont d'air.

Depuis, j'en ai vu beaucoup d'autres, plus que je n'ai la force d'en compter. Et pourtant ce jour brille dans ma mémoire avec autant d'éclat que le Galator lui-même, comme celui où j'ai trouvé mon vrai nom, ou celui où j'ai bercé pour la première fois dans mes bras un bébé du nom d'Arthur. Si je m'en souviens si clairement, c'est peut-être parce que la douleur est toujours là, telle une cicatrice sur mon âme. Ou parce qu'il a marqué la fin de tant de choses… et, en même temps, le commencement de mes années perdues.

ne vague sombre se dressa sur la mer, et de cette vague jaillit une petite main.

La vague monta vers le ciel, gris comme elle, et la main se tendit, elle aussi, vers le ciel. Un bracelet d'écume tourbillonnait autour du poignet, tandis que les doigts cherchaient en vain à s'agripper à quelque chose. C'était la main d'un être tout petit. C'était la main d'un être qui était trop faible, qui n'avait plus la force de lutter.

La main d'un jeune garçon.

La vague qui avançait avec un bruit d'aspiration resta un instant suspendue entre l'océan et la terre, entre l'Atlantique et la dangereuse côte du pays de Galles, connu à ce moment-là sous le nom de Gwynedd, puis elle retomba dans un grondement furieux, précipitant le corps épuisé du garçon sur les rochers noirs.

Sa tête heurta une pierre si violemment que son crâne se serait sûrement fendu sans l'épaisse tignasse qui le recouvrait. Étendu sur le sol, l'enfant ne bougeait pas. Seuls ses cheveux noirs tachés de sang furent dérangés par le souffle de la vague suivante.

Une mouette un peu déplumée, voyant sa forme inerte, s'approcha en bondissant sur les rochers inégaux. Avec son bec, elle attrapa une algue qui s'était enroulée autour de l'oreille du naufragé et se mit à tirer dessus dans tous les sens en poussant des cris rauques.

L'algue finit par se détacher. Satisfait, l'oiseau sautilla vers le bras nu. Sous les lambeaux de la tunique brune qui lui collait au corps, le garçon paraissait petit, même pour un enfant de sept ans.

Mais quelque chose dans son visage — la forme de son front ou les plis autour de ses yeux — lui donnait un air beaucoup plus âgé.

À ce moment-là, il toussa, vomit de l'eau et toussa de nouveau. Apeurée, la mouette lâcha son algue en criant et alla se percher sur un rocher.

Le garçon resta un instant immobile. Il avait un goût de sable, de vase et de bile dans la bouche, et des élancements dans la tête. Il sentait les aspérités des rochers contre ses épaules. Il toussa encore, recracha de l'eau et respira avec difficulté une fois, deux fois, trois fois. Lentement, sa main fine se referma.

Les vagues déferlaient, se retiraient, déferlaient, se retiraient. Pendant ce temps, la petite flamme de vie en lui menaçait de s'éteindre. Malgré les élancements de sa tête, son esprit était étrangement vide. Il avait l'impression d'avoir perdu un morceau de lui-même. Ou qu'une sorte de mur s'était formé, le séparant d'une partie de son être, et ne laissant rien d'autre qu'un sentiment de peur.

Sa respiration ralentit. Son poing se relâcha. Il ouvrit la bouche comme pour tousser et perdit à nouveau connaissance.

Prudemment, la mouette se rapprocha.

Puis, venu d'on ne sait où, un frisson d'énergie parcourut le corps du garçon. Quelque chose en lui n'était pas encore prêt à mourir. Il bougea et respira encore.

La mouette s'immobilisa.

Il ouvrit les yeux. Tremblant de froid, il roula sur le côté. Il voulut cracher le sable qu'il avait dans la bouche, mais le goût d'algue et de sel lui donna envie de vomir.

Non sans mal, il leva un bras et s'essuya les lèvres avec les lambeaux de sa tunique. La blessure à vif qu'il sentait à l'arrière de sa tête le fit grimacer. Il réussit quand même à se redresser en prenant appui sur un rocher, et il resta là, assis, à écouter les grondements de la mer. Il lui sembla alors entendre un autre bruit que celui des vagues et du martèlement dans son crâne... une voix, peut-être. Une voix d'un autre temps, d'un autre endroit, mais lesquels ?

Il se rendit compte soudain avec stupeur qu'il ne se souvenait de rien. Ni d'où il venait, ni de sa mère ou de son père, ni même de son nom... *Son propre nom !* Il avait beau se concentrer de toutes ses forces, il ne retrouvait pas *son propre nom !*

— Qui suis-je ? s'exclama-t-il.

Surprise, la mouette lança encore un dernier cri rauque et s'envola.

Le garçon aperçut son reflet dans une flaque. Il se pencha et l'eau lui renvoya l'image d'un inconnu. Ses yeux, comme ses cheveux, étaient aussi noirs que du charbon et pailletés d'or. Ses oreilles, presque triangulaires et en pointe, étaient étrangement grandes par rapport au reste de son visage. De même que son front, particulièrement élevé. Son nez, au contraire, était étroit et mince et ressemblait plus à un bec. Bref, ses traits étaient plutôt mal assortis.

Rassemblant ses forces, il se mit debout. La tête lui tournait. Il s'appuya contre un rocher en attendant que le vertige cesse.

Son regard erra le long de la côte déserte. Les rochers s'étalaient partout, déployant une barrière noire face à la mer. Ils ne s'écartaient qu'à un endroit — et encore, pas beaucoup —, autour des racines d'un vieux chêne gris à moitié pelé qui semblait défier l'océan et les siècles. Il y avait un trou profond dans son tronc, creusé par le feu en des temps lointains. Malgré son grand âge, l'arbre aux branches noueuses et tordues restait ancré dans le sol, résistant aux assauts de la mer et du vent. Derrière, un bosquet d'arbres plus jeunes formait une masse sombre, sous de hautes falaises encore plus sombres.

Le garçon chercha désespérément des yeux quelque chose qui pourrait l'aider à retrouver la mémoire. Il ne reconnaissait rien.

Il se tourna vers le large, malgré les embruns qui lui brûlaient la peau. Les vagues déferlaient sans fin sous le ciel gris. Il tendit l'oreille, guettant la voix mystérieuse, mais n'entendit que le cri lointain d'une risse perchée sur les falaises.

Était-il venu de quelque part là-bas, au-delà des mers ?

Il se frotta vigoureusement les bras pour arrêter les tremblements. Apercevant un paquet d'algues vertes sur un rocher, il le ramassa et contempla, songeur, cette masse informe qui pendait dans sa main et qui, avant d'être déracinée et rejetée sur la côte, avait dansé de son rythme gracieux au gré des courants marins. Lui aussi avait été déraciné, mais pourquoi ? Et de quel endroit ?

Une faible plainte le sortit de sa rêverie. Encore cette voix ! Elle venait des rochers derrière le vieux chêne.

Alors qu'il se penchait en avant pour mieux l'écouter, il sentit pour la première fois une douleur sourde entre ses omoplates. Il pensa que son dos, comme sa tête, avait heurté les rochers. Cette douleur, pourtant, semblait venir de l'intérieur de son corps, comme si quelque chose sous ses épaules avait été arraché il y a très longtemps.

À pas hésitants, il atteignit le vieil arbre. Il s'appuya contre l'énorme tronc, le cœur battant. De nouveau, il entendit le gémissement. Il repartit.

Souvent, ses pieds nus glissaient sur les rochers mouillés. Avec sa démarche trébuchante et sa tunique brune qui lui battait les jambes, il ressemblait à un oiseau de mer disgracieux. Cependant, il avait bien compris ce qu'il était à présent : un garçon solitaire, sans nom et sans toit.

Soudain, il aperçut le corps d'une femme gisant au milieu des pierres, le visage près d'une flaque créée par la marée. Il s'approcha d'elle à la hâte. Ses longs cheveux couleur de lune s'étalaient en éventail autour de sa tête, comme des rayons de lumière. Elle avait des pommettes saillantes et le teint blanc, légèrement bleuté. Son ample robe bleue, déchirée par endroits, était couverte de sable et d'algues. Mais la qualité de la laine et le pendentif suspendu à un cordon de cuir autour de son cou indiquaient qu'il s'agissait d'une femme d'un rang élevé.

Elle poussa un gémissement de douleur. Une plainte déchirante. Il souffrait pour elle et, en même temps, il sentait naître en lui un nouvel espoir. *Est-ce que je la connais ?* se demanda-t-il en se penchant au-dessus de son corps tordu. *Et elle, est-ce qu'elle me connaît ?*

Avec un doigt, il lui toucha la joue. Elle était aussi froide que la mer. Il la regarda prendre plusieurs respirations courtes et difficiles. Il écouta ses gémissements. Et, en soupirant, il dut admettre qu'elle lui était complètement inconnue.

Au fond de lui, pourtant, il espérait toujours qu'elle était arrivée en même temps que lui sur ce rivage. Sinon par la même vague, du moins en provenance du même endroit. Peut-être que si elle vivait, elle pourrait combler le grand vide de sa mémoire. Peut-être connaissait-elle son nom ! Ou ceux de son père et de sa mère. Ou peut-être que… c'était elle, sa mère.

Une vague glacée lui fouetta les jambes. Ses tremblements reprirent et ses espoirs s'évanouirent. Peut-être la femme ne vivrait-elle pas. Et si elle vivait, elle ne le connaîtrait sans doute pas. D'ailleurs, ce n'était sûrement pas sa mère, inutile de rêver. Elle ne lui ressemblait pas du tout. Elle était trop belle pour avoir enfanté le jeune démon débraillé dont il avait vu le reflet dans la flaque.

Un grognement dans son dos le fit tressaillir.

Il se retourna et distingua, dans l'ombre du bosquet, un énorme sanglier. Son estomac se serra.

L'animal sortit du bois en grommelant de façon menaçante. Son épais pelage brun laissait apparaître une cicatrice grise le long de sa patte avant gauche. Ses défenses, aussi pointues que des poignards, étaient noircies du sang de sa dernière victime. Plus effrayants encore étaient ses yeux rouges, luisants comme des braises.

Le sanglier avançait d'un pas presque léger malgré son corps massif. Le garçon recula. L'animal le dépassait de beaucoup, et un simple coup de patte l'enverrait rouler par terre, un seul coup de défense lui déchirerait la chair. Le sanglier s'arrêta et baissa la tête ; il se préparait à charger.

Le garçon jeta un coup d'œil par-dessus son épaule et ne vit que les vagues de l'océan. Pas moyen de s'échapper par là. Il ramassa un bout de bois échoué pour s'en faire une arme, bien conscient qu'elle n'égratignerait même pas la bête. Il essaya néanmoins de se planter fermement sur les rochers glissants pour faire face à l'attaque.

C'est alors qu'une idée lui vint : le trou dans le vieux chêne ! L'arbre était à mi-chemin entre lui et le sanglier ; avec un peu de chance, il y arriverait le premier.

Au moment où il s'élançait, il se souvint de la femme et revint sur ses pas. Il ne pouvait pas la laisser là. Mais il fallait faire vite. En grimaçant, il jeta le morceau de bois et saisit les bras inertes.

Les jambes flageolantes, il essaya de l'extraire des rochers. À cause de toute l'eau qu'elle avait avalée ou parce que la mort pesait déjà sur elle, son corps était aussi lourd qu'une pierre. Finalement, sous le regard menaçant du sanglier, il parvint à la déplacer et commença à la traîner vers l'arbre. Des cailloux pointus lui coupaient les pieds, son cœur battait à toute allure, sa tête lui faisait mal, mais il tirait de toutes ses forces.

Le sanglier poussa un nouveau grognement. On aurait dit qu'il se moquait de lui. Le corps tendu, les narines dilatées et les défenses luisantes, il chargea.

Le garçon avait presque atteint l'arbre. Mais plutôt que de courir se mettre à l'abri, il s'arrêta, ramassa une grosse pierre par terre et la jeta à la tête du sanglier. Au dernier moment, l'animal changea de direction. La pierre le manqua et heurta le sol avec fracas.

Stupéfait d'avoir aussi facilement découragé la bête, le garçon se baissa pour ramasser une autre pierre. Sentant alors quelque chose bouger dans son dos, il se retourna.

Des buissons derrière le vieux chêne surgit un gigantesque cerf au pelage bronze, le bas des pattes d'un blanc immaculé. Il abaissa sa grande ramure et, les sept cors de chacun de ses bois pointés en avant comme autant de lances, il fonça sur le sanglier. Celui-ci fit un écart juste à temps pour esquiver l'attaque.

Le cerf bondit de nouveau sur le sanglier qui, lancé à toute allure, poussait des grognements féroces. Le garçon profita de ce moment pour tirer la femme inerte dans le creux de l'arbre. Il la coinça à l'intérieur, en lui repliant les jambes contre la poitrine. Le bois, carbonisé par un ancien feu, l'enveloppait comme une grande coquille noire. Il parvint à se caler dans un petit espace à côté d'elle, tandis que le sanglier et le cerf se défiaient en raclant le sol et en grognant.

Les yeux flamboyants de colère, le sanglier fit mine de charger le cerf, puis fonça droit sur l'arbre. Le garçon se recroquevilla, mais son visage était si près de l'écorce noueuse qu'il sentit l'haleine chaude de la bête, dont les défenses attaquaient le tronc. L'une d'elles lui égratigna le visage, et lui laissa une estafilade juste sous l'œil.

Alors, le cerf se jeta contre le sanglier, qu'il projeta sur le flanc près des fourrés. La cuisse en sang, la lourde bête se releva tant bien que mal.

Le cerf baissa la tête, prêt à attaquer. Le sanglier hésita une fraction de seconde et grogna une dernière fois, avant de battre en retraite et de filer dans le bois.

Avec une lenteur majestueuse, le cerf se tourna vers le garçon. Pendant un court instant, leurs yeux se croisèrent. Jamais l'enfant n'oublierait le regard calme et pénétrant de ce bel animal. Ses yeux bruns aussi profonds et mystérieux que l'océan lui-même.

Aussi rapidement qu'il était apparu, le cerf bondit par-dessus les racines emmêlées du chêne et disparut.

 PREMIÈRE PARTIE

∽ I ∽
L'ŒIL VIVANT

*J*e suis seul, sous les étoiles.

Tout le ciel s'embrase, comme si un nouveau soleil était en train de naître. Les gens se dispersent en hurlant. Mais je reste là, incapable de bouger et de respirer. Puis je vois l'arbre, plus noir qu'une ombre devant le ciel en feu. Ses branches enflammées se tordent tels de dangereux serpents. Elles essaient de m'attraper, s'approchent de moi. Je voudrais m'enfuir, mais mes jambes ne m'obéissent pas. Mon visage brûle ! Je me protège les yeux. Je crie.

Mon visage ! Mon visage brûle !

Je me suis réveillé en nage. La sueur me piquait les yeux. La paille de mon matelas me griffait la joue.

J'ai cligné des paupières, inspiré à fond et passé mes mains sur ma figure. Leur contact était frais sur ma peau.

En m'étirant, j'ai de nouveau senti cette douleur entre les omoplates. Quand disparaîtrait-elle ? Plus de cinq ans s'étaient écoulés depuis le jour où j'avais été rejeté sur le rivage. Comment se faisait-il que je la sente encore ? Mes blessures à la tête étaient guéries depuis longtemps, même si ma mémoire, elle, n'était pas revenue. Alors, pourquoi cette douleur dans le dos ? Vaines questions… Comme tant d'autres, elles resteraient sans réponses.

Je rassemblais les brins de paille échappés de mon matelas quand, sous mes doigts, a surgi une fourmi occupée à tirer un ver bien plus gros qu'elle. Amusé, je l'ai regardée escalader le monticule de paille. Elle aurait pu le contourner facilement. Mais non. Une raison mystérieuse la poussait à aller tout droit : elle essayait, retombait en arrière, essayait de nouveau pour tomber encore. Je l'ai observée répéter ces gestes pendant plusieurs minutes.

Finalement, j'ai eu pitié d'elle. J'ai d'abord voulu l'attraper par une patte, puis, craignant de la lui arracher — elle allait sûrement se débattre —, j'ai préféré prendre le ver. C'était bien calculé : la fourmi s'y est accrochée en gigotant frénétiquement.

Je les ai fait passer tous les deux par-dessus la paille et les ai déposés en douceur de l'autre côté. À ma grande surprise, lorsque j'ai lâché le ver, la fourmi a fait de même. Elle s'est tournée vers moi en agitant ses minuscules antennes ; j'ai eu le sentiment très net qu'elle me grondait.

— Toutes mes excuses, ai-je murmuré en souriant.

Elle s'est énervée encore quelques secondes, puis elle a mordu dans le ver et emporté son fardeau chez elle. À la maison.

Mon sourire s'est effacé. Et moi, où irais-je ? Je n'avais plus de maison. J'étais prêt à traîner derrière moi cette paillasse et même cette cabane… si seulement je savais où aller.

Par la fenêtre, j'ai vu la lune, ronde et brillante comme un pot rempli d'argent fondu. Sa lumière entrait à flots et infiltrait à travers le toit de chaume, peignant l'intérieur de la hutte de son pinceau lumineux. Elle tapissait le sol d'une pellicule argentée, faisait scintiller les murs et revêtait d'un éclat angélique la silhouette endormie dans un coin. On en oubliait presque l'état misérable de la pièce.

Tout cela n'était pourtant qu'une illusion, pas plus réelle que mon rêve. Le sol était en simple terre battue, le lit, une vulgaire paillasse, et la maison, une pauvre masure faite de brindilles et d'argile. L'enclos des oies, à côté, avait été construit avec plus de soins ! Je le savais, parce que je m'y cachais parfois, lorsque les cris des volatiles me semblaient préférables à ceux des humains. Il y faisait plus chaud que dans la hutte, en février, et plus sec en mai. Je ne valais sans doute guère plus que les oies, mais Branwen, elle, méritait beaucoup mieux.

J'ai contemplé sa silhouette endormie. Sa respiration, si discrète sous la couverture de laine, était calme et paisible. Hélas, là aussi, les apparences étaient trompeuses. Quand elle trouvait la paix durant la nuit, elle la perdait au réveil.

Elle a bougé dans son sommeil, et tourné son visage vers le mien. Éclairée par la lune, elle était encore plus belle que d'habitude. Elle avait le teint clair et les traits détendus, ce qui lui arrivait seulement les nuits où elle dormait profondément ; ou bien dans ses moments de prière silencieuse, de plus en plus fréquents.

J'ai froncé les sourcils. Si seulement elle avait voulu me dire ce qu'elle savait de notre passé ! Pourquoi refusait-elle d'aborder ce sujet ? Ne savait-elle vraiment rien, ou voulait-elle me cacher quelque chose ?

Sur elle, je n'avais presque rien appris durant les cinq années que nous avions passées ensemble dans cette hutte. À part la douceur de sa main et la tristesse au fond de ses yeux, qui m'étaient devenues familières, je la connaissais très mal. J'étais sûr, en tout cas, qu'elle n'était pas ma mère, contrairement à ce qu'elle prétendait.

D'où me venait cette certitude ? Je l'ignorais. Je le sentais quelque part dans mon cœur. Branwen était trop distante, trop secrète. Une mère, une vraie mère, n'aurait pas caché tant de choses à son fils. D'ailleurs, il me suffisait pour m'en assurer de regarder son visage, si beau… si différent du mien. Il n'y avait pas la moindre trace de noir dans ses yeux, ni de pointes aux oreilles ! Non, je n'étais pas plus son fils que les oies n'étaient mes sœurs.

Je ne pouvais pas croire non plus que Branwen était son vrai nom, ni Emrys le mien, comme elle avait essayé de m'en convaincre. Je ne savais pas quels noms nous avions avant d'être rejetés par la mer, mais j'avais l'intuition que ce n'étaient pas ceux-là. Elle avait beau m'appeler Emrys, je restais persuadé que mon vrai nom était… autre. Mais où chercher la vérité ? Dans les ombres indécises de mes rêves ?

Les seules fois où Branwen se livrait un petit peu, c'était quand elle me racontait des histoires. En particulier les légendes de la Grèce antique — ses récits préférés, manifestement, et les miens aussi. Quand elle parlait des géants, des dieux, des monstres et des quêtes des mythes grecs, quelque chose en elle s'animait. Je me demandais si elle s'en rendait compte.

À vrai dire, elle aimait aussi me parler des druides guérisseurs ou de Jésus, le faiseur de miracles de Galilée. Mais les aventures des dieux et déesses grecs allumaient dans ses yeux de saphir une lueur particulière. Par moments, j'avais presque le sentiment que c'était une façon d'évoquer des endroits qui, pour elle, existaient vraiment... des contrées où erraient des créatures étranges, où des êtres surnaturels se mêlaient aux humains. Tout cela me semblait absurde, mais visiblement pas à elle.

Un éclat de lumière a interrompu mes pensées. C'était seulement la lune qui se reflétait sur son pendentif, mais celui-ci m'a paru d'un vert plus vif que d'habitude. J'ai alors pris conscience que je n'avais jamais vu Branwen se séparer de ce bijou qu'elle portait autour du cou, attaché à un lacet de cuir, pas même une minute.

Un petit bruit derrière moi m'a fait tourner la tête ; j'ai aperçu par terre une poignée de feuilles séchées, attachées avec un brin d'herbe. Elles avaient dû tomber de la poutre au-dessus, où étaient accrochés des dizaines de bouquets d'herbes, de feuilles, de fleurs, de racines, de noix, d'écorces et de graines. Ce n'était qu'une partie de la collection de Branwen, car il y avait encore une multitude de bottes suspendues à la fenêtre, au dos

de la porte et à la table bancale, à côté de sa
paillasse.

La hutte embaumait le thym, la racine de
hêtre, la graine de moutarde et plein d'autres pro-
duits de la nature. J'adorais ces senteurs. Sauf celle
de l'aneth, qui me faisait éternuer. L'écorce de
cèdre, ma préférée, m'emmenait au septième ciel ;
les fleurs de lavande me donnaient des frissons
jusque dans les orteils, et le goémon me rappelait
quelque chose, mais j'étais incapable de dire quoi.

Tous ces ingrédients lui servaient à fabriquer
ses poudres, ses pâtes et ses cataplasmes. Sur la
table s'étalait un large assortiment de bols, couteaux, mortiers, pilons, passoires et autres ustensiles. Je la regardais souvent écraser des feuilles,
mélanger des poudres, égoutter des plantes ou
appliquer des onguents sur une blessure ou une
verrue. Malgré cela, j'en savais aussi peu sur son
travail de guérisseuse que sur elle. Si elle me per-
mettait de l'observer, elle ne m'expliquait rien.
Généralement, elle chantonnait en travaillant,
mais ne parlait pas.

Où avait-elle acquis ses connaissances dans
l'art de soigner ? Où avait-elle découvert les histoires de ces pays lointains et de ces temps
anciens ? Où avait-elle entendu pour la première
fois les enseignements de l'homme de Galilée, qui

occupait de plus en plus de place dans ses pensées ? Cela restait un mystère pour moi.

Je n'étais pas le seul à être contrarié par son silence. Souvent les villageois chuchotaient dans son dos, s'inquiétant de ses pouvoirs de guérison, de son étrange beauté et de ses chants énigmatiques. J'avais même entendu les mots *sorcellerie* et *magie noire* à son propos une ou deux fois, ce qui n'empêchait pas les gens de la consulter quand ils avaient un furoncle à soigner, un rhume à guérir ou un cauchemar à dissiper.

Branwen elle-même se montrait indifférente à ces murmures. Tant que les patients payaient ses services et nous permettaient de subsister, elle n'attachait pas d'importance à ce qu'ils pouvaient dire ou penser. Récemment, elle s'était occupée d'un moine âgé qui avait glissé sur les pierres mouillées du pont qui menait au moulin et s'était entaillé le bras. En bandant sa blessure, elle avait prononcé une prière chrétienne, ce qui avait semblé lui plaire. Mais lorsqu'elle y avait ajouté un chant druidique, il l'avait réprimandée et mise en garde contre le blasphème. Elle avait répondu calmement que Jésus lui-même consacrait tant d'attention aux malades qu'il aurait bien pu s'inspirer de la sagesse des druides et de ceux qu'on appelait maintenant les païens. Alors, le moine en colère avait arraché son pansement et s'était sauvé, non sans avoir prévenu tout le village qu'elle œuvrait pour les démons.

J'ai regardé de nouveau le pendentif. La lumière qui en jaillissait ne venait pas uniquement de la lune ; c'était aussi la sienne propre. Pour la première fois, j'ai remarqué, sous la surface de ce cristal que je croyais vert, des sortes de ruisselets bleus et violets et des reflets rouges où semblait palpiter une infinité de cœurs minuscules. On aurait presque cru un œil vivant.

Galator. Ce mot a mystérieusement surgi dans mon esprit. *Son nom est Galator.*

D'où venait ce mot ? Je n'en avais aucun souvenir. Peut-être l'avais-je entendu sur la place du village où se mêlaient chaque jour tous types de dialectes : celte, saxon, romain, gaélique et d'autres encore plus étranges. Ou peut-être venait-il d'une des histoires de Branwen, parsemées de mots empruntés aux Grecs, aux Hébreux, aux druides et même à des peuples plus anciens.

— Emrys !

Surpris, j'ai sursauté. J'ai croisé le regard plus bleu que bleu de cette femme énigmatique qui partageait sa hutte et ses repas avec moi, bien que rien de plus.

— Tu es réveillée.

— Oui. Et tu me regardais d'une étrange manière.

— Ce n'est pas toi que je regardais, ai-je répondu, mais ton pendentif... ton *Galator*, ai-je ajouté sans réfléchir.

Je l'ai vue tressaillir. D'un geste précipité, elle a enfoui le pendentif sous sa robe. Puis, essayant de garder une voix calme, elle a lâché :

— Je ne me souviens pas de t'avoir appris ce mot.

J'ai ouvert des yeux ronds.

— Quoi ? C'est comme ça qu'on l'appelle ? C'est son vrai nom ?

Elle m'a observé, songeuse, sur le point d'ajouter quelque chose, puis, se reprenant, elle a simplement dit :

— Tu devrais être en train de dormir, mon fils.

Je supportais mal qu'elle m'appelle ainsi.

— Je n'y arrive pas.

— Est-ce qu'une histoire t'aiderait ? Je pourrais te raconter la fin de celle d'Apollon.

— Non, pas maintenant.

— Veux-tu que je te prépare une tisane, alors ?

— Non, merci, ai-je dit en secouant la tête. Celle que tu as préparée pour le fils du couvreur l'a fait dormir pendant plus de trois jours.

Elle a esquissé un sourire.

— Il avait bu en une fois la dose d'une semaine, le pauvre idiot.

— De toute façon, le jour va bientôt se lever.

Elle ramassa sa couverture de laine.

— Eh bien, si tu ne veux pas dormir, moi j'ai sommeil.

— Attends, tu ne peux pas m'en dire plus sur ce mot ? Gal... qu'est-ce que c'était, déjà ?

Feignant de n'avoir pas entendu, Branwen s'est enveloppée dans sa couverture de laine, comme pour mieux s'isoler dans son silence, et elle a fermé les yeux. Quelques secondes après, elle semblait dormir. Mais la paix que j'avais vue sur son visage un instant plus tôt avait disparu.

— Tu ne veux pas me le dire ?

Silence.

— Pourquoi tu ne réponds jamais ? ai-je beuglé. J'ai besoin de savoir !

Elle ne bougeait toujours pas.

Peiné, je l'ai observée un moment. Puis j'ai roulé en bas de ma paillasse et je me suis aspergé la figure avec l'eau de la cuvette en bois, près de la porte. J'ai jeté un dernier coup d'œil vers Branwen, ce qui a ravivé ma colère. Pourquoi ne répondait-elle jamais ? En même temps, je me sentais coupable de n'avoir jamais pu l'appeler *mère* ; elle en aurait été si heureuse... Mais quelle mère refuse ainsi de répondre à son fils ?

J'ai tiré sur la poignée de corde, la porte s'est ouverte en raclant le sol, et j'ai quitté la cabane.

UN HIBOU APPROCHE

a lune était presque couchée et le ciel à l'ouest s'était assombri. Des lignes argentées, virant au gris, bordaient les gros nuages au-dessus du village de Caer Vedwyd. Dans le demi-jour, les toits de chaume aux formes arrondies ressemblaient à un amas de rochers. Des agneaux bêlaient quelque part et mes amies les oies commençaient à se réveiller. Le cri d'un coucou a retenti deux fois dans les fougères. Sous le chêne et les frênes ruisselants de rosée, le frais parfum des campanules se mêlait à l'odeur du chaume mouillé.

C'était le mois de mai et, en mai, avant l'aube, même un village sans attrait particulier peut devenir joli. J'ai arraché une bourre de la manche de ma tunique en écoutant les doux frémissements de la nature. Ce mois m'enchantait plus qu'aucun autre. Les fleurs s'ouvraient au soleil, les agneaux naissaient, les feuilles poussaient, et mes rêves fleurissaient en même temps que les plantes. Parfois, en mai, je ravalais mes doutes et je me persuadais qu'un jour j'apprendrais la vérité sur mon nom et mes origines. Sinon par Branwen, du moins par quelqu'un d'autre.

En mai, tout semblait possible. Si seulement je pouvais maîtriser le temps, et faire que tous les mois ressemblent à celui-ci ! Ou, peut-être, *remonter* le temps et, à la fin du mois de mai, revenir au début pour le revivre en entier.

Je me suis mordillé la lèvre. Quoi qu'il en soit, ce village ne serait jamais mon endroit préféré. Je ne m'y sentirais jamais chez moi. Cette heure matinale était la plus belle de la journée. Ensuite, les rayons du soleil feraient apparaître les chaumières délabrées et les visages craintifs. Comme la plupart des villages de ce pays vallonné et boisé, Caer Vedwyd ne devait son existence qu'à une ancienne route romaine. La nôtre longeait la rive nord de la Tywy, qui descendait vers le sud jusqu'à la mer. Si elle avait vu défiler jadis des flots de soldats romains, à présent, elle était surtout fréquentée par des vagabonds et des marchands itinérants. C'était un chemin de halage utilisé par les chevaux pour tirer les chalands chargés de grain ; un itinéraire pour ceux qui se rendaient à l'église Saint-Pierre, dans la ville de Caer Myrddin, au sud ; et aussi, je m'en souvenais bien, un passage vers la mer.

Le bruit d'un outil métallique a résonné dans l'atelier du forgeron, sous le grand chêne. J'entendais un cheval marcher quelque part sur le chemin de halage, et le cliquetis de sa bride. Dans une heure, les gens se réuniraient sur la place, à l'ombre du chêne, là où convergeaient les trois principaux chemins du village. Bientôt l'air serait rempli d'éclats de voix accompagnant les échanges, marchandages et autres boniments, ainsi que les vols, bien sûr.

Cinq ans dans cet endroit, et je m'y sentais toujours comme un étranger. Pourquoi ? Peut-être parce que tout changeait très vite, les dieux comme les noms locaux. Les Saxons récemment arrivés avaient déjà rebaptisé la montagne dont les sommets glacés dominaient le pays. Y Wyddfa s'appelait maintenant Snow Hill ou le Snowdon. Et la région, connue depuis longtemps sous le nom de Gwynedd, était devenue Wales, le pays de Galles. Mais le mot *pays* supposait une sorte d'unité qui, en fait, n'existait pas. Avec le nombre de voyageurs aux multiples dialectes qui traversaient notre petit village chaque jour, le pays de Galles ressemblait moins à un pays qu'à une étape, un lieu de passage.

En suivant le chemin qui menait au moulin, je voyais les dernières lueurs du clair de lune sur les pentes de Y Wyddfa. Aux abords du pont de pierre, les bruits du village qui s'éveillait se mêlaient au clapotis de la rivière. Une grenouille coassait près du moulin, la seule construction en brique du village.

Soudain, une voix intérieure m'a soufflé : *Un hibou approche.*

J'ai eu juste le temps de me retourner pour apercevoir la tête carrée et les grandes ailes brunes battre près de moi, rapides comme le vent et silencieuses comme la mort. Deux secondes après, toutes serres dehors, l'oiseau s'abattait sur sa proie dans l'herbe, derrière le moulin.

De l'hermine pour dîner, me suis-je dit en souriant. J'étais content d'avoir senti venir le hibou et deviné que sa proie était une hermine. Comment l'avais-je su ? Aucune idée. C'était une simple intuition. Je supposais que tout bon observateur l'aurait deviné aussi.

Cependant, je m'interrogeais de plus en plus. Parfois, j'avais l'impression d'être plus rapide que d'autres pour sentir ce qui allait se passer. Ce don, si on peut l'appeler ainsi, ne datait que de quelques semaines, et je commençais à peine à le comprendre. Je n'en avais pas parlé à Branwen, ni à qui que ce soit. Ce n'était peut-être qu'une suite d'heureux hasards. Dans le cas contraire, ce serait au moins une distraction. Et qui pourrait s'avérer utile.

La veille, justement, en voyant des gamins du village se poursuivre avec des épées imaginaires, j'avais eu envie de me mêler à leurs jeux. Mais Dinatius, le chef de la bande, a aussitôt foncé sur moi. Je n'aimais pas ce garçon. Je le trouvais méchant, bête et colérique. Mais je m'étais toujours gardé de l'offenser, moins par gentillesse que par prudence : il était beaucoup plus âgé et plus grand que moi — et que les autres gamins du village, d'ailleurs. Depuis la mort de sa mère, il travaillait comme valet chez le forgeron et j'avais souvent vu son patron lui flanquer une raclée pour n'avoir pas fait son travail. Il se vengeait sur les plus faibles. Une fois, il avait brûlé le bras d'un garçon qui osait mettre en doute son ascendance romaine.

J'avais encore tout cela présent à l'esprit quand il m'avait attaqué et que je me débattais pour lui échapper. C'est alors que, par chance, j'avais aperçu une mouette juste au-dessus de nous. Pointant le doigt vers l'oiseau, j'avais crié :

— Regarde ! Un cadeau du ciel !

Dinatius avait levé la tête et, à ce moment précis, l'oiseau avait lâché un genre de cadeau particulièrement odorant... qu'il avait reçu en plein dans l'œil. Pendant que les autres s'esclaffaient et que Dinatius jurait en s'essuyant la figure, je m'étais vite échappé.

Le souvenir de cette fuite m'a fait sourire. Pour la première fois, je me suis demandé si je possédais un don — un pouvoir — encore plus précieux que celui de prédire les événements. Juste une supposition : imaginons que je puisse vraiment *manipuler* les événements, que je puisse les provoquer, non pas avec mes mains, mes pieds ou ma voix, mais par la pensée.

Ce serait fantastique ! Je divaguais sans doute : c'était encore un de mes rêves du mois de mai… Mais si c'était davantage que cela ? Le mieux était d'essayer.

Arrivé près du pont, je me suis agenouillé à côté d'une petite fleur encore fermée. Je me suis concentré sur elle, en oubliant tout le reste : la fraîcheur de l'air, les cris des agneaux et les bruits du forgeron.

J'observais sa couleur lavande, teintée de reflets dorés par la lumière du soleil levant. Des poils minuscules ornés de gouttes de rosée formaient comme une broderie autour de chaque pétale, tandis qu'un puceron brun courait sur la collerette de feuilles frangées, en haut de la tige. Son parfum était frais, mais pas sucré. Je sentais que le cœur de la fleur, bien qu'encore invisible, devait être jaune comme un vieux fromage.

Après cet examen attentif, j'ai pensé très fort : *Montre-toi. Ouvre tes pétales.*

J'ai attendu un long moment. Rien ne s'est passé.

Je me suis de nouveau concentré sur la fleur. *Ouvre-toi. Ouvre tes pétales.*

Toujours rien.

J'allais me lever quand, très lentement, la collerette de feuilles a frémi, comme si une légère brise l'avait effleurée. Peu après, un pétale a bougé et s'est ouvert tout doucement. Un autre pétale a suivi, puis un autre et un autre encore. Pour finir, toute la fleur s'est épanouie pour accueillir l'aube. Du centre ont jailli six brins aussi fins que des plumes. Leur couleur ? Du jaune d'un fromage vieilli.

À cet instant, j'ai reçu un violent coup de pied dans le dos. Un gros éclat de rire a explosé au-dessus de moi, tandis qu'une botte assassine écrasait la fleur.

∾ III ∾
L'ORAGE

e me suis relevé en grognant.

— Dinatius ! Espèce de porc !

Il était là, avec son épaisse tignasse brune et ses épaules larges, et il me toisait.

— C'est toi qui as les oreilles pointues comme un cochon, m'a-t-il lancé. Ou un démon ! En tout cas, mieux vaut être un porc qu'un bâtard.

Le sang m'est monté au visage, mais j'ai gardé mon calme. Je l'ai fixé droit dans les yeux, ce qui m'obligeait à pencher la tête en arrière à cause de sa taille. Sa carrure était vraiment impressionnante. Il était capable de soulever de lourdes charges qui faisaient chanceler même des adultes. Non seulement il alimentait le feu du forgeron — un travail pénible à cause de la chaleur —, mais il coupait et portait le bois, actionnait la soufflerie et tirait un quintal de minerai de fer à la fois. En échange, le forgeron lui donnait un repas ou deux par jour, un sac de paille pour dormir... et pas mal de coups sur la tête.

— Je ne suis pas un bâtard.

Dinatius s'est frotté le menton lentement.

— Alors, où se cache ton père ? C'est peut-être un cochon. Ou un de ces rats qui vivent chez toi et ta mère.

— On n'a pas de rats dans la maison.

— La maison ! Tu appelles ça une maison ? C'est juste un trou crasseux où ta mère se cache pour faire ses trucs de sorcière.

J'ai serré les poings. Même si elles me faisaient mal, je supportais les insultes tant qu'elles me concernaient. Mais là, mon sang s'est mis à bouillir. Il voulait m'obliger à me battre, je le savais. Je savais aussi quelle en serait l'issue. Mieux valait que je me contienne, si je le pouvais. Mais c'était très dur de retenir mes bras. Et ma langue, encore plus.

— Quand on est fait d'air, on n'accuse pas le vent.

— Qu'est-ce que tu racontes, sale petit bâtard ?

J'ignore d'où est venue ma réponse :

— Tu ne devrais pas traiter les autres de *bâtards*. Ton père n'était qu'un mercenaire saxon qui est passé par le village, une nuit, et qui n'a laissé derrière lui que toi et une bouteille vide.

Dinatius a ouvert la bouche, puis l'a refermée sans rien dire. J'ai compris que je venais d'énoncer une vérité qu'il avait toujours redoutée sans jamais y croire. Une vérité plus dure à encaisser qu'un coup de massue.

Il a rougi.

— C'est faux ! a-t-il rétorqué. Mon père était un Romain, et un soldat ! Tout le monde le sait !

Il m'a jeté un regard noir.

— Je vais te montrer qui est le bâtard !

J'ai reculé. Mais Dinatius a avancé.

— Tu n'es rien, bâtard. Rien du tout ! Tu n'as pas de père. Pas de maison. Pas de nom ! Où as-tu volé le nom d'Emrys, bâtard ? Tu n'es rien ! Et tu ne seras jamais rien !

Ces mots m'ont fait tressaillir. Je voyais sa colère monter à travers ses yeux et je cherchais de tous côtés un moyen de m'échapper. Impossible de le distancer si je n'étais pas avantagé au départ. Et aujourd'hui, il n'y avait pas d'oiseau au-dessus de nous pour détourner son attention. Mais une autre idée m'est venue.

Comme la veille, j'ai pointé le doigt vers le ciel et crié :

— Regarde ! Un cadeau du ciel !

Cette fois, Dinatius, qui s'apprêtait à me sauter dessus, n'a pas levé les yeux. Au contraire, il a arrondi le dos comme pour parer un coup sur la tête. Exactement ce que j'espérais. Alors, je me suis retourné et, prenant mes jambes à mon cou, j'ai traversé la cour du moulin à toute vitesse.

Bouillonnant de rage, il s'est élancé après moi.

— Reviens ici, lâche !

J'ai sauté par-dessus une meule et des débris de bois, et j'ai franchi le pont. Mes bottes de cuir claquaient sur les pierres, mais j'entendais aussi celles de Dinatius derrière moi. Passé le pont, j'ai pris l'ancienne route romaine qui longeait la rive. À ma droite, les flots de la rivière bouillonnaient. À ma gauche s'étendait la forêt ininterrompue — sauf par les sentiers des cerfs et des loups — jusqu'aux pentes de Y Wyddfa.

J'ai couru sur les pavés pendant soixante ou soixante-dix pas. Dinatius se rapprochait. Arrivé en haut d'une petite côte, j'ai quitté le chemin et je me suis jeté dans un fourré. Malgré les épines qui me griffaient les mollets et les cuisses, j'ai foncé comme un fou au milieu des fougères. Puis, sortant des broussailles, j'ai enjambé une branche tombée par terre, bondi par-dessus un ruisseau, grimpé sur un affleurement de rochers moussus, avant de trouver une étroite piste de cerf qui serpentait à travers les bois. Je l'ai suivie jusqu'à un bosquet de grands arbres.

Je me suis arrêté, et presque aussitôt, j'ai entendu craquer les branches derrière moi. Sans hésiter, j'ai pris mon élan et sauté jusqu'à la branche la plus basse d'un grand pin. J'ai grimpé comme un écureuil, une branche après l'autre, et, arrivé à une hauteur de trois hommes, j'ai attendu.

Au même instant, Dinatius est entré dans le bosquet. Perché juste au-dessus de lui, je me suis accroché à la branche, le cœur battant, haletant, les jambes en sang. J'ai essayé de rester immobile et, malgré l'essoufflement, de respirer en silence.

Dinatius a regardé à gauche et à droite, scrutant la pénombre. À un moment, il a levé les yeux, mais il a reçu un bout d'écorce dans l'œil.

— Maudite forêt ! a-t-il tonné.

Puis, attiré par un léger bruissement de l'autre côté du bosquet, il s'est élancé dans cette direction.

Presque toute la matinée, je suis resté sur mon perchoir à observer la lente progression de la lumière à travers les branches des pins et le mouvement plus lent encore du vent parmi les arbres. Finalement, persuadé que j'avais échappé à Dinatius, j'ai décidé de bouger. Mais pas pour redescendre.

Pour monter plus haut.

En escaladant les branches, je me suis aperçu que mon cœur battait toujours vite. Pas de peur, ni à cause de l'effort. Non. Seulement d'impatience. Quelque chose dans cet arbre, à cette minute, m'électrisait d'une façon inexplicable. Chaque fois que je me hissais sur une nouvelle branche, mon humeur s'allégeait. Plus je montais et plus ma vue, mon ouïe, mon odorat semblaient s'affiner. Je m'imaginais volant à côté du petit faucon qui décrivait des cercles dans le ciel.

Le panorama en dessous de moi s'est élargi. Je pouvais suivre le cours de la rivière qui descendait vers le nord à travers les collines. Elle me faisait penser à un immense serpent sorti des contes de Branwen, et les plis des collines, à ceux d'un cerveau très ancien. Quelles pensées ce cerveau avait-il produites au cours des millénaires ? Cette forêt en était-elle le fruit ? Et ce jour également ?

Au cœur des brumes qui s'enroulaient autour des cimes les plus hautes se dressait la grande masse de Y Wyddfa, dont le sommet brillait sous un manteau de neige. Les ombres des nuages se déplaçaient sur ses crêtes, telles des empreintes de géants. J'aurais tant aimé les voir, ces géants, et assister à leur danse !

Dans le ciel, les nuages proprement dits s'accumulaient à l'ouest, même si j'apercevais encore de temps à autre un éclat, une étincelle de lumière sur la mer éclairée par le soleil. La vue de l'océan me remplissait d'un désir vague, indéfinissable. Je sentais que mon vrai pays, mon vrai nom, se situaient quelque part par là-bas. Des courants aussi profonds que les courants marins s'agitaient en moi.

Il était temps de me reposer. Avisant une grosse branche au-dessus de ma tête, j'ai réussi non sans mal à m'y accrocher, puis j'ai lancé une jambe. Plusieurs brindilles se sont cassées et ont tombé doucement vers le sol en décrivant des spirales. En grognant et en tirant de toutes mes forces, j'ai enfin réussi à l'enfourdrer.

Bien calé sur ma branche, je me suis adossé au tronc. J'ai approché de mon visage mes mains collantes de résine, et je me suis rempli les poumons de l'odeur suave qui s'en dégageait.

Soudain, quelque chose m'a frôlé l'oreille. J'ai tourné la tête et aperçu une petite queue brune et touffue qui disparaissait derrière le tronc. Tandis que je me penchais pour mieux voir, j'ai entendu un sifflement. Juste après, j'ai senti des pattes menues trottiner sur ma poitrine et le long de ma jambe.

Je me suis redressé et j'ai vu un écureuil sauter de mon pied sur une branche plus basse. Avec de petits glapissements, il a escaladé le tronc à toute allure, pour redescendre aussitôt, puis remonter en agitant la queue comme un drapeau, tout en grignotant une pomme de pin presque aussi grosse que sa tête. Comme s'il venait de me remarquer, il s'est alors arrêté net. Il m'a observé quelques secondes, a poussé un cri et sauté sur une branche de l'arbre voisin. De là, il a filé derrière le tronc et disparu. Je me suis demandé ce qu'il avait pensé de moi. En tout cas, il m'avait bien amusé.

L'envie de grimper m'a repris. Le vent qui se levait ravivait les parfums des arbres. La résine des branches auxquelles je me frottais exhalait un flot d'arômes.

J'ai revu le faucon. Il tournait au-dessus de la forêt et j'avais le vague sentiment qu'il m'observait. Pour quelle mystérieuse raison ? Je l'ignorais.

Au moment où je me hissais sur la plus haute branche susceptible de supporter mon poids, le premier roulement de tonnerre a retenti, accompagné du grondement encore plus puissant de milliers d'arbres ployant sous le vent. Dans cet océan de branches qui ondulaient comme des vagues, je reconnaissais la voix de chaque espèce : le soupir profond du chêne, les claquements secs de l'aubépine, le bruissement continu du pin et les craquements du frêne. Les aiguilles cliquetaient, les feuilles tapotaient. Les troncs gémissaient et les creux sifflaient. Toutes ces voix, et d'autres encore, formaient un vaste chœur qui chantait dans une langue pas si éloignée de la mienne.

Mon arbre, lui aussi, a commencé à osciller comme un grand corps, d'abord doucement, puis de plus en plus fort. À mesure que le vent se déchaînait, mes craintes que le tronc se casse et me précipite au sol augmentaient. Peu à peu, cependant, j'ai repris confiance. Fasciné par son extrême souplesse et sa solidité, je m'y cramponnais solidement. Il se penchait, ondulait, se tordait, tourbillonnait, dessinait des courbes et des arcs. À chacun de ses gracieux balancements, je me sentais devenir une créature de l'air.

La pluie a commencé à tomber, mêlant son bruit au clapotement du torrent et au chant des arbres. Les branches ruisselaient. De minuscules rivières dévalaient le long des troncs, serpentant entre des prairies de mousse et des gorges d'écorce. En pleine tempête, je tenais bon. Jamais je n'avais été aussi trempé. Et jamais je ne m'étais senti plus libre.

Quand, enfin, l'orage s'est calmé, j'ai vu le monde renaître. Les rayons de soleil dansaient sur les feuilles mouillées. Des colonnes de brume s'élevaient de chaque clairière. Les couleurs de la forêt étaient ravivées et ses parfums, plus frais. J'ai compris pour la première fois que la Terre se recréait sans cesse, que la vie était un perpétuel renouvellement. Et même si nous étions en après-midi, j'avais l'impression d'assister au tout premier matin de la Création.

∼ IV ∼
LE TAS DE CHIFFONS

a lumière de fin d'après-midi intensifiait les couleurs et épaississait les ombres, quand j'ai senti un léger tiraillement dans l'abdomen. Puis ce spasme est devenu plus intense. J'avais faim. Une faim de loup.

Avant de commencer à redescendre de mon perchoir, j'ai contemplé une dernière fois la vue et la lumière dorée qui gagnait les collines. Quand je suis parvenu à la branche la plus basse, je l'ai attrapée des deux mains et je me suis laissé glisser sur le côté. Les doigts serrés autour de l'écorce encore mouillée, je suis resté un moment suspendu en l'air et je me suis rendu compte que, depuis le début de mon ascension, la douleur entre mes omoplates avait disparu. J'ai lâché la branche et atterri sur la couche d'aiguilles de pin.

Doucement, j'ai appliqué ma paume contre le tronc strié du vieil arbre. J'avais l'impression de sentir la sève qui circulait dans ce grand fût comme le sang dans mon corps. D'une petite tape, je l'ai remercié.

Mon regard s'est posé sur un bouquet de champignons bruns dont le chapeau était méchuleux, niché parmi les aiguilles au pied de l'arbre. Branwen m'avait appris qu'ils étaient comestibles. Je me suis jeté dessus et les ai tous avalés en un rien de temps, ainsi que les racines d'une plante à feuilles violettes qui poussait à côté.

J'ai suivi la trace d'un cerf jusqu'au ruisseau et j'ai bu un peu d'eau dans le creux de mes mains. Sa fraîcheur sur mes dents et ma langue était revigorante. D'un pas maintenant léger, j'ai regagné le chemin de halage.

J'ai franchi le pont et aperçu les toits de chaume de Caer Vedwyd regroupés comme des bottes de foin derrière le moulin. Sous l'un d'eux, la femme qui se prétendait ma mère était sans doute occupée à préparer ses potions ou à soigner la blessure de quelqu'un, toujours secrète et silencieuse. Je me suis surpris à espérer qu'un jour, je me sentirais chez moi dans cet endroit.

En entrant dans le village, j'ai entendu les cris joyeux d'une bande de garçons. Ma première réaction a été de chercher à me cacher, selon mon habitude. Cependant, dans un soudain accès de confiance, l'envie m'a pris de me joindre à leurs jeux.

J'ai hésité. Et si Dinatius était dans les parages ? Il faudrait que je surveille l'atelier du forgeron. Mais, qui sait, peut-être que Dinatius lui-même pouvait s'adoucir avec le temps.

Lentement, je me suis approché. Sous le grand chêne où convergeaient les trois chemins principaux, des fermiers et des marchands s'étaient rassemblés avec leurs marchandises. Des chevaux et des ânes attachés à des poteaux cinglaient l'air de leur queue pour chasser les mouches. À côté, un barde à la triste figure chantait une ballade à quelques passants... jusqu'à ce qu'une queue lui fouette le visage. Le temps qu'il retrouve ses esprits, son public avait disparu.

Quatre garçons, de l'autre côté de la place, s'exerçaient au lancer de pierres et de bâtons. Ils avaient pris pour cible un tas de vieux chiffons au pied du chêne. Voyant que Dinatius n'était pas avec eux, j'ai respiré plus tranquillement et me suis approché du groupe.

— Comment est ton tir, aujourd'hui, Lud ?

Lud s'est tourné vers moi. C'était un garçon trapu aux cheveux blond-roux. Sa face ronde et ses petits yeux lui donnaient un air perpétuellement étonné. Dans le passé, il s'était montré plutôt amical à mon égard, mais aujourd'hui, il semblait méfiant. Craignait-il d'éventuelles représailles de Dinatius s'il me parlait, ou bien était-ce moi qu'il redoutait ?

J'ai fait quelques pas vers lui.

— Ne t'inquiète pas, ai-je dit. Tu n'as rien à craindre des fientes d'oiseau.

Lud m'a regardé un instant, puis il s'est mis à rire.

— Ah, ça c'était un joli coup !

— Un très joli coup, ai-je renchéri en souriant.

Il m'a lancé un caillou.

— Tu veux tenter ta chance ?

— Tu es sûr ? a demandé un des garçons. Ça ne plaira pas à Dinatius.

Lud a haussé les épaules.

— Vas-y, Emrys. Voyons comment tu tires.

Les garçons ont échangé des regards pendant que je soupesais le caillou dans ma main. D'un coup sec, j'ai lancé la pierre vers le tas de chiffons. Elle a volé haut et loin et a heurté l'abri des oies, ce qui a provoqué une grande agitation dans l'enclos avec force cris et battements d'ailes.

— Pas très bien, ai-je marmonné, penaud.

— Tu devrais te rapprocher, s'est moqué un des garçons. Tu n'as qu'à te mettre juste sous l'arbre.

Les autres ont ri.

Lud leur a fait signe de se taire et m'a lancé une autre pierre.

— Essaie encore, Emrys. Tu manques juste un peu d'entraînement.

Son ton encourageant m'a rassuré. Cette fois, tandis que tous me regardaient, je me suis bien positionné, prenant mon temps pour apprécier la distance jusqu'à la cible et le poids dans ma main. Puis, les yeux fixés sur le tas de chiffons, j'ai reculé le bras et tiré.

La pierre a atteint la cible. Lud a ri de satisfaction, et je n'ai pu m'empêcher de sourire fièrement.

À ce moment-là, quelque chose de bizarre a attiré mon attention. Au lieu de s'enfoncer dans les chiffons et de frapper le tronc derrière, ma pierre avait rebondi, comme s'ils enveloppaient quelque chose de dur. Soudain, je me suis rendu compte que le tas de chiffons bougeait. Et un pitoyable gémissement s'en est échappé.

— Mais c'est une personne ! me suis-je écrié, horrifié.

— Non, ce n'est pas une personne, a répondu Lud négligemment. C'est un juif.

— Un sale juif, a renchéri un des garçons.

Il a jeté sa pierre contre le tas de chiffons. Nouveau tir réussi. Nouveau gémissement.

— Mais enfin… vous n'avez pas le droit !

J'allais ajouter autre chose mais je me suis retenu, craignant de compromettre mes chances d'être accepté dans le groupe.

Lud se préparait à lancer un gros bâton.

— Pourquoi ? a-t-il rétorqué. Le juif n'aurait jamais dû passer par ici. Ils viennent de l'enfer, comme les démons, avec une queue et des cornes. Ils véhiculent des maladies et portent malheur.

Le tas de chiffons a gémi, puis commencé à se lever. Ma gorge s'est serrée.

— Je ne crois pas à de telles bêtises. Laissez partir ce malheureux et prenez une autre cible.

Lud m'a jeté un drôle de regard.

— Tu as tort de défendre les juifs. Les gens risquent de se demander si… si tu es un des leurs.

— Nous sommes tous pareils ! Les juifs sont des personnes, comme toi et moi.

J'ai jeté un coup d'œil vers l'homme en haillons qui s'éloignait et j'ai grogné :

— Laissez-le tranquille, maintenant.

Avec un petit sourire méprisant, Lud a lancé son bâton.

Alors, j'ai levé le bras et crié :

— Non ! Ne fais pas ça !

Le bâton s'est arrêté en plein vol, et il est tombé par terre, comme s'il avait heurté un mur invisible. Les garçons étaient médusés. Moi-même, j'en suis resté bouche bée.

— Un sortilège ! a murmuré un garçon.

— C'est de la sorcellerie ! a dit un autre.

Lud est devenu blême. Lentement, il s'est éloigné de moi.

— Va-t'en, tu... tu...

— Fils du démon ! a lancé une autre voix.

En me retournant, je me suis retrouvé face à Dinatius. Sa tunique portait les traces de sa course à travers la forêt : des accrocs partout et de la boue. Malgré sa grimace, il avait l'air satisfait d'avoir enfin acculé sa proie.

Je me suis redressé, plus que jamais conscient de l'avantage que lui donnait sa taille.

— Ne soyons pas ennemis, lui ai-je dit, d'un ton conciliant.

Il m'a craché sur la joue.

— Comme si je pouvais être l'ami d'un fils de démon !

Je me suis essuyé la figure, plein de rage. J'avais toutes les peines du monde à retenir ma colère. Avec des tremblements dans la voix, j'ai répondu :

— Je ne suis pas un démon. Je suis un garçon, tout comme toi.

— Je sais ce que tu es. Ton père était un démon et ta mère a des activités démoniaques. De toute façon, tu es un enfant du diable !

Je me suis précipité sur lui en hurlant.

Adroitement, Dinatius a fait un pas de côté, m'a soulevé de terre et jeté brutalement au sol. Puis, d'un coup de pied dans les côtes, il m'a envoyé rouler dans la poussière.

J'ai réussi à m'asseoir après bien des efforts, pendant que Dinatius, debout au-dessus de moi, riait à gorge déployée. Les autres riaient aussi et le poussaient à continuer.

— Qu'est-ce que tu as, fils de démon ? Ça ne va pas ? a raillé Dinatius.

Mes côtes me faisaient horriblement mal, mais ma rage était plus grande encore que ma douleur. En me tenant le flanc, je me suis mis à genoux, puis debout et, avec un grognement de bête blessée, je me suis jeté sur lui.

Un instant après, je me suis retrouvé dans l'herbe, face contre terre, le souffle coupé et un goût de sang dans la bouche. L'idée de faire le mort m'a traversé l'esprit, dans l'espoir que mon persécuteur se désintéresserait de sa victime. Mais je n'y croyais pas vraiment.

Quand je me suis relevé, chancelant, le menton en sang, Dinatius ne riait plus. Ce que j'ai vu alors dans ses yeux m'a pris au dépourvu.

Sous son air belliqueux, il était manifestement surpris.

— Bon sang, tu es sacrément têtu !

— Assez pour te résister, ai-je répondu d'une voix rauque, les poings serrés.

À ce moment-là, une silhouette que je n'avais pas vue venir s'est dressée entre nous. Les garçons, sauf Dinatius, ont reculé. Et moi, je suis resté sans voix.

C'était Branwen.

Malgré la peur qui se lisait sur son visage, Dinatius a craché à ses pieds.

— Pousse-toi, sorcière !

— Laisse-nous ! a-t-elle rétorqué, nullement impressionnée.

— Allez au diable ! C'est de là que vous venez, tous les deux.

— Vraiment ? a-t-elle répliqué en levant les bras. Dans ce cas, je te conseille de fuir. Sinon, j'attirerai sur toi les feux de l'enfer.

Dinatius a secoué la tête.

— C'est toi qui brûleras. Pas moi.

— Je n'ai pas peur du feu. Il n'a aucun effet sur moi.

Lud, qui regardait Branwen avec inquiétude, a tiré Dinatius par l'épaule.

— Et si c'était vrai ? Allez, viens.

— D'abord, je veux en finir avec ce morveux.

Un éclair de colère a enflammé les yeux bleus de Branwen.

— Va-t'en immédiatement, ou tu seras brûlé vif.

Il a reculé d'un pas.

Elle s'est avancée vers lui, menaçante :

— J'ai dit : immédiatement !

Les autres ont tourné les talons et sont partis en courant. Dinatius a hésité. Des deux mains, il a fait le signe pour se protéger du mauvais œil.

— Immédiatement ! a répété Branwen.

Dinatius l'a foudroyée du regard et a fini par battre en retraite.

J'ai pris Branwen par le bras et nous sommes retournés à pas lents vers notre cabane.

LE TEMPS SACRÉ

Allongé sur ma paillasse, j'ai tressailli quand Branwen a massé mes côtes meurtries. La lumière qui s'infiltrait par les trous du toit de chaume formait des taches claires sur son épaule et sa main gauches. Le front soucieux, elle m'observait de ses yeux si bleus, avec une telle intensité que je sentais presque son regard traverser ma peau.

— Merci d'être venue à mon secours.

— Ce n'est rien.

— Tu as été merveilleuse. Vraiment merveilleuse ! Et tu es arrivée juste à temps... tombée du ciel, comme un de ces dieux grecs dont tu me parles toujours, Athéna ou je ne sais qui.

Les plis sur son front se sont creusés.

— Plutôt comme Zeus, je dirais, a-t-elle doucement rectifié.

J'ai ri, mais mal m'en a pris, car le rire a réveillé la douleur.

— C'est tout à fait ça ! Tu as fait pleuvoir sur eux le tonnerre et la foudre !

— Oui… au lieu de la sagesse, a-t-elle soupiré. Enfin, j'ai fait ce que n'importe quelle mère aurait fait à ma place. Même si tu ne…

— Quoi ?

Elle a secoué la tête.

— Non, rien.

Elle s'est levée pour préparer un cataplasme qui sentait la fumée et le cèdre. Je l'ai entendue hacher et moudre pendant plusieurs minutes, puis elle est revenue. Elle a appliqué l'emplâtre contre mes côtes et posé les mains dessus. Peu à peu, j'ai senti une douce chaleur pénétrer mes os comme si la moelle elle-même s'était transformée en charbons ardents.

Au bout d'un moment, elle a fermé les yeux et commencé à chanter une lente mélopée que je l'avais entendue utiliser dans son travail de guérisseuse. Je m'étais souvent demandé si elle la chantait pour guérir la personne qu'elle soignait ou pour se faire du bien à elle-même. Cette fois-ci, en observant son visage, je n'avais plus de doute : ce chant était pour elle, pas pour moi.

Hy gododin catann hue
Hud a lledrith mal wyddan
Gaunce ae bellawn wen cabri
Varigal don Fincayra
Dravia, dravia Fincayra

Les paroles, je le sentais, venaient d'un autre monde, de l'autre côté de l'océan. J'ai attendu qu'elle ouvre les yeux, et je lui ai posé la question qui m'avait si souvent taraudé, sans vraiment attendre de réponse.

— Qu'est-ce que ça veut dire ?

Elle m'a de nouveau observé avec ses yeux qui semblaient pénétrer jusque dans mon âme. Puis, choisissant ses mots avec soin, elle a répondu :

— Elles parlent d'un endroit magique. Un pays plein d'attraits, et aussi d'illusions, du nom de Fincayra.

— Et que disent ces paroles à la fin : *Dravia, dravia Fincayra* ?

— Longue vie, longue vie à Fincayra, a-t-elle murmuré en baissant les yeux. Fincayra... Un endroit merveilleux, célébré par les bardes dans beaucoup de langues. On dit qu'il est à mi-chemin entre notre monde et le monde de l'esprit... Ce n'est ni tout à fait la Terre, ni tout à fait le ciel, mais un pont entre les deux. Oh, que d'histoires je pourrais te raconter ! Ses couleurs sont plus vives que l'aube la plus lumineuse ; son air, plus parfumé que le jardin le plus luxuriant. Il est peuplé de créatures mystérieuses. C'est là, paraît-il, que se trouveraient les tout premiers géants.

Je me suis tourné pour rapprocher mon visage du sien.

— À t'entendre, on croirait qu'il existe vraiment.

Ses mains se sont raidies contre mes côtes.

— Pas plus que les autres endroits dont je t'ai parlé. Ces histoires ne sont pas réelles de la même façon que ce cataplasme, mon fils. Elles le sont d'une autre façon ! Elles le sont assez pour m'aider à vivre et travailler. Et pour trouver le sens caché de chaque rêve, chaque feuille, chaque goutte de rosée.

— Tu ne veux pas dire que ces histoires sont vraies comme celles des dieux grecs ?

— Oh, si !

Elle a réfléchi un instant.

— Les histoires ont besoin de foi, pas de faits. Ne le vois-tu pas ? Elles appartiennent au temps sacré, qui s'écoule tel un cercle. Pas à l'histoire, qui défile sur une ligne droite. Il s'agit d'une autre réalité. Mais elles sont vraies, mon fils. Plus vraies à bien des égards que la vie quotidienne de ce misérable petit village.

J'ai froncé les sourcils.

— Mais le mont Olympe des Grecs n'est pas la même chose que notre mont Y Wyddfa.

Ses doigts se sont légèrement relâchés.

— Ils ne sont pas aussi différents que tu le penses. Le mont Olympe existe sur la terre et dans la légende, dans l'histoire et le temps sacré. Et on y trouve toujours Zeus, Athéna et les autres. C'est un *lieu intermédiaire*… pas tout à fait notre monde ni tout à fait l'Autre Monde, mais quelque chose entre les deux. De la même façon que la brume n'est pas tout à fait de l'air ni tout à fait de l'eau, mais un peu des deux. Il existe un autre endroit du même genre, c'est l'île grecque de Délos, où Apollon est né et où il demeure.

— Dans la légende, bien sûr, mais pas dans la réalité.

Elle m'a regardé étrangement.

— En es-tu certain ?

— Euh… non. Je ne suis jamais allé en Grèce. Mais j'ai vu Y Wyddfa une centaine de fois, depuis cette fenêtre. Il n'y a pas d'Apollons ici, ni sur cette montagne, ni dans ce village.

Branwen m'a de nouveau regardé d'un air bizarre.

— En es-tu certain ?

— Bien sûr ! Voilà de quoi est fait ce village ! ai-je ajouté en prenant une poignée de paille de ma paillasse et en la jetant en l'air. Il est fait de paille sale, de murs délabrés, de gens en colère et d'ignorants. La moitié d'entre eux pensent que tu es une sorcière !

Elle a retiré le cataplasme et examiné l'ecchymose sur mes côtes.

— Ils viennent quand même ici se faire soigner.

Elle a pris un bol en bois contenant une pâte verdâtre à l'odeur âcre de baies trop mûres. Tendrement, avec deux doigts de la main gauche, elle l'a appliquée sur mes contusions.

— Dis-moi, a-t-elle commencé sans quitter des yeux son travail, est-ce que, en te promenant loin des bruits du village, il t'est arrivé de sentir la présence d'un esprit, de quelque chose que tu ne pouvais pas vraiment voir ? Près de la rivière, par exemple, ou dans la forêt ?

J'ai repensé au grand pin sous l'orage. Il me semblait encore entendre le bruissement de ses branches, respirer les bouffées de résine, toucher l'écorce sous mes doigts.

— Parfois, dans la forêt…

— Oui ?

— J'ai eu l'impression que les arbres étaient vivants, les plus vieux en particulier. Pas juste comme une plante, mais comme une personne. Avec un visage. Avec une âme.

Branwen a hoché la tête et son visage s'est teinté de mélancolie.

— Comme les dryades et les hamadryades. J'aimerais pouvoir te lire certaines de ces histoires

dans la langue des Grecs. Ils les racontent tellement mieux que moi! Et ces livres... Emrys, j'ai
connu une pièce pleine de vieux livres dans lesquels je restais plongée des heures, sans rien faire
d'autre de toute la journée. Je les lisais tard dans
la nuit jusqu'à ce que je m'endorme. Parfois, pendant mon sommeil, je recevais alors la visite des
dryades, ou d'Apollon lui-même.

Elle s'est interrompue brusquement.

— Je t'ai déjà raconté des histoires de Dagda?
J'ai fait non de la tête.

— Qu'est-ce que ça a à voir avec Apollon?

— Patience.

Elle a repris un peu de pâte et poursuivi son
travail.

— Les Celtes, qui vivent à Gwynedd depuis
assez longtemps pour avoir entendu parler du
temps sacré, ont leurs propres Apollons. J'en ai
entendu parler enfant, bien avant d'apprendre à
lire.

J'ai sursauté.

— Tu es celte? Je croyais que tu venais de...
du même endroit que moi, quelque part de l'autre
côté de la mer.

Ses mains se sont crispées.

— Oui, c'est exact. Cependant, avant d'aller
là-bas, je vivais ici, à Gwynedd. Pas dans ce
village, mais à Caer Myrddin, qui n'était pas

aussi peuplé qu'aujourd'hui. Mais laisse-moi continuer.

J'ai hoché la tête docilement, revigoré par ce qu'elle avait dit. Ce n'était pas beaucoup, mais c'était la première fois qu'elle me racontait un peu de son enfance.

Elle a repris son travail en même temps que son histoire.

— Dagda est un de ces Apollons. L'un des esprits celtes les plus puissants, le dieu de la Connaissance.

— À quoi il ressemble ? Dans les histoires, je veux dire.

Branwen a pris le reste de la pâte dans le bol.

— Ça, c'est une bonne question. Une très bonne question. Pour une raison que lui seul connaît, Dagda ne montre jamais son vrai visage. Il prend diverses formes selon les époques.

— Par exemple ?

— Une fois, dans une célèbre bataille contre son plus grand ennemi, un esprit mauvais nommé Rhita Gawr, tous deux prirent la forme de bêtes puissantes. Rhita Gawr devint un sanglier énorme avec des défenses redoutables, des yeux couleur de sang et… ah, oui : une longue cicatrice sur une patte de devant.

Je me suis raidi. Ma cicatrice sous l'œil, là où la défense d'un sanglier m'avait blessé cinq ans plus tôt, a commencé à me piquer. Depuis ce jour, ce sanglier m'avait attaqué plusieurs fois dans mes rêves.

— Et dans cette bataille, Dagda devint…

— … un grand cerf au pelage bronze, avec l'extrémité des pattes blanc, des bois à sept cors de chaque côté… et des yeux aussi profonds que les espaces entre les étoiles.

— Tu connais l'histoire ? m'a demandé Branwen, surprise.

— Non, ai-je avoué.

— Alors, comment le sais-tu ?

— J'ai vu ces yeux.

Elle semblait sidérée.

— J'ai vu le cerf, et aussi le sanglier, ai-je ajouté.

— Quand ?

— Le jour où nous avons été rejetés sur le rivage.

Elle m'a observée attentivement.

— Ils se sont battus ?

— Oui ! Le sanglier voulait nous tuer. En particulier toi, j'imagine, si c'était vraiment un esprit mauvais.

— Qu'est-ce qui te fait dire ça ?

— Eh bien, parce que tu étais… toi ! Et je n'étais qu'un petit garçon tout maigre…

Je me suis regardé et j'ai souri.

— … contrairement au grand garçon tout maigre de maintenant. En tout cas, le sanglier nous aurait sûrement tués. Mais à ce moment-là, le cerf est apparu et l'a chassé. D'où cette cicatrice sous mon œil, ai-je conclu en lui montrant la marque.

— Tu ne me l'avais jamais raconté.

Je l'ai fixée.

— Il y a beaucoup de choses que tu ne m'as jamais racontées non plus.

— Tu as raison, a-t-elle admis d'un air contrit. Nous avons peut-être parlé des autres, mais très peu de nous. C'est de ma faute.

Je ne l'ai pas contredite.

— Je peux t'en apprendre un peu plus, maintenant. Si ce sanglier — Rhita Gawr — avait pu tuer l'un de nous, ça n'aurait pas été moi, mais *toi*.

— Quoi ? C'est absurde ! C'est toi qui possèdes le savoir et le pouvoir de guérir.

— Mais toi, tu as des pouvoirs bien plus grands ! a-t-elle affirmé en me regardant au fond des yeux. Les as-tu déjà ressentis ? Ton grand-père m'a confié un jour que les siens s'étaient manifestés dans sa douzième année.

Elle s'est interrompue, comme si elle était allée trop loin.

— Mais je ne voulais pas parler de lui.

— Maintenant que tu l'as fait, tu peux continuer...

Elle a secoué la tête d'un air sombre.

— Non, laissons cela.

— S'il te plaît, oh, s'il te plaît ! Je voudrais au moins savoir quelque chose. Comment était-il ?

— Je ne peux pas.

Le sang m'est monté au visage.

— Tu dois me le dire ! Pourquoi l'avoir mentionné si tu ne voulais rien me raconter ?

Elle s'est passé une main dans ses boucles blondes.

— C'était un enchanteur, un enchanteur redoutable. Mais je ne te raconterai que ce qu'il a dit à ton sujet. Avant ta naissance, il m'a appris que des pouvoirs tels que les siens sautaient souvent une génération. Et que j'aurais un fils qui...

— Qui quoi ?

— Qui posséderait des pouvoirs encore plus grands. Venus des sources les plus profondes. Si profondes que, si tu apprenais à les maîtriser, tu pourrais changer définitivement la face du monde.

Je n'y croyais pas.

— C'est faux, et tu le sais. Il suffit de me regarder !

— Je te regarde, a-t-elle répondu d'une voix douce. Et si, pour l'instant, tu ne ressembles pas à ce qu'a décrit ton grand-père, cela changera peut-être un jour.

— Non, ai-je protesté. Je ne veux pas avoir de pouvoirs. Je veux juste retrouver la mémoire ! Je veux savoir qui je suis vraiment.

— Et si tu découvres ces pouvoirs en toi ?

— C'est impossible, me suis-je esclaffé. Je ne suis pas un enchanteur.

Elle a penché la tête.

— Un jour, tu seras peut-être surpris.

Soudain, je me suis rappelé le bâton de Lud qui s'était arrêté en vol.

— En fait, il m'est arrivé une chose bizarre, tout à l'heure, avant que tu interviennes. Je ne suis pas sûr que ce soit à cause de moi. Mais je ne suis pas sûr non plus de n'y être pour rien.

Sans un mot, elle a pris une bande de tissu qu'elle a enroulée autour de mes côtes. Elle semblait me considérer avec plus de respect, peut-être même une certaine crainte. Elle agissait avec précaution, un peu comme si elle avait peur de se brûler. Cette attitude m'a mis très mal à l'aise. Au moment où je commençais à me sentir plus proche d'elle, elle redevenait plus distante que jamais.

Finalement, elle a dit :

— Tout ce que tu as fait, tu l'as fait grâce à tes pouvoirs. Ils sont à toi, c'est un don du ciel. Du plus grand des dieux, celui que je prie plus que tous les autres, celui qui nous a donné les dons que nous possédons. J'ignore quels sont tes pouvoirs, mon fils. Je sais seulement que Dieu ne te les a pas donnés sans penser que tu t'en servirais. Tout ce que Dieu demande, c'est que tu les utilises bien. Comme l'a dit ton grand-père, tu dois d'abord réussir à les maîtriser. C'est-à-dire apprendre à t'en servir avec sagesse et amour.

— Mais je ne les ai pas demandés, ces pouvoirs !

— Et moi, pas davantage. Pas plus que je n'ai demandé à être appelée sorcière. Quand on a un don, il y a toujours le risque que les autres ne le comprennent pas.

— Mais tu n'as pas peur ? L'an dernier, à Llen, on a brûlé une femme accusée de sorcellerie.

Elle a levé les yeux vers les rayons de lumière qui traversaient le toit de chaume.

— Dieu tout-puissant sait que je ne suis pas une sorcière. J'essaie seulement d'utiliser mes dons du mieux que je peux.

— Tu essaies de mêler les croyances anciennes aux nouvelles. Et ça fait peur aux gens.

Ses yeux saphir se sont adoucis.

— Tu es un bon observateur. Oui, ça fait peur aux gens. Comme presque tout, ces temps-ci.

Elle a terminé le bandage.

— Le monde change, Emrys. Je n'ai jamais connu d'époque comme celle-ci, même dans… l'autre endroit. Les envahisseurs franchissent les océans. Les mercenaires changent sans cesse de camp. Les chrétiens combattent les anciennes croyances. Celles-ci sont en guerre avec les nouvelles. Les gens ont peur, terriblement peur. Tout ce qui est inconnu devient l'œuvre des démons.

Je me suis redressé avec raideur.

— Est-ce que tu aurais préféré…

Ma voix s'est perdue et j'ai dégluti pour reprendre :

— … ne pas avoir ce don ? Ne pas être si différente ? Ne pas être prise pour une démone ?

— Bien sûr, a-t-elle répondu en mordillant sa lèvre, pensive. Mais c'est là qu'intervient ma foi. La nouvelle croyance est puissante. Très puissante. Regarde ce qu'elle a fait pour sainte Brigitte et sainte Colombe ! Et en même temps, je connais assez les anciennes croyances pour savoir qu'elles aussi ont beaucoup de pouvoir. Est-ce trop espérer qu'elles puissent cohabiter ? Se renforcer les unes les autres ? Car, même si les paroles de Jésus touchent mon âme, je ne peux oublier les paroles des autres, les juifs, les Grecs, les druides… Et même les plus anciens.

Je lui ai jeté un regard sombre.

— Tu en sais, des choses ! Pas comme moi.

— Tu te trompes. J'en sais très peu. Vraiment très peu. Par exemple… j'ignore pourquoi tu ne m'appelles jamais mère, a-t-elle dit d'un air soudain peiné.

Cette remarque m'a touché au cœur.

— C'est parce que…

— Parce que ?

— Parce que je ne crois pas que tu es ma mère.

Elle a pris une longue inspiration.

— Et crois-tu que ton vrai nom est Emrys ?

— Non.

— Ou que mon vrai nom est Branwen ?

— Non.

Elle a penché la tête en arrière et, pendant un long moment, elle a fixé le chaume noirci par d'innombrables feux de cuisson, avant de me regarder de nouveau.

— En ce qui concerne mon nom, tu as raison. Après notre arrivée ici, je l'ai emprunté à une vieille légende.

— Celle que tu m'as racontée ? L'histoire de Branwen, fille de Llyr ?

Elle a fait oui de la tête.

— Tu t'en souviens ? Alors, tu te rappelles que Branwen est venue d'un autre pays pour épouser quelqu'un en Irlande. Sa vie avait commencé pleine d'espoir et de beauté.

— Et elle a fini tragiquement. Ses derniers mots furent : *Maudit soit le jour où je suis née.*

Elle a pris ma main dans la sienne.

— Mais cela concerne mon nom, pas le tien. Et ma vie, pas la tienne. Je t'en prie, crois-moi ! Emrys est ton nom. Et je suis ta mère.

Un sanglot est monté dans ma gorge.

— Si tu es vraiment ma mère, ne peux-tu donc pas me dire où est mon pays ? Mon vrai pays, l'endroit d'où je viens ?

— Non, je ne peux pas ! Ces souvenirs sont trop douloureux pour moi. Et trop dangereux pour toi.

— Alors, comment veux-tu que je te croie ?

— Écoute-moi, s'il te plaît. Je ne te le dis pas, justement parce que je t'aime ! Si tu as perdu la mémoire, il y a une raison. C'est une bénédiction.

— Non, c'est une malédiction ! me suis-je renfrogné.

Elle m'a observé, les yeux embués de larmes. Il m'a semblé qu'elle allait parler, me révéler enfin ce que je souhaitais tant savoir. Puis sa main a serré la mienne. Ce n'était pas un geste de compassion, mais de frayeur.

LE FEU

ne silhouette musclée s'est profilée dans l'embrasure de la porte.

J'ai bondi de ma paillasse, renversant le bol de Branwen.

— Dinatius !

Il pointait un doigt menaçant vers nous.

— Sortez, tous les deux.

Branwen s'est levée et m'a rejoint.

— Non, nous ne sortirons pas.

Les yeux gris de Dinatius lançaient des éclairs. Il a crié par-dessus son épaule :

— Emparez-vous d'elle d'abord.

Et il est entré dans la cabane, accompagné de deux garçons du village. Lud n'était pas avec eux.

J'ai attrapé Dinatius par le bras. Il s'est débarrassé de moi d'un simple geste, comme il l'aurait fait d'une mouche, et m'a projeté contre la table où étaient posés les ustensiles et ingrédients de Branwen. Les cuillères, couteaux, passoires et bols se sont éparpillés sur le sol, et la table s'est s'écroulée sous mon poids. Les liquides et les pâtes ont éclaboussé les murs, les graines et les feuilles ont volé dans la pièce.

Voyant Dinatius lutter avec Branwen, je me suis relevé d'un bond et me suis jeté sur lui. Il a virevolté et m'a frappé avec une telle violence que j'ai été catapulté contre le mur. Je suis resté un moment par terre, hébété.

Lorsque j'ai retrouvé mes esprits, j'étais seul dans la cabane. Au début, je n'étais pas sûr de ce qui venait de se passer. En entendant des cris dehors, j'ai titubé jusqu'à la porte.

Branwen était étendue à vingt ou trente pas, au milieu du chemin, les mains et les pieds liés avec une corde épissée. On lui avait fourré dans la bouche un morceau de tissu arraché à sa robe pour l'empêcher de crier. Apparemment les marchands et les villageois sur la place, occupés par leur travail, ne l'avaient pas encore remarquée — ou ne voulaient pas intervenir.

— Regardez-la, a lancé en riant un garçon maigre au visage crasseux. Elle fait moins peur, maintenant.

— C'est bien fait pour cette démone ! a renchéri son camarade, qui tenait encore un bout de corde entre ses mains.

J'ai fait un pas vers elle. Soudain, j'ai aperçu Dinatius penché sur un tas de broussailles, sous le grand chêne. Quand je l'ai vu glisser une pelletée de charbon enflammé du forgeron sous les broussailles, la peur m'a saisi. *Un feu ! Il allume un feu !*

Les flammes ont commencé à crépiter. Une colonne de fumée s'est rapidement élevée dans les branches de l'arbre. Debout, mains sur les hanches, Dinatius contemplait son travail. Si quelqu'un avait l'air d'un démon, c'était bien lui !

— Elle prétend qu'elle n'a pas peur du feu ! a-t-il déclaré. Que le feu ne lui fait rien !

Les autres ont hoché la tête.

— On va voir ça ! a ricané le garçon avec la corde.

— Au feu ! a lancé un des marchands en voyant les flammes.

Une femme est sortie de sa cabane, affolée.

— Éteignez-le ! a-t-elle crié.

Mais les deux garçons avaient déjà pris Branwen par les jambes et commençaient à la tirer vers le feu où Dinatius attendait.

Je me suis précipité dehors, pris d'une rage comme jamais je n'en avais connue. Une colère impossible à contenir, qui m'a submergé telle une énorme vague, éliminant tout autre sentiment.

Dinatius m'a regardé approcher avec un large sourire.

— Juste à temps, petit morveux ! On va vous cuire ensemble.

Je n'avais plus qu'une idée en tête : *qu'il brûle, qu'il brûle en enfer.*

Au même instant, le grand chêne a tremblé et craqué, comme s'il avait été frappé par la foudre. Dinatius s'est retourné juste au moment où une des plus grosses branches s'est cassée, peut-être affaiblie par son feu. Avant qu'il ait pu s'échapper, la branche lui est tombée dessus, lui clouant la poitrine au sol et lui écrasant les bras. Comme le souffle d'une dizaine de dragons, la flambée est montée plus haut. Les villageois et les marchands se sont dispersés. Les branches se sont embrasées, dans un bruit qui couvrait presque les cris du garçon pris au piège.

Je me suis précipité vers Branwen. Les autres l'avaient lâchée à quelques pas de l'arbre en feu. Les flammes léchaient déjà sa robe. Je l'ai vite tirée loin du brasier et j'ai dénoué ses liens. Elle a retiré le chiffon de sa bouche, en me regardant avec gratitude et crainte à la fois.

— C'est toi qui as fait ça ?

— Je... je crois que oui. On dirait de la magie.

Ses yeux de saphir se sont fixés sur moi.

— C'est ton pouvoir.

Avant que j'aie pu répondre, un cri à donner la chair de poule a jailli de l'enfer. Un horrible cri de douleur, qui n'en finissait pas. En entendant cette voix, cette plainte désespérée, mon sang s'est glacé dans mes veines. J'ai tout de suite compris ce que j'avais fait. Et aussi ce qu'il me restait à faire.

— Non ! a protesté Branwen en agrippant ma tunique.

Mais c'était trop tard. J'avais plongé dans la fournaise.

VII
caché

Des voix. Des voix d'ange.

Je me suis assis en sursaut. Des anges ? Était-ce possible ? Étais-je vraiment mort ? Autour de moi, l'obscurité était plus noire que la nuit même.

Puis : la douleur. La douleur sur mon visage et ma main droite me prouvait que j'étais bien vivant. C'était une douleur fulgurante. Atroce. Comme si on m'arrachait la peau.

Je sentais aussi un poids sur mon front. Prudemment, j'ai levé la main jusqu'à mon visage. Les doigts de ma main droite étaient bandés. Ainsi que mon front, mes joues, mes yeux… enveloppés de linges froids et humides imprégnés d'une forte odeur d'herbes. Le moindre effleurement me faisait l'effet d'un coup de poignard.

Une lourde porte a grincé quelque part. J'ai entendu des pas s'approcher sur un sol de pierre. Ils résonnaient sous le haut plafond. Il m'a semblé reconnaître cette démarche.

— Branwen ?

— Oui, mon fils. Tu t'es enfin réveillé. J'en suis heureuse.

Le ton de sa voix, pourtant, était sombre. Elle m'a caressé la nuque.

— Je dois changer tes pansements. Ce sera douloureux, je le crains.

— Non. Ne me touche pas.

— Il le faut, si tu veux guérir.

— Non.

— Emrys, il le faut absolument.

— D'accord, mais doucement ! J'ai déjà tellement mal !

— Je sais, je sais.

Je me suis efforcé de ne pas broncher pendant qu'elle défaisait les bandages avec précaution, me touchant avec la délicatesse d'un papillon. Tout en travaillant, elle laissait tomber goutte à goutte sur mon visage un liquide au parfum aussi frais que la forêt après la pluie, qui atténuait légèrement la douleur. Comme je me sentais un peu mieux, je l'ai assaillie de questions.

— Combien de temps ai-je dormi ? Où sommes-nous ? Quelles sont ces voix ?

— Pardonne-moi si ça pique… Nous sommes à l'église Saint-Pierre, chez les sœurs. Ce sont elles que tu entends chanter.

— Saint-Pierre ! C'est à Caer Myrddin.

— En effet.

Sentant un courant d'air froid en provenance d'une fenêtre ou d'une porte, j'ai tiré ma couverture de laine sur mes épaules.

— Mais… c'est à plusieurs journées de voyage, même avec un cheval.

— Oui.

— Mais…

— Reste tranquille, Emrys, pendant que je défais ça.

— Mais…

— Ne bouge pas. Là… c'est bien. Juste un instant. Ah, voilà.

En même temps que disparaissait le bandage, une nouvelle question a surgi et fait passer toutes les autres au second plan. Car, à présent, mes yeux n'étaient plus couverts. Or je ne voyais toujours pas.

— Pourquoi fait-il si noir ?

Branwen n'a pas répondu.

— Tu n'as pas apporté de bougie ?

Toujours pas de réponse.

— C'est la nuit ?

Branwen se taisait. Mais c'était inutile, car la réponse est venue d'un coucou qui chantait non loin de là.

Avec des doigts tremblants, j'ai touché la zone délicate autour de mes yeux. J'ai tressailli en sentant les croûtes et la peau qui brûlait encore dessous. Je n'avais plus de sourcils. Plus de cils. Résistant à la douleur, j'ai suivi le contour de mes paupières couvertes de cicatrices.

Mes yeux étaient grands ouverts et... je ne voyais rien. Et là, horrifié, j'ai compris.

J'étais aveugle.

L'angoisse m'a saisi. J'ai hurlé. Juste après, le chant du coucou a retenti de nouveau. Alors, j'ai repoussé ma couverture et, malgré la faiblesse de mes jambes, je me suis levé de ma paillasse. J'ai écarté la main de Branwen qui essayait de m'arrêter et j'ai avancé d'un pas chancelant, en me laissant guider par le son.

Quelque chose m'a fait trébucher et je suis tombé sur l'épaule. J'ai allongé les bras. Je ne sentais que les pierres du sol sous moi, dures et froides comme une tombe.

La tête me tournait. Branwen m'a aidé à me relever, et j'ai entendu ses sanglots étouffés. De nouveau, je l'ai repoussée et j'ai marché en titubant, jusqu'à ce que mes mains rencontrent un mur. Je l'ai longé vers la gauche, guidé par l'appel du coucou. Les doigts de ma main, débarrassée des bandages, ont touché le bord d'une fenêtre.

Je me suis approché tout près. L'air frais m'a piqué le visage. Le coucou était juste à côté. J'aurais presque pu le toucher en tendant le bras. Pour la première fois depuis des semaines, me semblait-il, j'ai senti le soleil sur ma peau. Mais sans le voir.

Caché. Le monde entier est caché.

Mes jambes se sont dérobées sous moi et je me suis effondré. La tête sur les pierres, j'ai pleuré.

∾ VIII ∾
Le don

urant les semaines et les mois qui ont suivi, les murs du couvent Saint-Pierre ont été témoins de mon supplice. Les sœurs qui y résidaient, touchées par la profonde piété de Branwen et la gravité de mes brûlures, nous avaient ouvert les portes de leur sanctuaire. Elles ne pouvaient guère éprouver autre chose que de la compassion pour cette femme qui passait ses journées à prier et à s'occuper de son fils blessé. En revanche, elles m'évitaient généralement, ce qui me convenait très bien.

Pour moi, les journées étaient sombres... dans tous les sens du terme. Je me sentais comme un petit enfant, à peine capable de marcher dans la cellule froide que je partageais avec Branwen. Mes doigts ont fini par bien connaître ses quatre coins, les lignes inégales de mortier entre ses pierres et son unique fenêtre, où je passais parfois des heures à essayer de voir. Mais, au lieu d'être une source de lumière, celle-ci était source de torture. J'entendais l'appel joyeux du coucou et, au loin, l'animation de la place du marché de Caer Myrddin. De temps en temps, une odeur de cuisine, ou le parfum d'un arbre en fleur, parvenait jusqu'à moi et se mêlait aux senteurs de thym et de racine de hêtre qui montaient de la table basse de Branwen, près de sa paillasse. Cependant, je ne pouvais pas sortir pour aller à la rencontre de toutes ces choses. J'étais prisonnier, enfermé dans le cachot de ma cécité.

Deux ou trois fois, j'ai rassemblé mon courage pour franchir à tâtons la lourde porte de bois et m'aventurer dans le dédale de corridors et de salles. En écoutant attentivement l'écho de mes pas, je me suis rendu compte que j'arrivais à deviner la longueur, la hauteur des couloirs et la taille des pièces.

Un jour, j'ai trouvé un escalier aux marches creusées par l'usure. En m'aidant du mur, je suis descendu, j'ai poussé une porte et je me suis retrouvé dans un jardin parfumé. Mes pieds foulaient l'herbe mouillée ; le vent chaud soufflait sur mon visage. D'un seul coup, je me suis rappelé comme c'était bon d'être dehors, sur l'herbe, au soleil. Puis j'ai entendu les sœurs qui chantaient dans le cloître voisin. J'ai pressé le pas, impatient de les rejoindre, et je me suis cogné contre une colonne de pierre, si brutalement que je suis tombé à la renverse dans une flaque d'eau. En me relevant, j'ai posé le pied sur une pierre branlante et je suis retombé sur le côté. La partie gauche de mon visage a heurté la base de la colonne. Contusionné et en sang, mes bandages déchirés, je suis resté là à sangloter jusqu'à ce que Branwen me retrouve.

Après cette triste expérience, je n'ai plus quitté ma paillasse, convaincu que je passerais le reste de mes jours à la charge de Branwen. Même quand j'essayais de songer à autre chose, mes pensées revenaient toujours à ce jour fatidique qui avait causé ma perte : à ce moment où je l'avais vue, ligotée et bâillonnée près de l'arbre ; à la rage qui s'était emparée de moi ; au rire de Dinatius, qui s'était transformé en cris ; aux flammes partout ; aux bras écrasés et au corps brisé sous les branches ; et au son de mes propres cris quand je me suis aperçu que mon visage brûlait.

Je ne gardais aucun souvenir du voyage jusqu'à Caer Myrddin, même si, d'après le bref récit de Branwen, je l'imaginais assez bien. Il me semblait voir le visage rond de Lud nous regardant partir dans la charrette du marchand — un brave homme qui avait eu pitié de la femme aux yeux saphir et de son fils défiguré. Je sentais presque le balancement de la charrette, je percevais presque le grincement des roues et les pas des chevaux sur le chemin de halage. Le goût de ma peau carbonisée me revenait presque dans la bouche, et je croyais entendre mon délire et mes gémissements tout au long de ces jours et de ces nuits.

À présent, peu de choses brisaient la monotonie de mes journées. Le chant des sœurs, le bruit de leur démarche traînante quand elles se rendaient au cloître, au réfectoire ou aux méditations, les douces prières et mélopées de Branwen pendant qu'elle me soignait du mieux qu'elle le pouvait, les appels continuels du coucou, perché dans un arbre auquel je ne pouvais pas donner de nom.

Et l'obscurité. Toujours l'obscurité.

Quelquefois, assis sur ma paillasse, je passais les doigts avec précaution sur les croûtes de mes joues et sous mes yeux. Ma peau semblait aussi crevassée que l'écorce d'un pin. Je savais que, malgré les soins de Branwen, mon visage garderait des cicatrices à vie. Même si, par quelque miracle, ma vue revenait, ces cicatrices resteraient le signe de ma folie. Bien sûr, toutes ces pensées étaient vaines et stupides. Pourtant, je ne pouvais les chasser.

Un jour, j'ai imaginé que je me laisserais pousser la barbe. Une longue barbe flottante comme celle d'un vieux sage centenaire, superbe, blanche et bouclée, qui me couvrirait le visage comme une masse de nuages. J'imaginais même que des oiseaux voudraient peut-être y faire leur nid.

Mais ces moments de répit ne duraient jamais longtemps. De plus en plus souvent, j'étais en proie au désespoir. Je ne grimperais plus jamais aux arbres. Je ne courrais plus jamais librement dans les champs. Je ne reverrais plus jamais le visage de Branwen, sauf en souvenir.

J'ai commencé à ne plus toucher à mes repas. Malgré l'insistance de Branwen pour que je mange davantage, je n'avais plus d'appétit.

Un matin, elle était agenouillée près de moi et pansait mes blessures en silence. Alors qu'elle essayait de remplacer mon bandage, je me suis écarté en secouant la tête.

— J'aurais préféré que tu me laisses mourir.

— Ce n'était pas encore ton heure.

— Comment le sais-tu ? ai-je rétorqué. J'ai l'impression d'être déjà mort ! Ce n'est pas une vie. C'est une torture permanente. J'aimerais mieux vivre en enfer qu'ici.

Elle m'a saisi par les épaules.

— Ne parle pas ainsi. C'est un blasphème.

— C'est la vérité ! Regarde ce que ces pouvoirs, ceux que tu appelles un don de Dieu, ont fait pour moi! Maudits soient-ils! Je serais mieux mort.

— Arrête!

Je me suis dégagé, le cœur battant à tout rompre.

— Je n'ai pas de vie! Je n'ai pas de nom! Je n'ai rien!

Branwen, ravalant ses sanglots, a commencé à prier.

— Mon Dieu, sauveur de mon âme, auteur de tout ce qui est écrit dans le Grand Livre du Ciel et de la Terre, je te prie d'aider ce garçon! S'il te plaît! Pardonne-lui. Il ne sait pas ce qu'il dit. Si seulement tu pouvais lui rendre la vue, même un peu, même pour quelque temps, je te promets qu'il méritera ton pardon. Il n'utilisera plus jamais ses pouvoirs, s'il le faut! Mais aide-le. Je t'en prie.

— Ne plus utiliser mes pouvoirs? ai-je ricané. J'y renonce volontiers en échange de ma vue! Je n'en ai jamais voulu, de toute façon. Et toi, quel genre de vie as-tu maintenant? ai-je lancé avec amertume en tirant sur le bandage qui couvrait mon front. Pas meilleure que la mienne! C'est vrai, tu parles peut-être avec courage. Tu peux duper ces sœurs, là-bas. Mais pas moi. Je sais que tu es malheureuse.

— Je suis en paix.

— C'est un mensonge.

— Je suis en paix, a-t-elle répété.

— En paix ! ai-je crié. En paix ! Alors, pourquoi passes-tu ton temps à te tordre les mains de désespoir ? Pourquoi y a-t-il toujours des traces de larmes sur tes joues ?

— Mon Dieu, a-t-elle murmuré.

— Je… je ne comprends pas…

D'un geste hésitant, j'ai tendu une main vers son visage, et je lui ai effleuré la joue.

Au même moment, nous nous sommes aperçus que je *sentais* les traces de ces larmes. Je ne les voyais pas avec mes yeux, et pourtant, je savais qu'elles étaient là. Branwen a serré ma main très fort.

— Tu possèdes un autre don, a-t-elle dit d'une voix à la fois respectueuse et intimidée. Celui de *seconde vue*.

J'étais perdu. Était-ce ce don qui m'avait permis de faire éclore la fleur ? Non. Cette fois-ci, ma volonté n'était pas intervenue. Ou était-ce celui qui m'avait permis de deviner les couleurs à l'intérieur de celle-ci ? Peut-être. Cependant, il y avait quelque chose de différent. Il me semblait plutôt que c'était… comme une réponse à la prière de Branwen. Un don de Dieu.

— Est-ce possible ? ai-je demandé humblement. Est-ce vraiment possible ?

— Grâce à Dieu, oui.

— Faisons un essai. Lève ta main et baisse certains doigts.

Branwen s'est exécutée. Je me suis concentré pour tenter de percevoir ses doigts.

— Tu as deux doigts levés ?

— Non. Essaie encore.

— Trois ?

— Encore une fois.

Pour mieux me concentrer, j'ai fermé les yeux — ce qui, bien sûr, ne faisait aucune différence. Après un long silence, j'ai dit :

— Tu lèves les deux mains. C'est ça ?

— Bien ! Maintenant... combien de doigts ?

Les minutes passaient. Mon front transpirait et la sueur piquait ma peau fragile, mais je n'ai pas flanché. Enfin, j'ai demandé, hésitant :

— Est-ce que, par hasard, ce serait sept ?

Branwen a poussé un soupir de soulagement.

— Oui, c'est bien sept.

Nous nous sommes embrassés. J'ai su, à ce moment-là, que ma vie avait complètement changé. Et je me suis dit que, jusqu'à la fin de mes jours, le nombre sept aurait pour moi une valeur particulière.

Surtout, je savais qu'une promesse avait été faite. Peu importait que ce fût par moi, par Branwen ou par tous les deux. Je ne déplacerais plus jamais rien par la pensée. Pas même un pétale de fleur. Je ne lirais pas l'avenir et n'essaierais pas d'utiliser d'autres pouvoirs. Mais je pourrais voir de nouveau. Je pourrais *vivre*.

Dès lors, je me suis remis à manger. J'avais même du mal à m'arrêter, en particulier si je pouvais avoir du pain trempé dans du lait. Ou de la confiture de mûres sur des croûtons de pain. Ou de la moutarde mélangée à des œufs d'oie crus, que j'appréciais d'autant plus que cela dégoûtait les sœurs. Un après-midi, Branwen est allée au marché et a trouvé une datte, une seule datte succulente ; ce fut pour nous un festin de roi.

En même temps que mon appétit, j'ai retrouvé mon entrain. J'ai commencé à explorer les corridors, les cloîtres, les jardins de Saint-Pierre. Le couvent tout entier est devenu mon domaine. Mon château ! Un jour, en l'absence des sœurs, j'ai filé dans le jardin et je me suis baigné dans le petit bassin. Le plus difficile fut de ne pas chanter à tue-tête.

Branwen et moi travaillions ensemble tous les jours pendant de longues heures afin d'améliorer ma seconde vue. Pour mes premières séances d'entraînement, nous utilisions des cuillères, des bols et d'autres ustensiles ordinaires qu'elle trouvait dans le couvent. Ensuite, je me suis exercé sur un petit autel de bois aux courbes et fibres délicates. Pour finir, je suis passé à un calice à deux poignées orné de reliefs très élaborés. Même si ça m'a pris plus de quatre jours, j'ai fini par lire les mots inscrits sur le bord : *Demandez et on vous donnera.*

Au cours de cet apprentissage, je me suis aperçu que je voyais mieux les objets immobiles et proches. S'ils bougeaient trop vite ou s'ils étaient trop loin, je les perdais souvent. Un oiseau en vol se fondait purement et simplement dans le ciel.

De plus, quand la lumière faiblissait, ma seconde vue diminuait aussi. Au crépuscule, je ne distinguais que vaguement les formes. La nuit, je ne voyais rien, sauf avec l'aide d'une torche ou du clair de lune. Je trouvais étonnant que ce don ait besoin de lumière. Après tout, ce n'était pas une vue normale. Alors, pourquoi l'obscurité était-elle une gêne ? Il est vrai que la seconde vue semblait être en partie intérieure et en partie extérieure. Peut-être s'appuyait-elle sur ce qui restait de mes yeux, d'une façon que je ne saisissais pas. Ou peut-être avait-elle besoin d'autre chose, de quelque chose en moi qui n'était pas encore au point.

Certes, une seconde vue valait mieux que pas de vue du tout, mais elle ne remplaçait pas complètement celle que j'avais perdue. Même de jour, je discernais à peine les couleurs. Le monde était plus ou moins gris pour moi. Je savais, par exemple, que Branwen portait un voile autour de la tête et du cou et qu'il était d'une couleur plus claire que sa tunique, mais je ne pouvais pas dire s'il était gris ou beige. Peu à peu, j'oubliais une bonne partie de ce que j'avais appris sur la couleur des choses.

Cependant, j'acceptais ces limites. Et bien volontiers. Grâce à mes nouvelles capacités, je pouvais me rendre au cloître ou au réfectoire avec Branwen. Je m'asseyais à côté d'une religieuse et bavardais un moment avec elle en faisant mine de la regarder avec mes yeux, sans qu'elle soupçonne que ces yeux ne servaient à rien. Un matin, j'ai même couru autour du jardin en zigzaguant entre les colonnes, et j'ai sauté par-dessus le petit bassin.

Cette fois, je ne me suis pas retenu de chanter.

∽ IX ∽

L'OISILLON

C omme ma seconde vue progressait, Branwen m'aidait à lire les manuscrits religieux en latin du couvent. De fortes odeurs de cuir et de parchemin m'emplissaient les narines chaque fois que j'ouvrais un de ces volumes. Les images, plus puissantes encore, emmenaient mon imagination vers le chariot de feu du prophète Élie, le dernier repas de Jésus ou les tablettes de pierre de Moïse.

Parfois, lorsque je me plongeais dans ces textes, mes problèmes s'évanouissaient. Je ne faisais plus qu'un avec les mots. Les actions, les couleurs et les visages m'apparaissaient avec une vivacité et une précision étonnantes. J'ai fini par comprendre à quel point les livres avaient quelque chose de miraculeux. J'ai même osé rêver qu'un jour, je pourrais m'entourer de livres d'époques et de langues variées, comme l'avait fait Branwen autrefois.

Ma vision s'améliorait quotidiennement. Un matin, j'ai découvert que je pouvais déchiffrer l'expression de Branwen d'après la courbure de ses lèvres et l'éclat de ses yeux. Un autre matin, pendant que je regardais par la fenêtre le vent agiter les branches, je me suis rendu compte que l'arbre où nichait le coucou était une aubépine, large et sombre. Et une nuit, pour la première fois depuis l'incendie, j'ai entrevu une étoile.

La nuit d'après, je me suis placé au centre du jardin, loin des torches. Une deuxième étoile brillait à l'horizon. La nuit suivante, trois de plus. Puis cinq, huit, douze...

Le lendemain soir, Branwen est venue avec moi dans le jardin. Nous nous sommes allongés sur les pierres. Elle m'a montré la constellation de Pégase, puis, lentement, sur un rythme mélodieux, elle m'a raconté l'histoire du grand cheval ailé. En l'écoutant, je me sentais emporté à travers le ciel sur le dos de Pégase. Bondissant d'étoile en étoile, nous passions devant la lune et traversions l'horizon au galop.

Toutes les nuits désormais, sauf si les nuages recouvraient entièrement le ciel, Branwen et moi restions là, côte à côte, sous la voûte étoilée. Plus encore que les manuscrits du couvent, j'adorais lire celui des cieux. Avec Branwen pour guide, je passais mes soirées en compagnie du Cygne, du Verseau et de l'Ourse — dont les griffes m'ont abîmé le dos plusieurs fois. J'attachais les Voiles, nageais avec les Poissons, marchais aux côtés d'Hercule.

Parfois, alors que j'explorais les étoiles, j'imaginais que le ciel était une superbe cape. Une cape bleu foncé, parsemée d'étoiles, que je jetais sur mes épaules et qui étincelait à chacun de mes mouvements. Le dos enveloppé d'étoiles, les planètes autour de ma taille… Comme j'aimerais, un jour, posséder un tel vêtement !

J'avais beau me réjouir de tout cela, je n'oubliais pas ce dont j'étais privé. Si les nuages masquaient une partie des étoiles, ma vision défaillante m'en cachait davantage. Toutefois, ce sentiment de frustration n'était rien devant la joie que me procurait ce que je pouvais voir. Malgré les nuages, les étoiles ne m'avaient jamais paru si brillantes.

Et pourtant… il restait un endroit sombre en moi que même la lumière des étoiles ne pouvait atteindre. Certains épisodes de mon passé continuaient de me hanter. En particulier ce que j'avais fait à Dinatius. J'entendais toujours ses cris, je voyais la terreur dans ses yeux, j'imaginais ses bras disloqués et inertes. Lorsque j'ai demandé à Branwen s'il avait survécu, elle n'a pas su me répondre. Elle savait seulement qu'il était suspendu entre la vie et la mort quand elle avait quitté le village. Mais, même s'il avait fait ce qu'il fallait pour me mettre en colère, sa brutalité ne pouvait occulter la mienne.

Ce n'était pas tout. Quelque chose de plus profond que la culpabilité me tourmentait : la peur de moi-même et de mes redoutables pouvoirs. Le simple fait d'y penser ravivait le souvenir des flammes dans ma tête, et je sentais leur brûlure jusqu'au fond de mon âme. Si je n'avais pas la force de tenir ma promesse, si je me servais de mes pouvoirs, se serviraient-ils de moi ? Si, saisi d'une rage noire, je pouvais détruire à la fois une personne et un arbre aussi facilement, que détruirais-je d'autre un jour ? Pourrais-je m'anéantir moi-même, comme j'avais détruit mes propres yeux ?

Quelle sorte de créature suis-je vraiment ?

Peut-être que Dinatius avait raison, après tout. Peut-être que le sang d'un démon coulait vraiment dans mes veines, et que de terribles forces pouvaient jaillir de moi n'importe quand, comme un serpent monstrueux des profondeurs de la mer.

C'est ainsi que, malgré la lumière nouvelle qui éclairait mes jours, je restais perturbé par l'ombre de mes propres peurs. À mesure que passaient les semaines, ma vitalité augmentait en même temps que ma vision. Mais mon malaise aussi. Et je savais que je ne calmerais jamais ces craintes, tant que je n'aurais pas découvert ma véritable identité.

Puis, un après-midi, j'ai entendu un nouveau son dehors, tout près de ma chambre. Je me suis vite approché de la fenêtre et, grâce à ma seconde vue, j'ai trouvé d'où il venait : des branches de l'aubépine. J'ai observé et écouté un moment avant de me tourner vers Branwen, qui pilait des herbes, assise à sa place habituelle près de ma paillasse. Avec un mélange de certitude et de tristesse, je lui ai dit :

— La femelle du coucou niche dans l'aubépine.

Troublée sans doute par mon intonation, Branwen a posé son mortier et son pilon.

— Je l'ai observée, ai-je poursuivi, et je l'ai vue couver jour après jour. Elle a pondu son œuf et l'a protégé contre ses ennemis. Aujourd'hui, enfin, l'œuf a éclos. L'oisillon est sorti de l'obscurité.

Branwen m'a examiné attentivement avant de réagir.

— Est-ce qu'il s'est envolé ? a-t-elle demandé d'une voix tremblante.

J'ai secoué la tête lentement.

— Pas encore, mais il ne tardera pas.

— Ne peut-il... a-t-elle commencé, s'interrompant pour avaler sa salive. Ne peut-il rester encore un peu avec sa mère et partager leur nid encore quelque temps ?

J'ai froncé les sourcils.

— Tous les êtres doivent prendre leur envol dès qu'ils en sont capables.

— Mais où ira-t-il ?

— Dans le cas présent, il doit découvrir qui il est. Et pour y parvenir, ai-je ajouté après une pause, il doit retrouver son passé.

— Non ! a-t-elle protesté, une main sur le cœur. Tu ne vas pas faire ça ! Je ne donne pas cher de ta vie si tu retournes… là-bas.

— Et moi, je ne donne pas cher de ma vie si je reste ici.

Je me suis approché d'elle et j'ai plongé mon nouveau regard dans le sien.

— Si tu ne peux pas me dire d'où je viens, ou si tu ne le veux pas, je dois le trouver moi-même. Je t'en prie, comprends-moi ! Il faut que je sache mon vrai nom. Que je découvre ma vraie mère et mon vrai père. Mon vrai pays.

— Reste, a-t-elle supplié, désespérée. Tu n'as que douze ans ! Et tu es à moitié aveugle ! Tu n'as aucune idée des risques. Écoute-moi, Emrys. Si tu restes avec moi quelques années de plus, tu atteindras l'âge d'homme et tu pourras choisir d'être barde, moine, ou autre chose…

Devant mon manque de réaction, elle a tenté une approche différente :

— Quoi que tu fasses, ne décide pas tout de suite. Je pourrais te raconter une histoire qui t'aide à y voir plus clair dans toute cette folie. Une de tes préférées, d'accord ? Tiens, celle du druide errant qui sauva sainte Brigitte de l'esclavage.

Sans attendre ma réponse, elle a commencé :

— Un jour vint, dans la vie de la jeune Brigitte, où elle…

J'ai secoué la tête.

— Arrête. Je dois apprendre ma propre histoire.

Branwen s'est levée à regret.

— J'ai laissé derrière moi plus que tu ne peux imaginer, a-t-elle dit. Sais-tu pourquoi ? Pour notre sécurité, à tous deux. Cela ne te suffit pas ?

Je suis resté silencieux.

— Est-il vraiment nécessaire que tu t'en ailles ?

— Tu peux venir avec moi.

Elle s'est appuyée contre le mur.

— Non ! C'est impossible.

— Alors, explique-moi comment retourner là-bas.

— Non.

— Ou, du moins, par où commencer.

— Non.

J'ai eu une soudaine envie de sonder son esprit, comme si c'était l'intérieur d'une fleur. Mais les flammes se sont rallumées dans ma tête. Alors, je me suis souvenu de ma promesse, et aussi de mes peurs.

— Dis-moi juste une chose, ai-je supplié. Tu m'as raconté un jour que tu avais connu mon grand-père. As-tu connu aussi mon père ?

Branwen a tressailli.

— Oui, je l'ai connu.

— Était-il... enfin, était-ce un humain ? Était-ce... un démon ?

Tout son corps s'est raidi. Après un long silence, elle a répondu d'une voix qui semblait venir de très, très loin.

— Je te dirai seulement ceci : si jamais tu devais le rencontrer un jour, rappelle-toi : il n'est pas ce qu'il paraît être.

— Je m'en souviendrai. Mais ne peux-tu rien me dire de plus ?

Elle a secoué la tête.

— Mon propre père ! Je veux juste le connaître.

— Il ne vaut mieux pas.

— Pourquoi ?

Au lieu de répondre, elle a secoué la tête tristement et s'est dirigée vers la table où était posée sa collection de plantes médicinales. Elle en a ramassé quelques-unes, les a pilées grossièrement, puis a versé la poudre dans une petite sacoche en cuir suspendue à une corde. Elle m'a donné la sacoche et m'a dit d'un ton résigné :

— Cela t'aidera peut-être à vivre un peu plus longtemps.

Sans me laisser le temps de réagir, elle a ajouté :

— Et prends ceci... de la part de la femme qui voudrait que tu l'appelles Mère.

Lentement, elle a plongé la main sous sa tunique et en a sorti son précieux pendentif.

Malgré ma vue réduite, je percevais l'éclat du vert.

— Mais il est à toi !

— Tu en auras plus besoin que moi.

Elle a retiré le pendentif et l'a serré une dernière fois dans sa main avant de me passer le cordon de cuir autour du cou.

— On l'appelle... le *Galator*.

À ce mot, j'ai retenu mon souffle.

— Prends-en bien soin, a-t-elle poursuivi. Son pouvoir est puissant. Si lui ne peut pas te protéger, c'est que rien en dehors du Ciel ne le peut.

— Toi, tu m'as protégé. Tu as construit un bon nid.

Des larmes lui montaient aux yeux.

— Pour un temps, peut-être. Mais maintenant... Maintenant, tu dois t'envoler.

— Oui, maintenant, je dois m'envoler.

Elle m'a caressé la joue avec douceur.

Puis j'ai quitté la pièce en écoutant mes pas résonner dans le couloir.

∞ X ∞
LE VIEUX CHÊNE

J'ai franchi les portes en bois sculptées de Saint-Pierre, et plongé dans le tumulte de Caer Myrddin. Ma vision a mis quelque temps à s'adapter à l'agitation. Les rues caillouteuses résonnaient du bruit des charrettes et des chevaux, des ânes, des cochons, des moutons et de quelques chiens hirsutes. Des marchands vantaient leurs marchandises, des mendiants s'agrippaient aux manches des passants, des spectateurs s'attroupaient autour d'un jongleur, et des gens de toutes sortes marchaient à grands pas, portant des paniers, des paquets, des légumes et des piles de tissu.

J'ai regardé par-dessus mon épaule l'aubépine dont je discernais à peine les branches au-dessus du mur de l'église. Malgré les souffrances que j'avais endurées dans cet endroit, je regrettais déjà le calme de ma chambre, les chants des religieuses, l'oiseau dans les branches de cet arbre... et surtout Branwen — plus que je ne l'aurais imaginé.

Alors que j'observais la masse confuse des gens, des animaux et des marchandises, j'ai aperçu une sorte de sanctuaire de l'autre côté de la rue. Curieux, j'ai décidé d'aller le voir de plus près, même si cela m'obligeait à franchir le flot de la circulation. J'ai serré les dents et je me suis lancé.

Aussitôt, j'ai été poussé, bousculé, ballotté en tous sens. Comme je ne voyais pas assez bien pour éviter les obstacles, je me suis cogné à un homme qui portait un fagot de bois. Des morceaux de bois ont volé en tous sens, en même temps que des jurons. Ensuite, j'ai foncé dans le flanc d'un cheval et, quelques secondes plus tard, mes orteils ont failli passer sous la roue d'une charrette. Je ne sais par quel miracle, j'ai quand même réussi à traverser la rue et à m'approcher du sanctuaire.

Ce n'était pas vraiment un monument. Juste un faucon sculpté dans la pierre, au-dessus d'une vasque d'eau boueuse. Si quelqu'un était chargé d'en prendre soin, il ne l'avait pas fait depuis des années : les ailes du faucon étaient brisées, et les pierres du socle se désagrégeaient. Seule une minorité de passants devaient le remarquer.

Cependant, quelque chose dans ce vieux sanctuaire oublié m'intriguait. Je me suis approché davantage et j'ai touché le bec usé de l'oiseau. D'après ce que m'avaient appris les descriptions de Branwen, je devinais que cet édifice avait été construit en l'honneur de Myrddin, un des dieux celtes les plus révérés — un de leurs Apollons, comme elle disait –, qui prenait parfois la forme d'un faucon. Même si j'avais toujours du mal à accepter l'idée que de tels esprits hantaient le pays, je me suis de nouveau interrogé à propos du cerf et du sanglier que j'avais vus se battre. S'il s'agissait vraiment de Dagda et de Rhita Gawr, était-il possible que l'esprit de Myrddin fût encore vivant, lui aussi ?

Un âne chargé de gros sacs m'a bousculé. Ma main a atterri dans l'eau stagnante. Je me suis relevé et, tout en la secouant, j'ai essayé d'imaginer à quoi ressemblait Caer Myrddin des siècles plus tôt. Branwen m'avait expliqué qu'à l'origine, ce n'était pas une ville bruyante comme maintenant, mais une paisible colline avec une source, où les bergers pouvaient s'arrêter pour se reposer. Au cours des siècles, elle était devenue un centre de commerce, approvisionné par les fermes de la région, et même de régions plus lointaines comme Gwent, Brycheiniog et Powys Fadog. À leur arrivée, les Romains avaient bâti une forteresse sur les hautes rives de la Tywy. À présent, les vieilles routes militaires, comme celle de Caer Vedwyd, reliaient la ville aux vallées fertiles et aux forêts giboyeuses du nord, ainsi qu'à la mer en longeant le fleuve. Même si personne aujourd'hui ne prenait le temps de se souvenir de ces choses, ce sanctuaire en ruine et le nom de la ville elle-même reliaient Caer Myrddin à son lointain passé.

C'était également le but de mon voyage : me relier à mon passé ; trouver mon nom, mon pays d'origine et mes parents. J'ignorais où ce voyage me conduirait et où il finirait, mais j'ai su tout à coup où il devait commencer.

La mer. Je devais retourner à la mer. À l'endroit où j'avais échoué sur le rivage rocheux, plus de cinq ans auparavant.

Peut-être qu'en arrivant sur cette côte inhospitalière, je ne trouverais que des rochers déchiquetés, battus par les vagues et peuplés de mouettes criardes. Ou peut-être découvrirais-je l'indice que je cherchais. Ou au moins quelque chose qui me mettrait sur la voie. C'était un maigre espoir, mais je n'en avais pas d'autre.

Pendant des heures, j'ai erré dans la ville, me cantonnant autant que possible aux petites rues pour éviter d'être piétiné dans la circulation. Comme si je n'étais pas assez conscient des limites de ma vision, je trébuchais si souvent qu'à la fin j'avais les pieds horriblement douloureux dans mes bottes de cuir. Je me suis quand même débrouillé. Beaucoup de gens m'ont pris, à juste titre, pour un empoté, mais personne n'a deviné que mes yeux ne me servaient à rien. Les rares paroles de sympathie que j'ai reçues étaient pour mes cicatrices, pas pour ma cécité.

Finalement, vaille que vaille, j'ai trouvé la route qui longe la Tywy. Je savais qu'en la suivant assez longtemps vers le nord, je repasserais par mon vieux village et qu'ensuite j'arriverais à la mer.

J'ai enfin atteint les hautes murailles de la ville qui étaient dix pas de large et deux fois plus de haut. J'ai traversé le pont, en faisant attention de ne pas buter contre les pierres irrégulières. Puis j'ai poursuivi ma route dans la vallée boisée.

Le long du fleuve, je me suis concentré sur chaque pas. À la moindre distraction, je risquais de m'étaler par terre. Cela m'est arrivé trop souvent : une fois, même, en plein milieu de la place d'un village, où un âne a failli me passer sur le dos.

Malgré tout, je ne m'en suis pas mal sorti. J'ai marché ainsi pendant trois jours, mangeant des framboises, des mûres et la tranche de fromage que m'avait donnée une des sœurs. Durant tout ce temps, je n'ai parlé à personne, et personne ne m'a parlé. Un jour, au crépuscule, j'ai aidé un berger à sortir un mouton d'un trou, et j'ai eu droit à un croûton de pain en échange ; ce fut mon seul contact avec les autres.

Plus tard, j'ai retrouvé le vieux chemin de halage qui traverse Caer Vedwyd. Des chalands descendaient le fleuve au milieu des familles de canards et de cygnes. En approchant du village, j'ai préféré prendre par les bois, parallèlement au chemin. Ainsi, personne ne me voyait. De temps en temps, je me régalais de racines, de baies et de feuilles comestibles. Je me suis désaltéré encore une fois dans le ruisseau, sous le grand pin en haut duquel j'avais affronté l'orage, et j'ai regretté d'en être redescendu. Bizarrement, je me sentais chez moi ici, dans les bois, plus que partout ailleurs à Gwynedd.

En fin d'après-midi, je me suis arrêté un moment près du pont de Caer Vedwyd. Il m'a semblé apercevoir une silhouette à l'autre bout. Je me suis concentré pour mieux voir, tandis que le vent se renforçait autour de moi. Ç'aurait pu être un vieil arbre, sauf que je n'avais jamais vu d'arbre à cet endroit. Malgré moi, j'ai pensé au corps d'une personne… une personne avec des moignons à la place des bras…

Je ne me suis pas attardé. En dépit des obstacles, j'ai poursuivi mon chemin à travers les bois, en évitant les autres villages. À mesure que les ombres s'allongeaient, ma vision diminuait et j'ai dû ralentir. Finalement, ayant laissé derrière moi tout signe de présence humaine, j'ai débouché dans une grande prairie. Égratigné par mes chutes et épuisé par la marche, j'ai trouvé un creux dans l'herbe tendre et je m'y suis blotti pour dormir.

Le soleil sur mon visage m'a réveillé. J'ai traversé la prairie pour rejoindre la route à l'endroit où elle s'éloignait de la rivière. Je n'ai rencontré personne sur cette partie du trajet, à part un vieil homme à la longue barbe blanche. En l'observant, je me suis mis à désirer encore une fois avoir une barbe pour cacher mes misérables cicatrices. Un jour, peut-être. Si je vivais assez longtemps.

Malgré l'absence d'habitations, je ne me sentais pas désorienté. Mes souvenirs du trajet jusqu'à la mer étaient étonnamment clairs. Je n'avais pris cette route qu'une fois dans ma vie, mais je l'avais souvent parcourue dans mes rêves. J'ai accéléré le pas. J'entendais presque le son lointain des vagues sur le rivage.

À tout moment, je tâtais le Galator. Même si je ne savais pas grand-chose de lui, je me sentais étrangement rassuré de le savoir là. La sacoche de Branwen suspendue à mon épaule me réconfortait elle aussi.

Peu à peu, la route a fait place à un sentier herbeux qui, à la fin, se faufilait par une fissure à travers les éboulis des falaises. J'ai senti alors une très légère odeur de sel dans l'air. Je connaissais cet endroit, j'en avais le pressentiment.

La roche noire, vingt fois plus haute que moi, se dressait à la verticale. Des risses descendaient en piqué entre les rochers escarpés en poussant des cris. Après un brusque tournant à droite, le sentier a débouché à l'endroit prévu.

Sur l'océan.

Devant moi s'étalaient à l'infini les flots bleu-gris. L'odeur du goémon me chatouillait les narines. Les vagues allaient et venaient, projetant le sable contre la roche, et leur bruit se mêlait aux cris perçants des mouettes.

J'ai traversé la barrière de rochers, enjambé des flaques d'eau et les débris de bois flotté laissés par les marées. *Rien n'a changé*, me suis-je dit. Les pieds mouillés par les vagues, j'ai regardé vers l'ouest. Ma vue défaillante ajoutée au brouillard sur l'eau m'empêchait d'y voir clair, malgré tous mes efforts.

Rien n'a changé. Je reconnaissais les rochers noirs, la brise salée, le rythme incessant des vagues… Tout était exactement comme avant. Y avait-il un indice caché quelque part ? Si oui, comment pouvais-je espérer le découvrir un jour ? La mer était si vaste, et moi, si minuscule… La tête basse, j'ai commencé à marcher sans but, en pataugeant dans l'eau froide.

Puis j'ai aperçu une forme qui avait changé, une seule : le vieux chêne, bien qu'encore colossal, avait été presque entièrement dépouillé de son écorce, dont les lambeaux s'entassaient à ses pieds parmi les racines. Plusieurs branches, cassées et fendues en éclats, jonchaient la plage rocheuse. Même le creux dans le tronc, où je m'étais protégé de l'attaque du sanglier, avait été éventré. Le vieil arbre avait fini par mourir.

En m'approchant de lui, j'ai trébuché et je me suis écorché le tibia sur un rocher pointu. J'ai retenu un cri de douleur pour ne pas alerter d'éventuels sangliers qui se seraient trouvés dans les parages. Celui que j'avais rencontré ici, que ce soit Rhita Gawr ou non, était attiré par le sang. Si l'un d'eux surgissait maintenant, je n'aurais pas d'endroit où me cacher. Et, très probablement, pas de Dagda pour me sauver.

Mes épaules me faisaient mal et mes jambes aussi. Je me suis assis sur les racines mortes et j'ai passé la main sur ce qui restait du creux dans le tronc. On y sentait encore les entailles creusées par les défenses du sanglier. Le combat semblait si récent ! Ce vieil arbre, dont la force paraissait alors éternelle, n'était plus qu'un squelette.

J'ai donné un coup de pied dans un morceau d'écorce, avec le sentiment que je ne valais guère mieux. Je n'étais pas mort, c'est vrai, mais quelles étaient mes chances de survie ? J'étais presque aveugle, et complètement perdu…

Je me suis assis, la tête dans les mains, et j'ai laissé errer mon regard le long du littoral. Peu à peu, entre les rochers et l'eau, la marée découvrait une bande de sable avec son propre relief de petites montagnes et de mers intérieures.

Un bernard-l'hermite trottinait dans ce paysage miniature. Je l'ai observé se débattre avec un coquillage à moitié enterré au bord d'une flaque. À force de se démener, il a finalement récupéré sa prise, une conque rayée d'une couleur qui me rappelait vaguement l'orange. J'imaginais la joie de ce petit crustacé qui venait de trouver une nouvelle maison. Mais, sans même lui laisser le temps de savourer son succès, un brusque coup de vent lui a arraché le coquillage, qui a glissé dans la flaque et s'est mis à flotter comme un petit bateau, sautillant sur les vaguelettes.

Tandis que le bernard-l'hermite regardait partir son trésor chèrement acquis, je l'ai contemplé avec un sourire amer. C'est comme ça, la vie. On croit avoir trouvé son rêve, et on le perd à jamais. On croit avoir trouvé sa maison, et on la voit s'éloigner sur les flots.

S'éloigner sur les flots. C'est alors qu'une idée m'est venue. Une idée folle.

J'allais construire un radeau ! Peut-être que cet arbre, qui m'avait déjà aidé une fois, pouvait m'aider encore. Peut-être que cette marée, qui m'avait porté un jour jusqu'au rivage, pourrait aussi m'emmener au large. J'étais décidé à tenter ma chance. À faire confiance à l'arbre, et à la marée.

Je n'avais rien à perdre, sinon ma vie.

∾ XI ∾

EN MER

À l'aide des branches mortes du vieux chêne, que j'ai attachées ensemble avec des lambeaux d'écorce, j'ai construit mon radeau. J'avais parfois du mal à évaluer la taille des branches et la solidité des nœuds, mais, petit à petit, j'y suis arrivé. Au centre, j'ai placé un gros morceau de bois de forme légèrement concave, pris dans le creux de l'arbre, qui me servirait de siège. Pour finir, j'ai noué les bords du radeau avec de longues algues ramassées parmi les rochers.

Quand j'ai terminé, le soleil était bas. J'ai tiré la frêle embarcation jusqu'à la limite des vagues. Je m'apprêtais à la remettre à l'eau quand j'ai repensé au coquillage qui flottait dans la flaque. J'ai couru le repêcher et je l'ai déposé sur le sable pour que le bernard-l'hermite puisse retrouver sa maison.

Les mouettes criaient tandis que j'entrais dans la mer froide ; j'ai eu l'impression qu'elles riaient. J'ai hésité avant de grimper sur mon radeau. Je me sentais tiraillé entre deux mondes : la terre d'un côté, la mer de l'autre — le passé et l'avenir... Un instant, ma détermination a faibli. L'eau clapotait autour de mes mollets, la même eau qui avait déjà failli me noyer. J'avais peut-être agi trop précipitamment. Il valait peut-être mieux retourner sur le rivage et réfléchir à un meilleur plan.

Juste à ce moment-là, j'ai aperçu une lueur dorée sur les restes du vieil arbre. Le soleil couchant, qui frappait le tronc et y gravait des traits de feu, m'a rappelé un autre arbre en feu dont les flammes me brûlaient encore en profondeur. J'ai su alors que je devais chercher les réponses à mes questions.

Je me suis hissé à bord du radeau et me suis installé au centre, en tailleur. J'ai regardé encore une fois les falaises noires, puis j'ai tourné le dos à la côte. Les mains dans l'eau glacée, j'ai ramé jusqu'à ce que mes bras soient trop fatigués. Le soleil, qui chauffait encore ma peau mouillée, jetait sur l'eau des reflets scintillants dont je ne pouvais percevoir toutes les couleurs. Mais, même si je ne voyais pas vraiment, je devinais l'entrelacs de lumière rose et dorée qui dansait juste sous les vagues.

Tandis que la marée m'entraînait loin du rivage, une brise me poussait par-derrière. J'ignorais où la mer me conduirait, et je ne pouvais que m'en remettre à elle.

Je pensais aux marins des temps anciens comme Bran le Béni, Ulysse et Jonas, dont Branwen m'avait conté les légendes. Et je me demandais si quelqu'un d'autre que Branwen s'intéresserait à mon propre voyage à travers les mers. Ce voyage, j'espérais pouvoir un jour le lui décrire. Mais au fond de mon cœur, je savais que je ne la reverrais jamais.

Une mouette rieuse est passée juste à côté de moi, effleurant la surface de l'eau en quête d'un dîner. Avec un gloussement sonore, elle a piqué vers le radeau et s'est perchée sur le rebord. Avec son bec, elle a attrapé une algue verte, et a tiré dessus vigoureusement.

— Va-t'en ! ai-je crié, en essayant de la chasser.

Ce n'était pas le moment de laisser un oiseau affamé mettre en pièces mon embarcation.

La mouette a lâché l'algue, s'est envolée avec un cri strident, et s'est mise à tourner autour de moi. Quelques secondes plus tard, elle a atterri de nouveau, cette fois sur mon genou. Son œil aussi jaune que le soleil m'a fixé avec attention. Elle a dû me juger trop gros pour son repas — ou trop coriace —, car elle a redressé sa tête noire et s'est envolée vers la côte.

Je l'ai suivie du regard en bâillant. Le mouvement continuel des vagues, ajouté à la fatigue de mes journées de marche, me donnait sommeil.

Mais comment dormir ? Je risquais de tomber du radeau ou, pire, de manquer quelque chose d'important.

J'ai essayé de me reposer sans m'endormir, le menton appuyé sur les genoux. Pour rester éveillé, je me suis concentré sur le soleil qui se couchait lentement. Le grand globe de feu était juste au-dessus de l'horizon et projetait une bande de lumière chatoyante sur les vagues, jusqu'au radeau. On aurait dit un chemin sur l'eau, une avenue d'or.

Je me suis demandé où menait ce chemin. Tout comme je m'interrogeais sur le mien.

En regardant par-dessus mon épaule, j'ai constaté que je m'étais déjà bien éloigné du rivage. Le vent était tombé ; pourtant, je continuais à avancer, porté par un courant. Ballotté par les vagues qui m'éclaboussaient sans cesse, le radeau tenait bon : mes cordes restaient tendues et le bois, solide. Je me suis léché les lèvres, goûtant le sel laissé par les embruns, puis j'ai reposé la tête sur mes genoux sans pouvoir retenir un nouveau bâillement.

Le disque solaire, rouge et gonflé, embrasait les nuages de couleurs vives. Même si je n'en percevais pas tout l'éclat, je distinguais plus clairement la forme du soleil qui s'aplatissait sur l'horizon. Un instant plus tard, comme une bulle qui finit par éclater, il a disparu dans la mer.

Mais je n'ai pas vu l'obscurité s'installer, car je m'étais endormi.

C'est une éclaboussure d'eau froide qui m'a réveillé. La nuit était venue. Une foule d'étoiles entourait un fin croissant de lune. J'ai écouté le clapotis incessant des vagues contre le bois. Je n'ai plus dormi durant cette nuit-là. Tremblant, j'ai replié mes jambes tout contre ma poitrine. Il ne me restait plus qu'à attendre de voir ce que la mer voulait me montrer.

Quand le soleil s'est levé derrière moi, la côte de Gwynedd avait disparu. Même les hautes falaises n'étaient plus visibles. Seul un lambeau de nuage s'étirait comme un fanion depuis le sommet d'une montagne — il s'agissait sans doute de Y Wyddfa, mais je n'en étais pas tout à fait sûr.

Apercevant une pièce de bois sortie de la corde, je l'ai vite rattachée. À mesure que les heures passaient, mon dos et mes jambes étaient de plus en plus raides, mais si j'avais voulu me lever pour les étirer et soulager la douleur, je serais passé par-dessus bord. Les vagues cognaient contre le radeau et me fouettaient sans relâche. Le soleil me brûlait la nuque, et la sensation de brûlure était encore pire dans ma bouche et ma gorge. Je n'avais jamais eu aussi soif.

Juste au moment où le soleil se couchait, j'ai repéré un groupe de sept ou huit créatures au corps fuselé qui bondissaient hors de l'eau en formation parfaite, ondulant comme une seule vague. En passant près de mon radeau, elles ont changé de direction et se sont mises à dessiner des cercles autour de moi, une fois, deux fois, trois fois, jaillissant de l'écume pour y replonger aussitôt.

Étaient-ce des dauphins? Ou ces créatures que Branwen appelait *gens de la mer* et qu'on disait mi-humains, mi-poissons? Je n'y voyais pas assez bien pour le dire. Mais leur spectacle me remplissait d'émerveillement. Quand elles sont parties, leurs corps luisant dans la lumière dorée, je me suis promis que si je vivais assez longtemps, je tâcherais d'explorer les mystérieuses profondeurs de l'océan.

Une autre nuit est passée, aussi froide que la précédente. Le croissant de lune avait totalement disparu, avalé par les étoiles. Je me suis alors souvenu des constellations, et des histoires de Branwen sur leurs origines. Après avoir longuement cherché, j'ai réussi à en trouver quelques-unes, entre autres ma préférée, Pégase, le cheval ailé. J'imaginais que le perpétuel balancement de mon radeau était le galop du coursier à travers le ciel.

Je me suis endormi en rêvant que j'étais emporté vers le firmament sur le dos d'une grande créature ailée. Était-ce Pégase ? Je n'aurais su le dire. Soudain, un sombre château, gardé par des sentinelles fantomatiques, se dressait devant nous. Et ce château tournoyait ! Il tournait sur ses fondations ! Et il nous aspirait... J'essayais de toutes mes forces de changer de direction, mais je n'y arrivais pas. Quelques secondes encore, et nous allions nous fracasser contre ses murailles...

À ce moment-là, je me suis réveillé, tremblant, et pas seulement de froid. Ce rêve a occupé mes pensées une bonne partie de la journée qui a suivi, sans que je parvienne à lui trouver un sens.

En fin d'après-midi, l'horizon s'est assombri à l'ouest. Les vagues, de plus en plus hautes, ballottaient mon embarcation en tous sens, tandis que les vents projetaient sur moi des paquets d'embruns. Le radeau gémissait et grinçait. Les algues qui servaient de liens ont lâché en plusieurs endroits et une fente est apparue dans la grande pièce de bois centrale. Mais, pour l'essentiel, la tempête m'a épargné. À la tombée du jour, la mer s'est calmée. J'étais trempé, bien sûr, et horriblement assoiffé, mais mon radeau et moi-même étions indemnes.

Ce soir-là, j'ai fait de mon mieux pour réparer les liens cassés. Puis un vent cinglant s'est levé.

Une nouvelle masse de nuages, encore plus sombre que la précédente, a fait disparaître les étoiles. Rapidement, elle a recouvert le ciel au sud, puis au-dessus de moi, et finalement, le ciel tout entier est devenu noir.

Dans une telle obscurité, ma seconde vue ne m'était d'aucune utilité. Je ne voyais rien ! J'étais aussi aveugle que le jour de mon arrivée au couvent.

De puissantes vagues ont commencé à soulever mon frêle esquif, le faisant tourbillonner et tanguer en tous sens comme une simple brindille. L'eau trempait mon visage, mon dos, mes bras et mes jambes. Et cette fois, l'orage ne se dissipait pas. Il se renforçait plutôt de minute en minute. Je me suis mis en boule comme un hérisson apeuré, les mains accrochées aux bords du radeau, essayant de ne pas lâcher les débris de bois qui me permettaient de flotter.

Mes pouvoirs ! J'ai pensé un instant faire appel à eux. Pour assurer la solidité du radeau ou même calmer les vagues. Mais non. J'avais promis. En outre, ces pouvoirs m'effrayaient terriblement, encore plus que la tempête. En vérité, j'ignorais tout de la magie, sauf ses redoutables conséquences : l'odeur de la chair brûlée, les hurlements, et la douleur atroce de mes propres brûlures aux yeux. Je savais que je ne ferais plus jamais appel à mes pouvoirs, en aucun cas.

Toute la nuit, la tempête a fait rage. Des trombes d'eau et des vagues énormes se sont abattues sur moi. À un moment, je me suis rappelé l'histoire de Bran le Béni, qui avait survécu à une terrible tempête en mer. Pendant un très court instant, cela m'a donné l'espoir que, moi aussi, je pourrais survivre. Hélas, cet espoir n'a pas résisté aux brutalités de l'océan.

Mes mains étaient engourdies par le froid, et je n'osais pas relâcher ma prise pour essayer de les réchauffer. D'autres cordes ont craqué. Un bout de bois s'est fendu au milieu. Mon dos me faisait mal, mais surtout, quelque chose me disait que cette tempête marquerait la fin de mon voyage, et c'était cela le plus douloureux.

À l'aube, le ciel s'est légèrement éclairci, assez pour me permettre de percevoir à nouveau les formes. Je n'ai pas eu le temps de découvrir l'ampleur des dégâts : une vague s'est abattue sur moi avec une violence inouïe. J'ai cru mourir. Le radeau s'est tordu, puis brisé en morceaux.

J'ai été jeté dans les flots en furie, battu par les courants. Par chance, j'ai pu attraper un morceau de bois et je m'y suis accroché. Une autre vague a déferlé sur moi, puis une autre et encore une autre.

Mes forces faiblissaient. La tempête s'acharnait sur moi et, quand le soleil s'est levé, j'étais sûr que ce serait la dernière fois que je le contemplerais. J'ai à peine remarqué le nuage bas à la forme étrange au-dessus de l'eau, qui pourtant ressemblait à une île faite de brouillard.

Avec un cri plaintif, j'ai tout lâché. Et l'eau a envahi mes poumons.

 DEUXIÈME PARTIE

UN CORPS À CORPS SANGLANT

ini le tangage.

Fini la noyade.

Une fois de plus, je me suis réveillé sur un rivage inconnu, avec le même bruit de vagues dans les oreilles, le même goût saumâtre dans la bouche et le même sentiment d'effroi qui me tordait l'estomac.

Les tourments de mes années à Gwynedd n'étaient-ils qu'un rêve ? Un terrible rêve ?

Je connaissais la réponse avant que mes doigts pleins de sable n'aient touché mes joues couvertes de cicatrices, mes yeux aveugles et le Galator suspendu à mon cou. Gwynedd avait bien été réel. Aussi réel que la forte odeur épicée qui parfumait l'air de l'endroit où je m'étais échoué.

En roulant sur le côté, j'ai écrasé un coquillage sous ma hanche. Je me suis assis et j'ai humé l'air. Il était doux comme une prairie en été, mais avec quelque chose de plus vif, plus piquant et plus vrai.

J'entendais le bruit des vagues sur le rivage, non loin de moi, mais je ne les voyais pas. Et pour cause : elles étaient cachées derrière un épais mur de brume.

Au milieu de cette brume, de curieuses formes se dessinaient, se rassemblaient, restaient là quelques secondes et s'évaporaient. J'ai vu une espèce de grande arche, avec une porte qui se refermait. Elle a disparu et fait place à une queue armée de pointes, assez grande pour être celle d'un dragon. Puis cette queue s'est transformée en une énorme tête au nez bulbeux qui s'est lentement tournée vers moi en remuant la bouche comme pour parler, avant de se dissoudre dans les nuages mouvants.

J'ai changé de position, non sans effort, pour regarder de l'autre côté. Cette plage était beaucoup plus accueillante que la côte nord de Gwynedd. Elle n'était pas jonchée de rochers déchiquetés, seulement de coquillages roses, blancs et violets éparpillés sur le sable fin. Près de mon pied, une longue plante à feuilles vert vif serpentait à travers la plage.

Rose. Violet. Vert. Mon cœur a fait un bond. Je percevais les couleurs ! Pas aussi bien qu'avant l'incendie, peut-être, mais beaucoup mieux qu'avant la tempête.

Pourtant, ce n'était pas possible. J'ai observé ma peau, puis les plis de ma tunique, et je me suis rendu compte qu'elles n'étaient pas plus colorées qu'auparavant.

J'ai jeté un coup d'œil vers la plage et, là, j'ai compris. En fait, je ne voyais pas mieux. C'est que ce paysage était plein de couleurs. Les coquillages, les feuilles brillantes, même le sable semblaient plus colorés. Et si les teintes me paraissaient aussi vives avec ma seconde vue, quel éclat elles devaient avoir en réalité !

J'ai ramassé un coquillage en forme de spirale. Des lignes violettes s'enroulaient autour de la coquille d'un blanc étincelant. En le tenant dans ma main, je sentais une sorte d'affinité entre lui et moi. C'était très agréable.

Je l'ai porté à mon oreille, espérant entendre le bruit de la mer. Au lieu de cela, j'ai perçu un son étrange, voilé, comme la voix de quelqu'un au loin, qui murmurait des paroles dans une langue que je ne comprenais pas. Qui essayait de me dire quelque chose.

Intrigué, j'ai regardé à l'intérieur. Le coquillage m'a paru tout à fait ordinaire. J'avais dû rêver. Je l'ai de nouveau approché de mon oreille. Encore cette voix ! Et, cette fois, plus claire qu'avant. J'ai cru l'entendre dire : *prends gaaarde… prends gaaarde.*

Aussitôt, j'ai reposé le coquillage. J'avais les paumes moites, l'estomac noué. Je me suis levé, pétri de courbatures dans les jambes, les bras, le dos. J'ai regardé le coquillage et secoué la tête. J'avais peut-être de l'eau de mer dans les oreilles, tout simplement.

De l'eau. Je dois trouver de l'eau. Si seulement je pouvais boire, j'aurais l'impression de revivre.

J'ai escaladé une dune qui dominait la plage et ce que j'ai vu de l'autre côté m'a sidéré.

Une forêt dense, où des oiseaux colorés voletaient parmi les cimes de grands arbres, s'étendait vers l'ouest. Plus loin, vers l'horizon, s'élevaient des vagues de collines embrumées, où le vert de la forêt bleuissait. Au pied de la dune, une vallée luxuriante s'étalait tel un tapis. Des ruisseaux venus de la forêt scintillaient au soleil à travers les prairies avant de rejoindre un grand fleuve qui coulait vers la mer. Il y avait d'autres arbres, au loin, mais en lignes plus ordonnées, à la manière d'un verger.

Je m'apprêtais à descendre dans la vallée pour étancher ma soif, quand un détail a attiré mon attention. Même si je ne voyais que partiellement la rive gauche du fleuve, elle me semblait beaucoup moins verte que l'autre. Plutôt brun-rouge. De la couleur des feuilles mortes, plus exactement. Ou de la rouille. D'abord, cela m'a perturbé, mais je me suis dit qu'il s'agissait sans doute d'un autre type de végétation. Ou peut-être d'un effet de lumière, causé par les nuages sombres accumulés au-dessus de l'horizon de ce côté-là.

J'ai entamé la descente vers la vallée et la forêt verdoyantes. Ma gorge était affreusement sèche. Il était temps de boire ! Ensuite, j'étudierais cette île enveloppée de brume — si c'était bien une île. Sans que je puisse expliquer pourquoi, cet endroit me donnait envie d'y rester pour l'explorer — malgré l'avertissement du coquillage. Était-ce à cause des couleurs vives ? Ou simplement parce que je m'étais fié aux vagues, et qu'elles m'avaient amené ici ? Quelle que soit la raison, je resterais quelque temps. Mais pas pour toujours. Si je ne trouvais aucune indication sur mon passé, je me construirais une nouvelle embarcation plus solide et je poursuivrais ma quête.

Sous mes pas, le sable a bientôt cédé la place à de hautes herbes qui se balançaient dans la brise parfumée. Malgré mes courbatures, j'ai pris de la vitesse dans la pente et couru à travers champs. C'était la première fois que je courais ainsi, visage au vent, depuis que j'avais quitté Caer Myrddin.

Arrivé près d'un ruisseau, je me suis agenouillé près des rochers couverts de mousse et j'y ai plongé la tête. Le contact de l'eau claire et froide sur ma peau m'a fait autant d'effet que la découverte des couleurs et des odeurs. Je me suis gorgé jusqu'à me sentir gonflé, puis j'ai roté et bu encore.

Enfin désaltéré, je me suis allongé et, appuyé sur le coude, j'ai humé l'air vif et piquant. Des plantes sauvages me chatouillaient le menton. Avec toutes ces hautes herbes qui m'entouraient, quiconque passant par là aurait pu me prendre pour une souche oubliée en bordure du cours d'eau. J'écoutais le doux frottement des tiges les unes contre les autres, les variations du vent dans la forêt et le murmure du ruisseau. Un scarabée à longues pattes, de couleur rouge, se promenait dans les plis de ma tunique.

Un mouvement d'air soudain m'a sorti de ma rêverie. Quelque chose venait de passer au-dessus de moi à la vitesse d'une flèche, et je ne savais absolument pas ce que c'était. Avec précaution, je me suis redressé pour mieux voir. Il y avait une certaine agitation dans l'herbe, un peu plus bas. Je me suis levé et me suis approché, intrigué par ce tumulte.

Un sifflement perçant a jailli alors, suivi de crachements et de grondements. Plus je m'approchais et plus le son montait. Au bout de quelques pas, je me suis arrêté, stupéfait.

Un rat énorme — aussi gros que ma cuisse, avec des pattes puissantes et des dents pointues comme des poignards, se battait contre un petit faucon au dos gris et à la queue brune, barrée de blanc. Un faucon merlin. Mis à part le fait que le rat était trois fois plus gros que l'oiseau, les deux adversaires semblaient de force égale.

Le combat était acharné. Les serres du faucon agrippaient le rat par la nuque. Celui-ci se contorsionnait, essayant de mordre et de griffer la tête de son ennemi, frappant l'oiseau contre le sol. Pourtant, sous les assauts de ce corps puissant, l'oiseau redoublait de courage. Avec des cris stridents, il enfonçait ses serres toujours plus profondément, et lacérait la peau épaisse du rat. Des plumes volaient, le sang éclaboussait l'herbe. Griffant, mordant, grondant, ils se jetaient l'un sur l'autre avec frénésie.

Ce combat aurait pu durer longtemps sans vainqueur, sauf qu'un autre rat est sorti d'un fourré pour venir prêter main-forte à son congénère — sans doute espérait-il aussi en tirer quelque profit. Refermant ses mâchoires sur une des ailes du faucon, il s'est attaqué férocement à lui.

Le merlin a crié de douleur, mais il a tenu bon. Le deuxième rat, la face déchirée par le bec de l'oiseau, a relâché sa prise et contourné les combattants. L'aile blessée du faucon pendait lamentablement sur le côté, tandis qu'une de ses serres se détachait du corps de son ennemi. Sentant la victoire toute proche, le deuxième rat, débarrassé des plumes qu'il avait entre les dents, s'apprêtait à bondir sur l'oiseau affaibli.

À ce moment-là, je me suis précipité et, d'un coup de pied, je l'ai envoyé dans un fourré. Le premier rat s'est immobilisé et m'a lancé un regard furieux, les yeux injectés de sang. D'une violente secousse, il a jeté le faucon sur l'herbe. L'oiseau, trop faible pour bouger, est resté sur le dos.

Le rat a poussé un cri aigu. Je me suis approché et j'ai levé la main, prêt à frapper. Alors, l'animal, apparemment lassé de se battre, a fait demi-tour et filé dans les hautes herbes.

Je me suis baissé pour examiner le faucon. Ses yeux, deux points noirs entourés de jaune, étaient juste entrouverts, mais ils me fixaient intensément. Quand j'ai tendu le bras vers lui, il s'est mis à siffler et m'a griffé le poignet d'un coup de serre.

— Qu'est-ce qui te prend, idiot ? ai-je pesté en suçant l'entaille qu'il m'avait faite. Je ne te veux pas de mal. J'essaie juste de t'aider.

J'ai fait une deuxième tentative. De nouveau, l'oiseau m'a agressé méchamment.

— Maintenant, ça suffit !

Dépité, je me suis levé pour partir.

En m'éloignant, j'ai jeté un dernier regard au faucon. Ses yeux avaient fini par se fermer. Étalé sur l'herbe, il tremblait.

J'ai inspiré profondément et je suis retourné vers lui. Je l'ai ramassé avec précaution, en évitant ses serres au cas où il aurait retrouvé son énergie. Je sentais son corps chaud dans ma main et m'étonnais qu'une créature aussi féroce puisse être aussi douce. J'ai caressé l'aile blessée. La peau et les muscles avaient été abîmés, mais les os étaient intacts. J'ai pris des herbes séchées dans la sacoche que Branwen m'avait donnée et j'y ai ajouté quelques gouttes d'eau du ruisseau. Avec le bord de ma tunique, j'ai nettoyé les blessures causées par le rat. Certaines étaient profondes, surtout sur le bord supérieur de l'aile. Doucement, j'ai appliqué les herbes comme un cataplasme.

Le faucon s'est raidi et a ouvert un œil. Cette fois, pourtant, il ne m'a pas attaqué. Trop faible même pour siffler, il s'est contenté de me regarder avec méfiance.

Les soins terminés, j'ai réfléchi à ce que j'allais faire. Le laisser ici, près du ruisseau ? Non : les rats reviendraient sûrement pour l'achever. L'emporter avec moi ? Je n'avais pas besoin de passager, surtout pas aussi dangereux.

Apercevant un chêne avec de grandes branches à la lisière des bois, une idée m'est venue. J'ai posé l'oiseau, le temps de fabriquer une ébauche de nid avec des herbes. Puis, le nid et l'oiseau sous le bras, j'ai grimpé sur une branche basse recouverte d'une épaisse couche de mousse. J'ai calé le nid au creux de la fourche de la branche et du tronc, et j'ai déposé le faucon dedans.

Ses yeux cerclés de jaune semblaient encore me défier. Je l'ai regardé un moment, avant de descendre de l'arbre et de m'enfoncer dans la forêt.

∽ XIII ∽
un paquet de feuilles

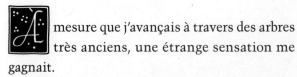 mesure que j'avançais à travers des arbres très anciens, une étrange sensation me gagnait.

Elle n'avait aucun rapport avec ma seconde vue, même si la pénombre du sous-bois me gênait quelque peu ; seuls quelques rais de lumière se rendaient jusqu'au sol. Cette sensation n'avait rien à voir non plus avec les odeurs de résine, étonnamment puissantes, qui me rappelaient le jour de l'orage dans les branches du grand pin, au pied de Y Wyddfa. Elle n'était en rien liée aux bruits qui m'environnaient — le bruissement des feuilles dans le vent, les craquements des branches, le crissement des aiguilles de pin sous mes pas.

L'étrange sensation ne venait d'aucune de ces choses. Ou peut-être venait-elle de tous ces éléments conjugués : un son, une odeur, une obscurité. Et aussi du sentiment que quelque chose dans cette forêt avait conscience de ma présence et m'observait ; qu'un mystérieux murmure, semblable à ce que j'avais entendu dans le coquillage, s'élevait maintenant autour de moi.

J'ai aperçu un bâton noueux, presque aussi grand que moi, appuyé contre le tronc d'un vieux cèdre. Un bon bâton pourrait m'aider à me frayer un passage dans les bois.

Je m'apprêtais à le saisir par le milieu, où un amas de branchettes sortait, quand le bâton s'est mis à bouger! Les petites branches dont il était recouvert ont commencé à s'agiter comme des petites pattes. Le bâton est descendu le long du cèdre en suivant la courbe du tronc; il est passé sur les racines et s'est enfoncé dans un bouquet de fougères. En quelques secondes, la créature avait disparu. Et mon envie de trouver un bâton avec elle...

Alors, j'ai été pris d'une envie très familière : celle de grimper dans un arbre! Peut-être pas jusqu'au sommet, mais assez haut pour avoir une vue sur les voûtes supérieures. J'ai choisi un tilleul, grand et mince, dont les feuilles en forme de cœur tremblaient comme la surface d'une rivière, et j'ai commencé à l'escalader. Mes pieds et mes mains trouvaient de nombreuses prises et je progressais vite.

Parvenu à une hauteur d'environ cinq fois ma taille, j'ai découvert un tout autre monde, beaucoup plus lumineux et favorable à ma vision. À travers les feuilles du tilleul, j'ai remarqué une touffe de mousse verte près de ma tête. Mais après l'expérience du bâton, j'ai préféré ne pas y toucher. Puis j'ai aperçu deux papillons orange et bleu voletant de-ci de-là. Une araignée, dont la toile était parsemée de gouttes de rosée, se balançait sous une branche à proximité. Des écureuils aux grands yeux jacassaient bruyamment. Un oiseau à plumes dorées se déplaçait d'une branche à l'autre. Si le paysage, à cette hauteur, avait changé, le mystérieux murmure que j'avais entendu en bas, lui, était toujours là.

En me tournant vers la lisière de la forêt, j'ai aperçu le champ herbeux où j'avais rencontré le faucon merlin. Juste derrière, l'eau étincelait, coulant du grand fleuve en direction du mur de brume, et donc de la mer. À ma grande surprise, une étrange vague s'est élevée des rapides. Je savais que ce ne pouvait être vrai, mais, on aurait dit une gigantesque main, qui laissait passer l'eau du fleuve entre ses doigts avant de replonger dans des gerbes d'écume. J'étais à la fois émerveillé et impressionné.

Puis, loin au-dessus de moi, un énorme paquet de feuilles s'est détaché. Au lieu de tomber tout droit, il s'est envolé vers un autre arbre. Miraculeusement, les branches de cet arbre l'ont emprisonné dans leurs solides ramures, avant de le rejeter à l'extérieur. Une autre branche l'a attrapé, a fléchi sous son poids, puis l'a renvoyé à son tour.

Le paquet a traversé l'air en tourbillonnant, et continué à circuler ainsi entre les troncs et les branches, un peu comme une danseuse. Ces arbres me faisaient penser à des enfants jouant avec un ballon de ficelle.

Finalement, après être descendu de plus en plus bas entre les branches, le paquet de feuilles a roulé sur le sol et atterri dans un lit d'aiguilles brunes.

Je n'étais pas au bout de mes surprises : de ce paquet est sortie une longue branche feuillue. Non, pas une branche : un bras dans une manche de vigne vierge. Puis un autre bras, une jambe, et une autre jambe. Enfin, est apparue une tête aux cheveux ornés de feuilles luisantes, avec deux yeux aussi gris que de l'écorce de hêtre, légèrement teintés de bleu.

La silhouette drapée de feuillage s'est levée et a éclaté d'un rire franc et clair. Il a résonné entre les arbres, tel un magnifique son de cloche.

Je me suis penché sur ma branche pour essayer de discerner plus de détails. Car j'avais déjà compris que ce paquet de feuilles était, en réalité, une fille.

Tout à coup, la branche sur laquelle je me tenais s'est cassée, et j'ai dégringolé en bas de l'arbre. J'ai été freiné dans ma chute par des rameaux, mais ma poitrine, le bas de mon dos, mon épaule gauche et mes cuisses ont heurté violemment une grosse branche. Avec un bruit sourd, j'ai atterri sur un coussin d'aiguilles.

J'ai roulé sur le côté en gémissant. En plus de la raideur causée par mon périple en mer et de mon habituel mal entre les épaules, j'étais perclus de douleurs. Je me suis assis péniblement… et je me suis trouvé face à face avec la fille.

Son rire s'est arrêté.

Pendant un long moment, aucun de nous n'a bougé. Malgré la faiblesse de la lumière, je devinais qu'elle avait à peu près mon âge. Elle m'observait, totalement immobile. À l'exception du bleu dans ses yeux, dans son costume de plantes tressées, mélange de vert et de brun, elle aurait presque pu passer pour un arbre. Mais avec ses yeux brillants de colère, on ne pouvait s'y tromper.

Elle a donné un ordre dans une langue étrange faite de bruissements, avec un geste de la main comme pour chasser une mouche. Aussitôt, les lourdes branches d'une pruche se sont enroulées autour de ma taille, de mes bras et de mes jambes. Elles m'ont tenu fermement et, plus je me débattais, plus elles se resserraient. Soudain, elles m'ont soulevé en l'air, et je suis resté ainsi prisonnier.

— Laisse-moi descendre ! ai-je crié.

— Maintenant, tu ne tomberas plus, a répondu la fille dans ma langue.

Elle parlait le gallois, comme moi à Gwynedd, mais avec un curieux accent aux intonations mélodieuses. D'humeur soudain moqueuse, elle a ajouté :

— Tu as l'air d'une grosse baie brune, mais pas très savoureuse.

Elle a cueilli une baie violette près de ses pieds et l'a mise dans sa bouche. Avec une grimace, elle l'a recrachée.

— Pouah. Elle n'a plus de goût sucré.

— Laisse-moi descendre ! ai-je hurlé encore.

J'ai essayé de me libérer, mais la branche s'est tellement resserrée autour de ma poitrine que je ne pouvais presque plus respirer.

— S'il te plaît, ai-je supplié d'une voix rauque. Je n'avais pas… de mauvaises intentions.

La fille m'a jeté un regard sévère.

— Tu as enfreint la loi de la Druma. Ici, les étrangers ne sont pas admis.

— Mais… je ne… savais pas.

— Maintenant, tu le sais.

Elle a cueilli une autre baie. Manifestement, celle-ci était meilleure que la première, parce qu'elle s'est baissée pour en ramasser une troisième.

— S'il te plaît… laisse-moi… descendre.

La fille m'ignorait et poursuivait sa cueillette en avalant les baies presque aussi vite qu'elle les ramassait. À la fin, elle s'est éloignée, sans même jeter un coup d'œil dans ma direction.

— Attends!

Elle s'est arrêtée et s'est tournée vers moi, visiblement contrariée.

— Tu me fais penser à un écureuil qui a volé des noix et qui se fait prendre. Maintenant, tu veux les rendre, mais c'est trop tard. Je reviendrai te voir dans un jour ou deux. Si j'y pense…

Elle a tourné les talons et elle est partie.

— Attends! ai-je fait, haletant.

Mais elle avait déjà disparu derrière un rideau de branches.

J'ai essayé de nouveau de me dégager. Sans résultat. L'arbre m'a serré encore plus fort, m'enfonçant le Galator dans les côtes.

— Attends! Au nom du… Galator.

Le visage de la fille a réapparu. Non sans hésitation, elle est revenue vers le sapin. Elle est restée sous l'arbre un moment à me regarder. Puis, avec un petit mouvement du poignet, elle a prononcé quelques mots incompréhensibles.

Aussitôt, les branches se sont desserrées, et je suis tombé face contre terre. Je me suis relevé avec peine, en sortant de ma bouche une poignée d'aiguilles de pin.

Elle m'a arrêté d'un geste de la main. Pour éviter d'être de nouveau prisonnier des branches, j'ai obéi et je n'ai plus bougé.

— Que sais-tu du Galator ?

J'ai hésité : le Galator devait être très célèbre pour être connu jusque dans ces terres éloignées. J'ai répondu prudemment :

— Je sais à quoi il ressemble.

— Moi aussi, du moins par la légende. Que sais-tu d'autre ?

— Peu de choses.

— Dommage, a-t-elle dit, plus à elle-même qu'à moi.

Elle s'est approchée et m'a observé d'un air interrogateur.

— Pourquoi tes yeux regardent-ils si loin ? On dirait deux étoiles cachées par des nuages.

Je me suis raidi. Sur la défensive, j'ai répondu sèchement :

— Mes yeux sont mes yeux.

De nouveau, elle m'a examiné. Puis, sans un mot, elle a mis ses dernières baies dans ma main.

Je les ai reniflées avec méfiance. Mais leur parfum a réveillé ma faim et, tout en sachant que je n'aurais pas dû, j'en ai mis une dans ma bouche. Aussitôt, son goût sucré s'est répandu sur ma langue. C'était un tel délice que j'ai avalé les autres d'une seule bouchée.

La fille m'a contemplé, pensive.

— Je vois que tu as souffert.

J'ai froncé les sourcils. Ce devait être à cause des cicatrices sur mon visage. Mais pas seulement… On aurait dit qu'elle avait aussi vu quelque chose d'autre, sous la surface. J'ai eu soudain envie de me confier à cette étrange fille des bois. Toutefois, j'ai résisté. Après tout, je ne la connaissais pas. Quelques minutes plus tôt, elle était prête à m'abandonner dans un arbre. Non, lui faire confiance serait une folie.

Elle a tourné légèrement la tête pour écouter un lointain murmure dans les branches. J'ai remarqué alors l'enchevêtrement de feuilles et de boucles brunes de sa chevelure, et il m'a semblé — sans pouvoir l'affirmer à cause de la pénombre — que ses oreilles, légèrement triangulaires, se terminaient en pointe comme les miennes.

Avait-elle subi, elle aussi, des moqueries à propos de ses oreilles de démon ? Ou tout le monde, dans ce pays étrange, avait-il les oreilles pointues ? Peut-être n'était-elle pas humaine... et moi non plus ?

Je divaguais. C'était aussi absurde que d'imaginer des anges avec les oreilles en pointe ou des démons avec de belles ailes blanches !

J'ai continué à l'observer pendant qu'elle écoutait.

— Tu entends quelque chose ?

Ses yeux gris-bleu se sont tournés vers moi.

— Seulement les paroles de mes amis. Ils me disent qu'il y a un étranger dans la forêt, mais je le sais déjà...

Après une pause elle ajouta :

— Ils me conseillent aussi de prendre garde. Ont-ils raison ?

Je me suis raidi, me rappelant la voix du coquillage.

— On devrait toujours se méfier. Mais tu ne dois pas avoir peur de moi.

Ma réponse l'a amusée.

— Est-ce que j'ai l'air d'avoir peur ?

— Non, ai-je dit en souriant. Je ne dois pas être très effrayant.

— Pas très.

— Ces amis que tu as mentionnés, ce sont...
les arbres ?

— Oui.

— Tu parles avec eux ?

Une fois encore, son rire argentin a résonné
dans le bosquet.

— Bien sûr ! Comme avec les oiseaux, les
bêtes et les rivières.

— Et les coquillages ?

— Naturellement. Chacun a son langage, tu
sais. Il faut seulement apprendre à l'entendre.
Pourquoi comprends-tu si peu de choses ? a-t-elle
ajouté en haussant un sourcil.

— Je viens de... de loin.

— C'est donc pour ça que tu ne sais rien de la
Druma ou de ses habitudes.

Elle a froncé les sourcils.

— Pourtant, tu connais le Galator.

— Juste un peu, comme je te l'ai déjà dit...
Remarque, j'aurais raconté n'importe quoi pour
me libérer de ces horribles branches.

Les branches de la pruche au-dessus de nos
têtes ont frémi ; j'ai eu un mouvement de recul.

— Tu en sais plus qu'un peu sur le Galator, a
affirmé la fille. Un jour, tu m'expliqueras. Mais
d'abord, dis-moi ton nom.

Elle s'est mise à marcher — elle semblait certaine que je la suivrais.

J'ai soigneusement évité une branche au sol.

— Où vas-tu ?

— Chercher quelque chose à manger, tiens !

Elle s'est engagée sur une piste qu'elle seule voyait à travers les fougères.

— Alors, tu me le dis, ton nom ?

— Emrys.

Au regard qu'elle m'a lancé, j'ai vu qu'elle ne me croyait pas vraiment. Mais elle n'a rien ajouté.

— Et le tien ? ai-je demandé.

Elle s'est arrêtée sous un hêtre qui, bien que vieux et tordu, avait une écorce aussi lisse qu'un jeune arbre, et a désigné les belles branches au-dessus d'elle :

— Mon ami va te répondre.

Les feuilles du vieux hêtre ont émis un léger bruissement. D'abord, je n'ai pas compris ce qu'elles me disaient. J'ai fixé la fille avec des yeux interrogateurs. Puis, peu à peu, j'ai distingué une cadence particulière. *Rrrhhhiiiaaaa. Rrrhhhiiiaaaa. Rrrhhhiiiaaaa.*

— Tu t'appelles Rhia ?

La fille s'est remise à marcher. Nous étions maintenant dans un bois de pins à longues aiguilles, droits et robustes.

— Mon vrai nom est Rhiannon, mais je ne sais pas pourquoi. Les arbres m'appellent Rhia.

— Tu ne sais pas pourquoi ? Tes parents ne te l'ont pas dit ?

Elle a sauté par-dessus un ruisseau, où un colvert dodu nageait parmi les roseaux.

— J'ai perdu ma famille quand j'étais toute petite. Mon histoire ressemble à celle d'un oisillon tombé du nid avant de savoir voler. Elle me fait aussi penser à toi, a-t-elle ajouté sans se retourner.

Je me suis arrêté net et l'ai attrapée par le bras — mais voyant des branches se baisser de façon menaçante, je l'ai aussitôt relâchée.

— Qu'est-ce qui te fait dire ça ?

Elle m'a regardé dans les yeux.

— Parce que tu as l'air perdu, tout simplement.

Poursuivant notre marche à travers la forêt, nous avons surpris un renard occupé à dévorer un coq de bruyère. Il n'a pas bougé. Le chemin a commencé à monter ; la côte devenait de plus en plus raide. Rhia n'en a pas pour autant ralenti son allure. Il m'a semblé, au contraire, qu'elle accélérait. J'avais du mal à la suivre.

— Tu es comme... Atalante.

Rhia a ralenti, intriguée.

— Qui est-ce ?

— Atalante ? ai-je haleté. L'héroïne... d'une légende grecque... qui courait si vite... que personne ne pouvait... l'attraper... Et un jour... quelqu'un l'a piégée... avec... des pommes d'or.

— Elle me plaît, ton histoire. Où l'as-tu apprise ?

— De quelqu'un... Mais je regrette de... n'avoir pas... quelques-unes de ces pommes... maintenant, ai-je dit en m'essuyant le front.

Rhia a souri, mais n'a pas modifié son allure.

À mesure que nous montions, d'énormes rochers, crevassés et recouverts de lichens roses et violets, se dressaient sur le sol de la forêt comme des champignons géants. Les arbres s'espaçaient, laissant filtrer plus de lumière entre leurs branches. Les fougères parsemées de fleurs se pressaient autour d'énormes racines et de troncs couchés.

À un moment, Rhia m'a attendu sous un arbre à l'écorce blanche, près d'un rocher. Tandis que je peinais pour la rattraper, elle a mis ses mains en porte-voix et émis un curieux hululement. Un instant après, trois petites têtes de chouettes, plates et couvertes de plumes, avec d'immenses yeux orange, sont sorties d'un trou à mi-hauteur du tronc. Elles nous ont fixés avec attention, ont hululé deux fois à l'unisson et sont rentrées dans leur trou.

Rhia s'est tournée vers moi en souriant, puis a repris son ascension. Parvenue à la crête, elle s'est arrêtée pour observer la vue. Avant même de la rejoindre, je sentais un parfum fruité dans l'air. Quand enfin je suis arrivé près d'elle, hors d'haleine, j'ai compris pourquoi elle s'était arrêtée : le panorama qui s'étendait sous nos yeux était stupéfiant. Des arbres de toutes tailles, de toutes formes et de toutes couleurs couvraient le sommet de la colline. Leurs branches, chargées de fruits, descendaient presque jusqu'à l'herbe. Et quels fruits ! Des boules orange vif, de minces croissants verts, des grappes jaunes et bleues brillaient au milieu d'un scintillement d'ailes d'abeilles et de papillons. Il y en avait des ronds, des carrés, des gros, des tout fins... C'étaient pour la plupart des fruits que je n'avais jamais vus, pas même en rêve. Mais cela ne m'empêchait pas de saliver.

— C'est mon jardin, a annoncé Rhia.

Quelques secondes après, nous dévorions tous les fruits que nous voulions. Le jus coulait sur mon menton, mon cou, mes mains et mes bras. Les graines collaient à mes cheveux, des peaux à demi mâchées s'accrochaient à ma tunique... De loin, j'aurais pu passer pour un arbre fruitier. Les boules orange avaient un goût acidulé délicieux ; j'en ai épluché et mangé autant que j'ai pu avant de goûter d'autres espèces. Il y avait notamment un fruit en forme d'urne, que j'ai dû recracher tant il avait de pépins. Rhia a ri, et moi aussi. Le suivant était troué au milieu. À mon grand soulagement, il avait un goût de lait sucré et ne contenait aucun pépin. Ensuite, j'ai avalé la moitié d'un fruit gris en forme d'œuf et fade, qui, je ne sais pourquoi, m'a rendu triste et nostalgique.

Lorsqu'elle a vu que j'avais goûté ce fruit-là, Rhia m'en a montré un autre en forme de spirale, d'un rouge-violet pâle. Dès la première bouchée, la saveur de ce fruit, comme un soleil pourpre, a chassé miraculeusement tous les sentiments douloureux.

Rhia, de son côté, engloutissait une énorme quantité de minuscules baies rouges qui poussaient en grappes de cinq ou six sur une tige. J'en ai goûté une, mais elle était si sucrée que cela m'a écœuré.

Rhia les avalait par dix.

— Comment peux-tu en manger autant ? me suis-je étonné.

Elle ne m'a pas répondu.

Enfin rassasié, et peut-être même plus que rassasié, je me suis assis, le dos appuyé contre un des plus gros troncs du jardin. La lumière de l'après-midi passait entre les feuilles et les fruits, tandis qu'une douce brise soufflait sur la colline. Après s'être gavée de petites baies rouges, Rhia a fini par me rejoindre.

Son épaule contre la mienne, elle a ouvert les bras devant cet extraordinaire déploiement d'arbres.

— Tout ceci, a-t-elle dit avec gratitude, est le résultat d'une seule graine.

— Une seule graine ? Tu plaisantes !

— Pas du tout ! La graine du shomorra ne produit pas juste un arbre, mais beaucoup, pas juste un fruit, mais des centaines. Cependant, il est si difficile à trouver que sa rareté est légendaire. *Rare comme un shomorra*, dit le proverbe. C'est le seul de toute la Druma.

J'ai respiré à pleins poumons l'air parfumé de la clairière.

— Ce n'est pas mon pays, et pourtant, je sens que je pourrais rester ici longtemps et y être heureux.

— Où est donc ton pays ?

— Je l'ignore, ai-je soupiré.

— Alors, c'est ça que tu cherches ?

— Ça et plus encore.

Rhia jouait avec une tige de sa manche.

— Est-ce que ton pays n'est pas l'endroit où tu te trouves, quel qu'il soit ?

— Tu n'es pas sérieuse ! C'est l'endroit d'où tu viens. Celui où vivent tes parents, où ton passé est enfoui.

— Enfoui ? Qu'est-ce que tu entends par là ?

— Je n'ai aucun souvenir de mon passé.

Rhia, bien qu'intriguée, n'a plus posé de questions. Elle a cueilli une autre grappe de baies rouges et les a fourrées dans sa bouche. La bouche pleine, elle a dit :

— Ce que tu cherches est peut-être plus près que tu ne le penses.

— J'en doute, ai-je dit en m'étirant. Je vais explorer encore cet endroit, mais si je n'apprends rien sur mon passé, je construirai un nouveau bateau et j'irai aussi loin qu'il sera nécessaire. Jusqu'à l'horizon, si besoin.

— Alors, tu ne resteras pas longtemps ici, j'imagine.

— Sans doute que non. Où sommes-nous, d'ailleurs ? Est-ce que ce lieu a un nom ?

— Oui.

— Quel est-il, alors ?

Son visage est devenu grave.

— Cet endroit, cette île, s'appelle Fincayra.

❧ XV ❧
FLÉAU

J'ai sursauté, comme sous l'effet d'un coup de fouet.

— Fincayra?

Rhia m'a regardé avec intérêt.

— Tu en as entendu parler?

— Oui. Un peu. Mais jamais je n'aurais pensé que cette île existait vraiment.

— Oui, Fincayra existe bel et bien, a-t-elle soupiré d'un air sombre.

Alors, c'est donc vrai, ai-je pensé. Fincayra est aussi réelle que Y Wyddfa ou le mont Olympe. Si seulement je pouvais le dire à Branwen! J'ai essayé de me rappeler les mots qu'elle avait employés à propos de Fincayra. Elle l'avait décrit comme *un endroit merveilleux. Ni tout à fait la terre, ni tout à fait le ciel, mais un pont entre les deux.* Elle avait parlé de couleurs vives, aussi. Pour les couleurs, elle avait raison! Et elle avait également évoqué des géants.

Pendant que nous étions assis tous les deux en silence, perdus dans nos pensées, la brume du soir

a commencé à envelopper le jardin du shomorra.
Peu à peu, les couleurs sont devenues des ombres
et les formes, des silhouettes.

Finalement, Rhia a bougé. Elle s'est frotté le
dos contre le tronc.

— C'est déjà la nuit ! Nous n'avons pas le
temps d'aller chez moi.

Notre festin m'avait donné sommeil ; je me
suis allongé sur l'herbe tendre, sous l'arbre.

— J'ai dormi dans des lieux pires que
celui-ci.

— Regarde, a dit Rhia en me montrant le ciel,
où les premières étoiles scintillaient à travers les
branches chargées de fruits. Tu n'aimerais pas pouvoir voler ? Naviguer parmi les étoiles, ne faire
qu'un avec le vent ? Comme j'aimerais avoir des
ailes ! De vraies ailes !

— Moi aussi, ai-je répondu, en cherchant
Pégase.

— Qu'est-ce que tu aimerais avoir d'autre ?

— Eh bien... des livres.

— C'est vrai ?

— Oui ! J'adorerais m'enfermer dans une pièce
pleine de livres. Avec des histoires de tous les
peuples et de tous les temps. Un jour, quelqu'un
m'a parlé d'une telle pièce.

Elle m'a observé un moment.

— Ta mère ?

J'ai pris une longue respiration.

— Non, une femme qui se faisait passer pour ma mère.

Rhia a paru étonnée, mais n'a rien dit.

— Dans cette pièce, ai-je repris, il y aurait toutes les sortes de livres imaginables. Partout, sur tous les murs. Ce serait comme si je volais, tu vois. Je pourrais voyager à travers ces pages, et aller n'importe où.

Elle a ri.

— Je préférerais avoir de vraies ailes ! Surtout par une nuit comme celle-ci. Regarde ! a-t-elle ajouté en levant les yeux. On voit déjà Gwri aux cheveux d'or entre les branches.

— C'est une nouvelle constellation pour moi. Où est-elle ?

— Juste là.

J'avais beau faire des efforts avec ma seconde vue, je ne distinguais qu'une seule étoile dans cette portion de ciel, et elle faisait partie de l'aile de Pégase.

— Je ne la vois pas.

— Tu vois une jeune fille ?

— Non.

Elle a pris mon bras et l'a dirigé vers le ciel.

— Et maintenant ?

— Non. Je vois seulement une étoile qui fait partie de la constellation de Pégase... Ah, là, il y en a une autre !

Rhia a paru intriguée.

— Des étoiles ? Une constellation *d'étoiles* ?

— Oui, qu'est-ce que ça pourrait être d'autre ? ai-je répliqué, surpris par sa question.

— Mes constellations à moi ne sont pas faites d'étoiles, mais des espaces *entre* les étoiles. Des endroits sombres, ouverts, où l'esprit peut voyager à l'infini.

À partir de ce moment-là, je n'ai plus regardé le ciel de la même manière. Ni la fille qui était près de moi.

— Raconte-moi encore ce que tu vois là-haut.

Rhia a rejeté en arrière ses boucles brunes. D'une voix mélodieuse, elle m'a expliqué quelques-unes des merveilles du ciel de Fincayra. Elle m'a parlé de la large bande d'étoiles qui partageait en deux le ciel nocturne. C'était en réalité une couture qui rassemblait les deux moitiés du temps : celle qui commence toujours et celle qui finit toujours. Elle m'a parlé des immenses espaces obscurs qui étaient, en fait, les fleuves des dieux et reliaient ce monde aux autres ; et aussi de la grande roue des étoiles, dont les révolutions sans fin changeaient la vie en mort et la mort en vie.

Jusque tard dans la nuit, nous avons dessiné des images dans le ciel et échangé des histoires. Puis nous avons dormi d'un sommeil profond. Quand les rayons chauds du soleil nous ont réveillés, nous n'avions plus envie de quitter cet endroit.

Alors, pendant un jour et une nuit, nous nous sommes attardés au sommet de cette colline généreuse, en nous régalant de fruits et de conversations. J'avais beau garder secrets mes sentiments les plus profonds, j'ai découvert plus d'une fois que Rhia avait une façon troublante de lire mes pensées, comme si c'étaient les siennes.

Assis sous le feuillage, nous avons mangé de ces délicieux fruits orange (pour moi) et des baies rouges (pour elle) pour notre petit déjeuner. Nous partagions un fruit en forme de spirale, quand Rhia s'est tournée vers moi et m'a demandé :

— Cette femme, celle qui dit être ta mère, comment était-elle ?

Sa question m'a surpris.

— Elle était grande, avec des yeux…

— Non, non. Ce n'est pas son apparence physique qui m'intéresse. Quel genre de personne était-ce ?

Pendant un moment, j'ai réfléchi en songeant à Branwen.

— Eh bien, elle était gentille avec moi. Plus que je ne le méritais — la plupart du temps, en tout cas. Elle avait une grande foi en son dieu… et en moi, aussi. Elle parlait peu, très peu, sauf quand elle me racontait des histoires. Elle en connaissait des quantités, et je n'ai pas pu les retenir toutes.

Rhia a examiné la baie qu'elle tenait dans sa main avant de la mettre dans sa bouche.

— Elle a dû en découvrir certaines dans cette pièce remplie de livres.

— Oui, sans doute.

— Même si ce n'était pas ta vraie mère, te sentais-tu différent parce qu'elle était là, à côté de toi ? Un peu moins seul ? Un peu plus… en sécurité ?

Ma gorge s'est serrée.

— Je crois. Pourquoi t'intéresses-tu tant à elle ?

Son visage, d'habitude plutôt rieur, est devenu sérieux.

— Je me demandais juste comment c'était, une mère… une vraie mère.

J'ai baissé les yeux.

— J'aimerais bien le savoir.

Rhia a hoché la tête. Le regard perdu dans le lointain, elle a passé distraitement la main sur une branche chargée de fruits.

— Alors, tu ne te souviens pas de ta mère ? lui ai-je demandé.

— J'étais très jeune quand je l'ai perdue. Je n'ai gardé d'elle que des impressions : de sécurité, de chaleur et… la sensation d'être entourée. Je ne suis même pas certaine de vraiment me rappeler ces choses. C'est peut-être juste que j'en rêve.

— Et ton père ? Tu as des frères et sœurs ?

— Je les ai perdus. Tous. Mais, a-t-elle ajouté en levant les bras vers les branches, j'ai trouvé la Druma. C'est ma famille, maintenant. Et si je n'ai pas de vraie mère, j'ai quelqu'un qui me protège et me soutient. C'est presque ma mère.

— Qui est-ce ?

Rhia a souri.

— Un arbre. Un arbre nommé Arbassa.

Je l'ai imaginée assise dans les branches d'un grand arbre robuste, et j'ai souri aussi.

Puis j'ai pensé à Branwen, ma presque-mère, et une étrange chaleur m'a envahi. Elle était si distante et, en même temps, si proche. J'ai songé à ses histoires, à son travail de guérisseuse, à son regard triste. Je regrettais qu'elle n'ait pas voulu me parler de ses propres luttes ni de mon passé mystérieux. J'espérais la revoir un jour, tout en sachant que c'était impossible. En silence, et un peu hésitant, j'ai prié son dieu pour qu'il lui donne la paix à laquelle elle aspirait tant.

Soudain, un sifflement strident a percé l'air au-dessus de ma tête. J'ai levé les yeux et aperçu une forme familière perchée sur une des branches.

— C'est incroyable !

— Un faucon merlin, a observé Rhia. Un jeune mâle. Regarde, il est blessé à l'aile. Il lui manque des plumes.

Avec un petit mouvement du cou, comme le font les faucons, elle a lancé à son tour un sifflement aigu.

L'oiseau a penché la tête et répondu de la même façon. Cette fois, le sifflement gazouillait un peu, avec des notes plus rauques.

Rhia, étonnée, s'est tournée vers moi.

— Il m'a dit — pas très poliment, d'ailleurs — que tu lui avais sauvé la vie, il y a quelque temps.

— Il t'a dit ça ?

— Ce n'est pas vrai ?

— Si, si, c'est vrai. Je l'ai soigné après une bagarre. Mais comment as-tu appris à parler aux oiseaux ?

Rhia a haussé les épaules, comme si la réponse allait de soi.

— Ce n'est pas plus difficile que de parler avec les arbres… Enfin, ceux qui sont encore éveillés, a-t-elle ajouté un peu tristement. Contre qui le faucon se battait-il ?

— Il avait un courage incroyable. Ou alors, c'était de l'inconscience. Il s'était attaqué à deux énormes rats au moins trois fois plus gros que lui.

— Des rats énormes ? s'est inquiétée Rhia. Où ? Dans la Druma ?

— Non, mais juste à la limite. Près d'un petit ruisseau à la sortie du bois.

Gravement, Rhia a jeté un coup d'œil vers le faucon qui becquetait avec voracité un fruit en spirale.

— Des rats tueurs, de notre côté de la rivière… a-t-elle marmonné en secouant la tête. Ils n'ont pas le droit d'entrer dans la Druma. C'est la première fois qu'ils viennent si près. Ton ami le faucon n'est peut-être pas très bien élevé, mais il a eu raison de les attaquer.

— Cet oiseau aime la bagarre, en tout cas. Il aurait aussi bien pu attaquer l'un de nous deux. Ce n'est pas mon ami.

Comme pour me contredire, le faucon a quitté sa branche et s'est perché sur mon épaule gauche.

— Il n'a pas l'air de cet avis, a fait remarquer Rhia avec un petit rire.

Elle l'a observé, songeuse, puis a ajouté :

— Il se peut qu'il soit venu te voir pour une raison particulière.

J'ai fait une grimace.

— La seule raison, c'est la malchance qui me suit partout.

— Je ne sais pas. D'après moi, ce n'est pas de la malchance.

En tendant la main vers le faucon, elle a sifflé un petit air amical et léger.

L'oiseau a répondu par un cri strident et un méchant coup de patte. Rhia a aussitôt retiré sa main, mais pas assez vite pour éviter une sérieuse griffure.

— Oh !

Furieuse, elle a léché le sang qui coulait de sa blessure et vertement sermonné son agresseur.

Le faucon l'a réprimandée sur le même ton.

— Arrête ! ai-je ordonné.

J'ai essayé de le chasser de mon épaule, mais il s'agrippait si fort que ses serres perçaient ma tunique et ma peau.

— Empêche-le de s'approcher de moi, a déclaré Rhia. Cet oiseau est un vrai fléau.

— Je te l'avais bien dit.

— Pas la peine de me faire la morale ! a-t-elle rétorqué en se levant. En tout cas, débrouille-toi pour qu'il s'en aille.

Je me suis levé aussi, le passager indésirable toujours sur mon épaule.

— Tu ne peux pas m'aider ?

— C'est ton ami.

Puis elle est partie d'un air digne et a commencé à redescendre la colline.

J'ai fait une nouvelle tentative pour me débarrasser du faucon, mais il a refusé de bouger. Un œil fixé sur moi, il a sifflé méchamment, comme s'il était prêt à me déchiqueter l'oreille.

Furieux, j'ai couru après Rhia, tandis que l'oiseau s'accrochait à mon épaule en battant des ailes. Quand enfin je l'ai rattrapée, elle était assise sur un rocher et léchait sa blessure.

— J'imagine que tu ne peux pas soigner ma main comme tu as soigné l'aile de ton ami.

— Ce n'est pas mon ami !

J'ai secoué mon épaule gauche, mais le faucon tenait bon et me regardait avec froideur.

— Tu vois bien ! Il serait plutôt mon maître, et moi son esclave. Je n'arrive pas à le faire partir, ai-je dit en foudroyant l'oiseau du regard.

Rhia a pris un air compatissant.

— Je suis désolée, mais ma main me fait si mal !

— Montre-la-moi.

J'ai pris sa main et j'ai examiné la coupure. Elle était profonde et saignait toujours. J'ai vite fouillé dans ma sacoche et j'ai appliqué des herbes sur la plaie. Puis j'ai cueilli une grande feuille que j'ai posée sur l'entaille, en prenant soin d'en rapprocher les bords, comme j'avais vu Branwen le faire des dizaines de fois. Pour terminer, j'ai maintenu le pansement avec une vigne de la manche de Rhia.

Rhia a levé sa main bandée d'un geste gracieux.

— Qui t'a appris à faire ça ?

— Branwen, la femme qui me racontait des histoires. C'était une très bonne guérisseuse, ai-je dit en refermant la sacoche. Mais elle ne soignait que les blessures de la peau.

— Les blessures du cœur sont beaucoup plus difficiles à guérir, a-t-elle dit en acquiesçant.

— Où vas-tu après ?

— Chez moi. J'espère que tu viendras… Même avec ton compagnon, là, a-t-elle ajouté en montrant le faucon.

— C'est généreux de ta part, ai-je répondu d'un air sombre.

Malgré cet encombrant volatile, mon envie d'en savoir davantage sur cet endroit et sur Rhia restait forte.

— J'aimerais bien venir, ai-je poursuivi. Mais je ne m'attarderai pas longtemps.

— Pas de problème, du moment que tu repars avec cet oiseau.

— Est-ce que j'ai vraiment le choix ?

Nous avons pénétré dans la forêt. Pendant toute la matinée et jusque dans l'après-midi, nous avons suivi une piste seulement visible pour Rhia. Nous avons contourné des collines, sauté des ruisseaux et traversé des marécages où l'air bourdonnait de toutes sortes d'insectes.

À un moment, Rhia m'a montré un arbre mort qui semblait peint en rouge. Elle a frappé dans ses mains. Aussitôt, un nuage écarlate s'est élevé de ses branches. C'étaient des papillons. Ils se sont envolés par milliers, laissant l'arbre aussi nu qu'un squelette.

J'ai regardé le nuage monter. Les ailes des papillons scintillaient de mille feux, comme si elles étaient incrustées de parcelles de soleil. Je me suis mis à espérer que ma seconde vue continuerait à s'améliorer. Si je pouvais voir une telle explosion de couleur sans mes yeux, alors un jour, peut-être, je pourrais voir toutes les couleurs du monde aussi bien qu'avant ma brûlure.

Poursuivant notre chemin, nous avons traversé des clairières plantées de hautes fougères, enjambé des troncs et des branches qui se désagrégeaient lentement dans le sol, et franchi des cascades rugissantes. Quand nous nous arrêtions pour cueillir des baies ou nous désaltérer, ce n'était jamais longtemps, mais toujours assez pour apercevoir la queue d'un animal, respirer au passage le parfum épicé d'une fleur ou entendre les voix d'un cours d'eau.

Je faisais de mon mieux pour ne pas me laisser distancer, mais l'allure de Rhia et ma vue déficiente dans les endroits sombres rendaient mon parcours difficile. Haletant, les tibias meurtris, je devais également supporter cet oiseau dont les serres me pinçaient l'épaule. Je commençais à me demander s'il me lâcherait un jour.

Alors que la lumière de l'après-midi tissait des fils lumineux dans l'entrelacs des branches, Rhia s'est brusquement arrêtée. Je l'ai rejointe, tout essoufflé, et l'ai trouvée les yeux levés vers le tronc d'un tilleul. À mi-hauteur était accrochée une guirlande enchevêtrée de boules dorées.

— Qu'est-ce que c'est ? ai-je demandé, émerveillé.

Rhia m'a souri.

— Du gui. Le rameau d'or. Tu as vu comme il capte la lumière ? On dit qu'en revêtant un manteau de gui, on peut trouver la voie secrète qui mène vers l'Autre Monde, celui des esprits.

— C'est beau.

Elle a hoché la tête.

— Après l'alleah à longue queue, c'est ce qu'il y a de plus beau dans la forêt.

J'ai observé la guirlande lumineuse.

— Cette plante semble si différente des autres.

— Elle l'est ! Ce n'est ni une plante, ni un arbre, mais un peu l'un et l'autre. Quelque chose entre les deux.

Quelque chose entre les deux. Un jour, Branwen avait utilisé cette expression pour décrire ces lieux particuliers, comme le mont Olympe des Grecs, où les mortels et les immortels pouvaient vivre côte à côte. Et ces substances spéciales, comme la brume, où des éléments tels que l'air et l'eau se mélangeaient sans perdre leurs qualités respectives.

— Il est temps de repartir, m'a annoncé Rhia. Il faudra marcher vite pour arriver chez moi avant la nuit.

Nous avons donc repris d'un bon pas notre chemin à travers les grands arbres. À mesure que le jour baissait, mes capacités visuelles diminuaient, tandis que mes bleus et mes éraflures augmentaient. Malgré les recommandations pressantes de Rhia, je perdais de la vitesse et trébuchais de plus en plus souvent contre les racines et les rochers. Chaque fois que je tombais, le faucon enfonçait ses serres et manifestait sa colère par des cris stridents qui me perçaient les oreilles. Cette marche devenait une torture.

À un moment, une branche que j'ai vue trop tard m'est entrée dans l'œil. J'ai hurlé de douleur, mais Rhia était loin devant, et elle ne m'a pas entendu. Puis, en essayant de retrouver mon équilibre, j'ai mis le pied dans un terrier que je n'avais pas remarqué et je me suis tordu la cheville.

C'en était trop. Je me suis effondré contre un tronc. La tête posée sur mes genoux, j'étais prêt à passer la nuit dehors.

À ma grande surprise, le faucon s'est enfin envolé. Un instant plus tard, il a bondi sur une souris, lui a brisé le cou et l'a emportée dans son bec. Il est revenu se percher sur le tronc près de moi avant d'attaquer son repas. Je plaignais la souris, mais j'étais soulagé de pouvoir masser mon épaule endolorie. Sans me réjouir trop vite, cependant, car il continuait à m'observer tout en mangeant et j'étais certain qu'il regagnerait d'ici peu son perchoir favori. Pourquoi fallait-il — avec tous les arbres que comptait la forêt — qu'il choisisse ma pauvre épaule ?

— Emrys ! a appelé Rhia.

— Par ici, ai-je répondu d'un ton maussade.

Même le son de sa voix ne suffisait pas à me remonter le moral. Je ne voulais pas lui dire que je n'y voyais pas assez pour aller plus loin ce soir-là.

J'ai entendu des craquements dans les brous-sailles, et elle a surgi de l'obscurité. Elle n'était pas seule. À côté d'elle se tenait une petite silhouette, mince comme un jeune arbre, dont la longue figure restait cachée dans l'ombre. Un doux parfum de fleur de pommier s'en dégageait.

Je me suis levé pour aller à leur rencontre. Ma cheville avait l'air plus solide, mais je marchais d'un pas encore mal assuré. Avec la nuit qui tom-bait, j'y voyais de moins en moins à chaque instant.

Rhia m'a présenté sa compagne :

— Voici Cwen, ma plus vieille amie. Elle s'est occupée de moi quand j'étais jeune.

— Ssssi jeune que tu ne ssssavais pas parler, ni te nourrir ssssseule, a susurré Cwen, d'une voix semblable au bruissement du vent sur un champ d'herbes sèches. Tu étais ausssssi jeune, alors que je ssssuis vieille aujourd'hui, a-t-elle ajouté avec nostalgie, pour ensuite me pointer d'un bras noueux et mince. Et qui est cccce garçççççon ?

Au même moment, un sifflement assourdis-sant et un battement d'ailes ont rempli l'air, suivis d'un cri aigu de Cwen. Rhia a donné une tape pour chasser quelque chose, puis a emmené son amie. Aussitôt après, j'ai senti des serres se refermer sur mon épaule.

— Ahhh! a fait Cwen, jetant un regard furieux vers le faucon. Ccccette bête m'a attaquée!

Rhia a sévèrement grondé l'oiseau en sifflant, qui s'est contenté de pencher la tête vers elle sans prendre la peine de répondre.

— Cet oiseau est une plaie! Un vrai fléau! a-t-elle lancé.

J'ai hoché la tête d'un air sombre.

— Si seulement je savais comment m'en débarrasser!

— Embroche-le, a suggéré Cwen, qui gardait prudemment ses distances. Plume-le!

Le faucon a hérissé ses plumes pointues et elle s'est tue.

Rhia réfléchissait en se grattant le menton.

— Cet oiseau te suit comme ton ombre.

— Plutôt comme une malédiction, ai-je grommelé.

— Écoute-moi bien, a repris Rhia. Y a-t-il une possibilité, même petite, que tu puisses l'apprivoiser?

— Tu es folle!

— Pas du tout.

— Pourquoi voudrais-tu que je l'apprivoise?

— Parce que si tu apprends à le connaître, ne serait-ce qu'un peu, tu comprendras peut-être ce qu'il veut. Et ensuite, tu pourras trouver un moyen de t'en libérer.

— Complètement abssssurde ! a lancé Cwen.

— Ça ne marchera jamais, ai-je soupiré — la tombée de la nuit me rendait pessimiste.

— Tu as une meilleure idée ?

J'ai secoué la tête.

— Si je dois essayer de l'apprivoiser — et je crois que j'aurais plus de chances avec un dragon —, alors, je devrais d'abord lui donner un nom.

— Exact, a convenu Rhia. Mais c'est délicat. Il faut un nom qui lui convienne.

— Non, ça c'est facile. Tu l'as déjà trouvé. Celui qui lui va le mieux, c'est Fléau.

— Très bien. Maintenant, tu peux commencer l'entraînement.

D'un air découragé, j'ai tourné la tête vers la silhouette sombre perchée sur mon épaule.

Rhia a pris Cwen par le bras.

— Allez, viens. Nous ne sommes qu'à quelques centaines de pas de ma maison.

— C'est vrai ? ai-je dit, un peu ragaillardi.

— Oui. Tu es le bienvenu, à condition que cet oiseau ne devienne pas un vrai…

— Fléau, a terminé Cwen.

∾ XVI ∾
La porte d'arbassa

En entrant dans la clairière, j'ai été frappé par la clarté soudaine du ciel. Je me suis demandé si toute cette lumière pouvait venir de l'explosion d'une étoile au-dessus de nous. Mais j'ai très vite compris qu'elle ne provenait ni d'une étoile, ni du ciel. Elle émanait de la maison de Rhia.

Au centre de la clairière se dressait un gigantesque chêne. Jamais je n'avais vu un arbre d'une telle hauteur et d'une telle envergure. Ses branches à elles seules étaient aussi épaisses que plusieurs troncs réunis. En son cœur, lumineux comme une torche géante, se nichait une petite maison dont les poutres, les murs et les fenêtres aux lignes ondulantes épousaient les courbes des branches. Cette cabane aérienne était recouverte de feuilles, de sorte que la lumière qui irradiait des fenêtres traversait plusieurs rideaux de verdure.

— Arbassa, a dit Rhia, levant les bras en l'air.

Un léger frisson a parcouru les ramures au-dessus de sa tête, et une fine pluie de rosée s'est répandue sur son visage.

Mon cœur réchauffé par cette vision, j'ai vu Rhia s'approcher de l'arbre, retirer ses fines chaussures qui semblaient faites d'écorce tannée et avancer dans le creux d'une énorme racine. Ensuite, elle a susurré quelque chose et la racine s'est doucement refermée autour de ses pieds. Rhia et l'arbre ne faisaient plus qu'un. À ce moment-là, elle a ouvert grand les bras en se serrant contre lui pour l'embrasser, même si elle ne pouvait couvrir qu'une minuscule partie de son diamètre. En réponse à ce geste affectueux, une des branches s'est déroulée comme la feuille d'une fougère et l'a entourée.

Quelques instants plus tard, la branche est remontée et la racine s'est desserrée. Le tronc s'est plissé en grinçant, puis fendu, et un petit passage s'est ouvert. Rhia a baissé la tête et s'est faufilée dans l'ouverture avec Cwen.

— Viens !

Au moment où je m'en approchais, cependant, l'arbre a frémi et l'ouverture entourée d'écorce a commencé à se refermer. Rhia a donné un ordre, mais l'arbre n'en a pas tenu compte. Je l'ai appelée, tandis que Fléau agitait nerveusement ses ailes. Le passage s'est fermé en dépit des protestations de Rhia.

Je suis resté impuissant devant l'arbre, ne sachant que faire. De toute évidence, j'avais été rejeté. Sans doute à cause de cet oiseau que j'avais sur l'épaule.

Soudain, à ma grande surprise, le tronc a de nouveau grincé et la porte s'est rouverte. Rhia, le visage rouge à force d'avoir crié, m'a fait signe de venir. Après un coup d'œil hésitant vers l'oiseau, j'ai donc pénétré à mon tour dans la sombre ouverture.

Sans un mot, Rhia a grimpé l'escalier en spirale à l'intérieur du tronc, et je l'ai suivie en espérant que Fléau se tiendrait tranquille.

Des marches noueuses et des parois se dégageait une odeur de clairière après la pluie. Plus on montait, plus la cage d'escalier s'éclairait. J'ai vu, alors, que les murs étaient couverts d'inscriptions gravées : des milliers de lignes d'une écriture serrée, aussi belle qu'indéchiffrable. J'aurais bien voulu comprendre ce qu'elle disait.

Enfin, nous avons atteint un palier. Rhia a poussé un rideau de feuilles, et elle est entrée dans sa maison. Je l'ai suivie, sans tenir compte des coups de patte furieux que Fléau donnait contre les feuilles quand elles touchaient ses plumes.

Le plancher, solide mais inégal, était fait de branches tissées très serré. Un beau feu brûlait au milieu de la pièce, et je me suis demandé quel combustible pouvait produire une telle flambée. Les branches qui nous entouraient formaient un treillis plus lâche que celui du sol, avec des fenêtres assez larges pour qu'on puisse voir dans toutes les directions. La pièce unique était entièrement meublée d'objets fabriqués à partir de branches vivantes qu'on avait tordues pour leur donner la forme voulue : la table basse près du feu, les deux chaises et le meuble de rangement. Les ustensiles de cuisine étaient en bois sculpté.

Je me suis approché de Rhia.

— Qu'est-ce qui s'est passé en bas ?

Méfiante, elle a jeté un coup d'œil vers le faucon sur mon épaule, puis m'a regardé.

— Mon ami Arbassa ne voulait pas vous laisser entrer.

— Ça, je m'en suis aperçu.

— Uniquement parce qu'il ne veut pas introduire chez moi quelqu'un qui pourrait me faire du mal.

Cette remarque a ravivé mon ressentiment contre l'oiseau. Si sa présence avait failli m'empêcher d'entrer chez Rhia, m'empêcherait-elle aussi de trouver mon passé, mon identité ?

— Je voudrais n'avoir jamais rencontré ce maudit oiseau !

Rhia a froncé les sourcils.

— Oui, je sais. Maintenant, viens dîner, a-t-elle dit en faisant un geste en direction de Cwen.

Celle-ci finissait de préparer le repas, versant une espèce de miel sur un plat de feuilles roulées et farcies de noix d'un brun rougeâtre. Une bonne odeur de grillé s'en échappait. En apportant le plat sur la table basse, elle a jeté un regard méfiant à Fléau.

— Je n'ai pas de dîner pour ccccette méchante bête.

Pour la première fois, je me suis rendu compte que Cwen s'apparentait plus à un arbre qu'à un être humain. Sa peau, noueuse et striée, ressemblait beaucoup à de l'écorce, ses cheveux bruns, à une masse de plantes grimpantes, et ses pieds nus, à des racines. Elle ne portait pas d'autre parure aux mains que des anneaux d'argent sur le plus petit de ses douze doigts. Sous sa robe de tissu blanc, son corps bougeait comme un arbre dans le vent. Elle devait être très âgée, car elle avait le dos plié tel un tronc sous le poids de la neige en hiver, et le cou, les bras et les jambes, frêles et tordus. Mais elle sentait la fleur de pommier. Et ses yeux bruns en forme de larme, plutôt enfoncés, brillaient autant que le feu.

En s'écartant de moi et surtout de mon passager, elle a posé le plat sur la table. Mais elle a mal visé et renversé une fiole en bois remplie d'eau.

— Maudites vieilles mains! a-t-elle lâché.

Elle a pris la fiole et est retournée la remplir. Je l'ai entendue grommeler en chemin :

— La malédicttttion du temps, la malédicttttion du temps.

Elle a continué à marmonner en revenant à table.

Rhia s'est assise sur une chaise et m'a invité à prendre place sur l'autre. Je l'ai regardée se saisir d'un rouleau de feuilles et le tremper dans le pot de miel.

— On n'a jamais trop de miel, m'a-t-elle dit avec un sourire un peu coupable.

J'ai souri à mon tour et lui ai demandé tout bas :

— Cwen n'est pas une personne, comme toi ou moi, n'est-ce pas ?

Rhia m'a regardé curieusement.

— Si, c'est une personne, bien sûr. Mais pas comme nous. Elle est la dernière survivante des sylvains, des êtres mi-arbres, mi-hommes. Ils étaient nombreux autrefois à Fincayra, du temps où les géants étaient les maîtres de ce pays. Ils ont tous disparu, à présent, sauf Cwen.

Elle a enfourné la nourriture dégoulinante de miel dans sa bouche, puis elle a pris la fiole d'eau. Après en avoir bu plusieurs gorgées, elle me l'a passée. Comme je trouvais les rouleaux très collants et difficiles à avaler, j'ai accepté avec empressement.

En reposant la fiole sur la table, j'ai remarqué que le feu ne produisait ni fumée, ni chaleur. D'un seul coup, j'ai compris que ce feu n'en était pas un. Des milliers de minuscules scarabées, qui émettaient de la lumière, couraient sur une pile de galets au centre de l'âtre. C'était là qu'ils vivaient, semblait-il, aussi affairés que des abeilles dans une ruche. Chacun ne possédait qu'un seul petit point lumineux, mais ensemble, ils produisaient une lumière suffisante pour éclairer toute la maison.

Alors que j'avalais enfin ma dernière bouchée, Fléau a bougé sur mon épaule et enfoncé ses serres dans ma chair. J'ai poussé un cri et lui ai lancé un regard furieux.

— Qu'est-ce qui te prend ? Descends de mon épaule, tu entends ! Va-t'en !

Il est demeuré impassible.

— Comment veux-tu que je l'apprivoise ? ai-je dit à Rhia. Même le Galator n'y parviendrait pas !

Debout près d'une fenêtre, Cwen s'est raidie.

J'ai tâté instinctivement le pendentif à travers ma tunique. Voyant ce que je venais de faire, j'ai essayé aussitôt de dissimuler mon geste en portant la main plus haut pour me frotter l'épaule. D'un ton détaché, j'ai repris :

— Ce serait merveilleux de trouver quelque chose de magique, comme le Galator. Vous ne trouvez pas ? Mais si ça m'arrivait, je ne m'en servirais pas pour l'oiseau, ce serait du gâchis. Je l'utiliserais pour soigner mes douleurs.

Rhia a hoché la tête avec compassion.

— Où as-tu mal ?

— Aux jambes, surtout. Mais j'ai aussi une douleur entre les omoplates. Je l'ai depuis toujours, me semble-t-il.

Elle a haussé les sourcils. J'ai eu l'impression qu'elle aussi en savait plus long que ce qu'elle voulait bien dire.

Elle a tiré de sous la table deux petites couvertures argentées, d'une extraordinaire finesse. Après en avoir étalé une sur ses genoux, elle m'a donné l'autre.

— Une bonne nuit de sommeil te fera du bien.

En examinant à la lumière cette couverture chatoyante, je lui ai demandé :

— Qu'est-ce que c'est, ce tissu ?

— C'est de la soie, fabriquée par des papillons de nuit.

— Des papillons de nuit ?

Elle a souri.

— Leur soie est aussi chaude que légère. Essaie, tu verras.

Cwen s'est approchée, en restant à une distance prudente du faucon.

— Est-cccce qu'une chansssson adoucccciraît tes douleurs ? a-t-elle susurré.

— S'il te plaît, a répondu Rhia. Ça me rappelle les fois où tu chantais pour moi quand j'étais petite.

Cwen a hoché la tête, ses yeux vides d'expression.

— Oui, je vais vous chanter une chansssson qui jadissss t'aidait à dormir.

Cwen a passé sa main légère au-dessus des scarabées luisants et leur lumière a baissé. Puis, comme un vieil arbre agité par le vent, elle a commencé à émettre un son vibrant et modulé, qui s'amplifiait et diminuait, toujours sur le même rythme réconfortant. Ce son sans paroles, qui n'était pas vraiment une voix, nous enveloppait et nous détendait doucement. J'ai tiré la couverture sur ma poitrine et me suis appuyé contre le dossier de ma chaise, les paupières lourdes. Rhia, je le voyais, dormait déjà, et le faucon lui-même avait laissé retomber sa tête sur sa poitrine. J'ai suivi un moment les mouvements ondulants de Cwen, mais je n'ai pas tardé non plus à être emporté par le sommeil.

J'ai rêvé que je dormais profondément, seul au cœur d'une forêt, au milieu de grands arbres qui se balançaient dans le vent. Du miel, de je ne sais où, me tombait dans la bouche. Puis, brusquement, des ennemis surgissaient. Je ne les voyais pas, mais je les sentais. Ils se cachaient dans les arbres. Ou peut-être étaient-ce les arbres eux-mêmes. Le pire, c'est que je ne pouvais pas me réveiller, ni me protéger. Lentement, un arbre voisin, mince et tordu, s'est penché au-dessus de mon corps allongé et a enfilé une de ses branches sous ma tunique. *Le Galator. Il veut le Galator.* Dans un suprême effort, j'ai réussi à me réveiller.

J'étais toujours assis sur la chaise près de l'âtre. La couverture de soie était tombée à côté de moi. J'ai cherché le Galator et, à mon grand soulagement, j'ai senti qu'il était toujours là, sous ma tunique. Les bavardages sporadiques des oiseaux dehors m'indiquaient que le jour allait bientôt se lever. Rhia dormait en boule sur sa chaise, tandis que Cwen ronflait par terre. Fléau était sur mon épaule, ses yeux cerclés de jaune grands ouverts.

Et Arbassa ? Dormait-il parfois ? En ce moment, alors qu'il nous tenait dans ses bras, surveillait-il toujours le faucon avec inquiétude ? J'aurais bien voulu demander au grand arbre si Fincayra détenait les réponses à mes questions. Le temps était-il venu de quitter la Druma et d'explorer d'autres parties de l'île ? Ou devais-je construire un bateau pour partir plus loin ?

J'ai soupiré. Car j'ai compris, une fois de plus, dans cette heure qui précédait l'aube, que je savais bien peu de choses.

∽ XVII ∾
L'alleah

R hia a poussé un cri. Elle s'est assise toute droite sur sa chaise, immobile et sans respirer. Même la lumière dorée du soleil levant, qui entrait à flots par les fenêtres et éclairait son habit de feuillage, ne pouvait atténuer l'expression horrifiée de son visage.

J'ai bondi vers elle.

— Qu'est-ce qui ne va pas?

— Tout, a-t-elle répondu en me regardant au fond des yeux.

— Que veux-tu dire?

Elle a secoué ses boucles brunes.

— J'ai fait un rêve tellement réel! J'ai cru que ça arrivait vraiment. C'était terrifiant!

Cela m'a rappelé mon propre rêve.

La mince silhouette de Cwen s'est approchée.

— Qu'est-ccccce que cccc'était, cccce rêve? a-t-elle demandé.

— Toutes les nuits, je rêve de la Druma.

— Et alors? Moi aussssi.

— D'habitude, ces rêves sont rassurants. Je m'y sens… chez moi. Même quand je m'endors inquiète des problèmes qui touchent les autres parties de Fincayra — ce qui arrive de plus en plus souvent —, je sais que je peux toujours trouver la paix dans mes rêves de la Druma.

Cwen avait l'air soucieuse.

— Tu n'as pas l'air très calme en ccce moment.

— Non, c'est vrai. La nuit dernière, j'ai rêvé que la Druma se mettait à saigner — les arbres, les fougères, les animaux, les pierres ! À saigner à mort ! Malgré mes efforts, je ne pouvais rien faire pour l'arrêter. La forêt était en train de mourir ! Le ciel s'assombrissait. Tout prenait la couleur du sang séché. La couleur de…

— … la rouille, ai-je dit aussitôt, finissant la phrase à sa place. Comme de l'autre côté de la rivière.

Elle a hoché la tête tristement, puis s'est levée de sa chaise pour aller vers le mur en direction de l'est, où des rayons mauves et roses se mêlaient à ceux, dorés, du soleil. Par une ouverture, elle a regardé l'aube.

— Pendant des mois, j'ai essayé de me convaincre que la maladie de l'autre côté de la Rivière Perpétuelle n'arriverait jamais ici. Que seules les Plaines rouillées tomberaient, pas l'ensemble de Fincayra.

— Quelle erreur! s'est écriée Cwen. De toute ma vie, qui a été très longue, je n'ai jamais ssssenti la Druma en ausssssi grand danger. Jamais! Pour ssssurvivre, nous devons trouver de nouvelles forcccces... quelle que ssssoit leur origine.

Cette dernière phrase m'a paru très inquiétante, mais je n'aurais pas su dire exactement pourquoi.

Rhia a plissé le front.

— Ça aussi, ça faisait partie de mon rêve.

Songeuse, elle a marqué une pause.

— Un inconnu est entré dans la forêt. Il ne connaissait personne. Il avait une sorte de pouvoir... Et il... il était le seul à pouvoir sauver la Druma, a-t-elle ajouté en se tournant vers moi.

J'ai pâli.

— C'était moi?

— Je n'en suis pas sûre. Je me suis réveillée avant de voir son visage.

— En tout cas, je ne suis pas votre sauveur, c'est certain.

Elle m'a observé attentivement, sans rien dire.

Les serres de Fléau m'ont pincé l'épaule. Je me suis tourné vers Cwen, puis de nouveau vers Rhia.

— Tu te trompes, Rhia! Tu te trompes lourdement. Autrefois, j'avais... Mais je ne peux pas...

Je ne peux rien faire de ce genre ! Et même si je le pouvais, j'ai ma propre quête à poursuivre... en dépit de cet oiseau, ai-je ajouté en secouant mon bras gauche.

— Ta propre quête ? a demandé Cwen. Alors, les autres, çççça t'est égal ?

— Je n'ai pas dit ça.

— Mais si, tu l'as dit, a rétorqué Rhia en me jetant un regard sévère. Tu penses davantage à ta quête qu'à la Druma.

— Si tu le présentes comme ça, alors oui, ai-je repris, les joues en feu. Tu ne comprends donc pas ? Je dois découvrir mon passé ! Mon vrai nom ! Il n'est pas question que je sois bloqué ici par je ne sais quelle catastrophe. Tu ne peux pas me demander d'abandonner ma quête juste parce que tu as fait un mauvais rêve !

— Et jusqu'où serais-tu allé dans ta quête, si la Druma n'avait pas été gentille avec toi ? a-t-elle lancé, furieuse.

— Assez loin. Je suis bien arrivé ici par mes propres moyens, non ?

— Tu sais à quoi tu me fais penser ? À un bébé qui prétendrait s'être nourri tout seul.

— Je ne suis pas un bébé !

Rhia a repris son souffle.

— Écoute, je suis la seule créature de mon espèce qui vit dans cette forêt. Ici, il n'y a ni

femme, ni homme, ni enfant, sauf exceptionnel-
lement, quand un étranger comme toi réussit à
s'introduire dans l'île. Mais pas un instant je ne
prétendrais pouvoir vivre seule ! Je n'aurais
pas survécu sans les autres : Arbassa, Cwen ou
l'alleah, dont la beauté m'est si chère, même si je
ne devais plus jamais le revoir ! S'il arrive malheur
à la Druma, tous en subiront les conséquences, et
moi aussi.

D'un ton implorant, elle a repris :

— S'il te plaît, tu nous aideras ?

J'ai détourné le regard.

— Il ne le fera pas, a lancé Cwen avec mépris.

D'un pas décidé, Rhia s'est dirigée vers
l'escalier.

— Viens. Je veux te montrer ce qui disparaîtra
aussi si la Druma meurt.

Je l'ai suivie à contrecœur. Je sentais au fond
de moi que ma propre quête devait me conduire
ailleurs, vers d'autres parties de Fincayra, et peut-
être au-delà. En tout cas, loin de la Druma. Et
même si je restais ici quelque temps, comment
pourrais-je aider Rhia sans être tenté de faire appel
à mes pouvoirs interdits ? J'ai secoué la tête, certain que notre récente amitié était déjà perdue.

J'ai regardé Cwen par-dessus mon épaule. Mon
départ ne semblait susciter chez elle aucune émotion… hormis un soulagement évident à voir Fléau

s'en aller. Face à ses regards noirs, il a levé une patte dans sa direction et balayé sauvagement l'air avec ses serres.

Dans l'escalier, en respirant l'odeur familière d'humidité, je me suis demandé si je reviendrais un jour dans cet endroit. Je me suis arrêté pour examiner les curieuses écritures qui recouvraient les parois d'Arbassa.

Rhia, qui était déjà en bas, m'a appelé :

— On y va !

— J'arrive ! Je jette juste un dernier coup d'œil à ces inscriptions.

— Ces inscriptions ? Quelles inscriptions ?

Elle est montée me rejoindre. Après avoir examiné l'endroit que je lui indiquais, elle a paru déconcertée, comme si elle ne voyait rien.

— Tu ne peux pas les lire ? a-t-elle demandé.

— Non.

— Mais tu les vois ?

— Oui.

Elle m'a dévisagé.

— Il y a quelque chose de différent dans la façon dont tu vois, n'est-ce pas ?

J'ai hoché la tête.

— Tu vois sans tes yeux.

De nouveau, j'ai acquiescé.

— Et tu vois quelque chose que moi, je ne vois pas *avec* mes yeux. Décidément, a-t-elle ajouté, pensive, tu me parais encore plus mystérieux maintenant que lorsque je t'ai rencontré.

— C'est peut-être mieux pour toi que je reste un étranger.

Fléau a battu des ailes nerveusement.

— Il n'aime pas être ici, a observé Rhia en redescendant.

Je l'ai suivie.

— Il sait probablement ce qu'Arbassa pense de lui. Sans parler de ce que, moi, je pense de lui.

La porte s'est ouverte en grinçant. Nous sommes sortis dans la lumière matinale tamisée par le feuillage, et le passage s'est refermé derrière nous.

Rhia a levé la tête vers les grosses branches d'Arbassa, puis elle s'est enfoncée dans la forêt. Je lui ai emboîté le pas. Secoué par la marche, Fléau se cramponnait à mon épaule plus fort que jamais.

Peu de temps après, Rhia s'est arrêtée devant un grand hêtre à l'écorce grise, marqué par les plis de l'âge.

— Approche-toi, m'a-t-elle dit.

Je me suis approché. Elle a posé sa main à plat contre le tronc.

— Aucun arbre ne parle aussi volontiers qu'un hêtre. Surtout quand il est aussi vieux. Écoute.

Elle a émis une sorte de lent sifflement, les yeux fixés sur les branches. Celles-ci ont commencé à se balancer avec un doux murmure. Quand elle variait l'allure, le ton et le volume, l'arbre semblait répondre de la même façon. Une vraie conversation entre la fille et le hêtre s'est engagée.

Au bout d'un moment, Rhia s'est tournée vers moi.

— Maintenant, essaie.

— Moi ?

— Oui, toi. D'abord, tu poses ta main sur le tronc.

Sans conviction, j'ai obéi.

— Voilà. Avant de parler, écoute.

— J'ai déjà entendu les branches.

— N'écoute pas avec tes oreilles, mais avec ta main.

J'ai appuyé ma paume dans les plis du tronc, les doigts posés sur l'écorce ridée par l'âge. Peu de temps après, j'ai senti de vagues pulsations au bout des doigts, puis progressivement dans toute ma main et le long du bras. Je percevais presque le rythme de l'air et de la terre traverser le corps de l'arbre, un rythme qui combinait la puissance d'une vague avec la tendresse d'une respiration enfantine.

Sans réfléchir, j'ai émis le même son sifflant que Rhia. À ma grande surprise, les branches ont répondu en se balançant avec grâce. Il y avait comme un murmure dans l'air. Je souriais presque. Même si je ne comprenais pas ses paroles, l'arbre me parlait.

— Un jour, j'aimerais apprendre cette langue, ai-je dit, m'adressant à la fois à Rhia et au vieux hêtre.

— Ça ne t'avancera à rien si la Druma meurt. C'est le seul endroit de Fincayra où les arbres sont assez éveillés pour parler.

J'ai haussé les épaules.

— Que puis-je faire pour toi? Je te l'ai déjà expliqué : je ne suis pas la personne de ton rêve.

— Qu'importe mon rêve! Il y a chez toi quelque chose… quelque chose de spécial.

Ses paroles me réchauffaient le cœur. Même si je n'y croyais pas vraiment, le fait qu'elle le pense était important. Pour la première fois depuis très longtemps, j'ai songé au jour où, assis dans l'herbe, j'avais concentré toute mon attention sur une fleur et fait ouvrir ses pétales un à un. Je me suis également rappelé où cet exploit m'avait conduit, et j'ai frémi.

— À une époque, c'était vrai. Mais cette partie de moi a disparu.

— Ce quelque chose de spécial, tu l'as en ce moment, a-t-elle insisté.

Ses yeux gris-bleu me fixaient intensément.

— Je n'ai que moi-même et ma quête... qui m'entraînera sans doute loin d'ici.

— Non, a-t-elle déclaré d'un ton catégorique et en secouant la tête. Tu n'as pas que ça.

Tout d'un coup, j'ai compris à quoi elle faisait allusion. Le Galator ! Ce n'était pas mon aide qu'elle voulait, c'était celle du pendentif que je portais et dont je ne comprenais pas le pouvoir. Peu importe comment elle avait deviné que je l'avais. L'important était qu'elle savait. Comme j'étais naïf d'avoir cru un instant qu'elle avait vu quelque chose de spécial en moi ! Dans ma personne, plutôt que dans mon pendentif !

— En fait, je ne compte pas beaucoup pour toi.

— C'est ce que tu penses ? a-t-elle fait, étonnée.

Avant que j'aie pu répondre, Fléau a enfoncé ses serres dans mon épaule avec une force soudaine. J'ai grimacé de douleur et dû me retenir pour ne pas lui envoyer une grande claque, car je savais qu'il pourrait m'attaquer aussi férocement qu'il avait attaqué le rat près du ruisseau. Je n'avais pas d'autre choix que de supporter la douleur, tout en le maudissant d'avoir adopté mon épaule comme perchoir. D'ailleurs, pourquoi ce choix ? Que me voulait-il au fond ? Je n'en avais aucune idée.

— Regarde ! s'est écriée Rhia.

Elle a pointé le doigt vers un éclair rouge et violet qui disparaissait dans les arbres.

— Un alleah !

Elle s'est élancée derrière lui, puis s'est arrêtée pour se tourner vers moi.

— Viens ! Approchons-nous. L'alleah porte bonheur ! C'est le premier que je vois depuis des années.

Là-dessus, elle a repris sa course. J'ai remarqué que le vent se mettait à souffler dans les arbres à ce moment précis, déclenchant de grands bavardages parmi les branches. Si elles disaient quelque chose, Rhia n'y prêtait aucune attention. Je me suis dépêché de la rattraper.

Nous avons poursuivi l'oiseau à travers les branches mortes et les fougères. Chaque fois que nous nous approchions de lui, il s'envolait plus loin dans un éclat de couleurs vives, nous laissant juste le temps d'apercevoir sa queue.

Finalement, l'alleah s'est posé sur une branche basse, dans un bosquet d'arbres morts. Sans doute avait-il choisi cet endroit parce que les branches vertes tout autour se balançaient trop fort dans le vent. Pour la première fois, les feuilles ne cachaient pas son beau plumage. Rhia et moi, haletants, mais aussi immobiles que possible, avons pu admirer la crête flamboyante de l'oiseau et sa longue queue, d'un rouge magnifique.

Rhia avait du mal à contenir son excitation.

— Voyons jusqu'où on peut s'approcher.

Elle s'est avancée tout doucement.

Soudain, Fléau a poussé un cri strident et, alors que je me couvrais les oreilles, il s'est envolé. Mon cœur a fait un bond quand j'ai compris qu'il allait attaquer le bel oiseau.

— Non ! ai-je lancé.

Rhia a agité les bras.

— Arrête ! Arrête !

Le faucon merlin n'en avait cure. Lâchant un autre sifflement furieux, il a piqué droit sur sa proie. L'alleah, surpris, a crié de douleur quand Fléau a enfoncé ses serres dans son cou et attaqué ses yeux à coups de bec. Il s'est néanmoins débattu avec une étonnante sauvagerie. La branche sur laquelle ils étaient s'est cassée, et les deux oiseaux sont tombés, tandis que des plumes volaient de tous les côtés.

Rhia s'est précipitée vers l'arbre, et je l'ai suivie. En arrivant sur les lieux, nous nous sommes figés.

Devant nous, sur les feuilles brunes, Fléau, les serres couvertes de sang, était perché sur le corps sans vie de sa proie. J'ai remarqué que l'alleah n'avait qu'une patte. Sans doute avait-il perdu

l'autre dans la bataille. La vue de ces plumes frois-
sées, de ces ailes lumineuses qui ne voleraient plus
jamais, m'a serré le cœur.

L'alleah s'est alors métamorphosé. Il s'est
débarrassé de sa première peau, comme un serpent
qui mue. Celle-ci n'était plus qu'une membrane
cassante, presque transparente, avec les marques
des plumes. Entre-temps, les ailes se sont évapo-
rées, et la queue s'est changée en un long corps de
serpent couvert d'écailles rouge foncé. La tête s'est
allongée et dotée de puissantes mâchoires, armées
de dents assez pointues pour couper une main
d'un seul mouvement. Seuls les yeux, aussi rouges
que les écailles, restaient inchangés. La fine peau
de son ancien corps accrochée à son côté, la créature ne bougeait plus.

Stupéfait, j'ai pris Rhia par le bras.

— Qu'est-ce que ça signifie ?

Le visage livide, elle s'est lentement tournée
vers moi.

— Ça signifie que ton faucon nous a sauvé la
vie.

— Et cette chose… qu'est-ce que c'est ?

— C'est — ou plutôt, c'était — un spectre
changeant. Il peut prendre l'apparence qu'il veut,
ce qui le rend particulièrement dangereux.

— Avec de telles mâchoires, ce n'est pas étonnant...

D'un air sombre, Rhia a tapoté la peau vide avec un bâton.

— Comme je le disais, un spectre changeant peut prendre n'importe quelle forme. Mais il y a toujours un défaut, quelque chose qui le trahit, si on y regarde de près.

— Cet oiseau n'avait qu'une patte.

Rhia a fait un geste en direction des branches, qui murmuraient toujours derrière le bosquet mort.

— Les arbres ont essayé de m'avertir, mais je n'écoutais pas. Un spectre changeant dans la Druma ! Cela ne s'était jamais produit. Oh, Emrys... mon cauchemar se réalise sous mes yeux !

Je me suis baissé et j'ai tendu la main vers le faucon, qui lissait ses plumes. Fléau a penché la tête d'un côté, de l'autre, puis il a sauté sur mon poignet, grimpé le long de mon bras et repris sa place sur mon épaule. Cette fois, son poids ne m'a pas semblé aussi gênant.

J'ai regardé Rhia, qui plissait le front d'un air soucieux.

— Nous nous sommes tous trompés sur ce petit bagarreur, ai-je dit. Même Arbassa.

Elle a secoué la tête.

— Non, Arbassa ne s'est pas trompé.

— Mais...

— Quand Arbassa a refermé la porte, ce n'était pas à cause du faucon.

Elle a inspiré profondément avant d'ajouter :

— C'était toi qu'il voulait empêcher d'entrer.

J'ai reculé.

— Il pense que je pourrais être un danger pour toi ?

— Exact.

— Et tu le crois ?

— Oui. Mais j'ai décidé de te faire entrer quand même.

— Pourquoi ? C'était avant ton rêve.

Elle m'a observé d'une drôle de manière.

— Un jour, peut-être, je te le dirai.

∾ XVIII ∾
Le nom du roi

J'ai détourné ma seconde vue de la bête morte pour m'intéresser aux branches vivantes et bavardes de la Druma.

— Explique-moi ce qui arrive à Fincayra.

Le visage de Rhia s'est assombri — une expression qui ne lui était pas naturelle.

— Je sais peu de choses, en réalité, juste ce que j'ai appris des arbres.

— Eh bien, dis-moi ce que tu sais.

Elle a allongé le bras vers moi et enroulé son index autour du mien.

— Ça me fait penser à un panier de baies devenues aigres, et qui ne seraient plus bonnes à manger, a-t-elle dit en soupirant. Il y a quelques années, des choses étranges — et mauvaises — ont commencé à se produire. Les régions à l'est de la rivière, qui étaient jadis aussi vertes et pleines de vie que cette forêt, ont été attaquées par la Rouille. La terre a pris des couleurs sombres. Le ciel aussi. Mais jusqu'à aujourd'hui, la Druma n'avait pas été touchée. Ses pouvoirs étaient si puissants qu'aucun ennemi n'osait y pénétrer.

— Ces spectres sont-ils nombreux, là-bas ?

Fléau a battu des ailes, puis s'est calmé.

— Je ne sais pas. Mais ce ne sont même pas nos pires ennemis. Il y a les guerriers gobelins. Autrefois, ils restaient sous terre, dans leurs grottes. Maintenant, ils sortent et vont partout, tuant pour le plaisir. Il y a les ghouliants — les guerriers immortels qui gardent le château des Ténèbres. Et il y a Stangmar, le roi qui les commande tous.

Quand Rhia a prononcé ce nom, les branches vertes autour du bosquet d'arbres morts se sont de nouveau agitées. J'ai attendu qu'elles se calment pour demander :

— Qui est-ce ?

Elle s'est mordillé les lèvres, puis a dit :

— Stangmar est un être redoutable, à un point que tu ne peux même pas imaginer. C'est difficile à croire, mais j'ai entendu les arbres dire que, quand il est arrivé au pouvoir, il n'était pas si méchant. À l'époque, il traversait parfois la Druma sur son grand cheval noir, et il s'arrêtait pour écouter les voix de la forêt. Puis il lui est arrivé quelque chose — personne ne sait quoi — qui l'a fait changer. Il a détruit son propre château, un lieu où régnaient la musique et l'amitié. Et sur son emplacement, il a bâti le château des Ténèbres, où règne la cruauté et la terreur.

L'air grave, Rhia s'est interrompue un moment avant de reprendre :

— Il se situe tout à fait à l'est, au cœur des Collines obscures, où la nuit ne finit jamais. À part les serviteurs du roi, personne, à ma connaissance, n'en est jamais revenu vivant. Personne ! Alors, la vérité est difficile à connaître. Cependant… on raconte que le château est toujours dans la nuit, et qu'il tourne sans arrêt sur lui-même, si vite que personne ne peut l'attaquer.

Je me suis soudain rappelé mon rêve en mer. Encore à l'heure actuelle, le terrible château qui m'était apparu ne me semblait que trop réel.

— Entre-temps, Stangmar a empoisonné une grande partie de Fincayra. Toutes les terres à l'est de la Druma, et certaines au sud, ont été *nettoyées*, comme diraient ses partisans. Ce qui signifie, en réalité, que la peur — la peur froide et stérile — a tout recouvert. Comme la neige, sauf que la neige est jolie. Les villages ont été brûlés. Les rivières et les arbres sont silencieux. Les animaux et les oiseaux sont morts. Et les géants ont disparu.

— Les géants ?

— La population d'origine, la plus ancienne, a-t-elle répondu, avec des étincelles de colère dans les yeux. Les géants de tous les pays considèrent Fincayra comme leur demeure ancestrale. Avant même que les rivières commencent à descendre des montagnes, les pas des géants marquaient la terre de leurs empreintes. Bien avant qu'Arbassa ne sorte de terre, les grondements de leurs chants résonnaient au-dessus des crêtes et des forêts. Encore aujourd'hui, la Lledra, leur chant le plus ancien, est la première chanson que beaucoup de bébés entendent.

La Lledra. Est-ce que j'avais déjà entendu ce nom ? Il me semblait presque familier. Mais comment était-ce possible ? Peut-être dans un des chants de Branwen…

— Ils peuvent être plus grands qu'un arbre, nos géants ! Ou même qu'une colline. Mais ils sont toujours restés pacifiques. Sauf pendant les guerres de Terreur, il y a longtemps — quand les gobelins ont essayé de renverser Varigal, l'antique cité des géants. Si on ne les provoque pas, ils sont aussi inoffensifs que des papillons.

» Mais il y a quelques années, a poursuivi Rhia en tapant du pied avec colère, on ne sait pourquoi, mais Stangmar a donné l'ordre de tuer les géants partout où on en trouverait. Depuis lors, ses soldats leur ont livré une chasse impitoyable. Il en faut au moins vingt pour tuer un seul géant, mais ils y parviennent presque toujours. J'ai entendu dire que la ville de Varigal n'est plus qu'une ruine. Il est possible que quelques géants aient survécu, déguisés en falaises ou en rochers, mais ils doivent craindre pour leur vie et rester bien cachés. Au cours de tous mes voyages à travers la Druma, je n'en ai jamais vu un seul.

— N'y a-t-il aucun moyen d'arrêter ce roi ? ai-je demandé, les yeux fixés sur la dépouille du spectre changeant.

— S'il en existe un, personne ne l'a trouvé ! Ses pouvoirs sont immenses. Outre son armée, il possède presque tous les Trésors de Fincayra.

— Qu'est-ce que c'est, ces trésors ?

— Des objets magiques, et très puissants. Autrefois, les Trésors étaient utilisés pour profiter au pays et à ses habitants, pas seulement à une personne. Mais c'est fini. Maintenant, ils sont à lui : l'Orbe de feu, l'Éveilleur de rêves, les Sept Outils magiques ; Percelame, une épée à deux tranchants, un qui pénètre dans l'âme et l'autre qui guérit les blessures ; la Harpe fleurie, le plus beau des Trésors, dont la musique peut amener le printemps dans une prairie ou sur un coteau ; et, enfin, le plus détestable, le Chaudron de la mort.

Rhia a alors ajouté tout bas :

— Un seul de ces Trésors légendaires n'est pas encore tombé entre ses mains. Celui dont le pouvoir est, dit-on, plus grand que tous les autres réunis : le Galator.

Sous ma tunique, je sentais battre mon cœur contre le pendentif.

Le doigt de Rhia s'est resserré autour du mien.

— Les arbres racontent que Stangmar a renoncé à chercher le Galator, qui a disparu de Fincayra il y a des années. Mais il paraît aussi qu'il serait toujours à la recherche de quelque chose qui complète ses pouvoirs… ce qu'il appelle *le dernier Trésor*. Pour moi, ça ne peut être qu'une chose.

— Le Galator ?

Rhia a hoché la tête lentement.

— Quiconque sait où il est caché court un très grand danger.

J'ai compris l'avertissement, bien sûr.

— Tu le sais, toi, que je l'ai, n'est-ce pas ?

— Oui, a-t-elle répondu calmement. Je le sais.

— Et tu crois qu'il pourrait contribuer à sauver la Druma ?

Elle a pincé les lèvres, songeuse.

— Peut-être, ou peut-être pas. Seul le Galator peut le dire. Mais je crois quand même que, *toi*, tu pourrais nous aider.

J'ai reculé, et une branche cassée m'a griffé le cou, tandis que Fléau protestait bruyamment.

Mais je n'ai réagi ni à la douleur ni au cri dans mon oreille. Car j'avais perçu dans la voix de Rhia ce que je n'avais pas voulu entendre avant : elle voyait vraiment quelque chose de valeureux en moi ! Même si j'étais persuadé qu'elle se trompait, sa conviction était une sorte de trésor, aussi précieux que celui que je portais autour du cou.

Aussi précieux que celui que je portais autour du cou... Elle était là, la clé que je cherchais !

Jusqu'à ce jour, j'avais cru que le Galator était simplement *connu* à Fincayra, pas qu'il en était originaire. Maintenant, je comprenais. C'était le plus puissant des anciens Trésors de cette terre. Il avait sans doute disparu à l'époque où Branwen et moi avions été rejetés sur le rivage de Gwynedd. Si seulement je pouvais découvrir comment le Galator était tombé entre les mains de Branwen, ou du moins en apprendre davantage sur ses secrets. J'étais certain qu'alors j'éluciderais également quelques-uns de mes propres mystères.

— Le Galator. Qu'est-ce que tu sais d'autre sur lui ? ai-je demandé à Rhia.

Elle a lâché ma main.

— Rien. Maintenant, je dois partir. Avec ou sans toi.

— Où ?

Elle s'apprêtait à parler, mais, l'oreille aux aguets, s'est interrompue. Fléau, fermement accroché à mon épaule, écoutait aussi.

Un nouveau coup de vent a traversé la forêt, agitant les cheveux de Rhia en même temps que les branches. Ses traits se sont durcis sous l'effet de la concentration, et un instant, j'ai eu l'impression que son rire cristallin ne résonnerait plus jamais. Le son du vent dans les arbres, avec son chœur de bruissements, de grincements et de gémissements, ne cessait d'enfler.

Quand il s'est calmé, Rhia s'est penchée vers moi.

— Il y a des gobelins dans la forêt ! Je n'ai pas de temps à perdre. Tu viens ? a-t-elle dit en saisissant un pli de ma tunique. Tu vas m'aider à sauver la Druma ?

J'ai hésité.

— Rhia… je suis désolé. Il faut que j'en apprenne davantage sur le Galator ! Tu ne comprends donc pas ?

Elle a plissé les yeux. Sans me dire au revoir, elle a tourné les talons.

Je l'ai rejointe à grands pas et attrapée par la manche.

— Bonne chance.

— Bonne chance à toi aussi, a-t-elle répondu froidement.

Un bruit dans les sous-bois nous a fait tourner la tête. Un jeune cerf, dont les bois commençaient à peine à sortir sur sa tête bronze, est apparu. Il semblait fuir quelque chose. Pendant une fraction de seconde, alors qu'il sautait par-dessus un arbre

tombé, j'ai aperçu ses yeux bruns, sombres, profonds et remplis de peur.

Un peu inquiet, j'ai repensé à la seule fois où
j'avais vu un cerf. Ce jour-là, c'est dans mes yeux
que la peur était, et le cerf avait fait tout ce qui
était en son pouvoir pour m'aider.

Rhia s'est dégagée, et elle est repartie.

— Attends, je viens avec toi.

Son visage s'est illuminé.

— C'est vrai ?

— Oui… mais seulement jusqu'à ce que nos
chemins se séparent.

— D'accord. Pendant un certain temps, alors.

— Où allons-nous ?

— Rendre visite à la seule créature de toute
la Druma qui saura peut-être quoi faire. Celle
qu'on nomme la Grande Élusa.

Je ne sais pas pourquoi, ce nom ne me plaisait
pas beaucoup.

⚬ XIX ⚭
du miel

Aussi rapide que le cerf, Rhia est partie. Malgré les courbatures que je ressentais encore dans les jambes, je me suis efforcé de la suivre à travers les fourrés et par-dessus les ruisseaux. Elle devait tout de même s'arrêter et m'attendre souvent.

Comme le soleil était déjà haut dans le ciel, et que ses rayons pénétraient au cœur de la forêt, je voyais beaucoup mieux les obstacles que la veille. Je n'en trébuchais pas moins, si bien que Fléau a fini par quitter mon épaule. Il restait dans les parages, volant de branche en branche. Mais, l'épaule libérée, je supportais plus facilement son étroite surveillance.

Des animaux de toutes sortes se déplaçaient en même temps que nous. Des oiseaux avec un petit corps gris, des ailes vertes ou un gros bec jaune, tantôt seuls, tantôt en volées, passaient au-dessus de nos têtes; des écureuils, des castors, une biche avec son faon, un serpent doré m'ont dépassé. Au loin, des loups hurlaient. À un moment, une forme sombre, énorme, est sortie d'entre les arbres d'un pas tranquille. Je me suis arrêté prudemment, et j'ai vu apparaître deux silhouettes plus petites juste derrière... C'était une famille d'ours. Ces bêtes avaient le même air apeuré que le cerf. Et toutes partaient dans la direction opposée à la nôtre.

En fin de matinée, le front dégoulinant de sueur, je suis entré dans une clairière ombragée par de vieux cèdres qui formaient un cercle parfait. Leur écorce était couverte de longs poils. Au premier coup d'œil, on aurait pu les prendre pour une assemblée de vieillards voûtés, dont la chevelure et la barbe recouvraient tout le corps. Même le bruit de leurs branches était différent du murmure des autres arbres. On aurait dit des gens fredonnant un chant funèbre à un enterrement.

Puis j'ai aperçu au centre de la clairière un tumulus de terre. Il était aussi étroit que mon corps et deux fois plus long, entouré de pierres rondes et polies qui brillaient comme de la glace bleue. Je me suis approché avec précaution.

Fléau est revenu sur mon épaule. Mais il semblait nerveux, car au lieu de rester perché, il allait et venait d'un pas agité.

J'ai retenu ma respiration. *Je suis déjà venu ici.* Cette idée — une conviction, en fait — m'a traversé l'esprit de façon fugitive. Comme un parfum de fleur qui surgit et disparaît avant qu'on ait le temps de trouver son origine. Peut-être n'était-ce qu'un rêve, ou le souvenir d'un rêve. Pourtant, sans savoir précisément quoi, ce tumulus entouré de cèdres me rappelait quelque chose.

— Emrys! Que fais-tu?

L'appel de Rhia m'a ramené à la réalité. Après avoir jeté un dernier regard vers le monticule et les cèdres mélancoliques, j'ai quitté la clairière. Bientôt je n'ai plus entendu l'étrange fredonnement. Mais il continuait à hanter les recoins les plus sombres de mon esprit.

Le terrain était de plus en plus humide. Les grenouilles coassaient si fort que j'entendais à peine ma propre respiration. Des hérons, des grues et toutes sortes d'oiseaux aquatiques s'appelaient les uns les autres, et leurs cris résonnaient de façon sinistre. Des relents de pourriture commençaient à empester l'air. Enfin, j'ai vu Rhia, debout près de hautes herbes au bord d'une sombre bande de terre. Un marécage.

Impatiente, elle m'a fait signe d'avancer.

— Allez, viens!

J'ai regardé le marécage d'un air sceptique.

— Il faut traverser ça?

— C'est le chemin le plus rapide.

— Tu es sûre ?

— Nous n'avons pas beaucoup de temps. Tu as vu tous les animaux qui fuyaient ? Si tout va bien, en coupant à travers le marécage, nous pourrons gagner une heure ou plus. Le repaire de la Grande Élusa est juste de l'autre côté, dans les collines.

Au moment où elle se remettait en route, je l'ai retenue par le bras.

— Attends, j'ai juste besoin de savoir une chose : qui est exactement cette Grande Élusa ?

Elle s'est dégagée.

— Je ne sais pas très bien. Sa véritable identité est un mystère, même pour Arbassa. D'après les légendes, elle vit parmi les pierres vivantes des Collines embrumées. Elle sait ce que personne d'autre ne sait, y compris des choses qui ne sont pas encore arrivées. Et elle est vieille, très vieille. On raconte qu'elle était déjà là quand Dagda a sculpté le premier géant du flanc de la montagne.

— Tu as dit... des pierres vivantes ?

— C'est ainsi qu'on les nomme. J'ignore pourquoi.

J'ai jeté un coup d'œil sur le paysage sinistre parsemé d'arbres morts et de flaques d'eau stagnante. Une grue a crié au loin.

— Es-tu certaine que cette créature nous aidera ?

— Non, mais c'est possible. Enfin, si elle ne nous dévore pas avant…

— Quoi ?!

— Si on en croit la légende, elle est toujours affamée. Et plus féroce qu'un géant en colère.

Fléau a penché la tête vers Rhia et émis un long sifflement.

Elle a haussé les sourcils.

— Qu'est-ce qui ne va pas ? ai-je demandé.

— Fléau promet de veiller sur nous. Mais c'est la première fois que je perçois de l'inquiétude dans sa voix.

— Je plains la Grande Élusa si elle essaie de le manger. Cet oiseau ne connaît pas la peur.

— Voilà pourquoi ça ne me plaît pas de le sentir inquiet.

Rhia s'est de nouveau tournée vers le maré-cage. Elle a posé un pied sur une plaque de boue sèche et sauté sur un rocher. En lui emboîtant le pas, j'ai remarqué que nous avions laissé des empreintes dans la boue. Mais au cœur de la forêt, cela n'avait sans doute pas d'importance.

De rochers en troncs d'arbre, nous avons avancé lentement à travers le marécage. Des branches pointaient hors de l'eau et tendaient vers nous leurs longs bras desséchés. D'étranges voix,

différentes de celles des oiseaux ou des grenouilles, résonnaient au-dessus de l'eau trouble et
se joignaient aux sifflements de Fléau. Souvent,
tandis que nous recherchions les endroits les
moins profonds pour traverser, quelque chose
remuait dans les eaux sombres ou claquait à la
surface. J'ignorais ce qui provoquait ces remous,
et je ne tenais pas tellement à le savoir.

Le marécage a pris fin et l'air s'est empli d'une
brume grise. Arrivés dans un champ de hautes
herbes, nous avons retrouvé la terre ferme. Devant
nous se dressait une colline escarpée, jonchée de
rochers et entourée de bras vaporeux qui se dérou-
laient vers nous.

— Les Collines embrumées, a annoncé Rhia.
Si seulement je pouvais trouver une grappe de
baies sucrées ! Ça nous donnerait des forces pour
grimper… et pour affronter ce qui nous attend, a-
t-elle ajouté en me regardant.

Au moment où nous attaquions la montée,
Fléau a quitté mon épaule et s'est mis à décrire de
larges cercles au-dessus de nous. Sans doute
voulait-il survoler la forêt pour repérer le moindre
signe de danger, mais il semblait aussi s'amuser,
savourant la liberté de s'élancer vers le ciel.

De gros rochers, certains aussi volumineux
que la maison de Rhia, apparaissaient ici et là,
tandis que les arbres, leurs racines noueuses

accrochées à la pente, s'espaçaient de plus en plus. Malgré cela, la forêt n'était pas plus claire. Peut-être était-ce à cause des ombres des énormes rochers, ou la brume qui s'enroulait autour. En tout cas, la forêt était de plus en plus sombre.

À mesure que nous gravissions péniblement la côte et nous enfoncions dans la brume, les doutes m'ont envahi. Je ne savais pas quel genre de créature était la Grande Élusa, mais si elle avait choisi un tel endroit pour vivre, c'est qu'elle ne devait guère apprécier les visiteurs. Et qu'arriverait-il si les gobelins nous trouvaient avant ? J'ai serré le Galator sous ma tunique, mais je ne me suis pas senti plus rassuré pour autant.

Soudain, un grand rocher gris s'est dressé devant moi. Je me suis arrêté net. C'était peut-être juste un effet de la brume qui perturbait ma seconde vue. Mais cela ressemblait moins à un rocher qu'à un visage anguleux et mystérieux. Dont les yeux me fixaient. Puis j'ai entendu — ou cru entendre — un raclement, un peu comme quelqu'un qui s'éclaircit la gorge. Et il m'a semblé que le rocher avait très légèrement bougé.

Je n'ai pas attendu de savoir ce qui allait se passer. J'ai grimpé la côte en courant, trébuchant sur les racines et les cailloux.

Au sommet, nous avons été accueillis par un furieux bourdonnement… Des abeilles ! Des milliers d'abeilles grouillaient autour d'un arbre mort. À première vue — même si, dans la brume, il était difficile d'en être certain —, l'arbre s'était brisé depuis peu, sans doute au cours d'un orage. En tout cas, les abeilles n'avaient pas l'air contentes.

Rhia, les mains sur les hanches, les observait avec intérêt. Devinant ses pensées, j'ai secoué la tête, haletant.

— Tu ne songes quand même pas à aller chercher du miel ?

Elle a souri timidement.

— On n'a jamais assez de miel ! Ça prendra juste une minute. Ça ne nous ralentira pas.

— Impossible ! Regarde toutes ces abeilles !

Au même instant, Fléau, dans un grand piqué final, est venu se poser sur mon épaule. En s'installant, il a émis un pépiement satisfait. Il semblait ravi de son escapade. J'étais surpris de constater à quel point il me semblait naturel de l'avoir là. Comme les choses avaient changé depuis la veille ! Il a replié ses ailes et penché la tête vers moi.

Je lui ai lancé un clin d'œil.

Il m'a répondu de la même façon.

— Si seulement je pouvais trouver un moyen de distraire les abeilles ! a lancé Rhia, qui examinait toujours l'arbre brisé. Quelques secondes suffiraient.

Avec un cri soudain, Fléau s'est envolé de nouveau, et il a plongé au cœur de l'essaim. Il a chassé les abeilles à grands coups d'ailes, avant de repartir à toute allure dans la brume. L'essaim l'a suivi.

— C'est fou ! Cet oiseau aime autant la bagarre que toi tu aimes le…

Je n'ai pas fini ma phrase, car Rhia escaladait déjà le tronc à la recherche des rayons de miel. N'entendant plus aucun bourdonnement, j'ai couru la rejoindre. Pendant que je me hissais sur une branche basse, le tronc a craqué et vacillé sur sa base.

— Attention, Rhia ! ai-je crié. On risque de basculer d'un moment à l'autre.

Mais, toute à sa gourmandise, elle ne m'entendait plus. Elle avait atteint le haut du tronc et se penchait déjà pour regarder à l'intérieur.

Debout sur la branche, je me suis penché à côté d'elle. Une flaque de miel, entourée de murs de rayons aussi épais que moi, s'étalait sous nos yeux. Des débris de branches, d'écorce et de cire flottaient ici et là. J'ai plongé la main, pris une grosse poignée de miel, et je m'en suis délecté. Je n'avais jamais mangé de miel aussi délicieux, à la fois fondant et sucré. Rhia, manifestement du même avis que moi, y enfonçait les deux mains; elle en avait partout sur les joues et le menton.

— Il faut partir, a-t-elle fini par déclarer. Une dernière bouchée et on y va.

Attiré par un gros morceau de rayon de miel juste en dessous de moi, j'ai voulu l'attraper. Mais j'ai eu beau tirer dessus, il ne se décrochait pas. Rassemblant mes forces, je m'y suis cramponné et j'ai tiré une dernière fois.

L'objet est sorti de la flaque avec un hurlement assourdissant. Je me suis aperçu que ce n'était pas un rayon de miel que je tenais, mais le bout d'un énorme nez. Rhia a hurlé et j'ai reculé d'un bond devant la tête couverte de miel qui montait vers nous. À cet instant, la base du tronc a craqué, s'est inclinée, et l'arbre s'est fendu en deux. Puis il a basculé dans la côte en nous entraînant dans sa chute.

∾ XX ∾
SHIM

Rhia et moi avons dévalé la pente, précédés par le miel, le tronc et tout son contenu. Emporté par son poids, il a roulé et rebondi de plus en plus vite, avant d'aller se fracasser contre un gigantesque rocher.

Lorsque je me suis enfin arrêté, tout tournait autour de moi. À moitié hébété, je me suis assis.

— Rhia ?

— Je suis là…

Elle a sorti la tête de l'herbe, juste en dessous de moi ; ses cheveux étaient couverts de miel et de brindilles.

Des gémissements provenant des débris du tronc ont attiré notre attention. Rhia a pris ma main, enroulé son index autour du mien, et nous nous sommes levés pour aller voir de plus près.

Nous avons découvert sous le rocher un petit tas entièrement couvert de miel, de feuilles et de brindilles. Le petit tas a roulé, s'est secoué vigoureusement et s'est assis.

— C'est un homme! me suis-je écrié, stupéfait. Un homme minuscule!

— Je pense que c'est un nain, a rectifié Rhia. Je ne savais pas qu'il restait des nains à Fincayra.

Deux yeux roses se sont ouverts dans le masque de miel.

— Vous vous trompez! Complètrement, horriblement, affreusement! Un nain, moi? Pas du trout!

Rhia semblait sceptique.

— Ah, bon? Alors, qu'est-ce que tu es?

Le petit homme a soufflé et fait jaillir du miel de son nez bulbeux. Tandis qu'il en coulait encore de son menton, il s'est léché les doigts, les paumes et les poignets. Une fois ses mains nettoyées, il a regardé nerveusement d'un côté et de l'autre.

— Tu n'es pas une amie du roi? a-t-il demandé à Rhia.

— Bien sûr que non! s'est-elle récriée.

— Et ce garçon, là, qui tire sur le nez des gens?

— Lui non plus.

— Vrai de vrai de vrai?

Rhia n'a pu s'empêcher de sourire.

— Vrai de vrai de vrai!

— Bon, très bien.

SHIM

À force de se débattre pour se décoller du sol, le petit homme a réussi à se lever. Il s'est dirigé à grands pas vers Rhia. Il lui arrivait juste au-dessus du genou, ce qui ne l'a pas empêché de redresser la tête avec fierté.

— Je sruis pas un nain. Je sruis un géant.

— Un *quoi*? me suis-je exclamé en riant.

Le petit homme m'a fusillé du regard.

— Un géant! a-t-il tonné.

Puis son air fier a disparu. Il s'est rembruni, et ses épaules sont retombées.

— Enfin, un *pretit* géant, tout pretit, pretit. J'aurais tellement voulu être grand comme un vrai géant!

— Je ne te crois pas, ai-je dit en me baissant pour mieux le voir. Tu ne ressembles pas à un géant. Même à un petit.

— Mais j'en sruis un!

— Dans ce cas, moi, je suis un champignon...

— Un chrampignon qui tire le nez des gens?

Rhia a été prise d'un fou rire qui a fait trembler toutes les feuilles de son vêtement.

— Laisse-le tranquille, Emrys. S'il dit qu'il est un géant, eh bien, moi je le crois.

Le petit bonhomme a tapoté son ventre rebondi avec une satisfaction évidente.

— Et puis je fraisais un bon drîner, j'embêtais personne, et on m'a dérangé.

— Je m'appelle Rhia. Et toi ?

En regardant nerveusement par-dessus son épaule, il a marmonné :

— On n'est jamais trop prudent de nos jours. Je m'appelle Shim.

Il a fait un tout petit pas vers nous et je l'ai observé avec méfiance.

— Et dis-nous, Shim, est-ce que tu nages toujours dans le miel quand tu manges ?

— Certainement, tout à frait, absolument ! Dame, si on ne veut pas être piqué par les abreilles, c'est comme ça qu'il faut fraire !

— C'est juste, a approuvé Rhia, amusée. Mais pour en sortir, ce doit être difficile.

Le petit géant s'est mis à bredouiller :

— Vous… vous… vous vous moquez de moi !

— Pas du tout, l'ai-je taquiné. Tu n'es absolument pas drôle.

Je faisais des efforts surhumains pour garder mon sérieux, mais d'un seul coup, j'ai pouffé de rire.

Le petit bonhomme s'est jeté sur moi et m'a donné un coup de pied aussi fort qu'il le pouvait dans ma botte. Cette fois, je n'avais plus envie de rire. En grognant, je lui ai couru après. Il s'est réfugié en vitesse derrière les jambes de Rhia.

— Non, arrête! S'il te plaît, arrête! a-t-il crié.
Je voulais pas te fraire mal. Réellement, vraiment,
franchement!

— Pourtant, c'est ce que tu as fait! Si je t'at-
trape, je ne te pincerai pas que le nez, crois-moi!
ai-je crié en tentant d'attraper la boule collante
derrière Rhia.

Cette dernière m'a retenu par l'épaule.

— Arrête! On n'a pas le temps. On a assez
traîné!

J'ai reculé à regret.

— C'est vrai, tu as raison. D'ailleurs, les
abeilles ne vont pas tarder à revenir. Si j'étais toi,
ai-je ajouté à l'intention de Shim, je prendrais un
bon bain avant qu'elles ne me tombent dessus.

— Ne me tombent dessus? a-t-il fait, les yeux
exorbités.

— Certainement, tout à fait, absolument.

Le petit géant a poussé un cri étouffé.

— J'ai horreur d'être priqué!

Sur ce, il a filé derrière le gros rocher. Il venait
de disparaître dans la brume, quand nous l'avons
entendu pousser un hurlement de terreur. Rhia et
moi avons couru voir ce qui se passait, et c'est
nous qui avons hurlé. Le sol s'était soudain dérobé
sous nos pieds. Nous avons dégringolé au fond
d'un trou, dans le noir le plus total.

— Ohhh, ma tête, ai-je gémi.

Quelque chose a gigoté sous moi.

— Hé, prousse-toi, imbécile !

Un bras — ou une jambe — collant et plein de terre et de feuilles m'a frappé au visage.

— Aïe ! Attention, gros tas de miel maladroit !

— Arrêtez ! a crié Rhia. Il faut trouver un moyen de sortir d'ici.

— Où sommes-nous ? ai-je demandé. On a dû tomber dans un trou. Et un trou profond, à part de ça, parce que je ne vois aucune lumière, là-haut. Et tâtez le sol ! Il est bizarre…

— Je peeeux répooondre à vooootre questioon, a grondé une voix venant des profondeurs. Vooous aveeez trouvééé mon repaaaire.

— Qui êtes-vous ? avons-nous demandé en chœur.

Un long silence a suivi.

— La Graaande Élusaaa.

∽ XXI ∽
La grande élusa

L a voix était si forte qu'elle faisait trembler les murs. Rhia s'est blottie contre moi. J'essayais de me repérer dans l'obscurité, mais elle était telle que ma seconde vue ne servait à rien. Un instant, j'ai songé à rompre la promesse faite à Caer Myrddin et à utiliser mes éventuels pouvoirs — si j'en possédais encore —, afin de nous protéger. Mais cette seule pensée a ravivé mes vieilles peurs, et je n'ai pas bougé.

— C'est vous, la bête qui... qui mange trout ? a soufflé Shim.

— Je maaange ce qui me plaaaît, a fait la voix tonitruante. Maintenaaant diiites-moââ qui vous êêêtes, avaaant que je vooous maaange.

Bravement, je me suis éclairci la voix.

— Je m'appelle... Emrys.

— Emryyys d'oooù ?

Cette fois, ma voix était plus faible.

— Je ne sais pas.

— Et, moi, je suis Rhia, de la Druma.

Après un silence, la Grande Élusa a rugi :

— Quiii d'aaautre est iciii?

Pas de réponse.

— Quiii d'aaautre est iciii? a-t-elle répété, si fort que des mottes de terre nous sont tombées sur la tête.

Pas de réponse. Juste un halètement, sans doute émis par le petit géant apeuré.

— Il s'appelle Shim, a répondu Rhia. Il vient aussi de la Druma... S'il vous plaît, ne nous mangez pas. Nous avons besoin de votre aide.

— Pour quoooi?

— Pour sauver la Druma! Mon chez-moi!

— Et le vôtre, ai-je ajouté.

Pendant un moment, personne n'a parlé.

Tout à coup, la lumière a jailli. D'où? Impossible de le dire, mais les murs se sont éclairés. Nous étions dans une immense caverne creusée dans le roc et, le plus étrange, c'est qu'elle était vide... complètement vide. Pas la moindre trace de la Grande Élusa!

— Où est-elle? ai-je demandé, stupéfait.

— Je n'en ai aucune idée, a répondu Rhia en fronçant les sourcils.

Assis, tremblant, le visage dans les mains, Shim restait muet.

— Et cette lumière... Regarde, Rhia... elle vient de la roche! ai-je dit en touchant le mur.

— Des cristaux! Une grotte de cristaux lumineux...

Les murs, le plafond et le sol, entièrement recouverts de cristaux, étincelaient de mille feux comme une rivière au soleil. Et je suis sûr que mon visage rayonnait tout autant à cet instant, car je n'avais jamais rien contemplé d'aussi beau, même à l'époque où je voyais normalement.

J'ai senti un afflux de chaleur contre ma poitrine. En jetant un œil sous ma tunique — ô surprise! — j'ai vu que le Galator brillait autant que les murs! Il irradiait une vive lumière verte. Rhia me regardait en souriant.

— Vous aimez ma grotte? a demandé une petite voix inconnue.

Elle semblait provenir du mur.

Shim, toujours tremblant de peur, n'a pas bougé. Mais, Rhia et moi, nous nous sommes approchés du mur et avons découvert, au milieu d'une énorme volute de cristaux, une toile délicate dont les fils rayonnaient comme la lumière d'une étoile. Au bout de l'un d'eux se balançait une araignée pas plus grosse qu'un ongle de pouce. Sa tête et son dos étaient couverts de poils minuscules, d'un blanc aussi éclatant que les cristaux.

— J'aime beaucoup votre grotte, ai-je répondu.

— C'est comme si toutes les étoiles s'y étaient donné rendez-vous, a ajouté Rhia.

J'ai observé l'araignée. La bosse ronde de son dos ballottait légèrement tandis qu'elle montait plus haut sur sa toile.

— Êtes-vous… ?

— Oui, je suis la Grande Élusa.

— C'est curieux, votre voix était beaucoup plus forte, tout à l'heure.

Sans prêter attention à ma remarque, l'araignée blanche est descendue raccommoder en vitesse un accroc dans sa toile, avant de revenir au centre.

— À vous entendre, a repris Rhia, on vous imaginait beaucoup plus grosse.

— Oh, je peux être grosse quand je le veux. Assez pour ne faire qu'une bouchée de cet avorton tremblotant, là-bas.

Le visage toujours caché dans ses mains, le petit géant a gémi.

— Si je ne suis pas d'humeur à dévorer mes invités, a poursuivi l'araignée de sa petite voix, je rapetisse un moment et mon estomac rétrécit — ce qui n'altère en rien mon appétit. Image et réalité sont rarement semblables. C'est d'ailleurs la première règle en magie… À présent, tu dois le savoir, Emrys ?

Sa question m'a pris de court.

— J'ignore tout de la magie ! ai-je répondu précipitamment. Sauf que c'est dangereux, très dangereux.

— Tu sais donc quelque chose sur la magie.

— Je n'en saurai jamais davantage.

— Dommage. Tu aurais pu trouver cela utile, plus tard.

— Non. Il n'y a pas de magie dans mon avenir. Du moins, pas de ma volonté.

— Si tu le dis...

J'ai alors eu l'impression que l'araignée m'observait.

Puis, apercevant un scarabée deux fois plus gros qu'elle qui s'était pris dans la toile, elle s'est précipitée sur lui et l'a mordu au cou. Après avoir attendu qu'il cesse de se débattre, elle l'a attaché en un clin d'œil avec un fil de soie, lui a arraché une patte et s'est mise à la dévorer à belles dents.

— En tout cas, j'aime bien manger. Ça, c'est la réalité.

— Est-ce que vous pouvez nous aider ? a imploré Rhia. La Druma est en danger.

La Grande Élusa a arraché une autre patte du scarabée.

— Bien sûr qu'elle est en danger ! Comme tout Fincayra ! Et autant que ce pauvre scarabée, qui se fait manger morceau par morceau. Vous vous en rendez compte seulement maintenant ?

Rhia a baissé la tête.

— Je… je ne voulais pas le croire.

— Alors que la Rouille est pratiquement à votre porte ! Vous avez attendu trop longtemps.

— Je sais ! Mais peut-être est-il encore temps. Vous nous aiderez ?

L'araignée a pris une autre bouchée et mâché avec avidité.

— Qu'attendez-vous de moi, au juste ?

— Que vous nous expliquiez pourquoi cela arrive.

— Pourquoi ? a-t-elle répété, en mâchonnant. Ce serait trop long à raconter. Et une fois le scarabée terminé, la faim m'obligerait à vous dévorer tous.

— Je veux juste savoir si quelque chose pourrait y mettre fin… ou quelqu'un, a ajouté Rhia en jetant un coup d'œil de mon côté.

L'araignée a allongé une patte et s'est gratté le dos.

— Je vous dirai ceci : Fincayra — y compris la Druma — est condamnée, à moins que le roi que vous appelez Stangmar soit renversé.

— Renversé ! Est-ce possible ?

— Tout dépend du *dernier Trésor* — quelque chose que ce roi a eu jadis en sa possession et qu'il a perdu il y a longtemps.

J'ai baissé les yeux vers ma tunique, sous laquelle brillait le Galator.

— Pouvez-vous nous dire quels sont ses pouvoirs ? ai-je demandé.

L'araignée a réfléchi un moment avant de répondre.

— Le dernier Trésor a de grands pouvoirs, plus que vous ne l'imaginez. Stangmar est convaincu que lorsqu'il le trouvera, son pouvoir, à lui, sera total.

Elle a attrapé une autre patte et en a croqué la moitié.

— Il a raison, a soupiré Rhia.

— Non ! Il a tort ! C'est sa servitude qui sera totale.

— Sa servitude ?

— Oui. Au plus redoutable des esprits, celui qu'on nomme Rhita Gawr.

Je me suis raidi.

— Pour Rhita Gawr, votre roi n'est qu'un instrument en vue d'atteindre un but plus important.

Elle a grignoté un genou du scarabée. Puis, après un petit claquement de lèvres satisfait, elle a repris :

— Un instrument pour dominer non seulement cette île, mais toute la Terre, ainsi que l'Autre Monde. C'est cela, son vrai désir.

Elle a encore claqué ses lèvres avant d'entamer l'articulation.

— Son adversaire suprême, Dagda, l'attaque sur de multiples fronts. Mais Rhita Gawr a utilisé Stangmar pour dominer une grande partie de Fincayra. Il n'y a plus beaucoup d'obstacles à son pouvoir, à présent, et le plus important est...

Une autre claquement de lèvres, une autre bouchée.

— ... le dernier Trésor. Si celui-là tombe entre ses mains, Rhita Gawr n'aura aucune peine à conquérir Fincayra. Alors, il aura mainmise sur le pont entre la Terre et l'Autre Monde. Il aura la Terre elle-même à portée de main... Mmm... un peu dure, mais savoureuse, cette patte. Et s'il devient maître de la Terre, tout est perdu.

Les sourcils froncés, j'ai essayé de bien comprendre.

— Le roi ne sait donc pas qu'il est manipulé ?

— Il le sait. Mais il a été corrompu par Rhita Gawr il y a bien longtemps déjà.

L'araignée a avalé la dernière bouchée de la dernière patte. Puis elle s'est soigneusement essuyé les mandibules avec ses deux pattes de devant.

— Stangmar a perdu son libre arbitre.

— Mais s'il était renversé, on pourrait encore arrêter Rhita Gawr.

— Peut-être...

Appuyée contre le mur de cristaux lumineux, Rhia semblait découragée.

— Mais comment ? a-t-elle dit.

La Grande Élusa a mordu avec gourmandise dans le ventre du scarabée.

— Miam, c'est tendre à souhait.

— Hein ? Comment faire ? a répété Rhia.

— Je ne vois qu'un moyen... a finalement répondu l'araignée après avoir avalé sa bouchée. Mais non, non. C'est impossible.

— Quoi ?

— Il faudrait détruire le château du roi.

— Le château des Ténèbres ?! s'est exclamée Rhia.

— Oui. C'est Rhita Gawr qui l'a créé. À travers ses murs, son esprit malfaisant contamine Stangmar et son armée. Les ghouliants eux-mêmes font partie du château dont ils assurent la garde. Vous comprenez ?

La Grande Élusa a mordu une nouvelle fois dans le ventre du scarabée.

— Mmm. Délicieux. Qu'est-ce que je disais ? Ah, oui, les ghouliants. C'est pourquoi ils ne s'aventurent jamais en dehors de l'enceinte. Si on détruit le château, on les détruit aussi.

— C'est une tâche impossible ! a gémi Rhia. Le château des Ténèbres tourne sans arrêt sur lui-même, et il est en permanence plongé dans le noir. Il est imprenable. Quant à le détruire, n'en parlons pas...

— Il existe pourtant un moyen, a dit l'araignée en me regardant, la bouche pleine. Tout comme il existe un moyen pour un aveugle de recouvrer la vue.

J'ai sursauté.

— Comment savez-vous ça ?

— Tu vois bien des choses avec ta seconde vue que les autres ne distinguent pas avec leurs yeux.

J'ai regardé Rhia.

— Les inscriptions sur les parois d'Arbassa !

— Si tu survis, a continué la Grande Elusa, ta seconde vue s'améliorera encore. Un jour, tu pourrais non seulement voir, mais comprendre.

— Vous voulez dire que ça m'aiderait à lire ces inscriptions ?

— Si tu survis.

— Je pourrais vraiment ?

— Ne sous-estime pas ta seconde vue ! Un jour, tu pourrais dépendre d'elle. Et l'aimer. Peut-être même plus qu'autrefois tes propres yeux.

Elle s'est interrompue encore un moment pour grignoter le front du scarabée.

— Remarque, moi j'adore les yeux, a-t-elle ajouté.

— Vous avez dit qu'il y avait un moyen, a repris Rhia.

— Je n'aurai peut-être pas le temps de vous l'expliquer. En fait, vous devriez partir tant que c'est encore possible. J'aurai bientôt fini ce morceau, a dit l'araignée en saisissant ce qui restait du ventre du scarabée et en le dégustant petit à petit. Ensuite, étant donné mon appétit, je pense que ce sera votre tour.

Shim a de nouveau gémi derrière ses mains.

— Alors, quel est le moyen ?

— Avez-vous entendu parler du Chaudron de la mort ? a dit l'araignée en nettoyant une de ses pattes.

Rhia a hoché la tête d'un air sombre.

— On dit que quiconque est jeté dedans meurt sur-le-champ.

— C'est vrai. Mais il a aussi un défaut ! Si quelqu'un y entrait volontairement, et non en y étant contraint, alors le chaudron serait détruit.

— Mais qui oserait faire ça ?

— Quelqu'un qui ne tiendrait pas à la vie, a répondu l'araignée, poursuivant son repas. Le château des Ténèbres, par ailleurs, a lui aussi un défaut. Tout petit, mais un défaut quand même.

— De quoi s'agit-il ?

— Il existe une prophétie, aussi ancienne que les géants…

En entendant ces mots, Shim a écarté les doigts, juste assez pour voir entre ses phalanges.

L'araignée a abandonné un instant le scarabée pour grignoter une vieille antenne qu'une autre victime avait laissée plus haut sur sa toile. Puis, après avoir rejoint le scarabée elle s'est mise à chanter :

Là où un château tourne dans le noir
Le petit grandira et ramènera l'espoir
Et lorsque les géants dans la salle
    danseront
Toutes les barrières d'un seul coup
    s'écrouleront

— Qu'est-ce que ça signifie ? a demandé Rhia. *Lorsque les géants dans la salle danseront…*

— … et *toutes les barrières d'un seul coup s'écrouleront.* Les murs du château s'écroulent si les géants dansent à l'intérieur ?

Ayant terminé l'abdomen du scarabée, l'araignée a arraché une aile.

— C'est ce que dit la prophétie.

Le regard de Rhia s'est assombri.

— C'est pour ça que Stangmar a chassé tous les géants ! Il devait connaître cette prophétie, lui aussi. Il fait tout ce qu'il peut pour qu'elle ne se réalise jamais.

— Il a notamment détruit Varigal, la plus ancienne de toutes les villes, a ajouté l'araignée, qui terminait l'aile.

— Ohhh, a gémi Shim. Quand je dis que je vreux être grand, je ne le prense pas. Réellement, vraiment, franchement.

La Grande Élusa a contemplé la masse de terre, de brindilles et de miel.

— Je te plains, avorton. Bien que tes parents aient été des géants, tu ignores encore que la grandeur n'est pas liée à la taille des os.

— Mais, je sruis content d'être pretit ! C'est idiot de vrouloir être grand ! J'aime mieux être pretit et vivant que grand et mort !

— Bon, l'a interrompu l'araignée. Maintenant, je dois vous prévenir. Cette bestiole n'a plus qu'une aile et un bout de tête.

Elle a fourré l'aile dans sa bouche et l'a mâchée quelques secondes.

— Mmm. Plus que la tête… J'ai toujours très faim. Et j'en ai assez d'être petite. Si vous ne quittez pas ma grotte très bientôt, je serai forcée de vous croquer.

Rhia m'a attrapé par le bras.

— Elle a raison. Sortons d'ici.

— Mais comment ?

— Je suppose, a répondu l'araignée, que vous êtes capables de grimper le long des cristaux.

— Bien sûr ! s'est écriée Rhia. Allons-y.

Elle a entrepris d'escalader la paroi. Shim s'est précipité à sa suite aussi vite que ses petits membres le lui permettaient et l'a bientôt dépassée, laissant derrière lui une traînée de miel.

Lorsqu'elle a vu que j'étais toujours en bas, Rhia m'a appelé.

— Dépêche-toi ! Ou tu finiras comme ce scarabée !

J'ai hésité. J'avais une dernière question pour la Grande Élusa.

— Allez, viens !

— Avance. J'arrive tout de suite.

— Tu devrais suivre son conseil, a dit l'araignée en saisissant la tête, ne laissant derrière qu'un fil de soie. Parce que, même si tu es plutôt maigre, tu es tout à fait mangeable…

— S'il vous plaît, ai-je supplié, encore une question ! Sur mon pays d'origine, mon vrai pays… pouvez-vous me dire où il est ? Je n'ai qu'un indice, le Galator.

Celui-ci brillait toujours sous ma tunique.

— Ah, le Galator ! Approche et montre-le-moi.

— Je ne sais pas. Vous pourriez…

— Hé… mais tu es plus dodu que je le pensais.

— S'il vous plaît ! ai-je crié. Pouvez-vous me dire comment trouver ma mère ? Mon père ? Mon vrai nom ?

Avalant le tout dernier morceau de scarabée, l'araignée a répondu :

— Je ne peux pas te le dire. Mmm… ton odeur est diablement alléchante. Approche, mon garçon. Oui ! Laaaisse-moâââ voâââr de pluuus prèèès !

À mesure que la voix s'amplifiait, l'araignée grossissait. J'ai vite compris qu'il était inutile d'insister. J'ai escaladé la paroi à toute allure et j'ai quitté la caverne sans demander mon reste.

∽ XXII ∽

RENCONTRE
DANS LA BRUME

Hors de la grotte, je me suis retrouvé dans un tourbillon de brume. Je distinguais à peine Rhia, qui n'était pourtant qu'à quelques pas. Près d'elle se tenait Shim, si couvert de terre et de feuilles qu'on aurait pu le prendre pour une grosse motte de terre. Sur ma poitrine, le Galator ne brillait plus.

Rhia était assise au cœur d'un petit bouquet d'ormes, où cinq jeunes arbres avaient poussé autour d'un grand. Elle m'a regardé sortir du trou, visiblement soulagée, puis elle s'est penchée vers le vieil orme au centre du bosquet et lui a susurré quelques mots. L'arbre a répondu en se balançant lentement sur ses racines, d'une voix grinçante et triste.

Rhia s'est tournée vers moi, le regard triste.

— Cet arbre a connu plus de deux cents printemps ici. Mais il est certain de connaître aujourd'hui le dernier. Il pleure tous les jours pour l'avenir de ses enfants. Lorsque je lui ai dit de ne pas désespérer, il m'a avoué qu'il ne lui restait plus qu'un espoir : vivre assez longtemps pour contribuer, d'une manière ou d'une autre, à protéger la Druma des gobelins. Mais c'est un espoir très faible et il pense plutôt qu'il mourra de chagrin.

Shim a frotté son nez couvert de terre et baissé les yeux. Je me suis contenté de hocher la tête tristement. Tout à coup, un doux parfum de fleur de pommier m'a chatouillé les narines.

— Vous sssemblez bien sssombres, a dit une voix familière.

Rhia s'est levée d'un bond.

— Cwen ! Qu'est-ce qui t'amène ici ? Toi qui ne sors quasiment plus...

Cwen s'est détachée de la brume.

— Je... Je n'aurais pas dû vous ssssuivre, a-t-elle répondu, une lueur de crainte dans les yeux. Peux-tu me pardonner ?

Le regard de Rhia s'est durci.

— Tu as fait quelque chose de grave...

Elle avait à peine fini sa phrase que six énormes guerriers gobelins armés jusqu'aux dents ont surgi à leur tour. Ils nous ont encerclés en quelques secondes. Sous leurs casques pointus, leurs yeux étroits lançaient des éclairs. Leurs épaules musclées étaient protégées par des spallières de métal, et ils tenaient de longues épées dans leurs mains à trois doigts. Leur peau gris-vert était couverte de gouttes de sueur.

L'un d'eux, qui portait des brassards rouges, a brandi son arme en direction de Cwen.

— Qui l'a ? a-t-il demandé d'une voix râpeuse et sifflante.

Cwen a jeté un regard furtif du côté de Rhia qui, incrédule, ne cachait pas sa colère.

— Ils ont promis de me laisser utiliser le Galator pour retrouver ma jeunesse. Tu te rends compte ? Mes mains ne se flétriront plus ! a-t-elle dit en montrant ses doigts rabougris.

Rhia grimaçait de chagrin.

— Je ne peux pas croire que tu aies fait ça, après toutes ces années…

— Alors, qui ? a répété le gobelin.

Cwen a pointé sur moi un index noueux. Le guerrier est entré dans le bosquet et m'a menacé de son épée.

— Donne-le-moi tout de suite ! Ou j'emploierai des moyens plus… persuasifs.

— Rappelez-vous ce que vous m'avez dit, a insisté Cwen. Vous m'avez promis de ne pas leur faire de mal.

Le gobelin s'est retourné brusquement vers elle. Un mince sourire a tordu son horrible bouche.

— J'avais oublié. Est-ce que j'ai aussi promis quelque chose te concernant ?

Cwen a reculé, les yeux dilatés par la peur.

— Non ! a crié Rhia.

Trop tard. L'épée du soldat a fendu l'air et coupé un bras de Cwen.

Elle a poussé un cri strident et plaqué sa deuxième main sur sa blessure, d'où jaillissait un sang brunâtre.

— Au moins, a lancé le gobelin avec un rire mauvais, tu ne te plaindras plus de cette vieille main ! À présent, voyons l'autre.

Il s'est avancé vers elle, mais Cwen, hurlant de terreur, s'est sauvée dans la brume en trébuchant.

— Laissons-la, a grogné le gobelin. Nous avons mieux à faire.

Là-dessus, il a dirigé la pointe sanglante de son épée vers ma gorge et repris :

— Où en étions-nous ?

J'ai avalé ma salive.

— Si vous me tuez, vous n'apprendrez jamais comment vous servir du Galator.

Une expression sinistre est apparue sur le visage de gobelin.

— Maintenant que tu me le rappelles, mon maître m'a dit, en effet, d'épargner la vie de la personne qui le porte. Mais il n'a pas parlé de ses amis.

Ma gorge s'est serrée.

— Peut-être que si j'épargne aussi tes amis, tu m'expliqueras comment il fonctionne.

Il a fait un clin d'œil à un autre gabelin.

— Alors mon cher maître et moi pourrons vraiment négocier.

Le gobelin s'est tourné vers Shim, qui tremblait de peur. D'un violent coup de pied, il l'a expédié de l'autre côté du bosquet.

— Et si on s'occupait d'abord de ce sale petit nain ? Non, voyons plutôt par-là.

Avec des yeux brillants, il s'est tourné vers Rhia.

— Une fille de la forêt ! Quel plaisir inattendu !

Rhia a reculé. Le gobelin a fait un signe de tête et deux de ses compagnons se sont jetés sur elle. Chacun l'a prise par un bras.

— Maintenant, donne-moi le Galator, m'a ordonné le gobelin.

J'ai regardé Rhia, puis le guerrier. Comment pouvais-je abandonner le Galator ?

— Tout de suite !

Je n'ai pas bougé.

— Très bien. Nous allons nous amuser, le temps que tu te décides… Pour commencer, cassez les deux bras de la fille.

Aussitôt, les gobelins lui ont tordu les bras derrière le dos. Rhia a crié :

— Ne cède pas, Emrys ! Ne…

Sa phrase s'est terminée par un hurlement de douleur.

— Non ! ai-je supplié. Épargnez-la !

J'ai sorti le Galator de ma tunique. La pierre avait des reflets sombres dans la brume.

— Donne-le-moi d'abord, a dit le gobelin avec un sourire féroce.

Ceux qui tenaient Rhia lui ont tordu les bras plus fort, la soulevant presque du sol. Elle a crié de nouveau.

Alors, j'ai retiré le cordon de mon cou. Dans le bosquet, tout le monde s'est tu. On entendait seulement le triste grincement du vieil orme. J'ai gardé un instant le précieux pendentif dans le creux de ma paume avant de le tendre au gobelin.

Il me l'a arraché des mains. Fasciné par l'éclat de la pierre, il haletait d'excitation. Sa langue verdâtre allait et venait sur ses lèvres. Au bout d'un instant, il m'a regardé avec un petit sourire narquois.

— J'ai changé d'avis. D'abord, je tuerai tes amis, et après je te demanderai comment il fonctionne.

— Non !

Les gobelins ont éclaté de rire. Des hoquets secouaient leurs énormes poitrines, tandis que Rhia grimaçait de douleur.

— Bon, d'accord, a lâché le chef de sa voix rauque. Je serai peut-être clément. Montre-moi comment on s'en sert. Dépêche-toi !

J'ai hésité. S'il y avait un moment pour rompre ma promesse et faire appel à mes pouvoirs, c'était maintenant. Devais-je prendre ce risque ? Alors que je me posais cette question, les souvenirs ont ressurgi dans ma tête : les flammes, les cris de Dinatius, l'odeur de ma propre chair brûlée.

Essaie, espèce de lâche ! me soufflait une voix au fond de moi. *Tu dois essayer !* Et tout aussi forte, une autre voix me disait : *Plus jamais ! La dernière fois, tu as détruit tes yeux. Cette fois, tu détruiras ton âme. Plus jamais !*

— Montre-moi ! a ordonné le gobelin.

Même à travers la brume de plus en plus épaisse, je voyais ses muscles se tendre. Il a levé son épée et pointé la lame vers le cou de Rhia.

J'hésitais toujours.

C'est alors qu'un vent violent s'est levé et a secoué les branches du vieil orme au centre du bosquet. Ses grincements se sont mués en hurlement. Au moment où le gobelin levait les yeux, l'arbre s'est brisé et a basculé. Le soldat a juste eu le temps de pousser un cri avant d'être écrasé.

J'ai attrapé le Galator qu'il avait lâché et repassé en vitesse le cordon autour de mon cou. De l'autre main, j'ai saisi l'épée du chef pour attaquer un des gobelins. Beaucoup plus fort que moi, il m'a plaqué contre le tronc de l'arbre tombé au sol.

Il s'apprêtait à me frapper quand, brusquement, il s'est figé sur place, avec une expression d'horreur. Je n'en avais vu de telle qu'une seule fois dans ma vie — chez Dinatius, lorsque les flammes l'avaient englouti.

Je me suis retourné et, à mon tour, j'ai été saisi. L'épée m'est tombée de la main. Car, des volutes de brume, sortait une gigantesque araignée blanche, les mâchoires pleines de bave.

— J'aaai faaaim, a-t-elle rugi d'une voix à glacer le sang. J'aaai faaaim.

Avant que je ne comprenne ce qui se passait, Rhia m'a attrapé par le poignet et m'a tiré hors du chemin de la Grande Élusa. Tandis que le gobelin acculé poussait des hurlements, nous avons dégringolé la colline, suivis de près par Shim. Le petit géant, dont les pieds soulevaient un nuage de terre et de feuilles, courait presque aussi vite que nous.

Deux des guerriers ont échappé au monstre. Ils ont laissé leurs compagnons se débrouiller seuls et se sont lancés à notre poursuite. Haletant, jurant et brandissant leurs épées, ils nous ont poursuivis à travers les rochers et le brouillard. Nous avions beau descendre à toute allure, ils gagnaient du terrain. Ils avaient presque rattrapé Shim quand nous avons aperçu une rivière dans la brume. Rhia a crié :

— Jetez-vous à l'eau !

Nous n'avions pas le temps de poser des questions. Shim et moi avons obéi sans hésiter. Les gobelins ont plongé après nous, en donnant des coups d'épée dans l'eau.

— Aide-nous ! a crié Rhia, en donnant une grande claque dans l'eau.

Alors que je me demandais qui elle pouvait bien appeler à l'aide, une vague s'est formée au milieu de la rivière. Comme une grande main, elle nous a pris et soulevés tous les trois au-dessus des flots, dans un nuage de gouttelettes rempli d'arcs-en-ciel, pour nous transporter en aval, loin de nos poursuivants.

La vague nous a finalement déposés sur un banc de sable et s'est fondue dans la rivière. Nous sommes sortis de l'eau, trempés, mais sains et saufs. Et — en particulier pour Shim — beaucoup plus propres.

∾ XXIII ∾
DE GRANDES PERTES

Rhia s'est écroulée sur la rive, son costume de feuilles mouillées luisant sous le soleil. Tandis que la rivière reprenait son aspect normal, un peu d'eau a giclé sur sa main et s'est fondue dans le sable après un moment.

Elle n'y a pas prêté attention. D'un air morose, elle s'est mise à donner des coups de pied dans les roseaux verts.

Je me suis assis à côté d'elle.

— Merci de nous avoir sauvés.

— Remercie plutôt la Rivière Perpétuelle. C'est une de mes plus vieilles amies dans la forêt. Elle m'a baignée quand j'étais toute petite, elle m'a donné à boire, enfant, et maintenant, elle nous a sauvés.

J'ai jeté un coup d'œil sur l'eau, puis vers Shim, qui s'était affalé au soleil. Pour la première fois, ni terre ni miel ne recouvraient ses vêtements ; j'ai remarqué que sa chemise ample était faite d'une sorte d'écorce jaunâtre.

Ce jaune m'a soudain fait penser aux yeux de Fléau. Le brave faucon avait-il réussi à échapper aux abeilles ? Avait-il survécu à leur colère ? Si oui, saurait-il me retrouver ? Mon épaule me semblait étrangement nue sans lui.

Je me suis tourné de nouveau vers Rhia. Elle paraissait plus morose que moi.

— Tu as l'air triste.

— Comment pourrais-je ne pas l'être ? J'ai perdu deux amis aujourd'hui : un ancien, et un nouveau, a-t-elle dit, le regard dans le vague. Je connaissais Cwen depuis toujours, puisqu'elle m'avait recueillie alors que j'étais abandonnée. Quant au vieil orme, je l'ai rencontré seulement quelques minutes avant qu'il tombe pour nous sauver. Ils ne pouvaient être plus différents l'un de l'autre : l'une était toute tordue et voûtée, l'autre droit et grand. L'une m'a trahie, l'autre s'est sacrifié pour moi. Mais j'ai de la peine pour les deux.

— Cet orme ne verra plus jamais ses petits, ai-je soupiré.

Rhia a levé un peu le menton.

— Arbassa ne serait pas de cet avis. Il dirait qu'ils se retrouveront dans l'Autre Monde. Que nous nous retrouverons tous, un jour.

— Tu le crois vraiment ?

Elle a pris une profonde inspiration.

— J'ai envie d'y croire. Mais est-ce que nous nous retrouverons vraiment après le Long Voyage ? Je ne sais pas…

— Quel Long Voyage ?

— Le voyage vers l'Autre Monde, quand un Fincayrien meurt. D'après Arbassa, plus une personne a de choses à apprendre quand elle meurt, plus ce voyage doit être long.

— Dans ce cas, même si l'Autre Monde est réel, il me faudra une éternité pour y arriver.

— Peut-être pas.

Elle a fixé les eaux tumultueuses, puis a relevé les yeux vers moi.

— Arbassa m'a aussi raconté que les êtres les plus braves et les plus droits n'ont pas besoin d'effectuer ce voyage. Le sacrifice qu'ils ont fait de leur vie est si grand qu'ils vont directement dans l'Autre Monde, à l'instant où ils meurent.

— C'est ça, me suis-je moqué. Au lieu de mourir, ils disparaissent purement et simplement. Ils sont là, à se tordre de douleur, et, tout à coup, les voilà dans l'Autre Monde, qui dansent joyeusement… Ça m'étonnerait.

Rhia a baissé la tête.

— C'est vrai, ça paraît difficile à croire.

— En tout cas, tout le monde n'est pas capable d'un tel sacrifice.

— Pourquoi dis-tu cela ?

— Certains sont trop lâches, comme moi !

Je me suis mordillé la lèvre avant de poursuivre :

— Rhia, je… j'aurais pu faire plus, beaucoup plus, pour t'aider.

Elle m'a regardé avec bienveillance.

— Quoi par exemple ?

— J'ai des… des pouvoirs. Rien à voir avec le Galator. Je ne les comprends pas du tout. Je sais seulement qu'ils sont puissants… trop puissants.

— Des pouvoirs comme ta seconde vue ?

— Oui, mais plus puissants. Plus violents.

Pendant un moment, j'ai écouté les remous de la Rivière Perpétuelle.

— Je n'ai jamais demandé à avoir ces pouvoirs ! ai-je repris. Ils m'ont été donnés je ne sais comment. Un jour, dans un accès de fureur, je les ai utilisés à tort et je l'ai payé très cher. Ils m'ont coûté mes yeux, mais ils ont coûté beaucoup plus à un autre garçon. Ces pouvoirs n'étaient pas faits pour les mortels ! J'ai promis de ne plus jamais les utiliser.

— À qui l'as-tu promis ?

— À Dieu, le Grand Guérisseur des prières de Branwen. J'ai promis que si je recouvrais la vue, je renoncerais à eux pour toujours. Et Dieu a entendu ma prière ! Il n'empêche… j'aurais dû les utiliser tout à l'heure. Pour te sauver ! Promesse ou pas promesse.

Elle m'a fixé à travers ses boucles emmêlées.

— Quelque chose me dit que ce n'est seulement pour cela que tu ne voulais pas utiliser tes pouvoirs.

Ma gorge s'est asséchée d'un coup.

— La vérité, c'est qu'ils me font peur. Affreusement peur, ai-je murmuré en tripotant un roseau que je venais d'arracher. Branwen m'a expliqué que si Dieu m'avait donné ces pouvoirs, c'est pour que je les utilise, à condition que j'apprenne à m'en servir et que je le fasse à bon escient, avec sagesse et amour. Mais comment utiliser avec sagesse quelque chose dont on a peur ? Comment utiliser avec amour quelque chose qui pourrait détruire ses yeux, sa vie et même son âme ? C'est impossible !

Rhia a attendu un long moment avant de répondre. Puis elle m'a montré la rivière.

— La Rivière Perpétuelle, en apparence, n'est qu'une ligne d'eau qui coule d'ici à là. Et pourtant, elle est plus que ça. Beaucoup plus. Elle est aussi tout ce qu'il y a sous la surface.

— Quel est le rapport avec moi ?

— Je pense que Branwen avait raison. Si quelqu'un — Dieu, Dagda ou un autre — t'a donné des pouvoirs particuliers, c'est pour que tu les utilises. Exactement comme cette rivière doit utiliser les siens. Tu es tout ce que tu es.

J'ai secoué la tête.

— Dans ce cas, je devrais revenir sur ma promesse ?

— Non, mais demande-toi si c'est vraiment ce que ce Dieu attend de toi.

— Il m'a rendu la vue.

— Il t'a rendu tes *pouvoirs*.

— C'est stupide ! me suis-je écrié. Tu ne sais pas…

Un fort grognement m'a interrompu. J'ai sursauté, croyant qu'il venait d'un sanglier. Mais au deuxième grognement, je me suis aperçu avec soulagement que c'était seulement Shim. Il s'était endormi sur le sable.

— Ses ronflements sont dignes d'un vrai géant, a dit Rhia en l'observant.

— Au moins, lui, il n'est pas compliqué. Ce n'est pas comme moi…

— Tu t'inquiètes trop de ce que tu es. Contente-toi d'être toi-même…

Je me suis levé, fâché.

— *Contente-toi d'être toi-même ?* Ne me dis pas ce que je dois faire. Occupe-toi plutôt de ta propre vie, s'il te plaît.

Elle s'est levée à son tour et s'est plantée devant moi.

— Ça pourrait t'aider de penser à la vie de quelqu'un d'autre ! Tu ne t'intéresses qu'à toi. Tu es la personne la plus égoïste que je connaisse ! Même si tu es… Et puis non. Va-t'en et continue à t'occuper de toi-même.

— Je crois que c'est ce que je vais faire !

Je me suis levé et me suis enfoncé d'un pas décidé dans l'épaisse forêt près de la Rivière Perpétuelle. Trop furieux pour regarder où j'allais, je me suis pris les pieds dans les broussailles, cogné les tibias et griffé les cuisses. Ce qui m'a mis encore plus en colère, et j'ai laissé échapper un juron. Pour finir, je me suis assis sur un tronc en décomposition, qui n'était presque plus qu'un tas de terre.

Soudain, j'ai entendu une voix rauque crier :

— Attrapez-le !

Deux gobelins — ceux auxquels nous avions échappé —, ont bondi des taillis et m'ont plaqué au sol. L'un d'eux a pointé une épée sur ma poitrine. L'autre tenait un grand sac de toile brune.

— Cette fois, ne joue pas au plus malin, a grogné le gobelin armé.

De sa grosse main verdâtre, il a fait signe à l'autre de me mettre dans le sac.

Au même instant, un sifflement strident a fendu l'air. Juste après, le gobelin à l'épée a poussé un cri, le bras écorché par les serres d'un faucon.

— Fléau !

Je me suis relevé d'un bond. L'oiseau, toutes griffes dehors, a fait reculer le gobelin de plusieurs pas à coups de battements d'ailes. Chaque fois que le soldat tentait de le frapper, Fléau lui sautait au visage en visant les yeux. Malgré la taille de son adversaire, la férocité du petit faucon portait ses fruits.

Hélas, Fléau n'avait pas prévu l'intervention de l'autre guerrier. Avant que j'aie pu l'avertir, le deuxième gobelin, d'une seule frappe de sa main puissante, a expédié l'oiseau contre un arbre. Fléau, assommé, est tombé au pied du tronc. Il gisait là, immobile, les ailes étalées sur le sol, quand le gobelin s'est approché, prêt à l'achever.

C'est la dernière image que j'ai vue. Ensuite, j'ai reçu un grand coup sur le crâne et tout est devenu noir.

∽ XXIV ∽
L'ÉCHANGE

ès que j'ai repris conscience, je me suis redressé. La tête me tournait encore, mais je distinguais les énormes branches d'arbre qui m'entouraient. J'ai humé l'air frais et parfumé. J'ai écouté le léger murmure des feuillages, qui m'a semblé étrangement sombre. Et j'ai compris que je devais être encore dans les bois de la Druma.

Aucune trace des gobelins. Ni de Fléau. Tout cela n'était-il qu'un mauvais rêve? Alors, pourquoi ma tête me faisait-elle aussi mal?

— Tu es réveillé, je vrois.

Surpris, je me suis retourné.

— Shim! Que s'est-il passé?

Le petit géant m'a examiné avec méfiance.

— Tu n'es jamais gentil avrec moi. Tu vas me frapper si je te le dis?

— Non, non. Sois tranquille. Je ne te ferai aucun mal. Raconte-moi juste ce qui s'est passé.

Toujours réticent, Shim se frottait le nez, songeur.

— Je t'assure, ai-je insisté, je ne te ferai pas de mal. Certainement, définitivement, absolument.

— Bon, d'raccord.

Tout en gardant ses distances, il s'est mis à marcher de long en large sur le sol moussu.

— La fille, la gentille, elle entend que tu te bagarres. Elle est triste que les grobelins te capturent. Elle veut te trouver, mais je lui dis que c'est de la frolie. J'essaie, j'essaie vraiment !

Là, il a reniflé. Il m'a regardé en plissant ses yeux, plus roses que d'habitude. Une larme a coulé sur sa joue et contourné son nez en forme de poire.

— Mais elle écoute pas Shim. Je viens avrec elle, mais j'ai peur. Très, très peur. On traverse les brois et on trouve l'endroit où tu te bats avec les grobelins.

Je lui ai attrapé le bras — tout petit qu'il était, on le sentait aussi musclé que celui d'un marin.

— Est-ce que tu as vu un faucon ?

Shim s'est dégagé et a poursuivi son récit.

— Elle trouve des plumes, pleines de sang, près d'un arbre. Mais pas de fraucon. Elle est triste, Shim le vroit bien. Ce fraucon, c'est ton ami ?

Mon ami. Le mot m'a surpris autant qu'attristé. Oui, l'oiseau dont, la veille encore, je cherchais à me débarrasser, était devenu mon ami. Une fois de plus, j'éprouvais la douleur de perdre ce que je venais de trouver.

— Toi aussi, tu es triste, a remarqué Shim.

— Oui, ai-je répondu tout bas.

— Alors, la sruite ne va pas te plaire. Ce n'est pas beau, pas beau du trout.

— Vas-y, raconte.

Shim s'est dirigé vers une grosse racine de pruche et s'est assis, l'air abattu.

— Elle sruit ta trace. Shim vient aussi, mais j'ai de plus en plus peur. On trouve l'endroit où les grobelins campent. Ils se brattent, poussent des cris. Alors… elle en profite pour fraire l'échange.

— L'échange ?!

Une autre larme a coulé sur sa joue et contourné son nez.

— Je lui dis de ne pas le fraire ! Je lui dis ! Mais elle me frait signe de me taire et s'approche doucement du srac où tu es enfermé. Elle défait le nœud, te sort du srac et te tire dans les bruissons. Elle essaie de te réveiller, moi aussi. Mais tu es comme mort. Alors, elle grimpe dans le srac elle-même ! J'essaie de l'en empêcher, mais elle dit…

— Quoi ? Dis-moi !

— Elle dit qu'elle doit le fraire, parce que tu es le seul espoir de la Druma.

Mon cœur est devenu soudain lourd comme du plomb.

— Puis les grobelins arrêtent de se brattre. Sans regarder dans le srac, ils l'emportent.

— Non ! Non ! Elle n'aurait pas dû faire ça !

Shim était mal à l'aise.

— Je savais que tu ne serais pas crontent.

— Dès qu'ils l'auront trouvée, ils… oh, c'est trop horrible !

— Oui, c'est horrible.

Des images de Rhia me revenaient en mémoire. Je la revoyais se régalant de fruits sous le shomorra, me montrant les constellations dans les parties les plus sombres du ciel nocturne, saluant Arbassa avec une pluie de rosée sur le visage, enroulant son doigt autour du mien, nous observant, moi et le Galator, dans la grotte de cristal.

— Mes deux seuls amis, disparus le même jour, me suis-je écrié en tapant du poing sur la mousse. C'est toujours la même chose ! Tout ce que je trouve, je le perds.

— En plus, on ne peut rien fraire, a soupiré Shim, découragé.

— Oh, si ! ai-je rétorqué, en me levant sur mes jambes flageolantes. Je pars à sa recherche.

Shim a failli tomber à la renverse.

— Tu es complètement frou !

— Peut-être, mais je ne veux pas perdre la seule amie qui me reste sans me battre. Je la retrouverai, même si je dois aller jusqu'au château des Ténèbres.

— Tu es frou, a répété Shim. Complètement frou.

— Par où sont-ils partis ?

— Le long de la rivière. Ils marchent vite.

— Je marcherai vite aussi. Au revoir.

Shim m'a attrapé par le genou.

— Attends ! Moi aussi, je suis frou.

Bien que touché par l'intention du petit géant, j'ai secoué la tête.

— Je ne peux pas t'emmener, Shim. Tu me gênerais.

— Je ne suis pas bragarreur, c'est vrai. J'ai peur de presque trout. Mais je suis frou.

J'ai soupiré, sachant que je n'étais pas bagarreur non plus.

— Non, Shim.

— Je t'en prie, laisse-moi vrenir.

— Non.

— Cette fille, elle est gentille avec moi, douce comme du miel ! Je veux lui porter secours.

J'ai observé son visage levé vers moi, et j'ai fini par céder.

— Bon, d'accord. Tu peux venir.

 TROISIÈME PARTIE

~ XXV ~
UN BÂTON ET UNE PELLE

Pendant des heures, nous avons longé péniblement la Rivière Perpétuelle. Les galets et les branches basses rendaient notre progression difficile, mais, finalement, le cours d'eau s'est incurvé vers le sud et nous avons atteint la lisière des bois de la Druma, côté est. À travers les arbres de plus en plus clairsemés, j'apercevais la ligne brillante de la rivière et, au-delà, les plaines sombres des Plaines rouillées. Il n'y avait aucun doute : la Rivière Perpétuelle était bien celle que j'avais aperçue depuis la dune, le jour de mon arrivée à Fincayra.

En aval, à quelque distance de là, j'ai découvert un amas de gros rochers en forme d'œuf. Ils se dressaient sur les deux rives, ainsi qu'au milieu du courant. À cet endroit, le lit semblait plus large et moins profond. Nous pourrions traverser là. En face, on apercevait des arbres plantés en rangées parallèles, comme dans un verger. Mais s'il s'agissait vraiment d'un verger, il était dans un triste état.

Des branches ont craqué derrière moi. Je me suis retourné et j'ai vu Shim se débattre avec les fougères. Les tiges vertes, qui s'enroulaient autour de ses courtes jambes, l'obligeaient à des sauts et des contorsions comiques. Avec son ample chemise jaune, ses pieds poilus, son nez proéminent et sa tignasse brune, encore pleine de miel et de terre, on aurait dit une marionnette. Ses yeux roses flamboyaient de colère.

— C'est de la frolie, a-t-il grommelé quand il est enfin sorti des fougères. De la frolie !

— Fais demi-tour si tu veux, ai-je suggéré.

Shim a froncé son gros nez et s'est redressé de toute sa hauteur.

— Je sais ce que tu penses ! Si je venais pas, tu serais bien crontent, hein ? Eh bien, je viens. Je vais la délivrer !

— Je dois t'avertir que ce ne sera pas facile.

Le petit géant a croisé les bras en me fixant d'un air bougon.

Je me suis tourné de nouveau vers les terres, de l'autre côté de la rivière. Un détail m'a frappé : toutes les teintes, y compris celles des arbres du verger, étaient plus ternes que dans la Druma. Je m'étais habitué aux couleurs vives de la forêt, qui m'avaient un temps fait croire que ma seconde vue s'était améliorée; je savais maintenant qu'il n'en était rien. Le paysage là-bas était toujours du même brun rouge, celui que j'avais observé lors de mon arrivée à Fincayra. Toutes les terres à l'est, à part les crêtes noires à l'arrière-plan, avaient une couleur de *sang séché*, comme l'avait rêvé Rhia.

J'ai inspiré encore une fois l'air parfumé de la forêt et écouté le murmure des branches. Je commençais seulement à sentir la variété et la complexité du langage des arbres, tantôt subtil, tantôt assourdissant. Que me disaient-ils, en ce moment ? Je me suis promis que si je revenais dans cette forêt, j'apprendrais à la connaître et chérirais ses secrets.

Juste au-dessus de ma tête, une branche de sapin a tremblé et une odeur de résine a rempli mes narines. J'ai frotté quelques-unes de ses aiguilles plates entre mes doigts pour les imprégner de leur parfum — j'aurais voulu le garder toujours sur ma peau. J'ai attrapé la branche à pleine main et je l'ai serrée fort, comme si je serrais la main de quelqu'un. Puis je l'ai tirée vers moi, juste pour le plaisir de la sentir se balancer.

Soudain, elle a craqué et, déséquilibré, je suis tombé dans les fougères… sur Shim.

— Espèce d'idiot ! Qu'est-ce que tu frais ? Tu as frailli m'écraser !

Le petit bonhomme s'est relevé. Il a voulu me frapper, mais il a manqué son coup et il est retombé sur le derrière.

— Je suis désolé, ai-je répondu en m'efforçant de ne pas rire. La branche s'est cassée.

Ses deux yeux roses étincelaient, furieux.

— Et Shim a frailli se casser aussi !

— Je t'ai dit que j'étais désolé.

— Tu vas l'être encore plus !

Il s'est relevé en pestant. Il a serré le poing et s'est préparé à me donner un autre coup.

Au même instant, j'ai senti sous mes doigts l'écorce se détacher de la branche ; les tiges plus petites se sont brisées l'une après l'autre, laissant leurs aiguilles sur mes cuisses. L'écorce s'est décollée en formant de grandes boucles, puis elle est tombée, comme pelée par un couteau invisible.

Sidéré, Shim a laissé retomber son poing.

À présent, je n'avais plus une branche, mais un solide bâton, droit et lisse, avec un nœud à un bout. Je l'ai posé sur le sol à la verticale : il me dépassait d'une tête. Je l'ai fait tourner entre mes doigts, effleurant sa surface régulière. D'un coup, j'ai compris.

Je me suis relevé en prenant appui dessus et j'ai repensé à ma première tentative pour trouver un bâton, lorsque j'étais entré dans cette forêt. Je me suis incliné poliment devant l'arbre pour le remercier. J'avais enfin mon bâton et, plus précieux encore, un petit morceau de la Druma qui m'accompagnerait pendant mon voyage.

— Tu ne vas pas me frapper avec ce brâton, j'espère, a dit Shim, un peu penaud.

— Si tu ne me frappes pas, je ne te frapperai pas non plus, lui ai-je répondu d'un ton sévère.

La petite créature s'est raidie.

— Je ne voulais pas te fraire mal.

J'ai haussé un sourcil, mais je n'ai rien ajouté. Muni de mon nouveau bâton, je me suis éloigné d'un bon pas en direction des rochers. Shim m'a suivi. Il se battait toujours avec les fourrés et grognait encore, mais un peu moins fort.

Quelques instants plus tard, nous avons atteint la rive. L'endroit que j'avais repéré depuis la lisière des bois était bien un gué. La rivière, plus large et moins profonde, coulait sur un lit de pierres blanches. Au pied des gros rochers, sur les deux rives, on apercevait des empreintes de bottes dans la boue.

— Les grobelins, a dit Shim.

— Je suis sûr que la Rivière Perpétuelle n'a pas facilité leur traversée.

Shim m'a regardé.

— Moi, je déteste traverser les rivières. Réellement, vraiment, franchement.

Je me suis appuyé sur mon bâton, le bout noueux bien en main.

— Tu n'es pas obligé de le faire. C'est ton choix.

— Tu vas loin ?

— Là où se trouve Rhia ! Puisque ces gobelins sont convaincus d'avoir le Galator dans leur sac, ils se rendent sans doute au château de Stangmar. Je ne sais pas si nous les rattraperons avant qu'ils y arrivent, mais nous devons essayer. C'est notre seul espoir, et le seul espoir de Rhia.

À l'est, l'horizon était plus que sombre. Un mur de nuages noirs se dressait au-dessus des collines, plongeant les plus lointaines dans une obscurité totale. La description que Rhia m'avait faite du château des Ténèbres m'est revenue en mémoire : *au cœur des Collines obscures, où il fait toujours nuit.* Je devais la retrouver avant qu'elle atteigne ces collines, car dans une telle obscurité, je n'y verrais rien. Tout espoir serait alors perdu.

Shim a avalé sa salive.

— Bon, d'accord. Je viens. Peut-être pas jusqu'au chrâteau, mais je viens.

— Tu es sûr ? N'espère pas trouver beaucoup de miel là-bas.

Sans répondre, il s'est avancé dans l'eau et a fait quelques pas en luttant contre le courant. Mais, arrivé à proximité d'un rocher partiellement immergé, il a trébuché et brusquement perdu pied.

Il s'est mis à crier en agitant ses petits bras. Je suis arrivé juste à temps pour le sortir de l'eau et le hisser sur mes épaules.

— Merci, a haleté Shim en s'ébrouant, sans se soucier des éclaboussures qui me retombaient sur le visage. Cette eau est diablement fraîche.

J'ai commencé à traverser avec précaution, appuyé sur mon bâton.

— Shim, je te serais reconnaissant de bien vouloir retirer tes mains de mon nez.

— Mais j'ai bresoin d'une proignée pour me tenir.

— Eh bien, tiens-toi à ton propre nez !

J'étais certain maintenant d'avoir fait une erreur en le laissant m'accompagner.

— D'accord, a-t-il répondu, d'une voix nasale — signe qu'il avait suivi mon conseil.

À chacun de mes pas, je sentais une résistance étrange contre mes bottes de cuir. Ce n'était pas le courant. J'avais plutôt l'impression que des centaines de mains invisibles voulaient m'empêcher de quitter la Druma. Étaient-elles dans l'eau ou en moi ? Difficile à dire. Mais mes pieds étaient de plus en plus lourds à mesure que j'approchais de l'autre rive.

J'avais un mauvais pressentiment. En même temps, une image prenait lentement forme dans ma tête, et elle ne venait pas de ma seconde vue. Je voyais d'étranges lumières se diriger vers moi par dizaines. Soudain, j'ai compris que mes pouvoirs étaient à l'œuvre : cette image allait me montrer l'avenir !

— Non ! me suis-je écrié, en secouant la tête si violemment que Shim a dû se cramponner à mes cheveux pour ne pas tomber.

L'image a disparu. Mes pouvoirs ont reflué. Mais le pressentiment est resté, plus net qu'avant.

Lorsque nous sommes arrivés sur l'autre rive, Shim est descendu de mes épaules, me gratifiant au passage d'un coup de poing dans l'oreille.

— Aïe ! Mais qu'est-ce qui te prend ?

— C'est pour m'avoir obligé à tenir mon nez.

L'idée de le rejeter à l'eau m'a traversé l'esprit, mais je me suis retenu. D'ailleurs, ma colère s'est vite dissipée à la vue du verger. Les arbres, maigres et tordus, étaient dans un triste état. Les plus éloignés du fleuve, plus frêles et maladifs que les autres, n'étaient que des fantômes d'arbres. Aucun doute : nous étions dans les Plaines rouillées.

Je me suis approché d'un spécimen plus vigoureux, dont les branches s'étendaient au-dessus du courant. J'ai cueilli un fruit ratatiné et je l'ai retourné dans ma main, intrigué par sa dureté, sa couleur rouille et sa peau ridée. Je l'ai reniflé :

c'était bien une pomme, mais la plus rabougrie que j'aie jamais vue.

Je l'ai lancée à Shim.

— Voilà ton dîner !

Le petit géant l'a attrapée. Il a hésité avant de la porter à ses lèvres, puis il a mordu dedans. La grimace qui a suivi en disait long.

— Pouah ! Tu veux m'emproisonner ou quoi ?

— Non, ai-je répondu avec un petit sourire narquois. Je ne pensais pas que tu y goûterais.

— Tu as vroulu me jouer un tour !

— Je ne te dirai pas le contraire.

Les mains sur les hanches, Shim m'a jeté un regard noir.

— Je regrette que la fille ne soit pas là.

— Moi aussi, ai-je acquiescé d'un air sombre.

À ce moment-là, j'ai aperçu au loin, par-delà la dernière rangée d'arbres, six individus qui marchaient d'un bon pas. Venant des plaines de l'est, ils semblaient se diriger tout droit vers le verger. Leurs épées, leurs plastrons et leurs casques pointus brillaient au soleil de cette fin d'après-midi. Des guerriers gobelins ! Ils ont disparu derrière une côte, mais leurs voix rauques ne cessaient de se rapprocher.

Shim, qui les avait vus aussi, était comme pétrifié.

— Qu'est-ce qu'on frait?

— On va se cacher.

Mais où? Autour de nous, je ne voyais pas le moindre rocher derrière lequel nous accroupir. La maigre végétation n'offrait aucune protection. La pente le long de la rive était lisse, sans même une rigole où s'aplatir.

Les gobelins approchaient du sommet de la côte. Leurs voix et le martèlement de leurs bottes résonnaient de plus en plus fort. Le cœur battant, je scrutais désespérément le terrain en quête d'une cachette.

— Hé! Par ici! a soufflé une voix.

Je me suis retourné et j'ai vu une tête dépasser derrière des racines, à l'autre bout du verger. Shim et moi avons couru dans sa direction et découvert un profond fossé fraîchement creusé. Debout à l'intérieur, un homme nous attendait: un solide gaillard aux larges épaules, au menton énergique, et de la terre plein les cheveux. Bronzé, torse nu et vêtu d'un pantalon brun, il tenait une pelle à la main, l'air calme et sûr de lui, comme un soldat expérimenté tient son épée.

Il nous a fait signe avec son outil.

— Venez, les gars. Dépêchez-vous!

Sans hésiter, j'ai jeté de côté mon bâton et sauté dans le fossé. Au moment où Shim plongeait à son tour, les gobelins sont entrés dans le verger. L'homme nous a vite recouverts de terre et de feuilles, ne nous laissant qu'un petit trou pour respirer.

— Hé, toi, là-bas ! a crié un gobelin.

Sa voix m'a semblé plus aiguë, mais pas moins grinçante, que celle du soldat qui nous avait attaqués dans la Druma.

— Oui ? a répondu l'homme, feignant d'être dérangé dans son travail.

— Nous cherchons un dangereux prisonnier qui s'est échappé ce matin.

— À qui a-t-il échappé ?

— À des gardes, crétin ! Enfin, d'anciens gardes. Ils ont perdu leur prisonnier, et ensuite leur tête, a-t-il ajouté avec un rire poussif. Tu n'as vu personne traverser le fleuve ? Parle !

Le travailleur a pris son temps pour répondre. Allait-il nous dénoncer ?

— Ma foi, a-t-il fini par lâcher, j'ai vu quelqu'un, en effet.

Mon estomac s'est serré.

— Qui ?

— C'était… un jeune homme.

La sueur mêlée de terre collait à mes lèvres. Mon cœur tambourinait dans ma poitrine.

— Où et quand ? a aboyé le gobelin.

De nouveau, l'homme a marqué une pause. J'ai hésité : devais-je tenter une sortie et filer à toutes jambes, en espérant distancer les guerriers ?

— Il y a quelques heures, a-t-il finalement répondu. Il se dirigeait vers l'aval. Vers l'océan.

— Tu as intérêt à dire la vérité, a lancé le gobelin de sa voix râpeuse.

— C'est la vérité. Mais je suis en retard : je dois finir ce fossé d'irrigation avant la nuit.

— Ha ! Pour sauver ce vieux verger, il faudrait plus qu'un fossé.

Un autre gobelin, au débit plus lent et plus grave, s'est joint à la conversation :

— Et si on coupait quelques-uns de ces arbres pour aider ce pauvre gars ?

Toute la troupe a pouffé de rire.

— Non, a déclaré le chef. Si on veut attraper le prisonnier avant la nuit, on n'a pas de temps à perdre.

— Qu'est-ce que les autres ont fait de la fille ? a demandé un soldat, tandis qu'ils repartaient d'un pas énergique.

J'ai sorti la tête, mais trop tard pour entendre la réponse. Les seuls mots que j'ai pu saisir étaient : *du roi* et, peu après, *mieux qu'elle soit morte*.

J'ai secoué la terre de ma tunique. Tandis que les voix des gobelins s'estompaient, avant d'être englouties par le bruit du courant, je suis sorti du fossé.

— Merci infiniment, ai-je dit à l'homme qui venait de nous sauver.

Il a planté sa pelle dans le sol et m'a tendu une large main.

— Je m'appelle Honn. Je ne suis qu'un simple ouvrier, mais je sais qui me plaît et qui ne me plaît pas. Il suffit d'être l'ennemi de ces crapauds pour être mon ami.

Je lui ai serré la main — la mienne a pratiquement disparu dans la sienne — et je me suis présenté à mon tour :

— Je m'appelle Emrys. Et mon brave compagnon se prénomme Shim, ai-je ajouté en poussant de la pointe du pied le petit tas près de moi.

L'intéressé s'est redressé en crachant de la terre et m'a jeté un regard furibond.

— Nous devons partir, ai-je dit. Un long voyage nous attend.

— Où allez-vous ?

J'ai inspiré profondément.

— Au château du roi.

— Ne me dites pas que vous allez au château des Ténèbres ?

— Si.

Honn a secoué la tête, incrédule. Je me suis alors aperçu que, sous son épaisse chevelure, il avait les oreilles pointues.

— Le château des Ténèbres, a-t-il marmonné. Là où sont conservés les Sept Outils magiques, qui remontent à la nuit des temps. Je me rappelle qu'autrefois ils appartenaient au peuple. Maintenant, ils n'appartiennent plus qu'au roi ! La charrue qui laboure son champ toute seule… la houe qui ameubli elle-même le sol… la scie qui coupe juste la quantité de bois nécessaire…

Il s'est repris.

— Pourquoi voulez-vous aller là-bas ?

— Pour trouver quelqu'un. Une amie.

Il m'a regardé comme si j'avais perdu la tête.

— Pouvez-vous me dire où est ce château ? ai-je demandé.

Il a pointé sa pelle en direction des Collines obscures.

— Par là. Je ne peux pas t'en dire plus, mon garçon, sauf que tu ferais mieux de changer tes plans.

— Ça, c'est impossible.

Il a fait une grimace et m'a observé attentivement.

— Je ne te connais pas, Emrys. Mais je te souhaite toute la chance qu'il reste à Fincayra.

Sur ces mots, Honn a ramassé sa chemise à côté du fossé et en a sorti un poignard usé à la lame étroite. Il l'a fait tournoyer une fois dans sa main, puis me l'a tendu.

— Tiens. Tu en auras plus besoin que moi.

∾ XXVI ∾
LA CITÉ DES BARDES

Le poignard de Honn soigneusement rangé dans ma sacoche en bandoulière, je cheminais à travers la toundra en direction des Collines obscures. La croûte de terre craquait sous mes bottes et mon bâton cognait le sol avec un petit bruit sec. De temps à autre, le frottement de mon épaule contre son extrémité noueuse exhalait une légère odeur de sapin.

Shim grommelait dans sa barbe. Il avait du mal à suivre mon allure mais je ne voulais pas ralentir pour lui. Nous n'avions pas de temps à perdre. Les paroles des gobelins ne cessaient de résonner dans ma tête.

Malgré l'herbe, les touffes de fougères et les bosquets d'arbres qui parvenaient à survivre dans cette toundra, les couleurs dominantes de la plaine étaient les gris et les bruns teintés de rouille. Plusieurs fois, j'ai regardé derrière moi les collines verdoyantes des bois de la Druma, au loin, en essayant de me rappeler leur magnifique végétation. Tandis que le soleil descendait dans notre dos, nos ombres s'allongeaient.

J'ai cru voir à quelque distance un bois d'arbres sombres sans feuilles. En approchant, je me suis aperçu que c'étaient en réalité des ruines de maisons et d'étables… les décombres d'un village de la taille de Caer Vedwyd. Il n'y avait plus ni gens ni bêtes. Les bâtiments avaient été incendiés, les murs de pierre, démolis. Au bord de la route couverte de cendres gisait un petit lit d'enfant en bois, brisé. Pourquoi ce village avait-il été détruit ? Plus personne n'était là pour le dire.

Sans cesse sur le qui-vive, nous avons poursuivi notre chemin vers les Collines obscures. Je ne détectais aucune présence de gobelins, mais ce n'était pas une raison pour relâcher notre attention. Le ciel commençait à prendre les teintes du coucher de soleil. Dans une heure, le soir tomberait ; j'imaginais sans peine quelles créatures pourraient rôder dans les parages une fois la nuit venue.

Shim avait de plus en plus de mal à me suivre. À tout moment, il s'arrêtait pour se reposer et je le pressais d'avancer. Ses forces déclinaient, de même que ma vision. Il nous fallait absolument trouver un abri avant la fin du jour. Mais où ? Cette plaine désolée n'offrait pas beaucoup de choix.

Nous avons continué à marcher, enchaînant les montées et les descentes. À mesure que nos ombres s'allongeaient, mes peurs grandissaient. Des hurlements étranges — était-ce le vent ou des loups ? — parvenaient à nos oreilles. En dépit de mes supplications, Shim traînait de plus en plus.

Enfin, du haut d'une côte, j'ai aperçu un village en contrebas. Des torches éclairaient les rues et on apercevait de belles flambées dans les cheminées des maisons de terre. Les odeurs de feu de bois mêlées à celles de graines grillées m'ont fait monter l'eau à la bouche.

Shim s'est approché et nous nous sommes regardés. Il a poussé un cri de joie et s'est mis à courir vers les portes du village. Gauchement, mais plein d'espoir, je lui ai emboîté le pas.

Un homme, assis par terre près des portes, s'est levé d'un bond en nous voyant venir. Il était grand et maigre, vêtu d'une simple tunique, et il tenait une lance. Une épaisse barbe noire couvrait presque entièrement son visage. Ses yeux sombres et extraordinairement grands ont attiré mon attention. Ils brillaient d'un étrange éclat dans la lumière du soir. Un éclat de peur plutôt que d'intelligence. Cet homme avait un regard d'animal traqué.

Il s'est mis en position d'attaque, sa lance pointée vers ma poitrine. Il ne disait rien, mais son expression ne présageait rien de bon.

— Nous venons en amis, ai-je déclaré. Nous ne sommes pas d'ici et nous cherchons juste un abri pour la nuit.

Ses yeux se sont encore agrandis. Toujours sans un mot, il a donné un coup de lance qui a ébréché mon bâton et manqué ma main de peu.

— J'ai fraim, a gémi Shim. Fraim et sommeil.

L'homme a donné un nouveau coup de lance dans notre direction. C'est seulement à ce moment-là que j'ai aperçu la pancarte accrochée à un montant de la porte derrière lui. On avait gravé sur une vieille planche les mots suivants : *Bienvenue à Caer Neithan, cité des bardes.* Et en dessous : *Ici, le chant règne…* La suite avait disparu, comme si les autres mots avaient été grattés.

À travers les portes, j'ai vu une femme, également grande et brune, traverser en hâte la place du village. Avant de se faufiler dans une maison, elle a appelé d'un geste deux jeunes enfants de peut-être quatre ou cinq ans aux longs cheveux noirs. Ils ont couru la rejoindre et la porte a claqué derrière eux. J'ai été frappé par le fait d'avoir entendu leurs pieds nus fouler le sol, mais pas leur voix. La femme et les enfants étaient aussi muets que l'homme à la lance.

Alors, je me suis aperçu que dans tout le village, on n'entendait pas une seule voix : ni pleurs de bébé, ni rires, ni discussions entre voisins à propos du prix du blé, de la source des poux ou de la météo du lendemain. Aucun bruit de colère, de joie ou de chagrin.

Aucune voix.

L'homme a donné un nouveau coup de lance et frôlé ma tunique. J'ai reculé lentement, troublé par le sinistre éclat de ses yeux.

— J'ignore ce qui vous est arrivé, à vous et à votre village, mais j'en suis désolé.

La lance a fendu l'air près de ma poitrine.

— Viens, Shim. Nous ne sommes pas les bien-venus, ici.

Le petit géant a ronchonné, mais m'a suivi. Nous sommes repartis dans la toundra, sans échanger un mot. Les flammes des torches ont peu à peu disparu derrière nous, mais le lourd silence de la cité des bardes pesait encore sur nos esprits.

Le soleil couchant empourprait les bois de la Druma, tandis que, devant nous, le ciel s'assombrissait rapidement. Je commençais à perdre l'espoir de trouver un abri dans cette plaine monotone. Pourtant je devais continuer à chercher, tant que je voyais encore mon bâton. Sinon, comme ces mystérieuses créatures qui hurlaient de faim quelque part, Shim et moi serions obligés de passer la nuit dehors.

C'est alors que j'ai aperçu une vague silhouette au loin. On aurait dit un rocher... et sur le rocher, une personne !

Je me suis bientôt rendu compte qu'il s'agissait d'une fille. Elle semblait plus jeune que Rhia. Assise sur le rocher, pieds nus, elle balançait les jambes en regardant le ciel. L'apparition de voyageurs n'avait pas l'air de l'effrayer.

— Bonjour, a-t-elle lancé en secouant ses longues boucles brunes.

Un sourire espiègle illuminait son visage. Je me suis approché avec précaution.

— Bonjour.

— Vous voulez regarder le coucher de soleil avec moi ?

Ses yeux brillants et gais contrastaient avec ceux de l'homme que nous venions de quitter.

— Merci, mais non… Tu devrais rentrer chez toi. Il est tard.

— Oh, non ! J'adore contempler le coucher de soleil d'ici.

— Où habites-tu ?

L'inconnue a ri timidement.

— Je te le dirai si tu me dis où tu vas.

Peut-être à cause de son attitude amicale, ou parce qu'elle me rappelait Rhia, cette fille alerte et vive m'attirait. J'avais envie de parler avec elle, ne serait-ce qu'un moment. Je pourrais m'imaginer que je parlais à Rhia. Et si son village n'était pas loin, nous y trouverions peut-être un abri pour la nuit.

— Où vas-tu ? a-t-elle répété.

J'ai souri.

— Là où mon ombre me conduira.

Elle a ri de nouveau.

— Ton ombre ne tardera pas à disparaître.

— La tienne non plus. Tu devrais rentrer avant qu'il fasse plus sombre.

— Ne t'inquiète pas. Mon village est juste derrière cette butte.

Pendant que nous parlions, Shim s'est approché doucement du rocher sur lequel elle était assise. La fille semblait aussi l'attirer, peut-être pour les mêmes raisons que moi ; mais elle ne semblait pas l'avoir remarqué. Puis, curieusement, il a lentement fait marche arrière.

Sans attacher d'importance aux manœuvres de Shim, j'ai demandé à l'inconnue :

— Crois-tu que nous pourrions passer la nuit dans ton village ?

— Bien sûr ! a-t-elle répondu avec un rire joyeux.

À l'idée d'avoir un abri, je me sentais tout ragaillardi.

À ce moment-là, Shim m'a tiré par le bas de ma tunique. Je me suis penché vers lui.

— Je ne suis pas sûr, m'a-t-il soufflé, mais ses mains ont quelque chose de brizarre.

— Quoi ?

— Regarde ses mains.

J'ai regardé et, d'abord, je n'ai rien remarqué de particulier. Pourtant... je sentais qu'il y avait une anomalie quelque part. Soudain, j'ai compris.

Ses doigts. Ses doigts sont palmés.

L'alleah ! Rhia m'avait dit que les spectres changeants avaient toujours un défaut. J'ai attrapé le poignard de Honn.

Trop tard ! La fille avait déjà commencé à se métamorphoser en serpent. Ses yeux bruns sont devenus rouges, sa peau s'est couverte d'écailles et sa bouche s'est ouverte sur de redoutables mâchoires. Alors que l'horrible créature me sautait au visage, une fine pellicule de peau est tombée par terre en crépitant.

J'ai eu juste le temps de sortir le poignard et de frapper, tandis que le serpent me faisait basculer en arrière. Shim a hurlé. Nous avons roulé sur le sol, queue, bras et jambes entrelacés. Je sentais les griffes du spectre s'enfoncer dans mon bras droit.

Puis, presque aussi vite qu'il avait commencé, le combat a cessé. Nos deux corps emmêlés étaient immobiles sur le sol, quand Shim a demandé timidement :

— Emrys ? Tru es mort ?

Lentement, je me suis arraché à l'étreinte du serpent. Mon coup de poignard lui avait tranché la gorge. Un sang à l'odeur rance jaillissait de l'entaille et coulait le long de son ventre écailleux. J'ai titubé jusqu'au rocher et je m'y suis appuyé, en tenant mon bras blessé.

Shim me regardait, admiratif.

— Tu nous as srauvés.

J'ai secoué la tête.

— C'est la chance qui nous a sauvés. Ça... et un petit géant observateur !

∼ XXVII ∼
CAIRPRÉ

a lumière déclinait rapidement. Nous nous sommes installés pour la nuit près d'un maigre ruisseau, à quelques centaines de pas des restes du spectre. Nous étions plongés chacun dans nos pensées, silencieux. Pendant que Shim regardait dans tous les coins pour s'assurer qu'aucune créature dangereuse ne se cachait dans les parages, j'ai préparé un cataplasme avec les herbes de ma sacoche.

Elles sentaient le thym et la racine de hêtre. J'y retrouvais aussi le parfum de Branwen. Avec précaution, j'ai appliqué le cataplasme sur les griffures de mon bras, songeant qu'elle l'aurait fait beaucoup mieux que moi. J'ai essayé de fredonner une de ses mélopées apaisantes, mais je n'ai pu m'en rappeler que quelques notes.

Je savais, alors que la noirceur nous enveloppait de plus en plus, que ma seconde vue allait bientôt devenir inutile. J'ai posé mon bâton et me suis adossé à une souche d'arbre en décomposition. Le poignard à la main, j'ai contemplé l'étroite lame qui avait tué le spectre. Honn l'avait-il utilisé pour ses travaux ? Ou ne le gardait-il que pour se protéger ? En tout cas, je lui étais doublement redevable.

Quelques pâles étoiles scintillaient au-dessus de nous. J'ai cherché les constellations de Rhia, faites non pas d'étoiles mais des espaces entre elles. J'ai pensé au shomorra chargé de fruits, aux inscriptions sur les parois d'Arbassa, à la grotte de cristal, si lumineuse. Tout cela m'a soudain semblé très loin, dans le temps comme dans l'espace.

À ma grande déception, les étoiles étaient si peu nombreuses, si dispersées que je ne trouvais aucun motif. Curieusement, elles ne devenaient pas plus brillantes à mesure que le ciel s'assombrissait, comme si elles étaient voilées. Pas par des nuages... du moins, pas des nuages ordinaires. Quelque chose semblait les retenir, les empêcher de briller.

Une légère odeur de fumée est alors venue chatouiller mes narines. Je me suis assis, mais, malgré mes efforts pour percer l'obscurité, je n'ai vu de flammes nulle part.

Plus étrange encore, je me suis aperçu qu'un vague cercle de lumière éclairait la zone où nous étions allongés. Cette lueur ne venait pas des étoiles, qui étaient beaucoup trop pâles. D'où, alors ? Perplexe, j'ai regardé de tous les côtés.

Et j'ai trouvé. Ce n'était pas d'en haut que tombait cette douce lumière. Elle venait d'en bas, au contraire… de la vieille souche !

J'ai roulé sur le côté. En y regardant de plus près, j'ai découvert un rond lumineux sur le dessus de la souche. On aurait dit qu'une porte avait été découpée dans le bois, laissant filtrer un anneau de lumière.

— Viens voir, Shim.

Mon compagnon s'est approché, méfiant. Quand il a vu la souche, il a pris peur.

— J'en étais sûr. C'est un mauvais endroit pour cramper.

— Je sais. Mais cette lumière me fait bonne impression.

Shim a froncé les sourcils.

— Comme la fille, trout à l'heure…

Subitement, la porte s'est ouverte. Une tête est apparue, hirsute, avec un grand front et des yeux noirs. Une tête d'homme.

De ses yeux pénétrants, il nous a observés longuement. D'abord moi, puis Shim.

— D'accord, a dit enfin l'inconnu d'une voix grave et sonore. Vous pouvez entrer. Mais je vous préviens : je n'ai pas le temps pour des histoires.

La tête a disparu dans le tronc. Shim et moi nous sommes regardés, intrigués. Des histoires ? Que voulait-il dire ?

Finalement, je me suis décidé.

— Je descends, ai-je annoncé. Tu peux venir avec moi ou rester ici, comme tu veux.

— Je reste ici ! a répondu Shim d'un ton sans appel. C'est de la frolie de descendre. Tu ferais mieux de rester avec moi.

— J'aime mieux prendre ce risque que de passer la nuit dehors.

Comme pour me donner raison, les hurlements ont repris au loin.

— Imagine que cet homme se transforme aussi en serpent... Que tu sois pris au priège dans ce trou...

Sans lui répondre, j'ai jeté un coup d'œil à la porte. Elle ouvrait sur un étroit tunnel, suffisamment éclairé pour me permettre de retrouver ma seconde vue. Une échelle menait à l'étage inférieur. J'ai hésité en pensant aux mises en garde de Shim.

Les hurlements ont augmenté de volume.

Serrant le poignard dans ma main, je me suis faufilé par l'ouverture et j'ai commencé à descendre. Les échelons étaient très usés, comme si des centaines de mains et de pieds les avaient gravis pour entrer — *et pour ressortir*, espérais-je.

Bientôt, une odeur de cuir moisi m'a empli les narines. Cette odeur, je ne l'avais sentie qu'une fois : dans le couvent Saint-Pierre à Caer Myrddin. Plus je descendais, plus elle devenait forte.

C'était l'odeur des livres.

Arrivé en bas, j'ai écarquillé les yeux de stupeur : des centaines et des centaines de livres m'entouraient. Ils recouvraient les murs et le sol de cette pièce souterraine, de bout en bout et de haut en bas.

Des livres partout ! De toutes les tailles et de toutes les couleurs. Dans toutes les langues, aussi, à en juger par la variété des écritures et des symboles sur les couvertures. Certains étaient reliés en cuir ; d'autres, très abîmés, n'avaient plus de couverture. Il y avait même des ouvrages en papyrus du Nil ou en parchemin de la région que les Grecs appelaient Anatolie et les Romains, Asie Mineure.

Ces livres étaient alignés sur des étagères qui ployaient sous leur poids ou s'entassaient en piles sur le sol, ne laissant qu'un étroit passage pour traverser la pièce. Ils étaient serrés en tas sous la lourde table de bois, couverte elle-même de papiers et de matériel d'écriture. Ils encombraient même le lit en peaux de mouton, situé dans le coin.

En face du lit était aménagé un petit garde-manger contenant des fruits, des céréales, du pain

et des fromages. Il y avait également deux tabourets et une cheminée. Dans l'âtre brûlait un feu
dont la lumière éclairait la pièce et même le
tunnel conduisant à la souche. À côté étaient
posés un chaudron de fer et des bols crasseux,
peut-être empilés dans l'espoir qu'avec le temps,
ils finiraient par se nettoyer tout seuls.

Assis dans un fauteuil à haut dossier près du
mur du fond, l'homme aux longs cheveux lisait.
Ses sourcils broussailleux et grisonnants poussaient comme des ronces au-dessus de ses yeux. Il
portait une ample tunique blanche au col montant
qui lui touchait presque le menton. Pendant une
minute ou deux, il n'a pas semblé s'apercevoir que
je l'avais rejoint.

J'ai rangé le poignard dans ma sacoche.
L'homme n'a pas bronché. Un peu gêné, je me suis
raclé la gorge. Il n'a pas levé le nez.

— Merci de m'avoir invité.

Cette fois, il a bougé.

— Tu es le bienvenu. Tu veux bien fermer la
trappe ? C'est à cause des courants d'air, tu comprends. Et ne parlons pas des affreuses bêtes qui
rôdent la nuit. Il y a une serrure, tu verras… Et
puis, a-t-il ajouté après une pause, dis à ton tout
petit ami qu'il n'est pas obligé de se joindre à nous.
Il ne faut surtout pas qu'il se sente gêné. Bien sûr,

c'est dommage qu'il ne profite pas de mon miel de trèfle tout frais.

Soudain, j'ai entendu un claquement en haut du tunnel. Quelques secondes plus tard, Shim nous avait rejoints.

— J'ai chrangé d'avis, a-t-il dit, penaud.

L'homme a fermé son livre et l'a posé sur l'étagère derrière son fauteuil.

— Rien ne vaut une bonne lecture après une journée de bonnes lectures.

Malgré moi, j'ai souri.

— Je n'ai jamais vu autant de livres.

L'homme a hoché la tête.

— Les histoires m'aident à vivre, à travailler, à trouver le sens caché de chaque rêve, chaque feuille, chaque goutte de rosée.

J'ai blêmi. Branwen ne m'avait-elle pas dit la même chose, une fois ?

— Je regrette seulement de ne pas avoir plus de temps pour en profiter. En ce moment, comme tu le sais sans doute, nous avons d'autres distractions.

— Vous voulez parler des gobelins et de tout le reste.

— Oui. Mais c'est ce *tout le reste* que j'aime le moins.

Il a secoué la tête gravement et pris un autre livre sur une étagère.

Voilà pourquoi j'ai si peu de temps pour mes histoires préférées. J'essaie de trouver une solution dans les livres, pour que l'histoire de Fincayra ne se termine pas avant l'heure.

— La Rouille gagne du terrain, ai-je observé.

— C'est vrai ! a-t-il répondu sans lever les yeux de son livre. Sophocle — tu connais ce dramaturge grec ? — a écrit une phrase étonnante, dans *Œdipe roi*, si ma mémoire est bonne. *Une rouille brûle les bourgeons.* Et c'est précisément ce qui arrive à notre terre. La Rouille. Qui brûle les bourgeons. Qui brûle tout.

Il a pris un autre livre sur l'étagère et l'a posé par-dessus le premier, sur ses genoux.

— Cependant, nous ne devons pas perdre espoir. La réponse est peut-être dans un de ces ouvrages oubliés. *Il faut jeter un coup d'œil dans chacun de ces recueils.*

Il a levé la tête, l'air gêné.

— Excusez-moi. Je viens de faire une rime. J'en fais sans y penser. J'ai beau essayer de me retenir, c'est plus fort que moi. Comme je le disais : *il y a des sages dans ces pages.*

Il s'est éclairci la voix.

— Bon, ça suffit. Vous avez faim ? a-t-il demandé en montrant le garde-manger. Servez-vous. Le miel est à gauche, près des prunes. Il y a plusieurs sortes de pains, cuits deux fois, à la manière des Slantosiens.

— Je n'ai jamais entendu parler de ce peuple, ai-je avoué.

— Pas étonnant, a-t-il répondu en recommençant à feuilleter son livre. La plupart des régions du nord sont encore inexplorées et ne figurent pas sur les cartes. Par exemple, les Terres perdues. Peut-être que des gens vivent là-bas, des gens bizarres que personne n'a jamais vus.

Il s'est penché sur le livre. Une page, en particulier, semblait retenir son attention.

— Puis-je vous demander vos noms ?

— On m'appelle Emrys.

Il m'a observé d'une manière étrange.

— *On* t'appelle ? Tu dis cela comme si tu n'étais pas certain que ce soit ton vrai nom.

Je me suis mordu la lèvre.

— Et ton compagnon ?

J'ai coulé un regard vers le petit bonhomme qui était déjà dans le garde-manger, en train de dévorer du pain tartiné de miel.

— Il s'appelle Shim.

— Et moi, je suis Cairpré, un modeste poète. Excuse-moi, je suis trop préoccupé pour être un bon hôte. Mais je suis toujours heureux d'accueillir un visiteur.

Puis, il a fermé le livre et m'a observé longuement avant d'ajouter :

— Surtout un visiteur qui me rappelle tellement une amie chère...

Une peur étrange s'est emparée de moi.

— Qui donc ?

— J'étais un ami proche... de ta mère.

Ces mots me sont tombés dessus comme un marteau sur une enclume.

— Ma... ma mère ?

Cairpré s'est levé et a posé les livres sur son siège. Il s'est approché et a posé une main sur mon épaule.

— Viens. Nous avons beaucoup de choses à nous dire.

∽ XXVIII ∽
UNE QUESTION SIMPLE

Cairpré a désigné les tabourets près du garde-manger. Après avoir enlevé les livres empilés dessus, nous nous sommes assis. Shim, quant à lui, était déjà confortablement installé sur l'étagère du bas, au milieu d'une abondance de provisions.

Le poète m'a observé quelques secondes en silence.

— Tu as changé depuis la dernière fois que je t'ai vu. Beaucoup changé ! Au point que je ne t'ai pas reconnu au début. Mais je pense que tu pourrais en dire autant de moi. Forcément, c'était il y a cinq ou six ans…

Je pouvais à peine contenir ma joie.

— Vous m'avez déjà vu ? Et vous connaissez ma mère ?

Son regard s'est assombri.

— Tu ne t'en souviens pas ?

— Je n'ai aucun souvenir de mon enfance. Ce que j'ai vécu avant le jour où j'ai été rejeté sur le rivage est un mystère pour moi. Mais vous pouvez m'aider! me suis-je écrié en attrapant la manche de sa tunique. Vous pouvez répondre à mes questions! Dites-moi tout ce que vous savez. D'abord... sur ma mère. Qui est-ce? Où est-elle? Pourquoi dites-vous que vous *étiez* un ami proche?

Cairpé s'est penché en arrière sur son tabouret, serrant son genou entre ses mains.

— Finalement, j'ai l'impression que je vais quand même te raconter une histoire.

Après un instant de réflexion, il a commencé :

— Un jour, une femme, une humaine, est arrivée sur cette île. Elle venait du pays des Celtes, d'un endroit nommé Gwynedd.

Ces mots ont semé le doute dans mon esprit. M'étais-je trompé à propos de Branwen? Hésitant, j'ai demandé :

— Comment s'appelait-elle?

— Elen.

J'ai poussé un soupir de soulagement.

— Elen était différente des Fincayriens. Sa peau était plus claire que la nôtre, plus blanche que rose. Ses oreilles aussi avaient une forme différente, plus ronde. En vérité, elle était très belle. Mais son trait le plus frappant était ses yeux. Ils étaient d'une couleur qu'on n'avait jamais vue sur cette île : un bleu limpide, sans la moindre touche de gris ou de brun. Bleu saphir. D'ailleurs, on l'appelait Elen aux yeux saphir.

J'ai frémi.

— Elle était venue ici, a-t-il poursuivi, parce qu'elle aimait un homme de sang fincayrien. Un homme de ce monde-ci, pas du sien. Peu de temps après son arrivée, elle a découvert un autre amour : celui des livres, a-t-il souligné d'un regard sur la pièce. Elle adorait les livres, de tous les pays et dans toutes les langues. En fait, nous nous sommes rencontrés grâce à un livre que j'avais emprunté et qu'elle était venue récupérer. Il était un peu en retard, à peine dix ans. Ensuite, elle est revenue souvent me voir pour lire et pour parler. Elle s'asseyait sur le même tabouret que toi ! Elle s'intéressait surtout à l'art de guérir, tel qu'il a été pratiqué à travers les âges. Elle avait elle-même des talents de guérisseuse.

J'ai frémi de nouveau.

Plongé dans ses souvenirs, Cairpré a ajouté avec un petit sourire :

— Mais ses livres préférés, je crois, étaient les histoires des Grecs.

— C'est vrai ? Vous me le jurez ?

— Oui, c'est vrai.

— Elle m'a dit si peu de choses. Pas même son nom ! Elle se faisait appeler Branwen.

Cairpré s'est tourné vers une haute étagère remplie de livres.

— Un nom de légende... je n'en suis pas surpris. Mais cela me chagrine qu'elle en ait pris un aussi tragique.

— *Maudit soit le jour où je suis née*, ai-je cité.

Le poète m'a regardé, étonné.

— Ainsi, tu connais la légende ?

— Oui. Mais elle, je ne la connais pas, ai-je ajouté, la lèvre tremblante. Pas du tout. Elle parlait si peu d'elle-même que j'ai refusé...

Ma gorge s'est nouée, et je me suis mis à pleurer en silence. Le poète m'observait avec compassion. Pourtant, il n'a pas essayé de me consoler. Il m'a simplement laissé verser les larmes que j'avais besoin de verser.

Finalement, d'une voix étranglée, j'ai murmuré :

— J'ai refusé... de l'appeler mère.

Cairpré n'a rien dit pendant un moment. Quand il a repris la parole, il m'a posé une seule question :

— Est-ce qu'elle t'aimait ?

J'ai levé les yeux et hoché la tête lentement.

— Oui.

— S'occupait-elle de toi quand tu avais besoin d'aide ?

— Oui.

— Alors, tu la connaissais. Tu connaissais le fond de son âme.

J'ai essuyé mes joues avec un coin de ma tunique.

— Peut-être. Mais ce n'était pas l'impression que j'avais. Est-ce que vous pouvez me parler… de mon père ?

Les yeux de Cairpré ont pris une expression étrange et lointaine.

— Ton père était un jeune homme impressionnant. Fort, entêté, passionné. *Plein d'entrain, dès le matin…* non, ça ne fonctionne pas. J'essaie encore : *Alerte ! Vivant ! Toujours surprenant.* Voilà qui est mieux. Dans notre vieille langue, son nom signifie « qui grimpe aux arbres ». Enfant, il aimait escalader les arbres. Parfois, par gros temps, il en choisissait un grand et montait s'installer au sommet, juste pour braver l'orage.

Là, j'ai ri de bon cœur. Enfin une chose que je pouvais comprendre !

— Cependant, a poursuivi le poète, l'enfance de notre jeune grimpeur n'a pas été joyeuse, loin de là. Sa mère, Olwen, était une fille de la mer, des *gens de la mer*, comme on les appelle ici. Ainsi, il était né — tout comme toi – avec cette étrange profondeur des océans en lui. Mais le Long Voyage d'Olwen est venu trop tôt.

— J'ai entendu parler de ce Long Voyage.

Cairpré a soupiré.

— Et il est long, en effet. Ardu, aussi, d'après *Les Exploits de Dagda*. À moins qu'on fasse partie de ceux qui sont emmenés dans l'Autre Monde au moment même de la mort. Mais c'est rare, très rare.

— Vous parliez de mon père.

— Ah, oui. Ton père... Olwen étant morte alors qu'il était encore tout petit, il a été élevé par son père — ton grand-père, donc —, un Fincayrien du nom de Tuatha, fils de Finvarra. Tuatha était un enchanteur réputé et un homme puissant. On raconte que même le grand esprit Dagda venait parfois le consulter sur des sujets importants. Malheureusement, cet enchanteur avait très peu de temps à consacrer à son fils. Et Tuatha en a eu encore moins quand il a découvert — alors que ton père avait à peu près l'âge que tu as maintenant — que ce garçon n'avait pas les mêmes dons que lui. Les *pouvoirs*, comme il les appelait.

Ma gorge s'est serrée, car, pour moi, ces pouvoirs n'étaient pas un don, mais une malédiction. Je me rappelais la prophétie de mon grand-père, telle que me l'avait contée Branwen... enfin Elen... ma mère. Cette prophétie disait qu'un jour, elle aurait un fils doté de pouvoirs plus grands que les siens. Ces pouvoirs, avait-elle dit, viendraient des sources les plus profondes. Quelle idée insensée ! Mon grand-père était peut-être un grand enchanteur, mais là-dessus, il se trompait complètement.

— La vie de ton père a changé à partir de sa rencontre avec Elen, lors d'un de ses voyages sur la Terre. Ils sont tombés profondément amoureux l'un de l'autre. Bien qu'originaires de mondes différents, cet homme et cette femme se sont mariés, ce qui arrive rarement — et ce type d'union est encore plus rarement couronné de succès. Elen est venue vivre à Fincayra. Grâce à son amour, une force nouvelle a rempli son cœur, et il est devenu plus sérieux. *Lien d'amour dure toujours.* Pendant quelque temps, ils ont vécu très heureux, mais ce bonheur, hélas, a été de trop courte durée.

Avide d'entendre la suite, je me suis penché en avant. Le visage de Cairpré, déjà si sérieux, l'est devenu encore davantage.

— Ton père… a-t-il commencé, puis il s'est raclé la gorge. Ton père faisait partie des proches du roi Stangmar. Quand Rhita Gawr, qui a depuis longtemps des visées sur Fincayra, a commencé à courtiser le roi, ton père était présent. Et, comme tout l'entourage du roi, il s'est peu à peu attiré des ennuis. Tout comme le roi, et tout comme Fincayra.

— Mon père n'a-t-il pas essayé de résister à Rhita Gawr ? N'a-t-il pas essayé d'empêcher le roi de l'écouter ?

— S'il a essayé, il a échoué, a soupiré le poète. Il faut le comprendre : Rhita Gawr a trompé beaucoup de gens. Ton père n'était qu'un parmi d'autres.

J'étais accablé.

— Alors, mon père a contribué au malheur de Fincayra.

— C'est vrai. Mais nous avons tous une part de responsabilité.

— Que voulez-vous dire ?

Cairpré a grimacé. Ce souvenir semblait douloureux pour lui.

— Tout est arrivé petit à petit, vois-tu. Si progressivement que personne ne s'est vraiment rendu compte de ce qui se passait, jusqu'à ce qu'il soit trop tard. Personne, à part Stangmar lui-même peut-être, ne comprend comment cela a commencé. Ce que tout le monde sait, c'est que Rhita Gawr a offert au roi de le protéger dans un moment de difficulté. Rhita Gawr avait dû tout planifier soigneusement, car il a fait en sorte qu'il soit quasiment impossible pour Stangmar de refuser son aide sans placer Fincayra — et lui-même ! — dans une situation dangereuse. Alors Stangmar a accepté.

Cairpré s'est interrompu pour enlever un petit papillon brun de son col blanc et le poser délicatement sur la pile de livres près de son tabouret.

— Cette décision à elle seule a engendré des tragédies en cascade. Lorsque Rhita Gawr a convaincu Stangmar que ses ennemis complotaient contre lui pour le renverser, le roi a conclu une alliance discutable avec les guerriers gobelins et les spectres changeants, qui sont sortis de leurs sombres crevasses. Puis des rumeurs ont couru que les géants, le peuple le plus ancien de Fincayra, étaient soudain devenus dangereux. Non seulement pour le roi, mais pour nous tous également. Si bien que peu de gens ont protesté quand Stangmar a ordonné de les pourchasser. Pour eux, les géants étaient des êtres si différents... Ceux d'entre nous qui s'opposaient à leur élimination étaient tournés en ridicule ou contraints au silence. Ensuite, Stangmar, sur les mises en garde de Rhita Gawr, a lancé une campagne visant à débarrasser le pays de tous ses ennemis... et à confisquer les Trésors de Fincayra, sous prétexte qu'ils risquaient de tomber entre de mauvaises mains.

— Et personne n'a tenté de lutter contre ça?

— Quelques âmes courageuses ont essayé, mais elles étaient trop peu nombreuses et arrivaient trop tard. Stangmar a écrasé toute résistance, brûlant des villages entiers au moindre soupçon de trahison. Mais cela valait mieux encore que ce qu'il a infligé au village de Caer Neithan.

J'ai tressailli.

— Vous voulez dire... la cité des bardes ?

— Tu en as entendu parler ? Oh, quelle perte pour notre monde et tous les autres ! Durant des siècles, cette ville avait été une fontaine toujours jaillissante de musique et de chansons, le foyer de nos conteurs les plus inspirés, la patrie de générations de bardes. Laon le Boiteux y est né ! Pwyll y a écrit son premier poème ! *Le Vaisseau de l'Illusion* a été composé en ce lieu ! Je pourrais continuer sans fin. *Ici, le chant règne en maître, / Et d'histoires on peut se repaître.*

— C'est ce qui est inscrit sur le panneau, non ?

— En effet. Ils correspondaient à la réalité, à l'époque... Je le sais, puisque je les ai écrits moi-même, a-t-il soupiré. Caer Neithan est mon village natal.

— Que s'est-il passé là-bas ?

Cairpré m'a observé tristement.

— De tous les Trésors légendaires volés par Stangmar — l'épée Percelame, qui pénètre jusqu'à l'âme, la Harpe fleurie qui fait venir le printemps, le Chaudron de la mort qui peut mettre fin à n'importe quelle vie —, le plus célébré par les bardes était l'Éveilleur de rêves. C'était un cor qui avait le pouvoir de transformer en réalité des rêves merveilleux. Pendant des siècles, il n'avait été utilisé qu'avec modération et sagesse. Hélas, avec l'aide de Rhita Gawr, Stangmar s'en est servi pour punir Caer Neithan d'avoir abrité des opposants à sa politique. Il a imaginé le pire cauchemar pour un barde... et grâce à l'Éveilleur de rêves, il l'a infligé à la ville.

Me rappelant le regard à moitié fou de l'homme à la lance, j'ai hésité avant de demander :

— Quel était ce rêve ?

Les yeux du poète se sont voilés.

— Que les hommes, les femmes et les enfants de ce village ne parleraient, ne chanteraient, n'écriraient plus jamais. Que l'instrument de leur âme — leur voix même — serait à jamais réduit au silence.

Dans un murmure, il a poursuivi :

— Il ne restait plus personne pour protester quand Rhita Gawr a poussé Stangmar à détruire son propre château, la demeure la plus grandiose et la plus accueillante dont un roi ou une reine puisse rêver, avec une bibliothèque mille fois plus vaste que la mienne. Et pourquoi ? Sous prétexte qu'il était mal protégé contre les attaques ! Alors, Rhita Gawr, faisant certainement passer cela pour un geste d'amitié, lui a construit un nouveau château, dans lequel il a insufflé son pouvoir maléfique. Telle est l'origine du château des Ténèbres, qui tourne sans arrêt sur ses fondations, et d'où se répandent le nuage impénétrable qui assombrit notre ciel et la terrible Rouille qui ruine notre terre.

Cairpré s'est frotté le menton un instant avant de reprendre :

— Le château est gardé par les soldats immortels de Rhita Gawr, les ghouliants. En fait, ce sont des hommes qu'il a ressuscités d'entre les morts. Ils ne peuvent donc pas être tués une seconde fois. Et leur vie — si on peut appeler ça une vie — est perpétuellement entretenue par le mouvement du château ! Tant qu'il continuera à tourner, ils resteront là, à exécuter les tâches les plus sinistres.

Je souffrais pour Rhia. Si elle était encore vivante, elle se trouvait sans doute dans les entrailles de ce château, à la merci des ghouliants et de Stangmar lui-même ! Que deviendrait-elle quand il s'apercevrait qu'elle ne pouvait ni ne voulait l'aider à obtenir le Galator, le dernier Trésor ? Je frémissais en y songeant. Et je désespérais en pensant que la seule façon de renverser Stangmar, d'après la Grande Élusa, était de détruire le château des Ténèbres — autant souhaiter avoir des ailes !

— Maintenant, a ajouté Cairpré, tu comprends que Stangmar est vraiment prisonnier de Rhita Gawr. Et nous le sommes tous avec lui.

— Pourquoi Dagda n'est-il pas intervenu pour empêcher tout ça ? Il se bat contre Rhita Gawr sur d'autres fronts, c'est ça ?

— Oui. Dans l'Autre Monde et dans celui-ci. Mais Dagda croit, contrairement à Rhita Gawr, que pour gagner, il doit respecter la libre volonté des gens. Dagda nous permet de faire nos propres choix, pour le meilleur ou pour le pire. Ainsi, si Fincayra doit être sauvée, elle doit l'être par les Fincayriens.

∾ XXIX ∾
des ailes perdues

airpré a contourné Shim, qui prenait toute la place sur l'étagère, pour prendre un morceau de pain brun granuleux qu'il a partagé en deux. Il en a gardé une partie pour lui et m'a donné l'autre.

— Tiens, avant que ton ami ait tout dévoré.

Shim, indifférent, continuait à s'empiffrer.

Avec un petit sourire, j'ai mordu dans la croûte. Ce pain était dur comme du bois, mais à force de mâcher, j'ai fini par l'attendrir. Puis, à ma grande surprise, il s'est rapidement dissous, laissant dans ma bouche une saveur relevée au léger goût de menthe. Presque tout de suite après l'avoir avalé, j'ai senti mes forces revenir. Je me suis redressé et j'ai constaté avec plaisir que la douleur entre mes omoplates s'était légèrement atténuée. Alors, j'en ai pris une autre bouchée.

— Tu l'aimes bien, ce pain d'ambroisie, à ce que je vois, a dit Cairpré, la bouche pleine. Une des plus belles réussites des Slantosiens, sans aucun doute. Mais il paraît que personne en dehors de chez eux — à part quelques rares initiés — n'a jamais goûté à ces excellents pains et qu'ils gardent jalousement le secret de leurs recettes.

En parcourant du regard les murs et le sol de la pièce, encombrés de volumes, j'avais l'impression d'être dans la cale d'un bateau chargé exclusivement de livres. Je me suis rappelé l'air nostalgique de Branwen quand elle avait évoqué une pièce pleine de vieux livres — celle-ci, sans doute. Malgré la Rouille qui envahissait l'île, elle avait dû trouver difficile de quitter cet endroit pour toujours.

Je me suis tourné de nouveau vers Cairpré.

— Bran… je veux dire, ma mère… devait adorer être ici, avec tous ces livres.

— Oui, bien sûr. Elle voulait découvrir les enseignements des Fincayriens, des druides, des Celtes, des juifs, des chrétiens et des Grecs. Elle prétendait qu'elle était mon étudiante, mais en réalité c'était plutôt l'inverse : j'ai beaucoup appris d'elle.

Il a jeté un regard vers un tas d'ouvrages empilés au pied de l'échelle. Sur la couverture de cuir du premier brillait un motif doré où l'on voyait un personnage conduisant un char étincelant.

— Je me souviens qu'autrefois, a-t-il dit d'une voix lointaine, nous passions des nuits à parler de ces lieux extraordinaires où des mortels côtoient des immortels. Où le temps s'écoule en ligne et en cercle à la fois. Où le temps sacré et le temps historique existent ensemble. *Des lieux intermédiaires*, disait-elle.

— Comme le mont Olympe.

Le poète a fait oui de la tête.

— Ou comme Fincayra.

— Est-ce à cause des troubles qui s'annonçaient qu'elle a voulu quitter Fincayra ? Ou y avait-il autre chose ?

Il m'a regardé bizarrement.

— Tu as vu juste. Il y avait autre chose.

— Quoi ?

— Toi, mon garçon.

— Je ne comprends pas, ai-je répondu en fronçant les sourcils.

— Je vais t'expliquer. Tu as entendu parler de l'île grecque de Délos ?

— C'est l'endroit où est né Apollon. Mais quel est le rapport avec moi ?

— C'était un autre *lieu intermédiaire*, à la fois sacré et historique. C'est pourquoi les Grecs n'ont jamais permis à de simples mortels de donner naissance sur Délos. Ils ne voulaient pas qu'ils puissent revendiquer des droits sur un sol qui appartenait d'abord aux dieux. Et ils tuaient ou bannissaient quiconque était assez fou pour désobéir.

— Je ne comprends toujours pas le rapport avec moi.

À ce moment-là, Shim a lâché un énorme rot, incroyablement sonore pour sa taille. Mais le petit géant n'a pas paru s'en rendre compte. Visiblement, il nous avait tout à fait oubliés. Il s'est tapoté le ventre comme si de rien n'était, avant de retourner à son principal sujet de préoccupation : le miel de trèfle.

Amusé, Cairpré a haussé ses sourcils broussailleux, puis son visage s'est assombri.

— De la même manière qu'à Délos, il est strictement interdit de donner naissance à un être qui a du sang humain sur l'île de Fincayra. C'est un pays qui n'appartient ni à la Terre, ni à l'Autre Monde, mais qui est un pont entre les deux. Des visiteurs des deux mondes viennent ici et y restent parfois des années, mais ils ne peuvent pas le revendiquer comme leur pays natal.

— Si ma mère a dû quitter Fincayra pour me donner naissance, où est-elle allée ? Savez-vous où je suis né ? Je suis à la recherche de mon pays natal. Vous devez m'aider.

— Oui, je le sais, a répondu le poète d'un ton grave. Et ce n'est pas là où tu aurais dû naître.

— Voulez-vous dire que je suis né à Fincayra, bien que j'aie du sang humain ?

Rien qu'à voir son visage, la réponse était claire.

— Est-ce que ça signifie que je suis en danger ?

— Plus que tu ne l'imagines.

— Comment est-ce arrivé ? Je croyais que c'était interdit.

Cairpré s'est gratté le dessus de la tête.

— Je peux t'expliquer ce qui s'est passé, mais pas pourquoi c'est arrivé. Tes parents, connaissant la loi ancienne, savaient qu'Elen devait quitter l'île et partir vers un autre pays pour te mettre au monde. Mais ils savaient aussi que personne ne peut être sûr, en quittant Fincayra, d'y revenir un jour. Le passage est étrange. Tantôt la porte est ouverte et tantôt elle ne l'est pas. Parmi ceux qui ont quitté l'île et ont voulu y revenir, beaucoup n'ont trouvé au retour qu'un nuage de brume sur les eaux. D'autres sont morts dans la mer en furie. *Rien nous connaissons, mais seuls nous naviguons.*

Il a secoué la tête.

— Ta mère et ton père s'aimaient tendrement, et ils ne voulaient pas se séparer. Si Tuatha n'avait pas ordonné à ton père de rester, je crois qu'il serait parti avec elle. Par ailleurs, je pense qu'Elen pressentait les événements, et qu'elle ne voulait pas le laisser. Alors, ils ont attendu longtemps avant de se séparer. Trop longtemps. Ta mère était déjà dans son neuvième mois quand, enfin, elle s'est embarquée.

Sentant quelque chose de chaud contre ma poitrine, j'ai baissé les yeux et vu que le Galator brillait légèrement sous ma tunique, dessinant un cercle de lumière verte sur mon cœur. J'ai vite posé ma main par-dessus en espérant que Cairpré ne remarquerait rien et n'interromprait pas son récit.

— Peu de temps après que le bateau a pris la mer, une terrible tempête s'est levée. Le genre de tempête à laquelle peu de marins ont survécu depuis Ulysse. Après avoir failli couler, l'embarcation, battue par les vagues, a été repoussée vers la côte. C'est cette nuit-là que, recroquevillée dans l'épave, ta mère a accouché.

Il s'est arrêté un moment pour réfléchir.

— Et elle a appelé le garçon Emrys, un nom celte de son pays d'origine.

— C'est donc mon vrai nom ?

— Pas forcément ! Ton nom véritable pourrait être différent de celui qu'elle t'a donné.

J'ai acquiescé de la tête.

— Je ne me suis jamais senti bien avec le nom d'Emrys. Mais comment découvrir mon vrai nom ?

Les yeux perçants du poète se sont posés sur moi.

— La vie le découvrira pour toi.

— Je ne comprends pas.

— Avec un peu de chance, tu comprendras, le moment venu.

— Bon, mon vrai nom est un mystère, mais au moins, maintenant, je sais que Fincayra est mon pays.

Cairpré a secoué sa tête grise.

— Oui et non.

— Mais si je suis né ici !

— Ton lieu de naissance n'est pas forcément ton pays.

Agacé, j'ai sorti le Galator de ma tunique. Le centre, qui brillait encore faiblement, a étincelé à la lumière du feu.

— Elle m'a donné ceci ! N'est-ce pas une preuve ?

Le regard de Cairpré s'est de nouveau rempli de tristesse.

— Le Galator est bien d'ici, oui. Mais je ne sais pas s'il en est de même pour toi.

— Dois-je détruire le château, le roi et toute son armée pour que vous me disiez d'où je suis ? ai-je demandé, exaspéré.

— Je te le dirai peut-être un jour, a répondu le poète calmement. Si tu me dis à moi aussi d'où je viens.

Son attitude, sinon ses mots, m'ont un peu calmé. J'ai remis le pendentif sous ma tunique. Pour soulager la douleur qui se manifestait de nouveau entre mes omoplates, je me suis étiré.

— Toi aussi tu sens cette douleur, m'a fait remarquer Cairpré avec un air entendu. De ce point de vue, tu es sans aucun doute un fils de Fincayra.

— La douleur dans mes épaules ? Qu'est-ce que ça change ?

— Cela change tout.

Voyant que je n'y comprenais rien, il a repris sa position d'avant. Le dos penché en arrière et le genou dans les mains, il a entamé un nouveau récit :

— Dans des temps très anciens, les habitants de Fincayra marchaient sur la terre, comme aujourd'hui, mais ils pouvaient aussi voler.

J'ai écarquillé les yeux.

— Le don de voler leur appartenait. Les légendes disent que de magnifiques ailes blanches se déployaient entre leurs omoplates. Ils volaient ainsi avec les aigles, naviguaient parmi les nuages et s'aventuraient très haut au-dessus de Fincayra, ou même de pays plus lointains. *Toutes blanches, les ailes, pour traverser le ciel.*

Pendant un instant, j'ai eu l'impression de sentir Fléau fendre l'air pour venir se poser sur mon épaule. Il aimait tellement voler ! Il me manquait, presque autant que Rhia.

J'ai souri tristement à Cairpré.

— Les Fincayriens avaient donc des oreilles de démon et des ailes d'ange.

— C'est une façon poétique de le présenter, a-t-il répondu, amusé.

— Qu'est-il arrivé à leurs ailes ?

— Ils les ont perdues, on ne sait pas exactement comment. Cette histoire-là n'a pas survécu, mais je donnerais bien la moitié de mes livres pour la connaître. Quoi qu'il en soit, c'était il y a si longtemps que beaucoup de Fincayriens n'ont même jamais entendu dire que leurs ancêtres pouvaient voler. Ou alors, ils n'y ont simplement pas cru.

— Mais vous, vous croyez que c'est vrai.

— Oui.

— Je connais quelqu'un d'autre qui le croirait. Mon amie Rhia. Elle adorerait pouvoir voler...

Je me suis mordillé la lèvre.

— Mais d'abord, je dois la sauver ! Si elle est encore en vie...

— Que lui est-il arrivé ?

— Elle a été enlevée par les gobelins. Elle leur a joué un tour et ils l'ont emmenée à ma place, mais ce qu'ils voulaient, c'était le Galator. Elle est sans doute dans le château des Ténèbres, maintenant.

Cairpré a incliné la tête et froncé les sourcils. Vu sous cet angle, son visage avait l'aspect sévère d'une statue. Au bout d'un moment, il a repris la parole et sa voix sonore a rempli la pièce.

— Connais-tu la prophétie de la Danse des géants ?

J'ai essayé de me la rappeler.

— *Lorsque les géants dans la salle danseront, toutes les...*

— Barrières.

— *Toutes les barrières d'un seul coup s'écrouleront.* Mais je n'ai aucun espoir de détruire ce château ! Mon seul espoir, c'est sauver mon amie.

— Et s'il faut détruire le château pour y arriver ?

— Alors, tout est perdu.

— Tu as certainement raison. La destruction du château contraindrait Rhita Gawr à quitter Fincayra. Et ni lui ni Stangmar ne sont près de laisser cela se produire ! Même un grand guerrier comme Hercule jugerait cet exploit impossible, fût-il équipé d'une arme au pouvoir gigantesque.

Soudain, une idée m'est venue.

— Peut-être le Galator est-il la clé! Après tout, c'est le dernier Trésor, celui que Stangmar recherche.

Cairpré a secoué sa crinière.

— On sait très peu de choses sur le Galator.

— Pouvez-vous au moins me dire quels sont ses pouvoirs?

— Non. Si ce n'est qu'ils sont décrits dans les textes anciens comme des pouvoirs *plus vastes que tous les pouvoirs connus.*

— Vous ne m'aidez pas du tout…

— Je ne le sais que trop bien, a-t-il admis tristement. Je peux, toutefois, te donner ma propre théorie sur le Galator, a-t-il ajouté en s'égayant un peu.

— Oh, oui!

— Je crois que ses pouvoirs, quels qu'ils soient, réagissent à l'amour.

— L'amour?

— Oui. Cela ne devrait pas te surprendre! Les histoires sur le pouvoir de l'amour sont légion.

Il a parcouru du regard ses étagères de livres, puis s'est mis à se frotter le menton.

— Pour commencer, je crois que le Galator brille en présence de l'amour. Te souviens-tu de quoi nous parlions quand il s'est mis à briller sous ta tunique ?

J'ai hésité.

— De ma mère ?

— Oui. Elen aux yeux saphir. La femme qui t'aimait assez pour renoncer à tout dans sa vie afin de protéger la tienne ! C'est pour cette raison, si tu veux vraiment connaître la vérité, qu'elle a quitté Fincayra.

Pendant un long moment, je n'ai rien trouvé à dire. Finalement, j'ai avoué mes regrets :

— Quel idiot j'ai été ! Je ne l'ai jamais appelée ma mère, je n'ai jamais fait passer sa souffrance avant la mienne. Si seulement je pouvais lui avouer à quel point je m'en veux.

Cairpré a baissé les yeux.

— Tant que tu resteras à Fincayra, tu n'en auras pas l'occasion. Quand elle est partie, elle a juré de ne jamais revenir.

— Elle n'aurait pas dû me confier le Galator. Je ne sais pas comment il fonctionne ni ce qu'il peut faire.

— Je viens de te donner ma théorie.

— Votre théorie n'a pas de sens ! Vous dites qu'il brille en présence de l'amour. Eh bien, sachez que je l'ai vu briller déjà une fois depuis que je suis revenu à Fincayra. En présence d'une araignée assoiffée de sang !

Cairpré s'est figé.

— Pas… la Grande Élusa ?

— Si.

Il a presque souri.

— Voilà qui conforte ma théorie ! Ne te méprends pas sur l'aspect effrayant de la Grande Élusa. En vérité, son amour est aussi grand que son appétit.

J'ai haussé les épaules.

— Même si votre théorie est juste, à quoi ça nous avance ? Ça ne m'aide pas à sauver Rhia.

— Es-tu décidé à aller à sa recherche ?

— Oui.

— Sais-tu quelles sont tes chances de réussite ? a-t-il demandé d'un air renfrogné.

— J'en ai une idée.

— Mais, en fait, tu ne le sais pas !

Cairpré s'est levé et s'est mis à marcher de long en large entre les piles de livres. Sa cuisse a frôlé un gros volume enluminé, qui est tombé par terre dans un nuage de poussière. En se baissant pour le ramasser, et remettant les pages à leur place, il a regardé de mon côté.

— Tu me fais penser à Prométhée, qui était absolument certain de pouvoir voler le feu aux dieux.

— Je n'ai pas de certitude absolue. Je sais juste que je dois essayer. D'ailleurs, Prométhée a finalement réussi, non ?

— Oui ! s'est exclamé le poète. Au prix d'une torture éternelle, enchaîné à un rocher où un aigle lui dévorait le foie.

— Jusqu'à ce qu'Hercule le délivre.

— Je vois que j'ai trop bien instruit ta mère ! a-t-il dit, les joues rouges. Tu as raison, Prométhée a retrouvé la liberté à la fin. Mais tu as tort si tu imagines une minute que tu auras autant de chance. Là-bas, dans les régions sous la domination de Stangmar, le simple fait d'être vu sur ces terres te met en danger ! Tous les sacrifices de ta mère auront été inutiles si tu vas au château des Ténèbres, tu dois en avoir conscience.

J'ai croisé les bras. Je ne me sentais certes pas courageux, mais j'étais résolu.

— Je dois tenter de sauver Rhia.

Il s'est arrêté de marcher.

— Tu n'es pas moins têtu que ta mère !

— Pour moi, c'est un compliment.

Il a secoué la tête, vaincu.

— Bon, d'accord. Tu ne veux pas tenir compte de mes mises en garde. *Le souffle fané, par la mort expiré.* Dans ce cas, j'ai quand même quelques conseils à te donner.

Je me suis levé du tabouret.

— Quels sont-ils ?

— Même si vraisemblablement, ils ne feront que hâter ta mort.

— S'il vous plaît, dites-moi.

— Il existe une seule personne dans tout Fincayra qui aurait le pouvoir de t'aider à entrer dans le château. Mais je doute qu'elle puisse t'aider à aller plus loin. Ses pouvoirs sont anciens, très anciens, issus des mêmes sources qui ont donné naissance aux géants. C'est pourquoi Stangmar a peur de l'écraser. Rhita Gawr lui-même préfère la laisser tranquille.

Cairpré s'est approché de moi au milieu de la mer de livres.

— Acceptera-t-elle de t'aider ? Je ne saurais le dire, car ses manières sont mystérieuses et imprévisibles. Elle n'est ni bonne ni mauvaise, ni amie ni ennemie. Elle *est*, c'est tout. Dans les légendes, on l'appelle Domnu, ce qui signifie « sombre destin ». Son vrai nom, si on l'a jamais su, s'est perdu dans la nuit des temps.

Cairpré a jeté un coup d'œil vers Shim, qui dormait profondément sur son étagère, la main dans le pot de miel vide.

— Mais ton ami et toi n'aurez peut-être pas l'honneur de la rencontrer. Il sera très dangereux d'entrer dans son repaire... Moins dangereux que d'en sortir, cependant, a-t-il ajouté tout bas.

Ce n'était guère rassurant.

— Pour la trouver, vous devez partir avant le lever du jour. Même si la lumière de l'aube ne rougeoie qu'à peine dans l'obscurité, elle sera votre guide. Car juste au nord de l'endroit où le soleil se lève, vous apercevrez une brèche dans la ligne de crête de la plus haute rangée de collines.

— Je devrai me diriger vers cette entaille ?

Cairpré a hoché la tête.

— Et si tu la manques, ce sera à tes risques et périls. Si tu franchis la crête au nord de la Brèche, tu tomberas sur le plus grand campement de gobelins de Stangmar.

— Cela n'arrivera pas.

— Et si tu passes trop au sud, ce sera encore pire, car tu entreras dans les Marais hantés.

— Je ne ferai pas cette erreur non plus.

À ce moment-là, Shim a lâché un long et puissant ronflement. Les livres sur les étagères en ont tremblé, et Cairpré et moi avons sursauté.

Le poète a froncé les sourcils, mais continué :

— La traversée proprement dite ne sera pas facile. Cette trouée est gardée par des gobelins. Combien, je l'ignore. Mais même un seul d'entre eux peut vous causer de gros ennuis. Heureusement pour vous, ils n'ont pas l'habitude de voir des voyageurs — pour des raisons bien compréhensibles — et ils ne seront peut-être pas très vigilants. Avec un peu de chance, vous réussirez à passer sans être vus.

— Et ensuite ?

— Vous devrez continuer tout droit, en prenant garde de ne pas dévier, jusqu'à ce que vous arriviez à des gorges profondes. Autrefois, on voyait des aigles entre les falaises, mais plus maintenant, car les gorges sont toujours plongées dans le noir. Suivez-les vers le sud jusqu'au bord des Marais hantés. Si vous parvenez jusque-là, vous tomberez sur le repaire de Domnu. Non sans avoir rencontré auparavant quelques créatures presque aussi étranges qu'elle…

Me sentant faiblir, je me suis rassis sur le tabouret.

— À quoi ressemble son repaire ?

— Je n'en ai aucune idée. Personne n'en est jamais revenu pour le décrire. Tout ce que je peux te dire, c'est que, selon la légende, Domnu a une passion pour les jeux de hasard et les paris… et qu'elle déteste perdre.

Cairpré s'est baissé et a poussé de côté une pile de livres. Il a jeté une peau de mouton sur le sol et, avec une profonde tristesse, il a dit :

— Si tu as l'intention de poursuivre ton projet, tu ferais bien de te reposer maintenant. Le soleil ne va pas tarder à se lever.

Son regard s'est arrêté sur mon visage.

— Je vois aux cicatrices sur tes joues et à l'étrange distance de ton regard que tu as déjà fait preuve de courage par le passé. Je t'ai peut-être sous-estimé. Il se peut que tu possèdes les forces cachées de tes aïeux, et plus encore.

J'ai balayé cette supposition d'un revers de main.

— Si vous me connaissiez mieux, vous sauriez que je ne fais pas honneur à mes aïeux ! Je n'ai pas de pouvoirs particuliers, du moins aucun que je puisse utiliser. Tout ce que j'ai, c'est une tête de mule, et le Galator autour du cou.

Le poète s'est frotté le menton d'un air songeur.

— Le temps le dira. Mais je voudrais t'apprendre ceci : quand tu es entré chez moi, je cherchais une solution dans un ouvrage oublié. À présent, je me demande si ce n'est pas dans une personne oubliée que je devrais la chercher...

Fatigué, je me suis allongé sur la peau de mouton. Je suis resté éveillé un moment à regarder la lumière du feu danser sur les murs de livres, les rouleaux de papyrus et les piles de manuscrits. Cairpré avait repris sa place dans son fauteuil à haut dossier, et s'absorbait dans sa lecture.

Alors, c'est ici que ma mère a appris ses histoires. J'aurais voulu rester des journées entières dans cette pièce remplie de livres, et voyager partout où leurs pages m'entraîneraient. Peut-être le ferais-je un jour... Mais j'avais d'abord un autre voyage à accomplir. Et je devais partir avant l'aube.

∾ XXX ∾

T'eilean et Garlatha

him a froncé son nez en forme de poire pour marquer son étonnement.

— Pourquoi on l'appelle Dame nue ? Quel drôle de nom. C'est brizarre.

— Domnu ! l'ai-je corrigé en me levant. Je t'ai dit tout ce que je savais, ce qui n'est pas beaucoup.

J'ai jeté un coup d'œil vers Cairpré, profondément endormi dans son fauteuil avec trois livres ouverts sur les genoux. Ses longs cheveux gris tombaient en cascade sur sa figure.

— Il est temps de partir.

Shim a lorgné vers le garde-manger, dont l'étagère du bas était luisante de miel.

— Je ne suis pas crontent de quitter cet endroit.

— Tu n'es pas obligé de venir. Je le comprendrai si tu veux rester.

Une lueur a brillé dans ses yeux roses.

— Réellement, vraiment, franchement ?

— Oui. Je suis sûr que Cairpré te fera bon accueil, même s'il ne doit pas lui rester grand-chose à manger.

Le petit géant s'est léché les babines. Puis il a levé les yeux vers l'échelle et le tunnel, et son expression s'est assombrie.

— Mais troi, tu pars ?

— Oui, je pars maintenant.

Pendant quelques secondes, j'ai observé son visage près de mon genou. Shim, finalement, n'avait pas été un mauvais compagnon. J'ai pris une de ses minuscules mains dans la mienne.

— Où que tu ailles, j'espère que tu trouveras beaucoup de miel.

Il a froncé les sourcils.

— Ça m'ennuie de partir.

— Je sais, Shim. Alors, adieu.

Je suis allé à l'échelle et j'ai saisi un barreau usé. Il a accouru et m'a tiré par la tunique.

— Mais ça ne me plaît pas de rester non plus.

— Il vaut mieux que tu restes.

— Tu ne vreux pas de moi ?

— Ce serait trop dangereux pour toi.

Shim s'est vexé.

— Tu ne dirais pas ça si j'étais un vrai géant, grand et fort. Tu me supplierais de vrenir.

J'ai souri tristement.

— Peut-être, mais je t'aime bien comme tu es.

Le petit bonhomme a grimacé.

— Moi, je ne m'aime pas ! J'aimerais être grand. Aussi grand que le plus haut des arbres.

— Tu sais, quand Rhia était contrariée, une fois, elle m'a dit : *Contente-toi d'être toi-même.* J'y repense parfois. C'est bien plus facile à dire qu'à faire, mais il y a du vrai là-dedans.

— Sauf si on n'aime pas ce qu'on est.

— Écoute, Shim. Je te comprends, crois-moi. Mais essaie de t'accepter tel que tu es.

Je me suis interrompu, un peu surpris de m'entendre parler ainsi. Puis, après un dernier regard sur les rayonnages de livres, j'ai commencé à grimper.

En sortant de la souche, j'ai regardé vers l'est. Le sol rougeâtre et sec s'étendait à l'infini avec, ici ou là, un arbre squelettique ou un buisson épineux. Il n'y avait pas d'oiseaux pour annoncer l'aube, mais un faible trait de lumière apparaissait déjà au-dessus des crêtes, plus noires que du charbon. Au nord, j'ai discerné deux bosses, séparées par un défilé étroit. La brèche.

Je me suis concentré pour mémoriser l'endroit, car elle ne resterait peut-être pas visible toute la journée, et il ne fallait surtout pas la manquer.

Apercevant mon bâton par terre, je l'ai ramassé. Le bout noueux, couvert de rosée, était froid et glissant. Sur le bâton lui-même, j'ai découvert de profondes marques de dents. Impossible de savoir quelle bête les avait faites. En tout cas, elles n'y étaient pas la veille.

J'allais refermer la porte, quand j'ai vu émerger la tête de Shim. Il est sorti tant bien que mal.

— Je viens.

— Tu es sûr ? ai-je dit en lui montrant le bâton, l'animal qui a fait ça cette nuit est peut-être encore dans les parages.

Shim a avalé sa salive, mais n'a rien dit.

J'ai fait un geste vers l'horizon.

— Pour trouver Domnu, nous devons passer par cette trouée, là-bas. Nous n'avons pas le droit à l'erreur. D'un côté, il y a une armée de gobelins, de l'autre, les Marais hantés.

Le petit géant s'est campé devant moi.

— Tu ne vras pas me laisser ici.

— Bon, d'accord. Viens.

Sautant par-dessus le maigre ruisseau près de la souche, je suis parti d'un bon pas en direction de la brèche. Shim m'a emboîté le pas, prêt à tous les efforts pour ne pas se laisser distancer.

Durant toute la matinée — si on peut parler de matin pour des heures aussi sombres —, nous avons marché dans la toundra. La terre craquait sous nos pieds. Nous n'avons suivi aucune route, aucun chemin, mais ceux que nous avons traversés étaient aussi vides que le village réduit en cendres.

Nous parlions le moins possible, pour éviter de nous faire repérer. Shim a sorti de sa poche un morceau de pain d'ambroisie de Cairpré et m'en a proposé sans prononcer un mot. Je l'ai remercié d'un simple hochement de tête et nous avons poursuivi notre marche.

Le sol devenait plus pentu, et je faisais de mon mieux pour nous guider. La brèche, qui se découpait un peu plus tôt sur le ciel, était à présent tout juste visible. Mais, pour moi, c'était moins une indication de la direction à suivre qu'un sujet d'inquiétude. À supposer que l'on parvienne à franchir ce défilé, et même à atteindre le château de Stangmar, que ferions-nous si Rhia n'y était pas ? Ou pire, si elle y était, mais plus en vie ?

De temps en temps, nous apercevions de rares habitations. Une vieille maison ici, un enclos délabré là, mais ces constructions semblaient aussi mortes que le paysage et semblaient dans un état de décrépitude avancé. Si quelqu'un y vivait, il restait caché. On ne voyait pas d'arbres, de jardins ou de verdure d'aucune sorte.

Soudain, à ma grande surprise, j'ai cru distinguer une tache de vert un peu plus loin. Me méfiant de ma vision, je me suis concentré sur ce point. La couleur, qui contrastait avec les bruns rouille et les gris environnants, m'a paru bien réelle. À mesure que j'avançais, le vert devenait plus vif. En même temps, je discernais des silhouettes d'arbres disposés en rangées régulières. Des fruits étaient même suspendus à leurs branches.

— Un verger ! C'est incroyable !

Shim s'est frotté le nez.

— C'est louche…

— Et tu as vu ? ai-je ajouté, avisant une espèce de cabane derrière les arbres. Il y a une hutte sur le flanc de la colline.

— Je pense qu'il vaut mieux ne pas s'approcher. Réellement, vraiment, franchement.

Est-ce parce que les arbres verts m'évoquaient la Druma, ou parce que la hutte me rappelait celle que j'avais partagée avec la femme dont je savais maintenant qu'elle était ma mère ? J'étais curieux d'en savoir plus.

— Tu peux attendre ici, si tu veux, ai-je dit à Shim. Je vais voir de plus près.

Il m'a regardé partir en jurant dans sa barbe. Quelques secondes plus tard, il me rejoignait en trottinant.

— Toi, tu as senti une odeur de miel.

— De grobelin, plutôt, a-t-il grogné en jetant
un coup d'œil inquiet par-dessus son épaule. En
trout cas, ils ne sont pas loin.

— Ça, c'est sûr. Nous ne resterons pas longtemps, je te le promets. Juste le temps de voir qui
vit là.

En m'approchant, j'ai distingué un mur gros-
sier qui entourait le verger. Il était construit dans
la même pierre grise et couvert des mêmes plaques
de lichen rouille que la cabane. À en juger par leur
état de délabrement, ni la hutte ni le mur n'avaient
été entretenus depuis longtemps. La hutte était
nichée au centre du verger. Des branches couvertes de feuilles retombaient même sur son toit.
Sous les feuillages, des parterres de verdure par-
semés de taches de couleur couvraient le sol.

Je me suis baissé, ainsi que Shim, et nous
avons avancé tout doucement vers le mur. Une
odeur fraîche flottait dans l'air, une odeur de
feuilles mouillées et de fleurs nouvelles. Il me
semblait très loin, le temps où je sentais des parfums de plantes vivantes. Puis je me suis rendu
compte que ce n'était pas juste un verger. C'était
aussi un jardin.

Deux silhouettes, aussi grises que les pierres
du mur, sont sorties de la hutte. D'un pas

chancelant, elles se sont avancées jusqu'au parterre le plus proche. Elles se déplaçaient d'une manière bizarre et désordonnée, un dos se redressant quand l'autre se courbait, une tête se levant quand l'autre se baissait. Malgré cela, elles semblaient indissolublement liées.

Quand elles se sont approchées, j'ai vu qu'il s'agissait de deux vieilles personnes. Très vieilles. Leurs cheveux blancs mêlés de gris descendaient sur leurs épaules; leurs robes brunes sans manches étaient usées et fanées. Si elles n'avaient pas été si voûtées, elles auraient été grandes. Seuls leurs bras, musclés et bruns, paraissaient jeunes.

Arrivés au premier parterre, les vieillards se sont séparés. L'un des deux, une femme dont les pommettes saillantes me rappelaient ma mère, s'est baissée pour ramasser un sac de graines et s'est mise à les planter dans le sol, d'un côté de la hutte. Cependant, l'autre, un homme avec une longue barbe, a ramassé un panier et clopiné jusqu'à un arbre chargé des mêmes fruits en spirale que j'avais cueillis sur le shomorra. Tout d'un coup, il s'est arrêté et s'est tourné lentement vers l'endroit où nous étions. Alors, sans nous quitter des yeux, il a dit d'une voix grave et bourrue :

— Garlatha, nous avons des visiteurs.

La vieille femme a levé la tête. Elle avait le visage soucieux, mais elle a répondu calmement, d'une voix chevrotante :

— Eh bien, qu'ils se montrent. Ils n'ont rien à craindre de nous.

— Je suis T'eilean, a déclaré l'homme. Si vous venez en amis, vous êtes les bienvenus.

Lentement, nous avons levé la tête. Je me suis redressé en prenant appui sur mon bâton. Un frisson m'a traversé quand ma main a frôlé les marques de dents dans le bois. Shim s'est mis sur la pointe des pieds à côté de moi, mais seuls ses yeux et ses cheveux en bataille dépassaient du mur.

— Nous venons en amis.

— Comment vous appelez-vous ?

Méfiant, j'ai hésité.

— Nos noms sont secrets, a dit Shim. Personne ne les cronnaît… même pas nous, a-t-il cru bon d'ajouter.

T'eilean a esquissé un sourire.

— Tu as raison d'être prudent, petit voyageur. Mais, comme l'a dit ma femme, vous n'avez rien à craindre de nous. Nous ne sommes que de modestes jardiniers.

J'ai enjambé le mur, en essayant de ne pas écraser les délicats fruits jaunes d'une plante rampante qui poussait de l'autre côté. Shim, à qui je tendais la main, a préféré grimper tout seul par-dessus l'amas de cailloux.

L'expression de T'eilean est redevenue grave.

— C'est dangereux de voyager à Fincayra. Vous devez être très courageux, ou alors très bêtes.

J'ai acquiescé de la tête.

— Le temps dira si nous sommes l'un ou l'autre. Mais vous ? S'il est dangereux de voyager ici, y vivre doit l'être encore plus.

T'eilean a fait signe à Garlatha de le rejoindre.

— C'est bien vrai. Mais où irions-nous ? Ma femme et moi vivons ici depuis soixante-huit ans. Nos racines sont profondes, aussi profondes que celles de ces arbres. Et puis, nous n'avons pas de trésor, a-t-il ajouté en montrant leur maison toute simple d'un geste de la main.

— C'est-à-dire, pas de trésor qui puisse être volé, a précisé Garlatha en lui prenant le bras — elle souriait. Le nôtre, aucun coffre ne pourrait le contenir, il est trop grand… et plus précieux que n'importe quel bijou.

T'eilean a hoché la tête.

— Tu as raison, ma chère épouse… Elle a toujours raison, a-t-il ajouté en se penchant vers moi avec un sourire malicieux. Même quand elle a tort.

Garlatha lui a décoché un coup de pied dans le tibia.

— Aïe! a-t-il crié. Au bout de soixante-huit ans, tu devrais avoir appris à te tenir!

— En soixante-huit ans, j'ai surtout appris à voir clair en toi.

Garlatha a regardé son mari dans les yeux et, lentement, elle a souri.

— Pourtant, je ne sais pourquoi, a-t-elle repris, j'aime encore ce que je vois...

Les yeux sombres du vieil homme pétillaient.

— Allons, il faut penser à nos invités, maintenant. Voulez-vous entrer vous asseoir? Manger quelque chose?

— Je regrette, mais malheureusement nous n'avons pas le temps. J'aimerais bien quand même goûter un de ces fruits, ai-je dit en montrant ceux en spirale. J'en ai mangé une fois, et ils étaient délicieux.

T'eilean a allongé le bras et, avec une dextérité étonnante, en a cueilli un.

— Bien sûr, tu peux en prendre un, mais il est impossible que tu aies déjà mangé un de ces fruits. Le larkon ne pousse plus nulle part ailleurs à Fincayra, a expliqué le jardinier, d'une voix solennelle. Il y a des années, bien avant ta naissance, on en trouvait sur les collines à l'est de la Rivière Perpétuelle. Ils ont tous succombé à la maladie, sauf celui-ci.

J'ai mordu dans le fruit, et c'était comme si, d'un seul coup, le soleil avait inondé ma bouche.

— Il existe pourtant un autre endroit où l'on trouve encore ce fruit, ai-je affirmé.

— Où ? se sont exclamés en chœur T'eilean et Garlatha.

— Dans les bois de la Druma, sur le shomorra.

— Le shomorra ? a bredouillé Garlatha. Tu as vraiment été là-bas ? Tu as vu le plus rare des arbres ?

— Une amie qui le connaît bien m'y a conduit.

T'eilean a caressé sa barbe.

— Si c'est vrai, tu as une amie vraiment extraordinaire.

— En effet.

Une légère brise a agité la branche au-dessus de moi. J'ai écouté le bruissement des feuilles. Je me sentais comme un homme privé d'eau pendant plusieurs jours et qui entend enfin le murmure d'un ruisseau. À cet instant, Shim m'a arraché le fruit des mains et, avant que j'aie pu protester, il en a pris deux grosses bouchées. J'étais furieux.

— Tu ne peux donc pas demander ?

— Mmmppff, a répondu le petit géant, la bouche pleine.

Garlatha, amusée, s'est tournée vers son mari :

— Je ne suis pas la seule qui ne sache pas se tenir...

— Tu as raison.

Il s'est éloigné de quelques pas en clopinant avant d'ajouter, malicieux :

— Comme d'habitude...

Garlatha a souri à son tour. Elle a cueilli un autre fruit et me l'a tendu.

— Tiens. Mange, maintenant.

— Vous êtes vraiment généreuse, surtout si c'est le dernier arbre de cette espèce à l'est de la Druma.

J'ai humé le parfum acidulé du larkon, avant de mordre dedans. Une fois encore, j'ai senti sur ma langue une explosion de saveurs gorgées de soleil.

— Comment votre jardin a-t-il aussi bien survécu au milieu de ce désastre ? C'est un miracle.

Le mari et la femme ont échangé des regards. Le visage de T'eilean s'est durci.

— Toutes les terres étaient miraculeuses autrefois. Mais notre tyran a changé tout cela.

— Ça nous a brisé le cœur, a dit Garlatha, d'une voix étranglée.

— Le nuage de Stangmar empêche le soleil de passer, a continué le vieil homme. Et c'est de pire en pire. Car, à mesure que le château des Ténèbres devient plus puissant, le ciel s'assombrit. Pendant ce temps, les armées royales ont semé la mort dans le pays. Des villages entiers ont été détruits. Les gens ont fui dans les montagnes, loin vers l'ouest, ou même ont quitté Fincayra. Une vaste forêt, aussi extraordinaire que celle de la Druma, poussait jadis sur ces collines, à l'est. C'est fini ! Les arbres qui n'ont pas été abattus ou brûlés se sont réfugiés dans le sommeil ; ils ne parleront plus jamais. Ici, dans les plaines, la terre qui n'a pas été imprégnée de sang a pris sa couleur écarlate. Et la Harpe fleurie, qui aurait pu ramener la vie, nous a été volée.

T'eilean a regardé ses mains usées.

— J'ai tenu la Harpe une seule fois, quand j'étais enfant. Mais après toutes ces années, je me souviens encore du contact de ses cordes, et du frisson engendré par sa mélodie.

Il a grimacé.

— Tout cela est perdu. Et bien d'autres choses encore, a-t-il soupiré en regardant la fissure dans la colline, derrière la hutte. Comme notre source, autrefois si joyeuse ! À peine du goutte à goutte… La terre s'est desséchée, et l'eau qui la nourrissait s'est tarie. Désormais, je passe la moitié de la journée à aller chercher de l'eau loin d'ici.

Garlatha lui a pris la main.

— Et moi, à chercher dans la prairie sèche des graines qu'on pourrait encore utiliser.

D'un air gêné, Shim lui a offert le reste de son fruit.

— Je suis drésolé pour vous.

Garlatha lui a tapoté la tête.

— Garde ce fruit. Et ne sois pas désolé. Nous avons bien plus de chance que la plupart des gens.

— C'est vrai, a confirmé son mari. Nous avons eu une longue vie, et la chance de pouvoir faire pousser quelques arbres. C'est tout ce qu'on peut souhaiter, a-t-il dit, puis il s'est tourné vers sa femme. Il ne nous reste qu'un seul vœu : qu'un jour nous puissions mourir ensemble.

— Comme Baucis et Philémon, ai-je remarqué.

— Qui ?

— Baucis et Philémon. Deux personnages d'une histoire grecque que m'a racontée ma... ma mère, il y a longtemps. Ils n'avaient qu'un désir, mourir ensemble. À la fin, les dieux les ont changés en arbres dont les branches sont restées enlacées à jamais.

— Comme c'est beau, a soupiré Garlatha en regardant son mari.

T'eilean n'a rien dit, mais il m'a observé avec une attention particulière.

— Vous ne m'avez pas dit, ai-je repris, comment votre jardin a survécu à cette période terrible.

T'eilean a lâché la main de Garlatha et écarté les bras en nous montrant la verdure, les racines et les fleurs qui les entouraient.

— Nous avons aimé notre jardin, c'est tout.

J'ai hoché la tête, imaginant combien cette région avait dû être merveilleuse. Si le verger où nous étions n'était qu'un petit échantillon de ses richesses, le paysage avait dû être aussi beau que la Druma elle-même — quoique pas aussi sauvage et mystérieux. Le genre d'endroit où je me serais senti vivant, libre… et peut-être même chez moi.

Garlatha m'a regardé d'un air soucieux.

— Êtes-vous sûrs que vous ne voulez pas vous reposer ici un moment ?

— Non, c'est impossible.

— Alors, vous devez être très prudents, a prévenu T'eilean. Les gobelins sont partout, ces temps-ci. Hier encore, au crépuscule, alors que je rapportais de l'eau, j'en ai vu deux. Ils emmenaient une pauvre jeune fille sans défense.

Mon cœur s'est arrêté.

— Une jeune fille ? Comment était-elle ?

L'homme à la barbe blanche a eu l'air peiné.

— Je n'ai pas pu m'approcher, car ils m'auraient repéré. Mais en la voyant, j'ai eu envie de les attaquer de toutes mes forces.

— Je suis contente que tu ne l'aies pas fait, a dit sa femme.

— Cette fille avait à peu près ton âge, a poursuivi T'eilean en me pointant. Elle avait de longs cheveux bruns bouclés, et portait un vêtement qui semblait fait de plantes tressées.

Shim et moi avons étouffé un cri.

— Rhia, ai-je dit dans un souffle. Où allaient-ils ?

— Il n'y a aucun doute, a répondu le vieil homme tristement. Ils allaient vers l'est. Et comme la fille était vivante, c'est sûrement quelqu'un dont Stangmar veut s'occuper personnellement.

— Je ne supporte pas d'imaginer une jeune fille dans ce terrible château, a gémi Garlatha.

J'ai tâté mon poignard dans ma sacoche.

— Nous devons partir.

T'eilean m'a tendu la main et serré la mienne avec une fermeté surprenante.

— Je ne sais pas qui tu es, jeune homme, ni où tu vas. Mais j'ai l'impression que, comme nos graines, tu contiens beaucoup plus que ce que tu montres à l'extérieur.

Garlatha a touché de nouveau la tête de Shim.

— Je crois qu'on peut en dire autant de ce petit gars.

Je n'ai pas répondu. Nous auraient-ils parlé aussi gentiment s'ils nous avaient mieux connus ? Malgré tout, en franchissant le mur, je me suis surpris à espérer les revoir un jour. Je me suis retourné pour les saluer une dernière fois. Ils ont fait de même, puis ont repris leur travail.

J'ai remarqué que le Galator était chaud sur ma poitrine. En soulevant ma tunique, j'ai vu que son centre brillait très légèrement. Et j'ai compris que la théorie de Cairpré sur le Galator était vraie.

⁓ XXXI ⁓

PUIS VINT UN CRI

Pendant plusieurs heures, nous avons marché en direction de la brèche. Je frappais le sol en rythme avec mon bâton, foulant la terre sèche et l'herbe morte. Un vent froid descendait des Collines obscures et nous fouettait le visage. Shim faisait de son mieux pour rester près de moi, mais j'ai quand même dû m'arrêter plusieurs fois pour l'aider à traverser des buissons épineux ou grimper une pente raide.

Le vent se renforçait à mesure que nous montions. Il est bientôt devenu si glacial que je ne sentais plus ma main qui tenait le bâton. Elle avait l'air aussi dure et fixe que le bois. De l'autre bras, je me protégeais les joues et les yeux contre les particules de glace qui nous piquaient la peau et qui, peu à peu, se transformaient en redoutables petits poignards.

Shim, qui avait résisté jusque-là à l'envie de se plaindre, s'est mis à geindre pitoyablement. Je l'entendais entre les rafales, car le vent hurlait de plus en plus fort.

Si la clarté était encore suffisante pour me permettre d'utiliser ma seconde vue, les tourbillons de glace et de terre perturbaient mon sens de l'orientation. J'ai finalement buté contre un affleurement et je suis tombé, échappant un cri et mon bâton. Tremblant, j'ai rampé pour essayer de me mettre à l'abri. Shim s'est blotti dans les plis de ma tunique et nous sommes restés là, à claquer des dents, pendant de longues minutes.

La tempête de pluie verglaçante a fini par se calmer. Le vent nous a infligé encore quelques assauts avant de se retirer à son tour. Alors, lentement, dans l'air encore froid, nos corps sont sortis de leur torpeur. J'ai pu ouvrir et refermer mes mains, et j'ai senti des picotements dans mes doigts. Avec précaution, Shim a risqué la tête hors de ma tunique ; il avait les cheveux recouverts de givre.

Je me suis aperçu que l'affleurement qui nous avait en partie abrités n'était en fait qu'une énorme souche. Le terrain tout autour de nous était truffé de milliers de souches semblables, et creusé par un vaste réseau de rigoles causées par l'érosion. Bien que recouvertes d'une couche de glace, ces souches ne brillaient pas. Elles se dressaient là, ternes et sans vie comme des tumulus.

Subitement, j'ai compris. C'était tout ce qu'il restait de la vaste forêt que T'eilean avait décrite.

Les armées royales ont semé la mort dans le pays. Les paroles du vieil homme ont surgi comme des fantômes de ces souches en décomposition, du sol rouge sang et des escarpements rocheux.

Shim et moi nous sommes regardés, puis nous nous sommes levés sans un mot. J'ai ramassé mon bâton sur le sol gelé et décroché le glaçon qui s'était formé au bout. Puis j'ai repéré de nouveau la brèche, enjambé les restes d'une branche morte et commencé l'ascension de la pente glissante. Shim me suivait tant bien que mal, sans cesser de marmonner.

Nous avons grimpé toute la journée parmi les souches et les ruisseaux asséchés. Le ciel était de plus en plus noir. Finalement, la brèche a disparu, noyée dans l'obscurité. Je ne pouvais plus me fier qu'au dernier souvenir des deux montagnes qui l'encadraient, mais il s'estompait en même temps que la lumière.

Lentement, nous avons pris de l'altitude. Malgré la pénombre, j'ai remarqué quelques maigres arbres parmi les souches et les branches mortes. Leurs formes torturées m'évoquaient des gens se tordant de douleur. Voyant un arbre à l'écorce de hêtre, je m'en suis approché. La main posée sur le tronc, j'ai imité le bruissement des feuilles que Rhia m'avait appris dans les bois de la Druma.

L'arbre n'a pas réagi.

J'ai essayé de nouveau. Cette fois, en reproduisant le bruit, j'ai imaginé un arbre en bonne santé devant moi : ses puissantes racines enfoncées dans la terre, les branches dressées vers le ciel, et le chant grave qui s'élevait dans le tronc et faisait frémir chaque feuille.

Peut-être l'ai-je seulement imaginé, mais il m'a semblé percevoir un léger frisson dans les branches supérieures. Il n'a pas duré longtemps, et je n'ai pas renouvelé l'expérience.

J'ai repris ma marche, péniblement. Shim, sur mes talons, soufflait comme un bœuf. Plus on montait, plus le sol devenait rocailleux. Dans l'obscurité, ma seconde vue diminuait rapidement, mais j'ai résolu de l'utiliser jusqu'au bout. En même temps, je tendais l'oreille, attentif au moindre bruit. Craignant de trébucher ou de faire craquer des branches mortes, j'avais le pas de plus en plus hésitant.

Droit devant, j'ai aperçu un espace à peine visible entre deux masses sombres qui se dressaient vers le ciel encore plus sombre. Était-ce la brèche ? J'ai continué à avancer, à pas prudents.

Soudain, je me suis arrêté net. Aussi immobile qu'un arbre, j'ai écouté.

Shim m'a rejoint.

— Qu'est-ce qu'il y a ?

— Je n'en suis pas sûr, ai-je murmuré, mais j'ai cru entendre quelque chose un peu plus loin.

Nous avons attendu, sans bouger. Je ne percevais pas d'autre bruit à présent que notre respiration et les battements de mon cœur. Au bout de plusieurs minutes, j'ai touché le bras du petit géant.

— Allons-y, ai-je soufflé. Mais en silence. Les gobelins ne sont pas loin.

Shim a gémi :

— J'ai preur, très preur, vraiment très p…

— Chut !

Soudain, de l'obscurité devant nous, a jailli un cri rauque, suivi d'un martèlement de pieds. Des torches ont éclairé la nuit.

— Les gobelins !

Cette fois, il n'était plus question de traîner. Oubliant les branches mortes qui craquaient sous nos pas et les épines qui nous griffaient les jambes, nous avons fui à toute allure. J'entendais, juste derrière, le souffle des gobelins, le cliquetis de leurs armures et le crachotement de leurs torches.

Shim et moi courions à travers les rochers en essayant de ne pas trébucher. L'obscurité était quasi totale. Nous ne savions pas où nous allions, et cela nous était égal. Une seule chose était sûre : les gobelins gagnaient du terrain.

Dans un effort désespéré pour les semer, j'ai changé de direction. Shim m'a suivi, et nous avons franchi la crête. La vue de l'autre côté nous a fait froid dans le dos : sur le ciel noir se détachaient d'autres collines toujours plus sombres. La vallée en contrebas n'était qu'un vaste trou obscur, où brillaient une multitude de points lumineux. Malgré la proximité de nos poursuivants, nous avons eu une minute d'hésitation.

Un javelot est passé en sifflant entre ma tête et mon bâton. Alors qu'il retombait bruyamment sur le sol et provoquait une bordée de jurons derrière nous, nous nous sommes élancés dans la pente. Mon pied a heurté un rocher et je suis tombé de tout mon long. Shim a attendu près de moi que je me relève et ramasse mon bâton, et nous avons repris notre course vers la vallée.

L'obscurité nous a engloutis comme une vague. L'air est devenu rance, le sol, humide et spongieux. Nous pataugions dans une sorte de grande flaque vaseuse quand, tout à coup, quelque chose m'a alerté. Je me suis arrêté si brusquement que Shim m'est rentré dedans.

— Qu'est-ce que tu frais ? a-t-il grogné, furieux.

— Écoute.

— Je n'entends rien, à part les pralpitations dans mon nez endrolori.

— Justement. Les gobelins se sont arrêtés. Quelque part derrière nous.

— Tu as raison, a convenu le petit géant, subitement nerveux. Tu crois qu'ils ont peur de vrenir ici ?

J'ai senti quelque chose de froid s'infiltrer dans mes bottes de cuir.

— Nous… nous sommes peut-être dans les Marais hantés.

Au même moment, une lumière vacillante est apparue à quelque distance de nous. Elle a cessé d'avancer, comme hésitante. Une deuxième l'a rejointe, puis une troisième. En quelques instants, plus d'une vingtaine s'étaient rassemblées et s'approchaient lentement de nous.

Shim a serré ma main.

L'horrible odeur de chair purulente qui flottait dans l'air m'a soulevé le cœur. Plus les lumières se rapprochaient, plus la puanteur était forte.

Puis une plainte aiguë et mal assurée a résonné : un antique chant funèbre empli d'angoisse et d'une douleur infinie. Cette plainte qui montait du sol, des lumières et de l'air putride m'a fait reculer. Elle venait d'un côté, de l'autre, de toutes les directions à la fois.

Shim a poussé un cri de terreur. Lâchant ma main, il s'est enfui.

— Attends!

Je me suis lancé à sa poursuite. À peine avais-je fait quelques pas que mon pied a buté contre un obstacle. Je suis de nouveau tombé à plat ventre, dans une flaque de liquide gluant. Je me suis relevé à l'aide de mon bâton et j'ai secoué la vase que j'avais sur les bras. Elle empestait le moisi et la pourriture.

Les inquiétantes lumières ont formé un cercle. La plainte a enflé. L'odeur de la mort m'a submergé.

— Shim!

Pas de réponse.

— Shim!

Puis j'ai entendu un cri.

Les lumières se resserraient. Elles paraissaient m'observer comme des yeux. Voilà donc comment ma quête se terminerait! J'aurais préféré me noyer dans la mer au large de la côte de Gwynedd plutôt que de mourir ainsi, malheureux et seul.

Cependant, cet échec me faisait moins de peine que la perte de Rhia. Elle avait donné sa vie pour moi, tout comme le brave faucon. Je ne méritais pas une telle amitié. Et elle ne méritait pas de mourir. Elle était si pleine de vie et de sagesse! L'idée de sa mort m'était insupportable; elle me consumait le cœur comme une brûlure.

Je me suis alors aperçu que le Galator devenait chaud sur ma poitrine. Je l'ai sorti de ma tunique et levé au-dessus de moi. Sa lumière verte rayonnait dans l'obscurité, assez pour me permettre de distinguer ma main et mon bras.

Les sinistres lumières ont vacillé et se sont immobilisées. La plainte s'est tue. Une fraîcheur nouvelle flottait dans l'air. En même temps, la lumière du Galator a augmenté. En quelques secondes, le halo vert a éclairé mon corps tout entier, ainsi que mon bâton.

— Shim! Où es-tu?

— Ici!

Il m'a rejoint en titubant, dégoulinant de vase noire.

Tandis que le cercle s'élargissait, les lumières flottantes ont vacillé; puis, lentement, elles se sont retirées dans l'obscurité. La plainte a repris, mais elle n'était plus qu'un murmure de colère.

Encouragé par la disparition des lumières, j'ai décidé de continuer d'avancer. J'étais résolu à sortir de ces marais, coûte que coûte.

Tenant d'une main le Galator au-dessus de ma tête, de l'autre le bâton, je me suis assuré que Shim était accroché à ma tunique et je me suis remis à marcher, péniblement, dans la boue molle qui collait à mes bottes. À un moment, mon pied s'est enfoncé dans un trou et je suis tombé en avant, manquant de perdre mon pendentif. Aussitôt, les yeux de lumière se sont rapprochés et le murmure a enflé.

Dès que j'ai retrouvé mon équilibre, les lueurs menaçantes ont battu en retraite. Il m'a fallu un moment pour extraire mon bâton de la boue. Nous avons poursuivi notre chemin d'un pas lourd, mais j'ai compris que Shim ne tiendrait pas longtemps dans ces conditions. Il avait beau se démener pour rester avec moi, il avait de l'eau jusqu'à la taille, et les efforts qu'il faisait pour avancer le fatiguaient énormément.

Mes jambes peinaient aussi, et le bras qui tenait le Galator me semblait de plus en plus pesant. J'ai quand même aidé Shim à grimper sur mon épaule, celle que Fléau avait choisie comme perchoir. Mais Shim pesait beaucoup plus lourd que le faucon.

Chaque pas est devenu difficile, chaque respiration, pénible. Je me sentais de plus en plus faible, comme si le marais lui-même sapait mes forces. Mon épaule me faisait mal. La vase coulait des jambes de Shim sur mon visage, et son goût rance me brûlait la langue.

À mesure que mon énergie diminuait, les lumières se rapprochaient. Le murmure enflait, telle une meute de loups hurlant dans mes oreilles.

Les marais n'en finissaient pas, et j'atteignais les limites de mon endurance.

Mes pouvoirs ! Devais-je m'en servir ? J'en avais besoin, mais je les craignais trop ! Les flammes jaillissaient de nouveau dans ma tête, me brûlaient le visage, les yeux...

Soudain, j'ai trébuché et suis tombé à genoux, sans lâcher mon bâton ni le Galator. Shim a crié et s'est suspendu à mon cou en sanglotant. De nouveau les lumières se sont rapprochées en attendant de voir si j'allais me relever.

J'ai fait appel à mes dernières forces pour m'extraire de la vase. J'ai voulu brandir le Galator, mais je n'ai pas pu le lever plus haut que ma poitrine. J'ai fait péniblement un pas... et je suis retombé.

Le Galator a cogné quelque chose de dur — une pierre, sans doute — et j'ai entendu Shim crier, alors que le murmure autour de nous devenait assourdissant.

Ensuite, je n'ai plus rien entendu.

∾ XXXII ∾

SOMBRE DESTIN

u es vrivant?

— Pas sûr, ai-je répondu.

Je me suis assis en secouant la tête pour tenter de dissiper le brouillard qui obstruait ma seconde vue. Mon bâton, maculé de boue malodorante, était posé à portée de ma main.

Shim, assis de l'autre côté de moi, le visage plissé d'inquiétude, a tiré sur ma tunique.

— Où sommes-nous?

Un sol, un plafond en pierre polie, voilà tout ce que je voyais. Et pas la moindre fenêtre. Une lumière bleue vacillante, comme celle d'une bougie sur le point de s'éteindre, emplissait cette pièce étrange. Pourtant, je n'ai aperçu aucune chandelle.

Un frisson désagréable m'a envahi. J'avais un mauvais pressentiment. L'impression bizarre que quelqu'un s'apprêtait à nous découper en tranches pour son dîner.

Shim s'est rapproché de moi.

— Cet endroit est effrayant. On dirait un dronjon.

— C'est vrai.

Soudain, il a pointé le doigt vers quelque chose.

— Là, des os !

J'ai sursauté en apercevant le tas dans l'ombre, près de nous. C'était bien des os, proprement nettoyés. Dans la lumière tremblante, je distinguais des côtes, des tibias et plusieurs crânes. Des crânes humains. L'angoisse m'a saisi. Nos propres restes reposeraient-ils bientôt ici ?

Puis j'ai vu d'autres monticules : une pile de dalles de pierre grise presque aussi haute que mon bâton ; un empilement de bâtons triés par taille et par nombre ; un amas de boules de bois de différentes tailles, couvertes de signes mystérieux... Certaines de ces boules étaient plus petites qu'un ongle, d'autres plus grosses que des têtes, et elles semblaient avoir été soigneusement disposées. Dans un angle, à l'extrémité opposée de la pièce, j'ai remarqué de curieux cubes blancs dont les faces étaient ornées de points noirs. Des bobines de fil noir et blanc étaient entassées ici, des coquillages là. J'ai également remarqué des bols de fer débordant de cailloux et de graines de toutes formes.

Un épais tapis carré divisé en petits carreaux rouges et noirs occupait le centre de la pièce. Sur un grand nombre de ces carreaux étaient posées des pièces de bois sculpté, qui m'arrivaient à peu près à la taille : des dragons menaçants, des chevaux au galop, des loups hurlants, des gobelins au combat, des rois et des reines, plus d'autres que je ne reconnaissais pas. À Caer Vedwyd, j'avais entendu parler d'un jeu appelé *esches* ou *échecs*, mais il se jouait sur un plateau plus petit, et non sur un tapis. En tout cas, les pièces de ce jeu ne comptaient ni dragons ni gobelins.

Sur le mur en face de nous, un entrelacs confus de signes bleus tremblotait dans la lumière. Des colonnes de traits, de points et de gribouillis désordonnés le recouvraient presque entièrement. Il y avait des milliers de carrés, de triangles, de quadrillages, de cercles divisés en sections tels des pains ronds coupés en tranches, auxquels s'ajoutaient des runes, des lettres, des nombres et des symboles.

— Quel dommage ! a grogné une voix grave derrière nous.

Nous nous sommes retournés. Une tête chauve et pâle nous regardait depuis une porte entrebâillée. Lentement, la porte s'est ouverte, livrant passage à un corps aussi rond que la tête, vêtu d'une robe en toile de jute à plusieurs poches et d'un collier de pierres grossières, et complété par deux pieds nus. Je me suis figé, craignant devoir affronter un autre spectre changeant. Ou pire encore.

La tête chauve, avec plusieurs rangées de plis autour de ses deux oreilles triangulaires, s'est inclinée vers nous. Une grosse verrue ornait le milieu de son front. Des yeux encore plus noirs que les miens nous ont observés sans ciller, pendant plusieurs secondes. Puis la bouche garnie de dents difformes s'est ouverte de nouveau.

— Vraiment dommage, décidément.

J'ai ramassé mon bâton et je me suis relevé avec d'autant plus de difficulté que Shim s'agrippait à ma jambe.

— Qui êtes-vous ?

— Il y a très peu de chance qu'ils voient la fin du jour, a murmuré la créature alors qu'elle pénétrait la pièce. Vraiment dommage.

Malgré ma voix chevrotante, j'ai répété ma question.

— Qui êtes-vous ?

Les yeux noirs, qui semblaient extrêmement vieux, m'ont examiné un moment.

— C'est une question délicate, mon chou.

Ce « mon chou » ne m'a pas plu.

— Qui suis-je ? a poursuivi la créature, marchant lentement autour de nous, tel un vautour autour d'une charogne. Difficile à dire. Même pour moi. Aujourd'hui je suis quelqu'un, demain quelqu'un d'autre.

Sa face ridée s'est penchée vers moi, exhibant toutes ses dents de travers.

— Et toi, qui es-tu ?

Elle ne cessait de nous tourner autour en faisant claquer ses pieds sur le sol.

— La vérité, c'est que je ne le sais pas très bien, ai-je soupiré.

— Au moins, tu es honnête. Je pourrais peut-être t'éclairer sur ce sujet. Mais je dois te prévenir, c'est plutôt décevant. Pour commencer, tu es trop maigre pour faire plus d'une bouchée ou deux, même avec ton petit ami.

Shim m'a serré la jambe plus fort.

— Pire encore, mon chou, tu as l'air bien trop faible pour m'aider à gagner mon pari. Et je déteste perdre.

Un frisson glacé m'a parcouru le dos.

— Ça y est... je sais qui vous êtes : vous êtes Domnu !

— Tu es intelligent, mon chou.

La vieille chouette déplumée a cessé de tourner et s'est passé la main sur le crâne en réfléchissant.

— Mais l'intelligence ne suffira pas pour me faire gagner mon pari.

— De quoi parlez-vous ?

— Oh, rien de très important. J'ai juste fait un petit pari avec quelqu'un qui pense que tu ne survivras pas jusqu'à demain, a-t-elle dit en haussant les épaules. Mourir aujourd'hui ou demain, quelle différence ? Je n'aurais pas dû miser sur toi, mais je n'ai pas pu résister.

J'ai frémi en me rappelant ce que Cairpré avait dit sur cet être, dont le nom signifie « sombre destin ». *Ni bonne ni mauvaise, ni amie ni ennemie. Elle est, tout simplement.*

— Avec qui avez-vous parié ?

Domnu s'est approchée du mur couvert d'inscriptions. Elle a craché sur l'index de sa main gauche qui, aussitôt, est devenu bleu. Puis, se servant de son doigt comme d'un pinceau, elle a levé le bras aussi haut qu'elle pouvait et tracé une ligne ondulée à travers un des cercles.

— Il est temps d'utiliser un nouveau mur, a-t-elle grommelé. Je dois compter les points, mes petits choux, a-t-elle ajouté en jetant un regard vers nous. Je déteste perdre un pari, mais je dois compter les points. Et j'ai bien l'impression que je vais perdre celui-ci.

— Vous vroulez dire que nous allons mourir ? s'est écrié Shim d'une voix flûtée.

Domnu a de nouveau haussé les épaules.

— C'est fort probable.

— Mais avec qui avez-vous parié ? ai-je insisté.

— Tu ne le connais pas. Toutefois, il éprouve à ton égard une réelle antipathie.

— Qui ?

Elle s'est gratté derrière la tête.

— Cet imbécile de Rhita Gawr, bien sûr.

— Rhita Gawr ? L'esprit qui se bat contre Dagda ?

— Je suppose, a grommelé Domnu. Du moins, c'était ainsi la dernière fois que j'ai vérifié, il y a quelques milliers d'années. Mais je ne sais pas qui gagne et qui perd, mon chou. À eux de compter leurs propres points.

— Ce n'est pas un jeu ! C'est sérieux.

Domnu a pris un air pincé.

— Mais c'est sérieux, les jeux, mon chou ! Aussi sérieux que la vie, car la vie elle-même n'est qu'un jeu.

Je me suis rapproché d'elle, avec Shim toujours accroché à ma jambe.

— Vous ne comprenez pas. L'enjeu de leur bataille, c'est Fincayra. Et toute la Terre, et même au-delà.

— Oui, oui, a fait la sorcière en bâillant. C'est un pari continuel.

— Non ! C'est plus que ça.

Elle m'a regardé, stupéfaite.

— Plus que ça ? Comment serait-ce possible ? Il n'y a pas de meilleur jeu de hasard qu'un pari ! On fait son choix, on décide de l'enjeu. Et ce qui arrive, arrive. Pile ou face. Vie ou mort. Peu importe, du moment qu'on ramasse ses gains à la fin.

Je n'étais pas du tout d'accord.

— Mais *c'est* important ! Selon que Dagda ou Rhita Gawr gagne, ça déterminera…

— Quelles seront leurs chances de gagner pour leur pari suivant. Oui, je sais.

Domnu est allée vers le tapis à carreaux. Elle s'est arrêtée devant un dragon rouge, s'est penchée et l'a chatouillé sous le menton. Il m'a semblé — sans en être absolument sûr à cause de la lumière vacillante — que la tête du dragon avait légèrement tressailli, et que deux minces traînées de fumée s'échappaient de ses narines.

— Leur petit jeu ne m'intéresse pas, a-t-elle conclu, alors même qu'elle tordait l'oreille du dragon. J'ai assez à faire avec le mien.

— J'ai peur. Très, très, très peur, a murmuré Shim, qui serrait plus que jamais ma jambe.

— Je ne vois pas pourquoi, a répondu Domnu avec un sourire au coin des lèvres. À part la première fois, mourir n'est pas si terrible.

Elle a posé le pied sur le dos du dragon et, allongeant le bras vers le roi noir, elle l'a attrapé brutalement par le cou. Il se peut que je me sois trompé, mais quand elle a soulevé le roi, il m'a semblé entendre un léger cri. Le tenant toujours par le cou, elle s'est mise à astiquer sa couronne avec sa robe de jute.

— On devrait faire une partie de quelque chose avant que je vous laisse partir, mes petits choux. Ça nous empêchera de penser, vous à votre mort imminente, et moi à mon échec. Préférez-vous les dés ou les bâtons ?

— Nous avons besoin de votre aide, ai-je dit d'un ton suppliant.

Elle a remis le roi noir à sa place sans ménagement, puis, en faisant claquer ses pieds sur le sol, elle s'est dirigée tranquillement vers le tas de bâtons. Elle en a pris une poignée et les a contemplés, songeuse.

— À mon avis, des paquets de trois seraient mieux aujourd'hui que des paquets de treize, vous ne croyez pas ? Je sens que c'est un jour pour des petits nombres. Mais peut-être préférez-vous jouer avec des os ?

— S'il vous plaît ! Nous devons aller au château des Ténèbres.

— Le château des Ténèbres ?

Elle a sorti un bâton du paquet et a craché dessus.

— Pourquoi donc aller là-bas ?

— Bronne question, a marmonné Shim.

— En outre, a poursuivi Domnu, si je vous y envoie, vous mourrez à coup sûr et je perdrai mon pari.

— Vous ne voulez pas nous aider, s'il vous plaît ?

— Non, je regrette, mon chou, a-t-elle répondu en faisant tourner le bâton dans sa main.

— Alors autant nous renvoyer dans les Marais hantés, qu'on en finisse…

Shim m'a regardé, sidéré.

— Je le ferai peut-être, mon chou. Après tout, j'ai promis à Rhita Gawr de ne pas vous garder ici toute la journée. Ce sont les règles du pari, tu comprends. Et je n'enfreins jamais les règles. D'ailleurs, il s'en apercevrait, a-t-elle ajouté plus bas.

Elle a remis le bâton dans le paquet et l'a jeté négligemment sur le tas avant de poursuivre :

— Mais pourquoi se presser ? Nous avons encore le temps de faire une ou deux parties.

— Non, nous n'avons pas le temps ! me suis-je écrié. Comment vous en convaincre ?

— La seule question, a-t-elle repris en regardant autour d'elle, c'est quel jeu choisir. Voyons…

les échecs, bien sûr! Mais j'imagine que tu ne connais pas les règles, jeune comme tu es. Ce n'est pas grave. Viens par ici, je vais te montrer. Et amène ce brave guerrier, là, qui s'accroche à ta jambe.

Elle est retournée vers le tapis et a jeté un coup d'œil sur les pièces.

— Trop grandes, je pense, a-t-elle conclu.

D'un air concentré, elle a posé la main sur la couronne de la reine rouge. Puis, après avoir marmonné une phrase, elle a appuyé lentement. À ma stupéfaction, la reine rouge — ainsi que les autres pièces — a rapetissé de moitié. À présent, les pièces les plus hautes étaient de la taille de Shim.

— C'est vraiment une de mes meilleures inventions, ce jeu, s'est vantée Domnu en contemplant son œuvre. Il remporte partout un vif succès. Même les humains l'ont adopté, malgré leurs médiocres pouvoirs de concentration. Mais ça me chagrine de voir à quel point ils simplifient les règles. Le seul inconvénient, c'est qu'on y joue à deux. Et trouver un bon partenaire est parfois très difficile.

Elle a haussé les sourcils, ce qui a provoqué une vague de plis jusqu'au sommet de son crâne.

— Surtout quand on a aussi peu de visiteurs que moi, a-t-elle repris. Au fait, la plupart arrivent par la porte d'entrée. Qu'est-ce qui vous a pris d'entrer par-derrière ? J'aurais pu ne jamais vous trouver, si vous n'aviez pas frappé.

— Je n'ai pas frappé.

— Bien sûr que si ! Et j'ai failli ne pas vous entendre avec cet affreux vacarme dehors.

— Non, je vous assure, ai-je insisté.

— Tu as une mauvaise mémoire, mon chou. Tu as frappé avec quelque chose de dur. Ta tête, sans doute. Ou peut-être cette babiole que tu as autour du cou.

Le Galator ! Je l'ai serré dans ma main et vite remis sous ma tunique. Il ne brillait plus.

— J'aurais pu vous laisser là, mais je n'ai pas eu de partenaires depuis très longtemps. Au moins deux siècles ! Après vous avoir fait entrer, j'ai compris que vous étiez ceux dont Rhita Gawr m'a parlé. Il a parié que vous ne survivrez pas plus d'un jour, si jamais vous passez par ici. Je regrette seulement de ne pas vous avoir vus avant d'accepter le pari, a-t-elle ajouté en plissant les yeux.

Domnu a fait le tour du tapis, examinant chaque pièce avec soin. J'ai eu l'impression que chacune tremblait un peu à son approche, même si la lumière accentuait sans doute cette impression. Lorsqu'elle est passée derrière un bel étalon noir, j'ai cru voir le cheval bouger très légèrement une jambe postérieure. Domnu s'est tout de suite retournée vers lui.

— Tu ne veux tout de même pas me donner un coup de pied, maintenant ?

Les yeux noirs du cheval ont lancé des éclairs, tandis qu'elle passait lentement le doigt le long de sa crinière.

— D'habitude, tu te tiens mieux. Beaucoup mieux. Tu as peut-être besoin d'avoir davantage de poids sur le dos. Oui, j'en suis sûre. C'est ça.

Il m'a semblé entendre un faible hennissement. Les muscles de l'étalon paraissaient contractés.

Domnu s'est penchée vers lui et a soufflé tout doucement. Venue d'on ne sait où, une pierre noire, grosse comme la moitié du cheval, est apparue sur son dos. Imperceptiblement, il a fléchi sous son poids, mais il a gardé la tête bien haute.

— Voilà, a déclaré Domnu. C'est beaucoup mieux.

Puis elle s'est tournée vers moi.

— C'est l'heure d'une petite partie d'échecs, a-t-elle annoncé d'une voix plutôt menaçante. Avant que je vous renvoie chez vos... amis, qui attendent dehors. À toi de commencer.

❦ XXXIII ❦
Le pari

on cœur battait la chamade. Je ne me décidais pas à rejoindre Domnu sur le tapis.

— Viens, mon chou. Je n'ai pas toute la journée. Toi non plus, d'ailleurs, a-t-elle ajouté avec un sourire sarcastique.

— Ne t'approche pras d'elle, m'a soufflé Shim, affolé.

— J'attends ! a grogné Domnu.

La sueur perlait sur mon front. Que faire ? Peut-être qu'en cédant à son caprice, je trouverais un moyen d'obtenir son aide. Hélas, à peine cette pensée m'a-t-elle effleurée que j'ai compris que c'était impossible. Domnu ne nous enverrait jamais au château, car elle était convaincue que nous y perdrions la vie… et elle, son pari. Elle avait sans doute raison.

Je me suis quand même dirigé vers le tapis, en traînant Shim derrière moi. Je ne savais pas quoi faire ensuite, non seulement en ce qui concernait le jeu, mais aussi pour retrouver Rhia. Je pressentais juste que nous avions été trop loin, et survécu à trop d'épreuves pour renoncer sans avoir essayé toutes les possibilités.

Lorsque je suis arrivé au bord du tapis, Domnu m'a désigné le cheval noir qui ployait sous sa charge.

— Joue, a-t-elle ordonné.

— Mais… mais je ne connais pas les règles, ai-je balbutié.

— Cela ne t'a pas arrêté jusque-là, j'en suis sûre.

Ne comprenant pas très bien à quoi elle faisait allusion, j'ai insisté :

— Pouvez-vous me les expliquer ?

— Avec moi, tu peux les inventer. Enfin, tant que tu n'enfreins pas les miennes.

J'ai hésité.

— Je ne sais pas comment commencer.

— Aux échecs, ce n'est pas comme dans la vie : tu commences comme tu veux.

— Et si je fais un mauvais choix ?

— Ah ! a-t-elle dit en plissant le front. De ce point de vue, la vie et les échecs sont pareils. Ton choix fera toute la différence.

J'ai pris une profonde inspiration et me suis avancé sur le damier rouge et noir. Hésitant, j'ai posé mon bâton. Puis, avec effort, j'ai soulevé l'étalon noir pour le porter de l'autre côté du tapis. Je l'ai posé sur une case, juste en face du roi rouge.

— Hmmm, a observé Domnu en me regardant curieusement. C'est un coup très risqué, mon chou. Mais pas plus risqué que de prendre le château des Ténèbres sans armée.

Elle a poussé le roi rouge sur une autre case, à l'abri derrière deux gobelins.

— Tu dois avoir une bonne raison d'y aller.

— En effet. C'est…

— C'est vraiment dommage que tu sois aussi pressé de mourir. Surtout que tu apprends juste à jouer ! En temps normal, je serais ravie de t'aider à mourir plus vite. Mais un pari est un pari.

— Et si, moi aussi, je faisais un pari avec vous ?

Domnu s'est gratté la tête.

— Quel genre de pari ?

J'ai réfléchi très vite.

— Eh bien, si vous m'emmenez au château…

— Si vous *nous* emmenez, a corrigé Shim, qui bien que toujours tremblant, avait lâché ma jambe. Nous y allons ensemble. Je n'ai pas chrangé d'avis.

J'ai hoché la tête, puis repris ma conversation avec Domnu.

— Si vous *nous* emmenez au château, je parie que… que nous survivrons quand même à ce jour. Même si Stangmar et tous ses gobelins et ghouliants sont là pour nous accueillir. Vous n'avez qu'à parier le contraire, c'est-à-dire que nous échouerons.

Domnu, l'air songeur, tirait sur ses oreilles.

— Ah! Tu fais monter les enchères, c'est ça?

— Exact.

— Et que se passera-t-il, si vous ne survivez pas jusqu'à demain?

— Dans ce cas, vous aurez perdu votre pari contre Rhita Gawr, mais vous en aurez gagné un autre, contre moi. En fin de compte, vous ne vous en sortirez pas si mal. Alors que si vous ne pariez pas avec moi, à la fin de la journée, vous aurez perdu, tout simplement.

Elle a froncé les sourcils.

— Aucune chance! Tu me prends pour une novice, mon garçon? Je te rends un grand service si je t'envoie au château. Que tu gagnes ou non, tu auras au moins ça. Et moi, qu'est-ce que j'aurai? Rien.

— Mais je n'ai rien à vous donner, ai-je soupiré, découragé.

Son front s'est plissé.

— Dommage. Maintenant, ton deuxième coup.

— Attendez, ai-je dit en sortant le poignard de Honn. Vous pourriez prendre ça.

Domnu a de nouveau froncé les sourcils et écarté le poignard d'un geste dédaigneux.

— Une arme ? À quoi me servirait-elle ?

J'ai ouvert la sacoche que Branwen m'avait donnée.

— Alors que pensez-vous de ça ? Ces herbes sont de très bons remèdes.

— Que veux-tu que j'en fasse ?

Tandis que je ramassais mon bâton, elle a déclaré :

— Je n'ai pas besoin de ça non plus.

Le seul objet de valeur qui me restait était le Galator. Domnu le savait certainement. Mais si je m'en séparais, c'en était fini de ma quête.

— Trenez, a dit Shim en retirant sa chemise. Vous pouvez garder ça. C'est ma mère qui l'a fraite quand j'étais enfant. Dommage qu'elle ne soit jamais devenue trop pretite pour moi !

Domnu n'avait pas l'air satisfaite.

— Tu peux te la garder.

Elle a dardé ses yeux noirs sur moi.

— Si c'est tout ce que vous avez à m'offrir, inutile de continuer à discuter. Reprenons la partie d'échecs.

La tête me tournait. Je ne savais presque rien des pouvoirs du Galator, sinon qu'ils étaient extraordinaires. *Plus vastes que tous les pouvoirs connus*, avait dit Cairpré. J'hésitais à me séparer du dernier Trésor. Il nous avait déjà sauvé la vie une fois, et il pourrait bien nous être utile à nouveau. Sans compter que si Stangmar le convoitait vraiment, je pourrais l'employer comme monnaie d'échange pour sauver Rhia. Je n'avais aucun moyen de savoir si elle était encore vivante, mais j'étais certain que sans le Galator, je ne la sauverais jamais. De plus, ma propre mère avait porté ce pendentif. Elle me l'avait confié pour que je le garde, que je le protège. En le cédant, j'aurais l'impression de donner un peu de son amour pour moi.

D'un autre côté, si je ne l'offrais pas à Domnu, je n'obtiendrais rien d'elle. Et sans son aide, je ne parviendrais jamais à atteindre le château. Ni à sauver Rhia. Mais à quoi me servirait-il d'arriver au château sans le Galator ?

— C'est ton tour, s'est impatientée Domnu. Joue !

Lentement, j'ai retiré le Galator.

— D'accord, je vais jouer. Vous connaissez ce pendentif, n'est-ce pas ?

Domnu a bâillé, dévoilant ses dents.

— Je l'ai vu quelquefois au cours des âges, oui. Et alors ?

— Alors, vous connaissez sa valeur.

— J'en ai entendu parler.

Shim a tiré un grand coup sur ma tunique.

— Tu es frou ! Ne frais pas ça !

Je n'ai pas tenu compte de son avertissement.

— Je parie… le Galator, ai-je déclaré. Si vous nous emmenez au château de Stangmar, je… je vous le donnerai, ai-je ajouté d'une voix étranglée.

Les yeux noirs de la sorcière se sont écarquillés.

— Non ! a crié Shim. On en a besoin !

J'ai fait un pas vers Domnu et poursuivi :

— Mais si l'un de nous deux, que ce soit Shim ou moi, revient vivant, peu importe dans combien de temps, vous devrez lui rendre le Galator.

Je lui ai montré le pendentif. Ses pierres avaient un éclat sombre dans la lumière changeante.

— Voilà les conditions de mon pari, ai-je conclu.

Domnu a gloussé avec gourmandise.

— Et si jamais tu reviens — ce dont je doute, mon chou —, tu crois que je te le rendrai ?

— Non ! s'est écrié Shim.

J'ai lancé à Domnu, d'un air sévère :

— Vous avez dit que vous respectiez toujours les règles.

— C'est vrai. Avec de petites exceptions ici et là, bien sûr…

Brusquement, sa main a jailli et saisi le pendentif.

— Pari accepté.

Mon cœur s'est serré. Je n'avais plus le Galator.

Domnu l'a regardé brièvement. J'ai juste eu le temps d'apercevoir le reflet vert dans ses yeux noirs. Elle l'a fourré dans une de ses grandes poches. Puis elle a souri, avec le sourire de quelqu'un qui vient de gagner un magnifique pari.

Quant à moi, j'étais certain d'avoir laissé échapper mon dernier espoir.

— C'est ce que vous vouliez depuis le début, ai-je dit, amer.

— C'est bien possible, mon chou.

— Dans ce cas, pourquoi ne l'avez-vous pas pris, tout simplement ? Pourquoi avez-vous fait ainsi traîner les choses ?

Domnu a affiché un air offensé.

— Moi ? Prendre quelque chose qui ne m'appartient pas ? Jamais ! a-t-elle dit en tapotant sa poche qui contenait maintenant le Galator. En outre, le Galator doit être donné librement. S'il est volé, ses pouvoirs ne servent à rien. Personne ne t'a expliqué ça ?

J'ai secoué la tête.

— Dommage. Vraiment dommage.

Elle a bâillé longuement.

— Bon, venons-en à votre part du marché, ai-je enchaîné avec amertume. Comment comptez-vous nous emmener au château ?

LE PARI

— Si vous n'y voyez pas d'inconvénient, je préférerais attendre un peu. Je suis très fatiguée en ce moment.

— Attendre ?

— Oui. Seulement jusqu'à demain.

— Pas question ! Vous avez promis !

— C'est de la malhonnêteté !

Elle nous a examinés attentivement.

— Bon, d'accord. Je vais vous y conduire aujourd'hui. Mais vous devriez avoir honte d'empêcher une pauvre vieille femme de se reposer. Ce que je me demande, c'est comment vous emmener au château...

Elle s'est tapoté le crâne, tout en parcourant la pièce du regard.

— Ah, c'est ça. Des ailes. Il vous faut des ailes. Peut-être même une paire à laquelle vous êtes habitués.

Mon cœur a fait un bond. Je me suis demandé si c'était une allusion aux ailes légendaires dont Cairpré m'avait parlé. Domnu allait-elle me rendre ce que les Fincayriens avaient perdu depuis si longtemps ? J'ai bougé mes épaules pour les préparer.

Elle a traversé la pièce, ouvert la porte et sorti de l'obscurité une cage en fer compacte, où était enfermé un petit faucon en piteux état. Un merlin.

— Fléau !

Je me suis précipité vers la cage. L'oiseau a battu des ailes et poussé des sifflements d'enthousiasme.

— Laissez-le sortir, ai-je supplié en caressant ses plumes chaudes à travers les barreaux.

— Attention, a prévenu Domnu. C'est un bagarreur. Un vrai. Petit corps, mais grande vigueur. Il pourrait te réduire en charpie s'il le voulait.

— À moi, il ne fera aucun mal.

— Si tu insistes.

Après un haussement d'épaules, elle a donné une petite tape sur la cage, qui a disparu instanta-nément. Fléau a perdu l'équilibre, mais il s'est rat-trapé juste avant de toucher le sol. En deux coups d'ailes et un sifflement, il est venu se percher sur mon bâton, puis a sauté sur mon épaule gauche et frotté ses plumes contre mon oreille. Après quoi il s'est tourné vers Domnu et a labouré l'air avec ses serres pour exprimer sa colère.

— Où l'avez-vous trouvé ? ai-je demandé.

Elle a gratté sa verrue sur le front.

— C'est lui qui m'a trouvée, mais je ne sais pas comment. Il était plutôt faible quand il est arrivé. Comme si quelqu'un avait voulu en faire de la chair à pâté. Que ce petit misérable ait pu encore voler est un miracle. Je l'ai un peu remis en état. J'espérais lui apprendre à jouer aux dés, mais l'ingrat a refusé de coopérer.

À ces mots, Fléau a bruyamment protesté en griffant l'air de nouveau.

— Oui, oui, je l'ai flanqué dans cette cage contre son gré. Mais c'était pour son bien.

Fléau s'est fâché encore une fois.

— Et aussi pour me protéger ! Quand j'ai refusé de l'aider à retrouver son ami, il m'a attaquée. Enfin, il a essayé. J'aurais pu le transformer en ver sur-le-champ, mais j'ai décidé de le garder, pour le cas où ses manières s'amélioreraient. Quoi qu'il en soit, il pourrait nous être utile maintenant.

Perplexes, Fléau et moi avons penché la tête de concert.

— Je dois vous avertir, a poursuivi Domnu, que si je peux vous amener jusqu'au château, je n'ai pas les moyens de vous y faire entrer. Pour ça, vous devrez vous débrouiller seuls. Pareil pour en sortir.

Elle a jeté un coup d'œil furtif dans la poche où elle avait glissé le Galator.

— Puisque je ne vous reverrai pas, permettez-moi de vous remercier de m'avoir donné ça.

J'ai soupiré, mais le poids familier du faucon sur mon épaule tempérait ma tristesse.

— Et merci de me l'avoir rendu, lui ai-je répondu en lui montrant l'oiseau.

Domnu s'est approchée de nous. Sous le regard méfiant de Fléau, elle a posé ses mains sur ma tête et celle de Shim. Avec le même air concentré qu'elle avait eu en rétrécissant les pièces d'échecs, elle s'est mise à marmonner.

Tout d'un coup, je me suis senti rapetisser. J'ai entendu Shim crier et Domnu donner des instructions à Fléau. En un clin d'œil, le faucon a disparu de mon épaule, et je me suis trouvé à califourchon sur son dos, volant au-dessus des Collines obscures.

∾ XXXIV ∾
Le vol

Les bras serrés autour du cou de Fléau, je volais dans le ciel obscur. À voir l'inclinaison du dos de l'oiseau, j'ai compris que nous prenions de l'altitude. D'une main, je tenais mon bâton, presque aussi petit que moi à présent, en me demandant où était Shim. Pourvu qu'il soit en sécurité !

L'air était si froid que mes yeux aveugles se sont emplis de larmes. De minces filets salés coulaient sur mes joues et mes oreilles. Les plumes du cou de l'oiseau, ébouriffées par le vent, effleuraient mon visage et mes mains. Comme je n'étais pas plus grand que la tête de Fléau, j'ai découvert que les plumes du faucon possédaient des propriétés exceptionnelles. Chaque penne avait à la fois la flexibilité d'une branche et la solidité d'un os.

Peu à peu, les mouvements du corps qui me portait sont devenus les miens. Ma respiration suivait celui le rythme des ailes puissantes : à chaque montée j'inspirais, à chaque descente j'expirais. Je sentais les muscles de ses épaules et de son dos se contracter avant les battements, puis entrer en action avec une force surprenante.

Attentif à tous les bruits, j'étais surpris de constater à quel point le battement des ailes était silencieux. Quand elles descendaient, ce n'était qu'un doux froufrou, et quand elles remontaient, on entendait à peine un léger craquement des épaules.

Pour la première fois de ma vie, je goûtais la liberté de voler. L'obscurité environnante amplifiait cette sensation de monter à l'infini, sans limites. Le vent dans la figure, je pouvais imaginer la divine expérience que les habitants de Fincayra avaient jadis connue, puis perdue... même si ma mémoire n'en avait pas gardé la trace.

Le vent a tourné, et j'ai entendu un faible gémissement monter des serres du faucon. Fléau transportait un autre passager, comme il aurait pu, en d'autres occasions, porter un mulot. J'ai compris que Shim avait lui aussi été réduit. Le connaissant, il devait être aussi affolé qu'une souris sur le point d'être mangée.

J'ai essayé de forcer ma seconde vue le plus possible, de repousser l'obscurité qui s'épaississait à mesure que nous avancions. Mais je sentais les limites de ma vision. Les brumes du château se répandaient sur les collines et nous enveloppaient. On entrait dans le pays où, comme Rhia l'avait dit un jour, *la nuit ne finit jamais.*

Je devinais vaguement le relief en dessous de nous. Il n'y avait ni arbres ni ruisseaux sur les pentes. À un moment, alors que nous survolions une gorge, j'ai entendu un cri lointain qui aurait pu être celui d'un aigle. J'ai aperçu, au nord, les torches et les cris rauques d'une troupe de gobelins, et au sud, des lumières inquiétantes qui m'ont donné plus de frissons que le vent.

Sur les terres de part et d'autre de la gorge, j'ai repéré quelques bâtiments, sans doute ceux des anciens villages. Un étrange désir mêlé d'angoisse est monté en moi. Était-il possible que j'aie vécu, enfant, dans un de ces hameaux ? Si je pouvais voir ce pays en pleine lumière, cela me rendrait-il une petite partie de ma mémoire perdue ? Mais ces villages, sombres et silencieux, ne m'apprendraient rien de mon enfance. Il n'y avait pas de feux dans les cheminées, ni de voix sur les places. Et certainement pas d'ouvriers comme Honn sur ces terres, ni de jardiniers. T'eilean et Garlatha profitaient encore d'une certaine clarté, mais les terres que nous survolions étaient plongées dans une éclipse permanente depuis que Stangmar avait conclu son pacte avec Rhita Gawr.

L'obscurité était de plus en plus oppressante. Le sang de Fléau circulait plus vite dans les veines de son cou. Ses battements d'ailes avaient légèrement ralenti, au contraire, comme si la densité de la brume freinait le vol de la même façon qu'elle diminuait ma vision.

Le faucon a finalement cessé de monter. Il montrait des signes de fatigue et les rafales de vent froid le faisaient dévier de sa course. Il ne cessait de pencher la tête d'un côté, puis de l'autre. Il semblait désorienté et peinait à garder le cap.

Je me cramponnais à son cou. Si Fléau avait tant de difficulté à voir, comment allait-il nous conduire à l'intérieur du château alors que celui-ci tournait sans arrêt ? C'était peut-être à cela que pensait Domnu en nous prévenant qu'il serait moins difficile d'approcher du château que d'y entrer.

J'ai soudain compris que notre seul espoir résidait dans ma seconde vue. Malgré mes yeux aveugles, je devais voir à la place du faucon ! Jusque-là, ma seconde vue avait toujours été plus faible dans la pénombre. Il fallait que ça change. Mais qui sait ? Peut-être qu'elle pouvait se passer de lumière, après tout. J'ai mobilisé mon énergie et décidé de tout tenter pour percer l'obscurité.

Les minutes passaient et je ne constatais aucune différence. Rien d'étonnant à cela : je n'avais jamais été capable de voir la nuit, même quand mes yeux fonctionnaient. Qu'est-ce qui me faisait croire que je pourrais faire mieux maintenant ?

J'ai néanmoins poursuivi mes efforts et tenté de sonder la nuit avec mon œil mental, de voir au-delà des gris et des ombres, de remplir les espaces obscurs, comme Rhia m'avait appris à combler les espaces vides entre les étoiles.

Entre-temps, le vol de Fléau est devenu plus irrégulier. Il avait beaucoup de mal à lutter contre les vents violents qui nous secouaient. Il hésitait, changeait de direction, hésitait encore.

Très progressivement, j'ai commencé à percevoir de vagues images dans l'obscurité de plus en plus compacte : une courbe du relief, un creux qui aurait pu être jadis un lac, une route qui tournait, une ligne irrégulière — sans doute un mur de pierre.

Puis, au loin, j'ai détecté quelque chose de curieux : une espèce de miroitement sur une crête à l'arrière-plan, à la fois mouvant et stationnaire. Je n'étais pas sûr de la réalité de ce que je voyais, mais, dans le doute, j'ai orienté la tête de Fléau dans cette direction. D'abord, il a résisté, puis il a commencé à modifier l'angle de ses ailes et, lentement, il a changé de cap.

Au bout d'un moment, j'ai vu un édifice d'une taille colossale se dresser sur la colline, telle une ombre dans la nuit. Il m'a semblé apercevoir d'étranges anneaux de lumière sur les côtés et des espèces de pinacles au sommet. Le repaire de Domnu m'avait paru peu engageant, mais cette construction était cent fois pire. J'ai quand même continué à appuyer fermement sur le cou de Fléau pour qu'il s'en approche. Non seulement le faucon acceptait mes indications, mais il reprenait courage, et ses ailes retrouvaient des forces.

Je voyais de plus en plus loin avec ma seconde vue. À présent, je distinguais le sommet plat, parsemé de pierres, sur lequel se dressait l'étrange édifice. Pourtant, si la terre autour devenait plus visible, la construction proprement dite restait floue. Puis j'ai entendu un grondement sourd, comme le raclement de pierres les unes contre les autres, de plus en plus sonore à mesure qu'on approchait.

Puis j'ai compris : l'édifice tournait lentement sur ses fondations. Nous avions trouvé le château des Ténèbres.

Guidé par mes soins, le faucon a décrit un cercle autour de lui. Les contours sont devenus plus nets. Les pinacles, en réalité, étaient des tours, les anneaux de lumière, des torches vues à travers les fenêtres et les arches en mouvement.

Par moments, j'apercevais dans les pièces éclairées des soldats coiffés des mêmes casques pointus que les guerriers gobelins.

J'ai repéré une pièce qui semblait vide. Puis j'ai fait faire un vol en piqué à Fléau, en direction de la fenêtre. Les remparts, les tours et les arches se rapprochaient. Tout à coup, je me suis aperçu que nous volions trop lentement. Nous allions heurter le mur! En un éclair, je me suis rappelé le rêve terrifiant que j'avais fait en mer.

J'ai tiré de toutes mes forces sur les plumes de Fléau, obligeant le faucon à effectuer un redressement brutal. Shim a poussé un cri strident. Nous sommes passés au-dessus des remparts, au ras des pierres. Une fraction de seconde plus tard, nous nous serions écrasés contre le mur.

Je me suis concentré de nouveau, et j'ai remis Fléau sur la bonne voie. Cette fois, alors que nous tournions autour du château, j'ai essayé de mesurer nos vitesses relatives de façon plus précise. Mais j'hésitais. La vérité, c'est que je n'avais pas d'yeux, pas de vraie vision. Oserais-je tenter un nouvel essai, guidé uniquement par ma seconde vue?

Retenant mon souffle, j'ai visé la même fenêtre, et nous avons plongé une deuxième fois. Le vent sifflait dans mes oreilles. J'avais l'estomac noué. La moindre erreur nous enverrait dans le mur. Nous avons pris de la vitesse. Nous ne pouvions plus revenir en arrière.

Alors que nous franchissions la fenêtre à toute allure, une colonne de pierre s'est dressée devant nous. Je me suis penché, obligeant Fléau à dévier vers la gauche. Nous avons frôlé la colonne, rasé le sol et sommes allés nous écraser contre un mur, quelque part dans les entrailles du château des Ténèbres.

Quand j'ai repris connaissance, la première chose que j'ai remarquée, c'est la petite taille de Fléau. Le courageux rapace était posé sur ma poitrine et me donnait de légers coups d'aile. J'ai vite compris que c'était moi qui avais grandi. J'avais repris ma taille normale.

Voyant que je me réveillais, le faucon merlin a sauté à terre et lâché un doux sifflement, qui ressemblait beaucoup à un soupir de soulagement.

Un son similaire est venu de l'autre bout de la pièce nue et sombre, sous une torche fixée au mur. Shim s'est assis, a regardé Fléau, s'est tâté de la tête aux pieds, a cligné des paupières, et s'est tâté de nouveau. Puis il s'est tourné vers moi avec un sourire radieux.

— Je suis crontent d'être redevenu grand.

Le mot « grand » m'a donné envie de sourire, mais je me suis retenu.

— Oui, nous sommes tous les deux redevenus grands. Domnu a dû calculer son coup pour que l'effet de la magie disparaisse dès que nous serions à l'intérieur du château.

— Comme c'est aimable de sa part ! a ironisé Shim.

— Je lui suis reconnaissant pour ça... et pour ce compagnon qu'elle m'a rendu, ai-je ajouté en caressant les ailes du faucon.

Fléau a lancé un petit cri décidé. Les bordures jaunes de ses yeux brillaient à la lumière des torches. Il a gratté le sol de pierre avec ses serres, indiquant qu'il était de nouveau prêt à se battre.

Son ardeur m'a réconforté un instant, mais pas pour longtemps. J'ai parcouru du regard les pierres impressionnantes qui nous entouraient. Les murs, le sol et le plafond de la pièce étaient totalement dépourvus d'ornements. La construction du château des Ténèbres avait été inspirée uniquement par la crainte. On n'y voyait aucune trace d'amour, si ce n'est peut-être celui de la pierre froide et des solides défenses. Et, à moins que cette pièce soit une exception, il ne fallait pas s'attendre à trouver de la beauté dans une telle forteresse. Elle semblait bâtie pour survivre aux Collines obscures elles-mêmes. Et à moi, sans aucun doute.

C'est alors que j'ai remarqué le grondement continu autour de nous. Il enflait, diminuait, et reprenait ainsi indéfiniment, comme les vagues de l'océan. C'était le bruit du château tournant sur ses fondations. En voulant me lever, je me suis senti déséquilibré par les secousses du sol. Une force me poussait vers le mur extérieur de la pièce. Je me suis baissé pour ramasser mon bâton. Même en m'appuyant dessus, il m'a fallu un moment pour tenir fermement sur mes pieds.

— Je me sentirais beaucoup mieux si j'avais encore le Galator, ai-je confié à Shim.

— Regarde, a-t-il répondu, dressé sur la pointe des pieds devant la fenêtre. C'est drôlement sombre drehors ! Et le sol n'arrête pas de trembler. Je n'aime pas cet endroit.

— Moi non plus.

— J'ai peur. Très, très, très peur.

— Moi aussi. Mais ça me donne du courage d'être avec des amis.

Une nouvelle lueur est apparue dans les petits yeux de Shim.

— Du crourage, a-t-il répété tout bas. Je lui donne du crourage.

— Viens.

Je me suis approché de la porte avec précaution. Elle donnait sur un couloir sombre, éclairé seulement par une torche à l'autre extrémité.

— Il faut essayer de retrouver Rhia ! Si elle est vivante, elle doit être plus bas, dans le cachot.

Shim a gonflé sa petite poitrine.

— Quel horrible endroit ! Je me brattrai contre tous ceux qui lui freront du mal.

— Tu n'en feras rien, ai-je rétorqué. Le château est gardé par des guerriers gobelins et des ghouliants.

— On ne peut pas se brattre contre eux, a-t-il convenu aussitôt.

— Exact. Il faut les avoir par la ruse, si possible. Pas par la force.

Fléau est venu se percher sur mon épaule et nous sommes partis. Nous avons longé le corridor le plus silencieusement possible. Par chance, le grondement du château couvrait la plupart de nos bruits, à part le claquement discret de mon bâton sur les pierres. À mon avis, tant que nous prenions soin de ne pas attirer l'attention, nous ne risquions pas grand-chose. Dans un site aussi inaccessible, les gardes n'avaient pas de raison de se méfier. Cela dit, j'avais pensé la même chose des gobelins qui patrouillaient autour de la brèche, près des Marais hantés…

À hauteur de la torche, grossièrement enfoncée dans une niche entre les pierres, le couloir tournait à droite. À partir de là, des portes cintrées encadraient les deux côtés, mais une seule fenêtre en meurtrière donnait sur l'extérieur. Je m'en suis approché, inquiet de voir qu'au lieu de rayons de lumière, c'était l'obscurité qui entrait par la fente.

Avec précaution, j'ai mis la main devant la fenêtre. Un froid mordant m'a pincé les doigts et ma peau s'est comme desséchée.

J'ai retiré la main en frissonnant et repris ma marche, avec Shim qui trottinait, pieds nus, à côté de moi, et Fléau, dont je sentais les serres bien accrochées à mon épaule. Les couloirs s'enchaînaient et les torches se succédaient. Toutes les pièces près desquelles nous passions étaient vides, habitées seulement par les ombres mouvantes des torches. J'imaginais sans peine le nombre d'étages déserts que devait abriter ce vaste château. Pourtant, nous n'avons pas aperçu un seul escalier.

Avec prudence, nous avons arpenté le dédale de corridors, tournant à gauche puis à droite, puis de nouveau à droite et à gauche. Je me suis demandé si nous ne tournions pas en rond et si nous trouverions enfin un escalier menant aux niveaux inférieurs. Alors que nous approchions d'une porte, Fléau a commencé à s'agiter. Peu après, j'ai entendu des voix. Des voix râpeuses de gobelins. Ils étaient plusieurs, à en juger par le bruit.

Nous nous sommes arrêtés, hésitants. Comment passer devant eux sans être vus ? Fléau allait et venait nerveusement sur mon épaule. Une idée m'est venue. Je lui ai donné une petite tape sur le bec, en lui montrant la porte.

Il a compris tout de suite. Sans un bruit, il a quitté mon épaule et s'est posé par terre. Caché dans l'ombre du mur, il s'est glissé dans la pièce. Juste à côté de la porte, Shim et moi attendions, un peu anxieux.

Quelques secondes après, un des gobelins a poussé un cri de douleur.

— Tu m'as donné un coup de poignard, imbécile!

— C'est faux, a rétorqué un autre, tandis que résonnait le fracas d'un objet métallique.

— Menteur!

Quelque chose de lourd a cogné le sol. Une épée a fendu l'air.

— Tu vas voir qui est le menteur!

Une bagarre a éclaté, avec échange de coups d'épée, de coups de poing et d'injures. Profitant du désordre, Shim et moi sommes passés devant la porte. Puis, nous arrêtant juste pour permettre à Fléau de revenir se percher sur mon épaule, nous avons déguerpi en vitesse. À la sortie du dernier couloir, nous avons enfin trouvé un escalier.

À peine éclairé par une torche vacillante sur le palier, il plongeait en spirale vers l'étage inférieur. Je suis descendu le premier, avec Fléau tout près de ma joue, à l'affût de ce qui pourrait se tapir dans l'ombre. Shim, derrière moi, se parlait seul tout bas.

L'escalier conduisait à un autre palier sinistre, aux murs couverts d'ombres mouvantes. À mesure que nous avancions, le grondement des fondations augmentait et l'odeur de renfermé devenait presque insoutenable. Poursuivant la descente, nous avons atteint un troisième niveau, plus lugubre que le précédent, puis un quatrième encore pire. Pour finir, nous avons débouché sur un haut passage voûté donnant accès à une cave d'où montait une odeur putride.

— Le cachot, ai-je murmuré.

Shim est resté sans voix, les yeux écarquillés.

De l'entrée sombre du cachot est sorti un long et douloureux gémissement. Une plainte angoissée. La voix semblait presque humaine, mais pas tout à fait. Quand elle est revenue, plus forte, Shim s'est arrêté, pétrifié. Avec prudence, j'ai avancé sans lui, en tâtonnant dans le noir avec mon bâton.

J'ai franchi le passage voûté et regardé à l'intérieur du cachot. À gauche, sous l'une des rares torches de la vaste pièce, j'ai aperçu un homme. Il était couché sur un banc de pierre. Sa respiration lente et régulière semblait indiquer qu'il dormait.

Il avait une épée et un poignard à la ceinture, mais ne portait pas d'armure, à part un étroit plastron rouge sur sa chemise de cuir et un casque pointu sur la tête.

La chose la plus étrange chez cet homme était son visage. Il était pâle comme du papier mâché. Ou comme un masque sans expression. Quelle qu'en fût la raison, ce visage semblait vivant… et en même temps inerte.

L'homme a soudain laissé échapper un gémissement. Tandis que le son résonnait dans le cachot, j'ai compris qu'il devait rêver, revivant dans son sommeil des moments de souffrance. Bien que tenté de le réveiller pour lui éviter de tels tourments, je n'ai pas osé prendre ce risque. Je me suis retourné pour en parler à Shim mais, à ma grande stupeur, il avait disparu.

Je suis reparti en courant vers l'escalier et je l'ai appelé, assez fort pour être entendu malgré le grondement du château, mais pas trop pour ne pas réveiller le soldat endormi. J'avais beau regarder partout, je ne voyais aucun signe du petit géant. J'ai appelé de nouveau. Pas de réponse.

Comment avait-il pu disparaître ainsi? Où était-il allé? Peut-être avait-il fini par perdre complètement son sang-froid et se cachait-il quelque part, tout tremblant. En tout cas, je n'avais pas le temps de le chercher.

Avec Fléau cramponné à mon épaule, j'ai fait demi-tour et, passant à côté du soldat sous la torche, je me suis enfoncé dans le cachot. Sous des chaînes fixées aux murs, j'ai aperçu des taches de sang séché par terre. J'ai passé en revue les cellules les unes après les autres. Certaines étaient grandes ouvertes, d'autres fermées à clé. Par la fente de chaque porte fermée, j'entrevoyais des os et de la chair qui pourrissait sur le sol. Je ne pouvais pas imaginer Rhia, si pleine de vie, enfermée dans un endroit aussi horrible. Pourtant, je préférais encore la retrouver là que pas du tout.

Depuis que la mer m'avait ramené à Fincayra, j'avais découvert des bribes de mon passé — mais peu de choses sur mon véritable nom. Cette quête inachevée me motivait cependant beaucoup moins que le désir de sauver Rhia. J'étais prêt à laisser de côté mes propres questions, peut-être pour toujours, si seulement je pouvais la rejoindre à temps.

Dans une cellule, j'ai découvert un crâne écrasé sous un lourd rocher. Dans la suivante, deux squelettes, le premier de la taille d'un adulte et le second d'un bébé, serrés l'un contre l'autre pour l'éternité. La cellule d'après était complètement vide, avec juste un tas de feuilles dans un coin.

J'ai continué à avancer, un peu plus désespéré à chaque pas. Avais-je fait tout ce chemin pour ne trouver que des os et ce tas de feuilles ?

Je me suis arrêté. *Un tas de feuilles...*

Je suis retourné à toute allure vers la cellule. Mon cœur battait la chamade. J'ai regardé une nouvelle fois par la fente étroite. Juste assez fort pour me faire entendre, j'ai reproduit le son que Rhia m'avait appris pour réveiller un hêtre.

Le tas de feuilles a bougé.

— Rhia, ai-je chuchoté, tout excité.

— Emrys ?

Elle s'est levée d'un bond et a couru vers la porte. Sa tenue de plantes grimpantes était déchirée et sale, mais elle était vivante.

— Oh ! Emrys, s'est-elle écriée, incrédule. Est-ce bien toi ou ton fantôme ?

En réponse, j'ai glissé un index par la fente. Timidement, elle a enroulé le sien autour, comme elle l'avait fait si souvent.

— C'est toi.

— Oui, c'est moi.

— Fais-moi sortir.

— D'abord, je dois trouver la clé.

Son visage s'est assombri.

— Le garde. Près de l'entrée. Il a la clé, a-t-elle dit en serrant mon doigt craintivement. Mais c'est…

— C'est un srolide dormeur, a ajouté une autre voix, avant qu'elle ait fini sa phrase.

Je me suis retourné vivement et j'ai vu le petit visage de Shim qui me regardait avec une indéniable fierté. Il a tendu la main et j'ai vu qu'il avait une grande clé de fer forgé.

Je n'en revenais pas.

— Tu l'as volée au garde ?

Shim a rougi, et son nez est devenu presque aussi rose que ses yeux.

— Il a un bon srommeil, alors ce n'était pas difficile.

Fléau, sur mon épaule, a poussé un sifflement admiratif. J'ai souri. Shim n'était peut-être pas aussi petit qu'il en avait l'air, finalement.

J'ai ouvert la porte. Rhia est sortie, la mine défaite, mais soulagée. Elle m'a serré dans ses bras, puis a fait de même avec Fléau et Shim, dont le nez a encore rougi.

Se tournant vers moi, elle a demandé :

— Comment sort-on d'ici ?

— Je ne sais pas encore.

— Bon, eh bien, commençons par chercher la sortie.

— Je regrette de ne pas avoir le Galator.

Rhia est restée bouche bée.

— Tu l'as perdu ?

— Je... je l'ai donné. Pour venir ici.

Même dans le cachot, ses yeux se sont illuminés. Elle a raccroché son doigt au mien.

— Mais tu nous as encore.

Ensemble, nous avons marché vers l'entrée. Fléau s'ébrouait contre mon cou. Même sans le Galator sur ma poitrine, j'avais un peu plus chaud au cœur.

Juste un peu.

En passant devant la cellule au crâne écrasé, j'ai dit à Rhia :

— C'était difficile de venir jusqu'ici, mais en sortir sera encore plus dur. Je veux dire... en sortir vivants.

Elle se tenait droite comme un jeune hêtre.

— Je sais. Si nous mourons, nous devons espérer qu'Arbassa avait raison...

Fléau, qui s'agitait sur mon épaule, s'est immobilisé. Il a penché la tête comme pour écouter.

— À quel sujet ? Sur le fait que nous nous retrouverons, toi et moi, dans l'Autre Monde ? ai-je demandé à Rhia.

— Oui, après le Long Voyage, a-t-elle répondu après un hochement de tête hésitant.

J'étais sûr que si nous mourions aujourd'hui, nous ne ferions plus de voyage… ni long ni court.

Shim m'a tiré par la tunique.

— Partons, maintrenant ! Avrant que le garde se réveille…

Au même instant, ce dernier est sorti de l'ombre. Son visage, d'une pâleur morbide, était dénué de toute expression. Lentement, il a dégainé son épée. Puis il a foncé sur moi.

XXXVI
LE DERNIER TRÉSOR

— Attention ! a hurlé Rhia.

J'ai dévié le coup d'épée avec mon bâton et aussitôt sorti mon poignard. Alors que le soldat préparait une nouvelle attaque, Fléau, avec un cri strident, lui a sauté au visage et lacéré la joue. Sans même un cri de douleur, l'homme a levé le bras pour le frapper. J'en ai profité pour lui planter mon poignard dans la poitrine, juste en dessous du plastron.

J'ai reculé, pensant le voir tomber, et Fléau est revenu se percher sur mon épaule.

À ma grande surprise, le soldat est resté debout, les yeux fixés sur le manche dans sa poitrine. Il a lâché son épée, saisi le poignard à deux mains et, d'un coup sec, l'a retiré de son corps et jeté par terre. Pas une goutte de sang n'a giclé de la blessure.

Avant qu'il ait pu reprendre son épée, Rhia m'a attrapé par le bras.

— Fuyons ! C'est un ghouliant ! Il ne peut pas mourir !

Nous avons couru vers l'entrée du cachot et remonté l'escalier à toute allure. Le soldat s'est élancé derrière nous. Rhia était devant, suivie de près par Shim et moi.

Dans la précipitation, nous manquions de trébucher à chaque marche. Nous avons dépassé le premier pallier avec la torche, puis le second, et le troisième. L'escalier se rétrécissait à mesure qu'on montait. Rhia, qui avait retrouvé toute sa vigueur, me distançait, tandis que Shim était à la traîne. Haletant, j'ai regardé par-dessus mon épaule. Le ghouliant n'était plus qu'à quelques pas de lui.

Voyant Shim en danger, Fléau s'est envolé de mon épaule et s'est jeté à la tête de notre poursuivant.

Le ghouliant a reculé de quelques pas et essayé de chasser l'oiseau. Sur les murs faiblement éclairés, on voyait leurs ombres se battre. J'ai hésité. Devais-je suivre Rhia ou rejoindre Fléau au combat ?

J'ai entendu un cri en haut de l'escalier.

— Rhia !

J'ai pratiquement volé à son secours, escaladant les marches quatre à quatre. L'escalier était de plus en plus étroit. À bout de souffle, je suis enfin arrivé en haut, sur un palier beaucoup plus grand et mieux éclairé que les autres. Et là, je me suis arrêté net.

Devant moi s'ouvrait une immense salle, avec des torches et des objets brillants aux murs, sous un haut plafond voûté. Mais c'est sur le centre de la pièce que s'est fixée mon attention. Rhia avait été capturée par un gobelin ! Sa langue allait et venait sur ses lèvres gris-vert, tandis qu'il lui serrait les bras dans le dos. Il lui avait plaqué sa grosse main sur la bouche pour l'empêcher de crier de nouveau.

— Bienvenue dans notre château ! a tonné une voix puissante.

Je me suis retourné. Sur un trône rouge qui brillait d'une étrange lumière, était assis un homme grand et fort, au visage dur, comme taillé dans la pierre, et à la bouche rageuse. Son air sévère impressionnait autant que sa beauté ténébreuse et ses yeux noirs au regard intense, surmontés d'un bandeau en or. Des ombres inquiétantes passaient sur son visage et son corps, mais il était impossible de dire d'où elles venaient.

Autour de lui étaient rassemblés cinq ou six ghouliants à la mine cadavérique, et deux Fincayriens dont les cheveux d'ébène retombaient sur les épaules de leur robe écarlate : l'un long et maigre comme un grand insecte, l'autre bâti comme une grosse souche d'arbre.

Me rappelant les paroles de Cairpré, j'ai observé attentivement les deux hommes. Était-il possible que l'un d'eux soit mon père ? Après avoir ardemment désiré le retrouver, j'en redoutais maintenant la perspective. Je ne pourrais que mépriser un homme assez vil pour servir un roi tel que Stangmar.

Lors de notre dernière conversation, j'avais dit à Branwen que je voulais juste le connaître. *Il ne vaut mieux pas*, avait-elle répondu. Je commençais à comprendre pourquoi.

Rhia, en me voyant, s'est débattue comme une furie pour se libérer. Mais le gobelin s'est contenté de ricaner et de resserrer son étreinte.

— Nous pensions bien que tu finirais par venir, a déclaré Stangmar. Surtout avec ton amie ici pour t'appâter.

Je me suis demandé pourquoi il espérait ma venue. Il croyait sans doute que j'avais encore le Galator — ce dernier Trésor qu'il cherchait depuis si longtemps. Il y avait sûrement un moyen de tirer avantage de cette méprise... J'ai décidé d'essayer.

Rhia s'est de nouveau débattue pour se dégager, sans résultat. De sa robe de feuilles s'échappait un vague parfum de la forêt que nous avions quittée.

Je me suis approché, mon bâton bien planté sur les pierres pour garder l'équilibre sur le sol mouvant.

— Lâchez-la. Elle ne vous a rien fait.

Le roi fixait sur moi ses yeux de braise, et les ombres dansaient sur son visage.

— Je ne la crois pas innocente pour autant. Et toi non plus.

Les deux Fincayriens ont approuvé d'un hochement de tête, et les ghouliants, d'un seul et même geste, ont mis la main sur leur épée. Le plus grand Fincayrien a jeté un coup d'œil vers moi. Il semblait tendu et soucieux. Il s'est penché vers le roi pour lui dire quelque chose, mais Stangmar lui a fait signe de se taire.

Au même instant, le garde du cachot a surgi de l'escalier derrière moi. Son visage, pourtant sauvagement griffé, ne portait aucune trace de sang. Dans une main, il tenait Fléau par les pattes. L'oiseau, la tête en bas, battait des ailes en poussant des cris furieux.

— Encore un ami ? s'est étonné Stangmar. Allez voir s'il y en a d'autres, a-t-il ordonné à deux ghouliants.

Les soldats se sont rués vers la cage d'escalier. Je me suis alors rappelé que Shim n'était pas avec nous. J'espérais que mon petit compagnon avait trouvé une bonne cachette.

Fou de rage, je me suis tourné vers Rhia, qui étouffait dans les bras du gobelin, et vers Fléau, toujours prisonnier du ghouliant.

— Lâchez-les ! ai-je crié au roi. Sinon vous vous en repentirez !

Stangmar a froncé les sourcils.

— Il n'est pas dans nos habitudes d'obéir aux ordres d'un gamin ! Surtout quand celui-ci menace notre royale personne.

Malgré l'instabilité du sol, je restais aussi droit et ferme que possible.

Stangmar s'est penché en avant sur son trône. Pendant un moment, les ombres ont disparu de son visage, mettant en valeur sa mâchoire carrée et son regard intense. Il était encore plus beau ainsi, quoique tout aussi raide.

— Toutefois, a-t-il poursuivi, ton courage nous impressionne. Pour cette raison, nous serons clément.

Les ombres ont réapparu, balayant à toute allure son visage, sa poitrine et le bandeau qu'il avait sur le front.

— Nous savons ce que nous faisons ! a-t-il grogné, sans qu'on sache très bien à qui il s'adressait.

Avec solennité, il a fait signe au gobelin qui tenait Rhia.

— Libère-la, nous te l'ordonnons. Mais surveille-la de près.

Le gobelin a fait la grimace, mais il a obéi et poussé brutalement Rhia sur le sol devant le trône. Fléau, toujours suspendu à l'envers, continuait de protester bruyamment.

— Et le faucon ? ai-je dit.

Stangmar s'est enfoncé dans son trône.

— Le faucon reste où il est. Nous lui faisons aussi peu confiance qu'à toi ! Et cela t'incitera à coopérer.

— Je ne coopérerai jamais avec vous, ai-je dit en me raidissant.

— Moi non plus, a déclaré Rhia, secouant ses boucles brunes.

Fléau a de nouveau poussé un cri, indiquant ainsi son opinion.

Pour la première fois, l'expression de Stangmar s'est légèrement adoucie.

— Oh si, tu coopéreras… En fait, tu l'as déjà fait ! Tu nous as apporté quelque chose que nous désirions depuis longtemps. Tu nous as apporté le *dernier Trésor*.

J'ai tressailli, mais je n'ai rien dit.

— Nous avons rassemblé dans cette salle beaucoup d'objets au pouvoir légendaire, a poursuivi Stangmar en ouvrant les bras pour désigner les objets sur les murs, les ombres continuant à valser sur son visage. Au-dessus de notre trône

royal, nous avons Percelame, l'épée à double tranchant : le noir, qui peut pénétrer jusque dans l'âme,
et le blanc, qui guérit toutes les blessures. Là-bas,
il y a la célèbre Harpe fleurie. Ce cor en argent est
l'Éveilleur de rêves. À côté, on peut voir la charrue
qui laboure son propre champ. Ces Trésors ou les
autres ne sont plus une menace pour notre
souveraineté.

Son visage s'est durci quand il a pointé du
doigt un chaudron de fer posé près du mur d'en
face.

— Nous possédons même le Chaudron de la
mort.

À ces mots, les deux hommes en robe rouge
ont échangé des regards entendus. Le plus grand a
secoué la tête d'un air sombre.

La voix de Stangmar a retenti dans la salle,
couvrant même le grondement du château
tournant.

— Cependant, le trésor que nous convoitons
le plus n'est pas sur les murs. C'est celui que tu
nous as apporté.

Il allait bientôt découvrir que je n'avais pas le
Galator. Je me suis alors enhardi, persuadé que, de
toute façon, j'étais condamné et que je n'avais plus
rien à perdre. Je me suis redressé pour rétorquer :

— Je n'aurais jamais rien apporté qui puisse
vous aider.

Le sinistre roi m'a observé un moment.

— Crois-tu ?

— J'avais le Galator, mais il n'est plus en ma possession. Il est hors de votre portée.

Stangmar m'a regardé froidement.

— Ce n'est pas le Galator que nous cherchons.

J'ai écarquillé les yeux.

— Vous avez dit que vous cherchiez le dernier Trésor.

— C'est vrai. Mais le dernier Trésor n'est pas un simple bijou… Le dernier Trésor, c'est mon fils ! a-t-il lancé, les mains crispées sur les accoudoirs de son trône.

Saisi d'horreur, j'ai balbutié :

— Votre… fils ?

Stangmar a hoché la tête, mais son visage n'exprimait aucune joie.

— Et c'est toi que je cherchais, car tu es mon fils.

∽ XXXVII ∽
PERCELAME

es ombres noires jouaient sur le visage du roi.

— Et maintenant, a déclaré Stangmar, nous devons accomplir la promesse que nous avons faite avant que tu ne t'enfuies avec ta mère.

— La promesse ? ai-je répété, encore ébranlé par sa révélation. Quelle promesse ?

— Tu ne t'en souviens pas ?

J'ai jeté un regard morose à l'homme qui était mon père.

— Je ne me souviens de rien.

— C'est une chance.

Stangmar a froncé les sourcils. Les ombres qui tremblotaient sur son visage gagnaient lentement ses bras. Le roi a serré les poings, puis, pointant un index sur moi, il a ordonné :

— Jetez-le dans le Chaudron !

Les ghouliants se sont tournés vers moi comme un seul homme. Fléau, toujours prisonnier, a battu des ailes et tenté de se libérer. Ses cris furieux résonnaient dans la vaste salle. Rhia s'est levée d'un bond.

— Non !

Avec la rapidité d'une vipère, elle s'est jetée sur Stangmar et a tenté de l'étrangler. Avant que ses gardes réagissent, le roi l'a repoussée brutalement et projetée sur le sol, aux pieds du gobelin. Puis il s'est frotté le cou et s'est levé, frémissant de rage. Son corps entier était couvert d'ombres.

— Tue-la d'abord ! a-t-il aboyé. On s'occupera du garçon ensuite.

— Avec plaisir, a répondu le gobelin, les yeux brillants.

Il a sorti son épée.

Mon cœur tambourinait dans ma poitrine. J'avais les joues en feu. Une rage violente est montée en moi, comme celle que j'avais sentie envers Dinatius. Il fallait empêcher cela ! Je devais utiliser mes pouvoirs !

Alors les flammes ont envahi mon esprit. L'odeur de la chair calcinée — ma propre chair, mes propres cris. Je craignais ces pouvoirs, pas moins que le Chaudron de la mort.

Le gobelin, avec un sourire mauvais, a lentement levé son épée. Sa lame scintillait dans la lumière de la torche. Rhia s'est retournée et m'a regardé avec des yeux tristes.

Un nouveau sentiment, plus puissant encore que la rage et la peur, a rempli mon cœur. J'aimais

Rhia. J'aimais son courage, sa vitalité. *Tu es tout ce que tu es,* m'avait-elle dit un jour. Les mots de la Grande Élusa me sont revenus en mémoire : *Le dernier Trésor a de grands pouvoirs, plus que vous ne l'imaginez.* Mes pouvoirs m'appartenaient. Et si je devais les craindre, j'avais aussi le droit de m'en servir.

Les épaules du puissant gobelin se sont contractées. Fléau a crié de plus belle, se démenant pour se libérer de la poigne du ghouliant.

Mais ma promesse ? De nouveau j'ai entendu la voix de Rhia : *Si quelqu'un t'a donné des pouvoirs particuliers, c'est pour que tu les utilises.* J'entendais aussi la voix de ma mère et je revoyais ses yeux saphir fixés sur moi. *Tout ce que Dieu demande, c'est que tu les utilises bien. Avec sagesse et amour.*

Avec amour. Pas avec colère. Elle était là, la clé. L'amour qui faisait briller le Galator. L'amour que j'éprouvais pour Rhia.

Joue ! me commandait la voix de Domnu. *La vie et les échecs sont pareils. Ton choix fera toute la différence.*

Juste au moment où le gobelin commençait à abaisser son arme sur la tête de Rhia, j'ai concentré mon attention sur la grande épée accrochée au mur, derrière le trône. Les flammes se sont élevées dans ma tête, mais je les ai repoussées. Je n'entendais plus que le grognement de jubilation du gobelin. Je ne voyais plus que l'épée et le crochet de fer qui la retenait.

Vole, Percelame. Vole!

Le crochet s'est descellé. L'épée s'est arrachée du mur et a volé vers le gobelin. En l'entendant siffler dans l'air, il s'est retourné. Une fraction de seconde après, sa tête tranchée roulait sur le sol.

Rhia a hurlé quand le corps massif est tombé sur elle. Stangmar a rugi, et les deux hommes en robe rouge ont reculé, effrayés. Seuls les ghouliants, impassibles, observaient la scène en silence.

J'ai lâché mon bâton, levé les bras en l'air, et Percelame est venue vers moi en tourbillonnant. Des deux mains, j'ai saisi la poignée d'argent.

Les ghouliants ont tiré leur épée et se sont rués sur moi. Tout à coup, la voix du roi a tonné.

— Arrêtez! a-t-il rugi, puis il a poussé un long grognement. Ce duel est le nôtre. Il n'appartient à personne d'autre.

Les ombres ont enveloppé son corps. Il a semblé hésiter un instant. Puis, saisi d'un violent tremblement, il a déclaré — à quelqu'un que lui seul voyait :

— Nous avons dit que ce duel était le nôtre! Nous n'avons besoin d'aucune aide.

Il a bondi du trône, saisi l'épée du gobelin mort et, me fixant d'un regard noir, il a fait siffler sa lame dans l'air. J'ai remarqué alors que les ombres avaient quitté son visage et, plus étrange encore, qu'elles étaient restées sur le trône rouge, juste au-dessus du siège. J'ai eu soudain le sentiment que ces ombres m'observaient attentivement.

— Ainsi, a-t-il raillé, tu as *les pouvoirs...* Comme ton grand-père avant toi. Mais même avec eux, a-t-il ajouté en s'avançant vers moi, ton grand-père n'a pu échapper à la mort. Il en sera de même pour toi.

J'ai eu tout juste le temps de lever Percelame pour bloquer le premier coup de Stangmar. Le fracas des lames a résonné sous les voûtes de pierre. La force de l'assaut a fait vibrer mon épée jusqu'à la poignée. Mes mains se crispaient, retenant à peine l'épée. Mon adversaire, je l'ai vite compris, jouissait d'un triple avantage par rapport à moi : il était plus fort, plus adroit, et sa vue était meilleure.

En dépit de tout cela, je me défendais avec acharnement. Bien que gêné par les mouvements du sol, j'attaquais sans relâche. Frappant à tour de bras, je parais, j'esquivais. Nos lames s'entrechoquaient avec des jaillissements d'étincelles.

Peut-être que ma rage au combat rendait Stangmar prudent. Peut-être que Percelame elle-même me donnait de la force. Ou peut-être que Stangmar jouait simplement avec sa proie. En tout cas, je me débrouillais plutôt bien.

Soudain, Stangmar a foncé sur moi. D'un coup puissant et sonore, il a frappé Percelame. L'épée m'a échappé des mains et est tombée bruyamment par terre. Le roi a pointé sa lame sur ma gorge.

— Maintenant, nous allons tenir notre promesse, a-t-il déclaré.

Il m'a montré le terrible Chaudron près du mur.

— Vas-y.

J'étais à bout de souffle, mais j'ai résisté.

— Qui vous a fait promettre de me tuer ?

— Vas-y.

— Et pourquoi attachez-vous tant d'importance à cette promesse, alors que vous n'en avez respecté aucune envers votre peuple ?

— Vas-y !

J'ai croisé les bras.

— Vous l'avez promis à Rhita Gawr, n'est-ce pas ?

Le visage de Stangmar s'est durci. Au-dessus du trône, les ombres s'agitaient.

— Oui. Et tu ferais mieux de parler de notre ami avec respect. Maintenant, vas-y !

J'ai supplié du regard cet homme dont les yeux et les cheveux me renvoyaient l'image des miens.

— Vous ne voyez donc pas ce que Rhita Gawr a fait de vous ? De votre royaume ? Il veut empoisonner vos terres, assombrir votre ciel, terrifier votre peuple. Et même tuer votre propre fils !

Les ombres mystérieuses tourbillonnaient furieusement sur le trône. Le visage de Stangmar a rougi.

— Tu ne comprends rien à ces choses. Rien du tout !

La pointe de son épée contre mon cou, il m'a poussé vers le Chaudron. Ma gorge s'est serrée.

— Rhita Gawr n'est pas votre ami. Il est votre maître, et vous êtes son esclave. Est-ce qu'Elen… votre épouse, ma mère… aurait voulu cela ?

Incapable de contenir plus longtemps sa colère, Stangmar s'est écrié :

— Nous nous passerons du Chaudron et te tuerons avec cette épée !

Sur ces mots, il a levé son arme. Profitant de l'occasion, je me suis concentré sur Percelame qui gisait par terre, juste derrière lui.

À moi, Percelame. À moi !

Trop tard. L'épée avait à peine commencé à bouger, et déjà Stangmar se préparait à frapper.

Par chance, au moment où le roi plantait ses pieds fermement sur le sol pour asséner son coup, son talon a rencontré le tranchant de Percelame, qui s'était décollée du sol. Le fil noir de l'épée — celui qui a le pouvoir de pénétrer jusqu'à l'âme — a coupé sa botte de cuir et entamé son pied.

Stangmar a poussé un cri de douleur et s'est effondré. Les ombres, soudain déchaînées, ont fait trembler le trône. Les ghouliants ont aussitôt dégainé, prêts à venir en aide au roi. Il les a arrêtés d'un geste.

Lentement, il a levé la tête et m'a regardé. Son visage s'est adouci, sa mâchoire s'est relâchée, et ses yeux se sont élargis. Seuls les plis de son front sont restés.

— Tu as dit vrai, a-t-il articulé avec difficulté. Nous… enfin, je… au diable ce discours royal ! Je… ne suis qu'un esclave.

Le trône s'est balancé violemment sur sa base.

Stangmar s'est adressé aux ombres.

— Tu sais que c'est vrai ! a-t-il crié. Je ne suis qu'une misérable marionnette entre tes mains ! Ma tête est si pleine de tes menaces et de tes délires qu'elle tourne sans cesse, comme ce maudit château !

À ces mots, un sifflement effrayant s'est échappé des ombres. Elles ont cessé de s'agiter et se sont condensées pour former une espèce d'amas encore plus noir.

Le roi a tenté de se relever, mais sa blessure avait paralysé le bas de son corps et il est retombé. D'un air sombre, il s'est de nouveau tourné vers moi.

— Il faut que tu comprennes. Nous n'avons jamais... enfin, je n'ai jamais voulu la ruine de Fincayra ! Quand j'ai fait cette première promesse, je ne savais pas quelles souffrances elle engendrerait.

— Pourquoi ? Pourquoi avez-vous fait une promesse à Rhita Gawr ?

Le visage de Stangmar s'est encore assombri.

— Je l'ai fait... pour sauver Elen.

— Elen ? Ma mère ?

Aussitôt, je me suis rappelé ses dernières paroles au sujet de mon père : *Si jamais tu devais le rencontrer un jour, rappelle-toi : il n'est pas ce qu'il paraît être.*

— Oui, Elen aux yeux saphir.

Il a pris une profonde inspiration et expiré très lentement, les coudes appuyés sur le sol, avant de poursuivre :

— Quand elle t'a mis au monde sur les côtes de Fincayra, elle a enfreint une de nos plus vieilles lois, héritée des esprits eux-mêmes, stipulant qu'aucun être avec du sang humain dans les veines ne devait naître ici. Sinon, les humains pourraient revendiquer un monde qui ne leur appartient pas ! Le châtiment pour ce crime grave a toujours été sévère, mais clair. L'enfant à demi humain devait être exilé de Fincayra pour toujours. Et le parent humain devait être jeté dans le Chaudron de la mort.

Il a encore essayé de se lever, en vain. Les ghouliants, qui semblaient de plus en plus nerveux, se sont une nouvelle fois avancés vers lui. Celui qui tenait Fléau a rejoint ses acolytes, son épée dans une main et l'oiseau dans l'autre.

— Arrêtez ! a ordonné Stangmar. Je n'ai pas besoin de votre aide, misérables !

Les ghouliants ont obéi ; cependant, toujours sur leurs gardes, ils tripotaient sans cesse la poignée de leur arme. Pendant ce temps, les ombres sur le trône continuaient de rétrécir. Elles devenaient plus épaisses et plus noires, comme le noyau d'un orage en préparation.

Stangmar a secoué la tête.

— Je ne savais pas quoi faire. Comment aurais-je pu condamner à mort ma chère Elen ? Avec elle, je m'élevais plus haut que les arbres auxquels j'aimais grimper dans ma jeunesse ! Mais j'étais le roi, chargé d'appliquer les lois ! Alors, Rhita Gawr est venu me voir. Il m'a offert son aide. En échange, je devais l'aider à résoudre un problème le concernant.

— Quel était ce problème ?

Stangmar a détourné le regard.

— Rhita Gawr avait vu en rêve que sa perte viendrait d'un enfant mi-humain, mi-fincayrien. Quand il a entendu parler de toi, il s'est persuadé que, tant que tu vivrais, tu serais une menace pour lui.

Tout mon corps tremblait, et ce n'était pas seulement à cause des vibrations du sol.

— Vous avez donc accepté de me tuer plutôt que de tuer Elen ?

— Je n'avais pas le choix. Rhita Gawr avait promis de protéger Elen et l'ensemble de Fincayra des châtiments que leur réservaient les esprits pour avoir violé la loi.

— Et vous avez promis de me jeter dans le Chaudron !

— Oui. Avant la fin de ta septième année. Pendant tout ce temps, j'ai caché cette promesse à Elen. Je lui ai dit que les esprits avaient décidé d'être cléments : elle ne mourrait pas et tu ne serais pas exilé. Elle était si soulagée que je n'ai jamais eu le courage de lui dire la vérité. Elle me faisait totalement confiance.

Sa voix est devenue lointaine.

— Durant ces sept années, mon alliance avec Rhita Gawr est devenue de plus en plus forte. Et nécessaire. Il m'a prévenu que les géants se préparaient à envahir Fincayra. Il m'a aidé à débarrasser notre pays de dangereux ennemis. Il m'a donné un château où je pouvais être vraiment en sécurité. Il a fait...

Les mots se sont estompés à mesure que le roi s'affaissait.

— Il a fait de moi son esclave.

Touché par sa souffrance, j'ai achevé l'histoire à sa place.

— Et quand Elen, ma mère, a découvert qu'elle avait eu la vie sauve à condition que je meure, elle s'est enfuie de Fincayra et m'a emmené avec elle.

Stangmar m'a regardé, désespéré.

— Si bien qu'à la fin, je vous ai perdus tous les deux.

— Et plus encore, a ajouté Rhia, debout à côté du gobelin décapité.

J'ai hoché la tête, puis je me suis tourné vers les ghouliants. Pour une raison mystérieuse, ils s'étaient rapprochés du trône et l'entouraient. Bien qu'à présent entouré de soldats, Fléau continuait à se tortiller et battre des ailes. Le ghouliant qui le tenait n'avait pas remarqué qu'une de ses pattes lui avait presque échappé.

— C'est vrai, a admis Stangmar. Rhita Gawr m'a assuré que si je trouvais mon fils et le mettais à mort, mon pouvoir serait total. En fait, ce qu'il veut, c'est que j'exécute son ordre et que je le débarrasse de la menace que tu représentes. Et maintenant, qui est le maître ?

Au même instant, les ghouliants, dans un seul mouvement, se sont écartés du trône rouge. Se séparant comme deux rideaux, ils ont dévoilé un impénétrable nœud de noirceur qui se tortillait sur le siège. Plus sombre que le linceul de brume qui couvrait le château, il a émis un sifflement strident. Un vent glacé m'a transpercé jusqu'à la moelle.

— Rhita Gawr ! a crié Stangmar, essayant désespérément de se relever.

Le nœud noir a sauté du trône ; il est passé à toute vitesse devant Rhia et a atterri sur le sol près de Percelame. En moins de temps qu'il n'en faut pour le dire, il s'est enroulé autour de la poignée d'argent et a levé l'épée, qui s'est abattue sur Stangmar, lui fendant la figure de l'oreille au menton. Tandis que le sang jaillissait de sa mâchoire, le roi, hurlant de douleur, a roulé sur le flanc.

Soudain Stangmar s'est immobilisé. De la terreur, il est passé à la fureur. Plissant les yeux et le front, les poings serrés, il s'est emparé de l'autre épée et s'est levé d'un bond. Debout à côté de moi, il était fier et fort malgré son visage en sang.

— Aidez-nous ! l'ai-je supplié.

Mais au lieu de diriger son épée contre le nœud noir qui tenait Percelame, il l'a pointée sur moi.

— Tu es un imbécile, mon garçon ! Nous ne nous avouons pas vaincus aussi facilement.

J'ai reculé.

— Mais vous avez dit…

— Nous n'avons rien dit d'important, a-t-il déclaré, en indiquant d'un geste la masse sombre qu'était Rhita Gawr. Notre ami, ici, nous a guéri. En nous frappant avec le tranchant qui guérit toutes les blessures, il a guéri aussi notre âme geignarde et nous a ramené à la raison. Nous savons qui sont nos ennemis, maintenant, et cette fois, nous allons te tuer !

Rhia se préparait à foncer sur le roi, quand deux ghouliants se sont interposés sans qu'elle parvienne à les éviter.

Au moment où Stangmar allait me passer l'épée au travers du corps, Rhita Gawr a poussé un nouveau sifflement assourdissant. Stangmar a hésité. Lentement, il a baissé son arme.

Un peu honteux, il a secoué la tête.

— Nous n'allons pas te faire défaut de nouveau, a-t-il protesté. Nous avons été trompé, victime d'illusions ! Permets-nous de remplir enfin la promesse que nous t'avons faite.

Pour toute réponse, Rhita Gawr a sifflé de plus belle. Stangmar a obtempéré. Il a baissé son arme et l'a regardé faire. Le nœud noir palpitant a levé son épée. Rhita Gawr se préparait à mettre fin à ma vie.

Un autre cri perçant a rempli la salle. Fléau avait finalement réussi à se libérer. Alors que le soldat tentait en vain de l'atteindre avec sa lame, l'oiseau s'est élancé vers le plafond.

Arrivé au point le plus haut de la voûte, il a lâché un hurlement dont les murs ont renvoyé l'écho, puis il a viré brusquement et s'est arrêté une fraction de seconde au-dessus de nos têtes. Cette petite bête courageuse, dont la vie était une succession d'actes de bravoure, a alors accompli le plus important de tous.

À l'instant même où Percelame allait me frapper, il a piqué, plus rapide qu'une flèche, au cœur de la masse noire. Surpris, Rhita Gawr a lâché l'épée, qui a volé à travers la salle et ricoché par terre. La masse noire s'est refermée sur le faucon, qui s'est défendu vigoureusement à coups de griffes, de bec et d'ailes. Ils ont roulé tous deux sur le sol.

Je cherchais désespérément un moyen d'aider Fléau. Percelame ? J'ai songé à m'en servir, mais l'oiseau et Rhita Gawr étaient si étroitement agrippés l'un à l'autre que je n'aurais pu frapper l'un sans toucher l'autre. Si je faisais appel à mes pouvoirs, le risque était le même. Ce spectacle me brisait le cœur. Pourtant j'étais impuissant.

Fléau continuait à se battre vaillamment. Mais l'étreinte de cette masse glacée et la force supérieure de Rhita Gawr auraient bientôt raison de lui. Lentement, inexorablement, la masse sombre engloutissait l'oiseau. Elle l'avalait petit bout par petit bout : d'abord la patte, puis l'aile, et la moitié de la queue. Dans quelques secondes, ce serait la tête.

— Oh, Fléau ! a gémi Rhia, toujours encadrée par les ghouliants.

Avec un dernier appel déchirant, le faucon a levé la tête le plus haut possible, puis plongé le bec en plein cœur du nœud noir. Un fin trait de lumière a entouré les deux combattants. Un étrange bruit de succion a rempli l'air, comme si un mur séparant deux mondes s'était rompu. La masse sombre et le faucon qu'elle venait d'avaler ont rapidement rapetissé, jusqu'à ce qu'il ne reste plus qu'une toute petite tache noire, suspendue en l'air. Un instant après, cette tache elle-même s'est effacée.

Fléau avait disparu, semblant avoir emporté Rhita Gawr avec lui. J'étais sûr que l'esprit mauvais reviendrait un jour, mais pas mon ami. Les yeux pleins de larmes, je me suis baissé pour ramasser une plume brune qui s'était posée à mes pieds.

Je l'ai fait tourner entre mes doigts. Elle venait d'une de ses ailes, celles qui m'avaient emmené si haut, peu de temps auparavant. Ces ailes, comme moi, ne voleraient plus jamais. Doucement, j'ai glissé la plume dans ma sacoche.

Puis, j'ai senti la pointe d'une lame contre ma poitrine. J'ai levé les yeux et vu Stangmar, la moitié du visage et du cou barbouillée de sang, qui me fixait méchamment.

— À présent, nous allons accomplir notre promesse, a-t-il déclaré. Et de la façon prévue. Ainsi, quand notre ami reviendra, il saura à n'en pas douter de quel côté nous sommes.

— Non, a imploré Rhia. Ne faites pas ça ! Vous avez enfin la chance d'agir en véritable roi ! Ne le comprenez-vous donc pas ?

— N'use pas ta salive pour de tels mensonges, a grogné Stangmar. Gardes ! a-t-il ordonné aux ghouliants. Jetez-le dans le Chaudron !

~ XXXVIII ~
DES PAROLES SÉCULAIRES

Les ghouliants qui ne gardaient pas Rhia ont traversé la salle. L'épée au poing, le visage figé, ils sont venus vers moi pour me jeter dans le Chaudron de la mort.

Je ne leur ai opposé aucune résistance. La perte de Fléau, combinée aux vibrations continuelles du sol, m'avait privé de mon énergie et je sentais mes jambes flageolantes. Même si mes pouvoirs avaient pu m'aider, je n'avais plus le cœur de les utiliser. J'étais obsédé par la place vide sur mon épaule.

Rhia a voulu courir derrière moi, mais les soldats l'en ont empêchée.

Farouchement déterminé, Stangmar dardait sur nous ses yeux de braise. Il était raide comme une statue, la main crispée sur la poignée de son épée. Le sang séché sur son visage était de la même couleur que les Plaines rouillées de son royaume.

Accompagné de ce sinistre cortège, je m'approchais du Chaudron sombre et silencieux comme la mort. J'ai songé un instant à me jeter dedans volontairement, avec l'espoir de le détruire. Mais cette ultime satisfaction ne me serait même pas accordée : les ghouliants me serraient de si près qu'ils m'auraient sûrement tué avant que je me libère.

Alors, j'ai regardé Rhia et j'ai tendu vers elle mon index recourbé. Elle a répondu par le même geste, en faisant mine d'enrouler son doigt autour du mien une dernière fois.

Les ghouliants se sont arrêtés tout près du Chaudron. Il m'arrivait seulement à la taille, mais sa gueule aurait pu facilement avaler un homme ou une femme adulte. L'intérieur était d'un noir encore plus dense et profond que l'obscurité qui entourait le château. Les ghouliants m'ont poussé contre le bord, puis ils se sont tournés vers Stangmar, attendant les ordres.

Rhia a supplié le roi encore une fois :

— S'il vous plaît, ne faites pas cela !

Stangmar n'y a prêté aucune attention. D'une voix qui dominait le grondement du château, il a ordonné :

— Dans le Chaudron !

À cet instant précis, une petite silhouette a jailli de l'ombre, près de l'escalier. Avec un bref coup d'œil vers Rhia et moi, Shim a traversé la pièce en courant et, sans laisser le temps aux ghouliants de comprendre ce qui se passait, il a grimpé sur le bord du Chaudron. Il a hésité une fraction de seconde, puis il a sauté dans sa gueule béante.

Une énorme explosion a secoué la salle, ébranlant le château jusque dans ses fondations. Il s'est mis à tourner de manière désordonnée et je suis tombé par terre, de même que Rhia et plusieurs ghouliants. Des torches se sont décrochées de leurs supports, avant de grésiller sur les pierres. La Harpe fleurie se balançait sur le mur, suspendue par une seule corde.

Tandis que le son de l'explosion se répercutait dans toute la forteresse et jusque dans les collines alentour, je me suis relevé. J'ai vu le Chaudron de la mort fendu en deux. Et au centre du Chaudron détruit, le corps du petit géant.

— Shim !

Je me suis penché au-dessus de lui, des larmes plein les yeux. D'une voix qui n'était plus qu'un murmure, je lui ai parlé :

— Tu as toujours voulu être grand… être un vrai géant. Eh bien, sache que tu es un géant, mon ami. Un vrai.

Stangmar, furieux contre les ghouliants, a frappé un grand coup d'épée dans l'air.

— Quelle est cette perfidie ? a-t-il rugi. Nous vous avions ordonné de chercher les autres intrus !

D'un geste rageur, il a attrapé l'épée d'un des soldats et la lui a enfoncée dans le ventre. Le ghouliant a frémi, sans émettre le moindre son. Puis, lentement, il a retiré l'épée comme si de rien n'était.

Décidé à en finir, Stangmar s'est avancé vers moi à grands pas, alors que j'étais encore agenouillé près du Chaudron brisé. Il a levé son épée au-dessus de ma tête. Quand je me suis tourné vers lui, il a hésité un instant.

— Maudit sois-tu! Le fait de te voir... et le coup de cette maudite lame... ont réveillé des sentiments en nous. Des sentiments qu'il vaudrait mieux oublier, car ils ne nous facilitent pas la tâche. Même si nous savons ce que nous avons à faire, nous savons aussi quelle douleur sera la nôtre.

Brusquement, il s'est tu. Il a chancelé, bouche bée, puis a reculé, effrayé.

Car, dans les débris du Chaudron, un phénomène incroyable était en train de se produire. Comme si une douce brise s'était levée, les cheveux de Shim ont commencé à remuer. Son nez s'est mis à grossir. Puis ses oreilles. Puis le reste de sa tête, son cou, ses épaules... Ses bras ont gonflé, ainsi que sa poitrine, ses hanches, ses jambes et ses pieds. Ses vêtements s'élargissaient, grandissaient en même temps que lui, à toute vitesse...

Et le miracle est arrivé : Shim a ouvert les yeux! Plus émerveillé que nous tous, il se tâtait partout avec ses mains de plus en plus grandes.

— Je grandis! Je grandis! s'est-il exclamé.

Quand la tête de Shim a atteint le plafond, Stangmar s'est ressaisi.

— C'est un géant! a-t-il crié aux ghouliants. Attaquez-le avant qu'il nous détruise tous!

Le ghouliant le plus proche a foncé sur Shim et planté son épée dans la partie de son corps qui était à sa portée — en l'occurrence, le genou gauche.

— Aïe! a hurlé Shim, en se tenant le genou. Une abreille m'a piqué!

Instinctivement, l'ancien petit géant s'est roulé en boule. Malheureusement, cela l'a rendu une cible facile. Les ghouliants en ont profité pour s'agglutiner autour de lui et le piquer de tous côtés, tel un essaim en furie. En même temps, le corps de Shim continuait à prendre de l'ampleur. Bientôt, sous la pression de ses épaules et de son dos, le plafond s'est déformé. Des morceaux de pierre se sont mis à pleuvoir sur nous et un trou s'est ouvert dans la voûte.

À travers, on a vu une des tours sur les remparts s'effondrer. Elle s'est écrasée sur le nez de Shim. Cette fois, il s'est mis en colère.

— Je suis très frâché ! a-t-il tonné.

Et, de son poing, devenu aussi gros que le trône du roi, il a enfoncé une partie du mur.

Stangmar, visiblement effrayé, a commencé à battre en retraite, imité par les ghouliants. Les deux Fincayriens, qui s'étaient tapis près du trône, ont filé vers l'escalier, trébuchant l'un sur l'autre dans leur précipitation.

J'ai couru rejoindre Rhia et ramassé Percelame au passage. Nous nous sommes réfugiés dans un coin épargné par les chutes de pierres, à l'autre bout de la salle.

Alors, pour la première fois de sa vie, Shim a provoqué une réaction digne d'un géant : ses attaquants se sont enfuis ! La lueur qui brillait dans ses yeux montrait qu'il y prenait un immense plaisir.

— Je suis plus grand que vrous ! Breaucoup plus grand !

Il s'est mis debout sur ses pieds poilus aussi gros que des rochers, et s'est étiré de tout son long. Un autre morceau de plafond est tombé. Avec un sourire vengeur, il a commencé à piétiner les ghouliants. Chacun de ses pas ébranlait le château ; des parties du sol ont cédé à leur tour.

Mais les ghouliants, eux, résistaient aux coups. Chaque fois, ils se redressaient, se secouaient et reprenaient leurs attaques contre les pieds de Shim. Le géant, les yeux rouges de colère, tapait du pied de plus belle. La vue de ces soldats qui couraient sous lui l'excitait.

Blotti dans le coin avec Rhia, je regardais, inquiet, le plafond s'écrouler autour de lui et priais le ciel pour qu'il ne vienne pas de notre côté. Il était manifestement furieux… et, en même temps, il semblait s'amuser beaucoup.

Soudain, malgré le bruit des pierres et des pas du géant, j'ai entendu un son étrange et rythmé à l'extérieur du château. D'abord lointain, puis plus proche, le son a enflé, s'est amplifié. Je me suis bientôt rendu compte que c'étaient des voix. Des voix très graves, qui chantaient une mélopée, faite de trois notes particulièrement basses. Bizarrement, ce chant avait pour moi quelque chose de familier. Il éveillait un sentiment que j'avais du mal à identifier.

C'est alors que j'ai vu apparaître dans le trou du plafond un énorme visage, escarpé comme une falaise, entouré d'une barbe rousse et hirsute. Un autre a suivi, avec des cheveux gris bouclés et des lèvres charnues, puis un troisième à la peau foncée, avec une longue tresse et des boucles d'oreilles en forme de roue. Ils ont salué Shim à tour de rôle, mais sont restés à l'extérieur.

— Les géants ! s'est écriée Rhia, émerveillée. Ils sont venus...

Oui, les géants étaient sortis de leurs cachettes, de tous les coins de Fincayra ! Répondant à un appel qu'ils attendaient depuis longtemps — peut-être était-ce l'explosion du Chaudron de la mort —, ils avaient quitté les gorges sombres, les forêts lointaines et les crêtes inconnues. Armés d'énormes torches, ils arrivaient de partout. Certains portaient de lourds filets de pierres qui avaient dû leur permettre de passer inaperçus dans les champs de rochers. D'autres avaient encore des branches et même des arbres entiers sur leurs longues crinières. D'autres enfin, peut-être trop bêtes ou trop fiers pour se déguiser, portaient des gilets, des chapeaux et des capes aussi colorés que les arbres fruitiers de la Druma.

Sans perdre de temps, les géants ont formé un cercle autour du château. Suivant l'exemple de Shim, ils se sont mis à frapper du pied tous ensemble, avec la force d'un tremblement de terre. En même temps, ils chantaient dans la langue séculaire des premiers habitants de Fincayra :

Hy gododin catann hue
Hud a lledrith mal wyddan
Gaunce ae bellawn wen cabri
Varigal don Fincayra
Dravia, dravia Fincayra

Je me suis souvenu alors d'avoir entendu ma mère fredonner ce chant. Mais ce souvenir datait-il de notre séjour à Gwynedd, ou d'une époque antérieure ? L'avais-je entendu bébé ? Je n'avais pas de certitude.

En tout cas, je savais que les paroles évoquaient le lien qui existait depuis toujours entre les géants et Fincayra. L'idée que, tant que les uns vivraient, l'autre vivrait aussi. *Dravia, dravia Fincayra : longue vie, longue vie à Fincayra.*

Plus les géants dansaient à la lueur de leurs torches, plus le château se désagrégeait. Les pierres contre lesquelles nous nous abritions, Rhia et moi, semblaient résister, mais d'autres parties du mur se déformaient. Et en même temps que les murs, le sortilège faiblissait. Le château tournait moins vite et le grondement diminuait. Soudain, avec un affreux grincement, le mouvement s'est arrêté. Les piliers et les arches se sont écroulés, soulevant un nuage de poussière et de débris.

Les ghouliants, qui tiraient leur pouvoir du château lui-même, ont lâché un cri — de surprise plus que d'angoisse — et sont tombés sur place. Il m'a semblé, en voyant leurs corps étalés parmi les décombres, que leurs visages exprimaient enfin une légère émotion. Comme un soupçon de gratitude.

Les ghouliants étant morts, Shim a franchi une partie du mur effondré pour rejoindre les autres géants à l'extérieur. En écoutant leurs pas lourds marteler le sol, des paroles anciennes me sont revenues en mémoire. Des paroles qui annonçaient cette Danse des géants :

Là où un château tourne dans le noir,
Le petit grandira et ramènera l'espoir.
Et lorsque les géants dans la salle danseront,
Toutes les barrières d'un coup s'écrouleront.

Shim avait été sauvé par une forme de magie plus ancienne. Plus ancienne que le château des Ténèbres, que le Chaudron de la mort, et peut-être que les géants eux-mêmes. Car, en courant vers le Chaudron pour le détruire, il avait entamé la danse qui devait anéantir le château. *Le petit grandira et ramènera l'espoir.* La Grande Élusa avait dit à Shim que la grandeur ne se limitait pas à la taille de ses os. Il venait de le prouver par ses actes : ce qui avait fait sa grandeur, c'était son courage. Grâce à quoi, maintenant, il dominait les remparts du château en ruine.

∾ XXXIX ∾
LE RETOUR

e mur derrière nous a commencé à craquer. Je me suis tourné vers Rhia, dont les vêtements déchirés sentaient encore l'odeur de la forêt.

— Il faut partir avant que tout s'effondre !

Elle a secoué ses cheveux couverts de petites pierres.

— L'escalier est bloqué. On devrait peut-être essayer de descendre à travers les décombres.

— Ça prendrait trop de temps, ai-je répondu en me levant d'un bond. J'ai une meilleure idée.

Les mains en porte-voix, j'ai crié très fort :

— Shim !

Un visage a surgi dans un trou du plafond. Un visage qui m'aurait semblé familier s'il avait été beaucoup, beaucoup plus petit.

— Je sruis grand maintenant, a lancé Shim d'une voix tonitruante.

Je lui ai fait signe de se pencher.

— Ton vœu s'est réalisé ! Tu es *aussi grand que le plus haut des arbres.* Maintenant, passe ta main par ce trou, tu veux bien ? Tu dois nous faire sortir d'ici.

Shim a grogné, puis il a enfoncé son énorme main dans le trou du plafond. Il l'a posée à côté de nous, mais au bord d'une crevasse, ne laissant qu'un étroit passage pour grimper. Rhia a voulu passer la première.

Tandis qu'elle longeait la faille, j'ai ramassé Percelame. Sa poignée était froide depuis que Rhita Gawr l'avait tenue. La lame à double tranchant brillait d'un éclat qui me rappelait le clair de lune sur la mer.

Tout à coup, je me suis souvenu des Trésors de Fincayra. Eux aussi, il fallait les sauver ! J'ignorais combien de temps il me restait avant que le château s'écroule, mais je devais à tout prix retrouver ceux qui avaient échappé au désastre.

— Viens ! m'a crié Rhia, accrochée au pouce de Shim.

— Vas-y d'abord, et renvoie-moi Shim.

Comme elle me regardait, inquiète, j'ai insisté :

— Vas-y, Shim. Remonte-la !

Pendant que Rhia s'élevait, j'ai posé l'épée sur la pierre qui me paraissait la plus sûre et j'ai arpenté les décombres de la vaste salle. J'enjambais des colonnes et les cadavres des ghouliants en évitant les chutes de pierres; je franchissais les lézardes qui zébraient le sol, avec précaution, mais sans perdre de temps. Derrière tous les bruits qui résonnaient autour de moi, j'entendais le martèlement continu de la Danse des géants.

Il ne m'a pas fallu longtemps pour trouver la Harpe fleurie, dont il ne manquait que quelques cordes, et une sphère orange étincelante qui devait être l'Orbe de feu. Je les ai vite posées près de Percelame et suis reparti à la recherche des autres. À côté du trône renversé gisait mon bâton — mon trésor personnel. Tout au fond de la salle, j'ai découvert l'Éveilleur de rêves à moitié enfoui, ainsi que la houe qui, d'après Honn, pouvait ameublir le sol toute seule.

Je n'ai trouvé que six des Sept Outils magiques. Après la houe, j'ai repéré la charrue qui laboure elle-même son champ — elle était si lourde que j'ai eu du mal à la soulever. J'ai ensuite trouvé un marteau, une pelle et un seau, dont je ne pouvais qu'imaginer les pouvoirs. Et enfin, j'ai déniché la scie qui, selon Honn, coupait juste la quantité de bois nécessaire. Le manche avait été endommagé par une grosse pierre, mais l'outil restait utilisable.

Je venais de déposer la scie près des autres Trésors quand le visage de Shim est apparu dans le trou du plafond.

— Viens, maintenant ! m'a-t-il lancé. Le château va bientôt s'écrouler !

J'ai hoché la tête. Pourtant, j'aurais aimé retrouver celui des Sept Outils qui manquait. Comme je ne savais pas à quoi il ressemblait, la tâche était difficile. Shim avait descendu sa main. J'y ai placé les Trésors, en m'arrêtant de temps à autre pour parcourir la salle du regard. Je ne désespérais pas d'apercevoir le septième Outil magique.

— Tu as frini ? a demandé Shim, impatient.

— Presque, ai-je dit en jetant mon bâton dans sa main. Donne-moi juste une minute pour grimper.

— Vrite ! a insisté Shim. Tu n'auras peut-être pas une minute.

En effet, tandis qu'il parlait, j'ai senti le sol trembler violemment sous mes pieds. J'ai escaladé sa main en jetant un dernier coup d'œil sur la salle.

À ce moment précis, j'ai aperçu quelque chose dans l'ombre, derrière un pilier écrasé. Je me suis arrêté net. Ce n'était pas l'Outil manquant. C'était une main, qui tâtonnait désespérément. La main de Stangmar.

— Viens! m'a supplié Shim. Le plafond va tromber!

J'ai hésité une seconde. Puis, alors qu'une partie du plafond s'effondrait déjà, j'ai fait demi-tour et traversé la salle en courant. L'écroulement des murs, du sol et du plafond semblait s'accélérer au même rythme que le chant et le piétinement des géants dehors.

Je me suis penché au-dessus de Stangmar. Il gisait à plat ventre, le front toujours ceint de son bandeau doré. Une grande pierre immobilisait le bas de son dos et un de ses bras. Sa main, refermée à présent, ne bougeait plus. Seuls ses yeux mi-clos indiquaient qu'il était encore vivant.

— Toi? a-t-il lâché d'une voix rauque. Es-tu venu nous regarder mourir? Ou as-tu l'intention de nous tuer toi-même?

Sans répondre, j'ai attrapé la pierre et, de toutes mes forces, j'ai essayé de la soulever. Mes jambes tremblaient, j'étais à bout de souffle, et elle ne bougeait pas d'un pouce.

Quand il a compris ce que je faisais, Stangmar m'a lancé un regard méprisant.

— Alors, tu veux nous sauver maintenant pour nous tuer ensuite?

— Non, je veux juste que vous puissiez vivre, ai-je déclaré, tandis que le sol en dessous de nous commençait à tanguer.

— Tu imagines que nous allons te croire ?

Je me suis concentré à nouveau et j'ai fait une seconde tentative. La sueur dégoulinait sur mon front et me piquait les yeux. La pierre a bougé très légèrement, mais pas assez pour dégager Stangmar.

Et, soudain, le sol s'est ouvert. Nous sommes tombés ensemble dans un gouffre noir, dans un grondement infernal.

Quelque chose a arrêté notre chute. Stangmar et moi avons roulé et terminé notre descente l'un par-dessus l'autre. Impossible de distinguer ce qui l'avait fait dans cette obscurité. En tout cas, c'était bien plus mou que la pierre. Puis, tandis que la lumière des torches des géants revenait, j'ai aperçu les ruines du château en dessous de nous et un visage familier au-dessus. Et j'ai compris.

— Je vrous ai attrapés ! s'est exclamé Shim. Heureusement que j'ai dreux mains !

— Oui, ai-je soupiré, assis dans le creux de sa paume. Heureusement.

— Le méchant roi est avec troi, a dit Shim avec une grimace de colère.

Puis il a rugi :

— Je vais le mranger !

La terreur a déformé les traits de Stangmar.

— Attends ! me suis-je écrié. Emprisonnons-le, au lieu de le tuer.

Stangmar m'a regardé, stupéfait. Shim a grogné de nouveau en plissant son énorme nez.

— Mais ce roi est méchant! Cromplètement, totalement, horriblement méchant.

— C'est possible. Mais c'est aussi mon père, ai-je ajouté en regardant l'homme près de moi dans les yeux. À une époque, il aimait grimper aux arbres. Parfois juste pour braver l'orage.

Le regard de Stangmar s'est adouci, comme si mes paroles avaient touché un point sensible. Puis il s'est détourné.

Shim nous a posés sur un monticule d'herbe sèche, au pied de la colline où se dressait auparavant le redoutable château des Ténèbres. Puis il s'est éloigné. Le sol tremblait sous ses pas. Il s'est assis et, le dos appuyé contre le coteau, il a étiré ses bras gigantesques et bâillé à s'en décrocher la mâchoire. J'ai deviné que des ronflements encore plus impressionnants allaient bientôt se faire entendre.

Voyant Rhia tout près, j'ai quitté Stangmar pour la rejoindre. Debout, face à l'ouest, elle fixait une ligne verte à l'horizon.

En entendant le crissement de mes pas, elle s'est retournée. Ses yeux, plus grands que jamais, pétillaient de joie.

— Te voilà, sain et sauf.

J'ai hoché la tête.

— Et la plupart des Trésors aussi, ai-je ajouté.

Elle a souri, ce qui ne lui était pas arrivé depuis longtemps.

— Rhia! J'ai l'impression qu'il fait plus clair…

— Oui! Le nuage noir qui entoure ces collines se dissipe à mesure que le château s'effondre et que les ghouliants disparaissent.

Je lui ai montré les géants, qui avaient cessé leur chant et leurs piétinements. Seuls, ou par groupes de deux ou trois, ils commençaient à s'éloigner des ruines.

— Où vont-ils? ai-je demandé.

— Chez eux.

— Chez eux, ai-je répété, songeur.

Nous avons jeté un dernier regard aux décombres du château. Une grande partie avait été détruite par la Danse des géants, mais un cercle d'énormes pierres majestueusement dressées couronnait encore la colline, certaines un peu penchées, et d'autres soutenaient de solides traverses. Les géants les avaient-ils disposées ainsi, ou simplement laissées telles quelles? Je l'ignorais.

En silence, tandis que les premiers rayons du soleil perçaient au-dessus des Collines obscures, j'ai contemplé ce cercle impressionnant, semblable

à une grande haie de pierre. Pour moi, il symboli-
serait à jamais la force de la vérité, qui finit toujours par triompher.

Et soudain, des souvenirs de ma propre
enfance dans ce lieu ont surgi. Sur cette colline !
Lorsque les géants dans la salle danseront, toutes les
barrières d'un seul coup s'écrouleront. La prophétie,
je le comprenais maintenant, ne s'appliquait pas
seulement aux murs de pierre. Mes propres barrières intérieures, qui m'avaient coupé de mon
passé depuis le jour où j'avais échoué sur la côte
de Gwynedd, avaient commencé à s'écrouler en
même temps que celles du château.

Par petits bouts d'abord, puis par vagues
entières, la mémoire m'est revenue. J'ai revu
ma mère, enveloppée dans son châle devant
une joyeuse flambée, me racontant l'histoire
d'Hercule ; mon père, si fort et sûr de lui, chevau-
chant un étalon noir du nom de Ionn. Je me suis
rappelé la première fois que j'avais goûté ce fruit
délicieux qu'on appelle le larkon ; ma première
baignade dans la Rivière Perpétuelle, ainsi que
les dernières minutes avant notre fuite, remplies
de tristesse, et les prières que nous avions faites,
ma mère et moi, pour que la mer nous conduise
en lieu sûr.

C'est alors que, du fond de ma tendre enfance,
ont ressurgi les paroles d'un chant intitulé la

Lledra. Ma mère l'avait chanté autrefois, exactement comme les géants aujourd'hui :

Arbres qui parlent et pierres qui marchent,
De l'île les géants sont les os.
Aussi longtemps qu'ils y danseront
Varigal la couronnera.
Longue vie, longue vie à Fincayra !

— Rhia, ai-je dit tout bas. Je n'ai pas encore trouvé mon pays. Je ne sais même pas si cela arrivera un jour. Mais, pour la première fois, je crois que je sais où regarder.

Elle a paru étonnée.

— Où donc ?

J'ai indiqué d'un geste le cercle de pierres, éclairé à présent par les rayons du soleil.

— Pendant tout ce temps, je l'ai cherché comme on cherche un pays sur une carte. Et aujourd'hui, je me rappelle m'être senti ici chez moi. Pourtant, j'ai aussi le sentiment que ce lieu que je cherche, s'il existe, ne se trouve pas sur une carte, mais plutôt quelque part en moi.

— Là où demeure le souvenir de Fléau… a-t-elle dit, nostalgique.

J'ai enfoncé la main dans ma sacoche et j'ai sorti la plume du faucon que j'avais gardée. Je l'ai caressée doucement du bout du doigt.

— Je crois deviner où il est allé quand il a disparu. Je n'en suis pas sûr... mais je ne peux pas l'exclure non plus.

Rhia a regardé la plume.

— La même idée m'est venue. Et je pense qu'Arbassa serait de notre avis.

— Si son courage lui a ouvert la porte de l'Autre Monde... alors lui et Rhita Gawr ont dû franchir cette porte ensemble.

Elle a souri.

— Ce n'était pas un voyage que Rhita Gawr avait prévu! Mais Fléau nous a offert la chance dont nous avions besoin. Donc, si nous avons vu juste, Fléau est quelque part là-bas dans l'Autre Monde, en ce moment, en train de voler.

— Et Rhita Gawr aussi, en train de fulminer.

Rhia a hoché la tête. Puis son visage est redevenu sérieux.

— Ce faucon va me manquer.

J'ai lâché la plume et l'ai laissée tournoyer jusqu'à mon autre main.

— À moi aussi...

Rhia a donné un coup de pied dans l'herbe sèche.

— Et regarde cette misère! Ce sol est si sec... je me demande s'il pourra revivre.

— Ah, pour ça, j'ai déjà un plan, ai-je annoncé avec un petit sourire.

— C'est vrai?

— La Harpe fleurie et son pouvoir de faire renaître le printemps devraient pouvoir nous aider.

— Bien sûr! J'aurais dû y penser.

— J'ai l'intention de l'emporter sur tous les coteaux, dans toutes les prairies, au bord de tous les cours d'eau asséchés. Et, en particulier, dans un jardin, là-bas dans la plaine, où vivent deux de nos amis.

Les yeux gris-bleu de Rhia se sont illuminés.

— J'espérais même... ai-je poursuivi doucement.

— Quoi?

— Que tu voudrais bien venir m'aider à faire revivre les arbres.

Elle a éclaté de rire.

— Que je t'aide ou non, une chose est sûre : tu as trouvé de nouveaux amis.

— Oui, c'est vrai.

Elle m'a observé un moment.

— Et tu as également trouvé ton nom.

— Tu crois?

— Oui. Tu me rappelles ce faucon qui était perché sur ton épaule, il n'y a pas si longtemps. Comme lui, tu peux être féroce aussi bien que gentil; tu t'accroches de toutes tes forces sans jamais lâcher, tu y vois clair, mais pas avec tes yeux; tu sais quand utiliser tes pouvoirs... et tu es capable de voler.

Elle a jeté un coup d'œil vers le cercle de pierres, qui brillait comme un grand collier dans la lumière, puis elle s'est tournée vers moi.

— Ton nom devrait être Merlin.

— Tu n'es pas sérieuse.

— Si.

Merlin. J'aimais bien ce nom. Pas assez pour l'adopter, bien sûr, même si les noms ont parfois une façon bizarre de vous coller à la peau. *Merlin.* Un nom original, pour le moins, et chargé de sens : à la fois source de chagrin et de joie pour mon esprit.

— D'accord. Je l'essaierai. Mais juste quelque temps.

NE MANQUEZ PAS
LE TOME 2

∾ I ∾

SAUVETAGE

rrivé en haut de la côte, j'ai hissé la Harpe fleurie sur mon épaule. Des bandes écarlates striaient les nuages, éclairés par les premiers rayons de l'aube. Une lumière rubis effleurait les crêtes des collines, au loin, embrasant les maigres arbres qui se dressaient à l'horizon. Mais les collines elles-mêmes restaient sombres, couleur de sang séché, comme l'herbe sous mes bottes.

Malgré tout, alors que le sol aride craquait à chacun de mes pas, j'avais envie de sourire. À peine conscient du vent froid qui me piquait les joues et transperçait ma tunique, je me sentais déjà réchauffé par ma mission : faire revivre la terre. En être le sauveur. Une tâche que je poursuivais maintenant depuis plus de trois semaines.

Comme l'avait fait, jadis, le grand enchanteur Tuatha, le père de mon père, j'avais emporté la Harpe à travers ce qui restait des champs et des forêts, et j'avais réussi à leur redonner vie. J'ajouterais même : avec une facilité étonnante. La Harpe réagissait de mieux en mieux. Elle semblait presque avoir envie d'exécuter mes volontés. On aurait cru qu'elle m'attendait depuis longtemps.

Je n'étais pas pour autant devenu un enchanteur, je le savais très bien. Je ne connaissais que les premiers rudiments de la magie, et je n'aurais pas tenu un jour en tant qu'apprenti chez Tuatha. Pourtant... j'avais quand même *quelque chose*. J'avais sauvé mon amie Rhia d'une mort certaine entre les mains de Stangmar ; j'avais détruit le château de ce roi, tout en faisant échouer les plans de Rhita Gawr, son maître. Il me paraissait donc juste que le Grand Conseil m'ait confié la Harpe et qu'elle obéisse à mes ordres.

Arrivé près d'un affleurement rocheux, j'ai découvert, en dessous, un ravin complètement sec. Il était clair qu'aucune eau ne l'avait traversé depuis des années. Le peu de terre qui avait résisté à l'érosion était toute craquelée. À part un arbre nu n'ayant plus qu'une longue bande d'écorce sur le tronc, rien de vivant n'avait subsisté : ni plantes, ni insectes, ni aucun animal d'aucune sorte.

Avec confiance, j'ai frotté l'extrémité noueuse de mon bâton et humé l'odeur de résine avant de le poser sur le sol. J'ai descendu la Harpe de mon épaule avec précaution pour ne pas l'emmêler avec la corde du sachet d'herbes que ma mère m'avait remis au moment de mon départ. Une fois de plus, j'ai admiré la beauté des motifs floraux sculptés dans le bois, les incrustations de frêne et les rosaces soigneusement alignées. Les cordes en boyau de chèvre scintillaient dans la lumière matinale. La console, reliant la caisse de réso-nance à la colonne, s'incurvait avec grâce comme une aile de cygne. Un jour, ai-je décidé, j'appren-drais à fabriquer une harpe comme celle-là.

Alors qu'un autre coup de vent froid soufflait, j'ai passé les doigts sur les cordes. Une musique mélodieuse en a jailli, une musique magique qui m'a réjoui le cœur comme les chansons de ma mère autrefois. J'avais déjà parcouru une dizaine de ces collines avec la Harpe, mais je ne me lassais pas de l'entendre. Je ne m'en lasserai jamais.

Une pousse de fougère est sortie du sol et a commencé à se déployer. J'ai de nouveau pincé les cordes.

D'un seul coup, le coteau a repris vie : les tiges sèches se sont transformées en brins d'herbe verts et souples ; un ruisseau s'est mis à couler au fond du ravin, imbibant le sol assoiffé ; des petites fleurs bleues, parsemées de gouttelettes de rosée, ont surgi le long des rives ; tandis que l'air se remplissait d'un nouveau parfum, mélange de lavande, de thym et de cèdre.

Tout en écoutant la mélodie de la Harpe, je goûtais l'harmonie des arômes. Avec mélancolie, j'ai repensé aux herbes de ma mère : il y avait si longtemps que je ne les avais pas senties. Depuis toujours, Elen aux yeux saphir vivait entourée de pétales, de graines, de feuilles, de racines, de copeaux d'écorce séchés, bref, de tout ce qui pouvait lui être utile pour soigner les gens — je me demandais parfois, d'ailleurs, si ce n'était pas juste pour le plaisir d'en sentir les parfums. Moi aussi, je les aimais, ces odeurs, sauf celle de l'aneth, qui me faisait éternuer.

Quoi qu'il en soit, plus que tous ces arômes, c'était la compagnie de ma mère que j'aimais. Elle faisait toujours son possible pour que je me sente bien, y compris dans les circonstances les plus difficiles. Elle s'était occupée de moi durant les rudes années passées à Gwynedd — aussi nommé pays de Galles — sans jamais exiger de remerciements. Même quand elle se montrait distante, dans l'espoir de me protéger de mon passé, quand j'étouffais de rage parce qu'elle refusait de répondre à mes questions sur mon père, ou quand je me vengeais en refusant de l'appeler du nom qu'elle avait le plus envie d'entendre... même dans ces moments-là, je l'aimais.

Maintenant que je comprenais enfin ce qu'elle avait fait pour moi, je ne pouvais même pas la remercier. Elle était loin, très loin, au-delà de la brume, de l'océan et des côtes de Gwynedd. Je ne pouvais la toucher. Je ne pouvais l'appeler mère.

Un courlis s'est mis à gazouiller joyeusement sur la branche d'un arbre, ramenant mes pensées au présent. Quel chant rempli de joie et puissant ! J'ai pincé de nouveau les cordes de la Harpe.

L'arbre a aussitôt repris vie sous mes yeux. Des bourgeons se sont formés, des feuilles ont poussé, des papillons aux couleurs vives se sont envolés. Le tronc et les branches se sont couverts d'une écorce brune et lisse. Les racines ont grandi, s'accrochant à la rive du cours d'eau qui, à présent, dévalait la pente en cascade.

Un hêtre. J'ai souri en voyant ses branches robustes dressées vers le ciel. La brise faisait onduler ses feuilles argentées. Quelque chose dans cet arbre m'inspirait un sentiment de paix et de force tranquille. Je l'avais sauvé. Je l'avais fait revivre. Comme j'avais sauvé ce coteau et tant d'autres auparavant. Mon pouvoir me grisait. Le Grand Conseil avait fait le bon choix. Peut-être avais-je bel et bien l'âme d'un enchanteur, après tout.

Puis j'ai aperçu mon reflet dans une flaque qui s'était formée entre les racines de l'arbre, près de la rive. En découvrant mes cicatrices, mes yeux noirs et aveugles, j'ai cessé de sourire. Qu'avait dit Rhia à propos de mes yeux quand nous nous étions rencontrés ? Qu'ils étaient *comme deux étoiles cachées derrière des nuages*. Si seulement ils avaient pu voir de nouveau !

Mieux valait, bien sûr, avoir le don de seconde vue que pas de vue du tout. Je n'oublierais jamais ce moment miraculeux où j'avais découvert cette faculté de voir sans mes yeux. Mais ce don ne remplaçait pas complètement la vraie vue. Les couleurs étaient plus pâles, les détails, flous, et l'obscurité, plus gênante. Que n'aurais-je pas donné pour les guérir! Même s'ils ne me servaient à rien, je savais au moins qu'ils étaient là, et ils me rappelaient constamment tout ce que j'avais perdu.

Je n'avais que treize ans et, outre mes yeux, j'avais déjà perdu ma mère, mon père et tous les lieux où j'avais vécu... J'entendais encore ma mère me demander d'un ton encourageant, comme elle savait le faire, si je n'avais pas aussi gagné quelque chose. Quoi? Le courage de vivre seul, peut-être? Et la possibilité de sauver les terres flétries de Fincayra.

Je me suis tourné vers le hêtre. J'avais déjà sauvé une partie importante des Collines obscures, depuis les ruines du château des Ténèbres — devenu un cercle sacré — presque jusqu'au nord des Marais hantés. J'allais consacrer les prochaines semaines à faire revivre le reste. Ensuite, je ferais la même chose pour les Plaines rouillées. Fincayra était mystérieuse par bien des aspects, mais l'île n'était pas immense.

J'ai posé la Harpe et me suis approché du hêtre. Les mains bien à plat sur l'écorce lisse et argentée, j'ai écarté les doigts pour sentir la vie circuler dans le tronc puissant. Puis, avec les lèvres, j'ai émis un bruissement sourd. L'arbre a frémi, comme s'il se libérait de chaînes invisibles, et ses branches ont tremblé, produisant le même bruit que moi.

Satisfait de ma réussite, j'ai refait le bruissement et l'arbre a répondu de nouveau. Et cette fois, il n'a pas seulement frémi, car je lui ai donné un ordre.

Penche-toi. Penche-toi jusqu'au sol. Je voulais m'asseoir sur ses branches les plus hautes. Ensuite, je lui commanderais de se redresser et de m'élever vers le ciel. Depuis toujours, j'aimais me percher au sommet des arbres, par n'importe quel temps. Mais, jusqu'à présent, j'avais toujours dû grimper par mes propres moyens.

Avec des hésitations et force craquements, le grand hêtre a commencé à se courber. Un morceau d'écorce s'est détaché du tronc. J'ai levé la tête et regardé descendre les branches supérieures. Pendant que l'arbre s'inclinait devant moi, j'ai repéré une fourche près du sommet où je pourrais m'asseoir.

Soudain, j'ai entendu un autre bruissement et, aussitôt, l'arbre a interrompu sa descente pour se redresser lentement. Mécontent, j'ai renouvelé mon ordre et il s'est de nouveau penché vers moi.

Là-dessus, un deuxième bruissement s'est fait entendre et l'arbre a recommencé à se redresser.

T. A. BARRON

T. A. Barron a grandi dans un ranch du Colorado, aux États-Unis.

Dans une première vie, il a beaucoup voyagé à travers le monde. Il a voulu se mettre à l'écriture, mais n'a pas réussi à trouver d'éditeur pour son premier roman. Il s'est donc tourné vers le monde des affaires, où il a évolué avec succès… jusqu'en 1989, quand il annonce à ses associés qu'il retourne dans le Colorado pour devenir écrivain et s'engager dans la protection de l'environnement.

Depuis ce jour, T. A. Barron a écrit plus d'une vingtaine de livres, des romans pour petits et grands ainsi que des livres autour de sa passion, la nature. Il a remporté plusieurs prix, et l'American Library Association ainsi que l'International Reading Association l'ont distingué à plusieurs reprises.

En 2000, il a créé un prix récompensant chaque année vingt-cinq jeunes gens pour leur implication sociale ou environnementale : le Gloria Barron Prize for Young Heroes.

T. A. Barron poursuit ainsi sur de nombreux fronts son travail pour la préservation de l'environnement. Il a notamment contribué à la création du Princeton Environmental Institute de l'université de Princeton, et ses diverses actions ont été récompensées par The Wilderness Society.

Ses passe-temps favoris sont la randonnée, le camping et le ski, qu'il pratique en famille à chaque fois qu'il en a l'occasion.

Retrouvez-le sur son site : www.tabarron.com

"Claire, I think those men may have been trying to kill you."

She surged to her feet and took several steps away before whirling around to face him again. "That's impossible!" she said. "I don't know anyone in Seoul. I've only been here a few weeks, for goodness sake. Look, you've obviously made some sort of error."

Luke remained seated, still trying to keep a low profile. "I'm sorry, Claire. There is no mistake."

Claire bit her lip then started over. "I appreciate your concern. You've gone above and beyond. But there's no reason anyone would want to hurt me."

Luke sighed. "Please at least consider the possibility. Don't go anywhere alone and pay attention to your surroundings…. And, if anything remotely suspicious happens, contact the hospital security guards or the police *and* the embassy."

"Yes, sir." She gave him a small smile.

His own lips turned up slightly, but he still looked frustrated. There seemed to be nothing left to say. The interview was over.

Dear Reader,

My husband and I lived in Seoul, South Korea, for three years (2008–2011). While there I volunteered at a large "orphanage" (adoption agency), which was the basis for the one depicted in the book, though the name has been changed. On any given day, between 35 and 65 newborns were housed at that location. They lived there until about two to three weeks of age, when they were sent to a foster home. Occasionally, it was obvious that one of the infants was biracial; the idea for the character of Claire came from one such tiny baby.

While in Seoul, I also volunteered for the American Red Cross unit at Yongsan Army Garrison. The character of Luke was loosely inspired by an officer stationed there. Like Luke, this young man was a graduate of the U.S. Naval Academy and "loaned" to Yongsan as an intelligence officer. Many of the situations and dealings between the South Koreans and North Koreans described in the book are based on actual circumstances. The characters, however, are fictional.

Finally, as mentioned in the story, South Korea—the Land of the Morning Calm—is a lovely and very safe country, with warm and welcoming residents. Hopefully, one day, you will have the opportunity to visit.

I hope you enjoy the story of Claire and Luke!

Melanie Mitchell

HEARTWARMING

Melanie Mitchell
The Nurse's Bodyguard

◆ HARLEQUIN® HEARTWARMING™

Recycling programs
for this product may
not exist in your area.

ISBN-13: 978-0-373-36690-3

The Nurse's Bodyguard

Copyright © 2014 by Melanie McEwen

All rights reserved. Except for use in any review, the reproduction or
utilization of this work in whole or in part in any form by any electronic,
mechanical or other means, now known or hereafter invented, including
xerography, photocopying and recording, or in any information storage
or retrieval system, is forbidden without the written permission of the
publisher, Harlequin Enterprises Limited, 225 Duncan Mill Road,
Don Mills, Ontario, Canada M3B 3K9.

This is a work of fiction. Names, characters, places and incidents are
either the product of the author's imagination or are used fictitiously,
and any resemblance to actual persons, living or dead, business
establishments, events or locales is entirely coincidental.

This edition published by arrangement with Harlequin Books S.A.

For questions and comments about the quality of this book,
please contact us at CustomerService@Harlequin.com.

® and TM are trademarks of Harlequin Enterprises Limited or its
corporate affiliates. Trademarks indicated with ® are registered in the
United States Patent and Trademark Office, Canadian Intellectual Property
Office and in other countries.

Printed in U.S.A.

MELANIE MITCHELL

is a native of Texas. With her husband, Scott, Melanie
has lived in Belgium, South Korea and a number of cities
in the United States. She has traveled throughout the
U.S.A., Canada, Europe, Asia, Africa and the Middle East.
Melanie draws on her travels and work abroad to bring a
variety of settings, experiences and an understanding of
different cultures into her work.

Melanie has been a registered nurse for many years
and currently teaches nursing in the Houston area.
While she has written extensively–nursing textbooks
and articles–she recently turned to her love of romantic
suspense. *The Nurse's Bodyguard* is her second novel.

Books by Melanie Mitchell

HARLEQUIN HEARTWARMING

OUT OF THE SHADOWS

For Pamela, who inspired me to write fiction,
and Roz, my best friend from Korea.
Thank you both for your love and support.

Tell me not, in mournful numbers,
Life is but an empty dream!–
For the soul is dead that slumbers,
And things are not what they seem.

Life is real! Life is earnest!
And the grave is not its goal;
Dust thou art, to dust returnest,
Was not spoken of the soul.

Not enjoyment, and not sorrow,
Is our destined end or way;
But to act, that each to-morrow
Find us farther than to-day.

–Henry Wadsworth Longfellow
From "A Psalm of Life"

CHAPTER ONE

Seoul, South Korea

MARY CLAIRE OLSEN smiled shyly and said good-night to the security guard sitting at a large desk near the entrance of the Samsung Medical Center. Exiting through the automatic doors, she shifted her purse to her other shoulder and buttoned her white lab coat. The spring night was cool, but a little hazy, which was apparently typical for the city during April.

Having been in Seoul for a month, Claire had established a routine. The apartment she was sharing wasn't that far from the hospital. She could take the subway home—the nearest stop was only two blocks away—or she could catch a cab. Although taxis cost a little more than the subway, the silver cabs were readily available, usually clean and remarkably cheap.

Traveling by taxi often took a bit longer because traffic was heavy, but Claire was tired. It was almost eleven and she'd put in more than twelve hours at the hospital, so she decided to find a cab.

Claire headed for the street, walking through the large, well-lit parking lot. Positive memories and cheerful thoughts bounced through her mind as she wove her way among the late-model Korean or Japanese sedans and occasional SUVs. It had been a good day. Most of the children on the hematology/oncology unit were doing well with their treatments. She recalled the smiles of the children as well as the grateful expressions on the faces of their parents. Compared to that her fatigue was secondary. Nonetheless, she was looking forward to a hot shower and bed.

She glanced at her watch and quickened her pace. If she got home soon, she'd probably have time to Skype her parents before Mom left for school. The fifteen-hour time difference between Seoul and Minneapolis was sometimes a challenge, but she and her parents had been amazed to discover that communicating with people literally on the other side of the world was as easy as installing a tiny camera on the computer and hitting a few buttons.

Focused on her plans, Claire didn't pay attention to the two men who approached her. Even if she had been more engaged, she wouldn't have perceived them as a threat. Seoul had a reputation as an extremely safe city. Crime, particularly personal crime, was very rare.

Without warning, Claire had a sharp, overwhelming feeling of danger. Only a heartbeat later she felt a hand grab for her. Whether she'd been alerted by a muffled sound, a perception of movement, or simply intuition, Claire suddenly felt compelled to pivot quickly and dive to one side. A man dressed in a dark jacket, his face obscured by a hoodie, lunged after her and arched a fist in her direction. Reflexively, she stumbled backward—narrowly missing the punch—but in doing so, she smacked solidly into the second man. He tried to grab her, but she ducked and flailed in his direction with her elbow. Her blow was partially deflected by his leather coat, but Claire was able to throw off his grasping hands and pull away.

Fueled by an adrenaline rush and pure survival instinct, Claire succeeded in putting a Hyundai SUV between herself and the men. Her heart pounded painfully and she tried to scream, but she knew her anemic shriek couldn't be heard beyond the parking lot. Trying to control her panic, she turned to run back toward the hospital.

Within two steps, however, one of the men grabbed her lab coat, halting her progress. She sensed another blow coming and held up her purse as a shield. Rather than a fist, a knife sliced through the purse and tore into the flesh of her forearm. This time, her scream was much louder, startling her assailants. In that instant, she dropped her purse and staggered back, trying again to flee the attackers. They quickly recovered and followed.

The tenacity her parents had commented on a hundred times saved her life. Although Claire could feel blood dripping from her arm, she turned around and kicked high and hard with her right leg, catching the man with the knife squarely on the chin. He reeled backward, landing hard on the concrete, but the leather-jacketed man lurched toward her and grabbed her injured arm. Claire ignored the pain and with a strength and agility that were completely at odds with her slight frame, she whirled away from the assailant and broke free from his grasp. Once again she started running toward the hospital, screaming for help.

Before she'd covered a hundred feet, she saw two security guards running in her direction. The man with the hoodie shouted and his partner mumbled a reply before he picked something up and ran off with his friend.

Claire's heart was still hammering when the security guards reached her. They noticed her bleeding arm and one produced a handkerchief to help staunch the flow. "Thank you," she said through panting breaths. "Thank you," she whispered a second time and then repeated in Korean, "*Kamsahamnida.*"

The guards made no attempt to follow Claire's attackers. Instead, they led her back into the hospital, and took her directly to the Emergency Department. There, the guards turned her over to the staff and called the police.

Within no time, two nurses had cleaned the knife wound and a young doctor was putting a series of neat stitches into the six-inch long gash, all the while telling Claire about completing his plastic surgery residency in Boston. The adrenaline surge was wearing off and the pain in Claire's arm was changing from acutely intense to a merely tear-producing throb. While she was being treated, Claire realized that during the assault she'd lost her purse. On reflection she knew that the man in the leather jacket had picked it up before he fled.

"Well, damn!" she said to no one in particular. Other than about twenty dollars worth of Korean won, she'd just lost her favorite stethoscope, a couple of credit cards and some personal items. And then she remembered…

"Damn!" she repeated. Because Claire's father was a Lutheran minister, she rarely swore. But tonight the circumstances definitely warranted it. She sighed and looked

at the doctor who was suturing her forearm. "My passport," she said with exasperation. "They got my passport."

CHAPTER TWO

LIEUTENANT LUKE LLEWELLYN was sitting at a borrowed desk in the security office of the American Embassy in Seoul, reading a recent issue of *Sports Illustrated* and trying to avoid boredom. He was not particularly successful. It was a tedious way to spend a lovely Saturday afternoon, but he really couldn't complain because it beat most of the alternatives.

Luke had been a naval intelligence officer for nearly eight years. He'd completed three tours in the Persian Gulf, where he had logged an inordinate amount of time in the E-2 Hawkeye and other early warning system aircraft, monitoring movements of men and weapons. He'd also spent hours upon hours in front of computer terminals watching satellite feed and listening to interpretations of intercepted conversations, trying to discern plans of the enemy. The work wasn't exactly what he'd signed up for when he applied to the Naval Academy at seventeen, but he had no doubt of the critical, life-and-death nature of his work.

However, with Luke's last promotion, the Navy had "loaned" him to the Army. What followed was the longest nine months of his life. He'd been assigned to a forward operating base in Afghanistan, where his affinity for, and appreciation of, the soldiers and marines who were "boots on the ground" quickly rose in conjunction with his disdain for the Taliban.

While in Afghanistan he decided it was time to consider parting company with the U.S. military, but then he'd been recalled by the Army and sent to South Korea. Compared to the Middle East, life in Korea was a cake walk. There were no snipers, no IEDs and no suicide bombers. The weather was good and the Korean people wanted the military in country—at least for the most part. All in all it was an excellent assignment to close out his career.

As a naval intelligence officer in Seoul, Luke assisted Army personnel in monitoring the communications and activities of the North Korean regime and its allies. That position had him bouncing around the northern part of the country, mostly doing spot reviews across the checkpoints of the demilitarized zone. The DMZ was the military demarcation line between North and South Korea, dating back to the 1950s, when the countries ceased overt conflict. Technically, the war had never ended and both sides continued to heavily arm their respective borders. The DMZ was at least five miles wide and heavily mined, fenced and monitored. Luke also spent significant time at a limited-access area in Seoul's Yongsan Army Garrison. The nondescript building on the north side of the American military installation housed an impressive bank of state-of-the-art computers. Although surveillance work could be tedious, he enjoyed field expeditions with some of the Army guys—riding in Humvees or Blackhawks. And he relished the times when the teams could pass along anomalies or surreptitious movements, alerting the "powers that be" to potential threats or events which might require diplomatic or even military intervention.

In addition to his other responsibilities, Luke was required to take his turn as officer-in-charge of the American Embassy's security detail one weekend each month, even though the Marine guards who were responsible for the embassy needed scant supervision. He was expected to maintain a presence on the embassy grounds, being called on from time-to-time to help manage issues affecting State or Defense Department personnel or problems encountered by any of the thousands of Americans living or visiting the country. Because he wasn't needed all that often, Luke redeemed the time by working out in the embassy's well-equipped gym, watching movies, reading or playing poker with the Marines and consular personnel. One benefit—something he always looked forward to—was the first rate food in the cafeteria.

The slow Saturday afternoon was interrupted by a knock at the open office door, and Marine Staff Sergeant Antonio Mancini entered without waiting for an invitation. Approaching the desk, Mancini waved a file in Luke's direction. "Luke, you lucky dog," he said. "You've got some customers."

Luke remained slouched in his chair. He didn't look up from an article describing the early predictions for the upcoming Major League season. "Customers?" He turned a page. "This is an embassy, Tony, not a department store. We don't have customers."

"Man, oh man," Tony chuckled, and his chocolate-brown eyes crinkled at the corners. "There's a couple of women in the waiting room—real lookers—who need some help."

Luke finally glanced at the sergeant and sighed heavily in feigned exasperation. "Okay, what?"

"Seems one of the ladies' passports was stolen last night along with her purse. She's filed the paperwork to replace it but needs to report being a crime victim. I've taken her statement." He waved the skinny file in Luke's direction again. "Unusual situation… I've been here almost four years, and this is the first time I've seen an American woman knifed by an assailant."

"*Seriously?*" Luke's nonchalant attitude

evaporated and he threw the magazine on the desk. "She was knifed? How bad?" He sat up straight and took the file.

"Luckily just a flesh wound to her arm."

Luke skimmed the first page and memorized the basics: Mary Claire Olsen…25…Rochester, Minnesota…Registered nurse…Working a month in Korea…Single. "You said there were two. Who's with her?"

"Her roommate—for moral support. The roomie lives here." Tony briefed him on more of the details. "The victim is doing some sort of educational thing at Samsung Medical Center. According to her story, she was attacked by two guys last night right outside the hospital. The second page is the original police report and the third page is the English translation."

"Actually *at* the hospital?" Luke flipped to the third page. "That's in a good part of the city… It's well lit and there are plenty of people around, pretty much twenty-four-seven."

"Yep." The sergeant pointed to the file. "Right there in the police report. The wound was pretty significant. It took a couple dozen stitches to sew her arm up."

"Seriously?" Luke repeated. "Man, this is a first." He closed the folder and stood. "Come on, Tony. Let's go take care of our customers."

As Tony Mancini followed Luke from the room he was struck for about the twentieth time by the lieutenant's size. He'd known Luke for a year but had known *of* him for nearly a decade. Luke didn't quite rate being called a legend, but he was pretty close. Indeed, it was rare for a man from one of the service academies to be drafted into the NFL, but Luke—an outstanding football player for the Naval Academy—had been selected by one of the pro teams. Tony didn't recall which. In the end, though, Luke had decided to keep his commitment to the Navy and the NFL had lost out.

As he trailed the lieutenant, Tony could certainly see why the NFL wanted him—the man was a *barn*. In his fifteen years in the Corps, Tony had never seen anyone that big wearing a uniform. The man was at least six foot six and weighed somewhere north of 260. Come to think of it,

Tony wasn't certain where Luke got his clothes; he didn't think the Navy made standard uniforms that large.

The embassy's Marine guard detail genuinely liked Luke and enjoyed when he was the weekend officer-in-charge. Luke took the duty seriously—some of the officers didn't—and he didn't look down on the enlisted guys—some of the officers did. Luke was an intelligent and affable Texan, and he'd done several tours in the Middle East—that alone had earned their respect. He was amiable most of the time, but tough when he needed to be. He played a good game of poker and was a magician when anyone was having problems with anything electronic. In addition, he was the only man Tony had ever seen actually bench-press 400 pounds. In truth, the guys were a little in awe of the big man.

AS THE TWO MEN strolled down the wide hallway toward the large waiting area, Tony said, "Heard you were getting out… Any truth to the rumor?"

"Yep." Luke's drawl became more pronounced. "Got three weeks left in Seoul.

I'm off to Honolulu around the first of May to sign papers and get counseled. Then I'm headin' home."

"Well, dang," Tony replied. "Since this is your last weekend with us, we need to pull together a game of Texas Hold 'em. You've got a reputation as an easy mark. We're gonna miss you."

Luke scoffed good-naturedly and opened the door to the large waiting room. He saw two women looking a bit lost among the dozens of chairs.

The American Embassy in Korea was located in a converted seven-story office building. During normal working hours, the waiting area was often standing-room-only.

During the weekends, the embassy was essentially closed, though Americans were allowed in for emergencies. Those situations were evenly split between U.S. citizens experiencing accidents, serious illnesses or even death, and situations in which U.S. citizens—typically young men—got into legal trouble. Most of *those* cases involved too much alcohol. This case was baffling, however, because in nearly a year as substitute duty officer, Luke had never even heard of a case of a random mugging, much less a physical assault on an American woman.

Luke studied the two women as he crossed the wide waiting area. The closer woman was blonde and appeared to be on the tall side. She was attractively dressed in skinny jeans and a snug red sweater. Beyond her was a slender Korean woman, more somberly dressed in a long gray skirt and hip-length tan jacket. Both women stood as the two military men approached and Luke noted that the blonde was indeed—as Tony had remarked—a looker. Her wavy, streaked, shoulder-length hair was brushed back, accenting intelligent blue eyes. Her deep-pink painted lips parted in welcome, revealing pretty white teeth.

Luke had years of training and experience in observation and assimilation of details, and his immediate impression was of a very attractive young woman. But he would have estimated that she was in her mid-thirties, not the 25 that had been reported on the form. Despite her pretty, inviting smile, that vague disconnect piqued his curiosity, causing his naturally skeptical mind to become even more alert.

Shifting his eyes a bit, Luke quickly looked at the Korean woman standing a few paces back. She was a little taller than most of the local women but had the slender build and staunchly erect posture commonly encountered here. Her black hair was pulled up in a clasp and she was wearing dark-rimmed glasses which—along with her rather frumpy clothes—contributed to a "geek chic" look. Luke got the impression that she was more nervous than her friend. She'd appeared ill-at-ease when she saw the uniformed men descending on them. Luke was very aware that his size was disconcerting to most people and was used to the response. Nonetheless, her reaction seemed a little extreme.

Deciding to start with a friendly approach, Luke addressed the tall curvy blonde. He held out his hand, and with his most reassuring smile drawled, "Hello, Ms. Olsen. I'm Lt. Llewellyn. I understand that you had a problem last night. We're here—"

His introduction was simultaneously interrupted by Tony and the blonde.

"Oh, no! Not me—" The blonde's cheeks darkened and she shook her head.

"Uh, Lieutenant—" Tony held up his hand.

Luke glanced back at his comrade who motioned toward the dark-haired woman. "Lieutenant, this is Ms. Olsen." He indicated the blonde who was now grinning. "This is Ms. Jessica Tyson. Ms. Olsen is staying with Ms. Tyson while she's in Seoul."

Luke took a step back and glanced sheepishly between the two women. Trying to smooth over his discomfiture, he shook his head slightly and said, "Uh, sorry. Excuse me." He held out his hand again. "Ms. Tyson, nice to meet you. Sorry for the mix-up."

"Not a problem," she answered, her voice tinged with humor. He shook her hand quickly before turning again to the other young woman, who was still standing several feet away.

She wasn't smiling.

Luke covered the distance in two steps.

This time when he looked at the dark-haired woman he took in details that he'd missed previously. On closer examination he realized that she was not Korean, or at least she was not full-blooded Korean. Her hair, while very dark, was not a flat black. Rather it carried deep brown highlights, and it was very glossy. Her skin was a soft, creamy color rather than the paler shades that many Korean women tried to maintain.

Then Luke realized that the most unusual thing about her appearance—what he should *not* have missed—was her eyes. Now that he was close enough to look past the dark-framed glasses, he could see the color—or rather colors—of her eyes. For the most part they were greenish blue, which alone would have been striking. But what was remarkable was that the outer one-third of both irises was a warm, coppery brown, interrupted periodically by small bluish flecks. The result was stunning.

Luke suddenly realized he'd been staring. Recovering his composure, he held out his hand. "Let me try this again… Ms.

Olsen, I'm Luke Llewellyn, U.S. Navy. I understand that you have an incident to report."

Cautiously, she placed her hand in his and practically gaped. Luke's grip was gentle, but his hand was huge and it completely swallowed her much smaller, finer-boned one. Quickly she pulled her hand back and blinked nervously. "I'm not really sure what I'm supposed to do. Last night the police detective said I would have to come by the embassy to apply for a replacement passport, and that while I was here I should talk to someone about…well about being mugged." Her voice was soft and a little tentative, and she made a slight waving gesture with one hand.

Luke was still recovering from his embarrassment. In his peripheral vision he got a glimpse of Tony trying to keep a straight face. Ignoring his snickering colleague, he gave his best effort to appear competent and reassuring. Using his most professional tone, he explained, "In cases like this, where U.S. citizens are harmed, embassy personnel try to work as closely as possible with the police to resolve the case and ensure that it doesn't happen again. If you'll come with me, I need to get a little more information." He motioned toward the hall that led to his borrowed office.

Claire hesitated a beat before responding, "Yes, okay. But…would it be all right if Jessica comes, too?"

"Of course. Ms. Tyson, you're welcome to accompany us but I'll ask you to avoid interfering."

"Thanks," the blonde replied in a friendly tone. "I promise I'll keep quiet."

Luke led the quartet down the hall with the curvy blonde beside him. Claire Olsen stayed a few paces behind and the Marine sergeant brought up the rear. Trying to appear casual with his initial questioning, Luke asked, "Ms. Tyson, have you been in Seoul very long?"

"It's Dr. Tyson, actually. PhD, not M.D. And yes, I've lived in Seoul about seven years." Her voice was a little throaty, and Luke discerned a bit of a northeastern accent, perhaps New York or another part of New England.

"What do you do?" he asked. They had arrived at the office. Luke entered first and pulled a couple of chairs forward to face the desk. He gestured for the women to sit before retreating behind the desk and taking a seat.

"I'm a professor of cultural anthropology at Seoul National University"

Luke responded, *"Hangukmal hasil jul aseyo?"*

"Yae, jogeumyo. Hangukmal hal jul ani?" she answered, looking amused.

Luke grinned and just shook his head. "No. Other than 'hello', 'thanks,' 'how much' and 'where's the men's room,' that's pretty much the limit of my Korean. Do you actually teach in Korean?"

"No. I teach graduate courses, so my classes are all in English," Jessica replied. "Most of my students want to go to the U.S. to study further, and they need to practice writing and conversing in English."

Luke glanced toward the woman's silent roommate and asked, "How are you two acquainted? Did you know each other before coming to Korea?"

"Seoul National provides me with a very nice three-bedroom apartment," Jessica said. "Although I've lived here for so many years, it can get pretty lonely being a random American in a big city." She shrugged. "From time to time I offer one of my spare bedrooms to visiting scholars."

Luke nodded and turned to Claire. "Is that what you are? A 'visiting scholar'?" He pointed to the form the sergeant had completed. "It says here you're a nurse."

Claire was sitting very erect. Although his question was mild, his tone indicated doubt. She cleared her throat before answering. "Well, kind of." She shifted as if her chair was uncomfortable. "I'm in a graduate program at the University of Minnesota. I'm involved in a project for one of my professors, so I'm working at Samsung Medical Center...collecting data for a research study."

Luke had been jotting notes as she spoke. He glanced up, "What is your professor's name?"

"I'm sorry?" Claire responded.

"The name of your professor in Minnesota..."

"Sung...Dr. Lin-yeong Sung, but she goes by 'Cindy' in the U.S. Dr. Sung is Korean, but she's been working at the Mayo Clinic Hospital for nearly twenty years." Claire seemed to be growing even more uncomfortable. "What does that have to do with me getting mugged?"

"I'm just trying to get background information for the file." He made another note. "What do you do for this 'research study'?"

"I work with children who have cancer."

He glanced back at her and then looked down to scrawl something on his pad. "In what capacity?"

"What difference does that—"

"Please just answer the question." Luke kept his voice without inflection.

"I work on a hematology-oncology unit with children fifteen and under." She squirmed and sighed. "We're collecting data on play therapy involving three different activities—computer games, pets—particularly dogs—and musical instrumentation... We actually teach the children how to play either the piano or a flute. The dependent variable—or rather variables—are symptom experiences and side effects of their therapy—usually a combination of chemo, radiation and sometimes bone marrow transplant."

He didn't respond so she licked her lips then continued. "Specifically, I collect information on when and to what extent the children experience symptoms, including nausea, pain, anorexia, insomnia and depression. I periodically measure salivary cortisol levels and take daily blood samples looking for signs of infection or anemia. We also evaluate other parameters such as anemia, leucopenia, weight gain or loss, vital signs, alopecia and dehydration." Her rapid, matter-of-fact explanation was done in monotone and she stopped abruptly. "Does that answer your question?"

Sometime during her recitation, Luke had stopped writing. He was watching her eyes. Several seconds passed where he tried to come up with a response, but his brain seemed to have clicked off. His mouth was dry and he had to clench his teeth to keep his face expressionless. He knew he was staring and forced himself to look down at what he'd written. Finally, he managed to come up with what he hoped was a reasonable response.

"Hematology-oncology. Is that like leukemia?" He scribbled something.

"Yes, for the most part."

Luke knew it was his turn again. He feigned looking down at the form. "So you've been here a month? How long is your…um…assignment?"

"The fellowship is for three months. I should be here through May."

He jotted something down then sat back in his chair. Staring at her with renewed intensity, he said, "Tell me about last night."

In a few sentences, she told him about being assaulted by two men in the hospital's parking lot. When she concluded, he watched her for a moment. "Ms. Olsen, I'm sure people have told you that physical assaults such as you describe are very rare in Seoul."

"Well, yes… I was told Seoul is very safe. But, evidently not…"

"So, why do you think someone would attack you?"

"Mr., er, Lieutenant…I'm sorry I don't recall your name—"

"Llewellyn," his response was curt, and he motioned toward the name pin above his left chest pocket.

"Lieutenant Llewellyn, I've no idea why someone would attack me. It was dark and I was alone. I guess I looked like an easy target."

"Target for what?"

"I'm sorry?" she said.

"What were you targeted for?"

She blinked several times and sat back in apparent confusion. "Why, my purse, of course. They stole my purse."

"Ms. Olsen, that seems to be the case. But purse thieves don't typically resort to violence. Why do you think you were attacked with a knife?"

"I…I guess it was because I fought back."

"How were you approached? Did they try to grab your purse from the outset?"

She considered his question for a few seconds. "I…er… Now that I think about it, maybe at first they were trying to grab me…"

"Did they say anything?"

She looked pensive. "One kind of yelped

when I kicked at him, but he didn't say anything to me. They might have talked to each other, but I really wasn't attuned to that, and it would have been in Korean...." She blinked and shifted again.

"Why did you fight back? Why didn't you just give them your purse?"

"I don't know. I didn't stop to think about it. It happened really fast. I was frightened and I just...reacted." Each word was spoken with emphasis and mounting irritation. She sat up even straighter and her tone carried a hint of belligerence. "Lieutenant, I don't like being questioned as if I was somehow responsible. All I did was walk across the parking lot. Two men attacked *me!* I lost my purse, some credit cards and my passport. Plus I've got a gash on my arm that's really throbbing right now. I came here to follow up with someone at the embassy. That was what I was told to do, and for some reason you're treating me like it was my fault." Her face was flushed.

This whole case was bothering Luke. He watched her expression through the outburst...she seemed overly defensive, so he persisted with his questions..

"Ms. Olsen, you weigh—what—115? How were you able to fight off two men, at least one of whom had a knife, and come out with only a cut on your arm?"

She lurched from her chair. "That's it. I'm leaving." Her voice was blunt.

Jessica stood, too, and joined the conversation for the first time. "Lieutenant, this type of questioning seems inappropriate—"

Luke remained seated and his expression didn't change. Interrupting both women, he said, "Ms. Olsen, sit down, please."

"I was the victim! I thought someone here was going to help!" Her voice grew louder and her face redder.

Luke stood then, extending to his full height, looming over the two women. He stared into the oddly colored eyes and repeated, "Ms. Olsen, please sit down. You'll need to answer a few more questions." His eyes remained fixed on Claire's although he addressed her roommate. "Ms. Tyson, you can stay or go, it's your choice."

A brief staring match ensued before

Claire exhaled then sat down on the edge of her chair. Jessica glanced at her room-mate and copied her.

AS HE WATCHED THE EXCHANGE from his station near the door, Tony was becoming exasperated. He was surprised by Luke's brusque manner and tough interrogation. The lieutenant's scowl was uncharacter-istic. He was usually obliging and sym-pathetic, particularly when working with civilians. Tony's agitation edged toward anger as his superior officer's questions and manner grew increasingly harsh.

Despite Tony's growing consternation, he snapped to attention when Luke ad-dressed him. "Sergeant Mancini, the police report notes that there were surveillance cameras in the parking lot. Have one of the translators contact the precinct office and ask for a detective. See if they can send me a video file or web link so I can review the encounter."

Tony gave an almost indiscernible nod and replied with a crisp "Yes, sir." Imme-diately, he departed to follow the order.

LUKE CONSIDERED the now-tense women and decided to try to defuse the situation. Addressing Claire but including her friend he said, "Ladies, I'm sorry if my questions seem unsympathetic, but I need to file a complete report." He tried a wry half smile and gave a brief wave to nothing in particular. "You know, the brass and all. They'll have my head if I'm not thorough."

That was actually stretching the truth. He would not be expected to do much beyond cursory data collection, and it was very unlikely that the Marine Duty Officer or any of the consular staff would do more than skim his report on Monday. But something bothered him about the whole episode. Physical crimes of that sort were virtually unheard of—even purse snatchings were rare. Looking at Claire and talking with her, he couldn't conceive of how she could fend off two armed men who were intent on stealing her purse.

But she'd answered his questions about her work without pause—he was certain that part of her account was true. Plus, her roommate had seemed honest—although he would check her story after the women left.

Liars came in all sizes, and gorgeous, arresting eyes aside, the details of the attack didn't make sense. It was conceivable that she'd harmed herself, in some kind of attention-grabbing situation, or maybe she was involved in something sordid or illegal that went wrong. If there was surveillance video, though, he could get a few answers fairly quickly.

"While we're waiting, can I offer you something to drink? We have coffee or all kinds of soft drinks… Water?" His drawl became more pronounced.

Luke's change in manner and engaging grin worked with Jessica. She smiled. "A Diet Coke would be wonderful, if you have one."

"Can do. Ms. Olsen?"

"Just water, please." Her response was flat, and Luke realized the only expressions she'd exhibited so far were frustration, irritation and anger, with maybe a hint of fear or timidity.

"Coming right up." He left the office and quickly proceeded down the hall to the break room. He grabbed a small bottle of water and can of Diet Coke from the refrigerator and quietly jogged back, pausing outside the room hoping to eavesdrop on the women. He was disappointed however, as their voices were pitched softly and he was unable to discern their conversation. He sighed and walked into the room.

"Here, ladies." He gave the can to Dr. Tyson who took it gratefully and popped the top. He handed the water to Claire, who took it from him, carefully avoiding touching his hand. Luke surreptitiously watched as she unscrewed the top and took a quick sip.

"You're right-handed?" It was both a question and observation.

"Yes." Her answer seemed a little hesitant.

"Where is your injury?"

She set her water on the desk and held up her right arm. She pulled back the sleeve of her tan jacket almost to her elbow, revealing a bulky dressing of white gauze encircling her arm. "Do you want me to take off the dressing so you can actually see it?" Her tone was blatantly sarcastic, and her eyes steadily held his.

"I don't think that will be necessary. Can you point to where the wound is?"

She indicated the underside of her forearm, from a few inches under her wrist, nearly to her elbow. Luke felt an odd sense of relief. The placement of the wound supported her story. It suggested a defensive injury, as if she'd held up her arm to ward off the attack. Further, if the cut had been self-inflicted, it was a pretty sure bet her left arm would have been injured. He jotted a note and was about to continue his questions when there was a brief knock at the open door.

"Lieutenant," Tony Mancini didn't enter the room. He caught Luke's eyes and gave a quick nod to his superior officer.

"Excuse me a minute. This shouldn't take long." Luke closed the file, nodded briefly and left the room.

During the short walk to the security office, Tony succinctly filled Luke in. "Getting that footage was a piece of cake. Our translator was able to find a detective—a Mr. Park—who speaks English. While I was still talking to him, that dude emailed me a video link to footage they had already excerpted from the surveillance cameras in the medical center parking lot." He pushed open the door to the security office where two other marines were monitoring the three dozen remote camera screens. They started to rise in deference to Luke's rank, but he nodded to them and they continued working. Tony pointed to a computer at the end of the row. He shook his head and gave Luke a meaningful look. "Wait'll you see this." Both men remained standing while Tony reached down and started the video.

Fortunately the hospital parking lot had been fairly well lit, and the video was of good quality. Luke and Tony were silent as they watched a white-coated Mary Claire Olsen come into view, walking at a brisk pace. She was almost out of the camera's range when a man approached her from behind. At first she jumped out of his way when he tried to grab her, then as he swung his fist, obviously intending to strike her, she seemed to whirl and lean away, barely missing a serious blow. They saw her use her purse as a shield to deflect the arching knife, and then watched as she kicked out and struggled to fend off the two men. Luke swore quietly as she managed to stumble away from the assailants. Although the video was not in color, they could easily discern blood rapidly staining the white sleeve of her lab coat.

There was no audio, but he could tell that she screamed for help and then screamed again. He caught the surprised reaction of the two men as they heard the guards responding to the altercation. Both started to run off, but one paused briefly then ran back to pick up the purse the nurse had dropped. As the men ran out of the camera view, two guards approached from the far side and led the bleeding young woman back to the hospital. According to the time stamps, the entire incident took a little more than ninety seconds.

Luke replayed the video, swore again, and then ran it a third time. He leaned over the keyboard, pulled up his secure email account, and in a few keystrokes quickly saved the link so he could view it again. Finally, he turned to Tony. He looked grim.

"So, what do you think?" the sergeant asked.

Luke stared at the now blank computer screen. "I think I've got to go apologize to our customer," he responded. "Some groveling may be necessary." He paused a breath before adding, "I don't know, but something about that attack still bugs me…" He sighed then and glanced at the sergeant. "What do you think?"

Tony looked at the computer and then back at Luke. He nodded, "Yeah, I think groveling would be appropriate."

CHAPTER THREE

"I'M SURE THEY'RE nearly done." Jessica's tone was hopeful as she tried to encourage Claire. "I can't imagine that he'll have many other questions." She glanced at her watch and grimaced.

Claire looked at her own watch for what seemed like the tenth time in the past hour and sighed. "What time is your date?"

"He's supposed to pick me up at six. I can call him and change it to seven…"

Claire shook her head. "No, that's not necessary, Jessica. You've been terrific through this whole thing. Why don't you go ahead and head home. I can handle it from here, and I won't have a problem finding my way back to the apartment."

Even though they'd known each other for only a few weeks, Jessica had been a stalwart friend. In addition to sharing her home, she had instructed Claire on how to navigate Seoul and she'd taken her to dinner and church on several occasions. Jessica had immediately come to the hospital and supported Claire while she was being stitched up. Then she'd helped translate while Claire had given her statement to the police. Today Jessica had offered to accompany her to the embassy to apply for the replacement passport and report the incident. Claire had quickly accepted her offer because she was still trying to find her way around the huge city.

Initially, the process had been simple. The guards were respectful, allowing them to enter and showing them where to go. The Consular Assistant had filed the paperwork for the replacement passport before directing the women to Sergeant Mancini, who'd been sympathetic and helpful. He'd repeatedly tried to assure both women that Seoul was one of the safest places in the world for single women. He seemed genuinely baffled and angry—ready to beat the daylights out of the perpetrators. After he'd assisted with the intake forms, he described the remaining step in the process—a brief meeting with Security's duty officer. That meeting, he'd assured them, was just perfunctory. They had both been stunned when the alarmingly big officer, with his disarmingly mild drawl, had bombarded Claire with questions and stared at her with distrust.

Claire had not completely recovered her composure following last night's attack. Although trying to seem calm, she was nervous, hesitant and uncharacteristically fretful of strange men. The embassy was large and imposing, but at least she'd been spared the ordeal of being among a crowd of people.

The sergeant had been friendly, but when he returned with his superior officer, she was immediately overwhelmed into a state bordering on panic. Her reaction to the lieutenant was totally out of place—he bore absolutely no resemblance to her attackers, who'd been Korean..

But the lieutenant had alienated her from the outset when he mistook Jessica for her. Since she'd arrived in Seoul, there'd been too many occasions to count in which people assumed she was Korean, but Claire had never been annoyed before. Luke's stereotypical attraction to the pretty, curvy blonde, along with his equally obvious choice to ignore her, bothered her in a way that was unexpected. When he was finally forced to acknowledge her, he was ruthless as he grilled her, and she immediately got the impression that he doubted her account of the attack. She couldn't conceive why he thought she could—or would—make something like that up. Being particularly vulnerable, it bothered her to be questioned and to have someone stare at her as he had, practically accusing her of lying.

"This whole situation is just so weird." Jessica took a sip of her soda. "In all my years here, I've never known anyone who was robbed. And I've certainly never known someone who was attacked—well at least not a woman. I've heard of quite a few bar fights and such…"

She was interrupted when the two uniformed men returned. Claire couldn't tell anything from the sergeant, who was expressionless, but the lieutenant looked vaguely uncomfortable. The big man sat behind the desk while the sergeant remained standing at the door.

Luke leaned forward, placing his forearms on the desk and clasping his hands. Claire once again felt intimidated by his size, but she sensed that his response to her had softened. For the first time she really looked at the man, noting his strong features, high cheekbones and full lips. His close cropped hair was dark blond, contrasting somewhat with dark eyebrows shading hazel eyes. Laugh lines were prominent in their corners, hinting that he smiled a lot.

"Ms. Olsen," he began, his gaze holding hers. She was briefly distracted when she noted the amber striations in his otherwise greenish-brown eyes. "Sergeant Mancini was able to obtain the surveillance footage from last night and we've reviewed it several times." He paused for emphasis. "It confirmed your account of the attack."

"Well, of course—"

Holding up his hand, he interrupted. "But I still have some questions…"

Claire suddenly felt very vulnerable. Her

eyes burned and she blinked several times, trying to keep from falling apart.

Luke abandoned professionalism and reached across the desk to gently pat her hand, surprising them both. Quickly, he pulled back his hand and actually shuffled in his chair.

"I'm sorry, Miss Olsen. Please don't be alarmed." He sounded as if he wasn't used to apologizing. "I need to explain. I'm an analyst. I spend pretty much all day every day trying to understand and interpret information. We're trained to not take anything at face value, and I transferred my ingrained skepticism to your situation. At any rate, my initial mistrust was unwarranted. Please, I sincerely apologize for doubting your account." He glanced at Tony, who responded with a tiny approving nod.

Returning his gaze to Claire he continued, "I needed to get the facts, but I still don't think I have them all." He held up his hand again. "No, not about you, but I'm still trying to put everything together... to get it straight. It simply doesn't make sense."

Claire frowned, but she was willing to accept his explanation and maybe his apology. She swallowed and asked, "What… What else can I tell you?"

He paused to stare at his hands for a moment, evidently contemplating his next question. Finally he met her eyes and asked, "Do you have any martial arts training?"

"Martial arts?" She shook her head. "No. None."

"Are you sure?" His drawl was back.

She gave him a scathing look and huffed, "I thought you'd decided to believe me!"

"You're right. I'm sorry." He sighed. "It's just that the moves you made… On the video… It looked like some sort of kung fu or tae kwon do."

She pressed her lips together and actually smiled for a tiny second. "Uh, no. That was—well—it was from ice skating." Her voice was quiet, nearly a whisper.

"I'm sorry?" It was his turn to look confused. "What about ice skating?"

"The moves."

He still seemed baffled.

"I am—well I used to be—a figure

skater. I guess that last night during the—uh—encounter, the moves just kind of happened." Her voice quieted even more when she said the word "encounter." She paused a breath before continuing. "It wasn't anything I thought about or planned, I just reacted."

Luke sat back in his chair and looked at her with something approaching shock. "Ice skating?" He seemed to reflect on what she'd said, as if replaying the video in his mind. Understanding seemed to dawn. "So that's why you kept going, even after you'd been cut?" It was both a comment and a question.

"Yes, I suppose." She shrugged. "You get used to ignoring pain during training. You fall so frequently that bruises, sprains and even cuts are common, so if you quit every time something hurts, you'd never progress…"

"Well, okay…" He leaned forward in his chair again, staring at his clasped hands. Finally his eyes rose to hold hers. "Miss Olsen. In my experience, I've known a lot of football players and combat soldiers who were easily more than twice your size, who didn't have the fortitude you showed last night." He stood and held his hand as a peace offering. "One of my redeeming qualities is I can admit when I've been wrong. I truly apologize for my harsh questioning and for doubting your veracity. Please let me shake your hand."

Claire was stunned. His eyes pinned hers and she blinked. Nodding slightly, she rose and allowed his huge hand to swallow hers a second time. Marveling at the size difference, she murmured, "It's okay. I understand. You were just doing your job."

LUKE CONTINUED TO STARE at her oddly colored eyes. And then she smiled. The smile was shy and incredibly sweet. The flush that Luke felt was concurrent with an odd tightening in his chest. He recognized the sensation immediately. He had just lost his heart.

CHAPTER FOUR

CLAIRE CRADLED THE little girl in her arms, gently rocking back and forth. She mumbled some words in poorly accented, broken Korean. The child probably couldn't comprehend, but Claire hoped the words would comfort her nonetheless. Hyo-joo was small for her age, having battled leukemia for the past six months. Despite her outward appearance, Hyo-joo was one of the fortunate ones. There were still many hurdles to overcome, not the least of which were opportunistic infections and reoccurrence, but thanks to powerful drugs, radiation and a bone marrow transplant from her father, the child was winning the battle.

They were sitting in the brightly colored playroom of the children's wing. The room was a place of respite—a spot to distract both patients and their families from the pain and uncertainty inherent with cancer—as well as a laboratory. Several years before, a forward-thinking doctor, schooled in both Eastern and Western medicine, had set up the playroom/laboratory to institute a more holistic approach to the management of children with cancer. He'd started with a half dozen electronic play stations with computer games for children from ages one to twenty-one. Those had grown in number, been updated several times, and were perpetually busy from early in the morning until after what should have been the children's bedtime. The computers were a diversion for the very ill children as well as a resource for the doctors and nurses to assess the cognitive and psychomotor function of the young patients. They could also be used as educational tools, as many of the children lost significant time in school when they were hospitalized for weeks and even months.

Claire clucked her tongue and whistled quietly, gaining the attention of the Scottish terrier who'd been resting on a bed in a corner of the large room. "Come,

Kai-ji." The dog jumped up from her perch and happily trotted over to nuzzle the sick girl.

During the second year of the playroom's existence, pet therapy was instituted. The program was started with one small dog; now there were four. In addition to the little Scottie, there was a West Highland white terrier, a cocker spaniel and a standard poodle. The therapy dogs loved children, were patient and well trained, and—very important—they did not shed. Each was remarkably intuitive, somehow knowing which children were ill and limiting rambunctious play with them. Oftentimes the dogs would respond even more appropriately to a child's condition than the nurses and doctors, amazing Claire.

The most recent additions to the holistic therapy program were keyboards and flutes. The hospital had employed a fulltime music therapist who taught the children music theory and how to play the instruments. The idea was to help redirect the young patients from focusing on their illnesses to thinking about their recovery. Claire had been skeptical at first, but after working with the therapist and seeing his results, she'd quickly recognized the value of using music to express feelings, particularly for the older children.

WHEN LUKE ENTERED the playroom late Tuesday afternoon, he saw Claire sitting cross-legged on the floor. She was cradling a tiny, bald child who was petting and being licked by a small black dog. He studied the large, brightly lit room filled with computer stations, toys, pianos and keyboards, as well as people whose happy expressions seemed out-of-place for a children's cancer ward.

The children were dressed in loose pajamas that resembled surgeon's scrubs. The younger children's attire was printed with dinosaurs, kittens, horses or princesses and the scrubs of the older children were various solid colors, but were neon-bright. Except that many of the children were holding onto or sitting right beside IV poles and/or were wearing masks covering their mouths and noses, he could have been in a school or children's play area anywhere. All of the adults were either playing with the children or sitting quietly by and reading or watching TV.

When Luke saw Claire, she was engrossed with the child. As he watched, she gently kissed the bald head, smiled and whispered something. The sensation Luke experienced at that moment was completely unique for him. Even during his most vulnerable circumstances, whether he'd been playing football against a tough opponent, or facing tense situations on the war's frontline, or riding in a plane landing on an aircraft carrier in rough seas, he'd never felt this particular combination of apprehension and anticipation. His palms were sweaty, his mouth was dry and his heart beat erratically.

Luke spent much of his life trying to avoid being conspicuous. He'd learned to stand very still to keep from attracting attention. Normally he had at least some success, but in a room filled with about a dozen Korean children and at least that many smallish, slender, black-headed men and women, the huge American man in jeans and green polo shirt was impossible to miss. Before he'd even gotten completely through the door, one of the children squeaked something and within seconds all heads—including Claire's—had turned in his direction. Even the dogs seemed to be aware of his presence.

With a room full of staring men, women and ill children, Luke did his best to appear non-threatening. He gave a small, friendly wave to no one in particular and graced the room's inhabitants with a shy smile. He tucked his hands into his jeans pockets and slumped, trying to shrink.

Claire was startled by his sudden appearance. Still holding the child, she stood gracefully. "Uh…em…Lieutenant…" When she spoke, all eyes moved from the huge man at the door to her. She cleared her throat and managed to mutter, "Do you need something?"

He nodded. "Yes. I'd like to speak to you for a minute."

Claire passed the little girl to one of the nursing assistants standing nearby. She brushed a hand over her hair and adjusted her glasses before crossing to the door. Once there, she seemed nearly overwhelmed. She blinked tensely as she looked up at him.

"Is there a problem with my case?"

He glanced beyond her into the room full of curious faces and then back down at the anxious young woman. "Is there somewhere quiet we can talk?"

Claire took one step to the side, as if afraid to turn her back on him. She motioned down the short hall leading to a large waiting room in the outer lobby.

"Yes. I'm sure we can find a spot this way." She glanced at him as she led him toward several unoccupied chairs at one corner of the lobby. "Um, why are you here? Is something wrong?"

Luke studied her for a moment before responding. "Has anyone from the consular staff contacted you?"

He was struck again by her unusual eyes and fine, soft features. She was tall and slender, and she was dressed much as she had been on Saturday, in a long dark skirt made of some knit material that flowed. Her pale pink blouse was mostly covered by the buttoned white lab coat and she was wearing soft-soled, flat ballet slippers.

She was remarkably lovely, but there was something extra, something elusive about her that drew him.

Under the cuff of her right sleeve he noted the edge of the gauze dressing and cringed inwardly, envisioning a knife tearing through her soft skin. His mouth tightened as he realized anew how much worse the attack could have been.

"About my passport? I thought they said it could take up to two weeks."

"No. I don't have anything to do with that." They had reached the chairs and he motioned for her to take a seat. She settled obediently, but remained sitting very straight and on the edge, as if she could be ready to bolt if the need arose. Luke scooted another chair around to sit facing her. "No one called you back to follow up on the attack?" His tone betrayed his annoyance, bordering on anger. She shook her head and he took a deep breath and frowned. "I left a detailed report which instructed the attaché to order one of the embassy personnel to let you know what I learned about the assault."

Claire sat up even straighter. "Lieutenant…um…Llewellyn… No. No one has called…"

He sighed and slumped back in his chair a bit. "Look, first, please call me Luke. I'm not here in any official capacity. That…" He motioned randomly with one hand. "Working at the embassy isn't my real job. I'm just a weekend substitute. They—the embassy personnel—were supposed to let you know…" He paused, frowning again.

"Know what?"

Luke leaned forward, ensuring he had her full attention. "I spent the better part of Sunday reviewing all of the hospital's surveillance feed." One corner of his mouth turned up in a half grin. "By the way, they're very well covered—in regard to monitoring what goes on—particularly the doors and the parking lots." He pointed to a camera mounted near the ceiling about twenty feet away from where they sat. The grin faded and he said, "At any rate, I had to go back several hours from the time of the attack, but I was finally able to spot the two assailants. I figured out when they got to the hospital and pieced together what they did while they were here."

She was watching his expressions with mingled curiosity and concern. "Okay. That sounds like a good idea... But why?"

"I told you, the attack bothered me. It didn't make sense and still doesn't." His lips tightened and he looked uncomfortable. "Anyway, I had to go back nearly six hours to find when the two men arrived. They came here at about five, long before they attacked you." He frowned at her and asked, "What time do you normally leave?"

"It varies. Sometimes as early as five or six, but sometimes much later." She shrugged. "Last Friday was one of the later times." She looked perplexed. "I'm not sure where you're going with this."

Luke fought the urge to reach over and rub her hand or pat her cheek—anything, just to touch her. Instead he shoved his hands into his pockets. "Miss Olsen... Can I call you Mary?"

She blinked a couple of times before answering. "No...um... Yes, of course. But I go by Claire. My parents call me 'Mary Claire,' but to everyone else, I'm just 'Claire'."

He smiled then. It was his first genuine smile since he'd walked into the playroom and tried to put its occupants at ease. Claire's breath caught. Her own face softened and her lips turned up slightly in response.

"Okay, just Claire it is…" He sat back up at attention and the smile died away. "Claire," he repeated, "the bottom line is this: the attack wasn't random. They were waiting on *you*. They'd been watching *you* for *at least* five hours and followed *you* into the parking lot."

Disbelief clouded her expression. "How can you know that?" She shook her head and waved her hand dismissively. "Likely they were just waiting for a lone woman, someone who looked vulnerable."

He shook his head. "No. There's no doubt. Claire, this *is* what I do. Like I told you, I only act as babysitter to a bunch of Marine guards occasionally. What I've spent much of the past six years doing is reviewing and interpreting surveillance video."

He glanced around to ensure that there was no one in the vicinity and continued quietly, "Claire, during the time between when they arrived and when they followed you out, at least fifty women exited the building alone. They weren't looking for a vulnerable woman to mug... They were waiting for you." She paled a little then. He gritted his teeth and looked down at the polished floor before allowing his gaze to capture hers again. He was weighing how to proceed. "And something else," he said, leaning a little closer. "I'm pretty sure they weren't intending to steal your purse." His voice quieted to almost a whisper. "Claire, I think they may have been trying to harm you, maybe even kill you."

She surged to her feet and paced several steps away before whirling around to face him again. Her voice was quiet but emphatic. "That's impossible! I don't know anyone in Seoul." She struggled to keep her voice calm as she took a few steps back toward him. "I've only been here a few weeks, for goodness' sake. I'm just a nurse from Minnesota. I haven't done anything wrong and haven't harmed anyone. I don't have anything anyone would want!" She moved away again and then sighed. "Look, you've made some sort of error."

Luke remained seated, still trying to keep a low profile. "I'm sorry, Claire. There is no mistake." He pinched the bridge of his nose in fatigue and frustration. "I left a detailed report for the consular attaché on Sunday. I strongly suggested that someone contact you to tell you what I found and warn you to be wary. It's clear that request wasn't heeded." He sighed and swore under his breath. "I've been—um—away since Sunday night. I just returned from a recon detail this morning and came by to check on you. I hoped you'd been told to be alert and take precautions."

"Lieutenant—"

"Luke," he interrupted. "Like I said, I'm not here officially."

"Okay." She bit her lip then started over. "Luke, I really appreciate your concern. You've gone above and beyond." She smiled slightly. "But there's no reason someone—anyone—would want to hurt me." She paused a breath then sat back down, shaking her head. "The only explanation I can think of is that I was mistaken for someone. Do you think that's possible?"

"Maybe, but I'm doubtful. They were here, waiting for you." He sighed again. "Look, please at least consider the possibility. Don't go anywhere alone and pay attention to your surroundings. And if *anything* even remotely suspicious happens, contact the hospital security guards or the police *and* the embassy." The last sentence was spoken authoritatively, as if he was giving an order.

"Yes, sir." She gave him a small smile. "I will, sir."

His own lips turned up slightly, but he still looked frustrated. There seemed to be nothing left to say. The interview was over. They both stood and Claire held out her hand. "Thank you very much for coming all the way here to talk to me, Luke. It was very considerate of you."

He looked down at their clasped hands. Hers was slender, delicate and soft; his was large, thick and imposing. Despite the contrast, he sensed the unexpected strength that had helped her fight off two men in a dark parking lot.

"Not a problem." He grinned again and said, "I could've lied and said I was in the neighborhood and decided to stop by, but I thought you'd see past that one."

She chuckled and pulled back her hand. "Well, the medical center is a bit away from the Army base…"

They started toward the hospital's entrance. She intended to walk him out, but before they had covered much ground, he placed a hand on her arm, stopping her. "Um, Claire. One more thing."

She turned to face him and her eyes climbed hesitantly up the considerable distance to meet his. She swallowed and said, "Yes?"

"Will you have dinner with me?"

Claire took a half step back and bit her lip. Luke could tell that her mind was racing, hastily trying to come up with an excuse—any reason she could use to plausibly but politely decline his invitation. He cringed inwardly. He *really* didn't want to beg, but he was willing to do whatever it took. Claire's lips parted and he knew she was going to say "no," so he forestalled her. Very quietly, he added one word. "Please."

IT WAS THE "PLEASE" that did it, Claire mused later. Well, that and the random, funny and sometimes oddly sweet smiles that contrasted so markedly with his imposing presence. It was also his intensity and the concern he'd displayed by coming to see her, despite being almost dead on his feet. It was his sharp, knowing hazel eyes with the amber flecks, and it was his impossibly large hands; hands that could obviously be deadly, given their size and strength, but hands that felt gentle, strong and protective when holding hers.

Claire took a shallow breath. She couldn't hide her apprehension as she searched his eyes. Her nod was very slight, and she said, "I need to go report to the charge nurses and finish charting. That shouldn't take more than twenty or thirty minutes. Do you mind waiting?"

The smile that crossed his face dispelled any lingering doubts. He gestured toward the playroom with his head. "I saw the latest iteration of Super Mario on one of the computers. You think I can interest one of the kids in a game?"

Claire's smile mirrored his. "Yes, I'm

certain you can. But I've got to warn you, they'll beat the daylights out of you. Those kids are brutal!"

CHAPTER FIVE

THIRTY MINUTES LATER, Claire returned to the playroom. After reporting to her colleagues and completing her charting, she'd slipped into the nurses' lounge where she quickly brushed her hair. For a moment, she thought about leaving it down, but she coiled her hair back into a knot and secured it with a large clip. She dabbed on lip gloss and rinsed her sweaty palms. Her last act before rejoining Luke was making a quick call to Jessica.

"Um, hey," she said when her roommate answered. "I just wanted to let you know I'm going to be home late this evening." She took a breath. "I have a date."

"Fun!" Jessica replied. "Who's the lucky guy? That cute doc who did his residency at Johns Hopkins?"

"Uh, no. It's the lieutenant from Saturday—Luke."

"What?" Jessica barely stifled a shriek. "Oh my *gosh!* How in the world did *that* happen?"

"He came by the hospital this evening to talk to me. It kind of took me by surprise, but, well, he seems nice, don't you think?"

"I don't know about nice, but he gives new meaning to the term 'hunk.'" Claire heard her friend chuckle. "Now that I think about it, he did seem to be taken with you… *Oh my gosh!*" she repeated.

Claire glanced at her watch. "Look, I've got to go. I'll fill you in when I get to the apartment."

"Okay, but keep your phone with you all the time, and try to call and let me know how it's going. Not that I don't trust the lieutenant, but I want to make sure you're safe and all."

"Yes, Mother." Claire smiled into the phone. "I'll be careful."

Clicking off, she glanced in the mirror again and noted that her cheeks were flushed. That wasn't surprising—her heart rate must be well above a hundred. She grabbed her new purse and lightweight jacket from her locker and took a deep breath. "Well, here goes," she murmured.

THIS TIME THEIR roles were reversed. Claire stood at the door and watched in astonishment as the very large American man sat cross-legged on the floor surrounded by six Korean children and several adults. He was engaged in a heated video game match, and from all appearances, she concluded that he was getting soundly defeated by a twelve-year-old boy named Heen-nak.

Exaggerated groans and growls from Luke mingled with giggles, cheers and jeers from the children. Finally, Luke tossed down his control box. He clutched his chest and fell to one side moaning, "You got me… That's it… I surrender!"

Several children, a couple clutching IV poles, mobbed him. After a few moments, Luke sat up and fist-bumped the young victor. "Great game, dude!" He glanced at one of the adults, who translated. The boy smiled shyly. Luke gently patted the boy's head and glanced toward the door. Spying Claire, he stood. "Thanks again, partner.

I've got to go now, but I'll practice up some and maybe we can have a rematch soon."

He waited for the translator and the young boy grinned and nodded his head. "Thank you, mister."

All eyes were on the huge man as he strode across the room. Claire saw appreciation in Luke's face as he moved toward her, and her heart rate intensified. No man had ever looked at her that way before, with admiration tempered by respect.

"Are you ready to go?" The corners of his eyes crinkled as he smiled at her.

Her own smile was shy and a little uncertain. "Yes, I'm all checked out and charted."

Luke walked very close to Claire as they crossed the lobby. It was nearing dinner time and the hospital was teeming with patients, family members and hospital staff.

Luke was both more and less imposing than before. Wearing his uniform, he'd been disconcerting, simply because the clothing conveyed such authority. The loose-fitting uniform shirt, however, had camouflaged his daunting size. Although Luke's polo shirt was not tight, Claire couldn't help but notice the bulk of the heavy muscles in his chest and arms and the thickness of his neck.

Luke's size probably attracted attention back in the States, so in Korea, he was nothing short of a giant. As a result, his efforts to study the crowd—trying to spot anyone who seemed unduly interested in Claire—were hampered by the fact that pretty much everyone was staring at him. He didn't seem too concerned, however. Perhaps because any potential assailants would be forestalled by his presence.

Initially both Luke and Claire were a little stilted. Luke tried to break the ice as they exited the building. "Thanks for coming with me like this. I know it's short notice and all…"

Claire peered up at him and realized that he seemed to feel as self-conscious as she did. That such a self-assured man seemed nervous helped dispel some of her own anxiety. "Thanks for asking." She smiled then glanced away. "I haven't gotten out much since I've been in Seoul. It'll be fun to go somewhere other than Jessica's apartment and the medical center."

The early awkwardness was starting to crack and Luke seemed more at ease. "Really? So, you haven't had a chance to see much of Seoul?"

"No. I've worked nearly every day since I've been here. On Sundays I've gone to church with Jessica, but it's a little daunting because she attends a Korean church and almost all of her friends and colleagues are Korean."

He seemed to take her disclosure as a challenge. "Well, let's see what we can do about that."

Claire had to tamp down a twinge of fear as they entered the parking lot. Luke noticed her scouring the area. He didn't comment, but lightly placed his hand on her arm. He led her to a nondescript beige Kia sedan and opened the passenger door, ushering her in. She couldn't help a slight giggle as she saw him folding into the driver's side a moment later. "Is this your car?"

"No, thankfully," he said wryly. "It's part of Yongsan's non-official fleet. Base personnel can check out a car on a first-come-first-served basis. Believe it or not, this is one of the larger vehicles." He grinned at her. "The only cars I fit comfortably in are full-size pickups and SUVs—not these mini things. Of necessity I've learned to manage." He started the engine. "Any preference on what you'd like for dinner?"

She smiled at him, realizing that sometime in the past few minutes, she'd lost her nervous edginess. "Actually anything that isn't kimchi and doesn't smell like fish sounds great... In other words, I'd love something remotely American."

He grinned again. "Pizza?"

"Perfect."

"I know just the place. There's an Italian restaurant on Itaewon that does a terrific Chicago–style pizza." He put the Kia into drive and headed toward the exit.

"I've not yet been to Itaewon," Claire said.

Luke chuckled. "Well, there's a first time for all of us. I'm sure you've heard about it. It's kind of a cross between 5th Avenue in New York City and New Orleans's Bourbon Street. Plus, it's only a couple of miles from the Yongsan Army Base, so there are a lot of servicemen and a number of...not particularly reputable people." He looked a little sheepish. "Well, you'll see."

Fifteen minutes later, Luke pulled into a parking spot in a very busy commercial area and Claire was able to take in the street first hand. She saw bustling department stores interspersed with classy restaurants and dives. Coffee shops were adjacent to small stores selling everything from T-shirts to leather goods to gold jewelry to knock-off purses and shoes. Street vendors sold CDs, DVDs and cigarettes, as well as an assortment of food items—most of which Claire didn't recognize and didn't find particularly appealing.

During the three-block walk to the Italian restaurant, Luke kept Claire closely at his side, with his hand on the small of her back. Instinctively, she leaned slightly toward him, enjoying the sensation of protection. He didn't stand out nearly as much here, as at least one-third of the crowd were Westerners. Many of the men and women were obviously military, although only a few were in uniform.

The restaurant they entered could have been located in any city in the U.S. Although it was crowded at the dinner hour, they were quickly ushered into a booth. Settled into her spot, Claire studied her surroundings. The tables were covered in white cloths and graced with small vases of flowers and votive candles. The aroma of garlic, basil and tomatoes permeated the room. The patrons were a decided mix of locals and visitors, mostly dining in pairs and small groups. A waiter handed them each a menu and in passable English asked for drink orders.

"Would you like some wine?" Luke asked.

"No, thanks. I don't drink much, but go ahead if you wish."

"Can't tonight. I'm actually 'on call.'" Luke requested a soda from the waiter.

"I'll have the same," Claire said, and the server nodded, saying he'd be back shortly for their order.

"On call for what?" Claire asked. "Is it for the embassy?"

"No, it's for my day job. Actually, day, night, whenever job. I don't exactly keep regular hours. The embassy gig is necessary because I'm Navy and they don't have enough Marine officers here to do week-end duty—long story—anyway, I'm glad now to have done it because that's how I met you." His quick smile was genuine, and Claire felt an odd flutter in her stomach. She blushed and glanced down to her menu.

"So, tell me about your 'whenever job.'"

He shrugged. "I review surveillance feeds all day and write reports to send up the chain of command. Sometimes I go into the field to verify impressions…pretty routine stuff…"

Claire doubted that anything he did was routine, but he seemed hesitant to go deeper. "How long have you been here doing surveillance?"

"About a year. Before that, I was stationed in several places—mostly the Persian Gulf and the Middle East." He'd been studying her face and abruptly changed the subject. "You have the most unusual eyes I've ever seen." His voice was quiet, with a pensive quality, almost as if he'd spoken his thoughts out loud.

Claire glanced down at her napkin and then back up to catch his gaze. "Yes, uh…"

She shifted awkwardly and pressed her lips together. "It's called 'sectoral heterochromia iridis' if you want the technical name. Basically, it's just an irregular pigmentation of the iris." She took a breath. "I've had to respond to questions about it all my life…"

He looked sympathetic but didn't drop the subject. "So you get a lot of people staring when they notice?" It was both question and comment. "I get the same reaction when anyone sees my feet."

His offhand comment startled a giggle from Claire, and she couldn't prevent a side glance to the floor to study his shoes. He hadn't been joking. Luke's eyes crinkled at the corners at her raised eyebrows.

In seconds, she grew serious again. "When I was a kid it really bothered me when people said something about my eyes. I hated being different from the other kids, and I was really shy." She looked up again; his gaze had not faltered. "Anyway, when I was old enough I made my parents get me colored contacts, so my eyes would just be brown. That helped a lot, but…" She sighed deeply. "Well, I was so happy with the contacts that I stupidly wore them all the time. After about a year, I ended up with pretty severe corneal ulcerations, and came close to needing a cornea transplant. That was the end of the contacts and so…" She gave him a small frown and motioned to her glasses.

He shook his head and murmured, "Kids can be dumb… I think they're beautiful."

The room suddenly seemed to be closing in and Claire felt a little dizzy. That feeling was accompanied by a lightness in her chest and tears threatened. She blinked self-consciously and returned her gaze to her napkin. Her heart rate soared and her stomach quivered. He couldn't know that with that simple statement—with those four words—Luke had helped salve a wound that was more than twenty years old. In that brief moment, years of distress and embarrassment over her unusual eyes were replaced by a sense of release edging into quiet exultation.

He had called them beautiful.

Claire's attention was brought back to the moment when the waiter placed cool glasses of Coke in front of them. "What you want to eat?" he asked.

Luke shifted his gaze to the waiter and said, "Sorry, we're not ready. Can you give us a minute?"

"Of course. I will return shortly." He moved on to the adjacent booth.

Slightly dazed, Claire took a sip to quench her suddenly dry mouth. Setting the glass down, she picked up her menu and tried to focus. She was not entirely successful.

"Their pizza is terrific, but they do great lasagna and pasta, too."

Claire was still reeling from the emotional onslaught brought on by his comment, but she managed to say, "I've had my heart set on pizza since you mentioned it. I'm partial to pepperoni but hate anchovies. Otherwise, I like pretty much anything."

"Got it. Note to self, in the future, don't order pizza with anchovies."

Claire smiled then, recognizing the implications of his comment. As Luke turned to get the attention of the waiter, his cell phone rang. He glanced at her and said something under his breath before pulling the device from his pocket. After scanning the caller ID, he pushed a button on the phone and growled, "Llewellyn."

Although there was little overt change in Luke's expression, she saw a muscle flex in his jaw. "How long ago?" He nodded absently at the response and looked pensive. "How many?…Have you notified ROK command?…Okay, contact them to be on alert status." He looked at his watch. "I'll be there in about fifteen." Luke ended the call and then glared at Claire. Shaking his head, he sighed deeply.

"What's wrong?"

"I've gotta go." His scowl was almost comical. "Maybe I'm being punished for being mean to my brothers or not cleaning my room or something…" He got the attention of the waiter. "We have to leave. Please give me the check."

The waiter nodded and said, "One minute." He departed toward the kitchen.

"Anything serious?" Claire asked.

"No, not really. Looks like there's a squid boat in the Japan Sea with too many people."

She blinked. "Why does the U.S. Army care how many people are on a squid boat? Are they afraid the boat will sink?"

He chuckled. "Uh, no. But a larger-than-normal contingent of men could be a potential threat to the mainland. Most likely, though, they're North Korean refugees."

She nodded, her curiosity piqued. "But it's night. How do you know how many people are on a random fishing boat somewhere out at sea?"

Luke gave her an enigmatic look but didn't answer.

"Oh…I get it. If you told me, you'd have to kill me?"

He chuckled. "Nothing *that* dire. But I'm *not* going to tell you."

She giggled and then became more serious. "What happens if they are refugees?"

His smile faded. "There are surprisingly few people who actually escape from the north. No one can get through the DMZ because of the mines and heavy fortification. A few hundred per year come through China, but the Chinese government really discourages that and will send them back if they're caught—and it's very bad for those who are sent back. Fewer people come by boat, mostly because they lack the resources and opportunity. At any rate, the ROK—Republic of Korea—never turns them away. There are lots of agencies here to help refugees assimilate…"

He was interrupted when the waiter gave him the check. Luke glanced at it then pulled several bills from his wallet and handed them to the waiter. "Thanks. We'll try again tomorrow." He rose and waited for Claire, then stood to one side, indicating that she should precede him.

"You know," Claire said as they left the restaurant, "I've heard that when some people go on blind dates, they'll have a friend call them an hour into the evening with an 'emergency,' to give them a way out…" She winked at him.

Luke scoffed. "Believe me, honey, this is *not* one of those times." He looked relieved that she was actually joking with him. "Can we…um… Would you consider trying again tomorrow?" His eyes were practically pleading.

She smiled. "Yes, of course. But if you

get another mysterious phone call before I get pizza, I'll be very suspicious!"

"I promise. If you'll come with me again, no phone calls!"

As they approached the Kia, he glanced at Claire. "What kind of identification do you have with you?"

"Huh?"

"Do you happen to have your temporary passport?"

"Well, yes." She touched her purse. "Why?"

"What about a driver's license or some kind of picture ID?"

"I have my hospital ID but not a driver's license since I don't drive here... Why?" she repeated.

"Good. That'll make it easier."

"Make what easier?" Claire was getting increasingly confused.

"Getting you on base. I have to get back *now*, so I can't drive you home."

"Why do I need to go onto the base?" She motioned to the very busy street. "It's not a problem. I can just catch a taxi."

"No." His tone was blunt. "That's not an option."

"Wait a minute! Of course it's an option." She stopped walking and turned to face him. "Seriously, Luke, I understand that you need to get back to the base right now, but you don't need to worry about me. I can take care of myself." Her tone suggested it would be wise if he didn't argue.

"Mary Claire—" his drawl was back, much stronger than before "—in case you've forgotten, the reason I came to see you today—well, at least part of the reason—is because I'm convinced someone targeted you the other night. Someone who fully intended to hurt you. *I* can't take you home, but I *can* make sure you get home safely, which is why I need to get you on base." He took her hand and started again in the direction of the car.

She had already lost the battle, softening even further when he'd called her "Mary Claire." Besides, she *really* liked the feel of his large hand enclosing hers. Trying to accommodate to his need to hurry, she said, "Luke, you're sweet for worrying about me, but this is only tonight. You can't be with me tomorrow morning when I go to work or tomorrow evening, or the next day, or the next." She glanced at him and the corners of her mouth turned up a little, "Well…tomorrow evening…" she said hopefully.

"I know," he said, his expression somber. "But I can be sure tonight. I promise that you're going to be safe tonight." There was a hint of something ominous in his tone. "This is my watch, Claire. Nothing is going to happen to you on my watch."

PER LUKE'S INSTRUCTION, Claire's escort not only walked her to the door, but he waited until Jessica answered and questioned her as to whether everything was in order before he left. Following Korean customs, Claire slipped off her shoes and placed them on a small rack in the entry.

Jessica practically pounced on Claire as she closed and locked the door. "Okay, who was that and why are you home already? And where is Lieutenant Luke?"

"That was Mr. Kim. He's one of the local men who work on the Army base. He helps with translation and transportation—that sort of thing. Anyway, Luke was called in to take care of an emergency and he pretty much conscripted Mr. Kim to bring me home.

"What happened?" Jessica persisted.

"Let's go to the kitchen," she replied. "Dinner was interrupted, and I'm starved."

In the small kitchen, Claire pulled some crackers and peanut butter out of the pantry, grabbed a plate and sat down at the table with her friend. Between bites, she ran though the events of the evening, explaining how Luke had stopped by the hospital, ostensibly to warn her of a possible threat but also to ask her to dinner. She grinned when she recounted his shy hesitance. Claire described their walk down Itaewon to the Italian restaurant and how he'd been called just as they were about to order pizza. "When he drove us onto the base, the guard waited with me at the car while Luke disappeared into one of the buildings and came back with Mr. Kim."

"And then…." Jessica prompted.

"And then, what?"

"So Luke just waved goodbye and walked away with a 'see you later, baby'?"

"Not exactly." Claire grinned.

"Well, what exactly? I want details."

"He was very gentlemanly." Claire smiled as she took a bite of a peanut butter covered cracker. "He took my hand and asked what time I wanted to try dinner again."

Jessica snatched a cracker. "And then?"

"Okay, he kissed me." She blushed. "It was very sweet…"

In truth, it *was* sweet—and romantic as all get out. She replayed the memory a few hours later when she was trying to go to sleep. She recalled standing beside the Kia with Luke obviously frustrated by having to leave her. The base was very well lit, but he'd pulled her aside to a spot where they stood in shadow, away from nosy passersby. He'd taken her hand lightly in his. "Is it okay if I stop by about six tomorrow?"

"Yes, please. Six will be perfect."

The cool breeze blew a strand of her hair onto her glasses. Luke gently moved the lock back, then leaned down to lightly touch his lips to her forehead. He regained his full height and brought her hand to his lips. With a brief smile he'd said, "See you tomorrow, Mary Claire. Please, take care."

Then he gazed at her a second longer before he turned and jogged to the adjacent building.

She was smiling sometime later when she finally went to sleep.

CHAPTER SIX

CLAIRE FINISHED CHARTING her patients' progress by five the following evening. She had dressed more carefully than usual that morning and was wearing neat black slacks and a sweater her mother had bought her the previous Christmas. She'd never worn it because the turquoise cashmere actually accented the unusual coloring of her eyes, something she'd always avoided.

Feeling a bit giddy, Claire took a few minutes to freshen her lip gloss and comb her hair. After a moment's contemplation, she decided to leave her hair down and it fell in glossy waves well past her shoulders. Even with her glasses, she was pleased with her reflection. She took a deep breath before heading to the playroom.

In a virtual replay of the previous evening, Luke was sitting cross-legged on the floor surrounded by a set of scrub-clad kids. He was playing Angry Birds with an adolescent boy wearing a mask. Giggles, shouts, cheers and a little grumbling were heard from the group, and a couple of the children were actually trying to help Luke, giving him pointers and instructions using pantomime, broken English and rapid Korean.

Luke saw Claire enter and acknowledged her with a quick wave and a broad wink before returning his attention to the screen. "One more…one more…one more… Oh man…"

He sighed and threw up his hands in defeat. "You got me again." His tone was comically downcast. "Thanks, partner. *Kamsahamnida*," he said with a smile. The beaming boy was being congratulated by his fellow patients, as well. Luke patted his shoulder and then gave the child a slight bow.

He nodded a farewell to the small crowd of parents, hospital personnel and kids as he rose to join Claire. His gaze swept over her, missing nothing, then returned to meet her eyes.

"You've been sandbagging," he mumbled.

Claire was gratified by his stunned look but a little confused by the comment. "I'm sorry?"

He continued to stare. Pointing to her hair, he said, "You've been hiding behind long skirts, glasses and pulling your hair up. You look amazing."

"Thank you." Claire blushed. Pleased, but self-conscious from his compliments, she glanced at her watch, trying to change the subject. "I'm sorry, I thought you said six o'clock. Have you been here long?"

"I got here a little before five. Let's just say I was anxious. Besides, I wanted a rematch. I had this idea that I would vindicate myself from the shellacking I took yesterday." He sighed dramatically. "That didn't happen. I got soundly trounced—again."

She laughed appreciatively. "Thanks for playing with the kids. They loved it. And anything we can do to help them mentally and emotionally promotes their recovery."

Luke frowned a little and his voice quieted. "Um, that boy I was playing with— I think he said his name was Min-soo. Is he going to be all right?"

Claire gave him a quick nod. "Yes. The oncologist thinks he's in remission now. He'll probably go home in a week or so if his blood counts continue to improve. And thanks again for your attention. It seems like a little thing, but it was big to him."

Luke looked relived and then took her hand as they headed to the parking lot.

As they had the previous evening, Claire and Luke made their way down busy Itaewon Street and into the Italian restaurant. A different waiter seated them and took their drink orders.

"Are you going to get another mysterious call in the next thirty minutes?" she teased.

"Gosh, I hope not." He gave her a wry look. "I'm still more or less on call, but I've threatened the duty NCO with dire ramifications if we're bothered." She grinned at his vehemence.

The NCO complied and they talked— interruption free—almost non-stop as they dined on pizza and soft drinks, followed by a shared slice of cheesecake.

"I found some videos of you skating on-line," Luke said between bites. "You were great."

Claire shrugged. "Thanks. I was all right, but I couldn't quite break into the top ten in the national standings."

"I saw footage from a competition in San Francisco about ten years ago—you were what, about fifteen? You were ter-rific."

"That was a pretty good meet. I finished seventh—one of my best. It would have been better if I'd landed my triple." She gave him a self-deprecating smile.

"So, why did you quit?"

"Several reasons, actually. Into the next year—when I was sixteen—I injured my left knee. Not a full ACL tear, but I had to have arthroscopic surgery and was out most of the season. About the same time, my mom was diagnosed with breast can-cer. Skating is very expensive. World-class skaters can get sponsors, but for me, it was all on my parents. When Mom got sick, I didn't want to be a burden financially. So, I quit to help take care of her.

"How's she doing now?"

"Oh, fine!" Claire beamed. "She had surgery and radiation and thankfully, there's been no recurrence for more than eight years."

"But you never went back to skating?"

"No, but that was okay. I had probably peaked, anyway. I was a really good spinner, but only average at jumping." Luke looked as if he wanted debate the point, but Claire continued. "That's when I got interested in nursing—specifically oncology nursing. Helping take care of Mom gave me a feeling that I can't really explain—it was kind of like a 'calling.' I believe—no, I know—that it's important." She blushed a little, surprised by her own passion.

"Anyway, because of the skating, I had been home-schooled in my later years and was pretty much done with high school, so I decided to start college. I graduated when I was twenty and started grad school."

Luke already knew much of what Claire told him. He'd actually spent hours on the internet searching for every scrap of information he could find. Luke had told himself he wanted to figure out why someone would want to harm her. But the truth was, he was infatuated.

With his abilities and resources, he'd been able to learn where she grew up and that she was an only child. He knew that her father was a pastor of a large Lutheran church and her mother had been a teacher before retiring to support her daughter's skating.

Claire had stopped skating and started college at sixteen and gone on to earn her bachelor's degree from the University of Minnesota. He knew that she'd worked in the pediatric oncology unit of the Mayo Hospital before going to graduate school, where she'd finished her master's degree and was about midway through her PhD. He'd actually viewed her college transcripts, as well as her Minnesota driver's license, and the apartment lease from when she moved to Rochester.

Then, with considerable apprehension, he'd searched the social media sites. As it turned out, her profiles and entries were relatively sparse and almost ridiculously

G-rated. Rather than questionable proclivities or embarrassing photos, the sites revealed a sweet, wholesome young woman with an interest in science classes, Christian music, ice skating and children with cancer.

His relief was enormous.

"Okay, enough about me." She took a sip of her Coke. "Your turn. Your experiences have got to be much more exciting than mine. Growing up in Minnesota and working in hospitals are not the height of adventure."

Luke shrugged. "No, not really. I'm just an ordinary guy from a big family in west Texas who wanted to land fighter jets on aircraft carriers. I got halfway there, but then fate—or rather genes—took over and that dream was quashed, leaving me to wander the world at the whim of the U.S. Navy."

She leaned forward, watching his expression as he talked. "I'm sorry. What happened?"

He grinned and rubbed his thumb in the crease between her eyes as if to erase her frown. "Honey, it was probably for the best. What happened is that I was not quite eighteen when I graduated from high school. At that point I was kind of—um—husky, but not all that tall. During my freshman year at the Naval Academy, I grew more than three inches and put on about forty pounds; the next year I grew almost as much. It's rare to see a fighter pilot over six feet tall. Any more than that, and they're at risk of breaking both femurs if they have to eject. I'm fond of my femurs, so, long story short, the Navy found other uses for me."

"What kind of uses?"

"Football for starters. I played for four years while I was in school."

She nodded. "I have no trouble visualizing you playing football. What position?"

"About the least glamorous on the field—offensive line."

"I bet you were good."

"I was okay," he replied.

"I don't believe you. I bet you were amazing!" She chuckled. "You sure look the part." Claire took a sip of her soft drink. "So, besides football, what other uses did the Navy find for you?"

"Computers." He said the word, then finished off his pizza.

"Computers?" She looked doubtful. "You mean the Navy has *you* working on computers?"

"Well, yeah. You seem surprised." Shaking his head and looking downcast, he groaned, "Once again, I'm perceived as a lummox… Just brawn; no brains."

She giggled. "I didn't mean that. I know you're involved with surveillance and I can certainly see you flying planes and piloting ships or doing military police-type stuff. But…computers?" She shook her head. "Not so obvious."

He responded with a wry, almost apologetic look. "I have degrees in computer science and computer engineering—both hardware and software. Believe it or not, I'm a bona fide computer geek."

His nonchalance was charming. "Well, I'm very impressed. That's not easy. I'll have to remember that when I'm having problems with my internet connections." She folded her napkin and moved to a different topic. "You said you came from a 'big family.' Were you talking numbers or…em…stature?"

"Both, I suppose. I have three brothers and a sister, so there are five of us altogether." He chuckled. "I'm the tallest, but my brother Mark is at least six-five, then my oldest brother, Matt, is probably heavier than I am. My youngest brother, John, and sister, Ruthie, are more normal—they take after Mom's side of the family."

"So, you're in the middle then?"

"Yep. We're all about two years apart. Johnny, the baby, just turned twenty-four. He and I are the only ones not married. Everyone else is contributing to the population explosion, making Mom really happy." He pulled out his cell phone and punched a couple of apps. He leaned toward Claire and showed her a family picture. "This was taken when I was home last Christmas. That's Mom and Dad." He indicated the tall, lanky man with gray hair standing by a relatively petite blonde woman. "That's Matt and his wife, Heather, and their three kids. This is Mark and his wife, Kim, and their two little girls, and that is

Ruthie and her husband, Ike. Ruthie was pregnant in the picture; she had a little boy about two months ago… That's me of course, and next to me is Johnny."

"Oh my *gosh!*" Claire exclaimed as she studied the photo. He hadn't been exaggerating. The smallest of the Llewellyn men was the youngest son and he was probably at least six-two. "Your poor mother! She looks tiny surrounded by all of you. How in the world did she give birth to four men as big as you?"

He grinned. "Well, we were smaller then."

"Okay, you got me there." She laughed. "I bet your grocery bills were outrageous!"

"Yeah, but according to both Mom and Dad, the worst part was keeping us all in jeans and athletic shoes. Then there was paying for the car insurance when we started driving… That was brutal." His smile was disarming.

Claire shook her head. "I can only imagine." She was charmed by his affection and pride for his family. "That sounds like so much fun. I always envied people from big families…" Her voice was wistful.

Luke was staring again, but he seemed to have stopped caring.

"So what part of Texas is home?"

"Midland. It's a big town several hundred miles west of Dallas."

"Will you go back there when you leave the Navy?"

He glanced away, suddenly seeming a bit nervous, before his eyes returned to meet hers. "Ahem... Funny you should mention that." His mouth tightened. "The answer is 'yes,' I'm planning on going home to Midland."

"Is something wrong?" Claire asked.

He paused a breath before answering, "The timing stinks."

Claire's brow creased. "Timing?"

"It's only about two weeks."

"What's two weeks?"

"I'm being discharged. I'm heading home in a couple of weeks." He didn't look particularly happy about the prospect.

Claire's disappointment was acute. She folded and refolded her napkin as she struggled to come up with a response. "Oh, I see," she said. "That's great. I'm very happy for you... I know that what you do—well, what you've been doing for years—must be very difficult—being so far from home and all…" She felt like crying.

Luke seemed oddly heartened by her response and managed a grin. "Hey, don't look like that, Mary Claire." He placed one large hand behind her head and rubbed her cheek with his thumb. Holding her eyes with his, he said quietly, "I know we've only known each other for a few days, but there's no way I'm going to let a little thing like you being in Seoul and me being in Texas stop what I think—what I hope—is happening." Very gently, he leaned forward and kissed her temple.

She stared into his hazel eyes, searching for evidence that he felt something akin to the warmth growing in her. Blinking rapidly to fend off threatening tears, Claire spoke softly. Her words were hopeful and tentative. "Yes. All right." She stumbled verbally before recovering. "Well, yes… Please, let's not let a little thing like three thousand miles get in the way." Then she smiled and leaned forward. Almost copying his earlier action, she tentatively kissed his cheek.

The pizza and cheesecake were gone and the waiter approached them with a check. Claire glanced around and noticed that the crowd had dwindled considerably. She looked at her watch and realized they'd been talking for more than two hours.

"Do you need to get home?" Luke asked.

"No, not at all."

"I could stand to work off some of the pizza. Let's go walk down Itaewon and find a coffee shop."

The night air was cool and dry, and even though it was a weekday, the street was very busy. Luke caught Claire's hand to pull her aside, away from a pedestrian who was paying more attention to a heated discussion than his surroundings. The man would have bumped into her, otherwise. When the small threat was over, however, Luke didn't release her, and Claire happily clasped his warm hand. Leisurely they strolled a few blocks down the street and found a Starbucks. Reluctantly, Luke dropped Claire's hand to open the door and ushered her inside.

They collected cups of steaming coffee and found an empty table in a corner. Between sips Luke casually asked, "Have you been paying attention to your surroundings like you promised?"

"Yes, sir. I have, sir." Claire's tone was a bit mocking, but she shifted a little and looked pensive. "Actually, I meant to mention earlier…em…I saw a man this morning. He was outside of our apartment building."

Luke straightened a bit and suddenly looked serious. "What did he look like?"

"He was just a guy slouching against a window across the street from our building. It's odd that I even spotted him because at any given time there must be dozens of men milling around the apartment. It's a very busy area."

"What was it about that guy that made you notice him?"

"I'm not sure." She frowned slightly. "I imagine it's just me being super paranoid since the attack. He didn't do or say anything; he was probably just waiting for someone…"

"Claire, what made you notice him?" Luke repeated.

She stirred her coffee and continued to fiddle with her spoon. "He seemed to be watching me."

"What do you mean?"

"I don't know… I'm sure it's nothing. I probably shouldn't have mentioned it." She knew she sounded a bit exasperated and cupped her hands around her coffee mug.

But Luke was relentless. He reached across the table to hold her hands. "What do you mean that he seemed to be watching you?"

"I felt that his eyes were following me. It was just an odd feeling; I guess maybe like a kind of intuition."

Claire bit her lip, remembering when similar bouts of intuition had proven to be accurate.

"What did he look like?"

"He was Korean," Claire said. "Medium height, about one sixty, with black hair and brown eyes… Probably in his thirties… And I've just described about two million men in Seoul."

Luke rubbed his eyes and sighed. "Did he follow you or anything?"

"No. I took the subway this morning. I noticed him because he seemed to be watching me as I walked to the subway stop. I just— He made me nervous. I crossed the street and glanced back and he was still staring at me and kind of scowling, but he hadn't moved. I just kept going and got on the subway. I didn't see him again and honestly, I forgot about him until you asked." She shook her head and gave a dismissive wave. "I'm sure it was nothing but my active imagination fueled by your suspicions."

Frowning, Luke rubbed her fingers with his thumb. "Honey, please do me a favor. Pay attention to your intuition and my suspicions." His hand squeezed hers and he shook his head. "I just wish I had a clue why someone might be stalking you…" He thought a moment then inquired, "At work—you're not involved in any drug trials, are you?"

"Luke, no! And you've seen for yourself, the playroom is completely benign— well except for some video games rated

PG-13. There's nothing anyone could be angry about. There are no copyrights or products or ideas that have been stolen…"

"Could it be related to Jessica and whatever it is she does at the university?"

"No, that really is far-fetched. Jessica studies Korean culture—specifically the evolution of relationships between men and women. She focuses on courtship and gender roles—that sort of thing. She dates several different guys, none too seriously that I'm aware of. And she's been here for several years. Besides, that has nothing to do with me."

He drummed his fingers on the table and tried another approach. "How about your ice skating? Did you trounce some poor Korean girl in a competition one time, and her father still carries a grudge?"

Claire couldn't hold back a snicker. "Luke, that's ridiculous. I only competed internationally once. That was in Europe and I came in something like fifteenth. Plus, I haven't skated in almost ten years!"

He sighed audibly. "Okay, I give up for now. But please keep on the alert, and if you happen to see that guy again, try to get a picture."

"Okay." She smiled at his persistence. "I've got my smartphone, and a picture wouldn't be hard, but what good would that do?"

He gave her an inscrutable look. "Suffice it to say that facial recognition software has come a long way."

She blinked and bit her lip. "The guys from Friday night... Did you... Could you—"

He shook his head. "No. That was another reason I'm concerned. Between one guy wearing a hoodie and the other guy with a baseball cap pulled down, we couldn't get a good enough capture of either man's features to make identification. It was like they knew how to camouflage just enough to frustrate the software but avoid suspicion."

"Oh" was her only response.

"Just be careful, okay?" Luke sighed and stood. "I don't want this to end, but I probably need to get you home. I've gotta go to Panmunjeom in the morning, and I'm sure you get to the hospital pretty early."

Claire followed Luke as he wove his way among the coffeehouse patrons and through the door. He caught her hand as they proceeded down the crowded street in the direction of his borrowed car. Glancing down at her, he said, "Okay, so tomorrow evening…same time?"

"Please." She smiled for the first time in a while. "I'd love that."

"Maybe burgers? I know a place."

She giggled and held his hand tighter. "I'm sure you do!"

During the twenty-minute drive to Jessica's apartment, Luke told Claire about growing up in a big family in west Texas, and she shared stories from her life in Minnesota. Although he knew the area where Jessica's apartment was, Claire had to direct him to the correct street. As they turned a corner near the building, they were suddenly brought to a stop, blocked by several police cars with lights flashing.

"That's our building," Claire said. She strained to get a better look. "I wonder what's happened."

They were still a block away but couldn't proceed any farther. A uniformed officer had stopped traffic to allow an ambulance to leave the area. The ambulance snaked through the vehicles and passed them. Shortly thereafter, its siren sounded and it was able to pick up speed. After the ambulance's departure, the police officer allowed the cars to progress, and Luke was able to find a parking place close to the apartment building.

As they walked to the entrance, they were stopped by two officers who demanded identification in stilted English. Luke handed over his military ID card and Claire presented her Samsung Medical Center badge. The men seemed to look at her with suspicion, and her already considerable apprehension grew. The officers stared at Luke with concern—no doubt trying to gauge how many policemen it would take to constrain him, should the need arise. Their surreptitious glances might have been comical if she'd had a better understanding of what was happening.

One of the officers studied both identification cards then said something in Korean.

"I'm sorry. English, please," Luke answered.

The man nodded and signaled for them to follow him toward one of the patrol cars. "Come."

"What is it?" Claire asked the officer. She was growing more concerned by the moment.

He pointed to a spot by the car and said, "Stay here." He turned to two other officers and they had a quick, subdued discussion, maintaining watchful—and anxious—eyes on Luke.

The policeman who seemed to have rank pulled out a cell phone and made a quick call, then turned back to the Americans. "Detective come now." He pointed to the building and gestured once more for them to remain where they were.

Claire glanced up at Luke and saw that he was taking in the scene. It seemed as if he was watching for something. He'd pulled her close and was shielding her with his body. She felt dwarfed by him and couldn't see anything but his wide back and shoulders. She stood on her toes, trying to get closer. "What do you think?" she whispered.

"I don't know," he answered almost idly.

Luke squeezed her hand but didn't look at her. He continued to scour the area. "We'll just wait here for their detective. I figure he'll want to ask us some questions."

They didn't have to wait long. Within a couple of minutes, a suited man approached from the building's entrance. The officer handed him their identification and motioned to where they stood. After perusing both IDs a moment, the newcomer came forward. Luke was still blocking Claire, so the man addressed him first. In passable English, he said, "Lieutenant. I am Detective Kang, of Seoul National University precinct."

He nodded toward Claire, who was largely obscured by Luke's bulk. "You are Miss Olsen." Claire peered around Luke, and he grudgingly stepped aside.

"Yes, I'm Mary Claire Olsen," she answered quietly.

"Miss Olsen, there has been an incident here. I must ask you questions."

"What kind of incident?" Luke didn't seem willing to allow the detective access to Claire without more information.

"There has been attack." Detective

Kang tried—mostly successfully—to not look intimidated by the American man. He glanced down at a clipboard and then moved his gaze from Luke to pin Claire directly. "Doctor Tyson was attacked. She is hurt very bad."

Claire responded with a panicked "*Jessica!*" Luke quickly pulled her into a loose embrace.

"How badly? What happened?" Claire's face felt flushed. The volume of her voice rose as she pointed to the street. "Was she in that ambulance? Will she be okay?" She practically squeaked as she bombarded the detective with questions.

Detective Kang looked at Luke rather pleadingly, then answered, "Two men were in her apartment. She was hit and choked. Men tried to push her from window but she cried out." He looked glum. "She go to University Hospital—very near."

Claire ceased straining at Luke's grasp. Her heart was thudding painfully and she was crying. "I need to go… Which way? Where is the hospital?"

The detective put up his hand. "No. First you come to station for questions."

"Is that necessary?" Luke interjected. "Miss Olsen is very concerned for her friend... Also, she's recovering from being attacked herself last week."

Detective Kang gave Luke an inscrutable look. "Yes, Lieutenant. I know about the Friday attack. That is why we must talk." Their eyes held and Luke felt a chill run down his spine as he considered the possible implications of those words.

CHAPTER SEVEN

LUKE WOULDN'T LET Claire out of his sight. Rather than argue with him and risk some sort of altercation, Detective Kang allowed Luke to accompany her to the station. They didn't speak during the brief trip, but Claire wouldn't let go of Luke's hand. He was concerned about her, as she was seemingly in worse condition than the previous weekend when *she'd* been the victim.

By the time Claire and Luke were ushered into the police station, it was after ten o'clock. They followed Detective Kang to an office with glass walls that was surrounded by a large work area. The detective seated the Americans, then spoke to a subordinate for a moment before sitting behind the wide metal desk. The entire scene was eerily reminiscent of the previous Saturday at the embassy. But this time, Luke was sitting next to Claire, supporting her.

They waited only a short time before another suited man joined them, introducing himself as Captain Choi. The captain started the questioning. "Miss Olsen, where were you tonight?"

She licked her lips and answered. "I work at the Samsung Medical Center. I was there until about 5:30. Lieutenant Llewellyn picked me up and we went to dinner." Her voice seemed to grow a little stronger, and she glanced askance at Luke before returning her attention to the captain.

At the policemen's prompting, Claire recounted their evening, including the time frame and places she and Luke had gone— all of which were easily verifiable. Then she was asked to describe the events of the previous Friday evening. The captain listened attentively and the detective took notes throughout the inquiry.

Luke remained silent as Claire gave them her account. He suspected the officers already knew most of what she told them. As their questioning progressed, Luke had a suspicion the time when she would need him was fast approaching.

The policemen asked Claire many of the same questions Luke had brought up during his interrogation. Like him, they were evidently struggling to discern the reason for that attack. With all of their questions answered, Detective Kang looked at his superior for direction. Receiving a nod, he addressed Claire. "Miss Olsen, you need details of attack on Dr. Tyson."

Luke could tell that Claire was trying desperately to retain her composure. She had been sitting very straight and answering the questions quietly. She was clearly worried about Jessica and anxious to finish the interview so she could go to the hospital.

Captain Choi took over the discussion. "A neighbor was alerted by a scream coming from Dr. Tyson's apartment about eight o'clock. There were crashing noises and a window was broken. The neighbor called the building's security guard, who called police. The guard knew that no visitors had checked in to see Dr. Tyson, so he did not know who the assailant might be. He went to the apartment, but when the elevator door opened, he saw two men running toward the stairs. He did not get a good look. He entered the apartment and saw Miss Tyson on the floor. She was conscious but injured."

Claire swallowed and nodded. "Do you know who they were?" Her voice was very quiet.

"No. They had entered the building earlier in the afternoon acting as television cable men for another resident." He looked down at the draft of the report, then returned his gaze to her. "Dr. Tyson arrived at about seven thirty, so they waited for her much of the day."

"Did the men attack Jessica over her work?" Claire looked confused then glanced at Luke. Had his hypothesis been correct?

Luke's expression impassive, but his hands were tightly fisted.

"We are still gathering clues, but there is something else, Miss Olsen." The captain looked at Claire with curiosity, and the way he said the words made Luke sit up straighter, sensing that what was coming was critical. "Dr. Tyson was wearing a black wig and glasses when she arrived at home this evening. The detective thought that was strange, but the doorman assured him that Dr. Tyson wore them often. Can you give us more information?"

Claire's frown deepened, but she answered without pause. "Jessica studies dating relationships between Korean men and women. She told me her blond hair attracts a lot of unwanted attention, so wearing the black wig and glasses helps her blend in. She can observe couples and talk more openly if it's a little less obvious that she's an American... Do you think *that* has something to do with why she was attacked?" Her hand was shaking as she brushed her hair aside and asked again, "Do you think someone was angry over her work?"

"No, Miss Olsen," the detective answered. He seemed genuinely concerned. "The attack on Dr. Tyson was mistake. We know two men waiting for you—think Dr. Tyson is you."

Claire was stunned. Her eyes grew huge, and she paled. Luke reached over to take her hand. "You're certain of this?"

he asked. It was the first he'd spoken since meeting the captain.

"Yes," the captain said. "Dr. Tyson was awake when the police arrived. She told the first officer that the men thought they were attacking Miss Olsen until they pulled off her wig and realized she had blond hair." He kept his eyes on Luke as he provided additional details. "It seems they were trying to push her out of the window—perhaps to resemble a suicide, when they discovered they had the wrong woman. They were very angry when they learned of the error, and that is when they harmed Dr. Tyson. They wanted her to tell them where to find Miss Olsen. They broke one arm and blackened her eye."

Unable to stifle a sob, Claire doubled over, clutching her stomach. All three men were startled, and after a moment Luke stood and pulled her into a comforting embrace. He pressed her face to his chest and gave the other men a warning look. "I think that is enough for now. Ms. Olsen has had a series of difficult shocks. I need to take her home."

The captain shook his head. "No. Even

if she could go home, it is not advisable. There will be forensic teams there for many more hours." He looked as if he was hesitant to say more but decided that it was necessary. "Also, do not overlook that whoever is trying to harm her has made two attempts. They know where she lives and where she works."

"I know." Luke felt himself tense, as if he were preparing to fend off a challenge. His voice was mild however as he offered, "It's okay. I'll take care of her. I'll take her to Yongsan."

The captain was not going to argue. He nodded and gave Luke a brief smile. "Yes, that will be good. I think she will be safe with you." His smile faded and he shook his head a bit ominously. Although he was looking at Claire, he continued to address Luke. "She will not be allowed to leave the country, however. I will put a hold on her passport and exit visa."

Luke wondered if the man had read his mind. He paused a breath before responding. "Captain, someone has tried twice to kill her. The safest place for her is back in the U.S." His stare was intense, and his words were clipped and authoritative.

The older man tried to pacify Luke. "A few days only. Let us finish the investigation. If she stays at Yongsan, most likely whoever is seeking to harm her will not know where she is. But if they learn, their access will be severely hindered." His serious expression grew even more stern when he added, "If she leaves Yongsan, she should be accompanied by an—er— escort." He avoided using the term "bodyguard," but the implication was obvious.

Luke pressed his lips together, but he gave a very brief nod of acquiescence. "Okay. But only for a few days. Also, I'm going to call our embassy and make them aware of the situation for both Dr. Tyson and Miss Olsen."

"I agree. That is wise."

Claire seemed to pay little attention to the exchange. At the end of the conversation she faced the two men and said, "Jessica. Please, can I go to the hospital to see Jessica."

Luke continued to hold Claire, giving her protection and support. "Would you instruct someone to take us by the hospital on the way back to my car?"

The captain nodded solemnly. "Yes. We will ensure that officers accompany you to the hospital and follow you to the base."

CLAIRE AND LUKE were taken to Seoul National University Hospital accompanied by Detective Kang and a uniformed officer. With the policemen's assistance, they cut through the red tape preventing after-hours visitation.

Much to Claire's relief, another uniformed policeman was guarding Jessica's room. With Detective Kang acting as interpreter, Claire spoke with the night nurse. Jessica had suffered simple fractures to both bones in her right forearm. The arm was currently encased in a soft splint and would be casted in a few days, after the swelling had resolved. She'd been struck several times around her face, and her right eye was blackened. Fortunately, a CT-scan had showed there was no permanent damage. The nurse explained that Jessica had been brought to the room about half an hour before, and per the doctor's orders she'd been given a fairly strong sedative and was sleeping.

Finally inside her friend's room, Claire felt her chest constrict. A very wan Jessica was lying in the bed in an ugly hospital gown, but all the monitors indicated that she was doing well. An IV was dripping slowly into a needle in Jessica's left arm, and her splinted right arm was propped on a pillow at her side. A small ice bag had been placed over her injured eye, and Claire lifted the bag and winced slightly when she saw the swelling and bruising. Jessica was sleeping soundly and didn't appear to be in any pain. Claire replaced the ice bag and gently patted her uninjured hand. "I'll come back to see you tomorrow," she whispered. She nodded to the nurse and said, "*Kamsahamnida.*"

LUKE HAD WAITED outside Jessica's room with the guard. When Claire rejoined them, he saw that she was desperately trying to hold back tears, and he also recognized signs of fatigue. He badly wanted to pull her into an embrace and remove her from any more ugliness, but he controlled that impulse. Glancing at his watch, he saw it was after midnight. The best thing now would be getting her someplace she could rest.

The captain had instructed the officers to allow Luke and Claire to enter the apartment, so that she could collect some of her clothes and personal items. A small team of forensic experts and police were still present, but Luke was relieved to see that there didn't seem to be extensive damage or visible blood. Luke remained at her side as they entered the unit, hoping to forestall exposure to distressing evidence. One window was shattered and some of the furniture was displaced. A picture and mirror had been broken, but otherwise, the apartment seemed to be in pretty good shape. Luke followed Claire to her room, where she quickly filled a suitcase with clothing and toiletries. In less than five minutes she was ready to leave.

As they started to go, she remembered something else. "My laptop. I'd like to take my computer with me," she said.

The detective shook his head. "No. Sorry, Miss Olsen. Your computer taken to police station. Forensic team will look for clues. Will return very soon."

She seemed to take a few seconds to process the statement. Finally she nodded. "Okay. That's fine, but I would like to get it back soon. I have a lot of my work on it."

Luke had been dismayed by that development, as he would've liked access to Claire's computer—to scour it for clues—but he kept silent. Throughout the ordeal, he'd managed to remain calm and supportive, fully knowing that was what Claire needed. Inwardly, however, he was seething. He was sorry that Jessica had been injured, although her injuries were not overly serious. What infuriated him was that two men had tried to do serious bodily injury to Claire twice in less than a week. Indeed, it was becoming increasingly clear to him, that both attacks had been attempted murder. Only tenacity and athletic ability on Claire's part had thwarted the first attack and the second had been forestalled by luck.

He shuddered to think what would have happened had he not taken her to dinner. She would have come back to the apartment alone and been at the mercy of the two men. Luke knew that they would likely have succeeded in killing her this time.

Jessica had been spared because she was not Claire, and the men were trying to get information from her. He didn't know what they'd been able to extract during the brutal attack. Had Jessica mentioned *his* name as she was being threatened and beaten? If so, they might have a hint as to where to look for Claire. Luke really didn't care if they came after him, but he didn't like knowing they might be able to locate Claire through him.

What he really wanted—badly—was to go straight to Incheon Airport and put Claire on the first plane bound for the United States. But it looked like that wouldn't be an option—not until the police allowed her to leave. For the time being, Claire needed to remain with him. Now came the tricky part—convincing Claire.

He took the bag from her and led her to the door. "Do you have everything you need?"

"Yes, I think so." Her voice was quiet. "I wish I could have my laptop, though. I need it to communicate with my parents and I use it for my school work and my work at Mayo…"

Luke led her into the elevator and pressed the button for the ground floor. "Don't worry about that. I have computers you can use."

They exited the elevator, and the police followed them through the building and down the block to collect Luke's car. In a short time they were headed to Yongsan. Luke glanced at Claire and saw that fatigue, worry and fear were definitely taking their toll. She looked like she was having trouble concentrating. Despite being slightly obscured by her glasses, dark circles were evident under red-rimmed eyes. "Luke, I'm so sorry to have dragged you into this. You've been wonderful and I don't know what I would have done if you hadn't been with me…" Twin tears slipped down her cheeks.

"Mary Claire, don't cry. Jessica's going to be fine. We'll figure this out." He couldn't refrain from gently caressing her wet cheek with his fingers.

She swiped at her eyes and tried to

smile. "I've already imposed on you too much, Luke. I know what you told the captain—that you were going to take me to Yongsan. But that isn't necessary. I can go to a hotel." Her voice sounder stronger than before.

"Not a *chance!*"

Claire started when he all but shouted his objection. Contrition swiftly followed and he took her hand, forcing himself to calm down.

"No, it *is* necessary, honey. There are several options when we get you to Yongsan. There's a hotel on base, although it's often overbooked, particularly this time of year. But we can check. I also have several friends who have extra room, or—" he tilted her chin until she had to meet his eyes "—you can stay with me."

She blinked several times and looked away.

"Claire, I'm not suggesting that you stay with *me*, per se, but you can stay in my apartment, at least for the next few days. I share quarters with an Air Force captain who's away right now ferrying a plane to the Middle East. He'll be gone for at least a week. The apartment has two bedrooms and two bathrooms. You can take Brad's room until we get this all figured out, or barring that, get you back home."

Shock and fatigue had dulled Claire's inclination to argue. Wiping away her tears, she blessed him with a watery smile and a hesitant nod. "Okay, but only for a day or two. And I promise to stay out of your way."

DURING THE DRIVE TO YONGSAN, Claire was too tired to talk, so Luke told her about the base. "Yongsan Army Garrison is the home of the U.S. Eighth Army in Korea," he said. "It's actually really large—more than one square mile—and it's located at almost the dead center of Seoul."

She nodded absently and continued to stare at the sparse early-morning traffic.

"The city was decimated during the Korean War," Luke continued. "Only a few of the larger buildings were left intact and the inhabitants had scattered. Over time, the country grew and modernized, and Seoul's population exploded. The city grew around the base. Now Yongsan houses about eight thousand people. There are all sorts of housing complexes, schools, grocery stores, a hospital and theaters, in addition to office buildings.

"It's safe," Luke said as they neared a gate. "The garrison is surrounded by a fifteen foot concrete wall, topped with razor wire, and all the entrances are manned by armed personnel from the U.S. and Korean military."

At the gate, Claire was required to complete a brief form, relinquish her temporary passport and be fingerprinted, before being given a base pass. It was after one o'clock when Luke finally unlocked the door to his apartment and ushered a very tired and somewhat wary Claire inside.

Luke flipped a light switch, revealing a relatively generous combination living and dining room. She could see a small kitchen behind the dining area. The living space was traditionally furnished, consisting of a comfortable-looking, but somewhat worn leather sofa and a couple of upholstered chairs, along with coffee and end tables. A flat-screened TV adorned one wall. The dining area looked as if it was rarely used for eating, as the table was littered with an impressive assortment of computer towers, monitors and laptops.

Luke pointed to his left. "That's my room." He moved in the other direction, leading her to a closed door. "Brad's room is this way." He opened the door and peered in. "I don't normally go in here," he said. "He's a good guy and pretty neat for the most part." He grinned a little sheepishly. "I hope—but don't guarantee—there won't be any surprises under the bed."

He flipped on a light, revealing a bedroom furnished with twin beds. A nightstand was located between the beds and two dressers lined the near wall. A small closet could be seen beyond the beds and another door led to a bathroom on the far wall, away from the living area. The room was meticulously neat. Only a few books and some sports equipment, along with framed pictures and other small personal items, gave any indication that it was currently inhabited.

Luke gestured toward the first bed. "Brad sleeps there, and I imagine, or at least I hope, that the sheets on the other bed are clean…" He placed her bag on his roommate's bed then crossed the brief space to pull back the covers on the far bed, revealing a bare mattress and pillow. "Hmm…" he mumbled and then strode to the far dresser and opened drawers. The top three were empty, but he found what he was seeking in the last drawer, removing a set of clean, folded sheets. He placed them on the bed then turned to Claire. She was still standing at the door, as if she were afraid to enter.

Luke crossed the room and lightly touched her arm. "Claire, what is it? Is something wrong?"

At that moment Claire was incapable of answering. She simply stared and tried to come up with a way to thank him without revealing the truth behind her cascading emotions. His earnest consideration had crushed the remaining fragments of the carefully maintained barrier that had protected her heart. She was left open and vulnerable.

Luke had been as steady as a rock throughout the ordeal. He'd been quiet, unassuming and undemanding. As she watched the handsome, strong, intelligent man puttering around the room trying to ensure that she had clean sheets, she realized she'd been teetering on the edge of being in love with him since she'd watched him sitting on the floor playing with the sick children the previous day. The fall had been rapid and painless on her part. And, at that moment, she was so totally in love with this man that she was left speechless.

Substituting actions for the words that escaped her, she took two steps in his direction and held up her arms. He caught her, gently enveloping her in a tender embrace, somehow sensing what she needed. She buried her face in his shoulder and grasped his shirt with both hands, clinging like she would never let go.

The hard muscles of Luke's chest and arms encased Claire with reassurance and protection. She felt his hands move gently up her back, soothing her. He lightly kissed the top of her head and her heart clutched again, beating erratically as she continued the downward slide into total adoration. She stifled a sob and held on tighter.

"Shush… Mary Claire, what is it? Are you still frightened? It's going to be okay. I promise, nothing will happen to you," he whispered into her hair. Luke held her for a while, soothing and rocking her. Finally, he pulled away a bit. He eased off her glasses and set them on the dresser, and then he put his huge hands on each side of her head and raised her face up, urging her to look at him. Tentatively her eyes rose to his.

Ever so tenderly, Luke's thumb caressed her lips. When she didn't tense, he leaned down, watching her carefully. Just as his lips touched hers, her eyes closed and she rose on her toes. Her arms reached up, encircling his neck as she pulled him down, trying to get even closer.

Luke shook himself slightly and pulled back. He kept both hands on her shoulders, as if reluctant to completely break the embrace.

He took a deep breath and murmured, "Well, wow. It looks like we're going to have more to talk about tomorrow." He swallowed hard and tried to smile. Finally, he dropped his hands and stepped back.

"But for now, we both need to get some sleep… You're exhausted and I have an early call to go north on patrol." Claire still hadn't said anything, and he hesitated before leaving. "Claire, are you okay? Do you need anything?"

Seconds passed before Claire managed a response. She shuddered slightly and reached out her hand to touch his. "Luke, thank you so much for all you've done for me. I know I'm a bother, but don't worry, I've got all that I need." She motioned to the door and added, "Please go and get some sleep. I'll be fine."

He studied her a moment more and then squeezed her hand slightly. "Seriously, make yourself at home. If you need me, I'm just across the living room…" Finally, with nothing to add, he turned and walked out, closing the door quietly behind him.

Claire sank to the bed, her shaking legs no longer able to support her weight. She stared at the door for several minutes, trying to sort out her tumultuous emotions. A short while later, she rose and crossed the room, picked up the sheets and made the bed. After unpacking a few items and replacing her slacks and sweater with an old T-shirt and boxers, she crawled into the borrowed bed and fell into an exhausted slumber.

CHAPTER EIGHT

WHEN CLAIRE WOKE the next morning, she felt only a moment of disorientation. The room was cool and quiet. The curtains covering the lone window were fairly heavy, but bright sunlight was visible around the edges, suggesting that morning was well underway. Sitting up, Claire glanced at the nightstand between the twin beds and saw the alarm clock was facing the other bed. She turned it to her and was surprised to discover that it was after nine.

"Oh my gosh!" she said out loud and scrambled up. She dressed quickly and performed basic grooming, eager to see Luke. Taking a deep breath, she opened the door leading to the main part of the apartment and found the combination living room and dining room and the kitchen area beyond empty. The door to Luke's room was open and she peered through it cautiously, listening for a sign that he was there. Not hearing anything, she glanced around. Like Brad's, Luke's room was remarkably neat. His bed was made, and other than some books and a pair of really large running shoes, nothing was out of place.

"Luke?" she said, loudly enough to be heard anywhere in the apartment. There was no answer—she was alone. At a loss as to what to do next, she turned back toward the kitchen. Then she spotted a typed note taped to one of the computer monitors.

Mary Claire,
There's food in the fridge and pantry—help yourself.

This computer is set up for you to use—your password is 'Iceskater'. You should be able to access the internet and do anything you need to do on it.

The black phone is a direct U.S. line. You can call anyone in the U.S.— just dial the area code and number; talk as long as you wish.

Last thing—Sgt. Tony Mancini (from the embassy) will be here at noon to take you to see Jessica. Don't go ANYWHERE off base without him.

I should be back by four or five. Be at home.

He'd scrawled "Luke" at the bottom of the page.

Claire smiled as she reread the note, appreciating his consideration in taking the time to set her up with a computer and make arrangements for her to check on Jessica. She had no idea when he'd left but vaguely recalled him mentioning that he had an early day. He must not have gotten more than a couple of hours' sleep.

She read the note a third time before setting it on the table and looking around the apartment. She sighed quietly and then said out loud, "Well, okay then."

The first thing she did was use her cell phone to call the hospital and explain to her colleagues that she was staying at Yongsan Base and likely wouldn't be in until she could find an escort. Following that, she called her parents. She'd already told them about having her purse stolen, but not wanting to worry them, she didn't mention the knife wound. Claire debated a while about how to describe the latest development and decided to minimize the incident. She explained that she'd decided to move nearer the embassy while waiting for her passport, and said that she was staying in the spare bedroom of one of the embassy workers while the room's occupant was away. Fortunately, her parents were about to go to bed, so they didn't ask for a lot of details.

Breakfast came next. Claire was pleasantly surprised that the fridge and pantry were pretty well stocked. She helped herself to a bowl of Cheerios topped with a sliced banana and a cup of tea. The next couple of hours were spent on the computer and she was amazed by the speed of Luke's equipment. She was easily able to access her school sites and email accounts, so she spent some time working on one of her assignments.

At about 11:45 she logged off and slipped into Brad's room to get ready to see Jessica. She dressed in one of her standard work outfits—a long skirt and lightweight sweater—then pulled her hair up and secured it with a clip. By the time there was a knock at the door, she was anxious and waiting.

Tony Mancini was dressed in his uniform, consisting of a khaki shirt and olive trousers, exactly as he had been when they'd met earlier. He smiled and said, "Good morning, miss."

"Sergeant, thanks so much for coming by and taking me to see Jessica." She smiled gratefully. "I know this isn't part of your normal duties and I hope that it isn't a lot of trouble...."

"No, ma'am. I assure you I was pleased when Luke called this morning to ask if I could take you to see your friend." Humor was apparent in the crinkles of the corners of his chocolate-colored eyes. The smile faded and suddenly his expression turned severe. "Luke told me what happened—about the attack on Dr. Tyson..."

Claire's lips compressed and she blinked several times. "Yes, that was my fault..."

His look softened considerably. "That's not what Luke told me. He said the idiots are still after you, but they messed up and attacked her. That's hardly your fault."

She shook her head and whispered, "Sergeant, I don't know what's going on. Nothing about this makes sense, and I'm horribly sorry that Jessica was involved."

"Well, let's go see her. I'm sure talking to her will do you both good."

Claire picked up her purse and followed the marine to his car. "I don't know how Luke set this all up. I actually haven't talked to him today—he just left me a note that you were coming. When did he call you?"

Tony opened the passenger door for her. "About 6:30."

"You didn't mind him calling at 6:30?"

"Trust me," he said, "we get up early." He settled into the driver's seat and started the vehicle. "Actually, I have second shift today, so I'm off right now. Nothing pressing until later this afternoon." He patted her hand companionably. "Let's go see Ms. Tyson."

DURING THE DRIVE Tony was talkative, trying to put her at ease. Claire learned that he was from New Jersey and had been a Marine for more than fifteen years. He had completed tours in both Iraq and Afghanistan, and finally, after multiple deployments, he'd landed the relatively cushy and highly sought after job of Embassy Security. Tony was gregarious and funny, and by the time they arrived at the hospital, he and Claire were friends.

AT THE HOSPITAL, Tony stayed within arm's reach, so when Claire walked into Jessica's room he was at her side. Seeing her friend sitting up in the bed with her broken arm propped on a pillow and one eye nearly swollen shut, Claire couldn't prevent a sob as she rushed to the bed.

"Oh, Jessica. I'm so sorry…"

Jessica held out her hand and managed a comforting smile. "Claire…girl, it wasn't your fault!"

"Yes it was! Detective Kang said they thought you were me! And then when they found out you weren't, then they…they hurt you…"

Soon both women were crying and hugging and trying to console each other.

When they finally pulled apart, Claire found a tissue and dried her eyes. Belatedly, she remembered Tony. She motioned to him and said, "Oh, Jessica, I forgot. I brought a friend—well actually, he brought me. You remember Sergeant Mancini?"

Tony held out his hand to take Jessica's good one in a friendly shake. The look in his eye was the antithesis of friendly, however, as he studied Jessica's injuries. Claire was alarmed by the tension in his jaw and his cold, piercing eyes. He swore quietly before dropping her hand and stepping back. His face instantly lost the furious stare, but his lips pushed together in a frown. Claire got the impression that if the men who'd harmed Jessica were in the room, they'd face an unenviable fate at the hands of Sergeant Mancini.

Turning back to her friend, Claire sat on the edge of the bed. "Okay, tell me what all they've told you. Are they taking good care of you here?"

Jessica grinned. "I assume you want all the gory details." She glanced at her arm and looked relieved. "Fortunately, the break was very simple—'non-displaced' they called it. And my face will just look bad for a while." Tears formed briefly in her good eye, but she managed to keep her smile. "Nothing broken there, fortunately."

"How long will you be hospitalized?"

"I'll be discharged tomorrow. I'm still working out where I'm going, since I've been told that I can't go home."

Claire looked at her with renewed contrition. "I know, I'm sorry…"

"Claire, it's not your fault. Anyway, it may take a while to get the window replaced, and the police don't want me to go back until this is all figured out…"

"So where do you think you'll stay?"

"I've got a couple of friends in the Anthropology Department who've offered. The university also has a hotel, but I kind of don't want to be alone."

"I wish I could come stay with you, but I'm supposed to stay at the base, at least for the time being."

"Good. That's the perfect place." She smiled conspiringly. "I'm sure that Lieutenant Luke will keep you safe."

The friends talked for more than an hour. After a while they pulled Tony into the conversation and soon he had them laughing. A little after 2:00 Tony said, "Ladies, I truly hate to break this up, but I have to get Claire back to Yongsan and head to the embassy for my shift."

Obediently, Claire rose. She held Jessica's good hand for a moment and said, "Take care. Call me if you need anything or get bored."

As they were leaving, Tony looked uncharacteristically awkward. He returned to the bed. His demeanor suddenly turned serious and he handed Jessica a card. "Here's my contact information. Call me if and when you need anything—really." His eyes were steady on hers.

Watching from the door, Claire saw Jessica swallow and blink quickly before she managed a brief nod. "Thank you, Tony. When you can, that is, if you can…um… you might come back…"

"Count on it." He nodded, then turned to collect Claire and accompany her to the Army base. The warmth was back in Tony's eyes.

CHAPTER NINE

CLAIRE WAS SURPRISED to find Luke waiting at the apartment when they returned. He had apparently been working at the dining room-computer center, and rose to greet them when Tony opened the door.

Luke eyed Claire admiringly and gave her a smile. Then he offered Tony his hand. "Thanks, man. Did you have any problems?"

"Nope. All was quiet. I didn't see anything suspicious," Tony replied.

"Well, I greatly appreciate it. Thanks again—I owe you," Luke said.

Tony briefly shook his head. "No, I don't think so." His smile was a bit sly. "I think that maybe, I'm going to owe you."

Luke looked puzzled but Tony only grinned then shook Claire's hand, as well. The handshake turned into a brief hug. "Tony, thanks tons. You were great."

"It was my pleasure. Glad I could help out." He gave a brief salute to Luke. "See you later," he said and left.

Luke closed the door and turned to Claire. "What was that about?" He looked a little confused and maybe even a bit jealous.

Claire shrugged and her lips curled into a smile. "I think there was a bit of a mutual 'something' between Tony and Jessica. It wouldn't surprise me if... Well, who knows?"

With Luke's full attention on her, Claire suddenly felt awkward. Instead of his 'office' uniform of black slacks and a khaki shirt, Luke was dressed in camouflaged fatigues. The change of attire was oddly disconcerting and made him seem even larger. She wasn't sure what to do—should she hug him? Shake his hand?

Finally, she asked, "Um...when did you get home?"

"About half an hour ago. Since I had to leave early this morning and didn't get to see you, I wanted to get back." He seemed a little uncomfortable, too.

She walked to him then and lightly

touched his hand with her fingers. "Luke, thank you so much for that." She gestured toward the door. "I mean for calling Tony and helping me to go see Jessica." She bit her lip. "That was special. It was really important to me because I wanted to check on her."

A little tentatively, he raised his hand to stroke her cheek. His voice was quiet and deeper than normal when he repeated Tony's words. "It was my pleasure." His eyes were serious as they searched hers.

They were so close. Both knew that the next move was hers. She could step one inch closer and be in his embrace, or she could take a step back and break the spell. Several moments passed before she gave a small sound, broke the contact and took a step in retreat.

Luke seemed simultaneously relieved and devastated. He blinked and then turned toward the kitchen. "How about something to drink? I was going to get a Coke. Can I get you one, too?"

"That would be great." She followed him to the kitchen area and watched as he put ice in glasses and opened two soft drink cans.

He pointed toward the living area. "Here, let's go talk. You can tell me about how Jessica is doing."

Sitting side-by-side on the weathered leather sofa, they chatted about Jessica's recovery and the possibility of a blossoming romance between the professor and the marine. "Well that would just be too weird," Luke commented with a grin. "I've known Tony about a year and he's very much the happy bachelor. I've never seen him act quite like that before."

"You think he's a good guy, don't you?" Claire frowned slightly.

"Yes, he's a good guy. I wouldn't have asked him to take you, if I didn't trust him."

"Oh." Claire's shyness returned and she took a quick sip of the cola. Glancing back up she asked, "Do you have to go back to work?"

"Not officially. I need to keep an eye on some things, but I can do that from here." He nodded toward the group of computers. "I might be called back in, but hopefully all will stay quiet. As I recall, I promised you a hamburger tonight. I thought I could work a while from here and then we could head out to the base's best grill and maybe go to the movies. We get first-run flicks at Yongsan's theater, and the new *Batman* sequel is on."

Her smile was huge. "That sounds fantastic."

ON FRIDAY, Luke made arrangements to take the afternoon shift so he could accompany Claire to the medical center. Over hamburgers the previous evening, she mentioned that she wanted to check on some of the children and do some work, and hesitantly asked if he could help her find an escort. Luke declined her request, insisting that he would take her himself. He'd also loaned Claire one of his laptops so she could transfer her data to coding sheets. With the data downloaded, she'd be able to work on her research project from his apartment.

"ARE YOU SURE this is okay?" Claire asked as she climbed into the aging Honda sedan

Luke had borrowed for the day. "I mean, are you sure you don't need to go in this morning to do your 'day or anytime' job?"

He grinned. "Nope, not a problem. Actually, the guy I switched shifts with was ecstatic. It's Friday and he'd much rather do the early shift and leave his evening open for—well, whatever." He climbed into the driver's seat and headed toward the gate.

"But it messes up your Friday evening…" She still looked worried.

"Yeah, so what?" He shrugged. "I get to spend Friday morning and afternoon with you. We'll worry about Friday evening later."

Luke maneuvered through the crowded city traffic. "Okay, let's set the ground rules," he said casually, glancing at her before returning his attention to the road. "I'll stay with you as much as possible, certainly when you're in public areas. If you need to go to a patient's room or somewhere that's more restricted, be sure to let me know exactly where you'll be and give me some kind of time estimate."

"Luke, of course that's fine, and I'll

follow instructions, but don't you think this is a little overkill? First off, we don't know that they—whoever *they* are—will be watching the hospital. Besides, the hospital is so big and so public, I can't imagine that they would try anything inside…" Skepticism and more than a little frustration was clear in her tone. "And, besides I really hate that you have to take time off to sit around a hospital and look after me. That'll be terribly boring for you."

"Honey," he said, "you just called it— we don't know. They may be watching and they may not. They may try to hurt you again—they may not. But I'm not willing to take a chance." He grinned at her. "And, Claire, I spend hours upon hours staring at computer screens and listening to radio exchanges waiting for something to happen. I'm really good at it. Hanging around a hospital, looking out for you for a few hours is nothing. Besides, I'm counting on a rematch with the boy from the other evening—Min-soo. My reputation has taken a hit; that must be rectified."

Luke maintained a wary and watchful eye as they traversed the parking lot and passed through the automatic doors into the hospital. As before, it was a challenge to try to identify a potential assailant or someone with undue interest in Claire because he himself attracted so many stares. As they proceeded into the large lobby and waiting area, however, his attention was drawn to a lone man sitting near the entrance. The man was holding a magazine in front of his face in an awkward position. He appeared to be reading but could easily observe the entrance. As Luke and Claire walked in, he quickly—and not too stealthily—shifted his attention from the door to the printed pages.

Luke could almost feel his stare. He slipped his smartphone out of his pocket, ready to take a quick picture of the man. When they'd gotten about twenty feet across the lobby, Luke stopped abruptly. Pretending to pick something up, he reached down and glanced behind them, his phone in his hand. He was annoyed to discover, however, that the man had risen from his perch and was moving quickly toward the exit. Luke stood and monitored the man's departure. While he was watching, the stranger glanced back. For a split second their eyes met, then the Korean man turned and hurriedly left the building.

Luke blew out a breath and looked at Claire. She was watching him with curiosity and some concern. "What is it?" she whispered, stepping a little closer.

Luke glanced back to the hospital entrance, where a family of four was now coming in. "Dunno," he said. "But that was interesting." He briefly considered trying to follow the man but didn't want to leave Claire alone.

"What?" Claire's voice was still very quiet.

"Just that guy in the dark blue baseball cap. Did you happen to notice him?"

She shook her head and leaned around him to try and see beyond the wide automatic doors.

"He was in that seat, watching the door, and he seemed nervous to me. Anyway, he hopped up after we went by—maybe he got scared off." Luke took her arm, trying to encourage her to proceed on through the lobby. "Let's go and get you somewhere a little less open. Do you want to go to the playroom first?"

Claire hesitated, still staring at the door.

"Honey, don't worry. Most likely it was nothing—just some guy nervous about hospitals. But if he was one of the bad guys, he knows now you're not alone." He tried his most reassuring look. "Claire, I've got this. Nothing is going to happen to you." He rubbed his thumb lightly to smooth out the lines between her eyebrows. "Come on. Let's get to work."

She took a deep breath and shook her head slightly. "Thank you for being here." Her voice was solemn.

CLAIRE AND LUKE spent most of the morning in the playroom with nearly a score of children, parents and health providers. Claire set up a work station on a small desk in one corner of the large room. There she was able to access the data she needed from each patient's records through the medical center's intranet. She entered the information onto coding sheets she had created earlier, planning to conduct a series of statistical analyses at a later time.

While she was engrossed in her work, Luke was free to entertain the children. He was a little disappointed that Min-soo wasn't present for a rematch, but he was coaxed into games with some of the younger patients. After overcoming their initial apprehension of the giant American, the children were attracted to his natural ease, self-deprecating demeanor and willingness to play.

Claire made excellent progress, although her work was hindered somewhat by laughs, giggles, groans and barks. Unable to ignore the happy sounds, she would look up to see Luke petting a pup, tickling a child, or firing multiple rounds at a projected assailant with a joystick.

Near midmorning, Min-soo joined the group. Luke took in his appearance, expertly noting the subtle changes since he'd seen the adolescent a few days prior. He was now clutching an IV pole and looked quite pale. The boy's wan face brightened, however, when he spotted Luke. "Hey, sir," he said excitedly. "Will you play Angry Birds?"

Luke feigned a punch to the boy's shoulder and replied, "Bud, that's why I'm here. I want a rematch."

Eventually, a small crowd watched as Min-soo won two out of three games. Claire gave up trying to concentrate and joined the group to encourage a dejected Luke as he lost the match. "Well, champ, you got me again," he said admiringly, giving the boy a fist bump. Min-soo beamed.

During the final game, a nurse had entered the room and waited patiently until the end. As they finished, she gave Min-soo a pat on the shoulder and said something to him with visible compassion. She pointed to the door and said something else.

The boy was immediately dejected. He rose, glanced askance at Luke and said something to the nurse, then pointed to the American. The nurse shrugged and looked toward one of the English-speaking therapists, asking him to interpret.

The therapist turned to Luke. "Sir, Min-soo needs to return to his room for a lumbar puncture. He asked if you would come with him." The man looked as if he approved. "It would be good as you might help because it is an—um…unpleasant procedure."

Luke looked at Min-soo with sympathy and nodded. He shifted his gaze to Claire, who had come to stand beside him. "Lumbar puncture? Is that a spinal tap?" She nodded. "Would it be okay if I went with him?"

"Yes. I think it would be a good idea. You could be a support and a distraction. We need to make sure it's all right with the doctor, though. I know her; let's go ask."

Luke gave Min-soo a small smile and said, "Okay. Let's go, pal. We'll get this over with and maybe play some more." While the therapist was translating, Luke dropped his voice and said to Claire, "I want you to come, too. I think you're safe here, but I'd rather not have to worry about you."

Claire and Luke accompanied Min-soo and the nurse back to his room. There they met the oncologist who would be performing the procedure. The doctor shook Luke's hand and readily agreed to allow his presence. "We always prefer to give the children what they request," she said. "It can help them through the difficult times."

Min-soo was positioned on his side with his back near the edge of the bed. Claire showed Luke where to stand, near the head of the bed, with the boy facing him. A nurse stood beside the doctor and helped steady the boy while the doctor inserted a long needle between two vertebra. Skillfully, she positioned the needle and removed the stylus, allowing a small amount of clear fluid to drip into a test tube.

Luke leaned forward on the bed, holding the boy's hand and talking to him in low tones throughout the procedure. At one point, Min-soo gripped Luke's hand hard and closed his eyes tightly, but for the most part he was very still and expressionless. When the oncologist finally removed the needle, the boy sighed and let go of Luke's hand. "Thank you, sir," he whispered. He closed his eyes in obvious relief when the doctor pressed the area with a gauze pad.

"No problem." Luke gently rubbed the boy's bald head. "You did great, champ. Glad to help." Luke's voice was a little hoarse. He blinked rapidly then glanced toward Claire and asked, "What's next?"

"He'll need to lie flat for a while to try to avoid a headache." There was a slight catch in her voice when she replied, as if her own throat was tight with emotion.

"I'd like to stay with him." Luke looked at the oncologist. "Would that be all right?"

The doctor smiled and nodded. "Yes. If you can keep him still, that would be very good."

Luke turned back to Claire. "Can you bring the laptop in here to work?"

"Tell you what, I'll go get the laptop and bring in a couple of iPads." She patted Min-soo's hand. "You guys can go at it again—as long as you're still, of course." She pointed to a quiet corner. "I'll stay over there, out of your way."

Min-soo's smile was huge as he shyly eyed his new friend. "I will win."

CLAIRE AND LUKE remained at the hospital until midafternoon. During the visit, Luke was called upon several times to help hold a child or be a distraction. For the most part, he and Claire were confined to the playroom or one of the children's rooms, and other than the man early that morning, Luke didn't see anything or anyone suspicious.

After they were settled in the car ready to drive to the base, Claire leaned over and kissed Luke on the cheek. "Thank you for…well, for everything. I can't tell you how helpful it will be to have all of the data downloaded. Now I can start the analysis from your apartment." She patted the backpack that contained Luke's laptop. "Plus, well…" She fought hard to keep her tears in check. "You were terrific with the children."

He leaned across the console and returned her kiss. "It was fun." He caressed her cheek with one of his big hands and searched her eyes. "I can see why you do what you do…" He paused. Looking worried, he asked, "But what happens when things don't…when things don't work out?" He swallowed. "You said before that Min-soo was going to be okay. Why was he so pale today, and why the spinal tap?"

She couldn't resist taking his hand in both of hers. Smiling reassuringly she explained, "Min-soo started his final round of chemo yesterday, so he's experiencing fatigue and a little nausea from that. The lumbar puncture is routine, necessary to monitor his progress and to be a baseline for the chemo." She squeezed his hand. "I promise he's doing well."

Luke looked relieved and started the car. On the trip back to the base they discussed the different children, and Claire explained more about her research.

"Most of my time is spent in the playroom working with the kids, collecting data and assessing their progress. I watch them for signs of fatigue or overt illness.

"I'm getting pretty good at completing finger sticks and other blood draws while the children are busy with computer games or dogs. And, like today, when a child is too ill to come to the playroom, I'll take portable keyboards or a laptop or even a pup to them to help pass the time and treat their emotional, mental and social needs." She finished proudly. "So far, my data collection and analysis have shown that the playroom and the therapists contribute significantly to the children's recovery. I want to help start similar—um—intervention facilities in hospitals in the U.S."

"Well, I'm a believer." Luke's expression held admiration and a touch of pride. "I have every confidence that you'll make your plan a reality."

THAT EVENING, when Luke returned to the apartment for his dinner break, Claire surprised him with a home-cooked meal. He'd planned on picking her up then running to the cantina for a quick bite, so his heart did a little flutter when he entered the apartment and she came to him from the kitchen wiping her hands on a dish towel.

"Hi." Her smile was guileless and sweet. "Dinner is almost ready."

"I don't know what it is, but that smells great."

"I scoured the freezer and pantry until I was able to come up with the ingredients for spaghetti and meatballs. It's got a Minnesota twist. I hope you like it."

He grinned. "Don't care if it's Minnesota style or Midland style, I'm starved." He slipped off his jacket.

"Don't get too comfortable yet. I'd like you to do something."

"Sure. What do you need?"

She motioned to the collection of computers cluttering the dining table. "I can see that the table is rarely used for eating." She smiled at him again. "I was reluctant to move anything for fear of dislodging an important cable or messing up a connection. But unless you want to balance spaghetti on your knees in the living room, you might shove a computer aside and clear some space …"

He bent to kiss her cheek. "I would be glad to, Mary Claire." He grinned at her. "Anything for homemade spaghetti."

After dinner, Luke had to return to the surveillance compound to complete his shift, but he vowed to try to be home by ten. He was able to keep the promise and Claire waited up, greeting him when he opened the door.

They sat together on the couch, watching whatever was on the American Forces Television station and talking. After a while, Luke put his arm around Claire and pulled her closer. The embrace was comforting, and Claire curled into his warmth and soon dozed off. Sometime later he kissed her hair.

"Time for you to go to bed, sleepyhead."

Claire blinked her eyes several times and sat up. "Oh, I'm sorry. It was a really big day." She smiled shyly and added, "It was a really *good* day."

Luke couldn't admit that holding her with her head on his shoulder was one of the most wonderful half hours of his life. He pulled her to her feet and led her to the door of her bedroom. "Can I kiss you good night?" he drawled.

She didn't answer. Instead she slid her arms around his waist and tilted her head up. Standing on her toes, she lightly pressed her lips to his jaw before he leaned down and gently kissed her—once, twice and then again. "Sleep well," he whispered. "I'll see you in the morning."

CHAPTER TEN

ON SATURDAY, LUKE had to accompany a team on another reconnaissance expedition to the DMZ. When Claire woke, he was already gone. Left alone, Claire's day became tedious and lonely. She worked on her research for a while but grew tired and a little bored from her enforced confinement. Wanting to enjoy the lovely spring day, she spent several hours exploring the base. She found some places to shop and a small playground, where several mothers were watching small children on swings and slides. She passed an hour talking with them and hearing about life at Yongsan.

Luke called around five to tell her he would be late and she shouldn't wait for him for dinner. Finally, a little after ten, the door opened and he walked in. Rising from the sofa where she'd been watching a movie, Claire slipped forward to greet him. "Hi. How was your—"

Luke pulled her to his chest; his embrace seemed almost desperate. "I can't even begin to tell you how much I love you being here..." His voice was slightly hoarse.

"Luke, is everything all right?

He gave a short laugh. "Yes, it's great. I'm serious. You're here—that's almost too wonderful..." He stopped, catching himself before he went too far.

She pulled back and studied him for a moment. "You look tired. Go sit down. Can I get you something?"

"Yes, something to drink would be great." After a pause, he let her go.

"One soda coming up." She went into the kitchen and added ice to a glass, then filled it with cola. "Tell me about your day," she said as she returned to the living room.

He was slumped on the sofa, his head resting on the back cushion. "Oh, same old stuff," he mumbled.

She handed him the soft drink and then sat on the other side of the sofa facing him.

"No, seriously. Tell me what you did today. My day was really tedious and no matter what you say, I know yours wasn't. Can you give me a little vicarious action?" She pursed her lips and frowned a little.

He looked at her sympathetically. "I'm sorry you're stuck here. Not a lot to do, I know."

"I'm not pouting—well not much. Actually, my day was fine. I got to explore the base and met some really lovely women and cute kids at the park. I was able to work a lot on the research project, but... well, I just feel kind of useless." She lightly touched his hand. "But, I'd really like to hear about your day—I mean if it's okay for you to tell me."

He smiled tiredly and stroked her fingers with his thumb. "Okay, some vicarious action, then... First, one of the NCOs and I met our ride this morning about five. We drove to the Joint Security Area at Panmunjeom where we hopped in a Humvee and headed out to talk to the guards at several checkpoints across the western half of the DMZ. We check in with them periodically to verify the data they send us electronically. There have been instances when the North Koreans have successfully hacked our electronic communications so we're careful what we send via the internet, and much of the surveillance data—particularly really sensitive stuff— is reviewed in person." He took a sip of his soda. "Anyway, I spent my day being jostled in an uncomfortable jeep with four soldiers talking with their Korean counterparts."

Despite his attempt to make it sound mundane, Luke couldn't conceal his enthusiasm for his work. "Are you going to miss it?" she asked quietly.

He looked pensive. "Hmm… I guess both yes and no. I enjoy the camaraderie, and the work is interesting. And—like you said—I know it's important. What we do may mean the difference between life and death for a lot of people." He shrugged. "But I miss my family and I'm really ready to go home."

She nodded appreciatively. "Is it dangerous?"

"Uh, no… Well, not exactly." He grinned then. "Occasionally, we'll get a driver who thinks he's doing some kind of dune buggy racing and nearly tips the Humvee… And there have been helicopter patrols in bad weather—that can get a little scary. But compared to…well, never mind…" He shifted awkwardly and rubbed his neck. "I really need to get some sleep. I've been up since 4:30 and I'm beat."

She stared at him for a moment and finally leaned over and kissed his cheek. "Yes, that's a very good idea. I'm afraid you're going to pass out on the couch and I may have to carry—well, drag you to your room."

He continued to rub her arm affectionately, seeming reluctant to break contact. "Tomorrow's Sunday. Would you like to go to chapel services with me? They start about nine."

"Luke, you know I'd love that. Being a 'preacher's kid' I've always gone to church on Sunday."

He kissed her gently then, first on the mouth, just grazing her lips with his. Then he transitioned to her cheek before forcing himself to pull away. He smiled at her and said absently, "My mother's going to love you…"

Her heart did another little skipped beat, which was as much about what he'd said as in response to the gentle kisses. "Your mother?"

He grinned. "She's pretty—um—devout. Dad, too, but Mom's the one who had us all up at church two or three times a week."

Her brow creased as she tried to recall what he'd told her about his family. "Your brother… I know you said the youngest was John… The second is named…"

"Mark." He supplied. "And Matthew is the oldest."

She smiled then. Her mind flew through many of the things he had said and done for her and for others. He was unfailingly considerate and had always been a gentleman with her. He was patient and protective. He hadn't pushed her or made any physical demands.

She kissed his cheek. "You know, I think I'm going to like your mother, too."

WHEN CLAIRE EMERGED from the bedroom the next morning, she smelled the mingled aromas of maple syrup, waffles and coffee. Amazingly, Luke was in the kitchen cooking breakfast. She'd rarely seen him wearing anything other than his uniform or the camouflage he wore for the times he was on patrol in the north. This morning he was neatly dressed in tan slacks and a white cotton shirt. She stared for a moment to where the long sleeves were rolled back revealing his strong forearms.

He was engrossed in rinsing blueberries and didn't see her. "Hey," she said, "that smells great. I had no idea you could cook."

Caught off guard, his head flew up and his eyes pinned her. Somewhat self-consciously Claire adjusted the skirt of her light-weight, flowing, flowery dress, which reached a few inches past her knees. Her hair was loose and straight, falling almost to the middle of her back.

"What can I say? I'm just a regular renaissance man." His strong accent and slightly "off" pronunciation of the word made her giggle. He grinned. "You're just in time to set the table. I've already pushed back the computers."

They laughed a lot over breakfast as he told her more stories about growing up with three really rough brothers. "My grandparents—Mom's family—owned a cotton farm in the north part of the Permian Basin. When Mom couldn't control us any longer—which was quite a lot of the time—she sent us to stay with them—in various numbers and arrangements. Believe it or not, I was one of the best behaved—being a middle child and all. But I still spent a lot of time banished to Andrews. Anyway, we grew up riding tractors, pulling plows and driving beat-up pickups."

"Did you fight a lot?"

"Oh, yeah. We were forever on top of one another, or rolling around with fists pounding. But we always stopped short of hurting each other. Now, of course, we're all best friends."

After breakfast Claire washed the dishes while Luke finished getting ready. A short time later he emerged from his room carrying a guitar case. Before she could comment, he gave a wry grin. "When I'm here, I help out with the music."

She appeared a little taken aback. "I don't know why I'm surprised. I guess you just seem the football type, not really the musical type."

"I told you," he said, "I'm a renaissance man. The musical abilities come from the Llewellyn side of the family. Dad's relatives were very musical, and he made sure we all learned to play something. Matt and Ruthie play the piano, Mark is a drummer and passable violin player, then Johnny and I play guitar. Most everyone is above average singing—well, my brother John is the exception—he's totally tone deaf."

THEY WALKED SEVERAL blocks to the large building that housed Yongsan's chapel. While waiting for the service to start, Luke introduced Claire to several friends and colleagues. They were talking to a young Army officer who worked on Luke's team when a stylishly dressed, attractive redhead approached. Luke broke off the conversation and gave the newcomer a quick hug. Claire couldn't contain a twinge of jealously as she watched the ease and affection between the pair.

"Hi, gorgeous. I haven't seen you in a while. Have you heard from Littlejohn?" Luke asked.

"Yes," she said, beaming. "I talked to him yesterday. He thinks he'll be back sometime at the end of the week." Her lively green eyes and wide smile were engaging.

Luke nodded. "Kind of what I thought." He turned to Claire and said, "Claire, let me introduce you to someone you need to meet. This is Bridgette McDonald. She's a nurse at the base hospital doing something in the E.R. I'm sure she can tell you all about it. Bridgette, this is Claire Olsen. I mentioned her to you last week."

Bridgette grinned knowingly. "Ah. That's what I thought. It's great to meet you, Claire. Luke was kind of obnoxious when I talked with him last. He told me all about this nurse he'd met—"

"Hey," Luke interrupted, looking embarrassed. "That was not meant to be repeated!"

Bridgette wrinkled her nose at Luke and smiled conspiringly to Claire. "I'll tell you later." Luke scowled at her but then shook his head and sighed good-naturedly.

Despite her initial hint of concern over Luke's easy relationship with the attractive young woman, Claire felt a quick affinity toward the other nurse. "Hi, Bridgette. It's nice to meet you. I'll be sure and ask later what all Luke said…" She peered at Luke and was rewarded when he gave her hand a quick squeeze.

"Okay, fine. You two talk it out. I can't stop you." With a pained look, he pointed to a row of chairs near the stage. "Have a seat. I need to head up to the front now. I'll join you after the singing." He gave her a wink and smile, then left carrying his guitar.

When they were alone, Bridgette and Claire took their seats, leaving the aisle spot for Luke. "Are you in the Army?" Claire asked.

"No, I'm a civilian. I've been here off and on for about five years. Long story."

"How well do you know Luke?" Claire couldn't keep the question inside.

Bridgette answered very matter-of-factly. "Oh pretty well. We've been together quite a lot." Her eyebrows lifted and her voice was cheerful. "I normally spend a considerable amount of time at the apartment."

"Oh. All right." Claire blinked.

Claire's disappointment and trace of jealously must have been evident, because Bridgette gave a short laugh and hastened to add, "No, wait, don't get the wrong impression. I don't go to the apartment to see Luke. I go to see Brad." She smiled brightly and held up her left hand. "We're engaged."

Claire's relief was obvious when she smiled back. Obligingly, she took Bridgette's fingers to admire her ring. "Oh, I see." She grinned and rolled her eyes a little. "I'm sorry, you kind of took me by surprise." She thought a minute and then looked puzzled. "But when we first saw you, Luke asked if you'd talked to John. Who is John?"

It was Bridgette's turn to be confused. She shook her head. "No, he just asked me about Brad."

"Yes, I'm sure of it. I think he actually called him 'Little John.' I wasn't sure if he was just teasing or being condescending. I mean pretty much everyone is 'little' to Luke."

"Hah!" Bridgette laughed. "That's pretty funny. That's his name!" Claire still looked baffled. "Brad's last name is 'Littlejohn'. All one word." She gave a small sigh. "I'm going to have to live with it, too. 'Bridgette Littlejohn'…"

Claire nodded then glanced up to the stage where Luke was talking with another guitar player. "This is all really new to me. It's happened so fast and I'm still not sure…about our relationship…" She sighed. "Plus, there's a lot going on right now."

"I think I understand. Luke told us about you right after he met you last weekend." She smiled. "He came home from his embassy gig practically talking our ears off about a terrific girl he'd met. I've known Luke for about a year and that was the first time either Brad or I have heard him talk like that." She smiled proudly. "Of course, we encouraged him—well, badgered, actually—to ask you out. I think you have

Brad and me to thank for giving him the nerve to actually do it!"

The women were still chuckling when the music started. The audience was instructed to rise and the service began.

For the first time since coming to Korea, Claire felt comfortable in her surroundings. Most of those present in the chapel were American. The songs were familiar and the atmosphere reminded her of going to church at home. She hadn't realized before that she'd been a little homesick.

Luke was one of five people on the stage leading the singing. In addition to him, there were two other guitarists, a drummer and a woman playing an electronic keyboard. All were competent musicians and they sounded good together. It was fun, entertaining and oddly enlightening to watch and listen to Luke. Several times he glanced at her and smiled, giving her a warm feeling and causing her heart to skip a beat.

AFTER THE CHAPEL service, Claire and Luke had lunch at the Officers' Club. They asked Bridgette to join them, but she declined, citing the need to get ready for work. She winked at Claire, though, and Claire guessed that her excuse was contrived. She smiled at her new friend and winked back.

As they were leaving the club, Luke glanced at Claire's feet. "Are those shoes comfortable?"

Claire looked down at her ballet flats and then back up at Luke. Puzzled by the question, she replied, "Yes. They're quite comfortable. Why?"

"I mean can you walk in them for a while? Like several miles."

"Yes, I guess. Why?"

"I have a treat for you. Something you're going to love." He grabbed her hand and pulled her toward the nearest gate. "Come on. We need to find a cab."

TWENTY MINUTES LATER they emerged from a taxi at the entrance to Seoul's equivalent of Central Park. Claire had seen the small mountain that marked the center of the city from a distance, and was familiar with the tall tower that graced its peak. The area was comprised of rolling, wooded hills, complete with numerous trails and wide walking paths.

"This is Namsan Park," Luke explained. He took her hand and followed a group of people moving toward one of the wide paths. "There's actually a cable car that goes to the top, but I think you'll like this better."

After being largely confined to the base for several days, and with much of that time spent in the apartment, Claire rejoiced at the opportunity to be outside, walking in a park on a lovely April afternoon.

"So where are we going?" she asked.

"Up."

"Okay. I'm game. What are we going to see?"

"Just wait. It won't take long."

True to Luke's prediction, they had walked only a few hundred yards, moving steadily up the path toward the top of the hill, when they made a turn. Before them was a magnificent display of flowering trees, covered with small white blossoms. The trees lined both sides of the wide path, trailing up the mountain until the path turned again, out of sight, but continuing upward. At many places the trees met overhead, creating a canopy.

Claire gasped at the lovely sight. "Oh, my gosh! It's beautiful. What are they?"

"Cherry blossoms." Luke's answer was barely above a whisper. He was not looking at the flowering trees, rather, he was watching her.

Claire felt like a child at Christmas. They wound their way up the mountain and with each turn in the path, she exclaimed again at the beauty before them. She didn't mind that the park was crowded with others who'd come to enjoy the annual sight. It was as if they were the only couple on the lovely mountain set in the vast city.

Hand in hand they strolled for nearly an hour, slowly making their way along the trail shaded by the white blooming trees. When they arrived at the top of the mountain, they came to a large landing area, probably at least a quarter mile square. At the crest was the base of the Seoul Tower, which rose nearly 800 feet above them.

"Want to go up?" Luke asked as Claire

squinted to look at the top of the steel-and-concrete structure.

She looked at the long line of people waiting for the elevator and shook her head. "No, not really. If it's okay with you, I'd rather just stay here in the park and enjoy the flowers."

They walked a little farther down the back side of the mountain, looking for a spot that was a bit less crowded. Finally, they located a deserted bench and sat down. Luke stretched out his legs, leaned his head back and closed his eyes, seeming to enjoy the warmth of the sun on his face.

Claire sat back on the bench and observed the passersby. There were many young couples, clearly courting, much like her and Luke. She stared in awe when she observed that many of the young women were wearing very short skirts and very high heels. Marveling at the challenge of maneuvering the fairly steep path in three-inch heels, she said, "I'm afraid I would trip and fall trying to go downhill on those shoes!"

Luke laughed. "I have to say that it's impressive, and I would imagine pretty painful. That's why I asked if yours were comfortable."

She giggled. "And I appreciate it!"

They watched the park's visitors a little more. Young couples were pushing baby strollers and carrying small children. They saw older couples strolling by and even the occasional group of tourists. A slight breeze ruffled her hair, and Claire saw hundreds of small white petals rain down on the path.

"What are you thinking?" Luke's voice was quiet, and he was studying her.

"That you were so right. This has been one of my favorite days ever." She shyly clasped his hand. "Thank you for bringing me."

He laced his fingers with hers. "My pleasure."

They sat a few more minutes enjoying the people and the showering petals. After a while, Luke broke the silence. "I have a question. Just checking—to be sure… Ahem…"

Claire turned her attention from the people and flowers to the man. "Luke, what?"

"I need to clarify something." He shifted

nervously. "You're not involved with any-one back in Minnesota, are you?"

Claire pulled her hand away and frowned. Her voice carried an edge when she answered. "Luke, if I was 'involved' with someone at home, I wouldn't be here with you." Her jaw tensed.

Luke swallowed and looked up toward the lovely blue sky before turning back to her. "I'm sorry, I didn't mean any offense. Don't be upset, I just needed to be sure." He took her hand again. "It's important to me."

Her brief spot of anger evaporated, and she sighed. "Luke, I've never been involved with anyone, period. I really haven't dated much. Because of being home-schooled and my time spent skating, I wasn't around boys other than my church youth groups. And then when I started college, I was pretty immature, relatively speaking, and I'm…well, kind of on the shy side…" She shrugged and looked down at nothing in particular. "Since then, I've mostly focused on school and work, and no one has been interested enough…"

"Are the men in Minnesota stupid or something?"

Her only response was a rueful half smile. They were quiet again for a few minutes.

Something suddenly occurred to Claire. "Are you?" She gnawed on her lip and searched Luke's face. "Are you involved with anyone?"

His eyes held hers. "No, I'm not." He looked away then, his gaze drifting to his hands. "Not now." A minute passed and she was quiet, waiting for him to continue. "I was engaged once." He was still addressing his hands. "Her name was Whitney. She was one of my sister's roommates in college. We met when I was a junior at Annapolis. She was—er, she is—blonde, bubbly and gregarious." He finally looked at her again. "I fell head over heels.

"At Christmas during my senior year, I was home on leave and asked her to marry me... I was thrilled when she agreed and we set the date for July after I graduated. That spring, she told me she wanted to put off the wedding for a year, until after my first deployment. That way she could graduate and then join me wherever I was stationed. That made sense, so I left for the Persian Gulf. I was young, only 21, but I was also very much in love with her."

Luke was watching Claire carefully and saw the flash of pain in her expression when he said that. He gently rubbed her fingers with his thumb. "Claire, I want you to know." She nodded and he continued. "Anyway, I was gone for just under eleven months. I kept her picture with me all the time. We were at sea and often in blackout situations, but I wrote and emailed whenever I could. She wrote less often, but I rationalized that she was busy. We would Skype pretty regularly. As time went on, I could tell that she was cooling toward me. The letters and calls became less and less frequent. I didn't want to admit what was happening... Anyway, to make a long, very common story short, when I got back, I immediately went to see her—even before I went home."

His voice became remorseful. "Imagine my surprise... When she saw me she started crying and told me that she was getting married to someone else. She was four months pregnant."

His gaze shifted to the cherry blossoms above. "We had never—er—had sex. She told me—well, we both thought we should wait until after we were married." His eyes finally found hers again. "Obviously, she felt differently about the other guy."

"Obviously, she was an idiot." Claire couldn't hide the unexpected surge of jealousy.

Her irritable comment surprised a chuckle out of Luke. He squeezed her hand. "That's pretty much it, except to say that I was devastated. It took me a couple of years to get over... Well, anyway, I haven't dated much since then." He gave her a wry look. "Mostly because of lack of opportunity, but also, I guess because I have 'trust issues'."

"So, what did your family say? I know it doesn't help when you're hurting that much, but I bet they were very supportive."

"Actually, Ruthie told me she was really glad about—well, about how it had worked out. She called Whitney 'high maintenance,' and said she wasn't nearly good enough for me. It was a very sweet thing to say, but Ruthie is very loyal to the family. And I know my mom in particular was overjoyed. She told me that it was for the best. She said she always believed that Whitney was more interested in my money than me." He rolled his eyes and shook his head.

"Well, it sounds like Ruthie was right. She wasn't good enough for you. Plus, *I'm* right, she was *stupid!*"

He laughed and kissed her nose. "I think you're wonderful." He stood. "Well, enough about that. It was way in the past, but it's something I didn't want to keep from you. It's starting to get dark, Ms. Olsen. We probably need to be heading down the mountain."

She smiled at him and held his hand as they strolled among the cherry blossoms.

They were quiet for a while, both lost in their thoughts. As they turned the last corner near the bottom of the mountain she glanced at him and asked, "Your mom thought Whitney was after your money? I didn't know naval officers made that much." She thought about that a moment before adding, "Of course, they must make more than oncology nurses…"

His brow creased briefly, then he responded, "We do all right." He smiled sheepishly. "But there are a lot of benefits. For example, you get to meet beautiful young women who've had their passports stolen."

"Oh." She returned his smile. "I guess there are benefits."

CHAPTER ELEVEN

THAT EVENING AFTER DINNER, Luke was working at the dining table. He moved from a computer to a laptop, splitting his attention between the screens and moving his hands from one keyboard to the other. Although Claire didn't say anything, he sensed her presence and looked up.

In that first nanosecond, all thoughts were erased from Luke's mind and he could think of absolutely nothing but her. She had showered and gotten ready for bed. Her shiny black hair was lying across her shoulders and down her back. She was wearing an oversized Green Bay Packers jersey, which reached almost to her knees, and she was barefoot. His mouth was suddenly dry and his heart started beating irregularly. Not fully conscious of what he was doing, he stood.

It was instinct, not experience, that allowed

Claire to recognize Luke's reaction —desire. She swallowed hard, instantly uncertain. She knew she needed to do something—say something—but was at a loss. Her heart was thudding painfully and she bit her lip as she tried to gauge his thoughts and anticipate his actions.

Luke could barely breathe. He recognized the sensation—during his football days he'd had the wind knocked out of him on more than one occasion. The constriction in his chest at that instant rivaled the feeling caused by a blow from a 300-pound defensive lineman. He knew he was staring, but nothing short of an earthquake could tear his eyes from her.

He was so attuned to Claire he could see that she was struggling with apprehension that might border on fright. He knew he needed to react—to say something, anything, to break the tension. After a couple of deep breaths, inspiration hit.

"The Packers? *Seriously?*"

The tension shattered.

She glanced down at the jersey. "Yeah. So?" One corner of her mouth turned up. "You have a problem with cheeseheads?"

"*Please*… Like there's any football team except the Cowboys?" He motioned to the front door. "That's it. You have to leave now. I can't share an apartment with a Green Bay fan." He took two steps in her direction. "Here, I'll help you pack."

She giggled and shook her head. "The Cowboys? I should have known. You guys from Texas are *so* predictable. You need to stretch, consider other possibilities. Jerry Jones and company are not the only game in town."

"Yeah, but the Packers?" He sighed. "I would have thought at least the Vikings."

"Can't help it. It's a family thing." She held out her hands in mock resignation. "I can see we're at an impasse. It looks like we're going to have to come to some sort of compromise…"

He shook his head doubtfully. "I don't know…I have to consider the full implications. If my grandfather found out, I could be disowned."

"Hmm…I may have to remember that for future blackmailing attempts."

"Okay, I guess I'll let you stay for now."

He chuckled. "But we'd better wait till later to discuss baseball loyalties."

Claire smiled and stepped closer, and Luke saw that she was holding something.

"I was wondering if you could help me. It should only take a few minutes." Once again, she seemed a little hesitant.

"Sure. What is it?"

"I need to take out my stitches. They've been in over a week and should go. I can't do it myself, because it's my right arm, and I'm just not that coordinated. And, I don't want to have to go somewhere to have it done."

Luke crossed the short distance that still separated them. "Here, let me take a look." He raised her arm and for the first time actually saw the result of the knife attack. As he'd been told, the wound was long, running almost the full length of the underside of her right forearm. His examination revealed more than two dozen small black stitches that were closely spaced, neatly mending the long, slightly curving cut. The doctor who had sutured the laceration had done a very nice job; the wound itself was well on its way to being healed.

Luke lightly ran his forefinger along the stitches. He nodded and said, "It might hurt a little."

"It's all right." She met his stare for a moment and swallowed hard. "I'm tougher than I look." She lifted her other hand, which contained a wash cloth, a pair of tweezers and a pair of manicure scissors. "I've disinfected the forceps and scissors, so I think everything's ready to go."

Luke pulled two chairs away from the table, angling them to get the best light. He sat directly across from her, with their knees touching. She looked at him with a hint of confusion when he picked up the tweezers and scissors, which looked tiny in his large hands. "To be honest, you surprised me, Luke. Most lay people are really hesitant about things like this. I thought I'd have to coax you into taking them out."

"Please," he scoffed as he deftly picked up the knot of the first suture with the tweezers. "I've had this done *to* me so many times, I could probably *do* the stitching." He looked up and grinned. "Now mind you, my attempts wouldn't look nearly this nice…"

With no fuss and very minimal discomfort, Luke snipped, pulled and disposed of the tiny stitches. When he'd removed the last one, he set the miniature scissors and tweezers on the table and once again lightly rubbed the length of the reddened scar with his finger. Leaning forward, he pressed his lips to it soothingly. "Mom always said that'll make it better," he murmured. He raised his gaze again to watch her.

Claire's breath caught and she stiffened. The tension between them returned in a flash. "Umm, thanks. I don't think Dr. Kim could have done a better job." She gave him a weak smile.

Trying to avoid his scrutiny, Claire gestured toward the computers. "What were you working on? Something to do with surveillance? More boats with too many people?" She spoke a little too quickly.

His eyes remained on her face for a moment longer. Finally he tore them away and shook his head in response. "No." He pointed to two laptops and a separate desktop tower and monitor. "Those computers are actually my personal ones. I was working on something for my dad and brothers." He motioned to another computer tower connected to two monitors. The screens were dark, although tiny green blinking lights indicated that they were "on". "Those are the work computers."

"Oh. So what are you working on for your family?"

"Actually," he said, "I'm just helping out a little with a project... From time to time they send me stuff to analyze... You know, beyond Packers and Cowboys, we probably need to talk about some other—um—important things where we may have some differences of opinion."

"What kinds of things?"

His lips thinned. "Uh...well, for example, are you a super environmentalist or anything?"

She sat back, a bit surprised by the question. "No, not particularly. Of course, I'm concerned about clean air and water and not littering and all... I guess I'm about average. Why do you ask?"

"How do you feel about global warming?"

She actually giggled. "Luke, I'm from

Minnesota. Ask any Minnesotan in any given February and we're pretty much in agreement that we'd appreciate a little global warming."

His relief showed. "Ah, well, what about hydraulic fracturing?"

"Hydraulic fracturing?" She looked puzzled. "You mean fracking? Like oil drilling? I guess I never thought about it. Why?"

"Oh, nothing." He decided to change the subject. Pointing to her oversized jersey, he said, "Okay, your turn. Tell me about the Packers and family loyalty."

Willing to be distracted, she smiled. "Oh, that comes from Mom's side of the family. She was born and raised in Oshkosh, Wisconsin. Her father and his brothers were an early part of the Green Bay consortium that owns the Packers. It just kind of persisted from there."

He frowned. "Your mother was born in Wisconsin?" Luke kept his voice quiet and expressionless.

"Well, yes. Born and raised there, along with two sisters, by George and Maribel Appleton." She blinked at his suddenly subdued manner, but continued. "My Grammy was a huge Bart Starr fan…" Claire tried another smile. "Luke, is something wrong?"

"Your mother isn't Asian?" His tone was flat.

Claire shook her head. "No. She's mostly Norwegian, I think. Maybe some Irish… Why do you ask?" Her eyes suddenly got wider and her lips thinned. "You assumed she was Asian, because of how I look." Claire blinked and seemed to withdraw. "Obviously, I was adopted. Does that matter?"

HE DIDN'T ANSWER immediately. Luke stared at her and then through her.

"You were adopted," he repeated. His mouth tensed and a furrow appeared between his brows. He turned his stare to the computers. "Adopted." The word was an echo. "*Stupid!*" he hissed under his breath, shaking his head angrily. "I can't believe I missed that."

Claire was crushed. She stood and paced a few steps away. "My parents are the greatest," she murmured. "For some reason they couldn't have children. They didn't have a lot of money… It took years…" She realized she was crying. Why was he making an issue out of something that was precious to her? Sniffing, she picked up the washcloth to wipe her eyes. At that moment, she was acutely disappointed in Luke—apparently her adoption was a problem to him. Evidently he didn't like it or approve of it. Her disillusionment was profound; he was not the man she believed him to be.

Her sniff seemed to get Luke's attention, and his eyes shifted from one of the computers to hers. She read anger and looked quickly away. Her words were subdued. "I'm sorry if that bothers you." She wiped her eyes again. "I think I'll go to bed—"

CLAIRE'S TEARS AND DISTRESS finally cut through Luke's silent deliberation, and his splintered attention crashed back to the room. He quickly rose and caught her hand, halting her exit and pulling her back to sit across from him. "Wait… Wait… Just a minute." He stared at her. "I'm still trying to get it… You're Korean, then? You were adopted from here?" It was as much a statement as a question. He was trying to work out this puzzle.

"Yes, I was adopted from here! But what difference does that make? So what?" Her voice rose and the tears were coming more quickly. "It's neither good nor bad—it just is! And I don't understand why it would matter to you?"

Luke finally understood. Searching her face, he saw the heartbreak in her eyes. He stood and pulled her into his arms. "Oh, Mary Claire, no." His tone softened and became soothing once more. "I'm sorry I gave the wrong impression. Please don't cry!" He hugged her tightly and muttered, "Honey, I don't care if you came from Minnesota or Korea or Texas or Klingon. It doesn't matter to me a whit that you were adopted. The only thing that matters is you, period." He tenderly wiped her tears with his thumbs and gazed into her startlingly lovely eyes. "Mary Claire, I'm in love with you."

She studied his face for a breath then whispered, "Please say that again."

He grinned. "The 'Please don't cry' part

or the 'I don't care if you're from Klingon' part?"

She gave a watery giggle and punched him in the shoulder. "The 'I'm in love with you' part."

"I love you." He pulled her head onto his shoulder and cradled it with his big hands. His voice was soft. "I think you already know that I love you, and have pretty much since I watched the video of you fighting back when those guys tried to kill you." His arms tightened around her. He turned his face and kissed her hair then gently lifted her chin to touch her lips in a soft, sweet kiss.

"Your turn," he said, hoping Claire couldn't detect the insecurity in his voice. "I need you to tell me. How do you feel?"

She didn't hesitate. "I love you." She bit her lip and then continued. "I probably have since you said 'please' when you asked me out the first time... Or maybe even before that... It might have been when you called Jessica 'Miss Olsen.' I didn't understand it then, but I wanted you to notice me, and I was disappointed when you didn't." She swallowed hard and added, "That's why I was so hurt and disillusioned just now when I thought that you disapproved of me being adopted."

He laughed and there was a release in the sound. "Okay, well, there you go. I did notice and—wow—I've never felt this good or been this happy." He kissed her again and picked her up, swinging her in a quick, joyful circle. "It seems weird to be grateful that you were the victim of a knife attack, but I'm glad for whatever it took to make our paths cross."

He kissed her again and ran his hands through her hair. Finally, he let go and said, "I hate to be a buzzkill, but we need to talk." He took her hand and led her back to the sofa, pulling her down beside him.

He searched her eyes, serious once more. "You're Korean. You were born here." It was important to verify the fact.

"Yes, Luke. I was born here. My parents adopted me through an agency in Seattle. I was taken to the U.S. when I was about six months old. Of course, I don't recall any of that... I've not been back until a month ago."

"What do you know about it?"

"Not a whole lot. I was told that up until eight or ten years ago, Korean adoptions to the U.S. were quite common. They're considerably rarer now, because the Korean government is trying to promote local adoptions since Koreans are having too few children."

"Who knows about it?"

"Why, pretty much everyone I know. Certainly everyone I grew up with." She gave a tiny shrug. "Luke, it's obvious."

"No. That's not what I meant, Claire. Who knows here?"

Claire sat up straighter and stared at him. She bit her lip and whispered, "You think that's it, don't you?" She looked stricken.

"Who knows here?" His tone was brusque, and he emphasized each word.

Her mouth opened and closed before she was able to answer. "The second week I was in Seoul, I went to the orphanage." She took a breath. "It's called the Asian Social Welfare Agency. It's an adoption agency, located not all that far from Youngsai Women's College and Seoul National University."

"Who did you talk to?"

"One of the assistant directors—a Mrs. Lee."

"What did she tell you?"

"Not all that much, really. I showed her my paperwork—what my parents had been given when I was adopted—"

"Do you have the papers here?" he interrupted.

"Yes. I didn't want to leave them at Jessica's, so I brought them with me. I can show you." She started to get up, but he stopped her.

"Later. Tell me first." He kept his arm around her, reluctant to let her leave. Unable to resist, he kissed her lightly on the lips. "This is getting much too natural." His voice was a little rough. He cleared his throat and pulled away. "Okay, go on."

Her smile was lovely, and he longed to kiss her again, but he knew this was too important.

"So, I showed Mrs. Lee the paperwork and talked to her for about fifteen minutes. She spoke English pretty well, probably about like the detective yesterday. I answered some questions, filled out a form with my contact information and signed a release document. Anyway, she left for a few minutes and came back with a file. It was in Korean, of course, but she said that she had my birth mother's name and address, and also information about my foster mother—the woman who cared for me before I was sent to Minnesota. The information hadn't been updated since I was born. Mrs. Lee said she would send a letter to my birth mother asking if she wanted to meet me. She assured me that this is all standard and about half of the time the birth mothers want to meet the adoptees, but half the time they don't. She said she would contact me when she heard back."

Claire shrugged. "She hasn't called yet. I haven't really thought much of it. I would like to meet my birth mother, of course, and learn what I can about her." She paused and studied his eyes. "That's one of the reasons I wanted to be assigned to this particular research project. When Cindy Sung—my mentor—proposed the opportunity, I jumped at the chance... I'd also like to learn about my father." She shifted a little. "Clearly he wasn't Korean.

The agency didn't have a name or any information about him."

Neither spoke for a moment, both deep in thought. Finally Claire repeated her earlier question. "You think that's it, don't you?" Worry etched her face. "For some reason, someone doesn't want me to be here."

"Claire, I'm not concerned that someone doesn't want you to be here. It's that they don't want you to be *alive*. I told you, they were trying to *kill* you!" He rubbed his eyes. "Did Mrs. Lee give you anything? Any papers we could use to learn more?"

"No, not really. She gave me copies of the form I filled out and the release form. I have them with the other papers my parents gave me. Do you want to see them now?" He nodded and she left the room for a moment to fetch the papers.

When she returned Luke had moved from the sofa to the dining table and logged on to one of his personal computers. She handed the papers to him and he scanned them. While she watched, he pulled up the website of the Asian Social

Welfare Agency. Without talking to Claire, took out his cell phone and placed a call.

"Henry," he said. "Yeah, it's Luke. I need some help finding out about a Korean adoption that happened 25 years ago...No, it's personal...Yeah, I've got a little. Here, I'm emailing you the basic information now." She watched as his fingers sped across the keyboard. "Okay, I sent you the links and the old case number, a birth date, and a number from a new release form...Yeah, you got it?...Good...See what you can find from the Korean databases and email it to me...No problem, I understand...Great, thanks." He clicked off.

Luke typed a few more keys and then looked up at Claire. "That was Henry Kim, one of our local informants. He's a computer geek like me, but from the Korean side. If there's anything to be found in cyberspace about your adoption, he'll find it. He told me it might take a few days, though, depending on how deep he has to go into public records... That is, assuming there are public records. We'll give him a couple of days and maybe go back to the adoption agency to talk with Mrs. Lee again."

Her mouth tensed and she looked anxious. "Why would it matter to anyone that I came to Korea and tried to locate my birth mother?"

He shrugged. "Who knows? I can only speculate. But here's an idea. You could ask Jessica. She might have some insight. Does she know you were born here?'

"No, we never talked about it. I guess it would have made sense to mention it, but I've always felt it was private"

"It's just a thought. Since she's something of an expert on Korean culture—"

Luke's comment was interrupted by his cell phone. Glancing at the caller ID, he pressed his lips together and swore under his breath. His irritation wasn't evident, however, when he pressed the button to answer. "Llewellyn."

CLAIRE WATCHED Luke's changing expressions as he listened to the caller and occasionally responded with curt acknowledgments. During the mostly one-sided conversation, she read impatience, frustration, skepticism, curiosity and finally, resignation. After about a minute, he turned to the two darkened computers and hit a series of keys on each; immediately they responded with faint whirring sounds and came to life.

"Okay, Jack, I'm pulling up the images." More keys were struck and a black-and-white satellite photo was displayed on one screen. Concurrently, the second screen held multiple columns of numbers interspersed with letters, indicative of some sort of code. Luke clicked the mouse several times to zoom in on one spot of the satellite image. "Yeah, I see it. It could be a Nodong or even a Taepodong." He studied the screen holding the columns of codes and frowned as he listened for a brief time. "No, I really doubt it's a Taepodong 2, but we need to be sure… Yeah, I know. See what you can do to get more accurate measurements and keep the line to ROK Command open." He glanced at his watch and mumbled, "I'll be there in five." He clicked off the phone and frowned again at the satellite image before signing off on both computers.

Finally, his eyes moved to capture Claire's. Shaking his head, he sighed and said, "I've gotta go."

"Something serious?" she asked.

Luke rose and crossed the two steps to reach her. Rubbing her cheek lightly, he answered, "Maybe yes, but probably not. It looks like the North Koreans are moving a missile. They do that from time to time, just to remind us they have them. They've repeatedly threatened to use them. You know, old standbys like 'we will rain down a sea of fire' or 'we will turn Seoul to ashes'—blah, blah, blah, blah." He grinned and wagged his head a little from side to side. Then, his mouth tightened. "But when they move them at night—like now—we get a little nervous. I need to go check it out." He smiled reassuringly and leaned down to kiss her cheek before heading toward his bedroom.

In seconds he returned with his jacket and moved to the front door. "This will likely take several hours, so don't wait up." He looked at her with yearning. Finally, with a frustrated half smile, he waved. "See you in the morning."

It was just after ten when Luke left the apartment. Claire spent the next hour talking to her parents and then reading. About eleven she was having trouble keeping her eyes open and decided to go to bed. She hadn't been alone in the apartment at night and wasn't sure whether to leave a light on for Luke's return. After a brief moment of consideration, she turned on the living room lamp and retired.

She was asleep in minutes. Her thoughts swirled happily, recalling the look on Luke's face when he'd declared his love.

CHAPTER TWELVE

THERE WAS A NOISE.

Claire roused from a deep sleep and tried to determine what had awakened her. Still confused and a little disoriented, she raised her head and listened for a few seconds, but there was only silence. She was about to conclude that there had been no sound when it happened again—a deep, eerie, guttural moan that was only barely human. Instantaneously, her heart was pounding painfully. She held her breath as she sat up and listened.

"No, no! *Stop! Get back!*" The words were hushed, muffled by the closed door, but she immediately recognized Luke's voice. Scrambling out of bed, she fumbled around for the lamp switch and sat for only a second, trying to think—knowing she needed to act.

A weapon—she needed a weapon. She

glanced around the room, searching for something to use, then she remembered she'd seen a couple of baseball bats—probably Brad's—in the closet when she'd put away her clothes.

Claire rushed to the closet, grabbed an aluminum bat and without hesitation threw open her bedroom door and peered into the living room. Nothing appeared to be disturbed, but she noted that the lamp had been turned off. Cautiously, she turned it back on and glanced around; nothing seemed to be out of the ordinary.

Another moan and a shout came from Luke's room and she lifted the bat to her shoulder and sped across to his closed door, pausing only briefly to listen. The sounds were faint, but she heard someone thrashing wildly. Trying to be quiet, she turned the knob, raising the bat over her head, and ran in.

"Halt! Don't move!" Claire skidded to a stop at the hoarse command. The light from the lamp reached past the doorway. Quickly, she scanned the dark room, trying to identify the source of the threat to Luke. She had expected to see him in a physical

fight with an intruder, but she was stunned to see that he was alone. Despite the darkness, she could tell that he was half sitting, half kneeling in the middle of his bed. The bedclothes were in disarray and had been thrown aside. Luke's eyes were open, but he appeared to be looking in the direction of the window, away from her.

She took a step forward, moving more completely into the room. Her breath was rapid but shallow, and her heart was beating erratically. "Luke," she whispered.

Luke seemed to lurch forward on the bed, almost falling face down before bracing himself on his hands, then springing back up to his knees.

"Watch out!" His scream was hoarse. His eyes, although open, were unseeing— or rather, they were focused on something that wasn't there.

A nightmare. It was only a nightmare. Relief flooded through Claire and she was able to steady her breathing a bit. Realizing there was no external threat gave her newfound confidence, and she set the bat down on the floor then slipped a little closer to the bed. She briefly debated whether or not to wake him, but then he moaned again and jerked to one side, and she became concerned that he might injure himself. She eased forward and approached him cautiously. He was now facing away from her and she held out her hand to touch him lightly on his right shoulder. She tried to keep her voice steady as she quietly said, "Luke, wake—"

He cried out again. *"No! Get back!"* Then he swung his massive arm back, away from his body, slamming her across the chest. A harsh gasp was forced from her as he hit her squarely, sending her reeling across the room.

Claire actually became airborne, flying a few inches off the ground before landing on her side and skidding. Her slide was halted when she hit the door jamb hard with her shoulder. A cry escaped her lips and she came to a stop, stunned, on the far side of the room.

LUKE WAS SUDDENLY AWARE, but he was very disoriented. Seconds passed. He realized he was kneeling in his bed. His entire body was wet—almost as if he'd just gotten out of the shower. He had hit someone; he could still feel the vestige of the contact on the back of his right forearm. He knew there had been two cries. That was what had awakened him—either the contact or the sound of the muffled cries. His heart thundered in his chest and he was breathing hard, as though he'd just sprinted a mile. More seconds passed as he shook his head, trying to clear it.

Then he heard a sound—like a faint sigh. With crushing apprehension, he turned toward the sound, and in the dim light from the open doorway, he saw her. She was curled next to the wall by his bedroom door, crumpled like a little doll. Her eyes were huge as she stared at him.

"Dear God, no." His harsh words were quiet now but at least as mournful as before. "No, please, no!" He scrambled to his feet, nearly overwhelmed by a wave of nausea as he rushed to where she was lying. "Claire…Claire, please…"

She cringed when he reached out to her. He knelt beside her. His touch was gentle as he placed both hands on her upper arms, trying to help her sit up. "Oh, please, no," he repeated. "Honey, are you hurt?" His accent was stronger than usual, and the words were plaintive. "Please, tell me if I hurt you." He ran his hands across her upper arms and back, searching for evidence of injury and fervently praying he would find none.

"LUKE, I'M OKAY. It's okay." Seeing that he was alert again relieved Claire enormously, and she was able to focus briefly on herself. She would no doubt have bruises on her hip and shoulder, but she hadn't hit her head and knew from years of experience falling repeatedly on the ice that she was not seriously injured. "You didn't hurt me, Luke. I'm okay." She repeated the reassurances several times, hoping to convince and trying to console.

Finally, he accepted that she was, indeed, all right. The look on his face changed from terror to shame, remorse and a different kind of fear. He rose slowly and moved stiffly away from her.

As Claire studied him, she detected that a barrier or curtain seemed to crash down, separating them. That was when she became aware that he was only wearing raggedy gym shorts. Although his size and strength were obvious to anyone who came in contact with him, it was the first time she'd actually seen his heavily muscled chest and arms. She swallowed and stared. The raw power evident by his size and bulk was truly fearsome.

Still a little shaky, she stood. "Luke, I'm okay. I promise, you didn't hurt me." She was relieved that her voice seemed much steadier than she actually felt. Although she wanted to go to him, she sensed his withdrawal and knew he would recoil from her touch. Instead she placed a hand on the door frame to make certain her wobbly legs would keep her upright.

He stared at her for a moment longer, as if trying to ensure she was being truthful. Finally satisfied in that regard, he turned his back to her, walked to the far window and opened it, allowing the cool air in. He leaned his head against the window and said quietly, "Please go."

"Luke, you were having a nightmare. Can we talk—"

"No. It's over. Please go."

"But, if you talk to—" she pleaded.

"Claire, I need you to leave, now. Please go to bed." His voice was weary and the words were emotionless. He continued to stare out of the window. "We can talk in the morning."

Sensing his pain but feeling shut out, Claire felt tears form in her eyes. Reluctantly she slipped out of his room, closing the door and leaving him alone.

THE NEXT MORNING was gray and significantly cooler, closely mirroring Claire's emotions. After returning to her room, she'd had a great deal of difficulty going back to sleep. When she'd first been awakened by Luke's cries, she'd assumed it was nearly dawn. But she'd been surprised to see that it was only two o'clock. She spent the next hours tossing in her bed, alternately listening for more indications of Luke's night terrors and trying to think through what to do to help him.

Her emotions had run the gamut from deep despair that their relationship was over, to quiet confidence that in the morning they would calmly and sensibly discuss what had occurred. In that scenario, she would convince Luke to share the nightmare and together they could identify the possible causes. Her mind raced, trying to remember all that she had studied about veterans' health problems. She wondered about what he might have seen or heard or done—what he'd been exposed to during his multiple deployments in the Persian Gulf. She recalled that he'd actually been in Afghanistan for a while and wondered if he was experiencing PTSD.

As the night progressed, she became more and more certain that she could help. After all, she was an expert in taking care of the mental and emotional problems that often accompanied children with severe health issues. Translating that knowledge to caring for a healthy young man couldn't be that difficult, could it? She knew that it was vital to draw him out the next morning. He needed to talk to her, to trust her.

She could help him. She *would* help him. She knew that he cared for her—he loved her.

So he would listen.

At about four, she'd finally dozed off,

sleeping fitfully. She awoke a few hours later to the gray gloom from the bedroom window. She showered and dressed casually in worn jeans and a light blue blouse, grateful that the bruises she'd expected were hidden. She pulled her hair back in a pony tail and put on her glasses. Glancing in the mirror, she decided that she looked better than she felt. Fortunately, the poor night's sleep wasn't obvious.

She knew Luke was still in the apartment as she could hear him through the closed door. She sensed that the next minutes were among the most important in their relationship. Finally, eager to see him and talk to him, she took a deep breath, said a short prayer and left the bedroom.

LUKE WAS SITTING at the table, as she'd expected he would be. All four of the computers were active. He only glanced at her as she entered the room. He didn't speak, but returned his attention to one of the monitors.

Claire studied him for a moment and was discouraged by what she saw. He looked terrible. He was still wearing the ratty gym shorts from last night, but he'd thrown on an equally ratty, faded T-shirt. He hadn't shaved and his hair was lank and uncombed. His eyes were red-rimmed, with dark spots under each. She suspected he hadn't slept at all.

"Good morning." Claire tried to sound cheerful, but the greeting came out flat.

"Morning," he replied gruffly. He didn't look up.

Trying to regain normalcy, Claire moved toward the kitchen. "Have you had breakfast?"

"No, I'm not really hungry." He waited a span and evidently thought he needed to add something. "You go ahead."

"How about coffee?" She looked at the nearly empty coffee pot; its contents closely resembled sludge. "I can make some fresh."

Luke frowned at his drained cup and then glanced at Claire. "Yeah, okay." His focus moved to another of the computers and he tapped at its keyboard. His manner was dismissive; it was blatantly obvious that he didn't want to talk.

The silence grew awkward as Claire

puttered in the kitchen making coffee and Luke appeared to study his computers. When the coffee was ready, Claire poured two cups and carried them to the dining area, placing one in front of Luke before sitting down across from him. She watched him for a couple of minutes. His brow was slightly creased and he seemed to be working very hard to maintain his concentration and ignore her.

Needing to start a conversation, she finally asked, "Is everything all right with the moving missile?"

"Yeah, we identified it and were able to pinpoint its source. We're pretty sure where it's going." He continued to type. "At any rate, it's in the government officials' and diplomats' hands now. We'll probably be hearing about new disarmament 'talks' in the news over the next few days."

"Oh." She took a sip of coffee. "So nothing to worry about, then?" She wasn't particularly concerned; she just wanted him to talk to her.

"No. Pretty much the same old stuff." A soft ping from one of the computers caught Luke's attention. He shifted to a different screen, moved the mouse and clicked on an icon. "Good," he said absently, then returned his attention to the monitor he'd been checking previously. He clicked a few more keys and then glanced across to Claire. "Just got a response from Bridgette—you know, Brad's fiancée. I sent her a note earlier asking if you could stay with her for a while." He gestured to the computer. "She just sent me an email saying that would be fine. She said she'd love to have you." He looked away again.

Claire was stunned. The feeling in her stomach was similar to what she'd felt the previous night when she'd been slammed against the door jamb. Actually this pain was much worse. Almost a minute passed before she could respond. "You want me to leave?"

Finally, Luke stopped typing. His eyes rose to hers and his hands moved to rest in his lap. "Yes, Claire, I do." His face was expressionless. He licked his lips and seemed to want to say something else, but decided against it.

"But, why?" She blinked hard several

times, determined to avoid tears. "Luke, if it's about last night—I swear, you didn't hurt me." She moved close to where he still sat and tried to add a little humor into the discussion. "When I was skating, I fell ten to twenty times each session. Talk about bruises, sprains, cuts and whatever. I promise that was much harder..." The corners of her lips rose a little as she tried to smile, but the smile fell flat when he only continued to stare.

After a moment, he shook his head in denial, but his expression warred with his words. "Look, I have a lot to do in a short while—getting ready to leave and all. It would be best for me to not have to worry about you." His eyes were tormented and couldn't hold hers. Finally, he looked at his coffee and added, "You should stay with Bridgette until you're allowed to go back home."

"Luke, if it's the nightmare, maybe if you would tell me about it—"

"No! I'm not going to talk about last night...except to apologize again." His tone softened slightly as he continued. "I truly regret... I think you know I would never intentionally..." His jaw clenched and abruptly he pushed away from the table and stood. He picked up his coffee and started to his room. Without looking back he said, "You can pack while I shower and dress. I'll drop you by Bridgette's on my way to work." He closed the bedroom door without waiting for a response.

Claire no longer tried to stop the tears. They flowed freely as she rose and returned to Brad's room and hurriedly packed her belongings.

She was dry-eyed, however, when Luke emerged from his room a half hour later. He had showered and dressed in his "office" uniform. Despite the haggard lines around his eyes, undoubtedly due to his lack of sleep, he looked beautiful to her, and she had to bite her lip hard to keep the tears that were threatening again in check.

Luke looked miserable when he carried Claire's bag to the door of Bridgette's apartment. When Bridgette answered his knock, he gave her a quick hug, a muttered "thanks" and a promise to be in touch before retreating to his borrowed vehicle.

He didn't even look at Claire.

CHAPTER THIRTEEN

CLAIRE AND BRIDGETTE shared many similar values, experiences and interests. Since both were nurses and both were in love with military officers, they had a great deal to talk about. Whereas Claire was quiet and reserved, Bridgette was outgoing, and she quickly made Claire feel at ease and ready to talk.

Over coffee the first morning, Claire learned that Bridgette's father was a career Army officer and her family had followed him all over the world. His last assignment had been in Korea and Bridgette had migrated to Seoul after completing her nursing education in the U.S.

Bridgette took a sip of her latte. "About a year after I got here, Dad decided to retire, and he and Mom moved home to Kansas City. Of course, they assumed I would go with them, but there was a development—Bradley Littlejohn." She beamed when she mentioned his name. "Brad is an Air Force captain and he's absolutely crazy about me."

Bridgette sighed and peered at her new friend over her coffee cup. Claire could see that because of her happiness, Bridgette wanted the same for all her friends.

"Okay, I've talked enough. Your turn. Luke didn't tell me why he wanted you to stay here. Yesterday, you both seemed like...well, like things couldn't be going better. Did you guys have a fight or something?"

"No, not really." Claire stared into her coffee cup. "Luke told me he needed me to stay here because he has a lot to do. He was going to be busy and..." Claire wondered if she looked as despondent as she sounded.

Bridgette persisted. "Do you think he was getting cold feet? Maybe because your relationship was moving too fast?"

"No, that's not the problem. I think he was fine with our relationship. He was very happy—that was pretty obvious—until..." She sighed and told Bridgette about Luke's nightmare and what had transpired the night before.

"It's not about having a relationship at all…" She stared at her hands. Her words were quiet. "I think he's afraid of himself. He thought he'd hurt me. He hadn't, of course—well just a couple of bruises… but it scared him—a lot. That, plus whatever is giving him the nightmares. He was in pretty bad shape, but he wouldn't talk about it…" She stopped. "I feel awkward discussing it with you, like I'm sharing something personal, but I want to help him. Besides I'm mad at him for pushing me away. I believe—no, I *know* he loves me, but he's afraid…"

Bridgette was sympathetic. "Don't worry. I know how he talked about you before he even asked you out—he was hooked on you from the beginning. And I saw the way he looked at you when he dropped you off—I've never seen a more unhappy man." She actually smiled then. "He'll come around." She patted Claire's hand and said, "He's not stupid. He knows that you care about him. Besides, he can't go through the rest of his life alone because he's worried about what he *might* do in his sleep."

BRIDGETTE WORKED EVENINGS at the base hospital's emergency department, and during the next few days she spent the daytime hours with Claire, shopping at the base stores, going to yoga class, jogging and having coffee or lunch with other friends. The evenings tended to be very lonely and while Bridgette was at the hospital, Claire spent time working on her data analysis, reading and occasionally trying to watch television. She checked on Jessica's recovery, followed up on the children at Samsung, and called her parents daily.

Often, though, her mind turned to Luke. She tried to imagine what he was doing and wondered if he was as unhappy as she. In contrast, she rarely thought about the reason for her confinement on the base. She felt safe, although very restricted, in the highly secure environment, and chose to ignore the fact that there had been two serious threats to her life.

On the fourth morning she spent at Bridgette's, the pair was again sipping coffee on the small patio behind the apartment. The weather was still a little cool but the sky was clear. Inevitably, the topic of Claire's relationship with Luke came up.

"So, did he call last night?" Bridgette asked as she turned her face toward the morning sun.

Not needing to ask who "he" was, Claire shook her head in disappointment and said, "No. He hasn't called. I haven't talked to him since he dropped me here on Monday. He's sent a couple of emails—really brief and to the point—telling me when my passport would be in and saying he's still waiting to hear from one of his colleagues about my adoption." She sipped her coffee.

"One kind of fun thing is that Tony Mancini—the marine who works with Luke at the embassy—has stopped by several times to see Jessica. They're actually coming here tomorrow to take me to lunch." She was smiling. "After I got the email, I called Jessica and she told me that Tony is really cute and sweet and funny and he seems to be crazy about her. I think it's one of those 'opposites attract' things…"

"So, speaking of guys being crazy…

What gives with Luke not calling or coming by? I would have thought he'd cave by now."

"Me too… Or at least I had hoped so. I've thought about trying to come up with something, a reason to call him, but…"

Bridgette shook her head and sighed, "Men…"

They didn't speak for a few minutes. Suddenly, Bridgette put down her mug and slapped the table with her hand. "I know what you need—let's go shopping!" Her green eyes sparkled. "Let me think… Purses or shoes? I know of about five different shops on Itaewon where we can get some great shoes at terrific prices!"

Claire brightened considerably. "I haven't been to work in nearly a week and I'd love to get out and go somewhere off base." She looked at her watch. It was just after ten. The idea of a shopping trip to Itaewon with Bridgette was hugely appealing. She drummed her fingers on the patio table and thought out loud. "I think it'll be safe to leave Yongsan for a couple of hours, don't you? The attacks were both at night and besides, they knew where I would be."

Bridgette nodded. "If they are still interested in finding you, they don't know where you are," she rationalized. "And even if they know you're at Yongsan, they wouldn't know if you left for a while."

Claire picked up her train of thought. "We could leave by walking out one of the gates and they couldn't possibly know where we were off to."

Bridgette ended the discussion. "No, there's no way they would know." She stood and reached for her purse. "There's this great little tea house where we can go for lunch after the shoes… I promise I'll have you home by three—since I have to go to work!"

"Let's do it!" Claire copied Bridgette's action, picking up her purse and heading to the door. "When Luke and I were walking the other evening, I saw this really cute bag in one of the windows that my mom would love. And her birthday is coming up…"

THE SHOPPING TRIP was a much-needed respite from Claire's recent solitude. Bridgette proved to be an excellent companion and astute shopper, and by one o'clock, they had each bought a new purse. Claire also found a lovely silk scarf for her mother and Bridgette bought a pair of black suede half boots. At the Japanese tea house they stuffed their shopping bags under the table and talked about nursing, the men in their lives and Bridgette's wedding plans.

Between sips of almond tea and bites of salmon, Bridgette told Claire how she and Brad met. "He came into the emergency room after spraining his ankle sliding into home during a base-league softball game. We started talking and he asked me out right then." She grinned. "He was cute and funny and crazy about me! That was in November. He proposed Christmas." She studied her ring proudly.

"Do you have a date?" Claire asked, as she munched on her shrimp salad.

"June 30. Brad was just promoted to major and he's been reassigned. In about a month we'll head back to Missouri for the wedding and then we'll be moving to Germany." Her new friend's happiness gave Claire a twinge of envy. That was quickly replaced by new resolve. She wouldn't let Luke push her away without a fight!

After lunch, it was time to head back to the base. As the women left the tea house they were laughing over an anecdote Bridgette had shared about a recent E.D. visit from two brothers who had dared each other to put pebbles in their noses. Even though the distance back to Yongsan was relatively short, they decided to take a taxi so they wouldn't have to walk while trying to carry their shopping bags.

Standing by the curb, Claire raised her hand for a cab. Several sped by, each with passengers in the rear. They continued to wait as a late-model black sedan slowed down and pulled toward the curb. Assuming the vehicle was stopping to let someone out, the women stepped back a couple of paces and continued their conversation.

Both doors on the passenger side opened wide and two men emerged, lunging at Claire. The man who'd been in the back seat grabbed Claire's left arm, causing her to drop her shopping bags. Almost simultaneously, the second man caught her other arm and began pushing her toward the open rear door. Without conscious thought, Claire buckled her knees and dropped to the ground, landing hard on her bottom. Sitting on the sidewalk, she straightened her legs and pushed back against the men who were trying to force her forward.

"No! Stop it!" she yelled, as she struggled to throw off their hands.

Bridgette screeched, "Stop! Get away!" She gathered the neck of the shopping bag that held her boots and swung it as hard as she could at the head of the man closer to her.

Claire heard a muffled "thunk" and suddenly the man on her right stumbled back toward the car. The unexpected blow caused him to trip as one foot teetered off the curb. Unable to stop his forward motion, he rammed into the rear car door, slamming it shut. The man pulling on Claire's left arm let out a hoarse scream and abruptly let go of her. He'd been holding on to the car's door frame, trying to gain leverage to drag Claire toward the vehicle. His hand was now caught and the other man—the one from the front seat—was trying to regain his balance. The slamming door and resultant scream evidently fractured the driver's attention. The car lurched forward a couple of feet, dragging the guy whose hand was caught into the other man, causing him to trip and fall. The incident might have been comical, had the two women not been terrified by the attempted kidnapping.

Several people were staring at the altercation, and an older man stopped to help Claire to her feet. She thanked him, grabbed her bags and backed away from the curb.

With her free hand, Claire grabbed Bridgette's arm and pulled her toward the shops, into the growing crowd. "Let's get out of here!" she panted. Her heart was racing and a now familiar fear settled on her as they ran quickly up the street, in the opposite direction of the way the car had been headed.

Neither woman looked back and within a minute they had cleared the end of the block and turned the corner. Quickly, they covered another two blocks, winding through the narrow side streets before finally stopping in an alleyway behind some two- and three-story dwellings. Only a few people were in sight and no one seemed to be paying attention to them.

Breathing heavily, Claire managed to say, "Are you okay?"

"Yeah, fine… Scared the snot out of me though!" Bridgette gasped. "We need to call somebody… The police? Or maybe the embassy?"

Claire had already pulled out her cell phone. "I've got it." Not sure whom else to call, she dialed Luke's number.

LUKE WAS IN a bad mood, which was unusual. About lunchtime, he told the duty sergeant he had some personal business to attend to and gave instructions to call should something come up. Noting Luke's scowl, the sergeant had readily agreed.

Luke first went to his apartment and tried to work. He found himself at the door of Brad's room, staring at nothing in particular. The room was once again meticulously neat and bore no visible signs of its recent occupant. But he could still smell Claire's lotion, and his mood degraded even further.

Finally, he gave up his private struggle and went to Bridgette's apartment, telling himself he would just check on Claire to see how she was doing. But when he got there, no one answered his knock. That led to a search of the base. He went by stores and restaurants, but the women were not to be found. Several times he thought about giving up and calling her, but he'd told himself that would be surrendering his previous resolve. Finally he returned to Bridgette's apartment and sat on the front step of the building, waiting with escalating impatience.

When his phone rang, Luke immediately recognized Claire's number and answered the call before the end of the first ring.

"Where are you?" His tone was brusque. "I went to—"

"Thank God!" she said, wanting to weep with relief. "Luke, it happened again! Some men tried to push me into a car, but Bridgette hit one and then the other got his hand stuck, and then the car pulled up and dragged the first man into the second man and we ran away…" She didn't realize she was babbling.

Luke stood. *"Where—are—you?"*

"We were on Itaewon. We went shopping and had tea." She was still anxious but her panic seemed to be easing. "Luke, they found me! How?"

He waited just a breath, considering her question. A notion occurred to him and he muttered, "Shoot! They must have accessed the GPS chip or managed to triangulate the location of the number." There was a brief pause then his words became very distinct. "Claire, it's your phone. You have to lose your phone…" Another second passed, then he said, "Claire, listen carefully. Where are you now?" His words were unemotional; he wanted to keep her calm.

"Behind some buildings, several blocks off Itaewon."

"Okay, I'm going to come get you. Can you meet me at our restaurant—you know which one?" He started jogging toward his vehicle.

"Yes, I remember where—"

"Good, I'll come pick you up there. But first, you and Bridgette need to change your appearance. Simple changes are fine.

Just take off a sweater or put on a different color shirt."

"Okay—"

"And cover Bridgette's hair…"

Claire glanced at her friend's dark red hair and answered, "Yes, I see."

"Claire, you've got to lose the phone *now*—so they won't be able to find you again. Try to put it on or in something moving, okay? Do you understand?"

"Yes—"

"I'm on my way," he spat before hanging up.

CLAIRE TURNED TO BRIDGETTE, who was standing very close. "Did you hear?"

Bridgette nodded. Heeding Luke's instructions, she had already taken off her cream-colored sweater and stuffed it into one of her shopping bags. Claire dug through one of her own bags, pulled out the silk scarf and handed it to her friend. Bridgette threw it over her head, tying it under her chin.

"Let's go," Claire prompted. "When we pass a shop, I'll pick up something to cover my shirt."

They hurried to the end of the alley. Traffic on the narrow cross street was moving slowly and Claire ventured into the street, creeping behind a small delivery truck that was loaded with wooden crates. Without pausing, she dropped her cell into the bed of the vehicle, which edged forward to the stoplight.

Bridgette had followed her, and the two women crossed the side street and continued to make their way back to bustling Itaewon, all the while being wary of black sedans. As they got closer, they ducked into a small ladies' clothing store and Claire quickly pulled a black cotton blouse off a rack and took it to the counter. She paid cash and slipped the garment over her yellow silk top as they walked out the door.

Back on Itaewon, the women's confidence grew a little. Claire pointed down the street. "That's the Starbucks we went to the other night. I think the Italian restaurant is this way." Calmer now, they made their way up the busy street, staying as far from the cars as possible, practically hugging the buildings and trying to hide among the crowds of people.

FIFTEEN MINUTES AFTER Luke answered the terrifying phone call, he pulled up in front of the Italian restaurant in a borrowed Toyota. It was a minor miracle that he'd managed the short trip—swerving wildly through heavy city traffic—without getting into an accident. Not caring about collecting a fine, he parked illegally, and left the vehicle.

During the short drive, he'd been only marginally successful in managing his panicky thoughts. His mind had raced through all sorts of scenarios. What if he was too late? Claire could be injured... She could be bleeding on a back street... She could be locked in a car with strange men taking her someplace where he'd never find her...

She could be dead...

His heart pounded painfully as he tried to curtail the vivid images. *She's all right*, he told himself over and over. *Please,* he prayed repeatedly, *please let her be okay!*

He was furious with Claire for leaving

the base and putting herself at risk. Alternating with the terrified thoughts, he considered all the things he would say and do when he found her safe. He would rant, scold, chastise. He wanted to yell at her for putting him through this awful fear. He wanted to crush her to him, hold her and never let her out of his sight again.

He scoured the street in front of the restaurant, but the women were nowhere to be seen. In short order he rushed through the door, hoping they'd be inside. Trying to tamp down his terror, he hurriedly searched the patrons, but Claire and Bridgette weren't there.

Oh, no, he thought, *they should already be here!* Cold sweat drenched his body. Reluctantly, he retreated onto the busy sidewalk and scanned all directions again. He had decided to re-enter the restaurant when he caught sight of Claire and Bridgette. They had turned a corner from a side street onto Itaewon—directly across the street from where he stood. Claire spotted him simultaneously and waved. Seeing her left him weak-kneed and dizzy.

Clutching each other and looking harried, the women waited for the light to change before hurrying across to meet a very relieved and very angry Luke. The moment Claire set foot on the curb, Luke crushed her to his chest, reveling in the joy of actually touching her. He closed his eyes, buried his face in her hair, and gave a quick prayer of thanksgiving.

His heart was still beating erratically and his palms were sweating, but he managed to rein back his fury for a moment to assess both women. Pulling away, he noticed that Claire was wearing a too large dark shirt over her jeans and yellow blouse, both of which appeared to be stained with dirt and grime. Her black hair was mussed, and she pushed it back with a trembling hand. He didn't detect any obvious injuries and reluctantly let her go, turning to Bridgette. Other than her rapid breathing and still frightened look, she also seemed to be all right. Her hair was covered by a printed scarf of gray-and-pink silk which clashed dreadfully with her light green blouse.

"Are ya'll okay?" he finally asked.

Both women nodded, but Bridgette looked very pale.

"Let's get out of here." Luke motioned to the Toyota compact parked nearby. He ushered Bridgette into the back seat, then placed Claire beside him in the passenger's side. Within a minute he'd folded himself into the driver's seat and pulled the vehicle into traffic.

Now that Luke's fear had been alleviated, his anger returned. He glared at Claire and said, "What were you thinking leaving Yongsan? You *knew* better." His jaw tightened and his voice intensified. "I *told* you to *stay* on base. You knew better than to go somewhere without a bodyguard!"

The rapid transition from abject terror to profound relief had left Claire stunned. Faced now with Luke's wrath, she was unable to contain her emotions. "I…I'm so sorry, Luke… We…er…I thought it would be okay." Tears slid down her cheeks. "I was, er…I wasn't…" Her voice trailed off and she barely managed to stifle a sob.

A subdued Bridgette spoke up from the backseat. "We wanted to get out. I thought a shopping trip would be fun… Luke, we didn't have any idea there would be a way the…er…bad guys *could* find Claire."

Luke glanced at Claire's stricken face and his temper abated. He reached over to gently rub away a tear and he sighed audibly. "Look, we'll discuss that later. Right now, I need you to tell me exactly what happened."

The women took several minutes to recount the events of the afternoon. They explained how everything had seemed perfectly fine until the two men jumped out of a black car and tried to abduct Claire.

Luke was watching the traffic, but he could feel Claire watching him throughout their recitation of the events. When they detailed how she'd dropped to the ground as the two men pulled on her arms, he couldn't help tensing his jaw. When Bridgette described how she'd used her boots as a club, he could feel one corner of his mouth turning up slightly. Then he actually snickered upon learning that the last thing Claire and Bridgette saw as they ran were the two men being dragged in the gutter as the driver rolled forward.

After they'd finished describing the incident, he just shook his head and sighed. Glancing at the redheaded nurse in the rearview mirror, he said, "Bridgette, that was fast thinking. Thank you for having the guts to use your boots as a weapon instead of running away." His attention moved to Claire and he muttered, "And thank God you're so stubborn. If..." His eyes returned to the street and he refused to finish the comment.

Bridgette suddenly noticed their surroundings. "Where are we going? This isn't the way to the base."

"We're headed to the police station by Seoul National University. I called Detective Kang on my way to pick you up... We've got an appointment."

CAPTAIN CHOI AND Detective Kang were waiting when the trio arrived. As they had the previous week, Luke, Claire and now Bridgette took seats in the detective's office. The women related the story they had just told Luke and the two policemen peppered them with questions.

Luke was quiet and somehow managed

to maintain his composure throughout. As they were concluding the interview, Captain Choi said, "We will put out an alert to all of the area emergency departments to watch for men with the injuries you describe. We may get lucky. I will also have officers search the area stores to see if there are any security cameras pointed in the direction of the altercation. Most likely there will not be, as the cameras are usually focused near their shop's doors and don't scan all the way to the street. I will let you know if we find anything."

"There is another development you might want to look into," Luke told the officers. "We may have learned why Claire is being targeted."

With Luke's encouragement, Claire explained how she had contacted the adoption agency after her arrival in Seoul. She provided them with her birth date and the name of the agency in Seattle. Her voice was quiet, and she was subdued when she finished.

Both Detective Kang and Captain Choi seemed to be relieved that a potential motive had been identified. "Detective Kang will contact the agency today to see what he can learn about your adoption, Ms. Olsen."

As they rose to leave, Luke addressed Choi. "One more thing, Captain. This is the third attack. They are obviously determined and capable enough to obtain her personal information and use sophisticated electronic tracking. Ms. Olsen needs to go where she will be safe. When will you pull the hold on her passport and allow her to leave the country?"

The captain returned Luke's stare and answered politely. "Lieutenant, I understand your concern. This attack and the new information makes us even more resolved to find out who wishes her harm. But if we are not successful, I will remove the hold one week at the latest." He shook his head and frowned at Claire. Still speaking to Luke, however, he said, "It was my understanding that she would remain with you at Yongsan. She should not have left where she was safe without an escort."

"Yes, I know." Luke's lips thinned and he practically glared at Claire as he answered, "It won't happen again."

CHAPTER FOURTEEN

THE TRIO WAS subdued during the drive back to the base. Luke parked in front of Bridgette's apartment building and both women started to exit, but he reached across the front seat to clasp Claire's arm. "No," he said. "Stay put for now. I'll bring you back later." His voice was flat.

Claire's heart rate had pretty much returned to normal, but the look in Luke's eyes set her nerves on edge once again. His solemn expression led her to consider that his anger had only been restrained for Bridgette's sake and that when they were alone she would be strongly chastised for her actions.

Luke handed Bridgette her bags and hugged her. His voice broke a little as he said, "Thank you again. If you hadn't intervened, I don't know... Brad's a lucky guy."

Bridgette gave him a small smile as she blinked back tears. She kissed him on the cheek before turning and going inside.

Luke was silent during the short drive across the base. He opened Claire's door and held on to her arm as he ushered her into his apartment. Although his touch was gentle, his grasp was firm as he led her to one of the chairs at the cluttered kitchen table and impatiently motioned for her to sit. His jaw clenched and his mouth thinned as he stared at her a moment. He scrubbed a hand over his face and grumbled, "I can't think when I'm looking at you." He turned away and paced across the room.

Claire didn't blame Luke for being angry. What she and Bridgette had done was stupid. They had ignored his orders, and as a result, both had been endangered and she could have easily been kidnapped and very possibly killed by now. She hadn't completely recovered from the fright and remained quiet.

Staring out the window onto the parking lot, Luke said, "I don't know what to do with you…" Fury and impatience were apparent, even though the words were quietly spoken.

"Luke, I'm so sorry—"

"What if they'd been successful? What if they had pulled you into that car?" He leaned his head against the window and closed his eyes. "Do you know what they might have done to you?" The last was said in a whisper.

"Luke, I'm sorry. I was stupid. But I didn't think they could… I'm sorry…" She blinked several times, trying to keep from crying.

He simply stared out the window for a bit longer and sighed again. "This isn't working, either." He turned around and glared at her, repeating with exasperation, "What am I going to do with you?"

"Luke, I'll stay at Bridgette's. I promise I won't leave the base again without some type of escort."

His frown deepened and he blinked. The anger had evaporated. "That's not what I'm talking about." He shook his head and confessed, "I can't handle this. I tried to stay away from you, but it seems I can't…"

"Luke, you don't have to. There's no reason…" She rose and took a step toward him, but he put up his hands, halting her.

"No. Stay there!" His voice was agitated. They stood several feet apart for a moment. Finally Luke rubbed the back of his neck with frustration. "Claire, look at me!" He held his hands out at his side, bringing her attention to the wide span between his arms and the imposing breadth of his chest. "Really look at me! I hit you… I could have hurt you!" He was practically shouting now. "Claire, *I* might have killed you!"

"Luke, you were asleep!" she cried. "You weren't trying to hurt me! It was a nightmare!"

He dropped his hands and looked at her pleadingly. "Don't you see that I can't be around you and not want to be with you? I want to marry you!" He shook his head in defeat. "But I can't trust myself… What if…"

In a breath, Claire's frown morphed into a blinding smile. She took a step toward him.

He stepped back. He looked as panicked as if he'd suddenly discovered she was radioactive. "No, you stay there." He held up his hand to hold her away.

"Luke, it's okay." Her eyes sparkled. "You won't hurt me."

"You can't know that." He backed up farther.

"I trust you." She continued to advance. "I think you weren't expecting me that night—unconsciously, I mean. If you were expecting me—if you were used to me, I think you wouldn't have reacted as you did."

"You can't know that!" he repeated with anger. "I have to sleep sometime, and I don't think I could if you were anywhere near." The wall halted his retreat.

Claire followed. "Luke, I love you. Not being here with you was much more painful than any fall. Please, let me stay. We can work it out."

She stopped her pursuit only inches from him. He was so big that all she could see was the top buttons of his uniform shirt. He was standing rigid with his hands at his side, still determined to keep his distance. But she leaned into him, and her hands skimmed their way up his hard chest to gently touch his face. Her eyes followed the path of her hands, rising to catch and hold his. Her hands came to rest behind his neck and she pulled lightly, hoping and praying he would acquiesce.

LUKE HAD BEEN RUNNING hard and fast, trying to get away from her. He told himself it was for her protection, and it was. But he was smart enough to recognize that he couldn't keep retreating from her—or from what he was feeling. He didn't want to.

Luke wanted this woman more than he'd ever wanted anything in his life, and he couldn't keep running. Pushing her away had only endangered her once again.

He stared at her beautiful eyes and sighed raggedly. His arms left his sides and encircled her, clutching her tightly, desperately. Resignation and wonder combined in a sigh as he leaned down to kiss her. The kiss was soft and loving, gentle and searching. It wanted and demanded nothing but to be shared.

With a cry that was part anger, part elation and complete capitulation, he lifted her off the ground and surrendered. He touched her face and her hair. He ran his hands up her arms in a loving caress. "You win," he whispered. "I can't fight us both." He framed her face with both hands and took her mouth with his.

AT FIRST, CLAIRE WAS STUNNED. She felt the change in him and it was frightening. Her legs were no longer supporting her, and she was forced to cling to him. She was literally overwhelmed by his size and power. The hardness and bulk of his arms and shoulders and chest were alarming, and she had to remind herself that he wouldn't harm her. His hands might be big and strong, but they were gentle and loving. His size was intimidating, but he knew the limits of his strength. With that realization she gave in and allowed herself to be carried away.

Finally Luke's kisses gentled. His mouth moved from hers to touch her temple and then her hair. His arms relaxed and his hands loosened from their almost desperate grasp to lightly clasp her upper arms. He kissed her forehead as he pushed her away.

"We need to talk," Luke said, taking her hand and leading her to the sofa. He pulled her into his arms and they sat together, reveling in being close, being in love.

Clasping his hand, Claire searched his eyes. "Tell me about the nightmares."

He froze and immediately pulled back. "No, I don't want to talk about that."

"Why? Luke, you can tell me anything."

He moved restlessly then pulled his eyes away from hers to stare toward the far side of the room. "There's really nothing to tell."

"Have you had them before?"

He ran his hands through his hair. "You're not going to drop it, are you?"

"No. You need to talk about it. If not to me, to someone… You haven't, have you?"

"Talked to anyone? No." He glanced at her, but quickly his eyes shifted toward the blackened television. "Claire, it's nothing, really…"

"But you were worried enough to push me away."

He sighed. "It starts off the same every

time. I'm back outside of Kandahar… I'm on patrol with the team—which is kind of odd, because I very rarely went on patrol when I was stationed there. In reality I was the 'computer geek.' For the most part I just stayed put, sorting out the data we collected from satellites, drones and informants… I actually do a lot more patrolling here."

He looked at her and then at the coffee table. "Anyway, in the nightmares, I'm on patrol and we've come to a road that splits. Suddenly we become aware that we're being ambushed. We don't know which way to go—we can't go back and we can't go forward. We know there are IEDs or mines everywhere."

He shifted and glanced at her. "This is where it changes—sometimes I'm the officer in charge and am responsible—I'm supposed to give orders, but I don't know what to do. I know that men will live or die based on what I say. Other times, I'm following orders… I'm on the radio calling for backup, but I know I'm too late. We need to move, but I can't get a response, and I don't know what to tell the guys to do…"

He gave a short, rueful laugh and shook his head. "Claire, the funny thing is that none of this ever happened. And it's even funnier—actually not funny, but aggravating—because I know it's a dream. I know it's not happening, but it's so real that I panic. In the dream, it's my responsibility to keep everyone safe…"

She took his hand and rubbed his fingers lightly with hers. "So you were never in an ambush? You were never attacked?"

"No." The answer was short, then he added, "Actually, all of the patrols I was on were very non-eventful."

"Are you sure?"

He looked angry again. "Yes, doctor, I'm sure. Nothing like that ever happened. We were always very much on guard and scared spitless, but I promise we were never attacked."

"Luke, I'm sorry, I didn't mean…"

"Honey, I know what you're thinking. It's understandable… You think I was in some sort of confrontation or battle and am suffering from PTSD." He stood then and paced away. "You may be thinking that I have 'repressed memories'—that my mind has suppressed something terrible." He turned to face her and shrugged. "That's not the case. In the nine months I was in Afghanistan—on the front lines, so to speak—I never once fired my weapon except in training situations, and I never really came under fire. There were a couple of instances when snipers fired random shots at us, but nothing even came close."

He stopped and threw up his hands in surrender or frustration, Claire couldn't tell which. "I was never directly in danger. I never saw any of my colleagues shot or hit by an IED or anything even remotely like that. My only exposure was some of the stories I heard or read about." He shook his head and fell silent again.

"So why do you think you dream about something that never happened?" Her voice was quiet.

He sighed and looked a little calmer. "Who knows? Even though I was never personally involved with an—um...a situation—we had to be constantly vigilant—

and I mean *constantly*. It takes a lot out of you mentally, physically and emotionally."

Claire tried to convey her love and empathy with her eyes. But Luke was angered anew by something he saw in her expression. "Claire, I don't want pity. I don't want you to feel sorry for me. There's nothing to feel sorry for! I'm not helpless or a child. I'm not hurt…" He sighed and pinched the bridge of his nose in frustration. "Some of those guys—in real life…"

Claire chose to ignore his tirade. "Luke, do you feel guilty about anything?"

He actually scoffed then and answered quickly. "No. You have to believe me on this one, too. My work is all about surveillance and intelligence. Anything I might feel guilty about would be something I missed or something I miscalled. I don't know of anything that fits either category, but then, I don't know what I don't know…" He looked pensive and even somewhat remorseful. "Of course, I understand that some of my analyses and reports likely contributed to military actions—that's part of the deal. People have probably been hurt or even killed as a result. We're always aware of that and learn to live with it…"

They were silent for a while. Claire continued to hold his hand, silently giving him comfort. Finally she said, "How often do you have the nightmares?"

He gave a short laugh. "Actually, I don't have a clue. I only know that every two or three weeks I'll wake up terrified, sweating and with my heart racing. Once, I actually woke up in the living room.

"A little more often, I'll wake up and know I've had a bad night, but I don't directly remember the dream… And then on a couple of occasions, Brad has mentioned that he heard me yelling or groaning in my sleep."

"Brad actually heard you yelling and didn't do anything except tell you the next morning?" Claire couldn't help sounding incredulous.

Luke gave her an aggravated look then answered with ire. "Honey, Brad's not stupid enough to approach me in the dark when I'm not awake and aware." He looked at her accusingly, still raw from talking about his weaknesses. "And now that you remind me, I found Brad's bat on the floor. What do you think you were going to do with that?"

Claire was hurt and more than a little insulted by his comment. But she straightened her spine and answered, "I thought you were being attacked. I wanted to help you, and that was the only weapon I could find."

"So you were going to use a *baseball bat* to defend me against some unknown number of attackers? Do you have a *clue* how dumb that was? Honey, it would take at *least* two, but probably three or four men to hold me down. And you burst in with a baseball bat?"

Claire blinked several times, trying to hold back the tears caused by his biting words. Managing to keep her voice calm, she answered, "You're right of course. It was stupid on several levels." She bit her lip then added, "I guess I've sometimes rushed into action without thinking… I thought you were being hurt. I couldn't stay away."

Luke shoved his hands in his pockets and remained silent.

"And you know the *really* stupid thing?" Claire's hurt morphed into exasperation. Tears slipped down her cheeks, but despite that suggestion of weakness, she turned to him and poked him on the chest with her finger. "I'd do it again. If I ever, under any circumstance, thought you were in danger, I'd do *anything* I could to protect you."

LUKE WAS SUDDENLY REMINDED of the video of Claire fighting back against two armed men. That memory and her quiet declaration caused him to clench his jaw and swallow hard. His own anger deflated like a burst balloon. He took a calming breath and then another. Finally he looked at her and sighed. She stiffened when he pulled her into his arms and buried his face in her hair.

"What am I going to do with you?" His words were quiet. "Claire, I'm sorry. Truly sorry—that was unfair and uncalled for. You weren't stupid. You were brave—very brave. Well, okay, on reflection maybe you were brave *and* stupid." He pulled back and smiled pleadingly down at her. "I'm sorry I was a jerk. You hit a nerve by making me talk about the nightmares, and honestly, I'm not even sure what the nerve was." He smoothed her hair and touched her lips with his. "Will you forgive me?"

She blinked at him and rolled her lips until they became a reluctant smile. "Yes, but only because you're cute when you apologize." She raised her arms to encircle his neck and kissed the corner of his mouth. "One more thing before we completely drop it, though." She looked serious again. "Would you consider talking to someone—a counselor I mean?" She sounded hopeful.

Luke sobered and he sighed. "Okay, I'll think about it, but I don't believe it's necessary. I swear, I don't know what's causing the nightmares. I've never been directly exposed to anything that normally results in PTSD. The nightmares are likely just the result of the need to be hyper vigilant at all times when I was in Kandahar." He kissed her forehead again. "I think—well, I hope—they'll just go away. But, I'll consider talking to a counselor."

She searched his face. "Hopefully, you're right and they will." They were both silent a minute, then she touched his hand with hers. Her mouth turned down and her brow creased. "We've just had our first fight. I don't think I liked it."

He pulled her into another embrace. "I guess we did, and I agree. Let's try to avoid them in the future. But, when they happen—and given my bad temper and your stubbornness, I'm sure they will— let's get past them really fast. Okay?" He started to kiss her again when his cell phone rang.

His mouth thinned when he identified the caller. "Llewellyn," he answered. "Yeah, Henry…Oh?…Really?…You're certain?" Looking down at Claire, he frowned. "Well, that's interesting…" He glanced at his watch. "Where is the agency located?…Okay, yeah. We'll meet you there in about twenty or thirty minutes… Thanks again, man."

As he pushed the end button, he pointed to one of the chairs. "Sit down for a second." Luke sat directly across from her. He looked pensive as he filled her in. "That was Henry Kim. You remember the guy I asked to look into your adoption? He had news. He found your foster mother."

She blinked. "*What?* Oh my goodness! What does that mean?"

"Well, for starters, right now we need to hop in a car and head to the adoption agency. Henry gave me directions and I think we can make it before they close at 5:00. He talked to Mrs. Lee. She hasn't heard back from the inquiry to your mother, but she did hear from your foster mother. The problem is, she declined to give the information to Henry, saying she'll only provide it after she talks to you."

Claire stood and pulled on his hand. "What are we waiting for? Let's go!"

Luke obligingly rose, but looked a little concerned. "Don't get too excited yet. It's only a start—just a name and maybe contact information."

"But if we have contact information and she's responded to the adoption agency's query, wouldn't that mean she's willing to see me? To talk to me?"

He considered her question as he opened the door and ushered her through.

"Maybe… Hopefully." His lips turned up slightly and he squeezed her hand. "I guess we'll find out."

THE OFFICES OF the Asia Social Welfare Agency were located in a well-maintained, narrow, four-story building about five miles from Yongsan Garrison. Luke had directions and Claire remembered the area from her previous visit, so they found the agency well within the thirty-minute time frame Luke had set with Henry Kim.

Claire didn't try to hide her excitement as she jogged up the steps to the agency's entrance. She forced herself to wait for Luke to join her, and he smiled as he opened the door.

A middle-aged Korean man was sitting in a small waiting area just inside the entrance. He was relatively thin and his short, coal black hair was brushed back, making no attempt to cover his receding hairline. The creases at the corners of his chocolate-colored eyes suggested friendliness, and he was casually dressed in a black polo shirt and khaki slacks.

During the drive from Yongsan, Luke

told Claire that Henry Kim was Korean-American. He'd been born in the Los Angeles area to Korean immigrants and lived there until age fifteen. His family had returned to Seoul when he was in high school, and Henry spent the next fifteen years moving back and forth between his birth country and his ancestral homeland before finally settling in Seoul. He had multiple computer science degrees from Stanford and UCLA and currently worked for one of the large electronics firms. In his spare time, Henry helped the American military and U.S. State Department with cyber security issues and other classified activities.

Henry Kim was looking at messages on his smartphone when they arrived. When he saw Luke, he immediately closed the app, pocketed the device and rose. Stepping forward, he grinned and held out his hand. "Hey, brother. Good timing."

Luke shook his hand and gave him a friendly thump on his shoulder. "Thanks for getting on this so quickly. I owe you."

He pulled Claire to stand beside him and made the introductions. Claire shook

Henry's hand and said, "I very much appreciate you helping me out like this." She was a little shy. "I'm eager to find out what you've learned."

"Not a problem. I've worked with Luke quite a bit on some of the Army's—um—projects. Happy to help on something personal—and frankly, this easy—for a change." He gave Luke a sly and meaningful look. "Ah, here's Mrs. Lee. She'll walk you through what she's already told me." He glanced again at Luke. "I'll hang around for a while, just in case you need any help translating."

"We'd appreciate it. Thanks." Luke nodded as he turned to meet the woman walking in their direction.

Mrs. Lee was a regal woman of about fifty. She was well dressed in a navy suit, with a pink blouse and low-heeled pumps. Her black hair reached to her chin and was painstakingly coiffed. She greeted Claire with a slight smile and gentle nod. "Miss Olsen. I am glad you could come this afternoon. I have good news."

Claire nodded politely. "Thank you for speaking with Mr. Kim and seeing me this afternoon." She motioned toward Luke. "Let me introduce my good friend. This is Luke Llewellyn from Yongsan." She was a little awkward with the introduction, not really sure how to explain how she came to be in the custody of the naval officer, so she decided to forgo details.

Mrs. Lee made no move to offer her hand, so Luke gave her a brief bow and said, "It's good to meet you, ma'am."

With the introductions made, Mrs. Lee asked the three visitors to accompany her to her office. Although nothing was said to them, the eyes of nearly a dozen women working in cubicles followed the group as they walked to the rear of the building and entered a small office.

Once seated, Henry Kim took over the conversation. "Mrs. Lee, please tell Miss Olsen what you told me about her foster mother."

Mrs. Lee nodded. "Yes, of course." She gave Claire a rather maternal smile. "I do not hear from birth mother—um—yet. I do hear from foster mother." She paused for dramatic effect. "She agree to meet you."

Claire bit her lip and sat up straighter.

"That is wonderful! When did she say we could meet?" It took her a moment to process the news, but she managed, "Can I go see her?"

"Yes, tomorrow, next day... She say is all right." She paused then and said several sentences to Henry in Korean. He asked a question, which she promptly answered.

Henry nodded and turned to Claire and Luke. "Your foster mother's name is Sun Eun-hey. Mrs. Sun lives just outside of a village in the hills, about two hours east of Seoul. It's near some of the big ski areas."

Claire glanced at Luke almost pleadingly. Obviously, this development was unexpected and complicated under the circumstances. She was confined to a military base, had no personal transportation, and no way of finding a woman's home in a rural area two hours out of Seoul.

Luke appeared to read her mind. "I can wrap up some stuff when I go back to work this evening. I'll request a vehicle and we can drive up tomorrow morning." He turned to Henry. "Are you free tomorrow?"

"No, sorry," Henry replied. "I've gotta go to Jeju in the morning."

Luke shrugged. "Not a problem. I'll ask around the base. I'm sure I can find a translator who can go with us."

Claire nearly squeaked. "No, wait! Luke, I forgot! Jessica and Tony had planned on coming for lunch tomorrow. Maybe they can go with us. Jessica can translate. It'll be fun to spend some time with them."

"Sure," Luke said. "Why don't you call Jessica and see if that'll work." He turned back to address Mrs. Lee. "Can you contact Mrs. Sun and inform her that we can be there tomorrow... Say about 1:00?"

"I will do so now. It will take time for call." She gave Claire a meaningful look. "While you wait, would you like to see agency?" She looked pensive then said something to Henry in Korean.

Henry listened and looked at Claire with something akin to compassion. "Mrs. Lee said that you need to see where you spent the first month of your life. She said that it is important to know your heritage—this part of your past."

Claire was simultaneously intrigued and

apprehensive. She glanced at Luke. "Will it be okay to look around the agency? Do you have time before you need to get back?"

He was watching her carefully. His lips turned up in a small smile and his voice was quiet. "Claire, I think it's important for us both to see the agency. Take all the time you want."

Mrs. Lee rose and went to the door of her office. She called to a young woman who was working at a nearby cubicle and motioned her over. After conversing with Mrs. Lee for a moment, the woman smiled shyly and nodded to Claire. "This is Miss Bang," Mrs. Lee said. "She is a case worker. She will show you around and tell you about our agency."

Henry remained seated when Luke and Claire rose. "It's probably a good idea for me to hang around here while Mrs. Lee contacts Mrs. Sun. I'll try to talk to her directly so I can get precise directions. Trying to find a random house in the Korean countryside can be tricky."

Luke nodded. "Good idea. I don't know how long we'll be. So when you get the information, you could send it to me in an email or text and then head out. We've already taken too much of your time." He shook Henry's hand. "And, thanks again."

Leaving Mrs. Lee's office, Claire walked beside Miss Bang and Luke followed closely. Glancing between her guests, Miss Bang said, "My name is Enjie, but call me Katie. Mrs. Lee told me to tell you about our orphanage and show you the dorms and the nursery."

"Your English is very good," Claire said. "Have you spent time in the United States?"

Katie's smile was timid. "No, I studied English here. But after college, I spent one year touring Australia. I lived in several cities, working odd jobs. That helped my English very much." She pushed open the door to an enclosed stairway at the back of the building. "I hope to go to New York and California in a few years."

Katie started the tour with basic information about the agency. "In Korea, we are sometimes called an 'orphanage,' but we are a full-service adoption agency. We are the second largest agency in Korea, and we place about a thousand babies each year."

She led Claire and Luke up the first flight of stairs. "The second floor is meeting rooms and storage. The third floor contains the nursery and the fourth floor is where the mothers stay if they come to Seoul to have their babies." She opened the door and ushered them down the second floor hallway. "As you can see, we have a small conference room on one side and three family rooms for prospective parents and babies on the other."

The family rooms resembled casual living rooms, complete with a small sofa, a few chairs, tables and lamps. The door to one of these rooms was closed and muffled voices and laughter could be heard from beyond. Katie smiled with pleasure. "There is a new family here picking up their baby... It is a very happy time."

She led the way back to the stairs and they went up again. On the landing of the third floor, they found a fairly large bookcase that served as a shoe rack. Katie explained, "The upper floors are considered living areas, therefore we do not wear shoes." Claire and Luke followed Katie's example and removed their shoes before climbing to the next floor in their socks. "We'll go to the dorm first and complete the tour with the babies."

She climbed to the top floor and opened a door leading to a long corridor. "These days," Katie said, "almost all of the babies are adopted by Korean families. That was not always the case. For many years, most of the infants were sent to the United States, Canada or Australia. Now, the babies that are sent away are typically those who Korean parents do not want." She glanced at Claire, but resolutely continued. "Those are the infants that have some health or developmental problems, or those who are not pure—or rather true Korean." She bit her lip and looked away before turning to lead the way down the corridor. There were doors on either side, spaced about fifteen feet apart. Each door had a number, much like a hotel.

"This is only one of our dorms. There are actually six others around the country. The mothers move here right before they deliver. Today there are only five residing in this building."

At the end of the corridor was a large,

airy room that was a combination living room and kitchen. Two pregnant women were sitting in comfortable-looking chairs. One was reading and the other was watching a Korean soap opera on a large flat-screen TV. The women only glanced at Claire and Katie, but they seemed to stare at Luke. Katie nodded to the women but made no move to introduce them to Luke and Claire.

Heading back down the corridor toward the stairs, Claire said, "Tell us a little about the mothers. For example, are they young? Poor? Educated?"

Katie answered without hesitation. "They are mostly between eighteen and twenty-five. We have very few younger than that, which is good. Almost all have finished school and many have at least attended college. None are married."

"Do they ever keep their babies?"

"Yes, at least some do now. It was once very rare, but being a single mother is becoming less of a stigma." She paused in the stairway between the third and fourth floors. "It is difficult—although improving—because of their relationship with their families. It is still shameful and the girls are frequently disowned for dishonoring their family. Unless the mother has a good job, it is difficult for her to afford a child alone."

"What about the fathers?" Luke asked. "Are they ever involved?"

Katie glanced at him. "Sometimes, but it is rare." She looked a little uncomfortable but was candid nonetheless. "Very often, the father of the baby is already married. It is common for working men—those with good jobs and good incomes—to have women in addition to their wives. On some occasions, the father will pay to help the girlfriend to keep the baby. And in rare situations, the father will actually adopt the baby and raise it with his wife. Most of the time, however, the man deserts the woman when she becomes pregnant."

Katie opened the door leading from the stairway into the third floor, effectively changing the subject. "And here is the nursery area." Her voice held obvious pride. "The babies come to us as soon as they are stable—about two or three days, and they stay here until about three or four weeks of age. Then they go to their foster mother until they are six months old. Sometimes if a baby has health problems, we will keep them here longer."

The trio entered a medium-size anteroom in the center of the second floor. On either side were large windows—much like the windows in hospital nurseries—that served to showcase the large rooms housing the babies. Both of the rooms were fairly large, about twenty by thirty feet, and were brightly lit by generous windows with raised blinds.

In the main nursery, Claire saw tallish, rectangular wooden boxes about two feet wide. Pushed up against the wall just under the window, these waist-high structures served as beds for some of the babies. The beds were painted white, with partitions separating the infants. Claire counted four of the beds on the near wall, under the window, and each held four little babies.

The infants were lying on their sides on a padded surface covered by a sheet. They appeared to be identically dressed in white footed pajamas, and were swaddled in white blankets. Only their tiny heads were visible. Most were sleeping, but several were fussing and two could be heard crying, although the sound was muffled by the glass. The perpendicular side of the room held another four beds, and most contained a bundled newborn.

The far side of the room, opposite the window, held cabinets full of baby bottles, cans of powered formula and some medicines. Three women were present. Each was providing some sort of care to an infant. One woman was rocking and feeding a tiny baby; one was giving another a clean diaper; and the third wrapped a baby before laying it in a swing, which she started in motion.

Through a door in the far corner of the room, a small kitchen area was visible, and beyond that was another brightly lit room with a number of baby beds. Women could be seen moving back and forth in those areas, caring for babies there, as well.

Opposite the main nursery, Claire could see two large incubators and several standard baby beds. One caregiver was visible, and about five or six infants were sleeping.

Katie indicated the smaller room. "This

is where we keep the children who need more care. Sometimes we have preemies or infants with a health problem and we move them here to keep them away from the other children." She pointed to the far room, beyond the kitchen area. "In there are the older babies, the ones who will be moving out in the next week or so."

Claire looked over at Luke and saw that he was watching a caregiver in the main room. The woman mixed scoops of powered formula with water taken from a warming container. She filled a bottle, carried it to one of the crying babies and slipped the nipple gently into the tiny mouth. The baby ceased crying immediately and the caregiver propped the bottle on a towel, adjusting it to ensure the baby could suck and swallow easily. She returned to the work table, consulted a different card and repeated the process with another newborn.

"How many babies do you have?" he asked, his voice almost a whisper. He continued to observe the activity in the nursery.

"Normally, we have between thirty and

forty babies here. The most we've had since I started is sixty-two." She shook her head and gave a small sigh. "Too many babies is very hard for the nurses. We have to add help and it is difficult to provide the care they need."

"How do they possibly keep up? I guess each baby has to be fed and changed five or six times a day…and then bathing…"

"Our nurses are experienced and patient," Katie replied. "They take very good care of the children while they are with us."

Claire studied the scene with mixed emotions. The infants were safe and well tended. Their need for warmth, nutrition and cleanliness were met with efficiency and competence. Further, the nurses appeared to be affectionate with the tiny babies, as she witnessed the women talking softly to them and patting them tenderly. But she also saw that much of the care was automatic. The nurses changed so many diapers and prepared so many bottles and comforted so many frantic newborns, that something had to be missing.

She did not have to reflect very long to recognize the absent element was love.

No doubt there had been changes in twenty-five years, but Claire had likely occupied a bed similar to these, surrounded by dozens of other infants being cared for by dedicated but busy women. There would be no kisses on the tiny heads or hands; no singing of lullabies to fussy tots; no one to shed tears or worry about adequate weight gain or a slight temperature or a runny nose. She was inwardly grateful that the babies' time here would be brief. Within a few weeks they would go to a foster home, where she hoped and prayed they would receive more individualized and loving attention. And finally, they would go to a permanent family that she hoped would be as loving and wonderful as her own had been.

Claire managed to ask a few relevant questions and responded appropriately to Katie's comments. But the visit left her shaken, and she was glad when Katie politely told them that the tour was concluded and it was time to return to Mrs. Lee.

Luke seemed to sense Claire's distress.

As they followed Katie to the stairs he squeezed her hand. In a few minutes they rejoined Mrs. Lee and graciously thanked Katie for the tour.

THE COUPLE WAS silent during the drive back to the base. Claire was lost in her musings about beginning life in a small room with dozens of other babies—babies whose mothers—and certainly their fathers—did not want them or could not keep them. The babies were safe and cared for, but how different it was from beginning life with two parents in a loving home. For at least the thousandth time, she said a silent prayer of thanksgiving that Peter and Pamela Olsen had worked so hard to adopt a child from Korea. She would be forever grateful that child had been her.

WHEN THEY REACHED the apartment, Luke stepped aside, allowing Claire to enter first. As soon as the door was shut, he pulled her into a hard, clinging embrace. "I've wanted to hold you like this since we entered the orphanage. I want to make it better; to make up for, well, for your having to start your life there." He looked at her so lovingly that her heart clenched. He smoothed his big hands across her face and his voice deepened. "Thank goodness you were 'unadoptable' by a Korean family, and I'm so thankful for your parents." He paused and took a breath. "Now that I think about it, I'm also thankful to your mentor at Mayo who encouraged you to come here. I'm even grateful to the guys who mugged you—although I'd gladly throw them in jail. I'm just grateful—so very grateful—that you're here with me and you love me as much as I love you." He kissed her then.

Claire stifled a sob as she returned his kiss. "Luke, thank you for taking me today and for understanding. I'm thankful for you! You've helped me, protected me, come after me and sheltered me." She lightly ran her fingers across his lips. Fighting tears, she whispered, "I don't know how I could love you this much, this quickly."

He chuckled. "I don't really care. Just don't stop." He pulled her farther into the apartment and kept his arms around her, holding her tight.

Finally, his arms loosened and he kissed her temple. "Unfortunately, I have to head back to work now." His eyes searched hers. "In the meantime, if you're willing, why don't you go to Bridgette's and collect your stuff and move back into Brad's room." He looked both contrite and expectant. "Since you think I'm cute when I apologize, I need to give you ample opportunity to admire my cuteness. To whit—I was wrong to send you away. I'm sorry."

She rolled her eyes and grinned at him. "How can I resist? Consider me moved back in."

CHAPTER FIFTEEN

BY TEN O'CLOCK the next morning, Luke and Claire had picked up Tony and Jessica and the group was headed out of Seoul. Fortunately, Luke had been able to procure one of the larger vehicles in the base fleet, a fairly new Hyundai SUV. In consideration of his size, Tony rode shotgun in the front passenger seat and Jessica sat in back with Claire.

Henry Kim had emailed Luke very explicit directions on how to find Claire's foster mother's home in the Korean countryside. Following the map and using GPS, Luke exited the freeway about an hour out of Seoul and continued on a winding, two-lane road into the lovely rolling, wooded mountains that made up the vast part of the country's interior.

Claire was delighted to spend time with Jessica, whom she hadn't seen for almost

a week, and to get to know Tony better.
The swelling that had marred Jessica's eye
and the bruises on her face were mostly
gone. What still remained was obscured by
skillfully applied makeup. Jessica's right
arm was now encased in a hard cast that
was suspended by a paisley print silk scarf.
She seemed to have put the incident behind her and was as gregarious and outgoing as ever.

Likewise, Tony seemed very much at
ease. During the drive through the winding
mountain roads, Claire caught him stealing glances at her friend, who never failed
to smile back.

"Jessica," Luke said, interrupting one
of those grins. "You've heard by now that
Claire was born here then adopted to the
U.S. We thought you might help us speculate—for lack of a better word—as to
whether that might be the reason someone wants to kill her."

Jessica sat up straight, clearly interested. "Actually, I wondered about your
ancestry from the beginning." She looked
at Claire. "Obviously, you're biracial—
Asian and Caucasian—and it just seemed

logical that one of your parents was Korean. I had no idea you were actually born *here*." She looked contemplative. "Since you called yesterday I've pondered it a little." She took a breath. "Twenty-five years ago, South Korea was still pulling out of the ashes following the war. It was moving from a third world or developing country to what it is today, behind only China and Japan—economically speaking—in Asia. But at that time, the country was very conservative socially. It still is, but it was even more so back then. Out-of-wedlock pregnancies were quite scandalous." She looked sympathetically at Claire and then explained. "It would have been particularly shameful, however, if the baby had not been a pure-blood Korean. In other words, giving birth to a mixed-race baby would be a dishonor beyond redemption."

"Okay, so you think Claire's heritage— that her father was Caucasian—would have been this huge disgrace?" Tony said and then frowned. "But that was then… Baby got born. Baby got adopted. Twenty-five years pass…" He shrugged. "Why would someone care now?"

"Well obviously someone does—big-time," Luke said.

Jessica looked pensive for a while. "The only thing I can think of—and this really is pure speculation—is that the woman who got pregnant and/or Claire's father was someone of note."

"How so?" asked Claire.

"Well, if your birth mother was in one of the higher social classes, she'd need to hide having a mixed-race baby. Depending on who she was, it might be necessary to keep the secret forever. My guess would be for position or money or both." Jessica frowned. "You know, at that time, the only Korean women who would've had any interaction with non-Korean men would be the very wealthy and influential—like heads of industry, those in government, diplomats or maybe actresses—or the very lower class." She bit her lip and looked at Claire. "Like a prostitute…"

"I wondered about that," Luke said. "But who would care if the child of a prostitute returned to the country twenty-five years later?"

"I guess in that case, the focus would

be on the father... Who was *he?*" Jessica frowned. "I think that scenario is much more far-fetched, because twenty-five years later, any diplomat or high-level military officer would be long gone and would have no way of knowing, even if he did care."

"You're right," Claire said. "That doesn't make sense... So, if we are to believe that something about my heritage is driving the attempts to um...harm me, then the reason probably has to do with who my mother is, or, more accurately, who her parents are."

"Hopefully, your foster mother can give us some answers," Luke said.

ACCORDING TO THE INFORMATION Henry had gathered, Mrs. Sun lived on a small farm that grew fruit—strawberries and peaches—and ginseng.

They arrived a little before one o'clock at the traditionally styled Korean farmhouse. The lovely structure was built from bleached wood, complete with a blue tiled roof and gently curving eaves. After considerable discussion they agreed that Jessica and Claire would approach the house and the men would remain in the SUV until they had Mrs. Sun's permission to enter. Neither Luke nor Tony wanted to frighten the woman, who was likely in her sixties or seventies.

Claire's heart rate was high when she knocked on the door. It was immediately opened by a middle-aged woman with a dour expression, wearing the black skirt and white blouse of a maid. Jessica introduced herself and Claire, and politely asked for Mrs. Sun. The maid seemed curious about the blonde woman's excellent command of Korean and the Korean woman with the odd eyes. After a short pause she mumbled something and stepped aside, allowing them to enter.

The women slipped off their shoes, placed them on a rack just inside the door and followed the maid into the house. Jessica turned to Claire and said quietly, "She said that Mrs. Sun is expecting us."

In only a few steps they were admitted to a bright and airy room, which had wide, open windows. It was nicely appointed and the furnishings and art appeared expensive. A petite, white-haired woman was sitting on a low stool when Jessica and Claire entered.

Jessica placed her hand on Claire's forearm, stopping her progress. "Wait just a second," she instructed under her breath. "Give her a small bow."

Claire smiled tentatively to the woman, then bowed, as instructed. *"Anyong haseyo,"* she said politely.

Mrs. Lee rose to her feet. Claire realized at once that she was quite stooped with osteoporosis, but she stood as straight as she could and regally walked across the room to stop in front of Claire. Her face was serious but curious as she stared at Claire for what seemed like a long time. Finally she said something. At first the words sounded harsh, but then she smiled, reached up and touched her gently on the cheek.

Jessica smiled slightly and was forced to blink back threatening tears. "She commented on your eyes—she said the family called them 'bad eyes.' And then she called you 'my baby'."

Claire felt her own eyes become damp and she swallowed hard. Finally she was able to smile at the elderly woman and she said, "Thank you, Mrs. Sun, for taking care of me. I am happy to meet you now."

She waited for Jessica to translate and she watched the old woman smile. She touched her cheek again and then she caught Claire's hand and pulled her toward the low table in the center of the room. She said some words that Jessica translated. "She wants us to have tea."

"Should we ask to include Luke and Tony?"

"Okay, but I'll introduce them as our husbands," she whispered under her breath. She relayed the information to the older woman and pointed toward the door.

Mrs. Sun looked pleased and then clapped her hands, calling for the maid. She sent her to fetch the two men, and they joined the tea party only a few minutes later, minus their shoes. The living room seemed to shrink with the arrival of the two big men, who bowed respectfully and graciously thanked the elderly woman for her hospitality.

The serving of tea and polite words followed. After everyone had finished at least one cup, Jessica finally broached the reason for their visit. She asked Mrs. Sun to tell Claire what she knew about her birth mother.

The old woman said something but was interrupted by Jessica. It was obvious that what she'd said was a surprise. Jessica asked another question, was answered, and then she sat up straighter and turned to Claire. She took a deep breath and explained. "Well, this is already interesting. It seems that Mrs. Sun is actually your great aunt. She is your grandmother's sister."

Claire was a little flustered by that revelation. "Oh, I'm not sure how to respond… I guess tell her that's wonderful." She managed a smile at the older woman and tears formed in her eyes once more.

Jessica translated and asked another question. The back-and-forth continued for some time. Claire or occasionally Luke would ask questions, Jessica would interpret, Mrs. Sun would answer, and Jessica would interpret again.

In the end, Mrs. Sun was very informative. She told them Claire's mother was Lee Won-ji, a privileged, wealthy young woman who was twenty when Claire was born. Mrs. Sun was not complimentary with regard to the young woman. At one point Jessica looked at Claire and behind her to Luke and Tony and said, "Mrs. Sun said that she—Claire's mother—was a stupid, selfish, greedy—well, um, she actually used a derogatory word... I think she didn't approve of her. Also, interestingly, she lived here with Mrs. Sun during the pregnancy, which is how Mrs. Sun came to be your foster mother."

Claire nodded. Then her brow creased with a slight frown. "Where is she now?"

Jessica asked the question and waited for the answer. When it came she bit her lip before turning to tell Claire. "Well, she said your birth mother died only a couple of years after you were born. She was only twenty-three. I'm sorry."

Claire wasn't sure what she'd been expecting, but that news was somehow stunning. Finally she managed to say, "I'm sorry, too. What happened?" Her voice was quiet, and tears created twin tracks, dampening her cheeks.

Following Jessica's translation of the

question, Mrs. Sun again seemed disapproving. Jessica looked pained when she repeated what had been said. "Uh, well, she was driving her car and had an accident. It seems she was—er—she'd had too much *soju*." Jessica looked uncomfortable describing the young woman's intake of alcohol. "Apparently, after your birth, she became very much a 'party girl' and, well...she killed herself in the accident."

They all took a few moments to digest that revelation and Mrs. Sun said something. Jessica nodded and explained. "Won-ji's parents are also dead. Her mother—Mrs. Sun's sister—died only last year. Her father died about five years ago from liver cancer."

Claire realized that with the exception of this great aunt, her Korean family members might all be dead. But what about her father? She caught Jessica's eye. "Ask her if she knows anything about my father?"

Jessica complied and waited a span while the old woman went into a fairly lengthy oration.

"Hmm...Well, okay." She gave Claire another concerned look, fortifying herself before sharing what she'd learned. "When she was staying here during her pregnancy, your mother eventually confided in Mrs. Sun that she met a very handsome man at the yearly American Embassy Ball. Your father was a career diplomat and the primary assistant to the American ambassador at that time. Evidently, he was fluent in Korean and was able to easily seduce your mother with promises of marriage. According to Mrs. Sun, it was all a lie, because when Won-ji informed him of her pregnancy, he confessed he was married and had three children in California. It seems he pretty much told her to 'get lost' and left Korea shortly thereafter. She never heard from him again."

Claire felt pity for the young woman, suddenly finding herself pregnant by the poor excuse for a man who was evidently her father. Once again she breathed a sigh of relief to have been adopted by loving, stable parents. She was also glad that she hadn't previously known about the uncomfortable circumstances surrounding her conception and birth. She almost wished she didn't know now. But that reality didn't change who she was. She straightened her spine and silently said another prayer of thanks.

Everyone was silent for a few minutes as they considered the latest revelations. It was Luke who asked the most pressing question. His voice was edgy and his anger was subdued, but evident to the Americans. "Jessica, ask her who from the family is still alive. Who would benefit from Claire's death?"

Jessica carefully considered how to phrase Luke's question, then relayed it to Mrs. Sun. The old woman sat still for a moment, evidently contemplating how much to divulge.

When she didn't immediately reply, Luke repeated the question. "Who would benefit from Claire's death?" His attention turned from Jessica to Mrs. Sun. Evidently his bitterness needed no translation and Mrs. Sun suddenly seemed more afraid of Luke than she was apprehensive about disclosing potentially damaging information. She finally answered. Her words were softer and spoken more hesitantly than before, but her confidence seemed to increase as she provided the information.

Jessica translated.

"His name is Lee Min-sik. He is your birth mother's only brother. Evidently he inherited all the family money—which according to Mrs. Sun was considerable." She paused and glanced at Mrs. Sun. "He also inherited his father's position. The elder Mr. Lee was part of the founding group of a Korean conglomerate—kind of like Samsung and LG. It seems that he's now—"

Mrs. Sun interrupted her, saying something under her breath that caused Jessica to pause. Stunned, the blonde sat up straight and turned to Claire. "Mrs. Sun thinks Mr. Lee actually brought about your mother's death—because of you. He encouraged her drinking and allowed her to drive even though she was inexperienced. He hated the shame that she brought on the family because her baby was not Korean."

Mrs. Sun said a few more words that seemed sorrowful and these, too, Jessica translated. "She said to tell you that she is sorry, but Mr. Lee thought you were the 'highest disgrace'—that is the term she used—to the family. He believed you should not be allowed to live."

CHAPTER SIXTEEN

THE CONVERSATION WAS subdued as they drove back down the curving, narrow road toward the highway. As before, Jessica and Claire were in the back of the SUV, with Tony beside Luke. After about fifteen minutes, Jessica patted Claire on the arm. "That was a lot to take in. Are you doing okay?"

Claire managed a small smile. "Yes, actually, I'm fine. More than anything, it's a relief to know who wants to harm me and why. I'll never know more about my birth father, but that's okay. I don't think I would've liked him… Mostly, I feel sorry for my birth mother, and I guess for her parents. Honestly I'm thankful for how it turned out… Not about them, of course, but that I was adopted by wonderful parents."

"What's the next step?" asked Tony.

"As soon as we get back to Seoul, I'm going to drop you and Jessica off and take Claire to see Captain Choi. He'll be able to take it from here with regard to dear Uncle Lee. I also want to get your passport released." He glanced in the rearview mirror to catch Claire's eye. "It's time for you to go home." His words were soft and authoritative.

She nodded. "Yes. I agree. I think I want to go home." A single tear slid down her cheek. "I'm a little overwhelmed right now and home is a good place to be." Jessica reached over to squeeze her hand. Suddenly fatigued, Claire leaned back and closed her eyes.

THE QUARTET WAS SILENT for the next several miles, everyone focused on their own thoughts. Without warning, Luke looked askance at Tony and said, "Are you carrying?" His voice was low and without inflection.

"Yes." Tony glanced at Luke then turned to study the road behind them. He spied a single car about a quarter of a mile behind the SUV. "Is there a problem?"

"Yeah. Looks like. Two guys in that black sedan. I've been varying my speed quite a bit; they are definitely copying me." He slowly increased speed until the rate was bordering on dangerous.

As Tony watched, the sedan's speed increased proportionately. Avoiding sudden moves that might alarm Jessica and Claire, he reached behind his back and pulled out his 9 mm automatic pistol. The weapon was actually illegal in Korea, but an exception was granted for American Embassy security officers, including Tony.

Although Luke maintained his speed on the narrow, winding mountain road, the black sedan seemed to be gaining. Luke drove another mile and when they hit a straight spot in the road, he braked, slowing the SUV by almost twenty miles per hour. The sedan roared up fairly close and Luke pulled toward the shoulder, ostensibly offering to let the sedan pass. It didn't. Luke slowed even more and the sedan nearly stopped, staying about 150 feet behind.

"Claire, Jessica." Luke's voice was a

bit louder, but his words remained calm. "Make sure your seat belts are tight."

Jessica had been reading a journal and Claire had been dozing, but both immediately become attentive. "What's wrong?" Jessica asked.

"I think we have company. Check your seatbelt. You, too, Claire."

Both women followed his instructions. "Oh, God, not again!" Claire glanced back and saw the car. Her voice held fear and frustration. "How? I don't understand!"

Luke caught her eye in the rearview mirror. "The only thing I can think of is that they must have been staking out Mrs. Sun's. Obviously, they're very determined."

He pressed the accelerator and had the vehicle up to seventy in a few seconds. The sedan was quickly gaining on them again, this time inching even closer.

"Whaddya think?" Tony asked. "Want me to try taking out a tire?"

"Let's wait to see if they actually make a move." Luke sped up a little more, carefully watching the road in front of them and the car behind.

Tony unfastened his seatbelt and turned around facing the rear, kneeling on his seat. He cradled the big pistol in both hands, pointing it to the ceiling. Jessica gasped when she saw the weapon. "You think you're going to need that?" Her voice was pitched high and a little tremulous.

"Don't know," he answered without taking his eyes from the car. "Hope not."

Even as he spoke, the black sedan roared forward, pulling up only a few feet from the SUV's bumper. They rode that way for about half a mile and then, as they were approaching a curve, the sedan's driver increased his speed. The vehicle swerved and pulled up beside them, but still about half a car length behind. Safely able to make the move, Luke slammed on the brakes and the sedan shot ahead. The driver reacted immediately, though, braking and swerving into an abrupt "U" turn. Both vehicles came to a complete stop, now facing each other.

Unfortunately, the SUV was at an outside curve. Therefore Luke was unable to reverse without taking a horrible chance of backing into someone coming around the winding hill. Luke nodded to Tony who was again facing forward. Tony opened his window, and pointed the gun toward the oncoming car.

"Ladies, get down *now.*" Luke's voice was still calm but commanding. Immediately, Claire and Jessica complied, leaning forward as much as their seatbelts allowed.

Staring straight ahead, Luke said, "Let's go." He hit the gas, punching the SUV forward. Simultaneously, Tony leaned out his window and aimed for the sedan's tires. He fired three shots in quick succession as the SUV came dangerously near the stopped sedan. Luke barely slowed as they swerved, narrowly avoiding a sideswipe. As they roared by, Tony leaned out and fired two more shots, this time aiming at the car's rear tires.

"Hit anything?" Amazingly, Luke's voice was still emotionless.

"Hard to tell. At least they know we have a weapon. That might be a deterrent." Tony kept his voice calm. They could have been discussing the weather.

"Doesn't look like it." Luke's voice grew marginally edgier. "Here they come."

Tony swore under his breath. He turned again and saw that the sedan was only a few feet behind them. Even though Luke increased his speed, they were jolted as the sedan hit their rear bumper.

Tony glanced down at the women. "Jessica, Claire, keep your heads down and cover them with your arms. I'm going to blow out the window." The next blast punched through the rear window, showering the two women with tiny bits of glass. Unfortunately, the safety glass was hearty, and about two-thirds of the fractured window remained in place, blocking Luke and Tony's view of the black sedan.

Tony swore loudly. He glanced at Luke, who was now forced to rely on his side mirrors. "Can you see well enough to keep up with them?"

"Yeah. I got it." Luke sped up once again, edging dangerously fast for the winding road. "It looks like a tire is out, but that doesn't seem to be slowing them much. It will eventually, but you might try to get a shot in the engine block. If that doesn't work, go for the driver."

Tony deftly crawled over the console

and wedged himself between Claire and Jessica. With the barrel of his weapon, he cleared away enough of the shattered window to see the target. He propped the pistol on the top of the seat and fired two more shots. The bullets hit the front of the sedan, but it was difficult to tell if anything vital was damaged.

Despite, or perhaps because of, the shredding tire and the probable engine damage, the sedan's driver became even more reckless. He slammed down the accelerator and rear-ended the SUV, sending Tony sprawling backward onto the console between the two front seats. The jolt nearly caused Luke to lose control, but he managed to avoid hitting the side of the hill to their right.

While Luke fought to maintain control, Tony crawled back to his seat. He crouched sideways, with the pistol aimed toward the driver's side window, hoping to get off a shot at the sedan's driver. Within seconds, the black car sped forward and rammed them just as they rounded a curve. Suddenly both vehicles were careening down the hill. Luke hit the brakes and tried desperately to keep the SUV from rolling, while fighting to dodge trees. The passengers were subjected to horribly deafening screeching and grinding noises as the sides and undercarriage of the vehicle were scraped by branches. As they were sliding to a stop, the vehicle hit a loose bit of gravel, causing a skid which ended as they slammed almost head-on into a tree.

LUKE'S EARS RANG with screams from the backseat, loud bursts that sounded like shotgun blasts, the shattering of the windshield and the crumpling of the SUV's frame. The cacophony of sounds ceased as abruptly as the vehicle came to a stop, and there followed a sudden and almost eerie quiet.

When the airbag deployed, Luke was hit hard in the face and chest. A few seconds passed before he could catch his breath.

Luke shuddered, trying to focus. As his mind cleared, he unbuckled his seatbelt and turned to the backseat. "Claire!" His voice was ripe with dread. "Claire, are you okay?" Both women were still leaning forward, their heads covered by their hands.

At his urgent questioning, both hesitantly sat up and looked around.

"Luke, there's smoke!" Claire cried as she fumbled to undo her seatbelt.

Jessica managed to unlatch hers and struggled to push open her door. "I can't open it!"

"No, it's okay. It's not smoke." Luke tried to calm them. "It's powder from the airbags. It's not smoke."

Luke was immensely relieved that Claire and Jessica appeared to be unharmed. His relief was short-lived, however, when he turned to Tony. The marine was slumped sideways, with his head partially out of the now broken side window.

As Luke had struggled to control their crash, he'd been dimly aware that Tony was trying to brace himself by holding on to the dash with one hand and his seat with the other. But the front passenger side had sustained the worst damage from hitting the tree. And Tony hadn't been wearing his seatbelt. His momentum had thrust him back toward the door then the airbags deployed, which pushed him hard into the seat before they deflated, causing him to fall to one side.

In the crowded confines of the totaled vehicle, Luke managed to hoist himself up and lean over to gently pull Tony back into a semi sitting position. A quick assessment revealed a deep, two-inch laceration in his forehead, neatly dissecting his right eyebrow, along with multiple smaller cuts dotting the side of his face. The deep cut was bleeding profusely, and Luke pressed hard with two fingers, trying to stop the flow. "Do either of you have something we can use for a pressure bandage?" he barked.

"Here, let me help," Claire said.

CLAIRE SCRAMBLED to get as close as she could, leaning over the back of Tony's seat. She held the injured man's head while Jessica rifled through her purse and came up with a wad of Kleenex. She handed the tissues to Claire who pressed them hard against the wound.

"Give me that scarf." Luke motioned to Jessica's sling. She handed it to him and he quickly ripped it in half, tying both ends together to make a bandage. While Claire held the tissues in place, she palpated Tony's throat, locating his carotid artery. Although his pulse was a little rapid, it was strong.

Claire held Tony's head steady while Luke wrapped it with the makeshift bandage. When that had been accomplished, Luke said, "We need to get away from here. I don't know if they survived the crash, but they may be on their way now." Although the driver's side door was partially caved in by the crash, Luke was able to force it open, subjecting the group to another grinding screech of metal on metal. Claire's door had not been affected. She opened it and both women clambered out. Luke took precious seconds to scan the hill behind them where the black sedan had also crashed down. From their spot amid trees and other brush, he couldn't see the other vehicle and didn't pick up any movement.

He looked at Claire. "I'm going to have to pull Tony out. I need you to crawl in and try to guide his legs."

She gave a brief nod and then climbed through the driver's seat and carefully edged over Tony, pressing her back against the door. As she did, she spotted Tony's handgun on the floorboard. "Luke, here." She handed him the weapon. He took it and then shoved it toward Jessica, who was standing next to him, anxiously watching their efforts and looking around for the men who'd run them off the road.

Luke knelt on the driver's seat and reached behind Tony's back, grasping him under the arms. He pulled gently, but steadily backward, cradling his head. From her spot, Claire was able to help lift his legs over the console. As she did, she was surprised by how heavy they were. Although Luke controlled the bulk of Tony's weight, Claire struggled to help him through the door. In only a few moments, they had extracted the injured man from the SUV, and Luke laid him carefully on the ground.

He looked at Claire. "Can you check him to see if there's anything broken? If he has a spinal cord injury, we've probably done him additional harm, but that can't be helped. We have to get out of here."

Claire got on her knees and performed a

quick assessment. She didn't find any obvious broken bones and she lifted both eyelids and whispered a prayer of thanks that his pupils were equal and reacted evenly, constricting quickly when exposed to the sunlight. Some blood had seeped through the Kleenex and stained Jessica's torn scarf, but the flow seemed to have nearly stopped. His pulse was still strong, but he didn't show signs of regaining consciousness.

"I don't see anything glaring, but we need to get him to a hospital as soon as possible." She looked around in despair. They were at least an hour from the outskirts of Seoul in a remote, mountainous area, several hundred yards off the road. Worse, for all they knew, the men who had tried to kill them were still nearby. She couldn't fathom how they would be able to get Tony to a hospital quickly without divine intervention.

She said a quick prayer.

Because she'd been occupied with assessing Tony, Claire didn't know that Luke had pulled out his cell phone until she realized he was talking with someone.

"Yes, it's an emergency...We have a man down..." He proceeded to explain the circumstances and describe Tony's injuries and the terrain. "Got it. About a mile and a half?...I'll relocate the group...I hope about thirty minutes...Yeah...I'm going to give the phone to my colleague so I can carry Sergeant Mancini. Give her the instructions."

Luke handed Claire his phone. "This is Corporal Nunez. He's going to tell us where to go so a helicopter can pick us up."

Claire responded with a tiny nod. "Okay."

With that he squatted down, picked up Tony almost like a baby, then stood. When he was completely erect, he shifted Tony's limp body carefully until he was resting across both shoulders in what Claire recognized as the fireman's carry. Tony was far from a small man, and she estimated that he weighed at least two hundred pounds. The move was done—while not effortlessly—with astonishing ease. Claire glanced at Jessica and both gaped at Luke's display of strength.

The man on the phone regained their attention when he said, "Ma'am, you need to head southwest, farther down the hill, for about 400 yards, then walk across the valley for about half a mile."

"Thank you, Corporal," she managed to reply. "He said we need to go southwest, down the hill… Luke, which way is southwest?"

He actually chuckled and started forward. "Follow me."

Luke led the way with Jessica and Claire following closely behind. Although Claire knew Luke was strong, nonetheless, she was amazed by his stamina as they traversed the uneven terrain. Claire spoke to Corporal Nunez regularly. Without knowing the source of his information, she determined that he had access to some type of topographical program and a GPS system that allowed him to track their exact location.

As they continued their trek through the woods, Claire grew increasingly concerned about Luke. With each step, he seemed to be breathing more rapidly and their pace was slowing. She wanted to help him, but knew there was nothing she and Jessica could do.

They had covered about a mile when Luke said, "I need a break." With that declaration he sank to his knees and sat back on his heels to rest. He didn't move Tony; rather he kept the unconscious man draped across his shoulders. Claire was alarmed by his heavy sweating and rapid breathing. Could he keep moving over the grueling ground while carrying the heavy burden? She didn't know what choice they had.

"Claire, can you check on Tony. See if there's any change?" His voice sounded strained.

Claire dropped to her knees behind Luke and examined Tony as best she could. There was some oozing from the small cuts, but otherwise she didn't detect any change. His hands were warm, his pulse strong and his pupils reactive. "He seems stable." She looked at Luke worriedly. "How are you holding up?"

"I'm okay. I don't think it's a whole lot farther." He managed a slight smile, trying to lessen her concern.

Jessica had been diligently watching their rear. Suddenly, she knelt beside Claire and caught Luke's eye. "Hey, guys, I think I heard a noise. There may be someone following us." She kept her voice low.

Luke managed to turn around to study the woods they had just traversed. All three watched closely for a moment. "Where is Tony's gun?" he asked.

"In my purse." Jessica pointed to her cross-body bag, which she was now using as a sling.

"Get it out." Luke's voice was low. She nodded and complied. "You know how to shoot?" He was still watching the woods.

"I've done a little target work. I can manage."

"Good. Keep it handy. This is making me nervous." He struggled for only a heartbeat as he stood and resolutely started walking. His voice was tense when he glanced at Claire and said, "Ask the corporal for an ETA of the Huey."

Claire relayed the question and was told to expect the helicopter in about twenty minutes. They walked about ten minutes more, but their pace had slowed considerably. Fortunately, the woods seemed to be thinning, which made the path a little easier for Luke to manage.

Jessica remained a few steps behind, watching and listening. Suddenly she cried out, "Stop! *Meom-chweo!*"

Claire and Luke whirled around as Jessica raised the pistol and fired two rounds. There was a sound of thrashing, followed a moment later by quick movements that grew increasingly faint.

"What did you see?" Luke asked.

Jessica gripped the pistol; it wobbled slightly. She kept looking toward the trees. "Mostly just movement of the brush and grass, but a couple of times I thought I saw something black—probably clothing."

"Good going. I think—I hope—that you scared them off… At least for now."

Fatigue etched Luke's face and he struggled with every step. *Please,* she prayed silently, *let us get there quickly.* Into Luke's phone she said, "Corporal, it appears we're being followed. Can you give us an update on how much farther?"

"Huey's less than two minutes from your present location," Corporal Nunez responded. "You're probably five to ten from the rendezvous site." Much relieved, Claire relayed the information to Luke.

"Here, hand me the phone," Luke said. When she complied he said gruffly, "Nunez, request that the Huey do a low flyover of the woods immediately south of our present location…Great… thanks… Giving you back to Ms. Olsen." He handed the phone back to Claire and resumed his pace, moving resolutely toward their goal.

Less than two minutes passed before they heard the helicopter. Another minute and they could see it coming in their direction. It passed immediately overhead and proceeded to do several low sweeps of the area, only a hundred or so feet above the tops of the trees.

Luke chuckled. "That should give them something to think about."

Claire swallowed and nodded. She hoped so; it certainly intimidated her.

The helicopter seemed to follow them for the next five minutes, still doing occasional low forays behind the small group. Its presence, and the assurance that the rendezvous site was near, seemed to bolster Luke's strength. Finally, just as the corporal had predicted, they arrived at a wide clearing. The helicopter flew past them, did a quick circle and sat gracefully down. The roar of the aircraft was deafening as the rotors continued to move.

Luke sank to his knees much as he had before. This time he leaned to one side and eased Tony to the ground. While he was accomplishing that maneuver, two men in olive drab coveralls carrying a collapsible stretcher hopped out of the aircraft, leaving the side doors open wide.

"We've got him, sir," one of the men said, as Luke struggled to move Tony into a more natural position. In quick, practiced moves, the men placed Tony on his back on the stretcher then carried him to the Huey.

Even though he'd been relieved of considerable weight, Luke suddenly seemed weak. Claire and Jessica helped him to his feet and steadied him as he staggered toward the waiting copter.

It took only three minutes to load all four Americans, and shortly thereafter they were airborne.

CHAPTER SEVENTEEN

THE FLIGHT BACK to Yongsan took less than forty minutes. During that time, Claire learned that the helicopter was routinely used for medical evacuations. One of the men who'd carried the stretcher was a medic—Corpsman Sandy Jefferson. Corpsman Jefferson knelt by Tony and quickly and efficiently stabilized his cervical spine by placing a collar around his neck and taping his forehead to the stretcher. When that was accomplished, he took Tony's pulse and blood pressure and completed a check of his neurological system. While Jefferson was conducting his assessment, Claire started an IV.

Jessica watched their ministrations with concern. "Do you think he's going to be okay?" Worry etched her expressive face.

Jefferson responded matter-of-factly. "Don't know if the spinal cord stabilization measures will do any good at this point. But it could help… Not sure about the head injury, but I don't see a lot of the really concerning signs."

Claire tried to be more encouraging. She gave Jessica a smile and said, "Hopefully, he's just concussed and will be coming out of it shortly." She glanced down at the unconscious man and added, "We should know more soon."

After doing as much as possible for Tony, Claire turned her attention to Luke. She was surprised and alarmed when she discovered him slumped in his seat with his eyes closed. He was still sweating heavily and his breathing seemed to be labored. Leaving Tony with the corpsman and Jessica, she edged across the confined space to where he was resting.

She put her hand lightly on his forehead and quietly asked, "Luke, are you all right?" He jerked slightly as if startled and opened his eyes. "I'm sorry. I didn't know you were asleep. I wanted to check on you, too."

Luke appeared to be puzzled by her comment and he stared at her a minute.

"How's Tony?" he asked. His voice was low and he sounded hoarse.

She took his hand; her lips thinned in a slight frown. "He hasn't shown any signs of waking and he hasn't moved yet. But the corpsman said he doesn't see signs of either spinal cord injury or a severe head injury."

He nodded and continued to stare at her. "Where are your glasses?" He sounded tired.

She automatically touched her face and found that sometime during the past hour she'd lost her glasses. Her lips turned up at the corners and she gently clasped his hand. "I've no idea… Are you all right?" she repeated.

"Yeah. Pretty much." He gave her a weak smile and moved slightly, as if adjusting his weight to get more comfortable. "I probably need to be checked out when we get to the hospital." He closed his eyes and whispered, "I like you without the glasses… Of course, I also like you with glasses…"

"Luke, talk to me." Claire rose to her feet, hovering over him. "What's wrong?"

"Ribs." He didn't open his eyes. "I hope they're not broken. I hate broken ribs." His voice was even weaker.

"Which side? Luke, where are you hurt?" She tugged at his shirt, exposing his abdomen and chest. She stifled a gasp when she saw the ugly bruise on his right side. She turned to the medic who was taking Tony's blood pressure for the second time. "Corpsman, when you finish there, can you come check the lieutenant?" She tried not to sound panicked.

Jefferson glanced at Luke's sweaty, pale face. "Sure." He was at her side in a breath. "Whoa, man!…er, sir," he exclaimed. A huge, darkened area covered much of Luke's chest. Jefferson gave Claire a wry look. "They're at least cracked, maybe broken. Probably caused by the steering wheel or the airbag." He took out his stethoscope and listened to the sound of air moving in Luke's right lung. "Sound's okay. A little diminished perhaps, but that may be because his breathing is shallow; most likely he's avoiding deep breaths due to pain." He frowned and shook his head as he wound up the stethoscope and thrust it into his pocket. "Not a lot we can do here—actually there's not much they can do at the hospital, either." He gave Luke a look of admiration. "Don't know how he carried the sergeant that far with those ribs."

Luke opened his eyes and frowned. "Don't talk about me like I'm not here." He rolled his eyes—and groaned, "I *hate* broken ribs."

Claire took his hand and managed a smile. "Have you had much experience with them?"

He nodded and squeezed her hand. His lips thinned as he answered, "Yeah. Football injury. One season I had to play every game with my chest wrapped with this big brace—kind of like Kevlar…" He fell asleep with Claire still holding his hand.

The next several hours were a blur. The Huey landed on the roof of Yongsan Base's hospital. A crew was waiting to rush Tony into the Emergency Department.

Luke's short nap revived him a bit, and he balked when the hospital's medic insisted on putting him in a wheelchair to transport him from the helipad to the E.D.

"I can walk," Luke growled at the young

private who held the wheelchair in place, waiting for him to comply.

Despite his pale face and obvious pain, Luke was still an imposing figure. To the private's credit, however, he didn't flinch. "Hospital policy, sir. You need to sit down and let me push you before I have to call for some help and we strap you in." Only a little anxiety appeared in the young man's expression, but he swallowed hard with relief as Luke obligingly, but with bad grace, took a seat.

Claire and Jessica initially argued when the medical personnel insisted on checking them out, but within a few minutes of landing, all four were in separate cubicles in the well-equipped and well-staffed E.D. Claire was in the best shape, and the nurse practitioner quickly deemed her "good to go," after a thorough assessment.

Because of Jessica's recent hospitalization, the doctor insisted on another X-ray of her fractured arm, and he did a detailed examination of her still bruised face. They found nothing new and nothing of concern so she, too, was discharged within an hour. She joined Claire, who was pacing in the waiting room, eager for details on the condition of Luke and Tony.

Even though hospital personnel were friendly, considerate and professional, they wouldn't let the women see Luke or Tony. Both men, they were told, had been taken for X-rays. The staff were unwilling to discuss the patients, and shared nothing about their status.

Unfortunately, Bridgette was not on duty when they arrived, and Claire asked the admitting clerk to call her friend to tell her about the accident. In less than fifteen minutes, Bridgette barged into the waiting area seeking Claire, eager to provide moral support and act as an information source.

Claire introduced Jessica and Bridgette. Bridgette took one look at the two now exhausted and almost frantic women and said, "Why don't you go to my apartment and rest? I can call you as soon as Tony and Luke are situated somewhere where you can see them."

Claire shook her head adamantly. "No. I'm not leaving. I can't leave them!" The events of the day suddenly crashed down on her and she collapsed into a chair.

Tears stained her face. "This is my fault," she cried. She looked plaintively at Jessica and said, "First it was you—you were hurt." She turned her attention to Bridgette and continued, "And then you could have been…" She bit her lip. "And now Tony and Luke are hurt." She tried in vain to stifle her sobs. "I know Luke's going to be okay, but Tony? Please, God, let Tony be okay!" She doubled over and buried her face in her hands.

Bridgette and Jessica looked at each other, unsure how to appease Claire's grief and guilt. Finally, Jessica put her arm around her friend. "Claire, that's enough. You heard what Mrs. Sun said about your uncle." She shook her head with vehemence. "You didn't cause any of it. You had no control over his actions! You can't blame yourself for what some greedy, maladjusted egomaniac—who you didn't even know existed—does."

Bridgette glanced around the waiting area and located a box of tissues. She handed it to Claire, who gratefully took a couple and whispered, "Thanks." She sighed as she wiped her eyes. "I know, but

I'm still responsible. Tony, Luke…" She waved her hand in a gesture of inclusion and continued, "both of you—you all were only bystanders; only trying to help me."

Bridgette followed Jessica's lead and hugged her friend. Finally, the support of both women helped calm Claire's emotional battle. When her tears had subsided, she looked at her friends and muttered, "I need to call the police." She picked up her purse but then gave a rueful laugh and threw up her hands. Shaking her head, she said, "I don't have a cell phone…"

In the end, Jessica contacted Detective Kang. She was told that he and Captain Choi would be at the hospital within the hour to interview them.

While they were waiting for the police, Bridgette disappeared for a few minutes and returned with two cups of coffee. "You two stay here for a minute. I'm going to see what I can find out about Luke and Tony; I'll be right back."

She was smiling when she returned a short time later. "Okay, Claire, you can come with me. Luke's back from X-ray. He's fine—just cracked ribs. They've admitted him overnight for observation, though, so he's grumpy as all get out and scaring the snot out of the aides and nurses. Maybe you can help calm him."

"What about Tony?" Claire asked.

Bridgette smiled again. "He's coming around. He's not yet completely conscious, but he is moving—and importantly, he's moving all four limbs. There doesn't seem to be any spinal cord damage—which is great news. They stitched up the big cut on his forehead and did some other work on his face." She frowned. "I think they're worried about his right eye, though. There may be a retina issue, but they need him alert to evaluate that better."

Both women were ecstatic with Bridgette's report. Jessica squeezed Claire's hand. "Go check on Luke. I'll stay here and wait on the police. We'll come find you."

Claire followed Bridgette to the third floor. They walked down a couple of corridors and Bridgette knocked loudly at a door before barging in without waiting for a response.

Suddenly hesitant, Claire stayed behind,

hovering at the entrance. Luke was sitting up in a hospital bed, covered to above his waist with a sheet. He was bare-chested, with a wide, bulky dressing wound around his ribcage. He was connected to a heart monitor and an intravenous line was dripping clear fluid into his left hand.

"Hey there," Bridgette said cheerfully as she approached the bed. "Heard you're going to get to stay with us overnight,"

Luke glared at her. "This is stupid. I'm fine. I need to go check on Tony." He raised his arm and growled, "I hate IVs almost as much as I hate cracked ribs." He pushed at the sheet and looked as if he was about to get up. "Where are my clothes?"

Bridgette stopped him. "Luke, stay down, boy!" she said, grinning. "I told you Tony's coming around and should be okay in a couple of days. The IV is necessary because you were severely dehydrated from the exertion of carrying Tony. That's the second liter. I'm sure they'll discontinue the IV as soon as it's finished infusing." She glanced behind her to where Claire was still standing in the doorway. Looking back at Luke she said, "The staff is avoiding coming in here, because of your lovely demeanor, so I brought some-one to improve your mood."

As she was talking, Luke's eyes cut to the door and pinned Claire. His face col-ored, changing from pale to red, and he glanced down to where he'd pushed back the sheet and quickly re-covered his legs.

"Hey there." He smiled at her and held out his hand. "How're you doing? I'd get up, but…um…they've taken my clothes." He gave her a funny, slightly embarrassed look.

With a sob, she ran to the bed. Carefully avoiding his injured right side and work-ing around the IV line and EKG leads, she knelt beside him. Claire threw her arms around his neck and whispered, "Luke… I'm sorry…I'm so sorry… I love you." She kissed his cheek and held him tightly.

Luke cautiously pulled her into an em-brace. He actually chuckled. "I'm guess-ing you didn't mean you're sorry that you love me."

"Uh…I'm going to check on Tony," Bridgette mumbled and departed, closing the door behind her.

Claire giggled as she buried her face in his neck. "No. I'm sorry that you're hurt and Tony's hurt, and that it was all because of me." She pulled away and studied his smiling eyes, which were now more green than brown. Her voice quieted to a whisper. "The other, though— You're wonderful. I love you."

"I know," he whispered back. He pulled her toward him again and kissed her temple. "I love you, too." She ran her hands across his face and stroked his hair. He stopped her hands with his free one and lightly kissed her knuckles. "Hey, I've been lying here thinking, and I have a question. It's kind of important." He studied her expression carefully. "Well, uh, how would you feel about a destination wedding?"

Claire sat back so abruptly she almost fell off the bed. "Destination wedding?" She went from pale to pink to pale again in only a few seconds.

"Yeah. How about Hawaii? I was thinking that Hawaii would be a great place to get married. What do you think?"

Claire searched his face and saw humor but also something else—something deep, something serious, something bordering on desperate. Longing and need were interspersed with love.

Claire blinked. She bit her lower lip and stared at him. "Um… Is that a proposal?"

"Yes." He gave her a small smile and kissed her hand again. "I know it's a poor effort. I don't have a ring and can't get on my knees." His words softened and his smile faded. "But I promise no one will ever love you more than I do." He gently cradled her face in his hands. "I want to be with you, make a life with you, have children with you…"

Tears clouded her eyes, but her lips turned up at the corners. "I've never been to Hawaii. I think it must be the perfect place for a wedding." She leaned forward and touched his mouth with hers, once, twice and then sank into a deep kiss.

When she pulled back, his smile was sweet. "I'll take that as a 'yes,' then."

"Yes," she laughed. "Yes. Yes."

Luke held her a while, stroking her back as they relished the quiet contentment after their grueling day. After a few minutes he pushed her away a little so he could see her face. "This is kind of fast and we still need to talk about some important things." He took her hand in his and interlaced their fingers.

She sat back and replied, "What things?"

"The nightmares or night terrors or whatever you want to call them... I don't know... I hope I can control..."

"Luke, I told you, we'll work it out. I trust you. I trust you not to hurt me. I've done some research and in most cases the nightmares decrease with time. I promise, I'm not concerned..."

He looked relieved, but the worry still clouded his eyes. He swallowed. "I'll talk to the counselor next week, and we'll see what he says..."

She rewarded him with a smile and a kiss. "That's a very good idea. I'm sure he'll reassure you that nightmares are pretty common and will resolve. Is there anything else? You said 'things'."

He studied her face, seemingly lost in her eyes. "Well, yes. Another big one..."

She frowned. "What?"

"Texas." His lips thinned a little and the

worry was back. "How do you feel about living in Texas?"

Claire sat back and crossed her legs, getting more comfortable on the bed. She smiled brightly. "Well, I guess I'll need to get used to the idea, won't I? Especially since that's where my husband-to-be lives and where I assume he'll be working… What are you smiling at?

"What you said. I liked it."

"What did I say?"

"My husband." He caressed her face, stroking her cheek gently. He looked enormously relieved. "Are you sure? It's okay to leave your parents? Your work? Your doctorate?"

"My parents will understand. And about my work and school—I can finish my degree from anywhere—I'm in Korea now for goodness' sake. And I'm sure I can find a position in Texas." She blinked and her smile faded. "Unfortunately, they have sick children there, too."

Luke's eyes filled suddenly. "Thank you. I promise I'll make you happy."

She smiled and kissed him again. Sitting back up, she said, "There is one other very significant problem we'll have to address, though."

"Oh. And what's that?"

"Cowboys…" She shook her head and gave him a pained expression. "I don't think I can ever be a Cowboys fan."

He laughed as she'd hoped he would. "I guess we're going to have to have a mixed marriage then. It'll probably work out all right until we have children… We'll have to split the kids between us—half Packers half Cowboys."

She chuckled and hugged him again. "I guess we can work that out when the time comes!"

A knock at the door had Claire scrambling to her feet. Luke's glare was almost comical. "Come in," he replied grumpily.

Jessica entered followed by Detective Kang and Captain Choi. "Hey, guys. Great news! I just saw Tony. He's awake and alert and mad as a hornet." Her smile was brilliant. "Isn't it wonderful?"

Claire clasped Luke's hand and had to blink back tears of relief. Luke's jaw clenched as he, too, fought to contain his emotions. After a few seconds he managed to respond. "Whew! Okay, yes. That's fantastic!" He turned to stare at the two policemen and said, "Would you all mind leaving for a minute. Claire, find the nurse and have her bring me my clothes. I'm not having a conversation with anyone about anything official until I'm dressed."

"Yes, Lieutenant." Claire couldn't contain her smile. "I'll find your nurse right now."

CHAPTER EIGHTEEN

TEN MINUTES LATER, the group re-entered Luke's room and found him dressed and minus the IV line, which he'd convinced the nurse to remove. He was sitting on the edge of the bed and pulled Claire down beside him, leaving the lone chair for Jessica. The policemen remained standing.

Detective Kang took notes as the trio recounted the events of the afternoon. When they finished their narrative, Luke frowned at the captain and said, "You already knew about Lee Min-sik, didn't you?"

Captain Choi nodded. "Yes." He glanced at the detective, who explained.

"Yesterday, after kidnap attempt, we find man in emergency room—Mr. Jin-hee Ji—with broken hand." Detective Kang's smile was sly. "Hospital call us and I interview."

Captain Choi picked up the account.

"The detective did a very thorough interrogation. After several hours of intense discussions, we learned the names of the accomplices. We sent officers to pick them up, also for interrogation. There were four men all together, and by the time we had them all in custody, they were ready to tell us everything."

He looked pleased with their efforts and continued to explain. "Two of the men—Jin-hee Ji and Ra-won Kim—were the original pair who attacked Miss Olsen at the Medical Center. Kim and a man named Min-a Shinn attacked you, Miss Tyson. A fourth man, Ja-ok Kim, drove the car when the pair from the hospital tried to kidnap Miss Olsen again. That driver, along with Ra-won Kim, tried to kill you today." He gave a shrug. "Ja-ok Kim was badly injured when the car ran off the mountain road. He will likely not make it."

Detective Kang continued. "They were all hired by Lee Min-sik. Mr. Lee is human resource director for Taekung Industries—large Korean company."

Captain Choi nodded. "After all four assassins admitted they were hired by the same man, we sent police to the Taekung offices to arrest Mr. Lee." He shook his head. "Mr. Lee knew the police were coming. Rather than be arrested, he took the elevator to the top of the building." He held Luke's eyes for a minute before turning to Claire. "He jumped."

Claire gasped. "Oh, no." She stood and walked to the window. "When did this happen?"

"Late this afternoon. About an hour ago. We were informed of his death right before Ms. Tyson called us. Mr. Lee knew his efforts to do away with you were not successful. He would be put in prison— probably for many years. He could not live with the dishonor."

Claire struggled to comprehend all that she'd been told. She struggled to understand her own feelings. Her uncle—her birth mother's brother—had tried repeatedly to kill her. Despite being a victim of his evil intent, she felt no hate or animosity. Indeed, she had no feeling for or about him at all. She wasn't glad he was dead, but neither was she sorry. She was sim-

ply ambivalent—and incredibly relieved.
A thought occurred to her.

"Did he have a family?"

"Yes. He has wife, two children. Boy
and girl—younger than you," answered
Detective Kang.

"What will happen to them?"

"They have money from grandparents,
but will have to make reparations to the
company for loss of face. Very sad."

"Then I'm sorry for them," Claire said.

They talked a few more minutes and finally the policemen were ready to leave.
They shook hands with Luke and Jessica and turned to Claire. Detective Kang
shook her hand and then Captain Choi offered his, saying, "Miss Olsen, I regret all
that's happened to you while you were in
Seoul. I would assure you that our country
is safe, but I don't know if you will believe
me." He looked forlorn. "I have removed
the hold on your passport and you may
leave anytime. I hope you will come back
some day, so you can see that our country—your country—is a lovely one."

"Thank you, Captain, for all your help
and for coming in person to explain what

happened. I will be leaving soon—" she glanced at Luke "—but who knows, we may be back some day." She smiled and bid the men goodbye.

AFTER THE POLICEMEN departed, Jessica, Luke and Claire sat for a few minutes to let the information sink in. Then they looked in on Tony and were vastly relieved when they found him sitting up in bed, wearing a hospital gown and looking annoyed. A white bandage circled his head, holding a bulky dressing in place over his right eyebrow and much of his forehead. His right eye was almost swollen shut.

Jessica took his hand. "Matching black eyes!" she murmured. Her smile was wry. "We're quite a pair, aren't we?"

His scowl turned into a half grin. "Hey, I win. I have function of both my arms."

"Yeah, so? I don't have a concussion."

"Your eye?" Claire asked. "Was there any damage?"

Tony shrugged and shook his head. "The jury's still out on that one. I have a little blurring right now, but there's hope it'll be fine." He sighed and looked comically forlorn. "The CT scan indicated there might be a small brain bleed." He glanced at Claire and Luke. "I have to stay a day or so for another scan… I hate hospitals."

They all laughed with relief knowing just how bad it might have been.

IN THE END, Luke was able to convince the head E.D. doctor that since he had a private nurse, he didn't need to stay in the hospital. With that development, Jessica went home with Bridgette, while Claire accompanied Luke to his apartment.

It was after eight when they finally arrived. Both were exhausted after the long and eventful day.

"Okay, Luke, I promised the major I would give you a pain pill and make sure you went straight to bed," Claire informed her patient as she closed and locked the front door.

Luke caught her in his arms—carefully. He gave her a quick kiss and started to let go, but he couldn't quite make himself do it. In a breath, he was holding her tightly, unable to let go. Finally, he pulled back.

She kissed him sweetly. "I wanted to ask

you something... Were you serious about Hawaii? Next week? I mean, about getting married next week?"

"Yes, I'm serious." He stroked her cheek and gave a slight frown, but he quickly replaced it with a half smile. "If you would rather wait—if you want to have a big wedding at your home...that would be fine, too."

She knew that he meant it—he would do whatever she wanted. A big wedding in Minnesota sometime in the future or a small wedding next week in Hawaii—he would let her choose. His willingness to defer to her wishes meant the world to her, and she knew without question what she wanted.

"Luke, I want to marry you as soon as we can work it out. A Hawaiian wedding—and honeymoon—sounds like a fairy tale." She felt her smile fade. "There may be a problem, though. My parents really don't have the money—to travel to Hawaii, I mean. I don't know if they could come... I suppose we could get married next week and then have another ceremony for them in Minnesota later on..."

He smoothed the crease from between her eyes. "Don't worry, Mary Claire. I'll take care of their expenses."

"No, Luke. I can't ask you to do that. That would be expensive and it's not fair to you. I mean, the bride is supposed to pay for the wedding." She shrugged and felt her cheeks flush. "I don't have a lot of savings because I've been paying for all my tuition without taking loans. That's pretty much eaten into my savings."

He caught her by the hand and pulled her toward to sofa. "Claire, sit down." His voice had grown serious. "There's another discussion we need to have." Carefully he sat beside her and clasped her hand again.

Her heart rate climbed and she looked at him worriedly. "Luke, you're starting to make me nervous. Is something wrong?"

He sighed and looked toward the computers as if for inspiration. "This is oddly harder than I thought it would be. Okay, here goes." He captured her eyes with his. "About fifty years ago, they discovered oil on my grandfather Carter's cotton farm. There was a lot of it."

Claire sat back and blinked her eyes in

confusion. "So what are you telling me?" She scooted a little away from him.

"Well, my grandparents got pretty rich… Okay, really rich…" He gave a funny little half smile and then continued. "Eventually, those wells mostly played out. The family was still rich, but the income had dwindled. Then about fifteen years ago my dad started re-engineering all of the wells on the Carter land. My brother Matt joined him about ten years ago and then Mark. Long story short, they've moved way beyond just developing on the Carter land and now are one of the larger engineering companies involved with hydraulic fracturing in the Permian Basin." He played nervously with her fingers. "John, my younger brother, just graduated with his MBA and is expanding the business operation in Houston. I'm joining the company with the intent of using my computer skills in both the engineering and business sides. In my spare time, I've been developing a computer program to be used in the fracking process. It's designed to identify the best prospective areas for production to lessen any potential environmental impact.

Anyway, we've talked about it—my dad and brothers… They can use me—well, us—either in Houston or in Midland—it doesn't really matter where. It's kind of up to you…"

She stared at him. "Fracking. You said something about fracking before. I didn't follow you then. And you said something about your fiancée wanting your money. I didn't get it then, either." Her lips turned down a bit and her forehead creased. "So your family has a successful oil company, and you're rich."

He gave her a funny frown. "Well, yes… I guess that's pretty much it."

"Oh." She looked down and then away from him. "Well, okay. I'm not really sure what I'm supposed to say now… I guess— um—wow, that's wonderful."

"Claire, honey, is something wrong?"

"No, of course not… I don't think… You just took me by surprise, that's all." She stood and walked toward the window. "I never thought a lot about money. I mean, I've always had enough. I've helped my parents when I could and worked my way through school so they wouldn't be burdened. It never occurred to me, I guess, to want to be—um, rich."

She studied him then and something belatedly occurred to her. "It doesn't matter to you, either, does it?" She smiled in wonder. "You did this—" she swept her hand around the room in an inclusive gesture "—even though you were wealthy. You became a naval officer, living in sometimes dire conditions and putting your life on the line for probably a fraction of your normal monthly income."

It was his turn to look uncomfortable. "Don't give me too much credit. I told you, I did it initially because I had this wild idea that I wanted to fly fighter jets and land on aircraft carriers, and that was the only way to do it. It just didn't work out like I'd intended."

"No, but you stayed because it was important."

"Yes, I guess I did. But now, I want to go home and I want you to come with me."

"You want me to pick Midland or Houston? It truly doesn't matter. Wherever makes the most sense and where we can spend the most time together is what

I want." She threw her arms around him again. "You're stuck with me now."

A COUPLE OF hours later, Claire was at the computer. She had completed a long note to her parents trying to explain all that had happened in the past two weeks. Earlier she and Luke had called them via Skype to invite them on a vacation in Hawaii. The only catch was the short notice and the fact that they'd be marrying off their only daughter. After their initial surprise—and once they'd seen Claire's joy—they happily agreed.

After the phone call, Luke finally prepared for bed. Claire gave him his pain medication, hoping it would eliminate much of his discomfort, allowing him to sleep. She smiled as she tucked him in. As she was about to leave, he pulled her back to sit next to him. "One more kiss," he murmured, already starting to get drowsy.

She complied with a soft kiss and then slid down to lovingly touch her lips to the bandage on his sore ribs. "I was recently told that will make it better." She smiled sweetly. "I know it worked for me."

He groaned and pulled her back into his arms. "Okay, soon, really soon, you're going to be staying with me. I love you…"

"Yes, I know." She smiled shyly. "I love you, too."

She turned to go, but he stopped her at the door. "Claire." His voice had lost its playfulness. "I just took that pain pill so I'll probably sleep hard. Promise me—I need you to promise me—that under no circumstance will you come in here if you hear me having a nightmare."

She considered his request for a moment and then shook her head. Walking back to the bed, she took his hand. "No, Luke. I'm not going to promise that."

He sat up in bed, looking alarmed at first and then angry. Before he could comment she said, "I love you. I don't think I could ever *not* respond if I heard you cry out—whether you were asleep or not."

"Claire, we've had this discussion before. I could hurt you." He emphasized each word.

"No, I don't think so. I know what to expect now, and so do you. Even subconsciously, even asleep, I think you would know me." She gripped his hand and stared into his eyes, willing him to understand. "Luke, I won't stay away. You're just going to have to trust me like I trust you."

It dawned on him then. With her declaration, Luke realized that while he'd lost the battle, nonetheless, he had won. A slender, brave, generous, half-Korean half-American young woman with beautiful eyes had earned his absolute trust.

"I love you, very much," he answered. Feeling the effects of the drug, he kissed her hand then lay back down and went to sleep.

AFTER SENDING THE NOTE to her parents, Claire spent a while looking at wedding dresses online. She was about to sign off from the computer, eager to get ready for bed, when she heard the sound of someone at the apartment's front door. Her head jerked up when the knob turned and the door opened. A man with dark auburn hair stood there.

With mounting concern, she watched as he reached down to pick up a bag. He straightened then stopped short when he saw her staring at him with a frightened expression. Surprised, the man took a step back and glanced at the apartment number, as if making sure he was at the correct place. Reassured on that account, he turned back to her.

The intruder was quite tall and appeared to be athletic. He was dressed in dark blue coveralls that identified him as a military man.

"Uh, hello," he said. "Um, I live here… I'm Brad Littlejohn." He peered into the room. His expressive green eyes looked worried. "Is Luke around?"

Claire responded with a choking laugh that turned into a giggle. "Hi, Brad. I'm Claire. It's nice to finally meet you." She stepped forward and held out her hand. "You missed a lot while you were away. Let me get us both some coffee, and I'll fill you in."

EPILOGUE

Six years later

"SEOUL HASN'T CHANGED MUCH," Claire remarked as she watched the city through the window of the taxi.

"Yeah, traffic is still bad and the air is still hazy," Luke grumbled.

Claire grinned at him. She understood that Luke's grouchiness was due to lack of sleep. The flight from Houston was more than fifteen hours, and it had been nearly impossible for him to rest, even in business class.

"You can take a nap when we get to the hotel," she said cheerily.

"Maybe just a short one—I know you're anxious to meet her." He pulled his lovely wife into the circle of his arms and buried his face in her hair. "What time did you tell Mrs. Lee that we'd be there?"

"Not until two this afternoon." She glanced at her watch. "About four hours from now." She sighed, snuggled closer to Luke and gave him a warm kiss. Hopefully the taxi driver wasn't too shocked by their behavior. "Thank you for doing this for me. I know you were—well, are—hesitant. But I know in my heart it's the right thing."

He held her tightly. "We've talked this through many times. I'm not doing it for you. It's for us. And it's for the boys, too."

"But you're less certain than I am…"

"I don't see how I could possibly love anyone as much as I love the boys. You know that. We've talked about it."

She just smiled and kissed him on the corner of his mouth. "Luke, I know you. I'm not worried."

They rode in silence for a little while, but she was so excited she couldn't sit still. "I just wish we could have brought Sam and Eli."

"Honey, that flight was hard enough on you and me—well, at least on me. You seem to have managed pretty well. But imagine what it would have been like with a two-year-old and a four-year-old."

He shuddered. "I don't want to even consider the horror of that prospect!"

She giggled. "I suppose you're right. I just hope they'll be good for your parents."

He chuckled. "Me, too. What time is it in Midland? We probably need to Skype as soon as we get to the hotel so we can check on them."

An hour later, Claire used her iPad to set up a video call from their hotel room. First they talked to Luke's mother and got a report on what all the boys had done so far. They talked to four-year-old Samuel for a few minutes before he wandered off to play with the family pets. Two-year-old Elijah, they learned, was already in bed for the night. Both had been very good for their grandparents. Claire and Luke had been told not to worry and to have a wonderful time in Seoul.

While she was getting ready for the upcoming meeting, Claire reflected on the past six years. They'd had a small, lovely wedding on the island of Kauai. Despite the short notice, all of Luke's family had been able to attend, and the Llewellyns turned the trip into a homecoming celebration for their middle son, a wedding and a family vacation.

Other than the Llewellyns and Claire's parents, the only other guests were Tony, Jessica, Bridgette and Brad. Tony had nearly recovered and Jessica's face was bruise-free, but the cast on her arm would remain another few weeks. Claire smiled to herself as she recalled that within six months, they, too, had married, and the following year Tony had surprised everyone by deciding to leave the Marines. They moved to Southern California, where Tony started a security company and Jessica joined the faculty of UCLA. Their work, along with their two little girls, kept them very busy, but they'd been able to meet last year as Luke and Claire took little Sam to Disneyland.

Likewise, Bridgette and Brad were able to make the trip to Hawaii to be a part of the wedding. They insisted that Luke and Claire reciprocate, making them promise to travel from Texas to Missouri the same summer for their own wedding. Six years later, Brad was now an Air Force flight instructor and they lived in Colorado. Their son, Brian—to no one's surprise—was a darling redhead. He was Eli's age—just past two. Bridgette was pregnant again, this time hoping for a girl, who would undoubtedly also have red hair.

As predicted, Luke's mother—Sarah—was crazy about Claire. What hadn't been predicted was how well Luke's parents got along with Claire's parents. During the week of activities before and after the wedding, the Llewellyns and the Olsens became fast friends. After the wedding, they all remained on Kauai while the newlyweds chartered a plane and left to spend a week in a rented beach house on the relatively quiet island of Molokai.

Claire's parents further surprised her by moving to central Texas when her father retired a few years later. They said they wanted to finally get away from the cold Minnesota winters, but no one was really fooled. They wanted to be near their grandchildren. They had settled in very well and eventually adjusted to the Texas summers. However, the Olsens remained die-hard Green Bay Packers fans, which led to considerably raucous visits during football season.

After considerable deliberation, Claire and Luke decided to live in Houston. Luke split his time—working from home several days each week and from the downtown offices that were headed by his brother John the rest of the time. Claire had finished her doctorate and worked for several years at the M.D. Anderson Cancer Institute, implementing a playroom program based on the one in Seoul, to provide comprehensive care for children with cancer. She worked only part-time after the birth of little Samuel, mostly as a consultant. After Elijah's birth, she cut back on her work even more but would occasionally take speaking engagements.

She smiled with pride and pleasure when she thought of their two sons. Samuel had her black hair. He was an easygoing and sweet little boy who loved to play with computers, just like his father. Then, two years later, along came Elijah. Eli weighed nearly ten pounds at birth, and from the beginning, he was all Llewellyn. Her second son was destined—according to his paternal grandfather—to be a football player. His birth, however, had been difficult for Claire, and she'd suffered complications. Her obstetrician had been adamant that it would be dangerous for her to have any more pregnancies.

Claire was devastated. She adored her little boys and loved being a mother, but her family didn't feel complete. She wanted—she *needed*—more children.

Luke had expressed reluctance when she told him about her desire, but he eventually agreed with her plan. Over the next year, she made a number of contacts, and together they endured multiple interviews and talked to a score of different people. Finally, they were here, and she was nearly overcome with joy.

IN THE BEGINNING, Luke had tried to share his concerns with Claire. During both of her pregnancies, from the moment he'd learned that Claire was expecting, he was ecstatic. Luke was totally in love with the babies he didn't even know yet. He loved them because they were part of Claire and part of himself. Then when they were born and he held them in his arms, he fell in love all over again. Now, faced with the prospect of adoption, he harbored apprehension that bordered on fear that he wouldn't be able to feel the same love for someone else's child.

But Luke would do anything for Claire, so he'd endured the interviews and the visits and the forms and the discussions with lawyers. And now he'd traveled back to Seoul with her to pick up the child—a little girl—to take her home.

He watched Claire get dressed for the interview and the introduction to the baby and he said a silent prayer: *Please let me not disappoint Claire. Please let me pull this off...*

"Okay, I'm ready." She was radiant. Beaming, she smoothed her skirt and asked, "Do I look okay?"

"Claire, she's six months old. She won't care how you look." He managed a smile and kissed her lovingly on the temple.

As they got into the cab, Luke's stomach was churning. He wasn't sure he could go through with it. His smiles and cheerful demeanor were forced and awkward, but with her excitement, Claire didn't seem to notice.

The cab finally dropped them off at the Asian Social Welfare Agency. Luke's edginess was making him queasy. Nevertheless, he composed himself and was able to walk up the steps and enter the building.

Mrs. Lee, who seemed not to have aged in six years, met them in the waiting area. Luke managed to greet her, smile and responded appropriately to her questions and comments.

Mrs. Lee seemed genuinely delighted to see Luke again, but her attention quickly turned to Claire, because of the peculiar situation. It was almost unheard of for an adoptee to return as an adoptive parent. With a great deal of enthusiasm, Mrs. Lee called all of the workers over to meet the couple, and Luke was subjected to a host of well wishers, who said overly polite things to him in Korean. He forced himself to be gracious and feign pleasure because it was important to Claire.

Finally, it was time. "Let us go meet your little angel," Mrs. Lee said.

Claire was glowing with anticipation as

she grabbed Luke's hand and smiled into his eyes. Once again he said a quick prayer for strength as they were shown into one of the small family rooms that they'd viewed six years ago. "Please sit," Mrs. Lee said. "I will only be a moment."

For several minutes, they waited in silence. Luke's heart was beating erratically and his palms were sweating. He badly wanted to flee. At last the door opened and Mrs. Lee returned with the baby. He and Claire stood.

At first glance, she was the most beautiful baby Luke had ever seen. With a muffled sob, Claire held out her arms to take the tiny, six-month-old girl. "Hello, little one," she cooed. "We're going to name you Rachel." Tears flowed down her cheeks, and her voice cracked. "I'm your new Mommy." She kissed the baby's temple and continued to talk. "This is your new Daddy. I know he's kind of big and seems scary, but he's really wonderful. Together, we're going to take very good care of you."

The baby's soft black hair was surprisingly long for an infant and had lovely waves. She looked at Claire with interest, and although she didn't understand English, she seemed to comprehend the loving tone in which the words were uttered. Tentatively she smiled.

"Oh, my goodness," Claire exclaimed. Still cradling the child, she sat down on the small sofa and continued to talk to the baby sweetly, quietly, lovingly.

Luke had been standing to the side, unable to move any nearer. Finally, drawn by an unseen force, he came over to sit on the far side of the sofa. Then he looked, really looked at the baby and saw...

Her eyes.

He was stunned. "Oh, dear Lord," he whispered. "Mary Claire, her eyes—they're like yours." After a while, he realized he was holding his breath as he stared at the child. He exhaled and thrust his hands in his pockets.

The baby's eyes were not an exact replica of Claire's, but the similarity was striking. They were an unusual dark blue, but the child had the same anomaly in which an outer section of both irises was a light amber color. The baby's eyes, like Claire's, revealed that she was mixed race and therefore not adoptable by most Korean families.

Hesitantly, he leaned over, touching her lightly on her plump little cheek with his finger. When he did, she looked at him directly and smiled. Her happy little smile revealed two tiny teeth and she reached her arms toward him. Language wasn't needed to understand what she wanted.

At that moment—that very moment—Luke's concerns and fears evaporated like vapor on a hot, sunny day. They were replaced by something warm and simple and enduring. Unable to do otherwise, he gathered her into his arms.

He closed his eyes tightly and murmured a brief prayer of thanks as he savored the moment. He kissed her downy head. "Hi, Rachel," he said. Luke's big hands were infinitely gentle as he held her. "We're going to take you home to Texas. You've got two big brothers who are going to help take care of you." His voice was gravelly and broken when he whispered, "I'm your Daddy."

His eyes were filled with tears when they met Claire's. He should have known.

After all these years with her, he should have known that giving and receiving love could be so simple and so easy.

He kissed the baby again and smiled at Claire. "Let's go home."

* * * * *

LARGER-PRINT BOOKS!

GET 2 FREE LARGER-PRINT NOVELS PLUS 2 FREE MYSTERY GIFTS

Love Inspired

Larger-print novels are now available...

ReaderService.com

Manage your account online!

- Review your order history
- Manage your payments
- Update your address

---

*We've designed
the Harlequin® Reader Service
website just for you.*

Enjoy all the features!

- Reader excerpts from any series
- Respond to mailings and special monthly offers
- Discover new series available to you
- Browse the Bonus Bucks catalog
- Share your feedback

Visit us at:

ReaderService.com

RS13